JÖRG S. GUSTMANN

Rassenwahn

DIE LEBENSBORNKINDER Eine ungewöhnliche Mordserie erschüttert Hamburg. Fünf Menschen, die 70 Jahre zuvor in einem Lebensbornheim der SS zur Welt kamen, werden einer nach dem anderen ums Leben gebracht. Zwei Jahre zuvor waren sie Teilnehmer eines medienwirksamen Prozesses, in dem nicht nur der Kampf um Identität und Anerkennung im Vordergrund stand, sondern auch ein Erbe stattlichen Ausmaßes. Kommissar Martin Pohlmann, nach zweijähriger Auszeit und erfolgloser Burn-Out-Therapie zurück in Hamburg, nimmt die Ermittlungen in einer Anstalt für psychisch kranke Menschen auf. Die Spur führt zu zwei hochbetagten Nazis, die bereits seit 60 Jahren hätten tot sein müssen: verurteilt und hingerichtet als Kriegsverbrecher und Massenmörder.

Kann Kommissar Pohlmann den Serienmörder stoppen und wird die Justiz am Ende für Gerechtigkeit sorgen?

Dr. Jörg S. Gustmann, geboren 1961 in Dortmund, lebt seit 1996 in Herdecke und arbeitet mit seiner Frau in einer eigenen Zahnarztpraxis in Dortmund. Seit 1998 verfasst Gustmann als Fachjournalist zahnmedizinische Artikel für nationale und internationale Verlage und schrieb drei Kinderbücher, einen Jugendroman sowie einen Mysterythriller und einen Reliquienthriller für Erwachsene. Gustmann war 2009 nominiert für den Sternengreifer Award, Bereich Kultur. »Rassenwahn« ist als Auftakt zu einer Serie sein erster Kriminalroman.
www.JoergGustmann.com

JÖRG S. GUSTMANN

Rassenwahn

Kriminalroman

GMEINER *Original*

Personen und Handlung sind frei erfunden.
Ähnlichkeiten mit lebenden oder toten Personen
sind rein zufällig und nicht beabsichtigt.

Besuchen Sie uns im Internet:
www.gmeiner-verlag.de

Im Ehnried 5, 88605 Meßkirch
Telefon 07575/2095-0
info@gmeiner-verlag.de

3. Auflage 2012

Lektorat: Claudia Senghaas, Kirchardt
Herstellung: Julia Franze
Umschlaggestaltung: U.O.R.G. Lutz Eberle, Stuttgart
unter Verwendung eines Fotos von Getty Images
Druck: GGP Media GmbH, Pößneck
Printed in Germany
ISBN 978-3-8392-1332-2

Für meine Mutter (1931–1986)

Ich erinnere mich daran, dass du immer einen guten Krimi auf dem Nachttisch liegen hattest.

Danke für die Jahre, die du bei uns warst.

God gave me travelling shoes, God gave me the wanderer's eye,
God gave me a few gold coins to help me to the other side. Looked around and said: be careful how small things grow,
God gave me travelling shoes and I knew that it was time to go.

Sent in the ship at night to take me to the hidden port.
Found me the key at last to open up the prison door.
Brought down the blackbird's wings, gifted me with beggar's eyes.
Sent in the jackals to tell me I should say bye, bye, bye.

I'm home, home,
Home, home, home
And I'm home, home,
Home, home, home
But I'm miles and miles and miles and miles and miles away
Where can I hide?

God gave me one last chance, gave me one last reprieve.
Jah gave me hunger, gave me the air to breathe.
Gave me one suitcase, gave me one last goodbye
Gave me travelling shoes, without them I would surely die, die, die.

Home, home
Home, home, home

Miles and miles and miles and miles and miles away
Where can I go?
Where can I hide?

Simple minds

PROLOG

Die Zeit des Wartens kam ihr so lang vor wie die Ewigkeit, in deren Schlund sie sich stürzen wollte. Sie hatte keine konkreten Vorstellungen von dem, was sie hinter dem Vorhang erwarten würde, und doch sehnte sie sich mit jeder Faser ihres Seins danach, dieses Leben zu verlassen.

Ganz still lag sie da, atmete tief und ruhig. Die Turmuhr der nahegelegenen Kirche hatte wenige Minuten zuvor drei kräftige Schläge getan. Man konnte davon ausgehen, dass alle anderen im Haus mit Sicherheit schliefen. In dieser Nacht wollte Emilie Braun ihre seit einiger Zeit gehegten Gedanken erneut in die blutige Tat umsetzen.

Noch einmal sterben, diesmal aber richtig.

Behutsam, beinahe zärtlich, glitt die linke Hand zu dem Messer, das sie in der Ritze zwischen Bettkante und Matratze verbarg. Das Mondlicht schien friedlich durch die Gitterstäbe hindurch. Die Klinge, die sie hervorzog, blitzte kurz auf. Ein Käuzchen unweit ihres Fensters hielt Wache so wie sie, doch dieses würde den nächsten Morgen lebendig erleben.

Vorsichtig führte sie ihren Zeigefinger an der Schneide entlang und schien zufrieden. Am Abend, als die Geräuschkulisse des Hauses es zuließ, hatte sie das Küchenmesser an einer Fliesenkante scharf geschliffen. Ehe sie nun die Decke von ihrem ausgemergelten Körper schob, dachte sie an das bevorstehende Ereignis, an das Gefühl, wenn das warme Blut die Adern verließ und am Unterarm entlangkroch. Sie kannte diese Empfindung: Es kitzelte bisweilen leicht, bevor eine wohltuende bleierne Schwere das Bewusstsein einhüllte. Mit diesen Gedanken erhob sie sich von ihrem Bett. Sie schob die knochigen Füße in blaue Hausschuhe aus Frottee, die eine grotesk verzerrte rosa Blüte auf der Oberseite trugen. Dann schlurfte sie in ihrem Zimmer zu einem Tisch, der ihr als Schreibtisch gedient hatte.

Mit einem leisen Klicken erwachten 60 Watt aus der Stehlampe zum Leben. Sie zog bedächtig die oberste Schublade des hellgrauen Tisches auf und betrachtete mit Stolz eine dicke, braune Kladde. Die Finger ihrer linken Hand umkrallten das Messer, als hätte sie Angst, man könne es ihr vor der Zeit wieder entreißen. Mit der rechten Hand schrieb sie einige Sätze auf einen glatt gestrichenen Papierbogen, den sie ebenfalls aus der Schublade hervorgezogen hatte. Ob die Zeilen wie ein Brief aussehen sollten oder eher wie ein Tagebucheintrag, war ihr vollkommen gleichgültig. Wichtig war nur, dass man sie fand, um denen, die sie lesen würden, eine Menge Probleme zu bescheren:

Hans ist tot.

Gestorben.

Hat sich in den Kopf geschossen.

Verflucht.

Hing schlaff, weit nach hinten über die Lehne gelehnt und sah an die Decke. An der Wand neben ihm klebte Blut aus seinem Kopf, mit dem er gedacht, studiert und mit uns geredet hat. An der Seite des Gesichtes, dort, wo früher ein herzförmiger Leberfleck saß, war nun ein Loch, groß wie eine Walnuss. Warum hat er das bloß gemacht, mein Hans?

Vielleicht haben sie ihn ja auch umgebracht, die Schatten aus der Vergangenheit. Haben ihn dazu getrieben, ihn nicht in Ruhe gelassen all die Jahre. Werd ihn gleich fragen, wenn ich ihn treffe, wo immer das sein wird.

Vor einer Woche schon haben sie ihn abgeholt. Vorgestern war Beerdigung, doch keiner von uns war eingeladen, nicht mal ich. Würde ja auch niemand machen, Menschen wie uns einzuladen.

Selbst wenn ich nicht viel rede – hab ich nie getan, deswegen bin ich ja hier –, hab ich jeden Tag in meinem Buch geschrieben. Hab immer viel gelesen und viel geschrieben. Hab alles ganz von Beginn an festgehalten. Hab auch aufgeschrieben, wen der Hans umgebracht hat. Sogar in Schönschrift, damit man, wenn ich nicht mehr da bin, es gut lesen kann. Hab mir Mühe gegeben beim Schreiben, damit man mir glaubt, dass ich nicht verrückt bin. Jedenfalls nicht bekloppter als die meisten Leute da draußen. Die meisten von denen da draußen gehören hier rein, die wissen's nur noch nicht.

Emilie

Nachdem die letzte Zeile vollendet war, legte sie das Blatt ordentlich auf den Tisch und gleich daneben die vollgeschriebene braune Kladde. Danach ging sie zu Bett und machte ihrem Leben ein Ende.

TEIL 1

KAPITEL 1

Steinhöring, 18. August 1944

Gegen vier Uhr nachmittags näherte sich auf der Auffahrt ein eleganter schwarzer Wagen dem imposanten Heimgebäude. Man hörte den Motor von Ferne, niemand drehte sich nach ihm um.

Es war ein brandneuer Opel Kapitän mit unfassbaren 55 PS. Bisher fehlte dem Eigentümer die Gelegenheit, die Höchstgeschwindigkeit von 126 Kilometern pro Stunde zu testen. In Zeiten wie diesen waren die Straßen in einem bedauerlichen Zustand, wo es dem Fahrer nicht annähernd vergönnt war, die Kräfte des Motors auf dem Tachometer bewundern zu können.

Die Reifen kamen direkt neben dem Haus zum Stehen, ohne auf dem feinen Kies eine unschöne Bremsspur zu hinterlassen.

Das herrschaftliche Anwesen, vor dem dieser Wagen bei schönstem Sommerwetter parkte, hatte einst einer wohlhabenden jüdischen Familie gehört, die ihres Besitzes, nach Ansicht der SS, für höhere Zwecke enteignet wurde. Die ehemaligen Bewohner mussten ihr Haus, das sich über Generationen im Besitz ihrer Familie befand, gegen eine andere Unterkunft eintauschen. Eine Behausung, die sie nun mit Dutzenden Insassen, nach Männern und Frauen getrennt, teilten. Sie lebten fortan in Baracken voller Ungeziefer, Hunderte Kilometer von ihrer Heimat entfernt, während sie auf den Tag ihrer Befreiung oder den ihres Todes warteten.

Nun beherbergte diese exklusive Wohnstatt 29 Kinder und 15 Mütter sowie acht Pflegerinnen, drei Krankenschwestern, vier Hebammen, zwei Köche und einen im angrenzenden Gästehaus wohnenden Allgemeinmediziner, der um das Wohl aller dort Lebenden besorgt sein sollte.

Ein Mann um die 27, von schlanker Statur, stieg auf der Beifahrerseite des Wagens aus, während der Fahrer ungerührt sitzen blieb. Der Aussteigende gab kurze Anweisungen, der Chauffeur nickte daraufhin. Der Besucher ließ die schwere Tür des Opels ins Schloss fallen. Die dritte Fahrt mit dem neuen Automobil war zu seiner vollen Zufriedenheit verlaufen. Ein letzter entspannender Blick auf das Vehikel, bevor er hineinging, um sich einem unangenehmen Gespräch zu stellen.

Auf einer der untersten Treppenstufen hielt er kurz inne. Er wollte Sekunden der Unbeschwertheit heraufbeschwören und blickte sich um. Er holte tief Luft. Ein Singvogel in der Nähe pfiff auf die Befehle des Führers und trällerte dem Krieg zum Trotz. Dem Klang nach muss es ein Buchfinkenmännchen sein, überlegte er. Der Besucher suchte den Vogel mit den Augen, wollte ihn zwischen den Blättern ausmachen, doch erst als dieser aufflog, bemerkte er das blau-graue Köpfchen und die auffällig weiß gebänderten Federn. Er nickte zufrieden. Welch beneidenswerte Umgebung dieses Anwesen beherbergt, dachte er. Welch ein Segen, in dieser Abgeschiedenheit, fern allen Kriegstreibens, Kinder zu gebären und zu wertvollen deutschen Menschen heranwachsen zu sehen.

Nun wandte sich der Mann den Stufen zu, die vor ihm lagen. Er trug eine schwarze SS-Uniform mit Rock, Koppel und Schulterriemen, Breecheshosen, schwarze Reitstiefel, einzig das Hemd war hellbraun.

Die Schirmmütze mit Parteiadler und Totenkopfemblem klemmte er unter den linken Arm.

Bei all dieser paradiesischen Anmutung täuschte die Idylle über die Wahrheit dessen, was im Inneren dieser Mauern geschah, hinweg. Nur wenige Menschen wussten in allen Einzelheiten von der wahren Bestimmung solcher Gebärstätten; sie waren zwar nicht geheim, aber äußerst exklusiv.

Eine adrette Krankenschwester kam dem Besucher entgegen, eilte die sieben Stufen des Haupthauses hinunter und grüßte ihn mit einem zackigen »Heil Hitler«. Sie trug eine weiße Schürze und eine weiße Haube auf dem Kopf. Die blonden Haare hatte sie zu einem Knoten zusammengesteckt, sodass die feinen Konturen ihres blassen Gesichtes zur Geltung kamen.

Der Besucher erwiderte den Gruß pflichtgemäß und ließ sich von ihr zu den Schlafräumen der Mädchen geleiten.

»Gut, dass Sie mich rechtzeitig benachrichtigt haben«, begann er steif, doch sein Ton nahm an Dringlichkeit zu. »Das Kind muss umgehend behandelt werden.« Der Besucher suchte den Blick der Schwester. »Was sagt Dr. Reuter zu diesem Problem?«

Die junge Frau rieb sich verlegen die Hände. Sie schwitzte, doch nicht allein wegen der Sommerwärme. »Nun«, antwortete sie, »er ist ratlos. Er erwähnte, einen Spezialisten hinzuzuziehen, möglicherweise einen … Nervenarzt.«

Der Besucher riss erneut den Kopf herum und sah die Schwester mit aufgerissenen Augen an. Seine Lippen presste er zu einem engen Schlitz zusammen, während er auf dem Absatz der Treppe stehen blieb. Solche Worte in seinen Ohren schienen ihm einen beinah körperlich spürbaren Schmerz zuzufügen.

Die Schwester lenkte ein. Sie hatte Angst. Angst vor diesem Mann, vor dessen Vorgesetzten, der rechten Hand des Führers und vor Bestrafungen jeder Art. »Bitte, glauben Sie mir, wir haben uns alle erdenkliche Mühe mit diesem Kind gegeben, aber es ist anders als die anderen. Es reagiert nicht auf das, was wir ihm sagen. Es helfen keine Schläge, kein Schlafentzug, keine dunkle Einzelkammer, nichts. Das Mädchen will einfach nicht gehorchen und nicht sprechen, obwohl es schon vier ist.«

Der Besucher rang nach Worten. Trotz seiner herausragenden Position, seiner erstklassigen Schulbildung und seines weltmännischen Auftretens erfasste ihn eine gewisse Hilflosigkeit – eine Sprachlosigkeit, die er als Kommandant nicht gewohnt war. In den Dingen, mit denen er nun konfrontiert wurde, fühlte er sich unsicher, und dieser Umstand ärgerte ihn. Noch mehr zu schaffen machte ihm der Inhalt jenes Disputes. Überlaut, ohne sich nach möglichen Zuhörern umzudrehen, fuhr er die Schwester an: »Dieser Zustand muss sich ändern. Es kann nicht sein, dass ausgerechnet hier *solche Kinder* zur Welt kommen. Sie wissen, was ich meine. Die Zukunft des deutschen Volkes hängt davon ab, dass wir einwandfreies Erbgut weitergeben. Wenn dieses Kind nicht kooperiert, werden wir andere Maßnahmen ergreifen müssen, obwohl es mir leidtäte.« Die Unterlippe des Besuchers zitterte kaum merklich.

Beide wandten sich nach rechts um und gingen in einen der Flure im ersten Stockwerk. Es roch nach frischer Farbe, und der Duft des einige Stunden zurückliegenden Mittagessens wehte in feinen, unsichtbaren Schwaden in Höhe seiner Nase. Nach weiteren 20 Schritten, die die Schwester eilig vor dem Hauptmann zurücklegte, blieben sie vor einer Tür stehen, die zu einem der Schlafräume führte. Sie trat beiseite. Der Offizier straffte seinen Rücken. Er kannte diesen Raum von einem Besuch, der eine Weile zurücklag. Er drückte die Klinke herunter, atmete bewusst ein und öffnete die schwere Tür. Ein Zimmer mit 30 Kinderbetten tat sich vor ihm auf. Dann, mit scheinbarem Widerwillen, sah er zu einem braunhaarigen Mädchen, das im dritten Bett an der linken Seite, direkt vor der Fensterfront, lag.

Er erkannte sie wieder.

Sie verharrte, steif wie ein Stock, auf ihrem Lager, hübsch anzusehen zwar, obgleich sie nicht blond war, wie es bei zwei blonden Elternteilen zu erwarten gewesen wäre. Sie trug ein weißes Kleidchen mit einer rosa Schleife am Hals. Ihre Füße steckten ebenfalls in weißen Söckchen, und die feinen Schuhe – alles zur Feier des Tages – standen nebeneinander vor dem Bett.

Ihre Reaktion bestand nicht darin, von ihrem Bett aufzuspringen, um den Besucher zu begrüßen, ihn zu umarmen, sich zu freuen oder ein Hallo zu winken, sondern lediglich darin, in regelmäßigen Abständen mit den Lidern zu zwinkern. In den Zeiten dazwischen starrte sie an die weißgetünchte, mit Stuck verzierte Zimmerdecke, an der sich ein Ventilator befand. Man hätte denken können, sie sei wie in einem Spiel damit beschäftigt, die Runden der sich drehenden Blätter mit den Augen zu verfolgen. Nicht mit einem winzigen Zucken sah sie zu dem elegant gekleideten Mann auf.

Nachdem der Besucher das Kind eine Weile beobachtet hatte,

schüttelte er verwirrt, fast verzweifelt, den Kopf. »Mein Gott, das ist ja furchtbar. Wie oft ist sie so?«

Die Schwester tupfte sich mit einem Spitzentaschentuch die Stirn und bedachte das Mädchen mit einem mitfühlenden Blick. »Nur ab und zu, nicht oft. Meistens läuft sie draußen herum und spielt mit Stöcken, Tannenzapfen und Eicheln oder mit den Tieren, die sie auf dem Boden krabbeln sieht.« Die Schwester atmete schnell. »Sie fügt ihnen kein Leid zu, wie viele der anderen Kinder, im Gegenteil. Sie versucht sie zu bewahren und zu pflegen, und hätten wir sie nicht schon des Öfteren daran gehindert, würde sie die Tiere mit hereinbringen. Und wenn wir mit ihr schimpfen, legt sie sich hin und verharrt stundenlang in dieser Position. Wir reden auf sie ein, duschen sie eiskalt nach den Regeln von Pfarrer Kneipp, doch sie bleibt regungslos.«

Der Besucher rieb sich über den kurz getrimmten Schnurrbart. »Spielt sie denn wenigstens mit den anderen Kindern?«

»Nein. Niemals. Und berühren lässt sie sich schon mal gar nicht.« Die Schwester bedachte das Mädchen mit einem Lächeln, und mit weicher Stimme fügte sie hinzu: »Eigentlich ist sie friedliebend, doch ihr Verhalten ist sicher ungewöhnlich. Und sie spricht nicht.« Dann ergänzte sie hastig: »Jedenfalls nur mit wenigen und wenn *sie* es will. Manchmal hören wir sie murmeln, wenn sie im Gras sitzt und ein Käfer auf ihrer Handfläche sitzt. Dann ist sie fröhlich und redet scheinbar mit den Blüten des Löwenzahns oder mit dem Wind, der sich auf ihrer Schulter niederlässt, so als könnten diese sie verstehen oder als hätte sie unsichtbare Freunde.«

Der Besucher machte Anstalten, sich vor das Bett hinzuknien, vielleicht um dem Kind näher zu sein, ihm über den Kopf zu streicheln oder Ähnliches, doch auf halber Strecke nahm er die Hand wieder zurück. Ruckartig stand er auf. »Was haben Sie zu ihr gesagt, dass sie so reagiert hat?«

Die Schwester zuckte mit den Schultern. »Eigentlich nichts Besonderes. Wir haben ihr nur erzählt, dass heute ihr Vater kommt, um sie zu besuchen.«

KAPITEL 2

Hamburg, 28. Oktober 2010

Kommissar Werner Hartleib betrat das Büro seines Kollegen Klaus Schöller und fand ihn zwischen weißgrauen Nebelschwaden mit einer grünen Plastikgießkanne in der Hand. Schöller machte einen unentschlossenen Eindruck, als er die Gießkanne betrachtete. Gelbe und rote Blümchen von ehemaligen Pril-Flaschen aus den Siebzigern klebten noch darauf und waren bis zur Unkenntlichkeit vergilbt.

Hartleib beobachtete den Unsinn seines Kollegen.

»Komm, lass gut sein. Das bringt nichts. Der Ficus ist hin. Hast eben kein Händchen für Pflanzen so wie Martin.« Sein Kollege missbilligte diese Aussage mit einem Grunzen und murmelte verächtlich den Namen Martin Pohlmann. Ein Name, den er ganz und gar nicht mochte.

Hartleib schob den Ärmel seines Sakkos hoch und sah auf die Uhr an seinem linken Handgelenk. Eine neue Junghans-Funkuhr von seiner Frau zum 40. Geburtstag, zwei Wochen zuvor.

»Hör jetzt damit auf und setz dich hin. Ich muss dir was sagen.«

»Pflanzen produzieren Sauerstoff«, beteuerte Schöller, seines Zeichens Kriminaloberkommissar im Polizeipräsidium Hamburg-Mitte, und ließ seinen Blick auf dem Ficus ruhen.

»Lebendige Pflanzen? Ja, die schon.« Hartleib schüttelte den Kopf. »Keine Ahnung, weshalb ausgerechnet dir der Chef das Raucherzimmer als Büro gegeben hat.« Schöller grinste verschlagen.

»Du könntest ab und zu mal lüften.« Hartleib ging zum Fenster und stellte es auf gekippt. Es würde eine Weile dauern, bis die Atemluft den gesunden DIN-Normen eines deutschen Arbeitsplatzes entspräche.

Hartleib stand von seinem Kollegen abgewandt, und die

Nachricht, die er mitzuteilen hatte, erfüllte ihn mit einer gewissen Schadenfreude: »Hast du schon das Neuste gehört?«

Schöller sah von dem Ficus zu Hartleib auf.

»Pohlmann kommt zurück.« Werner Hartleib sprach diese Worte mit Genuss.

Schöllers Blick glitt ins Leere. Er überlegte, ob er genau das gehört hatte, was Hartleib gesagt, vor allem, was er gemeint hatte. Hartleib nickte bestätigend und verschränkte die Arme vor der Brust. Ein süffisantes Grinsen dominierte zwischen den eingefallenen Wangen des Halbmarathonläufers.

Hartleib ging erneut zum Fenster und sah hinaus. Fast beiläufig erwähnte er: »Der Chef ist froh darüber.«

Schöller stellte die Gießkanne auf der Fensterbank ab und bedachte den vertrockneten Ficus mit einem sonderbaren Blick. Ihm schien erst in diesem Augenblick aufzufallen, dass das Gestrüpp in der Ecke des Raumes kein einziges Atom Sauerstoff mehr spenden könnte. Resigniert setzte er sich mit einer Pobacke auf die Schreibtischkante.

»Was soll das heißen – er freut sich? Ist es wegen dem aktuellen Fall?«

Hartleib hob die Schultern. »Glaub schon. Bin mir sogar ziemlich sicher.«

»Er geht davon aus, dass *wir* das nicht auf die Reihe kriegen, was?«

Hartleib schwieg.

Schöller fuhr sich mit den gelblichen Fingerspitzen seiner rechten Hand durch das volle Haar. »Na, er muss es ja wissen.« Dann fixierte er Hartleib. Der Rauch brannte in seinen Augen und er schloss sie für einen Augenblick. »Wann kommt er?« Schöller drehte sich um und drückte die 13. Zigarette des Tages gegen 11.15 Uhr im überfüllten Aschenbecher aus.

»Nächsten Montag.«

Schöller ließ die Antwort einige Sekunden sacken. Während er noch immer die längst erloschene Kippe zerdrückte, sagte er: »Sag mir, was Pohlmann hat, was wir nicht haben.« Schöller wartete nicht ab und nahm Hartleib die Antwort vorweg. »Gutes Aussehen scheidet schon mal aus.« Schöller zählte amüsiert seine Finger ab. »Pünktlichkeit, Ordnungsliebe, sorgfältige Aktenführung fallen mir auch nicht ein, wenn ich an ihn denke.« Schöller hob sein Hinterteil von der Schreibtischkante, ging um ihn herum und wühlte in der zweiten Schublade von oben nach einer vollen Schachtel Fortuna, jener billigen Marke aus dem letzten Mallorca-Urlaub, die er sich stangenweise illegal importiert hatte. Der Urlaub lag drei Wochen zurück, und er stellte mit Entsetzen fest, dass er die letzte Packung in seiner Hand zerknüllte. Die irritierende Nervosität eines Kettenrauchers ergriff von seinen Gedanken Besitz. Er riss weitere Schubladen auf und sah dann erst mit einem verzweifelten, gleich danach mit einem flehenden Blick seinen Kollegen Hartleib an.

Hartleib öffnete sein Sakko, als wolle er demonstrieren, dass er keine Zigaretten bei sich hätte. »Sorry, Klaus. Keine Chance. Ich rauch nicht mehr.«

Schöller schnaubte verächtlich.

»Seit wann?«

»Seit gestern.« Hartleib hielt Schöller seine linke Halshälfte entgegen. »Ich war beim Arzt. Hier! Siehste das Pflaster hinterm Ohr? Nikotin zum Abgewöhnen.«

Schöller lachte und hustete gleich darauf. »Toller Trick. Nikotinentzug mit Nikotin. Na klar.«

»Wenigstens das habt ihr gemeinsam, Pohlmann und du.«

Schöller sah auf. Seiner Meinung nach hatten sie überhaupt nichts gemeinsam.

»Na, ihr beide werdet euch eines Tages auf ganz natürliche Weise umbringen, mit 'ner letzten Kippe im Hals. Er 'ne selbstgedrehte, du 'ne spanische.«

»Du hältst das nicht durch.« Bohrender Neid lag in Schöllers Stimme.

»Garantiert. Sport und Disziplin. Und deine ewige Schnorrerei war ich auch leid.« Hartleib verschränkte die Arme und betrachtete seinen schmachtenden Kollegen. Er legte den Kopf ein wenig in den Nacken und wirkte in dieser Haltung herablassend auf Schöller. Genau das war auch seine Absicht.

»Okay, zurück zu Pohlmann. Du wolltest wissen, was er hat, was du nicht hast. Ich sag's dir.« Hartleib grinste und diese Grimasse erreichte Schöller wie eine schallende Ohrfeige. »Er ist clever.« Hartleib hob die Hand und korrigierte sich. »Nein, warte … Er ist gerissen.«

»Du meinst, er war, bevor er …«

Werner protestierte entschieden. »Schätze, das kann jedem passieren. Viele Leute bekommen heutzutage einen Burn-out: Ärzte, Lehrer, Manager, Sekretärinnen, Musiker, warum nicht auch Polizisten. Und dann noch die Sache mit Sabine …«

Schöller hob die Hände, so, als wollte er sich ergeben. »Okay, aber trotzdem. Vielleicht wird er nie wieder so fit sein wie damals.«

»Das hoffst du vielleicht, aber ich kann dir versichern, dass er wieder der Alte sein wird. Er ist schlau. Bevor er abhaute, hatte er einen siebten Sinn für manche Sachen. Keine Ahnung, wie er das machte. Wenn keiner mehr weiterwusste, kam Pohlmann daher, zog irgendeinen Joker aus der Tasche und zack – Fall gelöst.«

Hartleib hustete. Schöller auch.

»Nee, wirklich«, fuhr Hartleib fort. »Du kennst ihn ja nicht so richtig. Bist ihm ja erst einen Monat vor seiner Abreise begegnet.«

Schöller ging in seinem verrauchten Büro auf und ab. Gedanken an eine neue Packung Zigaretten blieben wie eine sich festgebissene Zecke in seinem Gehirn haften. Schließlich wurde ihm wieder bewusst, dass man dabei war, an einem Bein des Sessels zu sägen, auf dem er saß.

»Hallo? Schon vergessen? Ich bin der offizielle Ersatz für Pohlmann.« Schöller hackte mit seinem rechten Daumen Falten in sein gebügeltes Hemd. Sein novemberbleiches Gesicht färbte sich rosa. »Wenn Pohlmann aus seinem bolivianischen Nest zurückkommt, bedeutet das, das ich demnächst gehen kann. Außendienst, Strafzettel schreiben – oder wie darf ich das verstehen?«

»Ecuador«, korrigierte ihn Hartleib und achtete darauf, seiner Stimme eine Prise Überheblichkeit zu verleihen. Endlich war der Moment gekommen, Klaus Schöller aus der Fassung zu bringen, und er genoss diesen Moment mehr als den faden Sex mit seiner zurzeit übellaunigen Frau.

»Puerto Lopez, um genau zu sein. Whale watching, Piña colada, dunkelgebräunte Mädels am Strand.« Hartleib ließ den Blick in den wolkenverhangenen Himmel Hamburgs schweifen. »Ich find das klasse. Warum denn nicht? Würdest du auch machen, wenn du könntest.«

Schöller sinnierte und musste ihm leider recht geben.

»Tja, wahrscheinlich würd ich das. Doch ich versteh's trotzdem nicht. Pohlmann hatte fast zwei Jahre Auszeit. Warum sollte er aus seinem Paradies freiwillig zurückkommen wollen?« Hartleib schloss sein Sakko und sah Schöller eine Weile an, ohne gleich etwas zu erwidern. Dann wusste er die Antwort. »Weil er sich schon nach einem Jahr zu Tode gelangweilt hat, deshalb. Weil er es satt hat, Touristen in seinem kleinen Hotel zu bedienen. Weil er zu schlau ist, um mit 42 bei Daiquiris zu verblöden. Außerdem hat – und das behältst du bitte für dich, verstanden? – seine Freundin was mit einem anderen gehabt. Martin hat die beiden sogar erwischt.«

Bereits in diesem Augenblick bereute Werner Hartleib die Worte, die ihm unbedacht entwichen waren. Doch nun gab es kein Zurück mehr. Also versuchte er, das Beste aus der Situation zu machen und fügte erklärend hinzu: »Motor vom Boot kaputt, Tour musste ausfallen, ist früher nach Hause gekommen – ganz klassisch.« Hartleib nickte in Gedanken. »Ich schätze, er lässt alles liegen und stehen und ist froh, mal wieder ordentliches Hamburger Schietwetter zu schnuppern. Immer nur Sonne ist doch auch blöd, oder?«

Schöller konnte die Ironie kaum ertragen und verzog das Gesicht. »Ja, klar, total blöd. Und Seehunde gibt es hier auch, oder wie?«

»Genau.«

Hartleib verließ das Büro und schloss die Tür hinter sich. Er sah Schöller am Fenster stehen und sich auf einem Fingernagel herumbeißen. Der Geruch in dem Raum erschien ihm, der sich seit 22 Stunden zu den militanten Nichtrauchern zählte, unerträglich, und er wollte nicht die ganze Abteilung mit den wabernden Überresten der Fortuna, der Glücklichen, verseuchen. Warum sich die Spanier ausgerechnet die Glücks- und Schicksalsgöttin der römischen Mythologie für ihre Zigarettenmarke ausgeliehen hatten, war Hartleib schleierhaft. Es würde vermutlich keinen tieferen Sinn haben, außer dass Schöller in diesem Moment in Entbehrung seiner Zigaretten alles andere als glücklich war.

Hamburg, 1. November 2010

Der Flughafen Fuhlsbüttel lag, zum Leidwesen aller Anwohner, denen die landenden Flieger zum Greifen nahe waren, noch innerhalb von Hamburgs Toren, und alle, die in den Süden oder Norden flüchten wollten, kamen nicht umhin, von hier abheben zu müssen. Doch jetzt im November lag eine eigenartig gespenstische Stille über dem sonst hoffnungslos überfüllten Ort. Ausgerechnet in diesem Monat, in dem, gemäß einer Umfrage unter Hamburger Bürgern, die trübsinnigsten Tage des Jahres lagen, waren die Hallen für Abflug und Ankunft seltsam verlassen.

Eine Putzkolonne schob ihre Reinigungsgeräte in symmetrischen Bahnen über die Fliesen. Jene, die diese Geräte mit Unmut bedienten, dachten mit Wehmut an das eine oder andere auf den Monitoren aufleuchtende Reiseziel. Außerhalb der Ankunftshalle waberte eine trübe, dunkelgraue Masse über eingezogenen Köpfen, und im Unterbewusstsein befürchtete man, sie könne einfach hinunterfallen. Taxifahrer lasen ihre Bild-Zeitung zum dritten Mal und rechneten damit, am Monatsende rote Zahlen auf ihren Konten vorzufinden. Die startenden Flieger über ihnen brauchten geraume Zeit, bis die Sonne das Cockpit wieder erhellte. Der Monat mit der höchsten Selbstmordrate des Jahres.

Kriminalhauptkommissar Conrad Lorenz und Oberkommissar Werner Hartleib reckten die weißen Hälse und hielten innerhalb derer, die wie sie auf Bekannte oder Verwandte warteten, Ausschau nach einem Mann, den sie seit fast zwei Jahren nicht mehr gesehen hatten. Die Geschichte von Martin Pohlmann war im Kollegenkreis schnell erzählt, sofern man sich an die Fakten hielt und sich nicht um wuchernde Gerüchte scherte, die das Wesentliche umrankten: Verlobte bei einem Autounfall ums Leben gekommen, Burn-out, Nase voll vom Job, Ärger mit dem Vater, vorzeitig ausbezahltes Erbe und Abflug ins Nirwana. Nette Frau kennengelernt, kleines Hotel gepachtet, Müßiggang und täglicher Sex bis in alle Ewigkeit. Es gab da auch eine kleine, nette Homepage von einem Hotel an der Küste Ecuadors mit Bildern, die einen sofort die Koffer packen ließen, doch ein Foto vom Besitzer fehlte. Nur eine lächelnde Ecuadorianerin mit einem Tablett in den Händen, beladen mit exotischen Cocktails, posierte für die Kamera. Ob diese Frau jene war, welche mit ihm? Täglich? Man scrollte vergeblich nach weiteren diesbezüglichen Hinweisen und war nicht überrascht, dass man ernsthaft darüber nachdachte, ob man Martins Beispiel folgen sollte oder nicht. In der Regel klappte man resigniert den Laptop wieder zu und blieb in der Komfortzone stecken, in der man sich arrangiert hatte.

Lorenz und Hartleib rechneten mit einem glücklich aussehenden Mann Ende 42, braun gebrannt und so erholt, dass man es kaum aushalten konnte.

Dann sahen sie ihn aus der Menge der Ankommenden hervorstechen. Das Gegenteil von dem, was sie erwartet hatten, ließ sie schaudern und jeden Gedanken an einen Ausstieg schnell wieder vergessen oder wenigstens für eine Zeit verdrängen.

KAPITEL 3

Steinhöring, 18. August 1944

Der Hauptmann in der schwarzen SS-Uniform hielt eine Weile dem Anblick des Mädchens, das bewegungslos auf dem Bett lag, stand. Schließlich wandte er sich abrupt ab.

»Ich will Dr. Reuter sprechen, sofort!«

Sogleich nickte die Schwester und lief los. Sie hielt ihre Haube fest, während sie zum Nebengebäude rannte, um nach dem diensthabenden Arzt zu suchen. Gottlob erreichte sie Dr. Reuter nach mehrfachem Rufen und aufdringlichem Schellen an seiner Wohnungstür. Immerhin war Sonntag.

Der Arzt öffnete die Tür zunächst nur einen Spaltbreit, und man sah ihm an, dass er soeben aus einem erholsamen Nachmittagsschlaf gerissen worden war. »Was ist denn, um Himmels willen?« Reuter rückte die Nickelbrille auf der Nase zurecht und glättete die zerzausten Haare. »Ist etwas passiert?«

»So ungefähr.« Die Schwester rieb sich die feuchten Hände. »Der Vater von Hedwig wünscht Sie umgehend zu sprechen.«

Sofort war der Arzt hellwach. »Na schön, geben Sie mir zwei Minuten. Ich komme sofort.«

Dr. Reuter schloss die Tür, eilte ins Bad, warf sich kaltes Wasser ins Gesicht, frisierte sich und zog seinen gestärkten weißen Kittel über. Ein silbereloxiertes Schild mit seinem vollen Namen und Titel prangte über der linken Brusttasche. Er eilte die Treppe zu Schwester Hildegard hinunter, die auf ihn gewartet hatte. Sie fürchtete sich, allein zurückzugehen, und war dankbar, dass der Arzt Wort gehalten und sich beeilt hatte. Als sie außer Atem im Gemeinschaftszimmer der Mädchen angekommen waren, hatte der Vater einen gewissen Abstand zu dem Kind eingenommen, das noch immer unbeweglich auf dem Bett verharrte. Er stand da und hatte die Arme derart fest um seinen Körper geschlungen, als wolle er die zerfallende Ordnung in seinem Inneren mit den Händen zusammenhalten. Obwohl er es gewohnt war, Soldaten zu befehligen, fühlte er sich aufs Äußerste unbehaglich. Kaum erblickte er Dr. Reuter, drehte er sich zu ihm um und schritt ihm entgegen. Er schien froh zu sein, keine Minute länger als nötig allein in der Anwesenheit des Kindes verbringen zu müssen, obgleich es als sein eigenes galt. »Ich wünsche eine Erklärung, Doktor. Was geht hier vor?« Der Kommandant fingerte fahrig an seinem Schnurrbart herum.

»Bitte beruhigen Sie sich. Hin und wieder kommt so etwas vor.«

Der Offizier berührte nun seine Stirn und sein Haar, das mit einem Scheitel versehen war, präzise gezogen wie mit einem Lineal. Er schnellte zu dem Doktor vor und trat dicht an sein Gesicht heran. Seine Tritte hallten kalt auf dem Boden. »Wollen Sie mich beleidigen? Ich bin Deutscher arischer Herkunft. Da kommt *so etwas* nicht vor!« Der Besucher musterte erneut das Kind. Es war ein zorniger Blick, der das Kind traf, als könnten Blicke gemeinhin etwas ausrichten.

Dr. Reuter wiegelte ab. »Aber nein, ganz sicher nicht. So war das nicht gemeint. Ich wollte sagen, das kommt schon mal vor, wenn die Mutter eines Kindes bei der Geburt verstirbt und das Kind somit ohne seine Mutter aufwächst.« Der Besucher blickte an Reuter vorbei und nickte. Diese Erklärung schien ihm zu gefallen. Es lag ganz sicher nicht daran, dass das Kind ohne seinen Vater aufwachsen musste und es sich daher so merkwürdig benahm.

»Kann ich Sie unter vier Augen sprechen, Doktor?«

Dr. Reuter knöpfte seinen Kittel bis zum Hals zu, als stünde eine ernste Patientenuntersuchung an.

»Schwester Hildegard, wären Sie so freundlich, in der Küche nach dem Rechten zu sehen?«

Sofort war die Schwester aus dem Zimmer verschwunden, doch sie verbarg sich hinter der Tür, wo sie den Worten der Männer lauschen konnte. Ein gefährliches, sogar lebensgefährliches Unterfangen, dessen sie sich nicht bewusst war. Was sie antrieb zu bleiben, war die Zuneigung zu dem Mädchen.

»Hören Sie, Doktor, es ist mir gleichgültig, wie Sie es anstellen, aber wenn der Zustand des Kindes dem Reichsführer SS zu Ohren kommt, haben Sie und ich die größten Schwierigkeiten. Das dürfte Ihnen klar sein. Es ist ja nicht so, als würde etwas mit *meinem* Erbgut nicht stimmen. Der andere Junge, für den ich als Zeugungshelfer dienen konnte, und mein Sohn Heinrich, den ich mit meiner Frau gezeugt habe, sind wohlauf und gedeihen prächtig. Sie sind blond, haben strahlend blaue Augen und werden gute deutsche, arische Herrenmenschen werden, aber dieses …, dieses Mädchen hier …«

Der Vater von Hedwig wies mit einer abfälligen Geste zu ihr hin. Beide vergaßen, dass sie gesunde Ohren hatte und jedes Wort verstehen konnte, was gesprochen wurde, selbst wenn sie sich tot stellte wie ein auf dem Rücken liegender Marienkäfer.

Der Arzt versuchte, seine Stellung als diensthabender Heimleiter professionell zu vertreten. Er legte die Fingerspitzen wie zu einem Indianerzelt aneinander und malte sich aus, er würde vor Studenten sprechen. Vor harmlosen, unbedeutenden Studenten.

»Nun, wir haben drei Möglichkeiten. Die erste ist, das Kind für lebensunwert zu erklären und entsprechend zu verfahren. Die andere Option ist, ihren vollständigen Namen zu ändern und sie zur Adoption freizugeben.« Reuter wandte sich dem Mädchen zu. »Es gibt viele Eltern, die sich sehnlichst Kinder wünschen oder nach dem ersten keine mehr bekommen können. Der Führer verlangt nach kinderreichen Familien, und es ist ein hübsches Mädchen, obgleich sie nicht blond ist. Vielleicht verliert sich die Haarfarbe noch und bleicht nach.«

»Und die dritte Möglichkeit?«, drängte der Besucher.

»Nun, wir könnten sie in eine Nervenheilanstalt einweisen und ein paar Tests mit ihr durchführen lassen, um das Phänomen, mit dem wir es hier zu tun haben, näher zu erforschen. Man könnte vielleicht herausfinden, wie sich derartige Mängel in der Entwicklung künftig vermeiden lassen.«

Der Offizier dachte nach und wägte alle Möglichkeiten ab.

Es durfte auf keinen Fall an die Ohren der Obrigkeit gelangen, dass mit *seiner* Tochter etwas nicht stimmte. Man würde Nachforschungen anstellen, und das musste um jeden Preis verhindert werden, selbst wenn es dem Kind das Leben kosten würde.

Der Arzt wusste, dass der sicherste Weg in der Erklärung der Lebensunwertigkeit bestehen würde. Eine gängige Praxis, deren Strafverfolgung nicht stattfand, zumindest nicht zu jener Zeit. Das Kind würde auf ewig mit vielen anderen Behinderten oder Zurückgebliebenen zum Schweigen gebracht werden.

Eine, wenn auch winzige, Gewissensregung hinderte ihn daran, diese Option sofort zu wählen und die anderen Möglichkeiten zu verwerfen. Und so traf er eine Entscheidung. »Ich denke, wir sollten versuchen, Ihre Tochter zur Adoption freizugeben.«

Der Offizier verengte die Augen und dachte nach. Diese Lösung würde bedeuten, dass die Kleine am Leben bleiben würde. Wenigstens für eine gewisse Zeit. Er nickte, näherte sich Reuter bis auf zehn Zentimeter und ließ ihn seinen bitteren Atem spüren. »Vernichten Sie sämtliche Aufzeichnungen, Krankenakten, alles. Hauptsache, Sie verbergen das auffällige Verhalten dieses Kindes. Diese Anfälle hat es nie gegeben! Sind wir uns darin einig?«

Reuter befreite sich aus der Nähe dieses Menschen und trat einen Schritt zurück, doch der Kommandant folgte ihm, als wäre er mit Reuters Hals durch ein unsichtbares Seil verbunden.

Wieder drang der Besucher auf ihn ein. »Falls eine Adoption unmöglich ist, lassen Sie sie in eine entsprechende Fachklinik oder eine geschlossene Anstalt einliefern.«

Dr. Reuter begriff den Ernst der Lage. Sein Gegenüber war so mächtig, dass ihn ein falsches Wort bei übergeordneten Instanzen ins KZ hätte bringen können, andererseits winkten honorige Beförderungen, wenn er diese Sache im Sinne des Offiziers regeln würde.

»Sie können sich auf mich verlassen. Das Kind Hedwig Strocka hat es ab morgen nie gegeben.«

Der Offizier trat einen Schritt zurück. Er hatte erreicht, was er wollte. »Gut. Dann bin ich erleichtert. Morgen in der Frühe lasse ich Ihnen neue Papiere für dieses Kind vorbeibringen.« Strocka schlich ein letztes Mal an das Bett der Vierjährigen. Sie starrte nach wie vor an die Decke, doch ihre Ohren waren weit geöffnet. Er sah sie an und wandte sich sogleich wieder ab.

In diesem Augenblick löschte er die Existenz seiner Tochter in seinem Bewusstsein.

»Bringen Sie sie weit weg.« Der Offizier verzog angewidert sein Gesicht. »Ich will sie nie wieder sehen.«

Nachdem ihr Vater gegangen war, schloss das kleine Mädchen die Augen. Tränen quollen unter den Lidern hervor. Sie hatte gehört, was gesprochen wurde, erahnte jedoch nur die Bedeutung der Worte, die über ihr weiteres Schicksal entscheiden sollten. Eine eisige Kälte war trotz sommerlicher Wärme schlangengleich an Hedwigs Bett emporgekrochen und würgte so lange ihren Hals, bis alle Worte, die diese Kehle jemals verlassen wollten, erstickt waren.

KAPITEL 4

Hamburg-Fuhlsbüttel, 1. November 2010

Martin Pohlmann winkte träge zurück. Es war kurz vor drei Uhr am Nachmittag, als er seinen Kollegen und seinen ehemaligen Chef hinter der Absperrung erblickte. 24 Stunden Transfer lagen hinter ihm, und er war sich nicht wirklich sicher, ob er sich auf ein Wiedersehen freuen sollte. Während der Landung hatte er aus dem Fenster geschaut und, während die bemüht freundliche Stimme des Piloten eine Ansage machte, hiesiges Wetter wahrgenommen. Mit Skepsis betrachtete er die wartenden Menschen. Dann war es so weit.

Hauptkommissar Lorenz schüttelte die blasse Hand seines Exmitarbeiters überfreundlich. Er fragte sich, wie man sich in einer derartigen Situation verhielt.

Werner Hartleib blieb zurückhaltender.

Beide sprachen nicht aus, worüber sie sich wunderten: Pohlmann war käsebleich, hatte eine Vielzahl von Pickeln und Pusteln in unterschiedlichen Stadien wie ein Pubertierender im Gesicht, und jenes war ums Doppelte aufgedunsen als noch vor 22 Monaten. Der Bauch ebenso. Sein schrilles Outfit gab den Rest.

»Mensch, Pohlmann, gut sehen Sie aus«, log Lorenz.

Pohlmann lachte auf. »Geben Sie sich keine Mühe, Chef. Ich seh furchtbar aus, das weiß ich genau. Sonnenallergie am ganzen Körper.« Pohlmann schüttelte den Kopf. »Ist nicht witzig in so einer Umgebung.«

Schnell hatte sich die Frage nach einem Fehlen eines Bildes des Pächters des Hotels auf der Homepage geklärt. Lorenz, der Pohlmann des Öfteren heimlich beneidet hatte, grinste verstohlen.

»Hi, Werner. Na, wie geht's?« Werner Hartleib und Martin sahen sich in die Augen und schüttelten sich die Hände.

»Ganz okay. Alles beim Alten.«

Martin nickte. »Bist schlanker geworden. Gehste immer noch joggen?«

»Nächstes Jahr mach ich 'nen Marathon. Hab acht Kilo runter.« Martin Pohlmann sah neidisch an Werners flachem Bauch herab.

Während sie den Ausgang passierten, weinte der Himmel zur Begrüßung. Die drei Polizisten betraten den Gehweg und Pohlmann betrachtete gequält die große Pfütze, die sie bis zum Wagen überwinden mussten.

Nachdem Pohlmann selig eine Zigarette geraucht hatte, stiegen sie in den Polizeiwagen, der in erster Reihe parkte.

Die Fahrt verlief sonderbar: Zu Beginn noch oberflächliches Geplänkel, denn niemand wollte darüber reden, was wirklich in Ecuador passiert war. Untreue Partnerin statt ewiger Sex, Langeweile statt Müßiggang, Handtücher klauende Hotelgäste statt Paradies, Pickel statt Bräune. Lorenz sah in den Rückspiegel und fand Pohlmann schlafend vor.

Jetlag.

Lorenz und Hartleib bogen in die Straße ein, in der Pohlmann zwei Jahre zuvor gewohnt hatte. Sie gingen davon aus, dass sich an der alten Adresse nichts geändert hatte, und hielten im Prätoriusweg 17 in Eimsbüttel. Lorenz drehte sich auf dem Fahrersitz zu Pohlmann um und schüttelte den Kopf. Der Mund seines Fahrgastes stand offen, und kehlige Schnarchgeräusche übertönten den Motor.

Hartleib rüttelte am Knie des Kollegen und weckte ihn mit lauter Stimme. »Hey, Martin, wir sind da.«

Pohlmann schreckte aus seinem Traum und richtete sich auf. Er sah aus dem linken und rechten Fenster und begriff recht spät, wo er sich befand. Dann nickte er grunzend. Er kratzte sich an seinem Kopf und das Haar glänzte fettig. Der Flug musste wirklich sehr lang gewesen sein.

»Danke fürs Abholen. Okay, dann werd ich mal.« Pohlmann öffnete die Tür des Dienstwagens und schälte sich aus dem Fond heraus. Lorenz und Hartleib stiegen auch aus. Lorenz holte das Gepäck aus dem Kofferraum, während Hartleib Pohlmann verstohlen musterte.

Lorenz stellte die Koffer auf den Gehweg. »Ich weiß, Sie würden sich gern erst mal so richtig ausschlafen und ein paar Tage wieder eingewöhnen, aber ich muss Sie bitten, morgen früh ins Präsidium zu kommen.«

Pohlmann zog den Griff aus dem Trolli. »Der Fall, den Sie am Telefon angedeutet haben?«

Lorenz nickte.

»Ist neun okay?«

»Meinetwegen«, meinte Lorenz. Eigentlich wäre ihm acht Uhr lieber gewesen, doch in Anbetracht der Umstände …

»Dann bis morgen.« Pohlmann drehte sich um, nahm den zweiten Trolli an die andere Hand und ging zur Tür des Mehrfamilienhauses. Es begann heftig zu regnen. Pohlmanns Blick verfinsterte sich. Vor der Tür begann er nachzudenken, in welchem Gepäckstück er die Hausschlüssel verstaut hatte. Er konnte sich nicht einmal daran erinnern, ob er sie überhaupt eingesteckt hatte, als er Ecuador verlassen hatte.

Er stand unter dem kleinen Vordach des Hauses und öffnete nacheinander die Reißverschlüsse seines Rucksackes und beider Koffer. Kein Klimpern war zu hören und kein Schlüssel zu ertasten. Nun war er sich sicher, dass es keine Schlüssel für die Tür, vor der er stand, gab. Mist, schimpfte er. Er klopfte die Taschen seiner Lederjacke ab, aber auch da war nichts. Er versuchte, sich daran zu erinnern, wo er vor fast zwei Jahren den Schlüsselbund deponiert hatte, doch diese Sache schien wie ausgelöscht aus seinem Hirn. Er nahm sich vor, zu einem späteren Zeitpunkt darüber nachzudenken, wenn er nicht mehr so müde wäre. Er schellte bei Frau Lutter, einer alten Dame im Erdgeschoss, und freute sich, als sie ihm öffnete.

Mit vielen Worten musste er ihr erklären, wie es ihm ging, wie die Reise war und überhaupt müsse er ihr beim Tee alles über das wilde Land in Südamerika erzählen. Martin schwor ihr bei allen Heiligen, die er nicht kannte, dass er ihr ausführlich berichten würde, doch jetzt müsse er erst mal etwas Schlaf nachholen. Dafür hätte sie doch sicher Verständnis. Und ob sie noch den Schlüssel hätte, den er ihr mal vor Jahren gegeben hatte. Sie verschwand im Inneren ihrer Wohnung, und Martin hörte sie aufgeregt klimpern. Sie kam wieder heraus, schlug sich an die Stirn und erinnerte ihn daran, dass er ihr den Schlüssel vor der Reise abgenommen hatte. Martin zog ein altes Nokia-Handy aus der Tasche, was lediglich zum Telefonieren taugte, schaltete es ein und sah, wie der kleine Balken, der die Energie des Gerätes anzeigte, mit einem schrillen Piepen erlosch. Der Akku hatte schon vor dem Flug den Geist aufgegeben.

»Darf ich mal Ihr Telefon benutzen?«

»Inland?«, fragte sie nervös.

»Schlüsseldienst. Ich brauche ein neues Schloss.«

Nach 20 Minuten in Frau Lutters Wohnung wurde Martin von einem stämmigen Mann mit einer Klempnertasche erlöst.

»Dritter Stock«, lotste ihn Martin.

»Kein Aufzug?«

»Nee, kein Aufzug.«

Der Schlüsselexperte schleppte sich und seine Tasche Stufe für Stufe empor. Als er oben ankam, schwitzte er stark und ließ klirrend die Tasche fallen. »Die hier? Pohlmann?«

Martin nickte und zeigte ihm unaufgefordert den Personalausweis. Der Dicke sah ihn sich nicht an. Es war ihm egal, solange bezahlt wurde.

Mit wenigen Griffen, einer Bohrung und einem kurzen Krachen war die Tür offen. Der alte Zylinder wurde entfernt, der neue montiert und 300 Euro kassiert.

Willkommen zu Hause.

Martin drückte die Tür auf und schob Tonnen von Werbung, die durch den Briefschlitz geworfen worden waren, zurück. Er rollte seine Koffer hinein, stellte sie ab und schloss die Tür, nachdem er mit dem Fuß das Altpapier an die Wand gekickt hatte.

Eine seltsame Stimmung befiel ihn. Der Ort, den er auf immer verlassen wollte, hatte ihn wieder. Er fühlte sich allein. Es roch nach abgestandener Luft, und obwohl er die Heizungen vor der Abreise auf eins gestellt hatte, kroch die Kälte der Mauern unter seine Haut. Nichts Gemütliches oder Heimeliges empfing ihn.

Martin schüttelte die trüben Gedanken wie lästige Fliegen ab und beschloss, das einzig Vernünftige zu tun, was in seiner Situation zu tun ratsam war: ausgiebig zu schlafen.

2. November 2010

Am nächsten Morgen stand Pohlmann um zehn Uhr bei Lorenz auf der Matte. Er empfand sein nicht ganz pünktliches Erscheinen in Anbetracht der Zeitumstellung als gerechtfertigt. Ein letztes Mal sah er an sich herab: Er war unpassend gekleidet. Die Hemden, die sich in seinem Kleiderschrank stapelten, hatten die Größe M. Seit einem Jahr brauchte er L. Die Hosen, die er vor seiner Abreise getragen hatte, entsprachen der Konfektionsgröße 48. Nun brauchte er 52. Also musste er sich aus seinem Koffer bedienen, und dort fand er nur schlabberige Hawaii-Hemden und löchrige, abgewetzte Jeans. Es war schließlich nicht seine Idee gewesen, gleich am ersten Tag parat zu stehen, doch er beruhigte sich mit dem Gedanken, dass er heute nur ein Briefing und ein Gläschen Sekt bekommen würde. Doch er sollte sich gründlich getäuscht haben.

*

Unter normalen Umständen hätte sich der frisch eingetroffene Beamte ein paar Tage akklimatisieren müssen, doch leider herrschten zurzeit in Hamburg keine normalen Zustände. Lorenz öffnete die Tür, bat Martin herein und studierte dessen Outfit. Einen Kommentar hielt er zurück. Martin sah sich um. Es war unverändert unordentlich, und niemand erwartete ihn. Es gab keinen Sekt, kein Willkommens-Trärä, nichts. Martin wunderte sich nur.

Lorenz kramte in einer Schublade herum, als Hartleib das Büro betrat. Er begrüßte ihn nüchtern. Martin kam die Situation grotesk vor. Irgendetwas stimmte hier nicht, nichts war, wie es eigentlich hätte sein sollen oder wie man es normalerweise erwartet hätte. Dann fand Lorenz, wonach er gesucht hatte, und stammelte verlegen: »Hören Sie, Pohlmann. Tut mir echt leid, dass ich Sie dermaßen überfallen muss, aber ich habe hier einen kleinen, na, nennen wir es mal Wiedereinstiegsfall, der Ihre alten Instinkte zum Erwachen bringen soll.« Lorenz überreichte Pohlmann eine dünne Akte und legte den Kopf schief. Er kratzte sich im Nacken. Man merkte ihm mühelos an, dass es ihm unangenehm war. »Das Problem ist, es eilt leider.«

Pohlmann schlug die Akte auf, und der Stempel eines bestimmten Krankenhauses erregte seine Aufmerksamkeit. »Was ist das denn?« Er sah abwechselnd in die Gesichter seiner Gegenüber.

Pohlmann deutete auf den Stempel und das Dokument, das versiegelt war. »Es ist nicht das, was ich vermute, oder? Es geht nicht wirklich um einen Insassen im Landeskrankenhaus? Das ist jetzt nicht Ihr Ernst?« Martins Stimme wirkte brüchig. »Ich komme gerade aus Ecuador. So schlimm war es da drüben nun auch wieder nicht.«

Lorenz wiegelte ab. »Nein, es geht nicht nur um einen Insassen, sondern leider auch um den Tod jenes Psychiaters, bei dem Sie damals Ihre Therapie begonnen hatten.«

Pohlmann wandte sich ab und kramte längst verdrängte Erinnerungen wieder hervor. »Professor Keller ist tot?«, fragte er leise.

Lorenz nickte und legte die Stirn in Falten. »Verdacht auf Selbstmord. Vor vier Tagen. Kurz bevor Sie mich aus Ecuador angerufen haben. Hat sich in den Kopf geschossen.« Lorenz rieb sich die Hände. Jetzt, nachdem er Pohlmann gegenüberstand, mit ihm sprach, sich an frühere Zeiten erinnerte, wusste er, dass es die richtige Entscheidung gewesen war, diesen Fall nur ihm übertragen zu können. Er schien als Einziger in Frage zu kommen, weil er den Professor so gut kannte wie kein anderer im Präsidium. Außerdem traute Lorenz Schöller es ganz und gar nicht zu, in kurzer Zeit Ermittlungsergebnisse zu präsentieren, mit denen die Presse etwas anfangen konnte. Doch selbst wenn Lorenz überzeugt war, Pohlmann war es noch lange nicht. Hinzu kam, dass Lorenz einen lausigen Diplomaten abgab und dafür bekannt war, nicht lange drum herum zu reden, sondern einfach die Dinge beim Namen zu nennen. Dass er sich damit nicht immer Freunde schuf, war klar.

»Na, was für ein Zufall!«, blaffte Pohlmann Lorenz an. Hätte ich bloß nicht angerufen, schoss es ihm durch den Kopf.

Lorenz bemühte sich, Pohlmann zu beschwichtigen. »Aber darum geht es heute noch gar nicht. In erster Linie sollen Sie nur ein Buch abholen. Mehr nicht. Ist ganz schnell erledigt. Dauert fünf Minuten.«

Pohlmann sah an sich herab. »So? Ich muss dringend Klamotten kaufen und mich um meine Wohnung kümmern.«

»Na ja, zugegeben. Bisschen eigenwillig, Ihre Garderobe, aber ich denke, für heute wird's gehen. Ist ja nicht zu ändern.«

»Und warum kann Werner das Buch nicht holen?«

»Kollege Hartleib hat heute keine Zeit. Auf seinem Schreibtisch türmen sich andere Fälle.«

Pohlmann warf Lorenz und Hartleib einen verärgerten Blick zu.

»Bringen Sie einfach das Tagebuch einer Frau Braun mit. Sie bezichtigt darin Professor Keller eines Mordes.« Lorenz wurde ernst und wollte seine Position als Chef festigen. »Ist doch klar, dass wir uns als Mordkommission darum kümmern müssen. So, das genügt für heute. Den Rest erkläre ich Ihnen morgen.«

»Was ist bloß so wichtig an diesem verdammten Buch?«

Lorenz blieb ungerührt, froh, den Fall endlich los zu sein.

»Sie sind schon angemeldet, Martin.« Dann fügte er einige Erklärungen hinzu, so als solle es wie eine Entschuldigung klingen. Doch wenn er Pohlmann richtig einschätzte, würde dieser sich erst dann zufriedengeben und den Auftrag ausführen, wenn sein Gehirn mehr Informationen hätte. Lorenz strich sich den ergrauten Kinnbart glatt.

»Na gut, ich erklär es Ihnen. Also, es geht um Folgendes: Sie erinnern sich doch an die Geschichte von damals, diesen Prozess einiger Lebensborn-Zöglinge gegen den Staat Deutschland.« Lorenz lachte gekünstelt auf. »Einen Prozess gegen den Staat zu führen, wo doch jeder weiß, dass das gar nicht geht. Hat ja auch nicht geklappt. Aber dann die Sache mit dem Nazi, da haben die Leute hingehört. Bad news are good news. In diesem Fall waren das sowieso good news. Einem alten Nazischwein trauert ja keiner 'ne Träne nach, oder?« Pohlmann gähnte und sah Lorenz fragend an. Lorenz fuhr fort: »Na ja, und Emilie Braun behauptet in diesem Buch, dass Professor Keller diesen Nazi umgebracht hat.« Martin nickte und zog den Reißverschluss der Jacke über dem frierenden Bauch zu. Alle Argumente, die er jetzt noch hätte vorbringen können, hätten Lorenz nicht davon abgehalten, stur zu bleiben. So kannte er seinen Chef und so war er geblieben. *Willkommen zurück in Hamburg.* Also beschloss er, sich schnell auf den Weg zu machen, um dessen Redeschwall abzukürzen.

Lorenz kramte einen Schlüsselbund hervor. »Ihren alten Dienstwagen gibt es auch noch. Könnte sein, dass er nicht gleich anspringt. Außer Schöller hat den niemand benutzt.«

Pohlmann verließ wie in Trance das Büro. Lorenz rief ihm nach: »Na dann, bis morgen um acht.«

Als Pohlmann außer Hörweite war, wandte sich Werner Hartleib seinem Chef zu. »Meinen Sie nicht, man hätte ihm einen Tag zur Erholung geben müssen? Wenigstens sich umziehen hätte er müssen, oder?« Lorenz zog die Stirn in Falten. Nun kamen ihm doch erste Bedenken, Pohlmann so früh ins Schlachtfeld geschickt zu haben, noch dazu in eins, in dem Pohlmann nicht vollständig Herr seiner Souveränität sein würde.

*

Pohlmann fand den zwölf Jahre alten VW-Passat auf dem Parkplatz. Er ignorierte den Mief von Schöller darin. Erstaunlicherweise sprang der Wagen nach dreimaligem Orgeln an.

Das Präsidium befand sich nicht unweit der Außenalster, einige Straßen von der ewig verstopften Adenauerallee entfernt, in St. Georg. Die idyllisch klingende Adresse lautete: Beim Strohhause 31. Einer Legende zufolge stammte der Name aus dem 17. Jahrhundert und beruhte auf der Existenz eines Hauses, in dem ein Schlagbaumwärter seine Wohnung hatte und dort eine lebhaft besuchte Gaststätte betrieb. Es handelte sich um einen Fachwerkbau, dessen Felder zwischen den Balken mit Strohgeflecht ausgefüllt waren. Eine andere Überlieferung besagte indes, dass an dieser Stelle ein Dorf gelegen haben solle, das der Hamburger Kavallerie als Strohlager diente. Wie dem auch gewesen sein mochte, St. Georg war wahrlich kein beschaulicher Ort, den man unbeschadet des Nachts passieren konnte, selbst wenn das Viertel seinen Namen dem nach dem Heiligen Georg benannten Lepra-Hospital verdankte, das um 1200 außerhalb der Stadt gegründet worden war. Bis in die 80er-Jahre hinein war St. Georg eher ein Ort, der mit Drogen- und Menschenhandel zu kämpfen und nun den Sprung in die

Moderne geschafft hatte. Es reichte sogar für eine Schlagzeile in der Bild-Zeitung, in der es hieß, dass sich St. Georg gemausert hätte und sich Künstler, Angestellte und Freaks – so wörtlich – sauwohl dort fühlten. Kontrovers hingegen wurde nach wie vor die multikulturelle Vielfalt dieses Stadtteils diskutiert, in dem nach Meinung der meisten Anwohner ein Polizeipräsidium wie ein Licht in der Dunkelheit wirken würde.

Martin legte den ersten Gang ein und erinnerte sich an eine Route, die ihn um den Stau herum lotsen würde. Der kleine Umweg, der ihn auf schnellerem Wege zum Steintorwall führen würde, war ihm trotz seiner zweijährigen Abwesenheit sofort wieder präsent. Die Fahrt nach Norderstedt dauerte bei günstigen Verkehrsverhältnissen eine halbe Stunde. Er rechnete in dem Moment mit dem Doppelten, als er den Glockengießerwall hinter sich ließ und auf die Kennedybrücke fuhr. Der Stau lichtete sich erst auf der Schäferkampsallee. Er bog, nachdem er die Kieler Straße hinter sich gelassen hatte, bei Hamburg-Stellingen auf die A7 ab, die ihn in Windeseile gen Norden bringen sollte. Bei Hamburg-Schnelsen-Nord bog er ab, ohne sich über nennenswerte Verkehrsbehinderungen geärgert haben zu müssen, und traf schließlich über die B 432 in Norderstedt ein. Wie er zum Landeskrankenhaus kommen würde, wusste er. Leider war ihm die Strecke zur Psychiatrie nur allzu vertraut.

*

Pohlmann erreichte das etwas außerhalb liegende Klinikgelände und parkte den Wagen auf dem Besucherparkplatz. Er beschloss, eine letzte Zigarette zu rauchen, bevor er die Tore, an die sich hohe Mauern anschlossen, durchqueren würde. Wieder sah er an sich herab. Wie ein Polizist im gehobenen Dienst sah er im Augenblick nicht aus, und hätte er seinen Dienstausweis nicht dabeigehabt, hätte man ihn im Inneren der Klinik womöglich gleich dabehalten. Er trug immer noch das Hawaii-Hemd und hatte die rötlichen Haare zu einem Zopf im Nacken zusammengebunden. Der für deutsche Verhältnisse nicht mehr zeitgemäße Schnurrbart war ebenfalls rötlich, eher klebrig-braun von jahrzehntelangem Samson und Drum-Missbrauch. Er rauchte eigentlich alles, was man rauchen konnte, in Ecuador gelegentlich auch vermischt mit Gras, doch hier in Hamburg freute er sich über heimische Tabakmarken, weniger jedoch über heimisches Wetter. Er nahm die letzten Züge seiner Zigarette und bemerkte, wie die Finger seiner linken Hand, in der er die Kippe hielt, zitterten. Er wusste genau, dass dieses Zittern nicht auf ein Defizit an Zucker in seinem Gehirn oder den noch in seinem Inneren herumspukenden Jetlag zurückzuführen war. Auch die für seine Verhältnisse sibirisch anmutenden Temperaturen waren nicht dafür verantwortlich. Es waren diese Mauern, die er zu durchschreiten beabsichtigte und die sein vegetatives Nervensystem in Aufruhr versetzten.

Nachdem Martin dem Pförtner den Ausweis gezeigt und dieser in der Besucherliste nachgesehen hatte, durfte er passieren.

Der übergewichtige Mann erhob sich aus seinem Stuhl und lehnte sich aus dem Fenster seines Häuschens. Während er Pohlmann hinterher sah und ungläubig den Kopf schüttelte, wackelte sein fettleibiges Doppelkinn wie jenes von Scooby-Doo.

Eine zunehmende Unruhe verdrängte Martins Müdigkeit und er fror. Von außen betrachtet wirkte das Gebäude keineswegs unfreundlich. Roter Backstein mit weiß getünchten Giebeln und kleinen Balkonen an der Frontseite vermittelten eher den Eindruck eines Hotels oder eines friedlichen Sanatoriums. Kräftiger Efeu klammerte sich an den feinen Ritzen und Unebenheiten des Fugenputzes fest und erklomm das von der Außenwelt abgeriegelte Gebäude. Vor dem Haus lag ein kleiner Park, in dem ein Gärtner das letzte Herbstlaub zusammenrechte und die verblühten Rhododendrenblüten abknipste. Er trug einen grünen Overall mit dem Logo der Klinik auf dem Rücken, zog den Reißverschluss hoch bis zum Hals, sah von seiner Arbeit auf und bedachte den ungewöhnlichen Besucher mit einem sonderbaren Blick. Für Pohlmann sollte dies nicht der einzige ihm Unbehagen einflößende Blick gewesen sein, denn immerhin konnte die nette Parkanlage nicht darüber hinwegtäuschen, dass hinter diesen Pforten gequälte Seelen lebten, die ihre Hände durch vergitterte Stäbe reckten und zeitweise ihre Dämonen in die Nacht hinausschrien.

Eine dieser Seelen erwartete ihn, und hätte man ihm die Wahl gelassen, er hätte kehrtgemacht.

KAPITEL 5

Steinhöring, 18. August 1944

Der Offizier schloss die Tür seiner neuen Limousine und kam zur Ruhe. Alle Stimmen, seien sie von innen oder außen, verstummten mit einem soliden Knall. Der Chauffeur startete stumm den Motor. Ungefragt hätte er sich nie getraut, auch nur einen Laut von sich zu geben. Er hielt es für das Beste, den Mund zu halten, nicht einmal darüber nachzudenken, worin der wahre Sinn dieser ominösen Kinderheime lag. Auf dem Beifahrersitz hingegen saß ein Mann, in dessen Kopf sich die Gedanken überschlugen. Die Bilder dieses Mädchens, die er nicht abwehren konnte, verstörten ihn. Dieses Kind könnte seine gesamte Karriere ruinieren, jetzt, wo er schon so weit in der Gunst des Führers aufgestiegen war. Er dachte an die Worte des Arztes. Ja, es musste wohl an der Mutter des Kindes gelegen haben, dessen war er sich sicher. Sie war doch nicht so gesund gewesen, wie sie gesagt hatte. *Ihr* Erbgut musste fehlerhaft gewesen sein – eine Schande des deutschen Volkes. Sie war schwach und starb, in seinen Augen ein natürlicher Ausleseprozess, denn nur der Starke sollte überleben.

Dass man während des Zeugungsaktes nicht unbedingt sturzbetrunken sein sollte, um eine gesunde Entwicklung des Kindes zu gewährleisten, hielt er nicht für bedeutsam.

Indes beeilte sich Dr. Reuter, die Akten von Hedwig zu suchen. Auch er war erleichtert, dass der Besucher fort war. Er ging in sein Sprechzimmer, wo er die Unterlagen in einem abschließbaren, metallenen Karteischrank aufzuheben pflegte. Im geeigneten Moment trat Schwester Hildegard hinzu und täuschte vor, Ordnung machen zu wollen. »Kann ich Ihnen helfen? Suchen Sie etwas Bestimmtes?« Sie erblickte die bereitgelegte Akte von jenem Kind, das sie seit der Geburt betreut hatte. Hedwig Stroka, uneheliche Tochter eines rein arischen Offiziers, über Generationen hinweg – so die offizielle Version. Ein Prachtexemplar für den Führer, leider jedoch ein Mädchen, das nicht an der Waffe ausgebildet werden könnte. Ein sicherlich für manche Menschen liebenswertes, nicht allzu hässliches Kind, verschlossen zwar und nicht willens, sich mit Worten mitzuteilen, doch dass sie *gar nicht* redete, entsprach nicht der Wahrheit. Sie redete nicht mit jedem, aber sie hatte mit Schwester Hildegard geredet. Wann immer die Schwester sich um sie bemühte, fand sie die Tür, die man öffnen musste, um zu Hedwigs Innerem zu gelangen, eine Tür, die sonst niemand fand. Nur dann, wenn sie allein waren und kein anderer sie sah oder hörte, öffnete Hedwig die zarten, manchmal bläulich verfrorenen Lippen und überredete ihre Stimmbänder, mit sanften und weichen Tönen Worte entstehen zu lassen, die so niedlich und unschuldig klangen, dass sie unmittelbar Zugang zu Hildegards Herzen fanden.

»Bitte, halten Sie mich nicht für unverschämt, aber sagen Sie mir doch bitte, was mit Hedi geschehen soll.« Obwohl sie es bereits wusste, weil sie gelauscht hatte, durfte sie auf keinen Fall das Vertrauen ihres Vorgesetzten verlieren. Dr. Reuter schätzte den unermüdlichen Einsatz der Schwester für die Kinder und behandelte sie mit Respekt. Einen Augenblick hielt er inne, während er seine Hände in dem Karteischrank vergrub. Er überlegte, wie weit er sie in seine Pläne einweihen durfte.

»Die Hedwig kann nicht hierbleiben«, sagte er. »Sie schadet dem Ruf unserer Einrichtung. Sie ist geistig nicht gesund.« Dann fuhr er fort, Akten zu sichten. »Ich habe es mir noch einmal durch den Kopf gehen lassen. Ich denke, ich werde sie einweisen lassen müssen. Ich glaube nicht, dass irgendjemand dieses verstörte Mädchen adoptieren möchte. Sie ist eine Belastung für jede Familie, zumal in diesen Zeiten.«

Schwester Hildegard wurde unruhiger und sie konnte nicht länger an sich halten. »*Ich* könnte sie doch mitnehmen. Sie wissen doch, dass ich nach Bremen versetzt werde. In zwei Tagen reise ich ab.« Dr. Reuter wägte alle Eventualitäten ab. Es musste sichergestellt werden, dass es ab morgen keine Hedwig Strocka mehr gab, so oder so. Ein Tag mehr oder weniger würde vermutlich nichts ausmachen. Andererseits wäre das Kind ein geeignetes Objekt für neurologische Forschungen. Diese Art der geistigen Störung war weitgehend unerforscht, und es wäre gewiss interessant herauszufinden, unter welchen pharmazeutischen, physikalischen und operativen Bedingungen man Hedwigs Zunge lösen könnte. Ob sie jedoch eine Lobotomie, die Durchtrennung des hirnansässigen Stirnlappens, überleben würde, war fraglich. In Zeiten wie diesen schafften es die meisten nicht oder waren pflegebedürftig bis an ihr Lebensende.

Reuter hielt in seinen Bewegungen inne und blickte zu Schwester Hildegard auf. Es schien, als suche er in ihren Augen die richtige Antwort auf die schwierige Frage, wie man mit Hedwig verfahren solle. »Strocka war sehr ungehalten über den Zustand seiner Tochter. Ihnen ist ja nicht bekannt, was er angeordnet hat, aber von einer Verlegung hat er jedenfalls nicht gesprochen.«

»Er muss es ja nicht erfahren«, flehte Hildegard und berührte Dr. Reuter vertraulich am Arm. »Ich weiß, dass sie schwierig ist, aber ich habe wirklich keinerlei Mühe mit ihr.« Dann überlegte sie kurz, ob sie ihr Geheimnis Dr. Reuter mitteilen sollte. Es galt, alles in eine Waagschale zu werfen, um das Kind zu retten. »Hören Sie, ich weiß, Sie glauben, sie sei verrückt, weil sie nicht spricht und weil sie sich manchmal so sonderbar benimmt, aber das stimmt nicht. Sie ist nicht verrückt. Sie ist vielleicht ein wenig …«, Hildegard rang mit Mühe nach der korrekten Bezeichnung, »… sie ist einfach nur anders als die anderen, aber auf ihre Art doch liebenswert. Sie spricht mit *mir*! Ja, es stimmt. In meiner Gegenwart ist sie ganz normal. Glauben Sie mir, sie mag mich. Ich bin für sie wie die Mutter, die sie nie hatte.« Dr. Reuter wandte sich zu Hildegard um. 30 Jahre Erfahrung als praktischer Arzt in fast allen Belangen der angewandten Medizin hatten ihm nicht geholfen, einen Zugang zu dem Mädchen Hedwig Strocka zu bekommen, selbst wenn man seine Versuche nur als halbherzig bezeichnen konnte und er sich auf viele Kinder konzentrieren musste. Nun sagte ihm diese nicht approbierte Schwester, dass sie den Schlüssel zum Herzen dieses Mädchens besaß.

Schnell setzte sie nach. »Ja, es stimmt. Was soll ich machen? Ich mag sie und sie vertraut mir. Bitte, Herr Doktor. Sie sind doch ein guter Mensch.«

Dr. Reuter war seinerzeit Arzt aus Leidenschaft geworden, selbst wenn zu Kriegszeiten gewaltige Abstriche in ethischen Fragen gemacht werden mussten. Doch dieses Bitten und Drängen um das Kind rührte ihn. Ein Teil seines Herzens war menschlich geblieben, und er dachte sich: Was kann schon passieren? Schwester Hildegard würde mit einem Kind, dessen neuen Namen sie am nächsten Tage erfahren würden, von Bayern nach Niedersachsen reisen. Niemand würde argwöhnen, dass etwas daran nicht in Ordnung war. Weder im Zug noch an anderen Kontrollposten. Reuter wandte sich von der Schwester ab und ging in seinem Büro auf und ab. Er hatte keine Zeit, lange über diese Sache nachzudenken. Es galt nun, schnell und zugleich richtig zu entscheiden, und diese Entscheidung musste aus dem Gefühl und nicht aus der Vernunft heraus getroffen werden.

Schließlich willigte er ein. Die Tragweite dieser Entscheidung war ihm in diesem Moment nicht bewusst. »Also schön. Sie genießen mein Vertrauen, Schwester Hildegard. Nehmen Sie sie mit, aber ich möchte in regelmäßigen Abständen von Ihnen erfahren, wie sich das Kind entwickelt.«

Hildegard nickte. Ihre Augen strahlten über diesen kleinen Sieg, in einem Krieg, in dem Millionen umkamen, wenigstens ein Kind retten zu können. Hedi würde bei ihr bleiben können, wenigstens für eine gewisse Zeit.

In diesen Zeiten wusste niemand, ob der Tag, an dem man noch die warme Sommersonne genoss, nicht der letzte sein könnte. Doch es galt nur, für den jeweiligen Tag Sorge zu tragen und nicht für den nächsten, für eine ganze Woche oder einen Monat. Niemand kannte seine eigene Zukunft, geschweige denn den Zeitpunkt und die Art seines Todes. Im Hinblick auf das, was Schwester Hildegard zu erwarten hatte, war dies auch gut so, denn niemals hätte sie geahnt, dass sie die Jahreszeit, in der das Laub die Bäume verließ, nicht mehr erleben würde.

KAPITEL 6

Hamburg-Norderstedt, 2. November 2010

Pohlmann durchschritt verschiedene Türen, die eigens für ihn geöffnet wurden. Übertrieben oft blickte er sich in alle Richtungen um, während er langsamen Schrittes vorwärts ging. Er wusste nicht genau, wovon oder durch wen er sich bedroht fühlte, doch seine Sinne waren geschärft. Ihm war, als ruhten tausend unsichtbare Augen auf ihm, auf jeder seiner Bewegungen und würden spöttisch und verhöhnend auf ihn herabblicken.

Die Flure, die er beschritt, sahen im Wesentlichen gleich aus, bis auf die Menschen, die sie bevölkerten. An den bilderlosen, gelblich gestrichenen Wänden gab es nichts, worauf das Auge verweilen mochte, nichts, das dem Betrachter Freude vermittelt hätte wie ein beruhigendes Landschaftsbild oder dergleichen. In Hüfthöhe waren kalte metallene Haltestangen angebracht, an denen man sich, je nach entsprechend entspannender Medikation, entlanghangeln konnte. Alle Kanten des Geländers waren abgerundet und schmeichelten der Haut. Nichts, woran man sich hätte stoßen oder die Adern aufritzen können. Die Neonröhren schlossen bündig mit der Decke ab und gaben ein gleichmäßig milchiges Licht ab. Der grau melierte Linoleumboden knatschte bei jedem Schritt unter Pohlmanns Turnschuhen, und er erregte eine gewisse Aufmerksamkeit unter den Bewohnern. Menschen in herkömmlicher, vielleicht nicht gerade der allgemeinen Mode angepasster Kleidung oder in Bademänteln schlurften an ihm vorbei und taxierten die ihnen fremde Erscheinung. Sie wirkten ungepflegt mit fettigen, teils zerzausten oder plattgelegenen Haaren – diesbezüglich passte er sich an diesem Tag seinem Umfeld perfekt an. Die Patienten lächelten und entblößten ihre kariösen oder fehlenden Zähne, als sie die schrill gelben und orangefarbenen Blumen auf seinem Hemd Marke Pacific Flower musterten. Ihr Lächeln beruhigte ihn, lächelnde Menschen griffen niemanden an, hoffte er.

Als er die Abteilung, die er auf dem Briefkopf des Dokumentes gelesen hatte, erreicht hatte, schritt er zügigen Schrittes auf die erstbeste Pflegerin zu, die ihm entgegenkam. Er starrte auf das Schildchen, das am Kittelrevers über dem linken – wie Pohlmann fand – stattlichen Busen angebracht war, und las ›A. Kaschewitz‹.

»Hallo! Kripo Hamburg. Mein Name ist Pohlmann.« Martin hörte seine eigenen Worte, wie sie leicht und locker über die Lippen kamen, als hätte er sie die vergangenen 22 Monate täglich in dieser oder ähnlicher Form benutzt.

»Ich suche eine Dame mit Namen Braun. Emilie Braun oder so.« Frau Kaschewitz schien verwundert zu sein. Vielleicht lag dies an der Tatsache, dass Frau Braun bisher noch nie Besuch von einem Polizeibeamten bekommen hatte, oder daran, dass sie noch nie Besuch von einem *solchen* Polizeibeamten bekommen hatte. Die Krankenschwester führte Martin durch einen langen Flur hindurch und blieb am Ende des Flures auf der linken Seite an einer Tür stehen. Sie drückte die Klinke herunter und ging voraus.

Martin verengte die Nasenflügel. Ein Schwall von Medizingerüchen und anderen nicht identifizierbaren Agenzien störte sein Geruchsempfinden erheblich und trieb düstere Erinnerungen in seinen Sinn: Bereits lange zuvor verdrängte Szenen mit einem alten Mann in einem Bett und ihm, dem Sohn, davor und keinem einzigen Wort der Versöhnung bis zum Schluss.

In der Mitte des Raumes standen sie vor einem Bett, in dem eine alte Frau lag.

»Ist das Emilie Braun?« Martin blickte auf eine Gestalt, die die Augen geschlossen hielt.

»Ja«, erwiderte die Schwester und ließ dabei keinerlei Emotionen erkennen.

»Ich bin angewiesen, ein Buch, das Frau Braun geschrieben haben soll, mit aufs Präsidium zu nehmen.«

Frau Kaschewitz nickte stumm, drehte sich um, zog die Schublade einer Kommode auf und überreichte ihm, wonach er verlangte. Martin blätterte desinteressiert darin herum und betrachtete dann die Frau, die sich zwischen den Kissen vor der Welt zu verbergen versuchte. Ihre Handgelenke waren bandagiert und mit zäh-elastischen Bändern an den Gitterstäben des Bettes fixiert. Eine gewisse Bewegungsfreiheit hatte man ihr gelassen. Rote Farbe auf der Unterseite deutete auf Blut hin. Ihre Haut auf der Oberseite der Arme war mit Altersflecken übersät, und ein Tropf versorgte sie mit allem, was ein Körper zum Weiterleben brauchte. Rings um die Einstichstelle der Braunüle dominierten blaue Flecken, was darauf hinwies, dass das Auffinden der Vene mit einiger Mühe verbunden gewesen sein musste oder in aller Eile geschah. Pohlmann betrachtete die Patientin, und ihr Anblick verursachte in seinem Inneren eine Mischung aus Abscheu und Verwirrung. Einen Moment lang löste Martin die Fixierung seiner Augen und blickte auf die kliniküblichen, seiner Meinung nach hässlichen Birkenstockschuhe von A. Kaschewitz. In diesem Moment erwachte die Patientin. Ihre Pupillen rollten von einer Seite zur anderen. Sie brauchte eine Weile, um sich zu orientieren. Ihr Gehirn hatte, wie man ihm später versicherte, durch den suizidbedingten Sauerstoffmangel keinen Schaden erlitten. Um dies zu beurteilen, hätte Martin sie allerdings besser kennen müssen.

Er hoffte, dass dies nicht nötig sein würde.

Martin verstand von medizinischen Dingen nicht viel. Er war seit über 20 Jahren ein raubeiniger Bulle und aus voller Überzeugung kein Arzt geworden, doch der erste Eindruck, den der ausgemergelte Körper, der da vor ihm lag, auf ihn machte, schien von dem Erleben der Ewigkeit nicht weit entfernt zu sein. Der ganze Körper der Frau schien dem Tode nahe zu sein, doch ihre Augen tanzten diesbezüglich aus der Reihe. Sie waren alles andere als tot. Als die Frau Martin mit dem Buch in der Hand erblickte, sprühten ihre blauen Augen Funken. Emilie Braun ärgerte sich, dass sie noch am Leben war und all das miterleben musste. Statt im Himmel oder sonst wo angekommen zu sein, verharrte sie immer noch auf der Erde. Fast wäre sie fort gewesen, doch wie mit einem langen Gummiband hatte man sie durch verschiedene Maßnahmen zurückgezogen, zurück in diese Hölle, die, seitdem Hans tot war, für sie keinen Sinn mehr ergab.

Sie kniff die Augen zusammen, um besser sehen zu können, und jetzt erkannte sie noch deutlicher den Gegenstand in der Hand des Fremden und war mit dem, was sie sah, ganz und gar nicht einverstanden.

»Das ist *mein* Buch!«, keifte Emilie Braun den Kommissar an. Sie versuchte, sich aufzubäumen, doch die Bandagen hielten sie zurück. Sie hustete und räusperte sich. »Das ist mein Buch«, wiederholte sie stereotyp. »Verdammt! Das ist *nicht* für Sie.« Ihre Stimme klang laut und krächzend wie die eines greisen Papageis. Sie lispelte und während sie fluchte, fiel Martins Blick in ein schwarzes Loch mit rötlichem Zungenhintergrund, das normalerweise mit einem Zahnersatz kaschiert war. Martin entdeckte die Zahnprothese mit silbernen Klammern in einer weißen Plastikschale auf dem Tisch neben dem Bett. Ein Gedanke, schneller als der Neutronenbeschuss in einem

Reaktor, fand Zugang zu seinem Bewusstsein. *Hatte Vater nicht auch so eine Prothese, bevor er starb?* Er wehrte sich gegen den Angriff aus der Vergangenheit und hielt das Buch umso fester in der Hand. Er fühlte das Leder mit seinen Fingerspitzen und sah darauf herab. Ihm schien, als berge es Geheimnisse, die sich nur ihm offenbaren wollten.

»Für wen ist es denn?«, fragte er leise, um das Gemüt der Frau zu beruhigen.

Hätte sie sich bewegen können, hätte sie mit den Schultern gezuckt. »Ich weiß nicht – jedenfalls nicht für Sie. Wer sind Sie überhaupt?« Ihre Augen wanderten auf dem Hemd von einer Blume zur nächsten.

»Mein Name ist Kommissar Martin Pohlmann.« Er machte eine kleine Pause, dann fuhr er fort: »Und ich bin Ihretwegen hier. Genauer gesagt, wegen dem hier.« Pohlmann wedelte mit dem Buch in der Luft. Die Augen der Frau weiteten sich in ihrer perplexen Erstarrung. Sie schien nicht glauben zu wollen, was man ihr einzureden versuchte. Ein angeblicher Kommissar in einem grotesken Hemd, das sich über dem wohlgenährten Bauch spannte, und noch dazu hielt er *ihr* Buch in seiner Hand. War dies die Wirklichkeit, die sie erlebte, oder war sie doch schon im Jenseits, wo eben solche Typen herumliefen?

Als sie meinte zu begreifen, dass sie es tatsächlich mit der Realität zu tun hatte, verwandelte sich die Erstarrung in eine sich grämende Maske, die die Verzweiflung nicht verbergen konnte.

»Ich wollte doch schon weg sein, wenn das jemand findet. Verdammt, so war das nicht geplant.« Sie schüttelte resigniert den Kopf. »Sie machen mich ganz verrückt.«

Pohlmann hob seine Brauen und fragte sich, ob man jemanden, der schon verrückt war, *noch* verrückter machen konnte. Vermutlich gab es da Steigerungsmöglichkeiten.

Für ihn war es das erste Mal, dass er in diesem Metier ermittelte. Er blickte auf das Ziffernblatt seiner Armbanduhr und rechnete in Gedanken den immensen Zeitunterschied aus. Er hatte definitiv keine Lust mehr. Ein unbeabsichtigtes Stöhnen entwich ihm. Keine Lust, sich hier in einer Anstalt für psychisch Kranke inmitten irritierender Menschen und Gerüche zu befinden, und keine Lust, sich mit dieser Frau zu zanken. Pohlmann schnaufte erneut.

»Hören Sie, Frau Braun. Ich habe den Auftrag, dieses Buch an mich zu nehmen, warum auch immer. Es wird schon einen triftigen Grund dafür geben, oder?«

»Ja, und?«, unterbrach Emilie die Stille und schaute von einem Augenpaar in das nächste. »Was wollen Sie jetzt von mir? Mich verhaften?« Die Alte lachte irre, mit kurzen Luftstößen, und hob die Hände innerhalb der Grenzen, die ihr geblieben waren, dem Kommissar entgegen. Sie brachte die Plastikflasche mit Kochsalzlösung neben sich zum Schaukeln.

Martin versuchte, gelassen zu bleiben. Was blieb ihm auch anderes übrig? Man erwartete Professionalität von ihm, also leistete er sie, so gut es ihm möglich war. Wenige Minuten später würde er wieder draußen sein, endlich einkaufen können, nach Hause fahren, die Wäsche machen, die Bude aufräumen und viele andere Dinge, die sonst eine Frau in seinem Leben erledigte. Auch diese Gedanken verbesserten seine Stimmung nicht.

Was hatte die Alte ihn noch gefragt? Die Konzentration ließ allmählich nach. Ach ja, ob er sie verhaften wolle – wie lächerlich.

»Tja, das vielleicht nicht gerade. Ich weiß es, ehrlich gesagt, nicht, wie man in so einem Fall verfährt. So was hatten wir noch nicht.« Er drehte sich von dem Bett weg und blickte erneut zu Boden, diesmal auf seine eigenen Schuhe. »Ich bin doch gestern erst angekommen«, murmelte er leise vor sich hin. Pohlmann schlug die abgewetzte Kladde auf und ließ die Blätter durch seine Finger flattern. »Außerdem, wie man mir vor einer Stunde mitgeteilt hat, ist der Mann, den Sie eines Mordes bezichtigen, auch schon tot. Was macht das Ganze noch für einen Sinn?«

Emilie drehte den Kopf zum vergitterten Fenster und gab den Blick auf schütteres Haar am Hinterkopf frei. Einige kahle Stellen ließen die weiße Kopfhaut durchschimmern.

»Eben«, kicherte sie. Sie schaute wieder in Pohlmanns dunkle

Augen. »Aber vielleicht stimmt das ja alles gar nicht, was da drin steht. Vielleicht war es ja gar kein Kerl. Vielleicht war es ja auch eine Frau, … ich, zum Beispiel.« Wieder gackerte sie. Emilie schaute nun Pohlmann direkt an. Ihre zerknitterten Falten deuteten ein schelmisches Lächeln an, voller Trotz.

»Und? Waren Sie's?« Pohlmann hob einen Mundwinkel an. Er gab sich keine Mühe, den Sarkasmus im Zaum zu halten.

Emilie Braun zuckte unter der Decke mit ihren knochigen Schultern. »Schätze, das herauszufinden, ist Ihr Job.«

»Okay, dann werd ich das hier jetzt mitnehmen müssen.« Wieder hob Pohlmann das Buch in die Höhe und wandte sich zum Gehen um. »Weglaufen werden Sie mir ja wohl nicht, oder?«

Emilie schürzte die faltigen Lippen.

Pohlmann verließ das Krankenzimmer und atmete schwer. Die Enge in diesen Mauern machte ihm zu schaffen, und er war froh, sie bald hinter sich lassen zu können. Er drehte sich zu Schwester Kaschewitz um. »Was hat sie eigentlich? Ich meine, weshalb ist sie hier? Sie ist doch gar nicht so …« Pohlmann drehte seinen Zeigefinger vor der Schläfe wie an einer Kurbel.

»So bekloppt?«, ergänzte die Schwester grinsend. »Nee, na ja, wie man's nimmt. Ich meine, wer ist schon normal, aber Emmi ist schon eine besondere Marke. Lebt schon ihr halbes«, sie winkte ab, »ach, was sag ich, ihr ganzes Leben hier.« Pohlmann sah sie fragend an und wartete ab. Irgendeine weitere Erklärung würde wohl noch kommen.

»Emmi ist mehr oder weniger freiwillig hier. Hat sich vor zig Jahren quasi selbst eingeliefert.« Pohlmann schien verwundert, eher verärgert. »Und das geht so einfach? Kost und Logis frei, auf Staatskosten?«

»Na ja, ganz so einfach ist es auch wieder nicht. Sie hat einige missglückte Suizidversuche hinter sich und noch ein paar andere Sachen. Es gab da mal ein ausführliches Gutachten von dem Professor. Ich könnte Ihnen die ganze Geschichte mit Emmi erzählen, wenn Sie wollen.«

Die Stimme der attraktiven Pflegerin hatte zwar etwas sehr

Einladendes und der Gedanke an einen starken Kaffee im Schwesternzimmer war auch verlockend, und doch – Pohlmann sah an sich herab. »Nein, danke, heute nicht.« Pohlmann lugte auf das Schild und grinste verstohlen. »Was heißt das A eigentlich?«

»Annegret.«

Pohlmann nickte.

»Finden Sie den Weg allein nach draußen?«

Pohlmann nickte wieder.

»Gut. Ach, übrigens. Wir haben hier einen Patienten mit einer etwas ungewöhnlichen Marotte. Alle nennen ihn Paule. Eigentlich heißt er Paul Szygrinski, aber hier reicht Paule. Man kann sich schon ganz schön über ihn erschrecken, wenn man nicht Bescheid weiß.«

Annegret winkte ab. »Aber, nein, ich glaub, er ist in seinem Zimmer. Bin mir allerdings nicht ganz sicher. Egal, Sie schaffen das schon. Im Grunde ist er harmlos.« Dann verschwand sie und ließ Martin seines Weges gehen.

Der Beamte bewegte sich langsamen Schrittes und mit rasendem Puls auf den Ausgang zu. Wieder waren seine Sinne geschärft, als durchstreife er den Busch, der hinter seinem ehemaligen Hotel in Ecuador lag, doch hier in Hamburg gab es keinen Dschungel, in dem man sich mit Macheten den Weg bahnen musste. Hier gab es andere Unwegsamkeiten, die nicht minder tückisch waren und einem nach dem Leben trachteten. Im Augenblick reichte es ihm völlig, sich auf der Suche nach einem Paule panisch nach allen Seiten umzusehen.

KAPITEL 7

Steinhöring, 19. August 1944

Man möge sich fragen, aus welchem Grund an jenem Montagvormittag ein hochrangiger Angehöriger der deutschen Wehrmacht ausgerechnet über ein einzelnes Kind düstere Gedanken anstellte. Immerhin wütete der Krieg bereits im fünften Jahr. Jedermann im ganzen Land verfolgte aufmerksam die Bestrebungen der Deutschen, sich die Welt untertan zu machen, und dieser junge Mann hatte nichts anderes im Sinn, als einem vierjährigen Mädchen zu einer neuen Identität zu verhelfen, sie außerhalb des Kontrollbereichs des Reichsführers SS zu schaffen und alle Spuren auf ihn, den Vater, tunlichst zu verwischen.

An diesem Tag fuhr Gerhard Strocka den Wagen selbst. Dem Chauffeur hatte er freigegeben. Einerseits war es ein Genuss, den Opel Kapitän zu steuern, doch unbeschwerte Freude darüber, im Besitz eines derart eleganten Automobils zu sein, wollte nicht aufkommen. Eine weitere schicksalsträchtige Begegnung wartete auf ihn. Er empfand Ärger über die aktuellen Entwicklungen und auch das unbestimmte Gefühl von Angst gesellte sich dazu. Die Zeugung, die er im Interesse des Führers vollzogen hatte, begann ihn zu belasten und ihm unter Umständen zu schaden. Strocka drückte die Schulterblätter nach hinten durch und räusperte sich. Er schritt die Stufen zum Kinderheim mit Eile empor. Der Himmel war verhangen und die Wolken drückten auf sein Gemüt. Einzelne Tropfen platschten vorn auf seiner schwarzen Schirmmütze auf, gleich unterhalb des Totenkopfabzeichens. Ein Tiefdruckgebiet hatte das schöne Sommerwetter des Vortags abgelöst.

In der rechten Hand hielt er einen braunen, versiegelten Umschlag, den er eng am Körper bewahrte. Mehrmals sah er sich um, eine Angewohnheit, die in Kriegszeiten zwar nützlich, hier an diesem Ort des Friedens jedoch völlig überflüssig war. Wer sollte schon ihn, Gerhard Strocka, seines Zeichens Hauptsturmführer, überfallen, erschießen, verhaften oder ihm sonst wie schaden wollen, es sei denn, es käme heraus, dass ein schwachsinniges Kind seine Gene besäße und nicht die Elite des deutschen Volkes repräsentieren würde. Und dann wäre es nur ein kleiner Schritt herauszufinden, wer er wirklich war, vor allem, wer seine Familie war.

Strocka schritt den Flur entlang, grüßte hier und da, verzog keine Miene und ließ sich bei Dr. Reuter anmelden.

Reuter hatte soeben die letzten Vorbereitungen für den Umzug des Mädchens getroffen und Schwester Hildegard angewiesen, sich aller Unterlagen anzunehmen. Nun standen sich Strocka und Reuter in dessen Büro gegenüber und tauschten ernste Blicke.

Reuter schluckte mehrfach, seine Zunge klebte am Gaumen.

»Ich habe eigentlich nicht damit gerechnet, Sie heute persönlich anzutreffen. Sprachen Sie nicht davon, die Unterlagen von einem Adjutanten herbringen zu lassen? Sie hätten sich doch nicht persönlich herbemühen müssen.«

Strocka verengte die Augen zu einem dünnen Schlitz.

»Warum? Stimmt etwas nicht?«

Reuter wiegelte ab, eine Nuance zu hektisch vielleicht.

»Nein, nein. Es ist alles in Ordnung. Ich dachte nur, ein so vielbeschäftigter Mann wie Sie …«

»Ich hielt es für besser, selbst zu kommen. Es gibt Dinge, die man nicht an andere übertragen sollte. Unterlagen können verloren gehen. Es sind Kriegszeiten. Wem wollen Sie da noch vertrauen?«

Reuter schluckte erneut, räusperte sich und vergrub die Hände in den Kitteltaschen.

»Es ist alles so angeordnet, wie Sie es wünschten. Ich habe die Unterlagen von Hedwig sortiert und … beseitigt.«

Strocka war kein Mann, den man hätte leicht belügen können. Reuter hatte nur wenige Sekunden, um Strocka zu überzeugen. Er durfte auf keinen Fall Argwohn erregen. Sich über seine Dummheit zu ärgern, dafür war es zu spät. Warum hatte er nur auf Schwester Hildegard gehört? Ihr einen Gefallen zu tun, erschien ihm nun töricht und gefährlich, insbesondere, wenn die Sachlage überprüft werden würde.

Strocka überreichte Dr. Reuter einen unscheinbaren Umschlag. »Den neuen Namen des Kindes sowie den ihrer

Eltern entnehmen Sie bitte dem Dossier. Ich ersuche Sie, alles Nötige derart zu veranlassen, wie wir es besprochen haben, und mir keinen Anlass zu geben, an Ihrer Integrität zweifeln zu müssen.«

Reuter nahm den Umschlag von Strocka entgegen. Er wollte vermeiden, ihm die Hand geben zu müssen. Der Angstschweiß hätte ihn verraten. »Möchten Sie das Kind noch einmal sehen?« Reuter nahm Zuflucht zu einer List. »Sie liegt auf ihrem Bett. Es geht ihr heute nicht besonders gut. Sie wirft sich hin und her und schäumt ein wenig aus dem Mund.«

Strocka trat einen Schritt zurück. Er hätte keine Mühe damit gehabt, einen Juden, Zigeuner oder Andersdenkenden durch einen Genickschuss zu liquidieren, doch ein Kind im Wahn zu erleben, noch dazu sein eigenes, danach stand ihm nicht der Sinn. »Verschonen Sie mich mit dem Anblick dieser ...«, Strocka suchte nach einem passenden Wort, »... dieser Missgeburt. Sie wissen, was Sie zu tun haben. Und informieren Sie mich umgehend, wenn Schwierigkeiten auftreten, obgleich ich nächste Woche für einige Zeit in den Osten versetzt werde.«

Reuter nickte. Seine Notlüge hatte das nötige Ergebnis erzielt. Nun galt es, das Kind so schnell wie möglich außer Haus zu schaffen. Selbst wenn Strocka behauptete, nicht mehr vor Ort zu sein – Befehle könnten widerrufen oder geändert werden. Worauf war noch Verlass in diesen Tagen?

»Nun gut, ich gehe dann. Leben Sie wohl, Doktor.« Strocka streckte Reuter, anstatt ihm die Hand zu geben, den Zeigefinger entgegen und zeigte auf ihn. Reuter empfand es so, wie es gemeint war: als eine nonverbale Drohung und die Demonstration eines ihm höhergestellten Ranges.

»Sie können sich auf mich verlassen. Leben Sie wohl.«

Strocka schlug die Hacken zusammen und verabschiedete sich mit einem »Heil Hitler«. Der Doktor hob die Hand zum Gruß und wischte sich nun erstmals den Schweiß von der Stirn.

Als Strocka außer Sicht- und Hörweite war, suchte Reuter das Schwesternzimmer auf. Er klopfte und Schwester Hildegard erschien in der Tür. Sie trocknete die Hände an einem Handtuch und sah in die geröteten Augen des Arztes. Sogleich schob er die Schwester beiseite und trat ein. »Ihr wahnwitziger Plan könnte uns Kopf und Kragen kosten. Strocka war gerade noch einmal da.«

Hildegard sah ihn bestürzt an.

»Ja, ich weiß, er wollte eigentlich einen Adjutanten schicken oder sonst wen, aber er hat die neuen Papiere von Hedwig selbst vorbeigebracht. Dieser Mann ist gefährlich, Hildegard. Sind Sie sich darüber im Klaren?« Die Schwester stand wie versteinert da. Sie nickte kaum merklich. »Hat er was gemerkt? Was haben Sie ihm erzählt? Kommt er noch mal wieder?«

»Beruhigen Sie sich. Ich glaube nicht, dass er noch einmal vorbeischaut. Er hasst dieses Mädchen und wird es vermeiden, ihm noch einmal über den Weg zu laufen. Ich kann nur nicht verstehen, warum es ihm so wichtig ist, dass seine Vaterschaft um jeden Preis verheimlicht wird. Ich denke, er hat eine Menge zu verlieren, käme es denn heraus.«

»Mein Zug geht morgen in aller Frühe, und Hedwig wird mit mir kommen. Niemand wird etwas merken, dafür verbürge ich mich.« Reuter nickte. Er beruhigte sich langsam wieder.

»Vergessen Sie den Namen Hedwig Strocka. Ein für alle Mal. Üben Sie den neuen Namen aus diesem Dossier mehrfach ein. Heute noch. Gehen Sie auf Ihr Zimmer. Packen Sie Ihre Sachen und die des Kindes und sprechen Sie 50 Mal den neuen Namen aus, damit er Ihnen geläufig wird.« Reuter deutete mehrfach auf den Umschlag. »Für das Kind wird es wie ein Spiel sein. Sagen Sie ihr ihren neuen Namen und sie solle ihren alten Namen, nur so zum Spiel, vergessen und ihn nie wieder sagen. Sie ist noch ein kleines Mädchen. Sie wird mitspielen.«

*

Der nächste Tag war für die kleine Hedwig Strocka viel mehr als ein Spiel. Nicht nur, dass sie kurz nach Sonnenaufgang aus ihrer gewohnten Umgebung gerissen wurde, nein, sie sollte ab diesem Tage anders heißen. Das erschien ihr mehr als sonderbar. Die Schwester hatte sie immer Hedi genannt, nun bekam sie einen Spitznamen, der dem alten vom Klang her ein wenig ähnelte, jedoch mit einer gänzlich neuen Identität verbunden war. Sie nahm es mit Gleichmut hin und sprach nicht über die Dinge, die ihr widerfuhren.

Der Zugschaffner betrachtete die Papiere der beiden eingehend, doch er sah keinen Anlass, an deren Richtigkeit zu zweifeln. Ein Kind und eine Krankenschwester auf dem Weg nach Bremen. Daran war nichts Ungewöhnliches. Erst recht nicht in Kriegszeiten, in denen Kinder ihre Eltern verloren und von Verwandten oder Freunden aufgezogen wurden. Die Fahrt dauerte elf Stunden. Gegen Nachmittag erreichten die beiden ihr Ziel.

Sie kamen an einen Ort, an dem beide nicht für lange Zeit verbleiben würden.

KAPITEL 8

Hamburg, 2. November 2010

Pohlmann begann, sich mühsam in seiner neuen alten Welt zurechtzufinden. Aus dem Exil zurückgekehrt, fand er die Dinge in seiner Eigentumswohnung wieder genauso vor, wie er sie zurückgelassen hatte. Eigentlich hatte er damals erwogen, sie für die Zeit seiner Abwesenheit zu vermieten, doch er zog es vor, so schnell wie möglich Hamburg zu verlassen. Außerdem, wie hätte er die Vermietungsangelegenheiten von Ecuador aus regeln sollen. Vieles hätte sich sicherlich per E-Mail oder mittels Fax bewerkstelligen lassen, doch falls seine Anwesenheit vonnöten gewesen wäre, wäre der Ärger größer als der Gewinn gewesen. Er hätte sie auch verkaufen können, doch an Geld war ihm nicht gelegen. Er brauchte andere Dinge nötiger als Geld. Ohne zu wissen, wann er an diesen Ort zurückkommen würde, hatte er die Wohnung behalten. Es gab da eine feine innere Stimme, die ihn beraten hatte.

Berge von unerwünschten Postwurfsendungen, Rechnungen und Mahnungen hatte er in einem Müllsack entsorgt. Noch immer konnte er sich nicht erinnern, was er mit seinem Schlüsselbund angestellt hatte, als er in Ecuador angekommen, sich verliebt und eine neue Existenz aufgebaut hatte.

Nachdem er die wichtigsten Einkäufe für die Küche erledigt und eingeräumt hatte, schritt er durch die 100 Quadratmeter seines ausgekühlten Hamburger Penthouses und erforschte seine Gefühle. Fand er in seinem Inneren ein heimeliges Empfinden, so wie wenn man nach einem Arbeitstag in seine Höhle zurückkehrte oder drängte sich ihm ein fremdartiges Erinnern auf wie nach einer Gehirnerschütterung mit retrograder Amnesie? Der Blick in die Hamburger Skyline, umrahmt von einer Farbe, die er beinahe zwei Jahre am Himmel nur extrem selten gesehen hatte, machte ihn schwermütig. Er fühlte sich wie in einem Schiffshebewerk, wenn sich die Tore hinter einem schließen und jene davor noch eine Weile verschlossen bleiben.

Nachdem er den gröbsten Staub beseitigt hatte, begann er gegen Abend, die Wohnung nach Alkohol abzusuchen und fand einen uralten, wahrscheinlich längst ungenießbaren Weinbrand. Er öffnete die Flasche, roch daran und schüttete einen großen Schluck die Kehle hinunter. Er schmeckte nicht wie der Ron Royale, an den er sich gewöhnt hatte, jener exzellente Rum aus dem Land seiner alten Träume, aber die Wirkung war gottlob die gleiche. Dann drehte er sich eine Zigarette, die überall gleich schmeckte, und überlegte die nächsten Schritte.

Martin besaß noch einen alten Technics-Plattenspieler und wählte eine Scheibe von ›The Cure‹. Er las den Namen der LP mit dem seiner Situation angepassten Titel ›Disintegration‹ und verfiel bei gutem alten New Wave in eine undefinierbare Stimmung. Er kannte den Song ›Closedown‹ noch gut und begann, einzelne Sequenzen mitzumurmeln.

I'm running out of time
I'm out of step and
Closing down and
Never sleep for wanting hours
The empty hours of greed
And uselessly
Always the need
To feel again the real belief
Of something more than mockery
If only I could
Fill my heart with love.

Schließlich griff er zum Telefon und wählte die Nummer seines einst guten Freundes und Jetzt-wieder-Kollegen Werner Hartleib. Nummern, die man oft gewählt hatte, vergisst man nicht. So hatte er auch diese siebenstellige sofort parat.

»Hi, Werner, ich bin's, Martin. Ich könnte ein bisschen Hilfe beim Wiedereinstieg gebrauchen. Wir hatten heute ja nicht viel Gelegenheit, miteinander zu quatschen. Kann ich dich zu einem Bier überreden?«

»Du, eigentlich hatte ich schon was anderes vor.«

Eine Pause entstand.

»Aber okay, das kann ich verschieben. Ja, 'n Bier wär toll. Ist in einer Stunde okay?«

»Perfekt. Das Bier müsstest du allerdings auch mitbringen. Hab ich beim Einkaufen heute vergessen.«

»Alles klar, ich bring ein Sixpack mit.«

Die nächste Stunde verbrachte Pohlmann mit Grübeln, Aufräumen und Musik hören. Er durchsuchte seinen Kleiderschrank nach optisch akzeptablen Hemden und stellte fest, dass noch das eine oder andere Hemd passte, obwohl er nördlich der Hüften ordentlich zugelegt hatte. Er freute sich auf das Bier mit Werner und hoffte auf einige stimmungsaufhellende Worte seines Kollegen. Die berufliche und private Situation verwirrte ihn, und er brauchte jemanden, der ihm half, Ordnung in seinem Kopf zu schaffen.

Als Hartleib erschien, hatte Pohlmann bereits den zweiten Cognac aus der Flasche getrunken, mit nur einem vor Stunden verdauten Cheeseburger als Grundlage.

Vor seiner Abreise waren Martin Pohlmann und Werner Hartleib gute Freunde gewesen, und Hartleib fühlte sich zu Beginn von Martins Auszeit von ihm im Stich gelassen. Er hielt es für das Beste, dies vorerst nicht zur Sprache zu bringen, und ließ zischend den Inhalt der ersten Dose Bier in sich verschwinden. Manche Dinge regeln sich von allein, so hoffte er.

»Morgen gehe ich zum Chef und geb ihm den Fall zurück.« Martin stellte die leere Dose auf dem Beistelltisch ab.

»Wieso?«, fragte Werner scheinheilig. »Was stimmt damit nicht?«

»Ich bin doch nicht bescheuert. Als ich bei der Alten im Zimmer stand, war mir sofort wieder klar, warum ich damals nach Ecuador abgehauen bin. Sie ist 'ne Psycho-Lady, das ist dir schon klar, oder? Als ich die Anstalt verließ, hat mich noch ein Irrer aus dem Hinterhalt angesprungen und zu Tode erschreckt. Er fand das wohl ziemlich witzig.« Martin nahm die Kladde von Emmi zur Hand. »Und dann noch dieses Buch mit dem Geschreibsel von einer Irren. Beweismittel, sagt Lorenz. Soll ich gründlich durcharbeiten, auf der Suche nach Hinweisen zu dem Mord an dem Nazi. Starker Tobak für den ersten Tag, findest du nicht?«

Werner sah Martin eine Weile von der Seite an. »Du reagierst nicht gerade wie ein Mann, der aus einem ziemlich langen Urlaub kommt. Ist wohl nicht so gut gelaufen im Süden, hm?«

Martin öffnete die zweite Dose und hielt den Blick auf den weißen Schaum gerichtet, der über den Dosenrand lief. »Ich reagiere wie ein Mann, den man nicht mal in Ruhe ankommen lässt, dem man eigentlich ein paar Tage Zeit geben müsste und der einen Tag, nachdem er den Flieger verlassen hatte, in eine Klapse geschickt wurde.«

Werner lachte. »Ja, du hast recht, aber Lorenz meint, jeder Tag sei wichtig in diesem Fall. Er wird dir morgen alles erklären.«

Er schmunzelte. »Okay. Jetzt mal im Ernst. Wie ist es dir ergangen? Wir haben das letzte Mal miteinander telefoniert, kurz nachdem du dort angekommen bist. Mann, das ist fast zwei Jahre her!«

Martin starrte noch immer die Dose Bier an und holte tief Luft. »Ja, du hast recht. Ich hätte mich melden müssen. Aber es war nicht so, wie man es im Fernsehen sieht. Sich in einem fremden Land eine neue Existenz aufzubauen, noch dazu in Ecuador, ist nicht ganz einfach. Ich hatte wirklich viel zu tun.« Je mehr Martin redete, desto mehr spürte er, dass alles, was er vortrug, nur haltlose Entschuldigungen waren. Natürlich hätte er anrufen oder schreiben können, doch der Strich, den er unter sein altes Leben ziehen wollte, sollte wie mit chirurgischer Präzision erfolgen und schloss leider seine Freunde mit ein, von denen er glaubte, sie nicht so bald wiedersehen zu können.

Martin fuhr sich mit beiden Händen durch das Haar und sah Werner direkt an. »Aber es stimmt. Tut mir leid. Es war nicht richtig, dich ohne einen Brief oder einen Anruf hängen zu lassen. Ich wollte einfach nur hier weg. Verstehst du das?«

Werner lehnte sich zurück. »Ich weiß nicht, wie ich reagiert hätte. Ich weiß nicht einmal, ob ich den Mut gehabt hätte abzuhauen. Man ist so fixiert und angekettet an seine ganzen Gewohnheiten. Ich könnte es mir sowieso nicht vorstellen, meine Familie zu verlassen, schon allein wegen der Kinder.« Er nahm einen großen Schluck. »Trotzdem. Das muss doch der absolute Traum sein, dort zu leben.«

Martin prostete Werner zu. »Ja, das war es auch. Zumindest am Anfang. Das Hotel lief super an, meine Freundin hing an meinen Lippen, und auch sonst – du weißt schon –, ich mixte die Cocktails an der Bar, kümmerte mich um die Finanzen.« Martin nickte mit dem Kopf wie zur Bestätigung seiner Ausführungen. »Dann bekam ich nach einem halben Jahr diese Allergie. War bei jedem Arzt, den dieses Nest im Umkreis von 200 Kilometern zu bieten hatte. Sogar ein indianischer Medizinmann hat's probiert. Nichts half. Also musste ich bei 35 Grad von oben bis unten in Klamotten eingepackt draußen herumlaufen. Später bin ich nur noch abends raus oder blieb überhaupt im Haus. Nahm dann nur noch einmal in der Woche eine Tour zum Whale Watching an. Davor jeden Tag, verstehst du?« Werner nickte stumm.

»Vielleicht habe ich zusätzlich auch noch eine Nahrungsmittelallergie, was weiß ich. Alles schien auf einmal gegen mich zu sein. Mein Traum vom Paradies.«

Martin hing seinen Gedanken nach. Dann schien der eigentliche Grund seiner Frustration an die Oberfläche kommen zu wollen.

»Mayra veränderte sich auch allmählich. Was soll ich sagen? Routine auf der ganzen Linie, schon nach einem Jahr. Ich war natürlich nicht mehr ihr Traummann mit all den Pickeln am Körper und besonders der Wampe und sie hat nur noch rumgekeift und im Hotel ihre Pflichten vernachlässigt. Irgendwann hab ich sie dann mit 'nem Kerl aus der Nachbarschaft erwischt. Einem Fischer. Muskelbepackte Arme, flacher Bauch, kleines Hirn.« Werner verstand auf Anhieb.

»Das war genau vor einem Monat. Ich hab wie ein Wahnsinniger rumgepöbelt, die Vasen durchs Haus geschmissen und mich zu guter Letzt noch mit einem Gast angelegt, der sich gestört fühlte. Hab ihm aufs Maul gehauen und ihn mit seinen Klamotten auf die Straße gesetzt, und als die Polizei kam, war der Ofen ganz aus. Die haben mich tatsächlich eine Nacht eingesperrt. Ich war wohl nicht besonders beliebt in dem Kaff. Na, jedenfalls ahnte ich zu diesem Zeitpunkt schon, dass ich nicht bleiben kann und will. Als ich am nächsten Morgen nach Hause kam, war Mayra weg. Mitsamt ihren Klamotten, meiner Kohle und dem Scheißkerl wahrscheinlich auch. Die Gäste saßen ohne Frühstück da und maulten. Vor einer Woche hab ich den Besitzer angerufen, die Pacht gekündigt und das Hotel dichtgemacht. Hab Lorenz angerufen, nach meinem alten Job gefragt, und wie der Zufall es wollte, war er heilfroh, von mir zu hören.«

Martin deutete auf die braune Kladde.

»Jetzt weiß ich auch warum. Weil keiner diesen Fall haben wollte oder ihn auf die Reihe kriegt.« Pohlmann leerte die dritte Dose und starrte auf die Tapete in seinem Wohnzimmer. Er wusste nicht, was ihn mehr anödete, die Tapete, die ein weiblicher Geschmack ausgesucht hatte, die Erinnerung an den letzten Monat in Ecuador oder das verstörende Erlebnis in der Anstalt. Irgendetwas musste in seinem Leben passieren, doch was dies sein sollte, entzog sich seiner Kenntnis.

»Denkst du, dass du nach deinem Burn-out wieder fit bist? Hast du die Dinge von damals verarbeitet?« Martin sah Werner an und stellte fest, dass alte Bande geknüpft wurden.

»Der Psychiater, an den mich Professor Keller überwiesen hatte, hat mir ein Buch mit auf die Reise gegeben. Positives Denken, Selbstfindung und diese Dinge, aber ich schätze, das ist nichts für mich gewesen. Mal weg zu sein, ich meine, ganz weg, hat schon ziemlich gutgetan.«

Martin klopfte Werner auf die Schulter. »Ach, was soll's. Es geht mir ganz gut. Nur dass ich gleich am ersten Tag von Lorenz ins LKH geschickt wurde, war ein bisschen viel. Ob ich diesen Psychofall wirklich übernehme?« Pohlmann schaute sich im Raum um. »Ich glaube nicht, dass ich das tun werde, nach all dem.« Martin gähnte herzhaft und seine Augen tränten. »Mensch, ich hab den ganzen Abend nur von mir erzählt. Wie geht es dir denn und den Kindern?«

Auf Werners Stirn bildeten sich tiefe Sorgenfalten.

»Es geht so. Ich hab Stress mit Susanne. Ich kann es ihr mit nichts recht machen. Kaum komme ich heim, ist sie am Zetern. Ich sei zu selten zu Hause, würde mich nicht genug mit den Kids beschäftigen, würde ihr die ganze Erziehung überlassen, würde dies nicht tun und jenes lassen. Eigentlich hätten wir heute Abend einen Termin bei der Eheberatung gehabt.«

»Oh, verdammt. Und den hast du meinetwegen abgeblasen?«

Werner nickte. »Das ist auch der Grund, warum ich so oft

laufen gehe. Die Anmeldung zum Marathon. Ich bin froh, wenn ich beim Joggen meine Ruhe habe.«

»Auch bei diesem Wetter?«, fragte Martin ungläubig.

»Kein Problem. Alles nur eine Frage der Klamotten.« Dann stand Werner auf. »Du, ich glaub, ich geh jetzt besser, sonst muss ich heute Nacht wieder im Wohnzimmer schlafen.«

Martin brachte Werner gegen 22 Uhr zur Tür und fragte sich, wer es schlechter getroffen hatte – sein Freund Werner oder er selbst.

*

Gegen 22.30 Uhr saß Martin auf der Bettkante und betrachtete die abgegriffene Kladde von Emilie Braun, die sie stolz *ihr Buch* nannte. Er gähnte zwei Mal herzhaft und schlug sie im vorderen Drittel an einer beliebigen Stelle auf. Obwohl er nicht mehr ganz nüchtern war, erregten die Worte, die er las, in ihm eine Ahnung, dass dies ein komplizierter Fall werden würde.

Dunkelheit umgibt mein Flehen
Tränen greifen nach dem Stift
Zu schreiben meine Pein,
Auf meine Haut von innen her
Damit sie reden und doch schweigen
Für mich allein und sonst keinen.

Schatten rufen nach mir ständig
Nennen mich beim Namen
Lachen mich aus und verhöhnen
mein Leben das keines ist
Und warten auf mein Ende
Das sie kaum erwarten können

Mir ist nach Schreien ohne Ton
Flüstern schon zu laut
Nach dem Hören käm der Tod

Durch die, die mich hier fänden
Anders bin ich als die andern
Die sie dulden, nur nicht mich

Martin ließ sich zur Seite auf das Bett fallen, schlang die wärmende Decke über seinen Körper und schaltete das Licht aus.

Anders bin ich als die andern, die sie dulden, nur nicht mich.

Wie oft sich diese Worte in seinem Bewusstsein wiederholten und dort einbrannten, konnte er nicht zählen, doch es reichte aus, um ihm eine unruhige Nacht zu bescheren, aus der er schnell wieder erwachen wollte.

KAPITEL 9

Bayern, 19. August 1944

An einem windigen Abend, an dem die Zweige der Buchen und Kastanien wie dünne Weizenähren hin und her gebogen wurden und ihre Blätter lange vor der Zeit abwarfen, trafen sich drei hochrangige Offiziere in einer Gaststätte, zwischen München und Steinhöring gelegen. Das Hotel Hölzerbräu in der Sieghartstraße lag nur 30 Kilometer von München entfernt und garantierte in diesem idyllischen Ort nahe dem Waldrand eine Zusammenkunft, in der Diskretion garantiert sein würde.

Hauptsturmführer Gerhard Strocka betrat als Erster die Bierstube des Hauses, trat auf der Schwelle die schwarzen Stiefel ab und wurde von dem kahlköpfigen Wirt mit einem furchtsamen »Heil Hitler« begrüßt. Strocka nahm die Schirmmütze ab und klemmte sie unter den linken Arm. Er näherte sich dem Tresen und nahm den Wirt mit seinem stechenden Blick gefangen. Freundlich, aber mit klarer Stimme erteilte er, wie er es gewohnt war, Anweisungen.

»In wenigen Minuten werden zwei meiner Kameraden hier

eintreffen. Ich wäre Ihnen verbunden, wenn Sie uns einen ruhigen Raum zur Verfügung stellen würden, wo wir ungestört sein werden.«

Der Wirt wischte sich eilig seine Hände an der Schürze ab.

»Selbstverständlich, Herr … Leutnant.« Der Wirt schielte auf die drei Sterne am Revers seines Gegenüber.

»Hauptsturmführer, bitte«, korrigierte ihn Strocka. Er taxierte den Wirt und dachte sich seinen Teil.

»Ist schon in Ordnung.«

Der übergewichtige Mann war nicht sonderlich bewandert in militärischen Dingen. Dank seines steifen Knies war ihm der Geruch von blutgetränkter Erde in Schützengräben erspart geblieben. Irritiert lächelte er zurück und stolperte durch einen schmalen Gang zu einem weiter hinten gelegenen Gastraum. Er öffnete die schwere Holztür, schaltete das Licht an und wies Strocka zu einem der sechs ungedeckten Tische. Der Hauptsturmführer, dem die Nervosität des Mannes nicht entgangen war, genoss seine Überlegenheit. Diesem Zivilisten gegenüber konnte er seine Position und die ihm verliehene Macht mühelos ausspielen. Wenige Minuten später würden zwei Männer eintreffen, denen er nichts würde vormachen können. In deren Gegenwart würde jede Unbeschwertheit verschwinden, obgleich es seine ›Freunde‹ waren.

»Bitte bringen Sie mir ein Glas Weißwein und führen Sie meine Kameraden an meinen Tisch, wenn sie eintreffen.«

»Selbstverständlich. Sofort.«

Strocka sah sich in dem Raum um, der für ihr vertrauliches Gespräch wie geschaffen schien. Die Wand, die gegenüber des kleinen, zum Wald gerichteten Fensters lag, war mit Geweihen unterschiedlicher Größe behangen. Stirnseitig, über der Tür, prangte ein großes Kruzifix mit einem darangenagelten, blutenden Mann. Strocka betrachtete es und verzog die Mundwinkel. Die Religion der Christen, er verstand nicht ihren Sinn, aber ihr zu eigen war dieser Jesus, der vor ihm mit einem schmerzverzerrten Gesicht hing. Strocka hegte Verachtung für eine derartige Schwäche.

Kurze Zeit später kam der Wirt mit einem Tablett zurück, auf dem er ein grünliches Kristallglas balancierte, das mit Weinrebenornamenten verziert war. Er hielt es für das Klügste, seinen hochdekorierten Gast mehr als standesgemäß zu bewirten. In dem Moment, als er das Glas auf dem Tisch abstellte, erschrak er fast zu Tode. Zwei Männer in Uniformen hatten den Weg in die Stube allein gefunden.

»Uns das Gleiche, bitte«, sagte einer der Männer und lachte. Der Wirt schätzte ihn mit einem flüchtigen Blick auf Mitte 20 und verbarg sein Unbehagen hinter einer kurz aufflackernden Grimasse. Sogleich blickte er wieder zu Boden. Der schwarze Ledermantel des Fremden glänzte von den Regentropfen, die er auf seinem frisch gebohnerten Boden verteilte. Er brauchte nur wenige Sekunden, um zu erkennen, dass er diese Männer nicht mochte. Etwas an ihnen sagte ihm, dass er es hier mit gefährlichen Leuten zu tun hatte, deren Anordnungen an höherer Stelle im Falle eines falschen Wortes seinerseits die Enteignung seines Besitzes und das Ende seines Lebens bedeuten konnten. 30 Jahre Gastronomie bescherten einen reichhaltigen Schatz an Menschenkenntnis, besonders in diesen Tagen, in denen die meisten Großmäuler unverhohlen mit ihren Untaten prahlten. Handlungen, die erst dann zu Verbrechen wurden, sobald ein Richter in ferner Zukunft einen Schuldspruch sprechen würde, doch heute hatte derjenige das Sagen, der eine geladene Walther PPK der Waffen-SS bei sich trug.

Der Wirt betrachtete den Mann, der an zweiter Stelle den Raum betreten hatte. Ein breitschultriger, blonder Hüne, dessen kantige Wangenknochen dem Gesicht einen kalten, berechnenden Ausdruck verliehen. Der Wirt schätzte, einen Mann vor sich zu haben, der seine Ziele skrupellos verfolgte und seine in jungen Jahren erworbenen Abzeichen mit Menschenleben erkauft hatte. Uniformen verliehen Größe und symbolisierten Stärke, doch spätestens, wenn das erste Glas Wein oder eine Maß Bier getrunken worden war, erkannte man den wahren Kern der Seelen, die sich hinter den Uniformen verbargen. Zu oft hatte der Wirt dies erlebt. In vielen Nächten hatte er gehört, wie die Worte von allein aus ihnen heraussprudelten und wie sie sich gegenseitig an Prahlerei übertrumpften. Erst in der Nacht, wenn die Dämonen sich nicht durch Abzeichen und Pistolen einschüchtern ließen, kamen sie hervor und quälten ihre Besitzer. Warfen ihnen die Taten vor, zu denen sie sie angestiftet hatten und drohten ihnen mit den Höllenqualen, die sie im nächsten Leben erwarten würden. Spätestens dann waren die hochrangigen Offiziere, die Mörder und Schlächter, wie kleine Kinder, die die Decken in der Dunkelheit bis über die Ohren zogen, als könnten sie dadurch das Geschehene ungesehen machen.

Die zwei Neuankömmlinge legten die Schirmmützen der SS auf einem Nachbartisch ab, hängten die Mäntel an einen Haken hinter der Tür und nahmen Platz.

Der dritte Mann im Bunde verhielt sich ruhig und schien nicht so ein Draufgänger wie sein Kamerad zu sein. Er trug das dunkle Haar mittig gescheitelt und schob, einer Marotte folgend, die Nickelbrille in kurzen Zeitabständen die Nasenwurzel empor.

Strocka betrachtete seine Kameraden und hielt seine Unruhe im Zaum. Ihn plagten Fragen über die Zukunft seiner Kinder, vor allem seiner beiden unehelich gezeugten Kinder, die jetzt in Steinhöring lebten. Zumindest noch ein Junge, das Mädchen war auf dem Weg in die Adoption oder eine spezielle Kinderfachabteilung, so hoffte er. Dort wusste man, wie mit Kindern zu verfahren war, die aufgrund angeborenen Schwachsinns, geistiger Unterentwicklung oder körperlicher Gebrechen als lebensunwert galten. Genau darüber gedachte er, mit seinem Kameraden Richard Fürst zu sprechen.

Strocka betrachtete seinen Freund. Er erachtete Fürst stets für untergewichtig und hielt nun, wo er ihn sah, an seiner Ansicht fest. Der Arzt musste den Gürtel bis zum letzten Loch schließen, um die Hose zu halten. Doch Strocka wusste, Fürst war zäh und ehrgeizig. Seines Zeichens Arzt der Wehrmacht, seit

Kurzem SS-Mitglied und seit drei Monaten Mitarbeiter von Professor Erich Kranitz, einem befreundeten Kollegen von Dr. med. Mengele.

Fürst schob die Brille empor und wartete auf seine Bestellung.

Der breitschultrige Freund hieß Franz Wegleiter. Ein Mann um die 23, der gut auf die 30 geschätzt werden konnte. Außer kantigen Wangenknochen dominierten in tiefen Höhlen liegende dunkle Augen, volles, nach hinten gekämmtes blondes Haar und ein feiner Bart, den er stutzte, wie es Heinrich Himmler zu tun pflegte. Anders als Himmler, der als skrupelloser Massenmörder in die Geschichte eingehen sollte, besaß Franz Wegleiter nicht den teigigen Körperbau wie sein Vorbild, sondern wirkte sportlich und durchtrainiert. Jeder einzelne Muskel und jede Sehne traten bei Wegleiter hervor, wenn er Gewichte stemmte. An ihm fand sich kein Gramm überflüssiges Fett, und er forderte im Training seine Untergebenen und sich selbst aufs Äußerste. Darüber hinaus verfügte er noch über andere Qualitäten, wie er sie nannte. Er hatte nicht nur Freude am Töten, sondern vielmehr am Quälen, dem unsäglichen Leiden vor dem Tod. Bereits in früher Kindheit riss er den Käfern und Stubenfliegen die Flügel einzeln aus, vierteilte sie, verstümmelte sie mit zunehmender Befriedigung. Mit sechs Jahren tötete er die Katze des Nachbarn, weil sie auf dem elterlichen Rasen einen übelriechenden Haufen hinterlassen hatte und der Vater mit neuen Schuhen dort hineingetreten war. Er nahm dies als Vorwand, dem Tier den Schädel einzuschlagen und das Fell abzuziehen. Viele Varianten folgten. Irgendwann reichte es nicht mehr, Tiere zu töten. In Kriegszeiten kam ihm die Hetze gegen Juden, Homosexuelle, Kommunisten und Bolschewisten gerade recht, und er sah in seinen Fähigkeiten eine große Chance, im Großdeutschen Reich aufzusteigen.

Der Wirt brachte zwei Gläser Wein und zog hinter sich die Tür ins Schloss. Eine Weile lauschte er noch, suchte aber nach kurzer Zeit das Weite und verschwand in der Küche.

Die ersten wohltuenden Schlucke waren getan. Richard Fürst wischte sich den Mund mit dem Hemdärmel ab und blickte neugierig zu Strocka. »Na, mein Freund. Warum hast du uns kommen lassen? Gibt es etwas Wichtiges, wobei du unsere Hilfe brauchst?«

»Etwas Wichtiges? Nein, eigentlich nicht. Ich habe euch so lange nicht gesehen. Wir sind irgendwo im Reich verstreut und ich wollte an alte Zeiten anknüpfen. Nächste Woche werde ich nach Treblinka versetzt und die Lageraufsicht übernehmen. Wer weiß, wann wir uns wiedersehen.« Strocka rieb sich nervös die Hände.

Vier Jahre war es nun her. Aus unterschiedlichen Verhältnissen stammend, vereinte sie damals das Vorrecht, einem Führer zu dienen, der junge, potente Zeugungshelfer suchte. Die ihm Kinder schenken sollten, um den Kampf nicht erliegen zu lassen. Germanische Kinder, die eines Führers wie ihm würdig waren. Stattlich, blond, blauäugig und natürlich arisch. Nur dass nicht alle Kinder so gerieten, wie sie sollten, wenn die Natur andere Vorstellungen hatte. Kinder wie Hedwig, die man als geistig unterentwickelt bezeichnete. Kinder mit genetischen Defekten, vererbt von ihren Eltern und schon deswegen von der Zukunft des 1.000-jährigen Reiches ausgeschlossen. Wegen einer Erbmasse, die man als Vater versuchte zu verheimlichen, erst recht, wenn man sich in höherer Position befand, so wie Gerhard Strocka.

»Also. Erzählt mal. Wie ist es euch ergangen in den letzten Jahren? Was treibt ihr so?« Strocka blickte abwechselnd zu Fürst und Wegleiter und bemühte sich, unbeschwert zu wirken. Er wollte mit der Frage, die ihn umtrieb, nicht gleich herausrücken, sondern etwas später, eher beiläufig. Sein Blick blieb in Wegleiters Augen haften. Dieser trank den letzten Schluck seines Glases aus und nickte. »Gut geht's mir. Sehr gut sogar. Du hast Glück, dass du mich noch in München erwischt hast.«

»Wieso? Wohin gehst du?«

»Ich werde nach Italien geschickt. In das sonnige Italien. Ich freu mich. Ich war noch nie dort. Wir sollen Partisanen aufspüren.« Wegleiter schaute begeistert seine Freunde an und wartete auf eine bestätigende Reaktion. Schon früher war Strocka aufgefallen, dass Wegleiter für alles und jedes um Anerkennung buhlte. Er war ein Mensch, der im Grunde seines Wesens zutiefst unsicher war und das harte Training seines Körpers benutzte, um Ehrfurcht und Bewunderung einzuheimsen.

»Und du, Richard? Hast du dein Studium beendet?«, fragte Gerhard.

»Aber ja, schon längst. Bin im letzten Jahr fertig geworden. Werde nächsten Monat meine Doktorarbeit bei Professor Kranitz beenden. Schon mal von ihm gehört?«

Strocka schüttelte stumm den Kopf, obwohl er sehr wohl schon von Kranitz gehört hatte und zwar von Dr. Reuter. Reuter hatte ihn erwähnt, als er von speziellen Kinderfachkliniken sprach, in denen an Kindern Experimente im Dienste der Menschen durchgeführt wurden. Experimente, um angeblich schlimme Krankheiten wie Tuberkulose oder Krebs einzudämmen.

»Das heißt, du musst auch umziehen oder bleibst du in München?«

»Nein, ich bin froh, aus München rauszukommen. Mir bekommt der Föhn nicht gut. Ich ziehe nach Lüneburg. Werd's nicht weit zum Meer haben.« Fürst nippte an seinem Glas. »Dort gibt es eine Heil- und Pflegeanstalt, in der ich arbeiten werde.«

»Mit welchen Aufgaben wirst du betreut sein?«, fragte Strocka.

»Nun, wir führen klinische Tests an Kindern durch. Wie sie auf bestimmte Dinge reagieren, weißt du?«

Strocka schüttelte wieder den Kopf. »Nein, keine Ahnung. Erzähl.«

»Na ja, eben Kinder, die nicht der Norm entsprechen, Ausnahmemenschen eben, Ballastexistenzen. Schwachsinnige, Behinderte und Zurückgebliebene. Wir testen an ihnen verschiedene Medikamente, spritzen hohe Dosen davon, um zu überprüfen, wie belastbar der Mensch ist und wie hoch die Dosis einer Impfung sein müsste, um Erwachsene effektiv zu schützen. Nun, dann gibt es noch verschiedene Elektroschocktherapien, Insulin- und Cardiazoltests und diese Dinge.«

Strocka gab sich interessiert. Wegleiter war es tatsächlich. »Und? Überleben das die Kinder?« Strocka lachte dabei gekünstelt auf.

Fürst hielt die Hände wie eine offene Schale hin und grinste. »Sie sterben alle eines natürlichen Todes, das ist doch klar, oder? Ihre Gehirne werden dann entnommen und der Wissenschaft zugeführt.« Nun blühte Fürst auf. Er betrat das Terrain, auf dem er sich wohlfühlte. »Ich sage euch, es ist hochinteressant. Und ich lerne endlich Chirurgie und zwar schneller, als ich gehofft hatte. Lüneburg ist da sehr fortschrittlich.«

Strocka schob das leere Glas von sich weg und lehnte sich weiter zu Fürst vor. »Angenommen, ein Kind kommt zu euch in die Klinik, das nicht spricht oder nicht sprechen will. Egal. Wie würdest du einen solchen Fall nennen oder behandeln?«

Fürst kratzte sich am Kinn. Er schien die Unterhaltung zu genießen. Man erkannte sein wahres Format als Arzt an, obwohl er erst seit wenigen Monaten das Examen hatte.

»Na ja, eine Form von geistiger Unterentwicklung, würde ich sagen. Die Frage ist, *kann* es nicht sprechen oder *will* es nicht sprechen. Das ist schon ein gewaltiger Unterschied. Wenn es nicht sprechen kann, ist es schwachsinnig und lebensunwert. Will es nicht sprechen, ist es bösartig, also genau genommen auch schwachsinnig. Wobei mir noch kein Fall bekannt ist, in dem Kranitz es nicht geschafft hat, jemanden zum Reden zu bringen.« Fürst lachte auf. »Irgendwas geht immer.«

Strocka nickte. Eine Frage hatte er noch. »Überprüft ihr die Identität jedes Kindes ganz genau? Es könnte ja mal …«, Strocka schien nach geeigneten Worten zu suchen, »… *versehentlich* in einer Fachabteilung gelandet sein oder vielleicht das Kind eines hochrangigen Offiziers sein.«

»Nun, das wäre schlecht für den Offizier, mein Lieber. Er wäre dann die längste Zeit Offizier gewesen, oder was meinst du?«

Strocka lachte eifrig, und doch klang es nicht echt. »Ja, sicher. Du hast recht.«

Fürst referierte weiter. »Was hat ein Offizier der Schutzstaffel mit einem schwachsinnigen Kind gemein? Ein Vertreter des Führers muss ein Vorbild in jeder Hinsicht sein, auch bezüglich seiner Nachkommenschaft. Wir können mittlerweile von jedem Kind das Erbgut bestimmen und Rückschlüsse auf die Eltern ziehen, auf deren Charaktereigenschaften, auf deren Vorfahren und ob fremdländisches, jüdisches oder anderes minderwertiges Blut in der Familie vorliegt.«

Strocka setzte eine ernste Miene auf. »Nun, ich denke, so etwas kommt ja nie vor. Ist ja auch absurd – ein schwachsinniges Kind von einem SS-Offizier.«

»Nun, das wollen wir nicht hoffen. Und wenn doch, werden wir den Fall ganz im Sinne des Führers schnell erledigen.«

Strocka schluckte und führte sein bereits leeres Glas zum Mund. »Oh, schon leer«, stammelte er. »Trinkt ihr noch einen Schoppen? Ja, sicher trinkt ihr noch eins. Ich besorg uns noch Wein.«

Wegleiter und Fürst sahen sich irritiert an.

Strocka stand auf und ging zur Tür, den Wirt zu rufen. »Ich habe noch Durst. Bin gleich wieder da.«

Wegleiter sah Richard Fürst an. »Hat sich verändert, unser alter Freund, meinst du nicht?«

»Findest du?« Fürst wurde nachdenklich. »Stellt viele Fragen.«

»Nach meiner Erfahrung benimmt sich so ein Mann, der etwas zu verbergen hat.«

»Was sollte Gerhard schon vor uns zu verbergen haben? War immer ein integrer Kerl. Wir sind seine Freunde.«

Wegleiters Augen glänzten. »Warum hat er uns kommen lassen? Ich hätte die Möglichkeiten, es herauszufinden.«

KAPITEL 10

Hamburg, 3. November 2010

Am nächsten Morgen, genauso trüb, wie er von den Medien angekündigt worden war, schlug Martin Pohlmann gegen 9 Uhr die Augen auf. Geräusche, die ihn fast zwei Jahre aus der Welt der Träume in die Realität begleitet hatten, fehlten. Kein Meeresrauschen, kein Singsang seiner Freundin aus der Küche, keine spielenden Kinder vor seinem Haus. Stattdessen ratterten Winterreifen über das Kopfsteinpflaster, hupten nervöse Fahrer und kreischten auf dem Schulhof zwei Häuser weiter pubertierende Teenies in der ersten Pause.

Bereits jetzt war Martin Pohlmann eine Stunde zu spät dran. Er gähnte, streckte sich und setzte sich auf. Verstört bemerkte er, dass Restfetzen sonderbarer Träume von Zwangsjacken, Maulkörben und Hannibal Lecter ähnlichen Gestalten noch in seinem Kopf herumgeisterten und sich nur widerwillig verflüchtigten. Martin blickte auf die Uhr und verlor sich in Erinnerungen. In Ecuador war es gerade zwei Uhr morgens. Die Gäste des Hotels, dessen Pacht er gekündigt hatte, saßen vermutlich noch immer an der Bar und tranken *Piña Colada*, sofern der Besitzer auf die Schnelle einen neuen Pächter gefunden hatte. Möglicherweise betrieb er das Hotel auch wieder selbst, so wie vor Martins Ankunft. Gegen sieben Uhr würde die Sonne über dem azurblauen Meer aufgehen und ein neuer, herrlicher Tag würde beginnen.

Martin raufte sich durch das zottelige Haar und rieb sich mit dem Handrücken die brennenden Augen. Sein Körper würde eine Weile brauchen, bis er den neuen Rhythmus und die neuen Temperaturen verinnerlicht hatte. Ein Blick aus dem Fenster ließ Martin frösteln, denn wenn man Schneeregen sieht, braucht man kein Thermometer. Genervt sah er sich im Schlafzimmer um. Auf dem Nachttisch lagen die braune Kladde der seiner Meinung nach durch und durch verrückten Emilie und eine Packung Tabak. Er griff danach und drehte sich die erste Filterlose des Tages.

Nun war er wieder allein, im Augenblick sogar einsam. Vor seiner Abreise, zwei Jahre zuvor, war er froh gewesen, die Stätte früherer Erinnerungen an seine Verlobte Sabine Talius verlassen zu können, und hatte ganz und gar nicht damit gerechnet, nach so kurzer Zeit wieder zurück zu sein. Nun holten ihn der Schmerz und die Leere schneller und unerwartet heftig wieder ein. Die Erinnerung an den Unfall, das blutverschmierte, leblose Gesicht, der Körper wie der einer bizarren Puppe verrenkt.

Die Kollegen gaben ihm keine Schuld, der Lastwagenfahrer hatte bereits 14 Stunden Fahrzeit hinter sich. Doch er vergab sich dennoch nicht. Eine Teilschuld lastete wenigstens auf ihm, denn hätte er an dem Abend auf das Bier und den Grappa beim Italiener verzichtet, wären seine Ausweichreaktionen vermutlich besser gewesen. Dass sich Sabine nie anschnallen wollte, obwohl er sie oft und eindringlich dazu aufgefordert hatte, war sicher nicht seine Schuld. Mit arretiertem Gurt wäre ihr Körper nicht durch die Frontscheibe katapultiert worden, die ihre Halsschlagader aufgeschlitzt hatte.

Die Erinnerung an damals stand ohne den Schleier der verstrichenen Zeit vor seinen Augen. Er hielt sie im Arm, als sie starb. Sprechen konnte sie nicht mehr, sie sah ihn nur mit aufgerissenen, feuchten Augen an und wollte das unfassbar Unausweichliche nicht akzeptieren. Das warme Blut sprudelte pulssynchron zwischen seinen Fingern entlang, mit denen er die Hauptschlagader zudrücken wollte, doch nach einiger Zeit war kein Herzschlag mehr da, der das Blut sprudeln ließ.

Nach der Beerdigung sprachen Sabines Eltern kein Wort mit ihm. Sie mochten ihn sowieso nie, ihn, den unangepassten Rebellen, der auf so manche gesellschaftliche Konventionen pfiff. Was also sollte er noch in dieser Stadt, in diesem Land, in dem er unerwünscht war.

Eine psychiatrische Therapie brachte auch nicht den erhofften Erfolg. Er plante sechs Monate lang seine Ausreise, besorgte sich alle nötigen Papiere und klärte die Erbangelegenheiten mit seinem Vater, der ihn ebenfalls hasste. So empfand er es wenigstens.

Doch nun war er wieder in Hamburg und fühlte sich hilflos im Umgang mit dem gefühlsmäßigen Chaos in seinem Kopf. Er schlurfte ins Badezimmer, öffnete den Arzneimittelschrank und fand eine Aspirin, die ihn auf die Beine bringen sollte. Anschließend stellte er sich unter die Dusche und überlegte, wie er diesen Tag überleben wollte. Erst ein gepflegtes Frühstück mit starkem Kaffee. Danach würde er sich Lorenz vorknöpfen, ihm die dämliche Akte an die Brust drücken, zusammen mit der Kladde dieser Psychopathin. Er würde ihm den Fall, der gar kein richtiger, sondern ein alter und nur nicht abgeschlossener war, zurückgeben. Schließlich hatte man Schöller, den ach so tollen Schöller, dessen Vater sich mal wieder eigens für ihn eingesetzt hatte, an seiner statt ins Präsidium versetzt. Natürlich würde er einstweilen seinen alten Job wieder aufnehmen, doch nur mit einem anständigen Fall, mit anständigen Kriminellen und anständigen Leichen, aber nicht einer sonderbaren Psychonummer.

Martin Pohlmann betrat gegen 10.30 Uhr das Präsidium und hielt die besagte Akte und die persönlichen Aufzeichnungen einer ihm völlig suspekten Emilie Braun in den Händen. Zügigen Schrittes erreichte er das Büro seines Vorgesetzten Conrad Lorenz, dem er nicht nur seit über 20 Jahren unterstellt, sondern mit dem er auch kollegial, beinahe freundschaftlich, verbunden war. Kein hierarchisches Chef-Angestellten-Verhältnis, obwohl Lorenz durchaus ernste Töne anschlagen konnte, wenn ihm der Polizeipräsident im Nacken saß und nach schnellen Ergebnissen verlangte.

Pohlmann drückte die Klinke herunter und fand Lorenz telefonierend vor, sodass er die Luft anhalten musste. Schade, denn er hatte sich genau zurechtgelegt, wie er sich aus der Geschichte herauslavieren würde.

Lorenz schien ein ernstes Gespräch zu führen, er deutete Pohlmann hektisch mit dem rechten Zeigefinger, auf dem Besucherstuhl Platz zu nehmen. Er legte auf und in seinen Augen konnte man Betroffenheit lesen.

»Morgen, Martin. Na? Ausgeschlafen?« Lorenz kam hinter seinem Schreibtisch hervor und begrüßte Pohlmann mit einem Handschlag, einer Geste, die er schon Jahre nicht mehr erlebt hatte. Kein Wort der Schelte wegen des Zuspätkommens, nicht einmal ein verärgerter Blick, obwohl Martin Lorenz' Anordnung vollständig ignoriert hatte. Entweder war es eine Taktik, Martin bei Laune zu halten, oder ernstgemeinte Wertschätzung, den ›besten Bullen des Nordens‹ wieder in seinem Team zu wissen. Zumindest galt ihm diese Ehre vor seiner Krise, und die ganze Abteilung harrte nun gespannt darauf, ob Martin die Talsohle erfolgreich durchschritten hatte.

»Morgen, Chef. Bevor Sie loslegen …, also, um es gleich auf den Punkt zu bringen, ich kann diesen Fall nicht übernehmen.« Pohlmann überreichte seinem Chef die Unterlagen. »Alles andere, aber, bitte, nicht innerhalb dieser Krankenhausmauern. Ich bin noch nicht so weit, Chef. Lassen Sie das den tollen Schöller machen. Der Polizeipräsident wäre begeistert.«

Lorenz hielt in seiner Bewegung inne und starrte auf die Akte. Unmut stieg in ihm auf. »Jetzt mal langsam, Martin. Ich habe Ihnen viele Jahre die Stange gehalten, trotz Ihrer Eskapaden. Trunkenheit im Dienst, manchmal sogar bekifft, ganz zu schweigen von Ihrer notorischen Unpünktlichkeit. Ich weiß, dass Sie anders sind als die *typischen Polizeibeamten,* doch ich weiß nicht, wie lange ich Sie noch protegieren kann, trotz Ihrer Verdienste in der Vergangenheit. Ich war derjenige, der Ihnen die Therapie nahegelegt hat, ich habe Ihnen Ihre Auszeit wirklich gegönnt und Ihren Trip ins Paradies letztendlich erst ermöglicht, doch jetzt sind Sie wieder da und ich möchte, dass *Sie* diesen Fall übernehmen.«

Einige Sekunden ließ Lorenz seine Worte einwirken. »Ich hoffe, ich war deutlich genug.« Er hatte zwischenzeitlich einen roten Kopf bekommen und gab Martin Pohlmann die Unterlagen entschieden zurück.

»Außerdem ist in der Zwischenzeit etwas passiert, was Sie interessieren dürfte. Der Anruf vorhin kam von Dr. Schillig.« Lorenz setzte sich hinter seinen Schreibtisch und verschränkte die Hände vor einem kleinen Bauchansatz. »Ich weiß nicht, wie Sie es angestellt haben, doch Sie haben offenbar bei Emilie Braun einen gewissen Eindruck hinterlassen.«

Pohlmann bedachte Lorenz mit einem Blick, der Neugier verriet. Sollte die Lust am Ermitteln wieder erwacht sein? »Ich? Eindruck?«

»Dr. Schillig hat mir erzählt, dass Frau Braun sich schon wieder das Leben nehmen wollte. Sie hat es irgendwie geschafft, die Binden von den Handgelenken zu lösen, und die alten Wunden aufgerissen. Als man sie zum Glück noch rechtzeitig fand, lag sie wieder mal in blutgetränkter Bettwäsche.«

Pohlmann erinnerte sich noch gut an jene Binden um die Handgelenke. Erinnerungen, die ihm unangenehm aufstießen. »Und? Was hab ich damit zu tun?«

»Sie hat gesagt, sie würde sich nur dann am Leben lassen, wenn man sie mit *Ihnen* sprechen lassen würde und mit sonst keinem.«

Lorenz sah Pohlmann anerkennend an und wagte einen kleinen Scherz. »Sie haben ihr Herz im Sturm erobert, mein Lieber.«

Pohlmann wollte sich zum Gehen umwenden, um die Sache in seinem eigenen Büro zu verdauen, doch Lorenz hielt ihn zurück. »Da ist noch etwas, was ich Ihnen sagen muss. Eigentlich das Wichtigste von allem. Ich hätte es Ihnen gleich gesagt, wenn die Klinik nicht angerufen hätte.«

»Also, dann. Verschonen Sie mich nicht. Schenken Sie mir ruhig gleich voll ein am zweiten Tag.«

»Wir müssen einen sehr wichtigen Termin einhalten.«

»Und der wäre?«

»In gut zwei Wochen, also am Samstag, dem 20. November, ist eine große Feier im Gedenken an Professor Dr. Keller geplant. Einige Mediziner von der Ärztekammer werden Reden halten, ihn posthum für sein Lebenswerk ehren und so weiter. Seine herausragenden Verdienste um die psychologische und soziale Rehabilitierung der ehemaligen Lebensbornkinder und diese Dinge. Mit lokaler Presse, Kapelle und allem Drum und Dran.«

»Wo ist das Problem? Er hat sich das Leben genommen. Na und? Ist keine Straftat.«

»Ich nehme nicht an, dass Sie das Tagebuch von Frau Braun schon gelesen haben. Also, es ist so: Der dort arbeitende junge Psychiater, dieser Dr. Schillig, hat uns berichtet, er habe beim Überfliegen der Einträge einige, na, sagen wir mal, pikante Passagen gelesen. Doch es war ihm unangenehm, darin herumzuschnüffeln, und meinte, es sei vermutlich das Beste, wenn die Polizei das lesen würde. Also hat er uns angerufen, und Sie sind hin und haben es geholt.«

Pohlmann schnaubte verächtlich. »Was kann schon Tolles darin stehen. Die Alte ist, ich sage es mal nett, unzurechnungsfähig.«

»Trotzdem. Stellen Sie sich vor, es entspräche der Wahrheit, dass Professor Keller, also der Mann, dem man besondere Ehre zukommen lassen will, tatsächlich einen Mord begangen hat.« Pohlmann nickte und begann, die Problematik zu begreifen.

»Ich hab Ihnen von dem Prozess vor über zwei Jahren erzählt. Eine Sammelklage von sechs Klägern. Allesamt Menschen, die als Kinder in sogenannten Lebensbornheimen zur Welt kamen. Sie wissen schon, diese vor der Öffentlichkeit verborgenen elitären SS-Kinderheime. Na ja. Jedenfalls wollten diese Leute im Nachhinein den Staat Deutschland verklagen. Sie hofften auf Wiedergutmachung und Anerkennung ihrer Identität. Es ging in einer Nebenklage auch um mögliche Erbansprüche oder Ähnliches. Ich kenn mich nicht so gut damit aus. Na, jedenfalls trat Professor Keller in diesem Verfahren als ärztlicher Gutachter auf, eine anerkannte Kapazität auf dem Gebiet der NS-Verbrechen, eben auch der Lebensbornideologie und vor allem der psychologischen Auswirkungen auf die Kinder. Viele dieser Kinder, die damals in Lebensbornheimen zur Welt kamen, kennen bis heute nicht ihre Eltern. Wissen nicht um ihre Wurzeln und leiden unter ihrer mangelnden Identität.«

Pohlmann trat von einem Fuß auf den anderen. Er kannte die Berichte über jene Heime aus seinem Studium.

»Dem Führer ein Kind schenken, schon klar.«

»Das Interessante dabei ist, dass auch Frau Braun als Nebenklägerin auftrat.«

Pohlmann hob die rechte Augenbraue.

Lorenz wehrte mit den Händen ab. »Ich weiß schon, was Sie sagen wollen. Natürlich lebt sie in einer Psychiatrie, aber sie ist nicht entmündigt oder Ähnliches. Sie hat sich vor vielen Jahren selbst eingewiesen und lebt quasi stationär in der Klinik. Sie ist ein Sonderfall. Der Staat kommt für sie auf. Sie hat keine Wohnung mehr und könnte eh nirgendwo wohnen, außer im LKH.«

Pohlmann ging ein paar Schritte in Lorenz' Büro umher.

»Ich sehe allerdings noch nicht die spezielle Problematik.«

»Ist doch ganz einfach. Wenn sich diese Beschuldigung als wahr erweisen sollte, müsste man nicht nur die Feierlichkeiten abblasen, sondern überdies die Öffentlichkeit informieren, und das würde den guten Ruf der Klinik ruinieren. Zum Leidwesen aller Patienten, die dort gepflegt und medizinisch betreut werden.«

»Ich verstehe«, sagte Pohlmann. »Und Sie meinen, ich sei der richtige Mann dafür, diesen Fall wieder aufzurollen?«

Lorenz kam hinter seinem Schreibtisch hervor und ging auf Pohlmann zu. Er klopfte ihm auf die Schulter. »Nun, wie es aussieht, haben nicht *wir* uns den Fall ausgesucht, sondern der Fall hat *uns* ausgesucht, genauer gesagt, *Sie*. Außerdem kommen Ihnen Ihre fundierten Kenntnisse über die NS-Zeit zugute.«

Pohlmann schüttelte den Kopf. »Chef, mein abgebrochenes Geschichtsstudium ist Lichtjahre her.«

»Trotzdem. Ich kenne keinen Beamten im Präsidium, der sich so gut auskennt wie Sie.« Pohlmann resignierte in Anbetracht aller ihn erdrückenden Fakten, warum nur er für den Fall infrage komme.

»Okay, ich mach es. Aber nur unter einer Bedingung.«

Lorenz blickte über die randlose Brille und sah Martin kritisch an. »Ja, ich weiß schon. Sie wollen den Fall auf *Ihre* Weise lösen.« Pohlmann schmunzelte und nickte. »Genau.«

Mit den Unterlagen im Arm und der Gewissheit, dass er soeben einen gewaltigen Fehler gemacht hatte, verließ er das Büro. Alle Vorsätze, sich aus der Sache auszuklinken, waren gescheitert, und eine Welle, bestehend aus einer Mischung aus Furcht, Überforderung, aber auch Neugier, überrollte ihn. Vorbei die Zeit am Strand, vorbei der Müßiggang und vorbei das Mixen von Caipirinha, Bahama Mama, Mojito und Margarita.

Ein Fall wie jeder andere, redete er sich ein, doch welche Erlebnisse ihn erwarten sollten und welche Wahrheiten ans Licht drängten, ahnte niemand im ganzen Präsidium.

KAPITEL 11

Hamburg, 3. November 2010

Ewig hätte es vermutlich auf diese Weise nicht weitergehen können. Wo gab es auf dieser Welt noch ein perfektes Paradies? Doch Martin gestand sich ein, er war nah dran gewesen. Zumindest die ersten Monate. Er gönnte sich eine erneute Rückblende. Glitzernde, aus dem Atemloch am Rücken der Wale emporsprühende Fontänen, deren Tröpfchen sich in der Sonne wie Diamanten spiegelten und jedem Touristen Begeisterungstränen in die Augen trieben. Tiefblaues Meer, das sich am Horizont mit ebensolch farbenem Himmel vereinte. Kleine, willkommen geheißene, weil schattenspendende Wölkchen und eine Unterwasserwelt, die jedem Taucher ein unvergessliches Erlebnis bescherten. Obgleich der Pessimismus in der Welt der Wissenschaft über die Zukunft der Korallen groß war. Martin erinnerte sich an einen Zeitungsartikel, den er auf seiner von Palmen beschatteten Veranda gelesen hatte. Dort hieß es, dass auf lange Sicht die Korallen wohl nicht durch die Erwärmung der Ozeane zerstört, sondern zu Opfern der Versauerung der

Meere würden. Und doch hatte man erst kürzlich sechs neue Korallenarten in der Nähe der Galapagos-Inseln vor der Küste von Ecuador entdeckt. Diese Arten zeichneten sich durch eine höhere Widerstandsfähigkeit gegen die Erwärmung der Meere aus, und er, Martin Pohlmann, war Zeuge dieses Wunders gewesen. Ihm kam es vor, als wäre dies in einem anderen Leben und nicht erst kurze Zeit zuvor gewesen.

Pohlmann seufzte und blickte aus dem Fenster seines Büros im siebten Stock des Polizeipräsidiums. Die Tropfen prasselten an die Scheibe, was für Hamburger Verhältnisse weitgehend normal war. Es fiel ihm schwer, in diese Art der Wirklichkeit zurückzufinden, denn seine Auszeit war mehr als nur ein zweiwöchiger Urlaub auf Teneriffa gewesen. Es war als ein vollständiger und endgültiger Ausstieg gedacht gewesen, ein Abbrechen aller hinter ihm liegenden Brücken, ein Neuanfang, der in einem Desaster endete. Und nun war er wieder hier in Hamburg, der Stadt, die er zwei Jahre zuvor auf immer zu verlassen gedachte. Er fragte sich, ob es denn überhaupt einen Platz auf dieser Welt gab, der eigens nur für ihn gedacht war. Ein Platz, den nur er besetzen könne – nur Martin Pohlmann und sonst keiner.

Pohlmann beschloss, diesen philosophischen Exkurs auf einen günstigeren Zeitpunkt zu vertagen, denn Kollege Schöller stand im Türrahmen und betrachtete ihn seit geraumer Zeit. Jener Schöller, der seinen Platz seit zwei Jahren eingenommen hatte und sich nun anderweitig beschäftigen musste, da dieser brisante Fall Pohlmann übertragen worden war. Und dies, obwohl Schöllers Vater, der Polizeipräsident höchstpersönlich, große Stücke auf seinen Sohn hielt, wie Väter gemeinhin eben so sind. Er übersah dabei nur, dass sein Sohn nicht wie er selbst zum Polizeidienst taugte. Es fehlten Schöller junior grundsätzliche Begabungen, in erster Linie die Fähigkeit des taktischen Ermittelns, des empathischen Mitfühlens mit einem Täter und viele andere essentielle Voraussetzungen, die man normalerweise zur erfolgreichen Ausübung dieses Berufes brauchte.

Pohlmann selbst entsprach ebenfalls nicht dem Abbild eines klassischen Polizeibeamten. Nie trug er einen Anzug so wie Schöller. Selten eine Krawatte. Schöller immer. Meistens trug er Cowboystiefel oder andere spitze Schuhe und Jeans. Das Haar war vor seiner Abreise noch schulterlang, jetzt musste er es in ein Gummiband zwängen, um halbwegs gesellschaftsfähig zu erscheinen. Schöller hingegen imponierte mit einer durchtrainierten Figur, vollem, dunklem Haar wie ein stolzer Spanier und hätte sich ebenso für den ortsansässigen Mode-Katalog ablichten lassen können. Aber nein, statt Rechtsanwalt, Arzt oder gar Model musste er Kriminalist werden, weil Vati es so wollte. Doch von einem Tag auf den anderen hatte sich alles für Schöller geändert. Pohlmann war zurück, und man hatte ihm den aktuellen Fall übertragen. Was sollte er nun am Wochenende auf Besuch daheim berichten? Dass er den Fall bravourös gelöst und ein großes Lob von Lorenz, seinem Vorgesetzten, eingeheimst habe? Dass die Presse ihn voll Bewunderung erwähnte und sich die Bürger Hamburgs bei solch einem Kommissar wieder sicher fühlen durften? Diese Art Neuigkeiten konnte er seinem Vater nun nicht mehr präsentieren.

Martin Pohlmann fühlte sich keineswegs davon gestört, dass Klaus Schöller ihn bei seiner Arbeit scheel von der Seite ansah. Er packte einige Kartons aus und räumte seinen alten Schreibtisch wieder ein. Früher stand ein Bild von Sabine auf dem Tisch. Jetzt blieb diese Fläche für eine kurze Zeit leer. Schnell würde sie sich mit Akten und bunten Notizzetteln füllen.

Pohlmann wusste um Schöllers Anwesenheit, vermied es jedoch aufzublicken und ihm direkt in die Augen zu schauen. Er hatte von seinem Freund Hartleib gehört, wie es um Schöllers Gemütsverfassung stand. Das Letzte, was Pohlmann nun gebrauchen konnte, waren Konflikte. Er konnte die Probleme anderer ganz gut lösen. Fälle krimineller Natur, Schwierigkeiten im eigenen Leben sollten besser noch eine Weile verstummen.

Pohlmann zog eine Packung Zigaretten aus der Tasche, entnahm das darin verstaute Feuerzeug und zündete sich die Kippe an. Langsam blies er den Rauch aus und drehte sich zu Schöller um, der keinerlei Eile zu haben schien.

»Tut mir leid, dass ich Ihnen den Platz streitig machen muss. Ich hab mir das auch nicht ausgesucht, wie Sie wissen.« Pohlmann kniff die Augen zusammen und sah durch den Nebel, der ihm die Sicht verschleierte, wie sich Schöller zwischen den Zargen des Türrahmens aufbaute. Pohlmann beschloss, die friedliche Variante zu wählen.

»Schätze, ich werde eine Weile benötigen, mich wieder zurechtzufinden, und könnte Ihre Hilfe gebrauchen.« Schöller löste den Knopf seines Sakkos und verschränkte die Arme. Seine Augen waren unter den buschigen, aber gut gepflegten Brauen zu einem dünnen Schlitz verengt, ebenso wie seine Lippen. Alles an ihm deutete auf Konfrontation und Kampf hin. »Hören Sie, Kollege Pohlmann ...« Schöllers Intonation war provozierend und aggressiv.

»Martin ...«, unterbrach ihn Pohlmann und nahm einen kräftigen Zug, dessen Rauch er in Schöllers Richtung blies.

Schöller begann aufs Neue, ignorierte das faire Angebot, legte seine Handflächen aneinander und rieb sie bedächtig, auf der Suche nach den treffendsten Worten. »Es ist mir egal, ob Sie hier mal 'ne große Nummer waren und angeblich die Statistik der gelösten Fälle in Norddeutschland anführen.« Er hob den Zeigefinger und korrigierte sich. »Anführten, müssen wir ja wohl sagen, bevor Sie krank wurden.« Den letzten Zusatz betonte Schöller und ließ ihn eine Weile bei seinem Kontrahenten wirken. Er suchte nach einem Weg, in der psychologischen Kriegsführung von Anbeginn an Punkte zu machen, dem Gegner rechtzeitig zu demonstrieren, mit wem er es hier zu tun hatte. Fronten klären, Reviere abstecken und all diese männlichen Dinge.

Pohlmann hielt inne und legte in Ermangelung eines Aschenbechers die Kippe auf den Rand des Schreibtisches. Dann stellte er den leeren Karton auf den Boden. Nun blickte er Schöller direkt in die Augen und meinte, hinter diesem Tor zur Seele Gefühle wie Furcht und Sorge eines kleinen Jungen zu lesen, der gegen die Autorität seines übermächtigen Vaters ankämpfte. Er reagierte nicht mit Groll, wie er es früher getan hätte.

»Ich wünsche Ihnen nicht, dass Sie mal einen Menschen verlieren, den Sie sehr lieben, mit dem Sie alt werden wollten. Kinder, Reihenhaus und der ganze Kram. Ich wünsche Ihnen auch nicht, jemals in eine tiefe Depression hineinzufallen. Man fühlt sich wie in einem dunklen Kellerloch, aus dem man nicht mehr herauszukommen glaubt. Wo der Gedanke, von einer Brücke zu springen, richtig attraktiv ist.« Pohlmann blickte zu Boden. »So ein Ereignis kann einen manchmal tatsächlich krank machen, Herr Schöller.«

Schöller schluckte, und sein Adamsapfel tanzte. Seine straffe Haltung erschlaffte. Er musste sich eingestehen, dass er zwar die Schlacht noch nicht verloren hatte, aber dieser Punkt ging ganz gewiss an Pohlmann, dem diese albernen Ränkespielchen vollkommen gleichgültig waren. Der sollte hier einen Job machen, der ihm alles andere als behagte, und fand in seinem Inneren keine Kraft für interkollegiale Kämpfe.

»Ja, ich habe davon gehört und es tut mir leid, … das mit Ihrer Freundin.« Schöllers Worte hätten Wärme und Mitgefühl ausdrücken können, doch so, wie Schöller sie aussprach, entsprachen sie eher den Außentemperaturen.

»Verlobten!«, korrigierte ihn Pohlmann.

»Ja, gut, Ihrer Verlobten. Trotzdem. Von mir werden Sie keine Hilfe zu erwarten haben. Im Gegenteil, Pohlmann. Ich werde Sie im Auge behalten, darauf können Sie Gift nehmen.«

Nun erwachte der Zorn in Pohlmann, und er warf die Beherrschung über Bord. »Mann, Schöller, Sie tun mir echt leid. Sie sind doch nur sauer, weil ich es auch ohne die Schützenhilfe meines Alten auf diesen Stuhl geschafft habe. Sie sind einfach nur *Söhnchen*, mehr nicht. Und jetzt verlassen Sie bitte *mein* Büro.«

Schöller drehte sich um und verschwand wortlos. Martin Pohlmann zog den schwarzen Bürosessel vom Schreibtisch zurück und ließ sich hineinfallen. Er drehte ihn zum Fenster und blickte hinaus. Das Trübe dort draußen entsprach dem Zustand in seinem Inneren. Wenn ihm jemand in diesem Augenblick die Hand auf die Schulter gelegt und ihn gefragt hätte, ob er auf eine lange Reise mitkommen wolle, eine Weltumseglung, eine Expedition quer durch den Dschungel, er hätte eingewilligt.

KAPITEL 12

Hamburg, 3. November 2010

Pohlmann bemerkte den sonderbaren Geruch nach verbranntem Holz und fuhr erschreckt zu jener Ecke des Schreibtischs herum, die von seiner vergessenen Zigarette an einer Stelle braun versengt worden war. Er befeuchtete seinen Zeigefinger und löschte das sich ausbreitende hässliche Fleckchen, das seinem Chef Lorenz die Zornesröte ins Gesicht treiben würde. Er öffnete das Fenster und schnippte die noch brennende Zigarette hinaus. Noch vor dem Auftreffen am Boden würde sie im Regen erloschen sein. Die kühle Novemberluft erfrischte ihn und mahnte ihn, endlich an die Arbeit zu gehen. Es half ja nichts, sie musste getan werden.

Zunächst begann er, die Akten zu sortieren, die Lorenz ihm gegeben hatte, und inzwischen waren aus dem Archiv noch sechs weitere hinzugekommen.

Da waren zum einen die Prozessakten der ehemaligen Lebensbornkinder gegen den Staat Deutschland. Mit diesen Akten musste er sich gründlich befassen, um die Problematik etwaiger Mordmotive an dem Nazi Gerhard Strocka zu verstehen. Nur allein auf die Aussage einer psychisch kranken Frau hin konnte man keine Mordanklage aufbauen, erst recht nicht gegen einen Mann, der selbst schon tot war. Möglich wäre, dass Personen infrage kämen, die vor zwei Jahren an dem Prozess teilgenommen hatten.

Auf einem weiteren Stapel lagen zwei Akten. In der blauen befanden sich Unterlagen zu dem mysteriösen Selbstmord des Anstaltspsychiaters Professor Hans Keller, zu dessen Namen in Martins Erinnerung ein entsprechendes Gesicht aufflackerte. Martin blätterte die Papiere durch. Ballistische Untersuchungen, Skizzen vom Eintrittswinkel der Kugel sowie ein Haufen Fotos aus der Umgebung des Raumes, in dem die Leiche gefunden worden war.

Die rote Akte befasste sich mit jener Emilie Braun, die irgendetwas, er wusste noch nicht im Entferntesten, was genau, mit diesem Selbstmord zu tun hatte. Es galt zu klären, in welchem Verhältnis sie zu Hans Keller wirklich stand, ob es eine möglicherweise über das Arzt-Patienten-Verhältnis hinausgehende Beziehung gegeben hatte. Obgleich ihm der Gedanke an eine sexuelle Beziehung als absurd erschien, konnte er das Bauchgefühl, das ihn in früheren Jahren zuverlässig begleitet hatte, nicht ignorieren.

Eine letzte, gelblich-grüne Akte porträtierte Prof. Hans Keller, beinhaltete seine Vita bis ins kleinste Detail und beleuchtete sein außergewöhnliches Engagement für die Lebensbornkinder, ihre Geschichte, ihre sozialen Umfelder, aber vor allem die psychischen Auswirkungen des Aufwachsens in einer derartigen Einrichtung. Pohlmann blätterte darin herum und bemerkte die akribischen Notizen des Professors, seine obsessiv recherchierten Ausführungen zu den in Deutschland verstreuten ehemaligen Lebensbornheimen. Manchmal waren gelbe Markierungen und Ausrufezeichen an den Rand gezeichnet, als gälte es, etwas aufzuspüren, es um jeden Preis festzuhalten wie extrem wichtige Informationen. Doch zu welchem Zweck gab sich dieser Mann so große Mühe, so viele Jahre nach dem Kriegsende? Immerhin war Keller Psychiater und kein Historiker, obwohl diese Aktennotizen eine andere Handschrift trugen. Zu welchem Zweck stellte Keller so viele Recherchen an?

Pohlmann schlug die Akte zu und setzte sich. Ermüdende Resignation stieg in ihm auf, und er stellte fest, dass seine früher bekannt zügige Auffassungsgabe in den letzten zwei Jahren gelitten hatte. Ein Haufen Arbeit lag vor ihm, der ihn zu erschlagen drohte. Es war schwierig, den Anfang eines roten Fadens zu finden, an dem man sich entlanghangeln konnte. Bislang gab es keinen Faden, sondern nur ein verfilztes Knäuel.

Erneut ging die Tür auf und der, der ihn nun besuchte, stimmte ihn deutlich fröhlicher als der letzte ungebetene Gast.

»Hi, Werner. Nett, dass du mir beim Aufräumen helfen willst.«

»Nanu, was tust du denn hier? Ich dachte, du bist schon längst im LKH. Hat Lorenz dich nicht schon vor einer Stunde …«

Werner Hartleib setzte sich auf den Stuhl, der dem Schreibtisch gegenüberstand. Ein alter, unbequemer Holzstuhl, der bei jeder Bewegung quietschte, sodass man bemüht war, sich darauf möglichst nicht zu bewegen. Er war von jeher für die bestimmt gewesen, aus denen man ebenso unbequeme, verborgene Geständnisse herausquetschen musste. Ein Relikt aus vergangenen Tagen, das in diesem Raum stehen geblieben war, weil es niemand übers Herz brachte, es den städtischen Betrieben zur Entsorgung zu überlassen. Pohlmann machte keinerlei Anstalten, sich zu beeilen. Er sah auf die Uhr. »Es ist alles okay. Entspann dich. Ich habe es nicht besonders eilig, Werner. Lorenz drängelt genauso wie früher. Alles immer schnell, schnell, doch diese unnötige Hast hat noch nie zu besseren Ergebnissen geführt. Manche Dinge brauchen einfach ihre Zeit, und diese hier besonders.« Pohlmann schlug mit der flachen Hand auf die Akten, die vor ihm lagen.

»Schöller ist sauer auf dich.«

»Hab ich schon gemerkt. Der spinnt doch, der Typ. Ich hab's nett und friedlich versucht, aber ich glaube, es ist besser für ihn, wenn er mir die nächsten Wochen aus dem Weg geht.«

»Na ja, du musst ihn verstehen. Sein Vater macht ihm die Hölle heiß. Er nimmt den Erfolg beziehungsweise den Misserfolg seines Sohnes sehr persönlich. Profilneurose nennt man das wohl. Er sähe es am liebsten, wenn sein Sohn so schnell wie möglich Chef unserer Abteilung werden würde, doch dafür müsste er erst Lorenz umbringen. Eine Beförderung unter Umgehung des normalen Dienstweges, verstehst du?«

»Mach keine Witze. Das ist doch krank, Werner. In Ecuador lief auch nicht alles so wie geplant, aber solche Ambitionen sind den Menschen dort wirklich fremd.«

»Unsinn. Das glaube ich nicht, Martin. Du hast nur die Dinge durch deine rosarote Brille gesehen. Die Menschen sind doch überall gleich auf der Welt: machtbesessen und korrupt. Wenn es um den eigenen Vorteil geht, gehen alle über Leichen.«

»Dann wollen wir mal hoffen, dass Schöller friedlich bleibt.« Pohlmann erhob sich widerwillig, doch er sollte vor der Mittagszeit im LKH gewesen sein, um nicht in die Stunde der Raubtierfütterung hineinzuplatzen.

»Ich muss los, Werner. Wir reden später noch mal drüber, okay?« Martin klopfte seinem Freund auf die Schulter und freute sich, wenigstens einen Verbündeten in Hamburg zu haben.

Die Fahrt ins LKH gab Martin Gelegenheit nachzudenken. Was bedeuteten die merkwürdigen Andeutungen von Lorenz, dass Frau Braun sich nur mit ihm unterhalten würde und mit sonst keinem? Warum gerade er? Was hatte sie denn so an ihm beeindruckt? Hatte er nicht eher das Gefühl gehabt, dass sie jeden anderen lieber sehen würde als ihn? Wer war er denn schon? Ein Durchschnittsbulle, der aussah wie ein Relikt aus den 68ern, mit einem derzeit recht großen Vakuum im Kopf und einem noch größeren in der verwundeten Seele.

Nach einer halben Stunde, in der er die bereits gelesenen Inhalte der Akten über Frau Braun und Professor Keller Revue passieren lassen konnte, erreichte er das Landeskrankenhaus.

Es war 12.30 Uhr, und er stellte fest, dass er zu spät war. Essenszeit gegen 13 Uhr. Was sollte er in einer halben Stunde ausrichten? Obwohl – vielleicht brauchte er nur kurz zu bleiben und an einem anderen Tag wiederzukommen? Das wäre ihm am liebsten gewesen.

Pohlmann schritt den langweiligen, grauen Flur entlang, hielt zu seiner Linken und Rechten Ausschau nach Paule, der ihn schon einmal mit kindlicher Freude angesprungen hatte. Martin legte keinen Wert auf eine Wiederholung derartiger Späße. In diesem Moment kam Annegret um die Ecke und hätte ihn beinahe umgeworfen. »Hallo, Herr Kommissar! Na, Sie schleichen ja hier herum wie ein sedierter Patient.«

Pohlmann sah sie schockiert an. »Ja, freut mich auch, Sie zu sehen. Wie meinen Sie denn das?«

»Na ja, die meisten Patienten haben hier keinerlei Eile. Sie schlurfen, so wie Sie gerade, die Flure entlang und hängen ihren Gedanken nach.«

Pohlmann nickte.

»Ist schon eigenartig«, begann sie unvermittelt. »Jahrelang spricht Emmi kein Wort und jetzt will sie mit Ihnen sprechen. Ich hatte gestern nicht gerade den Eindruck, als wenn sie Sie mögen würde, doch anscheinend habe ich mich da geirrt.«

»Ach was, das muss gar nichts bedeuten. Wir können doch nicht davon ausgehen, dass Frau Braun rational reagiert wie ein normaler Mensch. Immerhin sind wir hier in einer …«, Pohlmann umfasste seine Umgebung mit fahrigen Bewegungen.

»… Klapsmühle«, lachte Annegret und nahm ihm das unangenehme Wort aus dem Mund.

»Na ja, gut, meinetwegen. Also schauen wir mal, was mir Frau Braun zu beichten hat.« Martin wandte sich zum Gehen um. »Ich habe übrigens gestern Abend in Frau Brauns Aufzeichnungen gelesen. Zwei wirklich – wie soll ich sagen – schöne Gedichte gefunden. Bisschen düster, aber schön. Überhaupt ist ihr Schreibstil vollkommen anders, als ich es erwartet hätte. Was sie schreibt, klingt kein bisschen verrückt. Im Gegenteil. Es klingt …«

»Normal?«, half ihm Annegret.

»Noch mehr als das. Eher genial. Doch wenn man sie so sieht und hört.«

Schwester Kaschewitz blieb stehen, bevor sie die Tür zu Emilies Zimmer erreichten. »Hier, innerhalb dieser Mauern, reden die Leute, wie ihnen der Schnabel gewachsen ist. Hier gibt es, ich will nicht sagen, keine Etikette, jedoch ziemlich wenig. Es wird geschimpft, geflucht, gespuckt, geschlagen. Auch Emmi ist in ihrer Wortwahl keine First Lady. Wenn sie spricht, und das tut sie ziemlich selten, dann wundert man sich, woher sie all die Worte kennt. Klar, sie hört sie von anderen und liest das eine oder andere in ihren Büchern, doch wenn sie schreibt oder liest, ist sie wie ausgewechselt.«

»Liest sie viel?«

Annegret lachte. »Viel ist gestrunzt. Sie liest wöchentlich zwei bis drei Bücher. Wenn sie nicht auf ihrem Zimmer liegt, sitzt sie in der Klinikbibliothek auf dem Boden und liest Thomas Mann, Charles Dickens oder Hemingway. Dann ist sie total verklärt, murmelt irgendwas Unverständliches, kichert zwischendurch, und es scheint, als rede sie mit einem Geist.« Eine kurze Pause entstand. »Und natürlich hat sie mit Professor Keller gesprochen, ab und zu, wenn sie Lust hatte. Manchmal haben die beiden auch nur ›stumme Sitzungen‹ abgehalten. Wir haben nie kapiert, was sie da in seinem Sprechzimmer trieben, doch sie saßen nebeneinander und taten – nichts. Er stellte ihr Fragen, sie blieb stumm. Sie brachte ein Buch mit in die Therapie und las. Ziemlich unhöflich, würde man denken, doch Keller hat sich nie daran gestört. Im Gegenteil. Er hatte sowieso eine Engelsgeduld mit ihr, viel mehr als mit anderen Patienten. Da war er ungeduldig, manchmal zornig und brach die Sitzungen ab, aber niemals bei ihr. Die Emmi und der Professor – das war schon was Besonderes.«

Martin und die Schwester hatten nun das Zimmer der Patientin Emilie Braun erreicht. In dem Moment, als Annegret die Klinke herunterdrückte und Martin die alte Frau entdeckte, geriet seine Welt erneut aus den Fugen. Ein Häufchen Elend kauerte in dem viel zu großen Bett. Bandagierte Handgelenke wie am Vortag, doch nun ließen die Fixierungen keinen Spielraum für sie zu. Der diensthabende Psychiater hatte die Dosis der Sedierung so gewählt, dass Pohlmann mit ihr sprechen könne.

Er stand vor ihrem Bett und sah sie an. Es roch süßlich nach getrocknetem Blut, nach Urin und nach Ausdünstungen, die von bitteren Pillen stammten. Eine schier unerträgliche Mischung für seine Nase.

Ihre Wahrnehmung seiner Person verlief ruhiger als beim letzten Mal, friedlicher und kraftloser. Immerhin hatte sie einen Liter ihres Lebenssaftes vergossen und sich beinahe ins Jenseits befördert, den Ort, an den sie offensichtlich nicht schnell genug hingelangen konnte. Warum in aller Welt sie dies tat, erzählte sie ja keinem. Und so wartete er gespannt darauf, dass sie zu einer Plaudertasche mutieren würde und ihm schnell alles erzählte, was seine Ermittlungen beenden würde. Sie drehte den Kopf zu ihm herum und sah ihn eine geraume Zeit lang an – ohne ein Wort zu sagen.

»Hallo, Frau Braun.« Pohlmann hob die Hand wie zum Gruß, während er die andere in der Hosentasche versteckt hielt. »Sie wollten mich sprechen, sagte man mir.«

Emilie Braun sah zunächst in die Augen der Schwester, dann in die des Arztes und schließlich des Polizisten. Sie zwinkerte einige Male und krächzte dann, scheinbar mit großer Mühe: »Allein.«

Mehr sagte sie nicht.

Die drei, die vor dem Bett standen, sahen sich an.

»Tja, dann«, meinte Pohlmann, »muss ich Sie wohl bitten, draußen zu warten.« Schnell näherte er sich dem Ohr des Arztes. »Kann irgendwas passieren? Ich meine, sie hat ja schon zwei Mal versucht …«

»Alles okay«, beruhigte ihn der Arzt. »Sie ist stabil und hat keinerlei Spielraum, sich zu bewegen.« Ja, das hatte Martin auch schon gesehen, diese mitleiderregende Bewegungseinschränkung. Nicht eine Minute würde er gefesselt aushalten, dessen war er sich sicher. Langsam und unsicher, ob sie das Richtige taten, verließen Arzt und Schwester den Raum. Die Tür ließen sie einen Spaltbreit offen stehen. Emilie drehte ihren Kopf zur Tür.

»Allein«, wiederholte sie, diesmal etwas lauter und sicherer als zuvor. Die Tür wurde ins Schloss gezogen, und sie nahm scheinbar zufrieden zur Kenntnis, dass außer ihr und Martin Pohlmann und ein paar unsichtbaren Gestalten, mit denen sie regen Kontakt zu pflegen schien, niemand im Raum war.

»So. Wir sind allein«, sagte er, um das Gespräch zu beginnen.

»Setzen!«, erwiderte sie lakonisch.

Martin zog sich einen Stuhl heran und ließ sich nieder.

Sie diktierte das Tempo, nicht er. Er schaute auf die Uhr und wippte mit den Beinen. Doch Frau Braun ließ sich nicht im Geringsten aus der Ruhe bringen. Zeit schien für sie keinerlei Relevanz zu haben.

»Nehmen Sie es mir nicht übel, Frau Braun, aber man sagte mir, Sie wollten mich sprechen, und ... na ja, hier bin ich nun. Was kann ich für Sie tun?« Sie überlegte eine Weile, dann holte sie durch den offenen Mund Luft und entblößte erneut die Behandlungsbedürftigkeit ihrer Mundhöhle. Doch in Anbetracht ihrer geschundenen Seele schien dieser Umstand an Bedeutung zu verlieren.

»*Sie* dürfen es lesen«, sagte sie leise, und Martin spürte, wie schwer ihr diese vier Worte fielen. Entweder weil sie körperlich stark geschwächt war oder weil ihr das Sprechen generell und nun noch mehr hier und jetzt, angekettet in diesem Bett, Mühe bereitete.

»Sie meinen, Ihr Buch, nehme ich an? Diese Kladde.«

»Alles.«

Martin dachte einen Augenblick nach, ob er etwas in den Unterlagen übersehen hatte. »Was soll ich denn noch lesen? Ich habe bisher nur Ihr Buch bekommen.« Martin stand von seinem Stuhl auf und machte einen Schritt auf das Bett zu. Keine Sekunde ließ er sie dabei aus den Augen und hoffte, dass sie wenigstens flüstern würde. Stattdessen sackte ihr Kopf abrupt zur Seite weg. Ihre Augen schlossen sich. Schnell trat er neben sie und hielt seinen Zeige- und Mittelfinger an die faltige Haut über der Halsschlagader. Zunächst fühlte er gar nichts. Er sah auf den Monitor, an den sie angeschlossen war, und fürchtete für eine kurze Zeit, dass ihr Suizidversuch doch noch mit zeitlich versetztem Erfolg gekrönt war. Was wollte sie ihm denn nun sagen? Was sollte er denn noch alles lesen? Eine dicke, handgeschriebene Kladde mit gut 400 Seiten, Dutzende von Akten auf seinem Schreibtisch und nun noch … *alles* …?

Er schob seinen Finger einen halben Zentimeter weiter, Richtung Schlüsselbein, und fühlte schließlich einen schwachen, aber regelmäßigen Puls. Sie schlief offensichtlich oder war im Koma oder in sonst irgendeinem medizinischen Zustand, mit dem er sich nicht auskannte. Er öffnete die Tür und verließ das Krankenzimmer. Sogleich trat Dr. Schillig hinzu.

»Ich glaube, sie ist wieder eingeschlafen. Besser, Sie sehen mal nach ihr.« Schillig strebte an Pohlmann vorbei und betrachtete die Monitore und bemerkte die gleichmäßige Atmung. Die laienhaft gestellte Diagnose Pohlmanns war korrekt.

Als er das Zimmer der schlafenden Emilie verlassen hatte, war niemand auf dem Flur zu sehen gewesen.

Essenszeit.

Enttäuscht ging Martin den tristen Anstaltsflur entlang. Das war also der Sinn seiner heutigen Exkursion ins Reich der Verwirrten. So viele Worte, wie er mit zwei Händen hätte locker abzählen können, ausreichend für eine einzige SMS. Doch einen Vorteil hatte das Ganze gehabt: Es gab ihm die Möglichkeit, diesen Ort so schnell wie möglich wieder zu verlassen.

Und doch war er erfreut, Annegret im Schwesternzimmer zu erblicken. Er verlangsamte seinen Schritt und beobachtete sie einen kurzen Moment. Sie hockte vor einem weißen, quadratischen Tisch und betrachtete das vor ihr stehende Menü mit Argwohn. Mit der linken Hand stützte sie ihren Kopf auf und mit der rechten stocherte sie mit einer Gabel in ihrem Essen herum. Ihre Beine hatte sie unter dem Tisch übereinandergeschlagen und die rasierten Waden schauten unter dem Schwesternkittel hervor. Alles in allem wirkte sie frustriert. Aus drei Metern Entfernung betrachtet, sinnierte sie über einem Einheitsbrei, doch beim

Näherkommen konnte man etwas wie Püree, Broccoli und ein undefinierbares Stück Fleisch voneinander unterscheiden.

»Na, wie war's mit Emmi? Habt ihr Spaß gehabt?«, murmelte sie, ohne aufzusehen.

»Jetzt weiß ich, warum sie hier ist.« Martin Pohlmann schüttelte den Kopf, zog einen Stuhl, der der Schwester gegenüberstand, zurück und setzte sich ungefragt. »Ich kann nicht gerade sagen, dass es sich gelohnt hat herzukommen.« *Außer, dass ich dich getroffen habe, vielleicht,* dachte er, behielt es aber für sich. Er sah hinaus in die triste Umgebung vor dem vergitterten Fenster.

»Ich glaub, ich könnte das nicht. Wie halten Sie es nur hier aus? Den ganzen Tag von Bekloppten umgeben.« Pohlmann hielt die Hand vor den Mund. »Tschuldigung, war nicht so gemeint.«

»Nee, ist schon gut. Sie haben ja recht. Ist auch nicht einfach. Und doch gibt es hier viele Menschen, die sich gar nicht darüber im Klaren sind, dass sie überhaupt krank sind. Die leben hier ein weitgehend geregeltes Leben, bekommen zu essen und zu trinken, haben ein Dach über dem Kopf und sogar in gewissem Sinn eine Familie, wenn auch keine, wie wir sie vielleicht kennen. Draußen kämen die meisten gar nicht klar, so wie Frau Braun. Sie hat es früher ein paar Mal probiert, ist aber jedes Mal wieder auffällig geworden und kam zurück.«

»Inwiefern auffällig?«

»Entweder hat sie versucht, sich auf verschiedene Weisen das Leben zu nehmen, oder sie ist aggressiv gegen Leute in ihrer näheren Umgebung gewesen. Einmal hat sie, aber das liegt viele Jahre zurück, einem Kerl ein Küchenmesser in den Bauch gerammt. Der Typ wäre fast verblutet, nur weil er ihr in einer Kneipe im Suff an die Brust gefasst hatte.«

Plötzlich merkte Pohlmann, dass er es gar nicht mehr eilig hatte, an seinen Schreibtisch im Präsidium zurückzukommen. Er lehnte sich zurück, verschränkte die Arme und sah ihr eine Weile beim Essen zu. Wie sie mit Bedacht kaute und nicht alles hinunterschlang, so wie er es meistens tat. Ihr blondes Haar war zu einem Zopf geflochten. Ihre Haut war blass und beinahe makellos, ohne sichtbare Unreinheiten und Pusteln, die indes bei ihm allmählich durch das Fehlen der ecuadorianischen Sonne abheilten. Er betrachtete ihre schlanken Finger, an denen keine Ringe zu sehen waren. Er wusste schon, dass das Klinikpersonal während der Arbeit keinen Schmuck tragen durfte, doch er fand auch keine ringförmigen weißen Vertiefungen von nur morgens abgenommenen Hinweisen auf eine feste Bindung. Er schätzte sie auf Anfang 30.

Als sie ihr Besteck ordentlich zusammengelegt hatte, schien sich der Nebel ihrer Frustration gelichtet zu haben, sei es, weil ihr Magenknurren verstummt war oder weil es die unterhaltende Anwesenheit des merkwürdigen Kommissars bewirkt hatte. Martin hoffte, dass sie sich in seiner Gegenwart nicht unwohl fühlen möge, und doch musste er fortwährend an die sonderbaren Worte von Emilie denken. Und so gab er seiner Neugier nach. »Hat sie noch ein anderes Tagebuch geschrieben oder gibt es nur das eine?«

Annegret wischte sich mit einer gelben Serviette die letzten Soßenreste aus den Mundwinkeln und sah ihn fragend an. »Ich weiß nur von dieser einen Kladde. Wieso fragen Sie?«

»Sie hat zu mir gesagt, ich darf *alles* lesen.«

»Alles?«

»Ja, mehr hat sie nicht gesagt. Die ganze halbe Stunde. Dann ist sie eingepennt. Hat mir einen Riesenschrecken eingejagt. Ich dachte schon, sie wäre …« Annegret betrachtete den Kommissar mit Belustigung. Er wirkte in ihren Augen so hilflos, unorthodox, völlig untypisch für einen Bullen.

»Ich darf *alles* lesen«, wiederholte er leise, wie zu sich selbst. »Und dieses alles hat sie absolut betont, eben so, als gäbe es eine ganze Menge zu lesen und nicht nur die eine braune Kladde von ihr. Vielleicht meint sie Bücher oder Notizen oder Akteneinträge oder was weiß ich. Vielleicht wollte sie mich auch nur foppen. Ich werde echt nicht schlau aus ihr.«

»Na ja. Sie hat ja auch einen Haufen Medikamente geschluckt. Eigentlich müsste sie ziemlich high sein.«

Pohlmann sah auf die Uhr und ärgerte sich im Stillen, dass er wieder gehen musste. »Hör zu, ruf mich an, wenn sie nicht mehr stoned ist und mir wirklich etwas zu sagen hat, okay?« Annegret bemerkte das vertrauliche Du und grinste.

»Schätze, Sie müssen sich auf ein paar weitere Besuche in unserer netten Pension einstellen.« Ein koketter Blick streifte Martin.

»Ich gewöhn mich vielleicht dran.«

*

Martin Pohlmanns Stimmung war auf dem Weg zurück ins Präsidium nicht so schlecht, wie er es erwartet hätte. Natürlich regnete es immer noch wie bei einer bevorstehenden Sintflut. Die Scheibenwischer hinterließen hässliche Schlieren in Augenhöhe und der Verkehr verdichtete sich zusehends, und doch fühlte er sich erheitert, wie schon seit Langem nicht mehr. Er suchte in seinem Kopf nach der Ursache für das unerwartete Geschenk freudiger Gefühle. Die Klinik mit all ihren Bewohnern konnte es nicht gewesen sein, das wäre absurd, auch nicht die mysteriösen Andeutungen der suizidal veranlagten Emilie Braun.

Er grinste. *Was ein paar nette Worte einer sympathischen Frau ausmachen*, dachte er. Beinahe beschwingt bog er in die Zufahrt zum Präsidium ein und erreichte seinen Parkplatz, auf dem nun ein schicker blauer 5er BMW parkte. Bestimmt ein unverschämter Besucher, der für eine Strafanzeige Beamtenparkplätze missbrauchte, vermutete er. Pohlmann war geneigt, seine gute Laune zu opfern, doch er entschied sich dagegen. Er parkte einfach drei Reihen weiter vorn auf dem Parkplatz eines erkrankten Kollegen, stieg aus und ließ sich vollregnen. Mit dem Schlüssel in der Hand spielend, wollte er soeben sein Büro ansteuern, als Lorenz seinen Kopf durch den Türrahmen schob. Lorenz erkannte seine Mitarbeiter am Schritt, und Pohlmanns schlurfender Gang hatte sich in den letzten zwei Jahren auch nicht verändert.

»Martin!«, brüllte er über den Flur. »Erst zu mir.« Pohlmann drehte sich um und eilte zum Büro seines Chefs. Dieser jonglierte vier große Leitzordner im Arm. »Wären Sie so nett …« Pohlmann kam seinem Chef zu Hilfe und nahm ihm die drei obersten Ordner ab. Er sah sich um und legte sie auf den hoffnungslos überfüllten Schreibtisch.

»Alles aus dem Archiv«, stöhnte er. »Der Fall wächst mir allmählich über den Kopf. Pohlmann, wir müssen ganz von vorn anfangen.«

Martin konnte sich noch keinen Reim auf Lorenz' Rätsel machen, doch er ahnte, dass diese Andeutungen niemand anderem galten als ihm. Wenn Lorenz etwas in der Vergangenheit über den Kopf wuchs, bedeutete das immer, dass Pohlmann in die Bresche springen musste, und da Lorenz in den letzten zwei Jahren auch nicht jünger geworden war, begann das Über-den-Kopf-Wachsen vermutlich noch eher als sonst.

Pohlmann betrachtete das Chaos, das sich im Laufe des Vormittags verdoppelt hatte. Lorenz hatte sein kleines Büro in einen Konferenzraum verwandelt mit einem großen Flipchart an der Wand, gespickt mit einer stattlichen Anzahl von Fotos. Zu sehen waren ältere, teils tote, teils noch lebende Menschen. Die Toten waren an den ihnen zugefügten Wunden zu erkennen, die man nur schwer hätte überleben können.

Pohlmann ging zum Fenster und schielte hinaus. »Auf meinem Parkplatz steht ein blauer 5er BMW, Hamburger Kennzeichen. HH-X-334. Blödmann«, ergänzte Pohlmann gereizt.

Lorenz hielt einen Stapel mit DIN-A4-Blättern in der Hand und heftete sie mit Magneten an das Board. Ohne sich umzudrehen, antwortete er: »Schätze, das ist Schöller. Meinte, er hat da die letzten zwei Jahre geparkt. Meinte, ist doch egal, mit welchem Wagen.«

Pohlmann zog eine Braue hoch und schnaubte: »Und wo soll *ich* parken, bitte schön?«

Lorenz schüttelte den Kopf. Er hatte weder Zeit für noch Interesse an derlei Kinkerlitzchen. »Das ist doch jetzt egal. Wir haben ein Problem.«

»Sie meinen, es ist in der Zwischenzeit, als ich in der Klinik war, noch eins dazugekommen oder ist es das alte Problem mit Keller und seiner Gedenkfeier?«

»Ein neues. Größeres. Sehr suspekt. Könnte auch Mord …«

Pohlmann schüttelte amüsiert den Kopf, verschränkte die Arme und beobachtete seinen Chef, wie er an die 30 Blätter abheftete. Zwischendurch fielen ihm ein paar herunter und er hob sie flugs wieder auf. Er arbeitete wie im Fieber. Gesund könne das nicht sein, hatte Lorenz' Arzt unlängst gemeint und ihm ein Nitro-Spray gegen Angina Pectoris verschrieben, das er meistens auch bei sich hatte. Das Rauchen hatte er schon vor Monaten aufgegeben, aber die Arterien hatten das noch nicht mitbekommen und gaben sich immer noch verschlossen. Der neue, gesunde Lebensstil, bestehend aus drei üppigen Salatblättern in der Kantine zwischen fettigen Frikadellen und Fritten sowie die einmal wöchentlich stattfindenden Entspannungs-Meditationskurse in der Volkshochschule als einziger Mann inmitten gestresster Frauen kam gegen den Wust an Kriminalfällen nicht so schnell an, wie es für Lorenz' Herz förderlich gewesen wäre. Nur noch zwei Jahre bis zur Pensionierung, doch eigentlich wollte er gar nicht in Rente gehen. Lorenz war ein Arbeitstier und ein eingefleischter Junggeselle. Er lebte allein und am Wochenende gelangweilt in einem dreistöckigen, schmucken Haus in Poppenbüttel, einem gepflegten Vorort Hamburgs. Wenn Martin sich richtig erinnern konnte, wohnte Lorenz schon immer in diesem Haus. Es war Lorenz' Elternhaus, ein Drei-Generationen-Haus: Oma, Opa, Vater, Mutter, Bruder – alle unter einem Dach. Nun waren alle anderen tot und er würde es nach Aussage seines Kardiologen auch bald sein, doch das war ihm egal. Alles sei besser, als in Puschen sieben Tage die Woche allein durch die Stockwerke zu schlurfen. Nein, dies entzog sich seiner Vorstellungskraft. Vor ein paar Jahren hatte er daran gedacht, die anderen Wohnungen zu vermieten. Er entschied sich dagegen. Viel Aufwand für ein bisschen Kohle, die man auch noch versteuern musste, meinte er. Im schlimmsten Fall Mietnomaden, die das Haus verwüsteten, laute ausländische Musik spielten, Safrangestank im Treppenhaus, zahlungsunfähig oder chronisch säumig. Wenn er sterben würde, würde es keine Erben geben, und eigenartigerweise gefiel ihm der Gedanke. So etwas konnte man auch keinem Sohn oder keiner Tochter zumuten, dieses messieartige Chaos zu beseitigen, was zu Lorenz gehörte wie sein Schatten, egal ob im Büro oder sonst wo. Er würde darin sterben und irgendjemand müsste hinter ihm aufräumen, dieser Gedanke ließ ihn schmunzeln.

»So, Pohlmann, ich bin so weit. Kommen Sie her und sehen sich das an.« So begann Lorenz stets zu dozieren.

»Ich bin ganz Ohr, Chef. Ich darf Sie aber noch daran erinnern, was sich in meinem eigenen Büro stapelt und dass ich noch die Kladde der alten Braun komplett durchlesen soll.« Martin gestikulierte mit seinen Händen, um eine gewisse Dramaturgie zu erzeugen. Sonst würde Lorenz nie aufhören, den Arbeitsberg zu erhöhen. Nach einem kleinen Wiedereinstiegsfall sah das schon lange nicht mehr aus.

»Das gehört alles zusammen, Martin. All das hier ist eine einzige Geschichte, die an uns klebt wie 'ne Fliege auf'm Scheißhaufen.«

»Netter Vergleich, Chef. Und? Worum geht es jetzt?« Pohlmann schüttelte amüsiert den Kopf. Es stand zu befürchten, dass Lorenz auch allmählich durchdrehte. Er wäre nicht der Erste in diesem Geschäft gewesen.

»So, mein Lieber. Kurz nach Ihrer Abreise nach Nimmerland, wo Sie sich mit Wendy und den verlorenen Jungs eine nette Hütte gemietet und mit einem Boot vor der Küste Ecuadors Captain Hook gesucht haben, hatten wir hier einen nicht ganz unbedeutenden Mordfall. Ist Ihnen doch recht, wenn ich ganz von vorn anfange, oder?« Lorenz blickte Pohlmann an und um seine Mundwinkel herum tanzten einige graue Barthaare nach einem schelmischen Takt.

Es gab Tage, da konnte man Lorenz' Zynismus kaum ertragen, doch er brachte ihn nie bösartig hervor, eher so, dass man, während man ihm zusah, ihn für eine Laienschauspieltruppe empfehlen wollte.

»Gut, dann fahre ich jetzt fort. Also, der Mann, der vor zwei Jahren umgebracht wurde, war im Krieg aktiver Nationalsozialist. Hieß Gerhard Strocka. Liegt alles auf Ihrem Schreibtisch. Artikel, Medien, alles.«

Pohlmann nickte und verschränkte die Hände hinter dem Rücken.

»Bis vor drei Tagen wussten wir ja nichts von einem Tagebuch von dieser Frau Braun, in dem ihr eigener Psychiater des Mordes beschuldigt wird.«

Lorenz rückte das Bild von Professor Keller auf dem Flipchart zurecht. Darauf sah man Keller auf einem Stuhl sitzen, den Kopf schräg nach hinten gelehnt und eine Riesensauerei in seinem Büro hinterlassend.

Lorenz fuhr fort: »Okay, ich nehme Ihnen ein wenig Arbeit ab. In diesem Prozess versuchten sechs Kläger, vier Männer und zwei Frauen, dieselbe Klage durchzuziehen wie seinerzeit die norwegischen Lebensbornkinder. Sie erinnern sich bestimmt: Leute, die einen deutschen Soldaten zum Vater und eine norwegische Mutter hatten. Die Klage in Norwegen ist aus dem Grund abgewiesen worden, weil das Ganze längst verjährt war, aber die Klage an sich wurde bei Gericht zugelassen. Hier in Deutschland sieht die Sache ein wenig anders aus. Klagen gegen die Bundesrepublik sind nicht möglich. Also ist das Ganze abgewiesen worden. Der Medienrummel war trotzdem beträchtlich, zum einen, weil Keller die Medien schon lange vor dem Prozess heißgemacht hatte, und zum anderen, weil der alte Nazi als eine Art Zeuge auf der Bildfläche erschienen war, auf den sich die Fotografen gestürzt hatten wie die Geier auf frisches Aas.«

»Der Tote im Hotelzimmer?«, warf Pohlmann ein. Lorenz nickte kurz und fuhr fort: »Der Prozess wurde also abgewiesen. So eine Klage gegen den Staat macht keinen Sinn. Man muss sich quasi einen anderen Angeklagten aussuchen, den man in dieser Hinsicht verknacken möchte, was natürlich nicht so einfach ist. Denkbar sind zum Beispiel konkrete Erbrechtsfragen, um ein legitimes Erbe einzuklagen. Nur ist dies wiederum erst dann möglich, wenn ein ehemaliges Lebensbornkind seine Eltern genau kennt, und zwar die richtigen, nicht die Adoptiveltern oder solche, die eine falsche Identität nach dem Krieg angenommen haben.«

Pohlmann rieb über seine Wangenhaut. Es klang wie das Abschmirgeln einer rauen Fläche, von der die Späne, in Pohlmanns Fall die letzten Hautschuppen der Pusteln, zu Boden rieselten. »Hunderte haben damals ihre Identität geändert, wenn sie Beziehungen hatten. Viele Menschen sind im Krieg gefallen und andere haben für sie weitergelebt, wenn es keine Verwandten gab, die sie hätten erkennen können.«

»Genau, da gibt es eine Menge toller Geschichten. Dieser Exnazi hieß Gerhard Strocka, war Hauptsturmführer, hochrangiger Offizier und ein richtiger Scheißtyp. Ich war an einem Tag der Verhandlungen mal da und hab mir den Spaß angesehen. Ein arrogantes Schwein, wie es im Buche steht. Er war als Zeuge geladen, für eine Anklage reichte es nicht, weil ihm keine verwandtschaftlichen Verhältnisse zu den Klägern nachgewiesen werden konnten, obwohl seine angebliche Vaterschaft in mindestens einem Fall vorlag. Diverse Recherchen hätten dies zutage gebracht, et cetera et cetera. Der ganze Kram liegt auf Ihrem Schreibtisch.«

»Kommen Sie zum Punkt, Chef.«

»Da bin ich schon die ganze Zeit. Es ist eben komplex, mein Gott.« Lorenz stopfte das karierte Hemd in die Hose und zog sie bis zum Bauchnabel hoch. Wenige Sekunden später rutschte sie wieder nach unten. Unbeirrt fuhr Lorenz fort.

»Strocka wurde zu den strittigen Punkten befragt, lachte aber nur. Er verhöhnte die Kläger, beschimpfte sie und musste mehrfach vom Vorsitzenden ermahnt werden, weil das Schwein alte NS-Parolen von sich gab. Er faselte von Rassenreinheit, arischem Blut und diesem Zeug. Nach Ansicht des Gerichts gab es tatsächlich einen Haufen Indizien dafür, dass er als Zeugungshelfer dem Führer ein paar Kinderlein hatte zukommen lassen. Nur für sie geradestehen, das wollte er nicht. Keine Alimente, keine Versorgungsgelder und damit erst recht kein Erbanspruch.«

»Hätte es denn was zu holen gegeben? Ich meine, war er vermögend?«

»Oh ja, absolut. Er hat nach dem Krieg zunächst bei der Polizei gearbeitet. Tja, da staunen Sie. Im Krieg 'ne Art Bulle unter Himmler und nach dem Krieg eben auch Bulle. Der Typ war so aalglatt, dass ihm die Amis '48 nichts nachweisen konnten. Obwohl er in Treblinka Lagerkommandant war. Hat angeblich nur seine Pflicht getan, von all den Gräueltaten nichts gewusst, und Lebensborn kannte er sowieso nicht. Der Genozid hätte gar nicht existiert, und von Morden an Juden und von den Gaskammern wusste er überhaupt nichts. Er hat sich nie fotografieren lassen, und es gab keine Zeugenaussagen von anderen ehemaligen Aufsehern oder von Überlebenden. Er war rechtmäßig mit Liselotte Strocka verheiratet und hatte mit ihr einen Sohn, Heinrich.«

»Nach seinem Ex-Chef benannt, was?«

Lorenz lachte. »Ja, möglich. Ist aber auch schon tot. Starb an Lungenkrebs mit 46.«

Pohlmann zuckte zusammen und nickte. Er hasste es, von Leuten zu hören, die, mit nur dreieinhalb Jahren mehr auf dem Buckel als er, an Krebs verstorben waren. Selbst dann, wenn es der Sohn eines Nazis war. Noch dazu an Lungenkrebs, den meist nur Raucher bekamen.

»Hören Sie mir eigentlich zu, Pohlmann?«

Martin drehte sich zum Flipchart um und betrachtete das Foto vom alten Strocka. »Klar.«

»Irgendwann schied Strocka aus dem Polizeidienst aus und machte in Immobilien. Ziemlich lukrativ in den Fünfzigern. Der ganze Wiederaufbau und so. Man munkelt auch was von Waffenhandel im Libanon und in Syrien, jedenfalls hatte er Geld wie Heu.« Lorenz strich über seinen Kinnbart. »Na ja, nützt ihm jetzt auch nichts mehr.« Lorenz trat dichter vor das fahrbare Board mit dem unübersichtlichen Blätterwald. Er nahm einen Kugelschreiber und zeigte auf ein Foto. Man sah zunächst nichts außer Blut.

Pohlmann ging dichter heran und verzog das Gesicht. Er betrachtete einen eingeschlagenen Schädel, in dem nichts mehr am Platz war, wo es hingehörte. Ein unglaubliches Massaker, verübt an mit Nazigift verseuchten Hirnteilen.

»Ist das dieser Strocka?«

»Das, was von ihm übrig geblieben war.«

»Meine Güte! Wer macht denn so was? Wie viel Wut muss da jemand gehabt haben? Wie ist die Geschichte denn ausgegangen? Jetzt machen Sie mich echt neugierig.«

»Hm. Gar nicht. Ist immer noch 'ne offene Akte. Schöller war damals dran, aber unter uns gesagt ...«, Lorenz sah sich um, ob auch wirklich niemand zuhörte, »eigentlich hat er es versaut. Eine echte Schlamperei. Hat die Zeugen, die damaligen Kläger, eingeschüchtert, ihnen gedroht und dummes Zeug geredet. War nicht so doll für Vati, wir verstehen uns. Hat einen ziemlichen Aufstand gemacht – und wer hat die Schuld dafür gekriegt?«

Pohlmann deutete auf Lorenz.

»Genau. Wer sonst? Der Junge gehört einfach nicht hierher.«

»Deshalb ist er auch jetzt nicht mehr an dem Fall dran.«

Lorenz nickte. »Er delegiert gern, wie Vati. Am liebsten hätte er meinen Posten, das würde ihm gefallen, aber nur über meine Leiche.«

»Machen Sie keinen Mist, Chef. Das fehlte mir noch.«

»War nur Spaß, Martin. Entscheidend ist nur, dass er seine Finger nicht mehr im Spiel hat.« Lorenz nahm eine Akte zur Hand. »Das Wichtigste habe ich Ihnen ja noch gar nicht erzählt. Bisher war das ja nichts Neues.«

Pohlmann seufzte.

»Also, wie ich schon sagte. Die erste Klage hat nichts gebracht. Also mussten sich die Kläger damals geschlagen geben und sind wieder abgezogen. Es war die Rede davon, dass sie Revision einlegen wollen et cetera. Doch bisher weiß ich nur, dass sich die sechs älteren Leute und der Professor zusammengetan und Zeit und Geld in umfangreiche Recherchen gesteckt haben. Zwischenzeitlich waren die sieben wohl so weit gekommen, dass es für einen neuen Prozess reichen sollte. Nur geht es jetzt tatsächlich um einen Erbstreit, und zwar in nicht unerheblicher Höhe. Die ehemaligen Kläger scheinen wohl innerhalb ihrer Recherchen zwei Männer gefunden zu haben, die vielleicht, und das muss man betonen, vielleicht ihre Väter sind.«

»Und die leben noch?«, fragte Pohlmann erstaunt.

»Na ja, einer von denen ist wohl mit 91 Jahren noch recht rüstig, aber der andere ist schon so gut wie tot. Vegetiert mit Lungenkrebs unter einem Sauerstoffzelt in einem herrschaftlichen Haus in Blankenese. Seine Familie betreut ihn.«

»Und jetzt spekulieren die Kläger auf ein nettes Erbe, sofern die Vaterschaft bewiesen werden kann?«

»Genauso ist es. Die Sache hat trotzdem einen Haken. Es gibt nicht mehr viele Unterlagen aus der damaligen Zeit. Entweder haben die Nazis gegen Kriegsende alle Unterlagen verbrannt oder ihre Identität im Ausland geändert oder die Namen der Lebensbornkinder wurden gefälscht. Ein riesiges Durcheinander …«

»… das ich aufräumen soll?«

Lorenz grinste, doch ein wenig Mitleid schwang in seinem Blick ebenfalls mit. Diesen Fall zu lösen, würde nicht leicht sein, das wusste er und viele andere im Präsidium auch. Pohlmann ahnte es gerade.

»Sie sollten sich mal in den nächsten Tagen mit dem Staatsanwalt treffen. Der scharrt auch schon mit den Hufen. Er wittert nämlich in diesem Fall noch ganz andere Dinge.«

Lorenz wandte sich von dem Board zu Pohlmann um. »Sollte es uns gelingen, die tatsächliche Identität der ehemaligen Lebensbornkinder zu ermitteln, würde man auch die Namen ihrer Väter wissen, ist ja klar, oder?«

Martin verengte die Augen und nickte.

»Man stelle sich vor, dass die Väter damals keine unbescholtenen Bürger Deutschlands, sondern wie viele der anderen Lebensbornväter auch SS-Angehörige waren. Dann stellt sich die Frage, welche Rolle sie genau im Krieg gespielt haben. Waren es einfache Soldaten oder waren es Schweine wie dieser Strocka, der unendlich viel Dreck am Stecken hatte und keiner es ihm nachweisen konnte.«

»Sie meinen, es geht in erster Linie darum, alte Nazis aufzuspüren?«

»Der Staatsanwalt ist jedenfalls ziemlich geil drauf, wenn ich das mal so auf Neudeutsch sagen darf. Ist gut für seine Karriere. Der Fall ist so suspekt wie kaum ein anderer in den letzten Jahren.«

Martin zupfte am Ende seines langen Schnurrbartes und dachte nach. War so etwas möglich, dass 65 Jahre nach Kriegsende noch immer alte Nazis ihr Unwesen trieben? Hier, im angeblich entnazifizierten Deutschland? Hier in Hamburg? Er schüttelte den Kopf und weigerte sich, an derartige Verschwörungstheorien zu glauben. Doch schon bald sollte er eines Besseren belehrt werden.

TEIL 2

KAPITEL 13

Anonymer Internetblog. Erstes Posting

Nun war es heute schon das dritte Mal, dass ich getötet habe.

Ja, ich hab's echt getan. Endlich kann ich anwenden, was man mir beigebracht hat. Beim ersten Mal war es noch irgendwie komisch. Ich war aufgeregt und hatte Angst, nicht vor dem Töten, sondern dass ich erwischt werden würde. Aber es ist nichts passiert, denn ich bin clever. Beim zweiten Mal war es schon leichter, obwohl ich ihn mochte. Schade, aber es musste sein. Doch auch da hat mich niemand erwischt, und keiner ahnt bis heute, wer es getan hat. Ich bin genial. Ich bin der Herr über Leben oder Tod. Ich erhalte es oder ich nehme es. Ich pflege es oder ich werfe es weg, gerade so, wie meine Auftraggeber es wünschen. Es sind gut bezahlte Jobs. Sehr gut bezahlte sogar. Doch wer hätte geahnt, dass ich dieses Handwerk so gut beherrsche. Ich kann es vielleicht sogar bis zur Perfektion bringen. Der perfekte Mord. Gibt es ihn wirklich? Wenn ja, ich werde ihn erlernen, intuitiv, aus meiner großen Begabung heraus. Man wird über mich reden als den Mann, der es geschafft hat zu töten, ohne gefasst zu werden. Ich werde für sie wie ein Geist sein, ein Todesengel auf einsamer Mission. Heute war es die Nummer drei, und weitere werden folgen. Ich entscheide, wann die Uhr der unwerten Seelen abgelaufen ist, niemand anderes.

Es war einzigartig heute, leise und unspektakulär. Erregend und lustvoll. Nicht wie beim letzten Mal mit einem viel zu lauten Knall, sondern mit einem stillen Abgang.

Ich habe zugesehen, wie er starb, wie er nach mir griff, in letzter Sekunde doch noch hoffte, dass ich ihn da runterhole.

Es war fast dunkel, nur die schwache Funzel an der Decke brannte noch. Alle anderen hatte ich zerschlagen, damit das Licht so eben noch ausreichte. Damit er einen Grund hatte, in den Keller zu kommen. Wie sollte er die Wasserpumpe reparieren ohne Licht? Hatte am Vorabend schon alles bereitgelegt. Das dicke Stromkabel, das das Gewicht auch ganz sicher aushielt, den Hocker und das Kreppband, damit er das Maul hielt.

Lief alles wie am Schnürchen. Er kam runter, ging den dunklen Flur entlang, vorbei an den grünen Ventilen und den Versorgungsrohren. Hatte überhaupt nicht mit mir gerechnet. Ging alles blitzschnell. Hab ihn geschnappt, ihm die Schlinge um den Hals gelegt und dann rauf auf den Hocker. Erst hab ich ihn noch ein bisschen winseln lassen, doch dann, mit dem Fuß – zack, den Hocker weg.

Ich habe auf die Uhr gesehen, wie lange so was dauert. Hab ich ja noch nie gesehen vorher. Unter Wasser die Luft anhalten ist ja nicht das Gleiche; da kann man länger durchhalten, weil man nicht so rumzappelt. Hab's fast zwei Minuten geschafft, doch der Alte war schon früher hinüber. Dieses Röcheln, als sich die Schlinge immer fester um seinen Kehlkopf zog. Ein genialer Knoten war mir gelungen, aus dem es kein Entrinnen gab. Je mehr er zappelte, desto mehr strangulierte er sich selbst. Und erst mal diese Augen! Die fielen ihm fast aus dem Kopf und seine Visage wurde ganz blau.

Alles sah wieder so aus, als wäre es beabsichtigt gewesen, allerdings so, als sei es seinem eigenen verdrossenen und lebensmüden Hirn entsprungen. Dem Hirn eines alten Hausmeisters, der seinen Kopf für alles und jeden hinhalten musste, verantwortlich für jeden Mist, der schiefging in diesem Laden. Täglich umgeben von einer Horde lärmender und kreischender Kinder, die nur rauswollen aus der Schule und ab nach Hause, und er darf dann abschließen und alles reparieren, was die Blagen kaputt gemacht haben. Hunderte Kinder und doch keine eigenen im Stall.

Und dann noch verlassen von einer Frau, die sein ewiges Gejammer nicht mehr ertragen konnte. Seine lebenslange Suche nach Papi und Mami. Dieses Rumstochern in der Vergangenheit und den Archiven, auf der Jagd nach einem Namen. Der ganze Scheiß wegen einem einzigen jämmerlichen Namen, nämlich dem eigenen, dem richtigen, der ihm einmal gegeben wurde, den sich Papi und Mami ausgedacht haben. Tja, mein Lieber, das hättest du echt nicht machen sollen. War nicht gut für dich. Jetzt siehst du ja, was du davon hast. Hast leider nicht kapiert, dass nicht jeder ein Anrecht auf einen Namen hat. Genauso wenig, wie die anderen das kapieren. Du hattest jedenfalls keines. Ich sollte dafür sorgen, dass es endgültig so bleibt, und ich finde, es ist mir gut gelungen.

Ruhe in Frieden, mein Alter. Wir sehen uns in der Hölle. Hab ein wenig Geduld. Du kriegst bald Gesellschaft von den anderen.

KAPITEL 14

Hamburg, 3. November 2010

Martin Pohlmann blickte aus dem Fenster des Hamburger Büros. Kalte Dämmerung zog bereits auf. Er hatte mit Spannung den Ausführungen seines Vorgesetzten gelauscht, doch er brauchte einige Minuten, um das Gehörte zu begreifen. Ein zwei Jahre zurückliegender grausamer Mord an einem Nazi und ein angeblicher Selbstmord eines Psychiaters. Pohlmann wandte sich zu Lorenz um, der vor seinem Flipchart stand und daran geheftete Zettel umsortierte.

»Wie viele Kläger gab es noch mal, Chef?«

Lorenz nahm den Blick nicht von der Wand, während er antwortete. »Sechs. Der Psychiater Professor Keller hielt sich scheinbar im Hintergrund, war dabei aber äußerst aktiv. Frau Braun war eine Klägerin und fünf weitere. Keller ist tot, angeblich Selbstmord, und Frau Braun will sich ständig umbringen.« Lorenz drehte sich zu Pohlmann um und sah ihm intensiv in die Augen. Pohlmann wollte etwas fragen, doch Lorenz schnitt ihm das Wort ab. »Kommen Sie zu mir. Jetzt wird's spannend.« Lorenz genoss die volle Aufmerksamkeit. »Es gibt leider noch einen Toten.« Lorenz hob die Brauen, um seinem Vortrag mehr Gewicht zu verleihen. »Ein weiterer Kläger starb einen Tag vor Ihrer Ankunft. Angeblich nicht durch Fremdverschulden. Der Mann hieß Kurt Sehmrau. Man fand ihn am Montag, erhängt im Keller einer Schule. War dort Hausmeister. Der Zeitpunkt des Todes war aber schon Freitagnachmittag. Niemand hat ihn zu Hause vermisst, nur die Schulleitung fand es sonderbar, dass die Tür zum Keller aufstand und der Wagen vom Hausmeister noch beziehungsweise schon auf dem Parkplatz vor der Schule stand. Normalerweise kam er erst gegen zehn.«

Lorenz schnaufte, dann fuhr er fort: »Übrig sind noch ein katholischer Priester, ein Architekt, ein Künstler oder Schriftsteller – so genau weiß man das nicht –, eine Lehrerin und unsere Frau Braun.«

Pohlmann lachte auf. »Das ist echt der Hammer, dass die alte Frau, die ich heute Morgen besucht habe und die gerade mal zehn oder 15 Worte rausgebracht hat, eine Klägerin gewesen sein soll.«

»Das hatte Keller arrangiert. Er hat sich um alles gekümmert. Er war eh der Initiator dieses ganzen Prozesses. Einerseits war er nur als Gutachter geladen, andererseits hatte er ein überaus vitales Interesse daran, den Leuten zu helfen und, im besten Fall, diesen Exnazi verdonnert zu sehen.«

»Das heißt, von allen Menschen, die damals in diesen Prozess involviert waren, sind schon zwei tot.«

»Genau«, bestätigte Lorenz. »Professor Keller und der Hausmeister.«

Pohlmann ging in dem chaotischen Büro umher und suchte, wie in einem Feld mit Minen, nach freien Trittflächen. Er stand am Fenster, betrachtete die Hamburger Skyline. »Sie vermuten aber nicht ein gezieltes Töten der Prozessteilnehmer, oder?«

Pohlmann hatte in vielen Mordfällen ermittelt und die abstrusesten Motive kennengelernt, doch dies erschien ihm mehr als unwahrscheinlich. »Chef, das ist absurd. Wir leben hier in Deutschland und nicht in Chicago oder Italien, wo die Mafia unbequeme Leute killt. Selbst wenn es entfernt mit einem ehemaligen Nazi zu tun haben sollte, wird keiner umherspazieren und jeden umbringen, der in alten Zeiten herumstochert. Um wen handelt es sich denn eigentlich in diesem möglichen neuen Prozess? Wer sind die oder der Beklagte?« Pohlmann drehte sich um und betrachtete Lorenz, der sich eine Ladung Nitro-Spray unter die Zunge sprühte. »Geht es Ihnen nicht gut?« Pohlmann trat zu Lorenz und achtete nicht auf seine Schritte. Die einen oder anderen Akten wurden von seinen Absätzen platt gedrückt. Lorenz griff sich an die linke Brust und stützte sich auf der Schreibtischkante ab. Er war aschfahl im Gesicht wie die Schneewolken, die über ihrem Fenster vorbeizogen.

»Danke, geht schon. Ich glaube, ich muss ein wenig kürzertreten. Vielleicht hat der Doc ja recht. Dieser Job bringt mich noch um. Hören Sie, Martin.« Lorenz wandte sich Pohlmann zu und sah ihn mit einem Blick an, den ein stolzer Vater seinem Sohn schenken würde. »Sie sind mein bester Mann und ich bin heilfroh, dass Sie wieder da sind. Sie sind ein Chaot – ja, das stimmt, und irgendwie gar kein richtiger Polizeibeamter, aber vielleicht mag ich Sie deshalb so, weil Sie nicht so geschniegelt daherkommen wie Schöller. Sie pfeifen auf alles, was man Ihnen an gutem Benehmen auf der Polizeischule beigebracht hat, aber Sie haben nun mal die beste Trefferquote im Revier.«

Pohlmann wurde verlegen und blickte zu Boden. Lorenz war der Einzige, auf dessen Urteil er wirklich etwas gab. Ein Lob von Lorenz bedeutete ihm mehr als von seinem eigenen Vater, der ihn eh nie gelobt hatte. Kein Tadel ist schon Lob genug, hatte er immer gesagt und sich mit diesem Spruch sicher keine Freunde gemacht.

Lorenz richtete sich mühsam wieder auf. Er schloss einen Herzschlag lang die Augen, trat zu seinem Flipchart und zeigte auf all die Personen, die daran geheftet waren.

»Tun Sie mir einen Gefallen, Martin. Lösen Sie diesen Fall! Nehmen Sie meinetwegen Hartleib als Partner mit, tun Sie, was Sie wollen und wie Sie es wollen, aber tun Sie es, sonst sitzt eines Tages Schöller auf meinem Platz, und das kann nicht Sinn des Lebens sein. Da geben Sie mir sicher recht, was?«

Pohlmann nickte und bedachte Lorenz mit einem mitleidigen Blick. Der Mann war erst 63 und doch wirkte er erschöpft und lebensmüde wie 83.

»Lesen Sie die Akten zu dem Prozess gründlich durch. Da finden Sie die Antworten auf die meisten Ihrer Fragen. Die anderen müssen Sie selbst beantworten. Ich gebe es nur ungern zu, aber ich fühle mich dem Ganzen nicht mehr gewachsen.« Lorenz drehte sich zu Pohlmann um und sah ihn mit einem flehenden Blick an. »Die ersten Tage werden hart für Sie sein, doch wenn Sie sich erst eingearbeitet haben … Sie werden sehen …« Lorenz brach den Satz ab und hustete schwer. Pohlmann trat vor. »Gehen Sie nach Hause, Chef. Machen Sie sich keine Sorgen. Ich häng mich da rein. Das wird schon wieder.« Pohlmann meinte unbewusst damit den Gesundheitszustand seines Vorgesetzten. Er hoffte es sehr, dass er wieder der Alte werden würde, und nicht nur, weil er Schöller nicht mochte.

KAPITEL 15

Spät am Abend, als alle Nachbarn vor den Fernsehern saßen und kein Interesse an realen kriminellen Vorgängen hatten außer an jenen, die sie gerade im ZDF verfolgten, kehrte ein groß gewachsener Mann erschöpft und doch innerlich befriedigt nach Hause zurück. Er entledigte sich seiner Kleidung, zog sich um und wärmte das Essen vom Vortag auf. Er nahm sich nicht viel Zeit und Muße für sein lieblos gekochtes Gericht und setzte sich sogleich, nachdem er ein paar Bissen verschlungen hatte, an einen Tisch. Es galt, die Erinnerungen, solange sie noch frisch waren, niederzuschreiben. Er schaltete den Rechner an und loggte sich ein.

Zweites Posting

U. S. umkrallte die Finger ihres Mannes mit ihren fleischigen Händen. Sie zitterte leicht. Ich konnte alles durch die Scheibe vom Flur aus sehen. Sie drückte die Krallen ihres Mannes so fest, als müsse er spüren, wie lebendig sie noch sei, wie kräftig und voller Tatendrang. Drück ruhig, das nützt dir nichts mehr, hab ich gedacht, als ich da stand.

Ihr Mann rückte den Besucherstuhl zu ihr heran. Die Tür stand einen Spaltbreit offen, also ging ich rein. Zupfte am Laken herum, sagte nett Hallo, wischte hier und wischte da.

»Mach dir keine Sorgen, Schatz«, sagte ihr Mann. »Es ist nur eine Blinddarmoperation.«

Gestern hatte U. Besuch von einer Freundin. Der hat sie die ganze Story erzählt. Im Grunde sind die Leute dankbar, wenn sie krank sind, dann haben sie eine Menge zu erzählen und kommen sich wichtig vor.

Sie hat sehr leise gesprochen, aber das, was ich nicht mitbekommen konnte, habe ich in der Krankenakte nachgelesen: Ihr Mann hatte sie drei Tage vorher mitten in der Nacht mit Schmerzen ins Krankenhaus eingeliefert. War mal 'ne Lehrerin. Hat man gleich gemerkt. Wusste alles besser, als der Arzt sie untersuchte, auch noch mit 70. Typischer Loslassschmerz auf der linken Bauchseite, tastbar trotz beträchtlichem Übergewicht. Mann, als ich mir die Alte ansah, wurde mir echt schlecht. Die war so fett, dass sie noch nicht mal Falten im Gesicht hatte. Die armen Gelenke. Was müssen die aushalten? Na ja, dachte ich noch. Hast es ja bald geschafft. Am Abend vor ihrer OP kam sie ihr Mann besuchen, also gestern. Ich hatte mein Mikro auf ihren Nachttisch gestellt. Sah aus wie ihr eigener Wecker. Ich hörte alles mit, als ich mir 'nen Kaffee geholt hab. Hat ja keiner geahnt, dass ich doch kein iPod im Ohr hab. War schon ziemlich clever von mir. Mann, hat die Schiss gehabt.

»Alles wird gut gehen«, ermutigte der Alte seine Frau. »Die Entzündung geht zurück und morgen früh, eine Stunde nach der OP, wenn du wieder aufwachst, bist du den Übeltäter los und 300 Gramm leichter.«

Ich lachte, als ich das hörte. 300 Gramm weniger waren ja nicht gerade das erhoffte Ziel ihrer dringend notwendigen Diät. Dann knackte es in der Leitung und ich kriegte nur noch die Hälfte mit. Aber dann hörte ich sie wieder was sagen: »Es ist nur dieses komische Gefühl.«

Tja, Frauen und Gefühle. Ich konnte mir die Szene so richtig vorstellen. Todesahnungen. Sie hat sich bestimmt ein wenig umgedreht und aus dem Krankenhausfenster geguckt, dorthin, wo der dicke, rote Ahornbaum mit den letzten Blättern dran steht, die die gleiche Farbe haben wie die Tönung ihrer Haare.

»Es ist dieses Gefühl, dass etwas schiefgeht. Ich kann es nicht ändern. Man liest so viel…«

Tja, wie recht sie hatte. Es geht so viel schief.

Dann wieder ihr Alter: »Ach, Schatz, das ist doch ganz normal. Wer lässt sich schon gern operieren. Klar gibt es etwas Schöneres im Leben als das. Es ist ein Routineeingriff. Das machen die hier jeden Tag von morgens bis abends. Und wenn du wieder fit bist und wir den Prozess hinter uns haben, werden wir mit dem Wohnmobil unsere Reise durch Italien machen. Was meinst du? Davon träumen wir doch seit Jahren.«

Irgendwann war es mir zu langweilig. Ich bin dann unter ’nem Vorwand noch mal rein, wollte ihr Gesicht sehen, bevor sie stirbt.

»Ist alles in Ordnung bei Ihnen?«, hab ich sie gefragt. Dann sah ich in ihre Augen. Mann, ich kenne diesen Blick mittlerweile. Die nackte Angst liest du da drin. Klar, jeder macht sich Sorgen und hat Ängste. Ist ja normal, aber die?

»Ich weiß, es hört sich albern an, aber was ist, wenn ich nicht mehr aufwache? Dann wird es keine Gerechtigkeit geben.«

»Schatz, hör auf damit. Was soll der Prozess mit deinem Blinddarm zu tun haben. Das ist absurd. Es gibt keine bösen Mächte, die dir ans Leder wollen. Du wirst wieder gesund werden, ihr werdet den Prozess gewinnen, und wir machen uns mit dem Geld ein tolles Leben, so einfach ist das.«

Tja, dass das eben nicht so einfach ist, dafür sollte ich sorgen. Und es hat ja auch geklappt.

Dann sah die Alte wieder aus dem Fenster in den Himmel, als würde sie dort ihre Zukunft verbringen und nicht an der Seite ihres Mannes. Sie schüttelte den Kopf. »Ja, du hast recht. So wird es sein.« Sie nickte bestätigend.

Heute Morgen war ich wieder da und fingerte an ihrer Braunüle herum, tat so, als wolle ich den korrekten Sitz prüfen und so. Ihr Mann war auch schon da. Hatte kaum geschlafen. Dann ging die Tür des Krankenzimmers auf, 'ne dralle Krankenschwester kam rein. Sie sah mich so komisch an und sagte noch: »Sie sind wohl neu hier, was?« Ich lachte dämlich und nickte. Zeit für mich, zu verschwinden und alles vorzubereiten. »Hallo, Frau S. Na? Sind wir so weit?«, hörte ich sie. U. S. ließ nur ungern die Hand ihres Mannes los und fügte sich in ihr Schicksal. Ihr Mann lächelte ihr aufmunternd zu.

»Möchten Sie, dass der Arzt Ihnen eine kleine Spritze zur Beruhigung gibt?« Die Alte betrachtete die Braunüle auf ihrer Handoberfläche und dachte kurz nach, schüttelte aber den Kopf. »Nein, danke, es geht schon. Ich möchte so lange wach bleiben wie möglich. Ich krieg doch gleich die Narkose. Und wenn ich zurück bin, ist alles vorbei.«

»Genau. Wenn alles gut geht, können Sie schon in einer Stunde wieder mit Ihrem Mann schmusen.« U. grinste verlegen. Dennoch hatte sie immer noch diese dunkle Ahnung. Ist schon erstaunlich. Wie, als wenn der Tod ein Anrecht darauf hätte, bemerkt zu werden. Als wolle er es auskosten, seine Opfer leiden zu sehen.

Die Schwester löste die Bremsen an U. S. Bett und zog es durch die geöffnete Tür. W. S. blieb stehen und hampelte von einem Fuß auf den anderen. Ihm ging es beschissen, das sah man gleich.

Er ging an mir vorbei und fasste Vertrauen zu mir. Er fing gleich an zu quatschen. Okay, dachte ich. Dann erzähl mal schön. Wenn du so eine Plaudertasche bist.

»Das Leben könnte so einfach sein, aber meine Frau hat schwere Depressionen.«

Er hatte wirklich das Bedürfnis, mit mir zu quatschen. Das hatte ich zwar nicht eingeplant, kam mir aber nicht ungelegen. Vielleicht könnte ich ihn zu dem Prozess ausquetschen.

»Ich bin zwar kein Psychologe«, meinte er, »aber ich akzeptiere, dass Menschen mit einer traumatischen Kindheit kein unbeschwertes Leben führen und düstere Gedanken haben können.«

Er blieb auf dem Flur stehen und redete auf mich ein. Der kannte mich doch gar nicht, trotzdem sülzte er mich voll. Ich blieb stehen und sah ihn interessiert an. »Würde es Ihnen helfen, wenn wir uns kurz in den Wartebereich setzen?«, bot ich ihm an. Ich setzte mich neben ihn, legte einen mitfühlenden Blick auf und fragte ihn.

»Worüber macht sich denn Ihre Frau solche Sorgen? Sie ist doch hier in guten Händen«, log ich.

»Nein, das ist es nicht. Etwas anderes macht ihr Angst.«

»Ach ja? Was macht ihr denn solche Angst?«

»Sie will einen für sie wichtigen Prozess nicht verlieren. Sie sieht darin ihre letzte Chance.«

Ich legte meinen Kopf schief.

»Was für ein Prozess?« Nun hatte ich ihn so weit. Die kleine Labertasche.

»Ihr Therapeut hat ihr geraten, sich an einer Sammelklage zu beteiligen, wissen Sie?« Ich nickte.

»Er meinte, dass Wiedergutmachung die Vergebungsarbeit deutlich erleichtern und einen großen Schritt hin zur seelischen Gesundung darstellen würde. Meine Frau versucht, mit ihrer Vergangenheit klarzukommen, hat umfangreiche Recherchen zu ihrem Vater angestellt und manchmal unsere Ehe auf eine harte Probe gestellt.«

»Und worum geht es in diesem Prozess genau?«

Der Alte blickte durch mich hindurch. Antwortete gar nicht auf meine Frage.

Dann war die rührselige Szene vorbei. Als wenn er aufwachen würde, schien er mich erst jetzt zu bemerken, sah mir fast entsetzt in die Augen, und ich glaube, er ärgerte sich, dass er mir so viel Vertrauliches erzählt hatte.

Wir sahen dann noch, wie seine Frau auf dem Flur zum OP-Bereich verschwand. Ich stellte mir vor, wie es ihr ging: Wahrscheinlich sah sie an der Decke die milchigweißen Neonlampen vorbeihuschen und roch den sauberen, klinisch reinen Duft von Desinfektionslösungen. Ihr Bett rollte den Weg entlang, ohne dass sie es hätte aufhalten können.

Dann wurde es Zeit für mich, meinen Job zu machen. Ich bin ihr also hinterher und holte sie ein. Sie bemerkte nicht, wie diverse Pfleger oder Ärzte in grünen Kitteln mit Mundschutz vor dem Gesicht und Hauben auf dem Kopf an ihr vorbeiglitten. Ab jetzt war sie nämlich nicht mehr U. S., am 14. September 1940 in Steinhöring bei München geboren. Ab jetzt ignorierte man ihre schwere Kindheit und Jugend, die sie in diversen Kinderheimen und Pflegefamilien verbracht hatte. Diese Dinge gehörten in eine andere Abteilung. Seitdem sie die Tür zum OP-Bereich hinter sich hatte, war sie für den Doc und die Schwestern nur noch ›der Blinddarm‹ aus Zimmer 403, dessen Besitzerin von dunklen Vorahnungen geplagt wurde, die ihr weismachen wollten, dass sie nie wieder das Licht der Sonne sehen würde.

Niemand hätte an diesem Tag geahnt, dass sie damit recht behalten würde, denn dazu war ich ja schließlich da.

Gleich danach noch schnell nach Eimsbüttel, 'nen kleinen Bruch gemacht. Kam aber zu früh. Das Schwein war noch nicht zu Hause. Schade, beim nächsten Mal klappt's garantiert.

KAPITEL 16

Hamburg, 3. November 2010

Martin Pohlmann schlenderte über diverse Gänge zu seinem Büro zurück. Er hatte es nicht besonders eilig, dort anzukommen, da er wusste, was ihn erwartete. Alle Aktenordner, geheftete Notizen und Mappen lagen noch so da, wie er sie verlassen hatte. Was hätte er auch anderes erwarten können? Dass irgendjemand ihm zu Hilfe kommen und ihm binnen einer Woche die Lösung des Falles fix und fertig servieren würde? Zu schön, um wahr zu sein. Es war bereits 18 Uhr, als er das Büro verließ. Zuvor hatte er die Unterlagen nach Ort, Zeit und Personen geordnet und in einem dieser blauen Einkaufskörbe verstaut, die man dank einer genialen Konstruktion zusammenklappen konnte. Die Griffe bogen sich bedenklich durch. Martin hoffte, dass sich nicht der gesamte Inhalt auf den Parkplatz ergießen würde. Es nieselte leicht und es war stockfinster. Im Dunkeln zur Arbeit und im Dunkeln nach Hause zu fahren, war eine Tatsache, die er nach zwei Jahren Aufenthalt in Südamerika nur schwer ertragen konnte.

Auf dem Weg zu seinem Wagen blickte er in die Gesichter von Kollegen und Besuchern und ihm fiel auf, dass sie alle die gleiche von Schwermut gezeichnete Miene trugen. *Hier fehlt das Licht*, dachte er. *Ohne helles Licht werden keine Glückshormone produziert*. Gerade mal zwei Tage in Deutschland und die Stimmung der hier Lebenden schwappte auf ihn über.

Unterwegs auf dem Weg zu seiner Wohnung in Hamburg-Eimsbüttel parkte er den betagten Wagen am Straßenrand und probierte, an Altbewährtem anzuknüpfen: Eine Pommesbude lud ein zu Fritten rot-weiß und einer Currywurst. Er klappte den Kragen seiner zu dünnen Jacke im Nacken hoch und ärgerte sich über die falsche Entscheidung. Eine Pizza zu Hause im Warmen wäre klüger gewesen. Er beschloss, sich für die Zukunft einen junggesellengerechten Speiseplan zurechtzulegen, denn es gab niemanden mehr, der ihn zu Hause erwartete und bekochte. Dieser Jemand hätte das Essen, so wie früher, schon fertig gehabt. Sei es die vielfältige, meist fischorientierte Küche Ecuadors oder die deutsche Variante von seiner verstorbenen Verlobten, die ebenfalls eine ausgezeichnete Köchin war.

Er wünschte sich mehr Zeit, um mit der neuen Situation klarzukommen, doch diese Zeit ließ man ihm nicht. Zeit zum Grübeln, zum Abwägen und Betrachten der derzeitigen Lage oder auch nur zum Trinken und Musikhören. Er stellte den Korb vor seiner Wohnungstür ab und zog den Schlüssel aus seiner Jackentasche hervor, als er bemerkte, dass die Tür nur angelehnt war. Mit einem leichten Stups schob er sie auf und zog intuitiv seine Dienstwaffe aus dem Halfter. Martin Pohlmann besaß noch seine alte SigSauer P 6, die seit 30 Jahren in jedem Polizeihalfter steckte. An ihm war der Austausch seiner Dienstwaffe bisher vorübergegangen. Wie auch, denn 18 Monate zuvor hatten 8.000 Einsatzkräfte in Hamburg, Bremen und Schleswig-Holstein eine neue Waffe erhalten. Dieses neue Modell biete die neuesten technischen Möglichkeiten, hieß es. Eine Waffe, die über ein Magazin mit 16 statt acht Patronen verfügte, für Links- wie Rechtshänder geeignet sei und die eine verstellbare Griffmulde statt eines Einheitsgriffs aufwies. Martin war vermutlich der einzige Bulle im Norden, der mit seiner alten Waffe auf Verbrecherjagd ging.

Er hielt die Pistole, wie er es vor vielen Jahren gelernt hatte, und schlich katzenartig in seiner Wohnung von einem Zimmer zum anderen. Verwüstung und Unordnung begleitete jeden seiner Schritte. Heruntergeworfene Bücher und Fotoalben, aufgerissene Schubladen und geöffnete Schränke. Er lauschte und hielt den Atem an, doch er hörte nichts außer dem Rauschen seines beschleunigten Blutes im Ohr. Was der Einbrecher gesucht hatte, konnte sich Pohlmann nur schwer vorstellen. In einer muffig riechenden, zwei Jahre lang unbenutzten Wohnung lagerten keine Schätze.

Nachdem Martin sichergestellt hatte, dass sich niemand in seiner Wohnung befand, zog er sein Handy hervor und wählte die Nummer seiner Dienststelle und gleich danach die des Einbruchsdezernates.

Pohlmann ließ sich in einen Sessel fallen und betrachtete das Chaos. Es sah aus wie in Lorenz' Büro, eine Atmosphäre, in der er sich nicht wohlfühlte. Obgleich er ein ungeordnetes, fast pathologisches Inneres besaß, brauchte er zum Ausgleich eine gewisse räumliche Klarheit in seiner Umgebung. Etwas, woran sich die gewohnheitsliebenden Sinne orientieren konnten. Dinge, die zur selben Zeit am selben Platz standen. Pohlmann sank in sich zusammen, als in dem Moment die Spurensicherung anrückte. Sein Freund und Kollege Werner Hartleib war gekommen und wollte mit eigenen Augen sehen, was ihm Martin am Telefon geschildert hatte.

»Ist nicht mein Tag heute«, beklagte sich Martin.

Werner nickte und bückte sich zu einem verstreuten Haufen Fotos am Boden, die jedoch noch niemand anrühren sollte.

»Und? Fehlt was?«

Martin schüttelte den Kopf. »Ist noch alles da. Keine Ahnung, was die gesucht haben.«

»Wieso *die*? Meinst du, es waren mehrere?«

Pohlmann stülpte die Lippen vor. »Schau dich doch mal um. Wir befinden uns hier im dritten Stock eines alten Jugendstil-Wohnhauses mit zwölf Parteien. Die Türen sind alt, die Wände zwar dick, aber die Bewohner bestehen überwiegend aus Studenten oder älteren Leuten, die häufig zu Hause sind. Das Schloss der Wohnungstür ist professionell aufgebrochen worden und die Suche war zielstrebig. Meiner Meinung nach waren es zwei unscheinbar aussehende Leute, die keinen Argwohn erregten. Ruck, zuck hier rein, in Windeseile alles auf den Kopf gestellt und dann wieder raus. Das Ganze hat garantiert nicht länger als fünf Minuten gedauert.«

Hartleib hob bewundernd die Augenbrauen. »Ja, da ist er wieder, unser Spürhund. So mag ich dich.« Er förderte ein Lächeln auf Martins Gesicht zutage.

Pohlmann dachte nach. »Ich kann mir vorstellen, was sie gesucht haben.« Hartleib bedachte Martin mit einem fragenden Blick. Pohlmann deutete mit einer Kopfbewegung zu dem am Boden stehenden Einkaufskorb.

»Du meinst, die waren hinter den Akten her? Woher, um alles in der Welt, sollte jemand wissen, dass du an dem Fall dran bist? Außerdem weiß keiner, dass du deine Arbeit mit nach Hause nimmst. Es sei denn …«

Pohlmann führte seinen begonnenen Satz zu Ende: »Es sei denn, jemand kennt meine alten Angewohnheiten.«

»Du weißt, was das bedeutet?«

Pohlmann nahm eine der Akten zur Hand und blätterte darin herum. »Dass wir einen Maulwurf im Präsidium haben? Kann ich mir nicht vorstellen, aber möglich wär's. Wär ja auch nicht das erste Mal. Immerhin liegt da in der Plastikkiste das gesamte Beweismaterial der letzten zwei Jahre. Und wenn Lorenz recht hat, dass einer dieser Lebensborntypen nicht auf natürliche Weise ums Leben gekommen ist, dann haben mich möglicherweise einige Leute auf dem Kieker.«

»Hör zu, Martin. Ich bin zwar an einem Haufen anderer Fälle dran, aber wenn du meine Hilfe brauchst, ruf mich an, okay?« Pohlmann erhob sich aus seinem Sessel und legte seinen Arm freundschaftlich um Werners Schulter. »Danke. Ich komme drauf zurück. Vermutlich früher, als du denkst.«

Nach zwei Stunden waren alle Beamten vom Sicherheitsdienst abgezogen, ein weiteres neues Sicherheitsschloss eingebaut und die gröbste Unordnung beseitigt. Puder an den Türrahmen, an den Regalen und sogar an den Fotos, und kein einziger verwertbarer Fingerabdruck außer seinen eigenen. Was hätte man anderes erwarten können? Profis hinterlassen keine Spuren, und dass Martin es hier mit solchen zu hatte, dessen war er sich zu diesem Zeitpunkt bereits sicher.

Er ging zum Kühlschrank und nahm eine Dose Bier heraus. Die Nerven brauchten Beruhigung, sie mussten geglättet werden wie ein zerknautschtes Tischtuch beim Bügeln. Er ließ sich auf das Sofa fallen, als sein Blick auf die Akten in dem blauen Plastikkorb fiel. *Um wen geht es bloß in diesem Prozess? Wer soll angeklagt werden und warum? Scheinen ja wichtige Leute zu sein.*

Obwohl Martin gegen 23 Uhr den sirenenhaften Gesang der Müdigkeit von Ferne hörte, wollte er ihm noch für ein, zwei Stunden eisern widerstehen und sich die Unterlagen ansehen. Fragen über Fragen und wenigstens eine wollte er beantwortet wissen. Er legte zwei graue Leitz-Ordner vor sich auf den Couchtisch und betrachtete die Aufschriften auf dem Deckel. ›Aktenzeichen 4927/2010/Wegleiter/Fürst‹, und auf dem zweiten stand ›Aktenzeichen 9/8274/2008/Strocka‹. Der ältere von 2008 beschäftigte sich mit dem Mord an diesem Gerhard Strocka.

Pohlmann schlug die Akte auf und begann zu lesen. Er las schnell, erfasste diagonal den Inhalt und blätterte weiter. Nach und nach verstummten die Sirenengesänge. Martin war wieder hellwach. Folgender Eintrag zu Strockas Biografie erregte seine Aufmerksamkeit: Gerhard Strocka, geb. am 3. April 1919 in Karlsruhe. Vater Walter Strocka, Elektriker. Mutter Paula Strocka, Hausfrau. Pohlmann überflog die weiteren Zeilen. Da hieß es: Heiratete Juli 1939 Jugendliebe Liselotte Stratmann. Trat Februar 1940 freiwillig der Waffen-SS bei. Seit 1940 regelmäßige Kontakte zu Gudrun Blankenhagen. Dann folgte der Eintrag, der für ihn Bedeutung hatte: Verdacht auf außereheliche Beziehung zu Gudrun Blankenhagen im Lebensbornheim Steinhöring. Ab 1943 Hauptsturmführer. Teilnahme am Genozid in Treblinka nicht eindeutig nachgewiesen. Strocka nach 1948 flüchtig. Nach eigenen Aussagen in Frankreich als Fremdenlegionär angeheuert. Ab 1950 Polizeidienst in BRD. Danach Hinweise auf Waffenhandel mit Libyen. Tätigkeit als Makler und Immobilienhändler. 1990 Umzug nach Hamburg. Altenheim ›Zur guten Hoffnung‹ in Blankenese. Kontakte zur NPD. Verdacht auf Teilnahme an Veteranentreffen in Österreich. Regelmäßige Kontakte zu Gudrun Burwitz, Himmlers Tochter.

Pohlmann sichtete die weiteren Seiten im Schnelldurchlauf und stieß auf die Fotos des getöteten Strocka, die er bei Lorenz am Board gesehen hatte. In seiner Wohnung, im trüben Licht seiner Stehlampe, wirkten sie noch erschütternder als einige Stunden zuvor. Erneut drängte sich ihm ein Bild auf, eine lebendige Szene, wie der Täter nicht ein oder zwei Mal, sondern mehrfach mit großer Wucht auf Strocka eingeschlagen haben musste. Es schien, als wollte er ihn nicht nur töten, sondern ihn zerstören, ihn vernichten, ihn seine Wut spüren lassen. Oder einfach nur seine Freude am Töten ausleben. Einen derart zerstückelten Schädel hatte er in all seinen Dienstjahren nicht ein einziges Mal gesehen. Pohlmann wandte seinen Blick von den Bildern ab, schlug heftig den Ordner zu und lehnte sich zurück. Das war der Mord, von dem Lorenz erzählt hatte. Der Fall, den Schöller versaut hatte: Indizien, keine Beweise. Schlampige Recherche, halbherzige Ermittlungen, so hieß es in den Medien. Und nun, zwei Jahre nach diesem Mord, tauchten erstmals Hinweise auf, die auf einen Mörder deuteten, wenn auch nur von einer schwachsinnigen alten Frau aufgeschrieben, deren Aussage so unglaubwürdig war wie der Wetterbericht. Von einer Emilie Braun, die nicht redete oder maximal zehn Worte in einer Stunde.

Vor diesem Hintergrund wurde nun auch klar, dass Schöller sauer auf ihn war, denn nachdem diese Hinweise aufgetaucht waren, hätte man ihm die Chance geben müssen, seine Fehler wettmachen zu können. Eine Art Nachbesserungsrecht. Er hätte nahtlos an die alten Ermittlungen anschließen können. Dass man ihm den Fall dennoch entzog, obwohl Schöller senior an höchster Stelle thronte und protestierte, ließ tief blicken. Niemand im Präsidium schien Klaus Schöller zu mögen, vielleicht, weil seine Beförderungen nicht erarbeitet, geschweige denn erkämpft worden waren, sondern durch Beziehungen von ganz oben ermöglicht wurden, wie auch immer dies innerhalb eines funktionierenden Rechtsstaats vonstatten gegangen war.

Pohlmann holte sich ein weiteres alkoholhaltiges Getränk aus der Küche und musste sich eingestehen, dass die Arbeit an diesem Fall seinem Intellekt eine gewisse Befriedigung verschaffte. Eine Beschäftigung, die diametral zu dem stand, was er beinahe zwei Jahre in Ecuador erlebt hatte. Manche Touristen fielen ihm ein, denen man es nie recht machen konnte. Die immer etwas zu nörgeln hatten, selbst wenn es keinen Grund gab. Oder jene, die alles mitgehen ließen, was nicht angekettet oder installiert war. Aschenbecher, Handtücher, Fußabtreter und Bettlaken mit dem Hotelemblem, ja, sogar Badezimmerspiegel wurden geklaut. In solchen Momenten wünschte sich Martin nach Deutschland zurück. Er idealisierte in Gedanken seinen Job als Bulle und fragte sich, warum er überhaupt abgehauen war. Wenn es einem nach einem Burn-out wieder gut ging, erschienen viele Gedanken, die in solch einer pathologischen Phase hochkamen, als unsinnig und nicht von einem selbst stammend. Und nun war er wieder in Good Old Germany und hatte eine neue Realität zu durchleben.

Pohlmanns Blick verlor sich im Türrahmen seines Schlafzimmers, und ihm fiel jene braune Kladde wieder ein, die er schon am Vortag zu lesen begonnen hatte. Das düstere, poetische Gedicht der Patientin und die merkwürdigen Andeutungen darin. Allerdings wartete da noch der Ordner mit den beiden anderen Beklagten auf ihn. Martin entschied zugunsten der poetischen Kost, stand auf und holte die Kladde. Zurück auf seiner Couch, begann er gegen Mitternacht, darin zu lesen. Nun wollte er nicht wahllos darin herumblättern, sondern von vorn beginnen. Wenn die Alte schon nicht redet, dachte er, so scheint sie trotzdem etwas zu sagen zu haben, sonst würde sie nicht ein so dickes Buch verfassen können. Eine geheime Bewunderung befiel ihn, denn das Verfassen von Texten war nie seine Stärke gewesen. Darin zu lesen und zu bewerten, wie ein Lektor es zu tun pflegte, das mochte er, aber selbst etwas zu schreiben, was auch noch Sinn machte und literarisch klang, das würde wohl für immer ein Traum bleiben müssen. Er betrachtete den Einband und las die zwei Worte in sorgfältiger Schrift: Emilie Braun.

Und so begann er die Zeilen der ihm noch weitgehend unbekannten Selbstmörderin zu lesen.

Wenn jemand diese Zeilen liest, bin ich hoffentlich schon tot. Anders darf es nicht sein, denn es gibt nichts zu dem, was ich geschrieben habe, hinzuzufügen. Es ist, wie es ist, und alles ist wahr, was hier zu lesen ist. Selbst wenn ich, Emilie Braun, kein Mitglied der ehrenwerten Gesellschaft bin, so bin ich doch nicht verrückt, wie man dort draußen behaupten würde. Ja, es stimmt, ich habe fast mein ganzes Leben, wenige Jahre ausgenommen, in einer Heilanstalt gelebt, zumindest hat man diese Orte früher im Krieg so genannt. Ich bin ein Mensch wie jeder andere, vielleicht ein bisschen anders als die meisten.

Martin betrachtete die ersten Zeilen, die er gelesen hatte. Vollständig ohne Rechtschreibfehler, mit sauberer, klarer Schrift. Er konnte nicht glauben, dass dieses Buch wirklich von jener Person geschrieben sein sollte, die er am Morgen kennengelernt hatte. Es könnte vielleicht ein anderer für sie geschrieben haben, ein Ghostwriter, doch in einer geschlossenen Anstalt dürfte diese Dienstleistung nur schwer zu erhalten sein. Um dies herauszufinden, musste er wohl oder übel das ganze Buch lesen, und so suchte er den Absatz, an dem er in seine Gedanken abgeschweift war.

Ich erinnere mich gut an die letzten Tage in meinem ersten Kinderheim. Dort, wo ich geboren bin. Dort will ich beginnen.

Ich war vier Jahre alt. Die Sonne schien und es war warm. Ich spielte mit meinen Freunden, den Schmetterlingen, den Käfern und den grünen Hüpfern, wie ich sie nannte. Ich weiß noch, als wäre es gestern gewesen, wie sie über meine Finger krabbelten. Vieles von damals hab ich behalten, manches, zum Glück, auch nicht. Ich weiß nicht mehr, wer mich alles geschlagen hat, wer mich gestreichelt hat, wer mir gesagt hat, dass ich, wenn ich darüber sprechen würde, sterben müsste. Ich weiß nicht mehr, wie er hieß – ich kann mir keine Namen merken, aber ich sehe seine bösen Augen vor mir. Es war ein großer fetter Junge mit dunklen Haaren und fleischigen Fingern, die mich begrapschten. Seine Mutter wohnte auch im Heim, sie schlief bei den anderen Frauen und arbeitete in der Küche. Ab und zu kam sein Vater vorbei. Er war auch sehr groß, mit schwarzen Haaren und einer schwarzen Uniform. Einmal sprach der Junge mit seinem Vater, und der Junge zeigte von Weitem auf mich. Dann kamen sie zu mir über die Wiese gelaufen. Mir wollte das Herz stehen bleiben. Der Mann sah mich an, sah zu seinem Sohn und strich mir über den Kopf. Ich erschrak, denn an seinem Finger war ein silberner Ring mit einem Totenkopf. Ich lief, so schnell ich konnte, und ich hörte, wie sie hinter mir lachten. Danach habe ich den Mann nie wieder gesehen und den Jungen auch nicht. Ich wurde ins Haus gerufen, und der Schreck hatte mich noch nicht verlassen, als mich jemand besuchen wollte. Es war ein Mann, von dem Schwester Hildegard sagte, er sei mein Vater. Ich lag auf meinem Bett und ruhte mich aus. Mein Vater kam an mein Bett, und als Erstes sah ich von Weitem den Ring an seinem Finger, der genauso aussah wie jener von dem anderen Mann. An seiner Mütze war der gleiche Totenkopf, vor dem ich große Angst hatte. Mit solch einem Mann wollte ich nicht sprechen, nichts mit ihm zu tun haben, und ich stellte mich tot, wie die Marienkäfer es taten, wenn sie sich fürchteten.

Wer immer dies war, er mochte mich nicht und ich ihn auch nicht.

Am nächsten Tag fuhr Hildegard mit mir viele Stunden in einem Zug durch Deutschland. Es musste alles ganz schnell gehen. Wir waren in Eile, warum, weiß ich nicht mehr. Wir zogen von einem Heim in das nächste um, das war das Einzige, was man mir gesagt hatte. Hildegard spielte im Zug ein paar Spiele mit mir. Ich verstand nicht, welchen Sinn diese Spiele haben sollten. Sonderbare Namensspiele. Sie hustete oft, obwohl es Sommer war. Sie schwitzte und zitterte. Und doch lächelte sie mich an und strich mir übers Haar.

Pohlmanns Augen tränten. Das Buch in seiner Hand wurde schwer. Er beschloss schlafen zu gehen und räkelte sich kurze Zeit später unter der wärmenden Daunendecke.

KAPITEL 17

Hamburg, 4. November 2010

Am nächsten Tag kam Pohlmann erneut zu spät ins Büro. Sein Haar schien widerspenstiger denn je, und seine ganze Erscheinung wollte nicht so recht den Eindruck erwecken, dass man es hier mit einem engagierten Kriminalbeamten zu tun hatte. Er trug eine löchrige Jeans, die man privat für trendy gehalten hätte, doch in diesen heiligen Hallen wirkte sie deplatziert. Ein blau-weiß gestreiftes Hemd aus grauer Vorzeit spannte über seinem Bauch, und auch die braunen Wildlederstiefel passten eher auf eine Ranch als ins Präsidium. Eine Lederjacke, wie sie der Pilot einer Doppeldecker-Propellermaschine getragen hätte, ergänzte die Erscheinung. Unter seinem rechten Arm klemmten vier Akten, die nach nur einem Tag in seiner Obhut Eselsohren an den Ecken aufwiesen.

Als er sein Büro betrat, wartete Schöller auf ihn. Er saß in dem drehbaren Lehnsessel und wippte darin herum. In seiner rechten Hand hielt er eine Zigarette, deren Rauch zur Decke trieb und dort eine kleine Wolke bildete. Er hatte sich zum Fenster gewandt und blickte in die Ferne. Als Schöller Pohlmann kommen hörte, drehte er sich nicht um, man sah zunächst nur die feinen Rauchschwaden emporsteigen.

»Na? Mal wieder zu spät, Kollege Pohlmann?«

Schöller drehte den Ledersessel mit einem Ruck herum. Sein dunkles Haar war nach hinten gekämmt und mit einer kleinen Menge Gel in Form gehalten. Der dunkelgraue Zweireiher saß perfekt. Die Jacke war geöffnet und die gelbe Krawatte verschwand unter der Weste, die zum Anzug passte. Schöllers

Outfit entsprach dem Anlass einer Wohltätigkeitsveranstaltung oder eines noblen Empfangs. Sein Blick ruhte selbstsicher auf Martins verschreckter Miene, und er genoss den Augenblick der unerwarteten Überraschung.

»Was machen Sie in meinem Büro, Schöller?«

»Herr Schöller. Für Sie, Pohlmann, immer noch Herr Schöller.« Pohlmann betrachtete den Eindringling mit Wut. Er atmete ein und aus und beherzigte die Empfehlungen seines damaligen Therapeuten, die er ihm für Situationen des Konfliktmanagements mit auf den Weg gegeben hatte.

»Also, was gibt's, Mann? Ich steh nicht auf diese Machtspielchen. Nur weil Sie Söhnchen vom Chef sind, heißt das noch lange nicht, dass Sie sich hier als Boss aufspielen können. Raus aus *meinem* Büro oder es setzt was.« Pohlmanns Ruhe begann sich zu verflüchtigen. Er hielt nie sonderlich viel von den Psychotricks der Therapeuten. Schöller verharrte regungslos in dem Sessel, schwang hin und her und zog an seiner Zigarette. Er ließ sich Zeit mit seiner Ansprache und genoss die überlegene Wirkung seiner Gelassenheit. »Ich beobachte jeden Ihrer Schritte, und sollten Sie einen klitzekleinen Fehler machen, sind Sie weg vom Fenster. Ich kann Sie nicht leiden, Pohlmann. Daraus mache ich kein Geheimnis. Ich finde Sie einfach nur zum Kotzen.« Schöller wedelte mit der linken Hand, in der sich keine Zigarette befand, vor Pohlmann herum. »Wie Sie schon aussehen, Ihre furchtbaren Klamotten, wie bei einem Penner. Wie Sie herumstolzieren, wie großspurig Sie labern, all das find ich zum Kotzen, und dieser Platz, auf dem ich sitze, ist *mein* Platz. Sie wissen das und ich weiß das. Also sehen Sie zu, dass Sie so schnell wie möglich Scheiße bauen, damit ich hier wieder sitzen kann. Tun Sie mir den Gefallen, Pohlmännchen?«

Die ganze Zeit über verharrte Martin, der normalerweise als friedliebend und verträglich galt, in der Defensive. Er wollte Schöller ausreden lassen, er verstand seine miese Stimmung. Doch ihn Pohlmännchen zu nennen, löste eine Lawine an Erinnerungen bei ihm aus. Hänseleien aus der Schule über einen

Zeitraum von vielen Jahren. Bestimmte Reaktionen auf diesen Namen waren unlöschbar auf seiner inneren Festplatte eingebrannt. Alles ging blitzschnell: Pohlmann trat zu Schöller, schlug ihm die Zigarette aus dem Gesicht und packte ihn am Revers seines edlen Zwirns. Womit er indes nicht gerechnet hatte, war, dass Schöller aus dieser sitzenden Position heraus einen kraftvollen Aufwärtshaken in Pohlmanns Magengrube landen konnte. Martin war derart perplex und krümmte sich hustend. Er wich einige Schritte zurück, während Schöller sich erhob und den obersten Knopf seines Jacketts verschloss. Nicht einmal sein Scheitel hatte Schaden genommen, während Pohlmann wie ein Walross schnaufte.

»Ach ja. Bevor ich es vergesse. Lorenz will Sie sehen. Er ist nicht gut drauf heute. Aber versauen Sie es ruhig. Mich würde es freuen.«

Pohlmann schwieg, richtete sich auf und rieb seinen malträtierten Bauch. Dann machte er sich auf den Weg zu Lorenz' Büro. Er fand ihn, vor dem Flipchart hantierend. Die angehefteten Zettel schienen sich erneut über Nacht verdoppelt zu haben.

»Hallo, Chef. Tut mir leid, dass ich zu spät bin, Schöller hat mich aufgehalten. Er hat heute keine besonders gute Laune.« Lorenz sah über seinen Brillenrand hinweg. Er war weitsichtig und hatte sich so oft über diverse Experimente mit Gleitsichtbrillen geärgert, bis er zu seinem alten Horngestell zurückgekehrt war und beschlossen hatte, bis zu seinem Lebensende damit leben zu wollen.

»Schon gut, Pohlmann. Ich kenne ja Ihre Macken. Wir haben ein Problem.« Wenn Pohlmann mitgezählt hatte, müssten es genau genommen vier Probleme sein. Martin holte Luft, der Schmerz ebbte allmählich ab.

»Es gibt eine neue Tote, und jetzt sage ich bewusst, es gibt ein neues Opfer.« Lorenz nahm einen Zettel zur Hand und rückte die Brille zurecht. Die Herzschwäche vom Vortrag schien es nie gegeben zu haben.

»Eine Frau namens Ursula Seifert. Lehrerin im Ruhestand.« Pohlmann sah Lorenz fragend an.

»Die Tote ist aus einer Operation nicht wieder aufgewacht. Routine-OP am Blinddarm. Lag tot im Aufwachraum. Erster Verdacht, Herzstillstand durch zu viel oder zu schnell injiziertes Propofol.« Pohlmann drehte sich um. Dieser letzte Satz setzte bei jedem, der ihn hörte, Assoziationen zu Michael Jacksons Tod frei.

»Augenblick, Chef. Wieso machen Sie aus ihr ein Opfer? So einfach ist das nicht. Der Anästhesist verabreicht einem Patienten in der Regel nur so viel Propofol, wie der Chirurg für die Zeit der OP benötigt. Kaum ist er fertig, kann der Patient in der Regel kurze Zeit danach wieder aufwachen. Das ist nicht mehr so wie früher, dass man noch stundenlang zugedröhnt ist und die Bude vollkotzt.« Lorenz schien beeindruckt von derart profunden Kenntnissen zu Fragen der modernen Anästhesie. Er schnalzte mit der Zunge, um Essensreste des Frühstücks aus den Zahnlücken zu drücken. Pohlmann verzog das Gesicht, ließ ihn aber gewähren. »Also, noch mal. Woran genau ist sie gestorben?«

Lorenz pulte mit einem Fingernagel in einer hinteren Zahnlücke.

»Wie ich schon sagte. Irgendjemand muss ihr im Aufwachraum, nach der OP, eine große Menge Propofol in diese … Dings geschossen haben«, Lorenz fingerte auf seinem Handrücken herum. »Ich weiß nicht, wie die heißen, diese Spritzen, die man auf der Hand reinschiebt und da festklebt.«

»Braunülen«, belehrte ihn Pohlmann.

»Ja, meinetwegen. Jedenfalls hat sie so viel davon bekommen, dass sie für immer weitergeschlafen hat. Der Betäubungsarzt wurde vom Dienst beurlaubt, obwohl er schwört, genau die richtige Dosis verwendet zu haben. Er versicherte, sie sei fast aufgewacht gewesen, als der Pfleger sie aus dem OP schob. Irgendjemand kennt sich mit der Materie ziemlich gut aus und ist, möglicherweise mit einem OP-Kittel und einem netten Schildchen an der Brust oder einer Haube auf dem Kopf, gar nicht aufgefallen. Eine schnelle Injektion mit dem gleichen Mittel, nur ein bisschen viel eben. Eigentlich gar nicht dumm, was?« Lorenz ordnete seine Zettel an der Pinnwand und sah Pohlmann an. Er fragte sich, wann der Zeitpunkt endlich käme, dass der alte Spürsinn in Pohlmann erwachte.

»Wenn Ihre Theorie stimmt, haben wir es hier mit einem Serienmörder zu tun, der es auf alle Kläger aus ehemaligen Lebensbornheimen abgesehen hat.« Pohlmann stülpte die Lippen vor und pustete in die Luft. »Hey, das ist wirklich heftig!«

»Im ersten Fall gab es eine Obduktion, und bei Frau Seifert wird es auch eine geben – ist ja klar. Das Problem ist die Beweisführung. Uns fehlt noch das gemeinsame Motiv.«

Pohlmann löste sein Haar aus dem Zopf, schüttelte es und band es dann erneut wieder zusammen. Lorenz betrachtete dieses Schauspiel mit Missbilligung. Pohlmann ignorierte dessen Blick und sagte: »Wenn es tatsächlich so sein sollte, müssen wir mehr über diese Menschen herausfinden. Über alle Kläger, ihre Vergangenheit, ihre Geschichte, ihre Eltern, Adoptiveltern et cetera et cetera. Eine Menge Arbeit, die Sie natürlich mir aufs Auge drücken wollen.«

»Sie sind schon mittendrin, Pohlmann. Schöller hat nicht ansatzweise das Zeug, einen solchen Fall zu lösen. Sein Vater mag ja ein guter Kriminalist sein, aber der Apfel fällt eben nur manchmal nicht weit vom Stamm, wie man so sagt.« Lorenz las Resignation und Unsicherheit in Pohlmanns Augen und spornte ihn an. »Sie schaffen das, Martin. Ich bin sicher, Sie werden mich nicht enttäuschen. Haben Sie schon die Zeit gefunden, die Akten durchzusehen?«

Pohlmann nickte. »Ich habe gestern Abend damit begonnen, nachdem ich meine Bude wieder aufgeräumt habe. Von dem Einbruch haben Sie gehört, oder?«

»Hartleib hat es mir erzählt. Das zeigt nur, wie ernst dieser Fall ist.«

»Sofern der Einbruch etwas damit zu tun hat. Bisher ist alles wilde Spekulation. Heutzutage kann jeder übers Internet spitzenmäßige Pick-Sets beziehen, um jedes Schloss der Welt aufzukriegen. Wir brauchen erst einmal einen Verdächtigen, oder?«

Pohlmann kratzte sich am Kinn. »Ich werde mich heute in die Akten aller Kläger vertiefen, und am Nachmittag wollte ich ins LKH zu Frau Braun.«

»Das ist gut. Wir müssen so schnell wie möglich herausfinden, wie alles zusammenhängt.«

»Hat schon jemand den Anästhesisten verhört, die Schwestern und Pfleger befragt, Spuren gesichert und den ganzen Kram?«

Lorenz nickte. »Die Kollegen aus Eppendorf waren in der Klinik und haben den Fall aufgenommen. Die Klinikleitung hat kein Interesse daran, dass die Geschichte an die große Glocke gehängt wird, und an einen Mord glaubt von denen sowieso keiner.«

Pohlmann winkte ab. »Nein, natürlich nicht«, sagte er spöttisch. »Kommt ja auch nie vor, so was.«

»Eigenartig ist nur, dass der Mann der Verstorbenen von einer Ahnung seiner Frau sprach, so als hätte sie gespürt, dass sie die OP nicht überleben würde.«

»Kommen Sie, Lorenz. Das ist doch Hokuspokus. Es ist schon alles kompliziert genug. Lassen Sie diesen metaphysischen Quatsch weg.«

Lorenz hob die Hände, als wollte er sich in diesem Gefecht ergeben. »Schon gut. Ich gebe nur wieder, was der Mann der Toten zu Protokoll gegeben hat.« Lorenz sah auf die Uhr. Die Arbeit drängte. Martin verstand diese Geste und wandte sich zum Gehen, da meldete sich Lorenz noch einmal zu Wort. »Ach, und Pohlmann …«, Lorenz wedelte mit einem Blatt vor ihm herum und betrachtete ihn vom Scheitel bis zur Sohle, »… Sie könnten sich mal ein paar neue Klamotten zulegen und 'nen anständigen Haarschnitt vielleicht.«

Pohlmann seufzte und wünschte sich nach Südamerika zurück. Er würde den erstbesten Flug nehmen, sich mit seiner Freundin aussprechen, sich mit ihr versöhnen, den Pachtvertrag verlängern und so viel Calcium gegen die Allergie schlucken, bis er vor Kalk erstarren würde. All dies würde er in Kauf nehmen, doch gleichzeitig wusste er, dass er Ecuador vermutlich nie wieder in seinem Leben sehen würde.

»Ach, Chef. Noch ’ne Kleinigkeit. Der BMW von Schöller ist doch ein Dienstwagen, oder?«

Lorenz sah über seine Brille hinweg. »Klar, von Papi genehmigt. Schlüssel hängt am Brett. Wieso?«

»Hab mich nur gefragt, ob ich nicht auch mal standesgemäß zu einem Tatort fahren sollte. Haben Sie mal in den letzten Jahren in der alten Gurke da unten gesessen?« Pohlmann deutete mit einer Kopfbewegung zum Parkplatz hin, auf dem der eierschalenweiße Passat stand, der so unscheinbar wirkte, dass man ihn erst suchen musste.

»Das ist nicht Ihr Ernst, Martin? Das ist Schöllers Wagen.«

»Das ist ein Dienstwagen der Bundesrepublik Deutschland und vom Steuerzahler finanziert. Warum sollte ich nicht damit fahren dürfen? Bestellen Sie Schöller ’nen schönen Gruß von mir. Der Schlüssel vom Passat hängt da, wo er in den letzten zwei Jahren immer gehangen hat.«

Mit diesen Worten verließ Pohlmann das Büro und freute sich über die kleine Rache an Schöller. Den Hieb in die Magengrube hatte er nicht vergessen. Zügig griff er sich den Schlüssel, wählte eine ihm mittlerweile geläufige Nummer und machte sich auf den Weg ins LKH.

KAPITEL 18

Hamburg-Norderstedt, 4. November 2010

Emilie Braun war schon eine Weile wach und ließ die Gedanken frei umherschweben wie eine Möwe, von der sie nur gehört, aber die sie noch nie gesehen hatte. Sie erkannte ihr eigenes Bett, in dem sie mehr Stunden verbracht hatte als sonst wo auf der Welt. Sie war nach dem letzten missglückten Suizidversuch wieder verlegt worden. Gut so. Vertraute Geräusche drangen an ihr

Ohr. Direkt hinter ihrem Kopfende, auf der anderen Seite der Mauer, hörte sie das Wimmern ihrer Nachbarin Elfie. Eigentlich Elfriede Schmitz, aber alle nannten sie nur Elfie. Elfie befand sich in einem dauerhaften Albtraum, der sich im Wesentlichen so abspielte, dass sie darin verfolgt wurde. Immer, wenn man Elfie beobachtete, saß sie auf einem Stuhl, lag auf ihrem Bett oder lief im Gang herum, und während sie dort saß, lag oder ging, kämpfte sie oder flüchtete vor einem imaginären Feind. Sie ballte die Fäuste, boxte in die Luft, schwang einen Säbel oder ein Messer und schwitzte. Es schien für sie so wirklich und echt zu sein, dass man ihr Stöhnen und Schreien, als für sie real empfunden, ernst nahm. Man wollte sie schütteln und aufwecken, damit sie aus diesem Albtraum erwachen könne, um mit Erleichterung feststellen zu dürfen, dass sie nur geträumt hatte. Doch was man auch tat und welche Medikamente sie bekam, sie erwachte nie. Vor ihrem inneren Auge, in jener Welt, in der sie sich bewegte, war sie immer ein Opfer.

Dann war da das abgehackte Gackern von Paule, der eine diabolische Freude dabei empfand, Mitpatienten, Besuchern oder Pflegepersonal aufzulauern und sie zu erschrecken. Wenn ihnen das Herz im Leibe stockte, war er glücklich. Obwohl ihn jeder kannte, gelang es dem ewig Kind Gebliebenen, neue Hinterhalte zu finden, um aus ihnen hervorzuspringen und eben jenes hysterische Gackern ertönen zu lassen. Er hatte kein Problem damit, alte, längst verbrauchte und somit langweilige Verstecke zu benutzen. Wenn der Punkt gekommen war, an dem er den anderen zu sehr auf die Nerven ging oder hoher Besuch angekündigt war, bekam er kurzerhand eine Spritze, die ihn schachmatt setzte.

Dann war er liebenswert, sabberte und grinste die Decke des Aufenthaltsraums an.

Emmi lauschte weiter.

Von Ferne hörte sie ihre beste Freundin Liza. Liza sang nicht annähernd wie die echte Minelli, weder so gut noch so schlecht, je nachdem, von welcher Warte aus man es betrachtete, doch

Liza war nicht davon abzubringen, ein Star zu sein. Ihr bürgerlicher Name war Else Spangenfeld, doch auch der interessierte hier keinen. Genau genommen war sie nicht nur *ein* Star, sondern mehrere in einer Person: ausschließlich berühmte Sängerinnen, brillant und stimmgewaltig. Gelegentlich traf sie einen Ton. Sie war Emmis beste Freundin. Sie verstanden sich ohne Worte. Liza sang und Emmi lauschte. Das war schon immer so.

Emmi war am Leben und sie wusste nicht, ob sie das gut finden sollte oder nicht. Vorgesehen war es nicht, wieder aufzuwachen. Sie hätte sich gefreut, es nicht zu tun, doch es hatte wieder einmal nicht geklappt.

Sie rappelte sich in ihrem Bett auf und bewegte die Arme wie ein heftig Winkender. Sie fluchte, während ihre Gelenke knackten. Schmerzen schien sie bei ihren Freiheitsbekundungen nicht zu haben. Die Bandagen an den Handgelenken hielten. Die Fesseln waren ihr abgenommen worden, ein Vertrauensvorschuss, der bei der langen Latte ihrer Suizidversuche auf den ersten Blick leichtfertig erschien.

Aber es gab einen Grund für ihre Befreiung.

Sie erhob sich von ihrer Matratze, schwenkte die Beine zur rechten Seite und ließ die Füße zehn Zentimeter über der Bettkante eine Weile baumeln. Bei einer Körpergröße von 1,45 Meter reichten sie nicht bis zum Boden. Als ihre nackten Fußsohlen festen Grund berührten und die Last von 43 Kilo tragen sollten, spürte sie die Schwäche in all ihren Knochen und Organen.

Sie ging mit ihrem Lebenssaft stets großzügig um, wenn sie sich ins Jenseits verdrücken wollte.

Die ersten Schritte wirkten marionettengleich. Mitten im Raum blieb sie stehen und sah sich um. Sie suchte ihre Pantoffeln und fragte sich, ob man sie in der Annahme, dass sie nicht mehr gebraucht würden, entsorgt hatte. Sie bückte sich und entdeckte sie unter dem Bett, nicht ordentlich nebeneinandergestellt, sondern wie Clownsfüße im rechten Winkel zueinander. Mit Bedacht ging sie in die Hocke, ließ sich nach vorn auf die Knie fallen und rutschte auf dem grauen Linoleum ihren Schuhen entgegen, die sie nicht der Müllabfuhr überlassen wollte. Wenn sie nicht ins Jenseits durfte, sollten es ihre Schuhe gefälligst auch nicht.

Als sie den zweiten Schuh mit ihren Spinnenfingern geangelt hatte, schlenderte Lars Dräger, ein schwammiger, pockennarbiger Pfleger mit blondem Bürstenhaarschnitt, zur Tür herein. Emmi roch sein After shave, noch bevor er im Raum war.

»Na, Emmi, wieder unter den Lebenden?« Er schob die Tür hinter sich zu, ließ sie aber nicht ins Schloss fallen und verharrte amüsiert mit verschränkten Armen neben dem Waschbecken. Er drehte sich zur Tür und schaute sich im Flur um, ob ihn jemand beobachtete.

Er machte keinerlei Anstalten, sich zu bücken, um ihr zu helfen, ihr die Schuhe anzuziehen und sie zum Bett oder zu einem Hocker zu geleiten. Er stand da und grinste in Anbetracht jenes Schauspiels, das es in seinen Augen nicht alle Tage zu sehen gab. Er sah, wie Emmi in ihrem Nachthemd – einem frischen, da man ihr das blutbeschmierte ausgezogen hatte – auf die Beine kam und ihre Füße in den Hausschuhen verschwanden.

»Die Dinger haben doch schon lange ausgedient, so wie du. Oder irre ich mich da?« Emilie Braun registrierte die Boshaftigkeit, parierte sie jedoch nicht. Wenn sie nicht wollte, sprach sie nicht, schon lange nicht mit solch einem Dreckskerl wie Lars Dräger. Dafür erschienen ihr Worte viel zu schade, als sie an ihn zu vergeuden. Einmal gesprochen, waren sie fort wie sich auflösender Rauch.

»Was hast du bloß immer für ein Schwein?« Dräger schüttelte den Kopf und lachte. »Keine Sau lässt dich in Ruhe sterben. Dumm gelaufen, was?« Er ging zu ihrem Bett. Er kam um die Dinge, die getan werden mussten, nicht herum und beschloss, sie so schnell wie möglich hinter sich zu bringen. Er zog die Bezüge von dem Kissen und der Decke ab und wandte den Kopf angewidert zur Seite, als er das gelblich genässte Betttuch abzog. Aufgaben wie diese gehörten auch zu seinem Job, zumindest so lange, bis erledigt war, was erledigt werden sollte.

»Noch nicht einmal das Sterben kriegst du auf die Reihe. Immer wieder Adern schlitzen ist doch langweilig. Eine Tüte überm Kopf funktioniert auch prima oder du sammelst die Pillen, die man dir gibt, und dann zack – 20 auf einmal. Müsste eigentlich auch klappen.« Emilie Braun hatte sich zwischenzeitlich auf einen weißen Holzstuhl mit geschwungener Lehne, der älter war als sie selbst, fallen lassen und sah Dräger bei der Verrichtung seiner Arbeit zu. Sie hörte jedes Wort, das er sagte, und verstand es auch, doch was sollte es nützen, darauf zu reagieren. Wem sollte sie von seiner Bosheit erzählen, seitdem Hans tot war? Dem neuen oberschlauen Psychiater vielleicht oder Anne, die zwar lieb war, sie aber für genauso verrückt hielt wie jeder andere, der abends die Station auf dem Weg nach Hause verließ. Er war ja nur böse zu ihr, und das Schlimme an dem, was er sagte, war, dass er recht hatte. Er wusste es und sie wusste es, nur wie er es sagte, gefiel ihr nicht. Sie war sich sicher, er würde sich freuen, wenn es ihrer Seele eines Tages gelingen sollte, die verschlossenen Türen zu öffnen und die Anstalt zu verlassen. Mit morbidem Humor stellte er sich ihr als Sterbehelfer zur Verfügung, jedoch nur in ihrem Zimmer, in ihrer alleinigen Gegenwart.

Er raffte die Bettwäsche zu einem Knäuel zusammen und warf sie ihr vor die Füße. Er stemmte die Hände in die Hüften und stand mit gespreizten Beinen direkt vor ihr. Nur die Wäsche war zwischen ihnen. Er genoss es, auf sie herabzusehen. Seine Augen waren kalt, ohne Liebe.

»Leute wie du sind zu nichts nütze, pissen sich voll, stinken aus jeder Pore. Verbrauchen Steuergelder und gehen anderen auf den Wecker. Du und Keller, ihr wart schon so ein Pärchen, aber das mit Keller hat sich ja jetzt erledigt.« Er lachte verschlagen. »Kannst ihm ruhig hinterhergehen. Wird dich keiner vermissen, hier und auch sonst wo nicht.«

Emilie sackte auf dem alten Stuhl in sich zusammen und wirkte noch verlorener als wenige Minuten zuvor. Sie wollte ja gar nicht am Leben bleiben, soweit stimmte das Gesagte. Oft hatte sie es schon probiert in ihrem, wie sie fand, viel zu langen Leben. Auf die vielfältigste Weise hatte sie es versucht, doch irgendwie hatte man sie immer zu früh gefunden oder reanimiert. Dräger hatte recht, sogar dazu war sie zu dämlich. Warum nur hielt man sie auf, von dieser Welt zu verschwinden, wo es nichts gab, wofür es sich zu leben lohnte. Doch jetzt, wo Drägers Hass noch offenkundiger zutage trat als sonst, stieg Trotz in ihr auf. Ja, sie wollte sterben, aber nicht, wenn Dräger so dringend darauf bestand. Sie würde ihn mit ihrer Anwesenheit noch eine Weile ärgern, auch wenn dies dauernde Demütigungen bedeuten würde. Wer war er denn schon, der arme Wicht? Ein nichtssagender Typ, nach dem sich auf der Straße niemand umsah, den man nicht einmal bemerkte, und wenn, dann sofort wieder vergaß. Ein Niemand und doch spielte er sich bei ihr auf, als wäre er eine große Nummer. Emilie stützte den Kopf auf ihre Hände und dachte nach. Warum hasste er sie bloß so? Gab es jemals ein einziges Wort, das sie zu ihm gesprochen hatte? Nein, nicht dass sie sich erinnern konnte. Sie kannte ihn eigentlich gar nicht. Sah ihn nur, wenn er um Professor Keller herumscharwenzelte, ihm Honig um den Bart schmierte, um gute Beurteilungen zu bekommen. Doch zu ihr war er feindselig, aus einem Grund, den sie nicht begreifen konnte. Nicht nur eine Antipathie, wenn, wie man sagte, die Chemie nicht stimmte, sondern blanker Hass. Doch warum sollte sie es herausfinden? Es lohnte sich nicht, dahinterkommen zu wollen. So viele Menschen legten keinen Wert auf ihre Existenz, weder damals noch heute – außer Hans, doch der war tot.

Die Tür wurde aufgeschwungen und Annegret kam herein. In dieser Sekunde strich Lars zart über das vom Liegen plattgedrückte Haar seiner Patientin und bedachte sie mit einem mitfühlenden Blick.

Annegret nickte. »Danke, dass du schon mal das Bett abgezogen hast. Das musstest du doch gar nicht. Ich dachte, du bist in der Küche.«

»Hey, ich weiß doch, wie viel du um die Ohren hast. Außerdem wollte ich mal nach unserer Emmi sehen. Sie ist wieder fit. Super, nicht?«

»Ja, das ist wirklich toll.« Annegret wandte sich an Emilie, die noch immer auf dem Stuhl verharrte. »Emmi, wie geht es Ihnen denn? Gut sehen Sie aus.« Die Schwester wollte es wie eine ehrliche Aussage klingen lassen, blickte jedoch in ein blasses und blutleeres Gesicht, in dem die blauen Augen aus den Höhlen quollen. In einigen Tagen würde sie wieder rosa Wangen haben, wenn die Infusionen das Volumen in den Venen und Arterien aufgefüllt und die roten Blutkörperchen den Mangel an Vitalität ausgeglichen hatten.

»Wir müssen Ihnen etwas Nettes anziehen. Sie bekommen Besuch.«

Emmi blickte sie fragend an. Auch Dräger schaute verdutzt.

»Der Kommissar hat angerufen und sich nach Ihnen erkundigt. Ich hab ihm gesagt, dass es Ihnen gut geht und er ruhig kommen könne.«

Dräger lachte kurz auf. *Ist echt 'n Witz*, dachte er. *Ein Bulle aus den 68ern ermittelt in 'ner Klapse. Hauptzeugin: eine stumme Bekloppte. Echt guter Joke. Joh, Mann, dann erzähl ihm mal deine Story, Emmi. Glaubt dir sowieso keiner.*

Dräger bückte sich, sammelte die Wäsche zusammen und warf Emmi einen verschlagenen Blick zu. »Tschau, Anne.«

»Ja, bis später.« Annegret öffnete den Kleiderschrank und betrachtete die spärliche Garderobe ihres Schützlings. Kleider aus den Siebzigern, mit langen Krägen und Blütenmustern, zwei Strickjacken, eine rot, die andere hellblau, graue Röcke, mehrfach geändert, mal enger genäht und dann wieder ausgelassen, je nachdem, ob Emmi beschloss, sich tot zu hungern oder wieder zuzunehmen. Annegret zog eine Kombination hervor, von der sie glaubte, dass sie Emmis ausgemergelten Körper halbwegs kleidsam wärmen könne.

Soeben hatte sie den Knopf des Rockes geschlossen und ihr eine Jacke übergezogen, da klopfte es an der Tür. Annegret drehte sich zur Tür um, ging ein paar schnelle Schritte und öffnete sie. Vor ihr stand Kommissar Pohlmann, und die Veränderungen an ihm entgingen ihr nicht. Er trug eine dunkle Hose, ein weißes Hemd ohne Krawatte und ein Sakko – Art, Farbe und Stoff wie die Hose. Nur die Schuhe fielen aus dem Rahmen; vorn an der Spitze verzierte Cowboystiefel, deren Schäfte unter der Hose verschwanden.

Pohlmann gab Annegret die Hand, lächelte und sah an ihr vorbei zu der alten Frau, wegen der er gekommen war. Er war neugierig geworden auf den Menschen, der sich überwiegend in Geschriebenem und nicht in Gesprochenem offenbarte. Er hoffte auf eine Chance, etwas mehr als wenige einsilbige Brocken aus ihr herauszulocken. Schon deshalb, um Licht in diesen ominösen Fall zu bringen und Lorenz zu einem vorzeigbaren Ergebnis zu verhelfen. Annegret trat einen Schritt zurück und machte ihm Platz.

»Hallo, Frau Braun.« Martin gab Emmi die Hand und fürchtete, jeden einzelnen Handknochen zu zerbrechen, sollte er mit gewohnter Kraft zudrücken. Er lockerte den Griff, damit nichts auseinanderfallen konnte. Emilie hatte in einem zersessenen Chippendale Platz genommen, sodass Martin mit dem alten Holzstuhl vorlieb nehmen musste. Annegret blieb irritiert im Raum stehen und wusste nicht, ob sie bleiben oder gehen sollte. Oft hatte sie Situationen wie diese nicht erlebt. Ermittlungen in einer psychiatrischen Anstalt waren selten, zumindest während ihrer bisherigen Zeit im LKH. Pohlmann und Emmi schwiegen noch, also beschloss sie, zu gehen und in Reichweite zu bleiben. »Okay, ich mach dann mal weiter«, sagte sie verlegen und rieb sich die Hände. »Wenn Sie mich brauchen …«, sie zeigte mit dem Daumen in Richtung des Flures.

»Nein, ich denke, nicht.« Pohlmann wandte sich Emilie zu. »Wir schaffen das schon.« Annegret nickte und ging. Sie überlegte, ob sie die Tür anlehnen sollte, schloss sie jedoch nach einem entsprechenden Blick des Kommissars.

Martin Pohlmann lehnte sich zurück und verschränkte die Arme. Eine Geste, von der er wusste, dass sie Verschlossenheit signalisierte, also korrigierte er die Haltung und legte die Hände auf seine Knie. Wartend schaute er sein Gegenüber an.

»Dräger mag mich nicht«, sagte Emmi plötzlich und stülpte die Lippen wie ein schmollendes Kind.

Pohlmann legte den Kopf schief und zog die Stirn in Falten. »Wer ist Dräger?«

»Pfleger.« Emmis Gesicht nahm düstere Züge an.

»Wieso? Was tut er denn?« Pohlmann neigte sich vor und begann, sich zu entspannen. Ein Gespräch war begonnen und das fand er unglaublich, weil sie sich entschieden hatte, mit ihm zu sprechen.

»Beschimpft mich. Ist böse zu mir. Will, dass ich sterbe. Will ich ja auch, aber nicht, weil er es will.«

Pohlmann hob die Augenbrauen und bemerkte eine gewisse Hilflosigkeit in Dingen der Psychologie in sich aufsteigen. Was wäre, wenn er etwas falsch machen würde? Ein unbedachtes Wort vielleicht und sie würde sich wieder die Pulsadern aufschneiden wollen. Was sollte er tun: sie bestärken oder sie beschwichtigen? Er beschloss, einfach nur zuzuhören und seine Fragen in eine andere Richtung zu lenken. Weg vom Tod, hin zu seinem Fall. »Sie haben da eine ganze Menge aufgeschrieben, Frau Braun.«

»Mein Buch.« Emmis Augen begannen zu leuchten.

»Ja, genau. *Ihr* Buch. Wirklich beeindruckend! Unheimlich viele Seiten.« Pohlmann artikulierte mit Lippen und Zunge ein anerkennendes Ploppen. »Ich kann nicht gut schreiben, aber Ihnen scheint das zu liegen. Schönes Gedicht auf Seite 73.« Pohlmann berührte seine Stirn. »Bisschen traurig vielleicht.«

»Alles ist traurig. Von Anfang an.« Pohlmann fragte sich, ob sie den Inhalt ihres Buches oder ihr Dasein meinte. Vermutlich beides, wenn das Buch autobiografisch war.

»Sie können sich gut erinnern, was? Ich weiß, ältere Leute haben ein gutes Langzeitgedächtnis, aber Sie erinnern sich sogar an Kleinigkeiten. Das ist echt erstaunlich.« Emilie Brauns Stirnfalten glätteten sich, und es schien, als genösse sie das Gespräch mit dem Kommissar, der gar nicht wie ein Kommissar redete.

»Ist nicht viel passiert in meinem Leben. Gibt nicht viel zu erinnern. Passt alles in ein dünnes Buch.«

»Ist es Ihnen recht, wenn ich Sie zu einigen Dingen aus Ihrem Buch befrage? Ich versteh nicht alles, und es gibt da ein paar Andeutungen, bei denen Sie mir helfen könnten.«

Frau Braun nickte. Sie wirkte wie ein verängstigtes Tier, das allmählich Zutrauen fand und aus seinem Bau herauskroch.

»Gut. Fangen wir an. Zum einen interessiert mich, wie Sie das meinen, wenn Sie sagen, dass Professor Keller schuld am Tod von Gerhard Strocka ist. Diesem ehemaligen SS-Offizier.« Frau Braun nickte unmerklich, hörte aber konzentriert zu. Pohlmann fuhr fort: »Sie schreiben, dass Keller Ihnen einen langen Brief geschrieben hat. Darin soll er die Schuld, die er zwei Jahre mit sich herumgeschleppt hat, bereuen. Meines Wissens gibt es diesen Brief nicht. Jedenfalls hat ihn niemand gefunden. Wann hatten Sie denn den Brief zuletzt in der Hand?« Emmi schrak auf. Ihre Augen weiteten sich. Daran hatte sie nicht gedacht. Der Brief. Den hatte sie vergessen. Sie hatte Pohlmann bei seinem letzten Besuch gesagt, er dürfe *alles* lesen. Damit meinte sie auch den persönlichen Brief vom Professor an sie. Nur übergeben hatte sie ihn noch nicht. In diesem Augenblick freute sie sich darüber, gerettet worden und nicht gestorben zu sein, denn das wichtigste Beweisstück hatte sie noch niemandem gezeigt.

Plötzlich floss Leben in die Glieder der dünnen Frau. Sie stützte sich auf den Armlehnen ihres Sessels auf und schwankte für die Dauer einiger Herzschläge bedenklich, bevor sie aufstand. Pohlmann beugte sich vor, doch sie wehrte mit der linken Hand ab. Sie schlurfte in ihren Puschen auf das Fenster zu. Dann bückte sie sich, ächzte und griff mit einer Hand unter das Holzgitter vor der Heizung. Tropfendes heißes Wasser hatte Jahre zuvor den Kleber einer Linoleumplatte gelöst. Irgendwann hatte sie diesen Mangel entdeckt, den niemand zu beheben gedachte. Wenige Tage vor ihrem Suizid fiel ihr dieser Hohlraum ein. Sie hatte den Brief, der in einem DIN-A5-Umschlag gefaltet aufbewahrt war, dort hineingeschoben. Nun fingerte sie unter der losen Platte herum und suchte ihn. Pohlmann beobachtete, wie ihre Bewegungen hektischer wurden. Sie murmelte Unverständliches. Dann fluchte sie hörbar. Abrupt hielt sie inne und setzte sich auf den Boden vor die Heizung. Ihre feuchten Augen sahen ins Leere, durch Pohlmann hindurch. »Ich bin mir sicher, dass er hier war.« Sie schaute zur Decke und steckte sich den Zeigefinger in die Zahnlücke. »Vielleicht hab ich ihn zu meiner Kladde gelegt?« Ihre Worte klangen wie ein Monolog. Gedankenversunken stand sie aus ihrer unbequemen Lage auf und tippelte zu dem hellgrauen Schreibtisch auf der anderen Seite des Zimmers. Eilig riss sie die Schublade auf und kramte darin herum. Es raschelte und knisterte, doch es schien nicht mehr da zu sein, was sie verzweifelt zu finden hoffte. Sie ließ die Schublade offenstehen und ließ sich rückwärts in den Sessel plumpsen. In Gedanken schien sie weit weg zu sein und intensiv nachzudenken. Dann fand sie zu ihrer Sprache zurück. »Ich bin mir sicher, dass ich ihn hatte. Sie glauben mir doch, oder?«

»Klar glaube ich Ihnen. Warum sollte ich nicht? Was stand denn noch alles drin in dem Brief?«

Emilie schien verzweifelt. »Diese komplizierten Dinge von dem Prozess. Hans hat darum gekämpft, dass wir endlich anerkannt werden. Dass wir eine Identität kriegen und dieses Zeug. Damit wir wissen, woher wir kommen, wer wir sind und so.«

Aus der Frau, die bisher pro Jahr nur wenige Worte gesprochen hatte, sprudelte es heraus, als wolle sie nichts mehr zurückhalten. »*Alles* stand da drin. Warum er Gerechtigkeit wollte. Warum er vor Verbitterung fast gestorben wäre, als der Nazi uns vor Gericht verhöhnt hatte. Warum er ihn auf dem Zimmer im Hotel besucht hat und wie er ihn …«, Emilie stockte und schluckte angesammelten Speichel hinunter, »… wie er ihm mit dem Leuchter auf den Kopf geschlagen hat.« Frau Braun kratzte sich an der Stirn. »Am nächsten Tag stand ja alles in der Zeitung, und im Fernsehen haben sie es gezeigt. Hans hat sich nicht der Polizei gestellt, weil wir sonst allein gewesen wären. Er hat in seinem Brief geschrieben, dass er uns und mich nicht allein lassen wollte. Wem also würde es nützen, wenn er im Gefängnis säße und nicht bei uns wäre. Überall stand was in den Zeitungen, und im Fernsehen brachten sie es. Bilder von uns und dem Richter und dem Nazi. Trotzdem ist keiner gekommen und hat Hans abgeholt. Er hat auf sie gewartet, aber sie sind nicht gekommen.« Emmi legte die Hände auf die Knie.

Pohlmann rutschte auf dem Holzstuhl hin und her. Er war unruhig, weil die Unterhaltung oder das Verhör oder wie man es nennen wollte eine sonderbare Richtung annahm und weil ihn außerdem dringend nach einer Zigarette verlangte. »Frau Braun. Wen meinen Sie mit *uns allein lassen*?«

»Na, uns hier. Mich, die Liza, den Paule und so. Aber auch die anderen fünf Kläger des Prozesses vor zwei Jahren. Hans war immer dabei. Er kannte sich gut damit aus, mit den Lebensbornheimen und den Nazis und so.«

»Sie waren eine Klägerin, nicht?« Martin dachte an die Worte seines Chefs, der ihm davon berichtet hatte, dass unter der Schirmherrschaft von Professor Keller Kläger, darunter Emilie Braun, einen medienwirksamen Prozess geführt, aber letztendlich verloren hatten. Noch interessanter war für die Geier der Presse der Umstand, dass ein Nazi großen Kalibers in seinem Hotelzimmer aufs Grausamste erschlagen worden war. Und nun galt es aufzuklären, ob der Professor es selbst getan hatte. Eine Tat mit solch einer Kraft, die man einem Ringer zutrauen könnte, nicht aber einem schmächtigen Gelehrten mit einer karierten Fliege am Hemdkragen.

Die Ermittlungen waren seinerzeit im Sande verlaufen. Es fehlten Spuren, Beweise. Motive indes gab es reichlich. Die hätte jeder Kläger haben können und hundert andere Menschen, die einen Nazi lieber tot als lebendig gesehen hätten.

»Haben Sie mit den anderen Klägern Kontakt gehabt? Ich meine, haben Sie mit ihnen gesprochen?«

Emilie schürzte die Lippen und schüttelte den Kopf. »Glaub nicht. Nur das, was mich die Richter gefragt haben, wie ich heiße und so. Den Rest hat der Professor ihnen erzählt. Aber ich war immer dabei«, sagte sie stolz. »Ein Mal saß ich sogar in einer Hotelbar.« Emmis Augen funkelten, als sie erzählte. »Wir wohnten alle in dem gleichen schönen Hotel und hatten eigene Zimmer. So wie hier, nur viel, viel schöner alles.« Ihre Arme schwangen einen großen Kreis über sich. »In der Hotelhalle hing ein großer Leuchter mit vielen Lichtern daran. Kristalle heißen die. Ich habe noch nie so schöne Sachen gesehen. Dann setzten wir uns alle um einen Tisch herum, und ein feiner Kellner kam extra zu uns. Der Professor saß rechts neben mir, und links von mir saß ein Priester, so einer mit 'nem weißen Pappding am Hals. Alois hieß der. Der war nett. Ich durfte eine Cola trinken.« Pohlmann schmunzelte. »Und? Hat sie geschmeckt?«

Emmi sah zufrieden zur Decke und versuchte, sich den süßen Geschmack ins Gedächtnis zu rufen. »Ganz gut. Ja. Und dann haben alle ein bisschen von sich erzählt. Wir waren alle fast gleich alt und kamen aus demselben Kinderheim. Sie haben erzählt, was sie so beruflich gemacht haben. Alles Dinge, von denen ich nichts verstehe. Mir saß einer gegenüber, der war mal Architekt, aber den mochte ich nicht leiden. Neben ihm saß eine Frau, die mal Lehrerin war. So 'ne Dicke. Dann war da ein echter Künstler, der große Skulpturen baute und versucht hatte, ein Buch zu schreiben. An den letzten Mann kann ich mich nicht mehr so gut erinnern. Arbeitete in einer Schule, reparierte alles und so. Na ja, und ich und der Professor waren da und haben Cola getrunken. Alle haben erzählt, wie wichtig der Prozess für sie ist, um gesund zu werden und glücklich zu sein und so. Ich habe nicht viel von dem verstanden, was sie sagten, doch ich habe ihnen allen zugehört. Sie haben mich nicht für verrückt gehalten, sondern waren sehr nett zu mir, am meisten der Alois.«

»Haben Sie die Leute nach dem Prozess noch mal wiedergesehen?«

Emmi schüttelte den Kopf. »Nur den Alois. Der Professor und er wurden Freunde. Er kam ab und zu und besuchte den Hans und mich.« Emilie kicherte. »Er war nett. Ich glaube, er mochte mich.« Martin nickte und bemerkte die Müdigkeit, die ihr wegen derart viel gesprochener Worte ins Gesicht geschrieben stand.

Ein leises Klopfen ertönte und die Tür zu Emmis Zimmer ging auf. Annegret steckte ihren Kopf zaghaft durch den Spalt.

»Ich wollte mal sehen, ob alles in Ordnung ist. Brauchen Sie etwas, Herr Pohlmann? Ein Glas Wasser vielleicht?« Martin sah auf die Uhr und deutete eine unbestimmte Eile an. In Wirklichkeit musste er raus, um eine zu rauchen und um in seinem Kopf aufzuräumen. Ob der Brief vom Professor an Emilie Braun tatsächlich existierte, blieb zweifelhaft. Unstrittig war jedoch, dass eine Menge Arbeit auf ihn wartete. Das Eis zwischen ihm und Emilie Braun schien gebrochen. Zu ihm hatte sie gesprochen wie ein Wasserfall. Er fühlte sich geehrt, obwohl sie die Insassin einer psychiatrischen Anstalt war.

»Wir werden unser Gespräch an einem anderen Tag fortsetzen, wenn es Ihnen recht ist, Frau Braun.« Martin wollte sie so höflich behandeln wie irgend möglich. Wer weiß, wie lange die Schleuse ihrer Sprache noch geöffnet sein würde. Zu viel Zeit durfte er nicht verstreichen lassen. Emilie sah zu Martin auf, als er vor ihr stand. Sie nickte mit einem feinen Lächeln auf ihren schmalen Lippen. Sie genoss es, Frau Braun genannt zu werden. Es gab ihr einen Funken Würde, die sie nur selten wie eine exotische Frucht hatte kosten dürfen.

Annegret berührte Martin kaum merklich am Arm. »Ich begleite Sie noch ein Stück.«

»Tschüss, Frau Braun!«, rief Martin Pohlmann durch die geöffnete Tür zu der noch sitzenden Emmi zurück. Sie hob die Hand für ein angedeutetes Winken. Der weiße Verband rutschte unter ihrer Bluse hervor.

»Na, wie war es?« Die Schwester wirkte sichtlich neugierig, wie die meisten Frauen, die Martin in seinem Leben kennengelernt hatte. Er würde keine Ermittlungsergebnisse verraten, wenn er ihr sagte, dass es gut lief. Dass es noch eine Menge offene Fragen gebe und dass sie von einem Brief des Professors erzählt hatte, der nun verschwunden sei.

»Wer ist Dräger?«, fragte er stattdessen.

»Lars Dräger?«, erwiderte sie irritiert. Martin sah sie an und zuckte die Schultern. »Na, wie viele Drägers gibt es denn hier?«

»Er ist ein Pfleger hier auf der Station.« Annegret sah sich auf dem Flur um und entdeckte Dräger mit einem Tablett voller Medikamente. Sie erwähnte es dem Kommissar gegenüber nicht.

»Warum? Was ist mit ihm?«

»Er scheint Frau Braun nicht sonderlich zu mögen. Sie behauptet, er sei böse zu ihr. Er würde sie schlecht behandeln.«

»Der Lars?« Annegret Kaschewitz machte eine energische Handbewegung. »Nein, ganz sicher nicht. Der tut keiner Fliege was zuleide. Sanft wie ein Lamm. Sonst würde er wohl kaum hier arbeiten.«

»Ach ja? Ist das so?«

»Ja, das ist so«, gab sie schnippisch zurück. »Man kann hier nur arbeiten, wenn man ein Herz für diese Menschen hat.«

An diesem Tag schien ihr der Kommissar nicht sonderlich zugeneigt zu sein. Er hatte schlechte Laune und ließ es geradewegs an ihr aus. Als Nichtraucherin konnte sie nicht ahnen, wie dringend er sein Nikotin brauchte.

Pohlmann hob abwehrend die Hände. »Ich geb nur wieder, was mir Frau Braun gesagt hat. Sie meinen, der Brief ist nur erfunden? Ich versteh schon. Sonst wäre sie nicht hier.« Martin fragte sich, wenn schon diese Information erfunden war, wie es sich mit den anderen Dingen verhielt, die sie ihm erzählt hatte. Der Prozess, die Kläger, der Brief des Professors; Produkte ihrer überschäumenden Fantasie? Jetzt wurde es Zeit für ihn zu gehen. »Ich fand es gut heute, ehrlich. Der Fall ist ziemlich komplex und ich muss mich erst mal da durchwühlen. Tut mir leid, wenn ich …«

»Ja, ich versteh schon. Sie sind im Stress. Mordermittlungen und andere wichtige Sachen.«

»Genau.« Martin nickte und war überrascht von derartig viel Verständnis. »Ich muss ein paar Unterlagen durchsehen, dann bin ich wieder da. Der Pförtner kennt mich schon; es wird immer einfacher, hier reinzukommen.«

»Solange man auch wieder rauskommt, ist ja alles in Ordnung.« Annegret betrachtete ihn mit ernster Miene. Im selben Moment fing sie an zu lachen und ließ einen perplexen Kommissar zurück.

KAPITEL 19

Hamburg, 4. November 2010

Kaum hatte Martin die Tür zur Psychiatrie hinter sich gelassen, zündete er sich eine Zigarette an und zog gierig daran. Obwohl ihm das Nikotin guttat und seine Sinne beruhigte, ärgerte er sich gleichzeitig über diese verfluchte Abhängigkeit. *Diese bescheuerte Sucht*, dachte er. *Sklaverei statt Selbstbestimmung. Alle reden von Freiheit und die wenigsten sind es wirklich*. Die demütigendste Erfahrung hatte er auf seinem letzten Langstreckenflug zurück von Ecuador nach Deutschland gemacht. Rauchfreie Flüge konnten zur Folter werden. Nicht einmal auf der Toilette war ein winziger Zug erlaubt. Also musste Martin den Tabak aus der Zigarette herauskrümeln, darauf herumkauen und das Nikotin schlucken statt rauchen. Der Effekt hielt circa vier Stunden an, sodass er ein wenig schlafen konnte. Alle Mitsüchtigen, die den Flieger auf dem Zwischenstopp verließen, holten die Feuerzeuge aus den Taschen, redeten kein Wort und stöhnten vor Erleichterung. Insgeheim bewunderte er seinen Freund Werner, der bereits eine Woche ohne schlechte Laune rauchfrei war.

Auf dem Weg zurück ins Präsidium, in dem nagelneuen 528i mit Ledersitzen und Memoryfunktion, elektrischem Schnickschnack, wohin das Auge fiel, dachte er an die Stunde, die er mit Emilie Braun verbracht hatte. Er war ein kleines Stück weitergekommen, nicht viel, aber er schien auf einem guten Weg zu sein. Er nahm sich vor, alles über die Mitkläger des damaligen Prozesses in Erfahrung zu bringen und worum es konkret gegangen war. Außerdem wollte er alte Geschichtskenntnisse aus seinem Studium auffrischen: Lebensbornheime. Und es galt, den Tod von Ursula Seifert aufzuklären, und auch der Selbstmord von Professor Keller erschien im Licht des nahenden Prozesses zunehmend mysteriöser. Es gab noch furchtbar viele Fragen: Was wäre, wenn der keinen Selbstmord begangen hätte? Was, wenn jemand nachgeholfen hatte wie vielleicht bei Frau Seifert? Und warum wollte sich Frau Braun ständig umbringen? Wie harmlos und ungefährlich war sie wirklich? Hatte sie womöglich versucht, sich mit ihrem Therapeuten ins Jenseits zu verdrücken, und ihn schon einmal vorausgeschickt? Oder wollte jemand anderes, dass sich Frau Braun das Leben nahm? Eigenes paranoides Verhalten oder gezielt lancierter Suizid? Würde dies nicht zwangsläufig bedeuten, dass sich die anderen Kläger in Gefahr befänden? Der Priester, der Architekt, der Künstler? Emilie Braun sowieso? Was war an diesem anstehenden Prozess so bedeutsam, dass man dafür zum Serienmörder wurde? Einen Prozess verhindern, indem man die Kläger ausschaltete?

Pohlmann fuhr direkt nach Hause. Den Weg ins Präsidium schenkte er sich. Was zu besprechen war, konnte man auch per Telefon erledigen. Er brauchte Ruhe und Zeit zum Lesen und zum Zusammensetzen eines Puzzles, von dem noch eine Menge Teile zu fehlen schienen. Als hätte er mit seinen Gedanken das Handy zum Leben erweckt, klingelte es auch schon. Er zog es umständlich aus der Jackentasche hervor und vollzog dabei einen gefährlichen Schlenker auf die Spur der Gegenseite. Er sah auf das Display und konnte die Nummer nicht als eine ihm bekannte identifizieren.

»Pohlmann«, meldete er sich und klemmte das Gerät zwischen Ohr und Arm. Er hätte auch die Freisprechanlage des BMW nutzen können, doch sein Handy war noch nicht via Bluetooth angemeldet gewesen. Außerdem hatte er in den zwei Jahren, in denen er weg war, die zivilisatorischen Errungenschaften nur zu einem Bruchteil mitbekommen und sie in den wenigen Tagen, in denen er wieder hier war, noch nicht aufgeholt.

»Hör zu, du Arsch!«, meldete sich die Stimme am anderen Ende. »Morgen steht der Wagen da, wo er heute Morgen stand, oder du hast ein echtes Problem.« Pohlmann hielt das brüllende Handy vom Ohr weg und starrte es an. Schöller, an den er eben noch gedacht hatte und schnell wieder vergessen wollte. »Wieso? Ist das dein Wagen oder der von Papi? Der gehört, soweit ich informiert bin, der Polizei und ich wüsste nicht, wieso ausgerechnet du ein Anrecht darauf hättest, diesen Wagen zu fahren.« Pohlmann wartete die Reaktion nicht ab. »Macht echt Spaß. Gar kein Vergleich zu dem Passat, aber den kennst du ja.«

Schöller kochte am anderen Ende, man hörte sein tiefes Atmen. Offenbar wusste er nicht, wie er auf so viel Dreistigkeit reagieren sollte. »Tu es einfach. Morgen will ich meinen Wagen wiederhaben.«

»So ein Auto muss man sich bei der Polizei verdienen, den kriegt man nicht einfach so«, gab Pohlmann zurück.

Soeben bog er in die Lutterothstraße ein und hielt nach einem Parkplatz Ausschau. Im Prätoriusweg würde eh nichts frei sein. Schöller hatte inzwischen diese Anspielung zu deuten gewusst und die Stopptaste gedrückt. Irgendetwas würde er gegen Pohlmann unternehmen. Er wusste nur noch nicht, was und wann. Aber dass er es tun müsste, stand außer Frage.

Pohlmann steckte das Handy weg und fand erstaunlicherweise einen Parkplatz direkt vor dem Haus, in dem sich seine Wohnung befand. Er ging die Stufen empor und fand die Wohnungstür unversehrt und verschlossen vor. Er entspannte sich und schloss auf. Er war allein und niemand hatte erneut versucht, ihn ungefragt zu besuchen.

Der Hunger trieb ihn in die Küche. Zunächst schnitt er gekochte Kartoffeln in Scheiben und briet sie, schlug ein paar Eier auf und gab sie dazu. Etwas Salz und Kräuter aus der Provence reichten fürs Erste. Mit leerem Magen zu denken, war genauso unmöglich wie ohne Zigarette.

Er ging ins Wohnzimmer, wo er am Vorabend alle Akten auf dem Teppich in einem Halbkreis verteilt hatte. Er setzte sich und betrachtete die Arbeit, die vor ihm lag. Chronologie hieß das Zauberwort. Er nahm einen letzten, tiefen Zug, drückte die Kippe aus und rutschte vom Sofa herunter. Er setzte sich im Schneidersitz mitten in den Halbkreis hinein. Zuerst griff er nach der Akte von Professor Keller. Nicht, weil dieser ihn am meisten interessierte, sondern weil er links lag, zu Beginn der Reihe.

Professor Dr. Hans Keller, geb. 30. April 1940 in München. Sohn des Schreiners Walter Keller und der Näherin Else Keller. Vollkommen unauffällige Leute. Zu Kriegszeiten passive Parteimitglieder wie so viele andere auch, die ihre Arbeit behalten wollten. Keine Geschwister. Schulbildung mit Abitur in München auf dem Wilhelmsgymnasium, dem ältesten Gymnasium Oberbayerns. Zwei Jahre später als Student der Medizin an der Ludwig-Maximilians-Universität, ebenfalls in München, eingeschrieben. Doktorarbeit: Die pathologische Veränderung der menschlichen Seele während Gefangenschaft. Abschluss: Summa cum laude. Eine Arbeit, für die er Heimkehrer aus russischer, französischer und englischer Kriegsgefangenschaft befragt und die Ergebnisse miteinander verglichen hatte. Eine herausragende Dissertation, die in allen Bibliotheken Deutschlands große Beachtung fand. Danach wurde er Facharzt für

Psychiatrie mit Anstellung als Oberarzt in der Nervenheilanstalt der Universität.

1968: Wechsel nach Bonn auf den Venusberg und 1973 nach Hamburg, wo er sich zum Chefarzt und Klinikleiter hocharbeitete.

Martin las die Vita des begabten Mannes und empfand eine gewisse Bewunderung dafür, dass man sein ganzes Leben mit psychisch kranken Menschen verbringen konnte, ohne selbst dabei bekloppt zu werden. Jeden Tag die Geschichten der Leute anhören müssen, ihre Verrücktheiten ertragen und bei all dem normal zu bleiben, an freien Nachmittagen auf den Golfplatz zu gehen und so zu tun, als führe man ein normales Leben, was keines war. Sofern Keller überhaupt Golf spielte.

Dann fand er den Eintrag, der ihn wachrüttelte: Keller war anerkannter Fachmann auf dem Gebiet der Erforschung der Lebenswege von Kindern, die in einem Lebensbornheim der Nazis aufgewachsen waren. Manche von denen kamen 1936, gleich nach Eröffnung der ersten Heime, dort zur Welt und lebten darin bis Kriegsende, viele von ihnen ohne Mutter, und die meisten von ihnen ohne Vater. Aufgezogen mit den besten Nahrungsmitteln des Landes, gewürzt mit guter deutscher NS-Ideologie unter der Schirmherrschaft Heinrich Himmlers.

Keller hatte Kommentare zu Studien namhafter Psychologen geschrieben. Darin ging es um das Verhalten der Kinder, nachdem sie diese Heime verlassen hatten. Kellers Interesse galt vor allem der Frage, wie sich diese Menschen in ihrem späteren Leben entwickelt hatten. Wie sie in einer Gesellschaft der Nachkriegswelt zurechtkamen, wie sich ihre Persönlichkeit veränderte, ob sich ihre soziale Kompetenz verbesserte, da sie ohne Eltern aufgewachsen waren. Wie sich ihre Beziehungs- und Bindungsfähigkeit gestaltete bis hin zu ihrem Sexualleben. Er suchte und forschte und errang einen gewissen Ruhm innerhalb seiner Tätigkeit. Viele ehemalige Lebensbornkinder, die nun Erwachsene waren, suchten seinen Rat und ließen sich therapieren. Die, die mit dem Wissen aufgewachsen waren, dass ihre Existenz einzig dem Zweck diente, dem Führer Nachschub für die Front zu liefern. Gezeugt von potenten deutschen Männern, SS-Mitgliedern, Mördern gar. In einem Heim geboren, dessen Idee von dem zweitgrößten Unmenschen erdacht worden war, der von dem Gedankengut des arischen Menschen besessen war: die reine Blutlinie des germanischen Geschlechts.

Martin zündete sich eine neue Zigarette an und blies den Rauch in die Wolke hinein, die reglos und drohend über seinem Kopf verharrte. Er versuchte, sich in die Lage jener zu versetzen, die dieses Schicksal erleiden mussten. Wie, um alles in der Welt, soll damit ein vernünftig denkender Mensch klarkommen, dachte er. Jemand, der sein ganzes Leben auf der Suche nach seinen Wurzeln war, nach seiner Identität. Solchen Menschen galt Kellers Interesse, und genau aus diesem Grund hatte er möglicherweise Emilie Braun zu seiner Lieblingspatientin erkoren, da er wusste, dass sie in zwei verschiedenen Lebensbornheimen gelebt hatte und überdies, nun ja, ein wenig speziell war.

Pohlmann streckte seinen Rücken und ließ die Wirbel knacken. Warum nur hatte Keller ein solch reges Interesse an Lebensbornkindern? Warum ausgerechnet an Emilie Braun? War es ausschließlich das Interesse eines Arztes an seiner Patientin oder gab es da noch andere Motive?

Pohlmann stand aus seiner unbequemen Position auf und ging einige Schritte im Raum umher. Er besorgte sich ein Bier und beschloss, sich bei nächster Gelegenheit in Kellers altem Büro im LKH umzusehen, um einige Fragen zu klären. Er wusste, er würde noch viele Stunden in einer Umgebung verbringen müssen, die er nur widerwillig aufsuchen würde. Er musste in einem Umfeld ermitteln, in dem jeder, den er befragte, mindestens zum Teil wahnsinnig war, denn auch Pfleger, Ärzte und Schwestern waren seiner Meinung nach nicht ganz bei Trost, wenn sie dort freiwillig arbeiteten. Man musste schon selbst ein wenig verrückt sein, um es an diesem Ort auszuhalten. Sich der Umgebung anpassen und an abstruse Gedanken und Wahnvorstellungen assimilieren, denn wer geistig gesund dort seinen Job antrat, würde über kurz oder lang an seiner Wahrnehmung zweifeln, öfter mal zu Medikamenten greifen, die einen das Dasein durch eine rosarote Brille sehen ließen. Dorthin würde er gehen müssen, um erst einmal eine von mehreren offenen Fragen zu klären, die da lautete: Wer war der Psychiater und Anstaltsleiter Prof. Dr. Hans Keller wirklich?

KAPITEL 20

Hamburg-Eimsbüttel, 4. November 2010

Pohlmann fühlte eine große Schwere auf sich lasten, als er an diesem Abend, auf dem Sofa sitzend, den Berg an Widrigkeiten betrachtete. Er schüttelte den Kopf, und die langen Haare engten seinen Blick ein. Warum nur war er Bulle geworden? Warum hatte er nicht sein Geschichtsstudium beendet und war Lehrer geworden, wie sein Vater ihm geraten hatte? Nein, aus purem Protest dem Alten gegenüber wollte er etwas anderes machen. Etwas Cooles, wo er die Zügel in der Hand halten konnte, eine gewisse Macht und Position innehätte. Doch welche Zügel hatte er jetzt tatsächlich in der Hand? Gemessen an einem Leben in Ecuador, unter Palmen mit einem Daiquiri in der Hand und einem Joint im Mundwinkel, war diese neue Wirklichkeit, im trüben November in Hamburg, umzingelt von Akten, die von Mördern und Opfern handelten, eine Realität, aus der er gern flüchten wollte. So wie damals, als alles über seinem Kopf zusammenbrach. Martin betrachtete den dichten Nebel seiner Gedanken. *Flucht ist ein beliebtes Gesellschaftsspiel*, dachte er. Die einen flüchten in die Karriere, andere in verlockende Abenteuer mit Frauen. Wieder andere saufen sich die Birne zu, und dann gibt es noch welche, die das Land verlassen und ihr Glück in der Fremde suchen. Pachten ein Hotel, lieben eine Einheimische in der Nähe des Dschungels, akzeptieren, dass es Spinnen so groß wie Metzgerhände gibt und glauben, sie hätten das Schicksal ausgetrickst. Realitätsflucht, so hatte ihm Professor Keller seinerzeit ausgeführt, bringe nichts außer einer Verzögerung des Heilungsprozesses. Er müsse lernen, sich den Anforderungen des Lebens ohne Murren und Klagen zu stellen, die Dinge so zu nehmen, wie sie nun einmal seien, und nicht darüber nachzudenken, ob es auch anders ginge.

Nachdem Martin sich diesen Schwachsinn und den des anderen Kollegen, auf dessen Couch er drei Monate gesessen hatte, angehört hatte, beschloss er, genau das Gegenteil von dem zu tun, was man ihm geraten hatte: Er haute ab. Er stellte den Antrag auf eine Auszeit, wie er sie nannte, obwohl er noch gar nicht wusste, wie lange sie währen und ob es überhaupt ein Ende davon geben würde. Sämtliche Bezüge wurden eingefroren, aber das war ihm gleichgültig. Er hatte es satt, darüber nachzudenken, ob er oder ob er nicht schuld am Tod seiner Sabine war, und was gewesen wäre, wenn sie nicht in seinen Armen verblutet wäre. Hätten sie vielleicht Kinder zusammen gehabt, ein Reihenhäuschen in einer friedlichen Siedlung, wo die Nachbarn über den Zaun gafften und das Kind im Bauch bereits erahnten, lange bevor die Mutter selbst es wusste? Er beschloss, sich diesem erzwungenen Gemeinschaftsgefühl zu entziehen, als einsamer Wolf durch den Dschungel zu streifen und das angepasste Dasein nur von Ferne zu beobachten. Doch was war nun geworden? Nicht alle Träume entpuppten sich als lebenswert. Manchmal haute einem die Vorsehung aus purer Lust nicht einen, nein, gleich zwei oder drei Knüppel zwischen die Beine und man dachte: Hey, so war das nicht geträumt. Und schon hatte die Realität, die man so nicht wollte, wieder ihren Finger gehoben und sich in das Leben eingemischt, die Stille unterbrochen, dreist eine neue Tyrannei erdacht, nur um einen zu quälen und zu beweisen, dass man nichts, aber rein gar nichts in der Hand hatte, erst recht nicht, um selbstbestimmt zu leben und Träume zu verwirklichen.

Martin schaute im Raum umher und suchte irgendetwas, das ihn aufmunterte. Alle dachten, dass, wenn der Pohlmann nach fast zwei Jahren aus Südamerika nach Hause käme, der so gut erholt und vollständig genesen wäre wie kein Mensch zuvor. Die Wahrheit war: Nichts hatte sich geändert. Die Bilder des Unfalls waren genauso präsent wie damals. Als würden sie hier in diesen Räumen wie Geister leben, die nur darauf gewartet hatten, dass er heimkäme, um sich ihm erneut aufs Gemüt zu legen. Könnte er sich wie Münchhausen am Schopf aus dem Sumpf ziehen oder bräuchte er wieder pseudoprofessionelle Hilfe dabei? Wie wäre es, sich das Leben zu nehmen? Würde das ein Ausweg sein? So wie Emilie Braun es mehrfach versucht hatte? Daran gedacht hatte er damals. Er würde die Variante vorziehen, ungebremst und unangeschnallt gegen einen Betonpfeiler auf der Autobahn zu rasen. Im Auto umkommen, wie seine Sabine. Dabei konnte garantiert nichts schiefgehen, das wusste er bereits.

Martin verspürte seit zwei Tagen ein unangenehmes Kratzen im Hals, das er als Vorbote einer Erkältung seit geraumer Zeit nicht mehr gespürt hatte. Er hasste es, krank zu sein. Bevor er nach Ecuador abgereist war, war er im Schnitt vier Mal pro Jahr erkältet gewesen, unter Palmen nicht ein einziges Mal.

Martin erhob seine müden Knochen und ging zu dem Schrank, in dem er den Schnaps aufhob. Er wählte den schottischen Malt Whiskey, den er am Tag zuvor gekauft hatte, und goss sich davon ein. Es war ein 14 Jahre alter Bruichladdich und obwohl der Hals kratzte, nahm er das intensive rauchige Aroma wahr. Ein feines Brennen breitete sich über der Zunge aus, bevor der edle Stoff den entzündeten Schlund wie Säure zu verätzen schien. Die Bakterien und Viren würden den guten Tropfen nicht zu schätzen wissen, bevor sie daran verendeten, und Martin grinste in Anbetracht dieser albernen Genugtuung.

Gegen zehn Uhr am Abend entfaltete der Whiskey seine wohltuende Wirkung. Martin legte eine CD von Elbow ein. ›The Seldom Seen Kid‹. Ebenfalls ein Neuerwerb der letzten

Tage, dessen Cover er nun in der Hand hielt. Er drückte die Taste der Fernbedienung, um den Laserkopf auf die Nummer zehn zu schicken. Es war ein ruhiger Song und handelte von einer zerbrochenen Beziehung. Ein Lied, das selbst echte Kerle zum Heulen bringen konnte, erst recht, wenn sie einen Whiskey in der Hand hielten, gesundheitlich angeschlagen waren und feststellten, dass sie noch nicht über den Verlust eines geliebten Menschen hinweggekommen waren.

Nach diesem Lied schaltete er den CD-Player aus. Er verzog das Gesicht, während er den letzten Schluck seiner bernsteinfarbenen Medizin austrank. Er nahm einen alten Schal aus dem Schrank und band ihn sich um. Damit ging er ins Bad, zog sich um und betrachtete sich im Spiegel. Fast hätte er laut gelacht, denn das Bild, das sich ihm dort bot, konnte nur ein galgenhumorartiges Lachen hervorbringen. Martin Pohlmann war 42 Jahre und vier Monate alt, wirkte in Zeiten der Gesundheit wie 50 und jetzt, in dieser Sekunde, wie 60. Auf einen gemeinsamen Nenner gebracht, fand er, er sähe zum Fürchten aus. *Was ist nur aus mir geworden*, fuhr es ihm durch den Sinn. Das Gesicht aufgedunsen wie ein Klops, der preußisch anmutende Schnurrbart, den er beidseits wie die Schwänzchen zweier Ferkel wachsen ließ, um, einer Marotte folgend, daran zu zupfen. Die langen Haare, die graue Tendenzen erahnen ließen, und nun noch der HSV-Fanschal seiner Exverlobten um den Hals gewickelt, passend zum viel zu engen Pyjama, der bei seinem Einkauf zwei Tage zuvor auf der Liste gefehlt hatte. Es war an der Zeit, etwas zu ändern, das war ihm klar, doch wie so oft reichte ein Vorsatz nicht aus, um es Tat werden zu lassen. Er putzte sich die Zähne, die noch halbwegs in Ordnung waren und nur im hinteren Bereich die eine oder andere Krone aufwiesen. Er fletschte die vordere Zahnreihe und ermahnte sich, einen Zahnarzt zwecks einer professionellen Zahnreinigung und einer allgemeinen Kontrolle aufzusuchen. Das Nikotin hatte hässliche Spuren in den Zahnzwischenräumen hinterlassen. Er drückte eine Ibuprofen 600 aus der Packung und spülte sie in den Magen zum Whiskey.

Dann kroch er unter die Daunendecke, stellte den Wecker auf sieben Uhr und griff nach der Kladde von Emmi auf seinem Nachttisch. Der schreibenden und nun auch sprechenden Emmi, die ihm heute sympathischer erschien als Tage zuvor. Nur an den strengen Geruch der alten Dame und der ganzen Einrichtung, in der sie logierte, würde er sich nie gewöhnen. Er rechnete damit, in den nächsten Tagen sowieso nichts riechen zu können, und war diesbezüglich nicht undankbar.

Er schlug das Buch dort auf, wo er geendet hatte, und begann zu lesen.

Als wir in Bremen am Bahnhof ankamen und ausstiegen, schien Schwester Hildegard geschwächt zu sein. Sie hustete und schleppte ihren Koffer über den Bahnsteig. Oft musste sie stehen bleiben und sich ausruhen, tief durchatmen, bevor sie für wenige Meter weitergehen konnte. Ich machte mir Sorgen um sie, wie sich später herausstellen sollte, sehr zu Recht. Am Ausgang wartete bereits ein schwarzer Wagen, der uns zu unserem Haus bringen sollte. Es war ein ähnliches Heim wie jenes, in dem ich zuletzt gewohnt hatte. Es lag mitten im Grünen und hatte eine schöne Auffahrt.

Kaum angekommen, ging alles sehr schnell. Schwester Hildegard brach auf der Treppe zum Haus zusammen. Ich höre ihr Husten noch heute, dieses Pfeifen darin, dieses Röcheln. Ein Arzt eilte herbei und stützte sie. Er sorgte sich rührend um sie, während eine andere Schwester mich grob am Arm fasste, mir den Koffer mit meinen Habseligkeiten abnahm und mich in ein Zimmer sperrte. Bevor man wusste, wie man mich einzuschätzen hatte, schloss man mich zur Sicherheit erst mal in einem Einzelzimmer ein. Man wollte genaue Untersuchungen anstellen. Es sollte nicht das letzte Mal gewesen sein, dass ich wie ein Tier eingesperrt war.

Die ersten Tage vergingen, ohne dass ich Nachricht von Schwester Hildegard bekam. Ich vermisste sie, sie war wie eine Mutter für mich, wahrscheinlich, weil ich meine eigene Mut-

ter nie kennengelernt hatte. Ich blieb in meinem Zimmer, und von Zeit zu Zeit kam ein anderer Arzt als der, der sich um Hildegard gekümmert hatte, zu mir. Er mochte mich nicht. Er ärgerte sich darüber, dass ich auf seine Fragen nicht antwortete. Er tobte und war das eine oder andere Mal so wütend, dass er mir ins Gesicht schlug. Ich weinte nicht und er tobte noch heftiger. »Nur ein Tier reagiert so«, sagte er.

»Antworte gefälligst, wenn ich dich etwas frage!« Doch ich hatte kein Interesse daran, mit diesem Mann zu sprechen. Er war böse. Also schwieg ich. An einem Vormittag, ich weiß nicht mehr, an welchem Tag, wurde ich aus meinem Zimmer geholt und zu Schwester Hildegard mitgenommen. Zunächst erkannte ich sie kaum wieder. Sie war bleich und dünn und konnte kaum reden. Als sie mich sah, streckte sie den linken Arm nach mir aus und fing an zu weinen. »Meine kleine Emmi«, sagte sie. So hatte sie mich noch nie genannt. Ich liebte es, wie sie es sagte, und ich wünschte mir, dass sie nie aufhören würde, so mit mir zu reden, doch es war das letzte Mal, dass sie überhaupt mit mir sprach. Ich müsse jetzt stark sein und ich dürfe sie nie vergessen, sagte sie zu mir. Sie hielt meine kleine Hand fest umschlossen, richtete sich mit großer Mühe auf und wandte sich an den Arzt, der sie behandelte. »Versprechen Sie mir, dass Sie sich um Emmi kümmern. Sie ist ein liebes Kind, nur ein wenig launisch. Und sie spricht, wenn sie es möchte. Mit mir hat sie immer geredet.« Der Arzt drehte sich zu mir um und blickte mir finster in die Augen. Sein Blick erschreckte mich und ich wich zurück. »Stimmt das, was Schwester Hildegard sagt? Kannst du reden oder willst du nur nicht? Bist du launisch oder willst du uns ärgern?« Ich schüttelte den Kopf, wusste nicht, auf welche Frage ich zuerst antworten sollte, noch dazu, weil Schwester Hildegard mir einen flehenden Blick zuwarf, als wollte sie mir sagen: Rette dein Leben und sprich. Doch ich schwieg. Ich brachte keine Worte heraus, die es wert gewesen wären, an ihn gerichtet zu sein. Mein Leben zu retten, davon verstand ich nichts, und wenn

es zu Ende wäre, hätte es mich nicht gekümmert. Denn dann käme das nächste, dachte ich damals.

»Bitte, versprechen Sie es mir«, bat Hildegard den Arzt eindringlich. »Kümmern Sie sich um sie. Sie tut keiner Fliege etwas zuleide. Bringen Sie sie bitte nicht weg!«

Der Arzt im weißen Kittel, dessen Namen ich nicht kannte und an den ich mich auch nicht erinnere, erwiderte mit kalter Stimme: »Ich fürchte, wir können hier nichts für sie tun. Wir haben entschieden, dass wir sie nach Lüneburg in eine Kinderfachklinik bringen lassen werden. Dort wird man die richtige Behandlung für sie finden, unter der sie gedeiht und vernünftig wird. Hier kann sie nicht bleiben.«

Hildegard sackte auf ihrem Bett zusammen und sah mich an. Ihr Blick verlor sich in meinen Augen, in meinem Inneren, um sich dort für alle Ewigkeit einzubrennen. Dann riss sie die Augen auf, holte tief Luft, atmete wieder aus und wurde ganz schwer. Sie sah mich noch an und hielt meine Hand, doch sie atmete nicht mehr. Mir fiel auf, dass ihre Lider nicht mehr blinzelten und sie wie durch mich hindurch auf die Wand hinter mir schaute. Ein Mädchen von fünf Jahren begriff, dass eine Seele fortgegangen war, und mein größter Wunsch war, ihr nachzugehen, fort von diesem Mann und weg von diesem Leben.

5. November 2010

Am nächsten Morgen klingelte der Wecker und riss Martin aus einem unruhigen Schlaf. Sein Pyjama war klatschnass und sein Kopf glühend heiß. Der Griff an die Stirn bestätigte seine Befürchtungen. Eine Grippe hatte ihn erwischt und an Arbeit im Präsidium war nicht zu denken. Die Lampe auf dem Nachttisch brannte noch und neben seinem Bett lag die braune Kladde von Emmi, die, kurz bevor er einschlief, den ersten Suizidgedanken ihres damaligen Lebens offenbart hatte.

Mit Mühe trollte er sich zum Telefon, das im Wohnzimmer neben den Zigaretten lag. Als er die Packung sah, überkam ihn ein ihm unbekannter Übelkeitsschauer. Er wählte die Nummer von Lorenz.

»Morgen, Chef.«

»Hallo? Wer ist denn da?«

»Martin, Chef. Ich kann heut nicht kommen. Ich hab Fieber, bin krank. Grippe, das volle Programm. Ich arbeite von zu Hause. Hab ja alles hier.«

Lorenz maulte noch ein wenig, erwähnte Schöller und dessen Vater und den Prozesstermin. Dann legte er auf. Den Rest hatte Pohlmann nicht mehr mitbekommen, und es war ihm auch egal. Vor allem Schöller junior und senior waren ihm vollkommen gleichgültig. Wenn er etwas hasste, dann diese Vetternwirtschaft, und er war nicht gewillt, weder in gesundem noch in krankem Zustand, sich dieser unterzuordnen.

Nachdem er sich wieder hingelegt hatte, schlief er weitere drei Stunden in einem komaähnlichen Zustand. Dann schälte er sich aus seinen Federn und machte sich eine Kanne Tee. Das Thermometer unter dem Arm piepte und zeigte 38,8. Ein Zustand zwischen lebendig und tot, so fühlte es sich für ihn an. Mit der Teekanne in der einen Hand und einem staubtrockenen Zwieback aus einer Brandt-Packung mit einem nie älter werdenden Kind darauf in der anderen Hand, wankte er ins Schlafzimmer zurück. Als er am Wohnzimmer vorbeikam, fiel sein Blick auf die Akten und er stöhnte. Später am Tag würde er sie holen müssen. Erst aber noch ein wenig schlafen.

KAPITEL 21

Drittes Posting

Ja, ich hab den Kerl richtig eingeschätzt. Ich hab keinen Fehler gemacht. Hat alles gut geklappt. Hat sich ausgezahlt, ihn 'ne Weile zu beobachten.

B. S. war eine Flasche. Kein Typ, der Respekt einflößen

konnte. Unscheinbar und nichtssagend, wie ein Beamter, bis auf die Augen. Die hätten einem Angst machen können, hätte man es nicht besser gewusst, dass S. eine Pfeife war.

An dem Abend, als es passieren sollte, musste ich ihn in der Kneipe suchen. War ja nicht gerade ein Typ, der durch dicke Muckis oder 'ne große Fresse auffiel. Ich wusste, dass er da war. Bin ihm ja nachgefahren. Außerdem war er immer da, spätestens ab 20.30 Uhr. Um elf verschwand er dann wieder so unauffällig, wie er gekommen war, nur in der Zeit dazwischen riskierte er manchmal eine dicke Lippe. Mit jedem Drink mehr.

Ich entdeckte die blanke Fläche seiner Hinterkopfglatze, auf der sich das Barlicht spiegelte. Echt zum Lachen sah das aus. Er lehnte sich vor und starrte in den Ausschnitt der Kellnerin. Diesmal stellte ich mich direkt neben ihn. Heute war sein großer Tag und sein letzter noch dazu. Ich stand da und sagte nichts. Er drehte sich kurz zu mir um und taxierte mich mit diesen fiesen Augen. Auch ich sah ihn flüchtig an. Nicht einmal die grauen Bartstoppeln machten einen ganzen Kerl aus ihm.

Alter Sack. Ich habe den Auftrag, dich zu töten, weißt du das eigentlich? Genieß dein Pils, es wird dein letztes sein, hab ich gedacht. Ich bestellte mir ein Bier und einen Kurzen. Ich prostete ihm mit einem leichten Nicken zu, ganz unauffällig, und tat, als gefiele mir der Ausschnitt der Tussi genauso gut wie ihm. Er war mal wieder schlecht drauf – sah man gleich. Eine Scheißlaune hatte der. Bluffte die Kellnerin an, sein Bier sei lauwarm. Er wolle ein neues, dabei hatte er das Glas schon halb ausgetrunken. Als Uschi, so hieß sie, glaub ich, ihn ignorierte, wurde er immer lauter. Der Scheißkerl wusste, dass sie bis halb zehn allein war. Bei ihrem Chef würde er nicht so eine dicke Lippe riskieren. Bestünde ja die Gefahr, dass sie ihn rausschmeißen. Bei dem hielt er die Klappe, meistens jedenfalls.

»Ist scharf die Alte, hm?« Ich hob das Bierglas und wir stießen an. Die erste Kontaktaufnahme war erfolgreich.

Er nickte und stierte. »Hm.«

»Haste keine Alte zu Hause?«, sagte er zu mir.

»Nee«, sagte ich.

»Sei froh«, meinte er. »Die machen nur Trouble. Lieber ab und zu ’nen One-Night-Stand, keine Verpflichtung, kein Gelaber. Bloß keinen Stress.« Der Typ tat so, als wenn er 30 oder 40 wäre, aber mit 70 passte so ein Gequatsche echt nicht. Ich sah Uschi hinterher. Eigentlich war sie ganz süß. Sie tat mir leid, ständig solche Arschlöcher bedienen zu müssen. Jetzt wurde der Kerl warm. Er reichte mir die Hand. »Hi, ich bin Bernd.« *Ja, das weiß ich schon lange,* dachte ich. »Cool, ich bin Kevin. Geile Kneipe. Scharfe Braut.« Ich deutete zu Uschi hin. Seine Augen flackerten, als er Uschi ansah. Sie war bestimmt 45 Jahre jünger als der Alte. Trotz Jeans, aufgeknöpftem Hemd, Silberkettchen und coolen Sprüchen wirkte er eben wie 70 und nicht wie 50, wovon er ausging oder was er hoffte. Schon eigenartig, dass sich so ein Kerl mit einem wie mir überhaupt unterhielt. Er hätte mein Opa sein können, benahm sich aber, als seien wir gleich alt.

Mann, hast du Probleme, dachte ich noch. *Hast es bald überstanden.*

Ich lud ihn auf ’nen Drink ein. »Trinkste noch ein Bier mit? Ich geb einen aus. Hab heute ’n bisschen Kohle gekriegt.«

S. sah mich interessiert an. »Was machste denn beruflich?«

»Arbeite im Krankenhaus.«

»Arzt?« Schäfer trank sein Bier aus und winkte Uschi rüber. »Zwei Bier, zwei Klare, aber zack, zack.« Grinsend sah er mich an. »Wo waren wir stehen geblieben? Ach ja. Nee, du bist kein Arzt, viel zu jung.«

»Bin ich auch nicht.« *Ich kann’s dir ja sagen. Hast ja keine Gelegenheit mehr, es auszuposaunen.*

»Bin da Mädchen für alles, sozusagen. Kenn mich ziemlich gut mit allem aus.«

»Alles klar. Wie’s aussieht, kann ich bald auch die dicke Kohle machen.«

»Echt? Wie das denn?«, fragte ich. Der Kerl hatte total angebissen.

»Wenn alles gut läuft, sind ein paar Hunderttausender drin.«

»Cool. Und was musste dafür tun? Einen umlegen oder was?« Ich lachte, aber so witzig fand er das nicht.

»Hat was mit 'nem Prozess zu tun. Wir verklagen da zwei Typen, die es ziemlich dicke haben.«

Uschi brachte auf einem Tablett zwei Bier und zwei Aquavit. Erst schütteten wir die Aquavit runter. »Los, komm, zum Nachspülen.« Dann tranken wir das Bier fast auf Ex. Bald müsste es so weit sein, dachte ich. Irgendwann muss der Kerl doch mal schiffen gehen. Tat er dann auch. »Ich muss mal eben …« Ich nickte verständnisvoll. Mann, war das einfach. Ich drehte mich um, so als wenn man sich die Szene in der Kneipe reinzieht, wippte mit den Beinen zur Mucke, zog das Fläschchen mit K.-o.-Tropfen aus der Tasche und kippte es ganz unauffällig in sein Bier. Niemand hat was gesehen. Sind ja sowieso alle mit sich selbst beschäftigt.

Kaum kam er wieder, schnappte er sich das Glas und haute es weg. Klasse, dachte ich. Bald biste dran. Ich bestellte uns noch ein Bier zum Schluss. Ich freute mich, wie einfach das mal wieder ablief. Das würde sein letztes sein. Keine Ahnung, ob es da, wo der Kerl hinging, auch Bier gab, aber hier war es definitiv sein letztes.

Nach zehn Minuten begann er, auf seinem Hocker hin und her zu wanken, nahm die Brille ab und rieb sich die Augen.

»Was ist los? Ein Bier zu viel gehabt?«

S. reagierte erst gar nicht, und ich kriegte Angst, ob ich ihm zu viel ins Glas geschüttet hab. Die ganze Flasche eigentlich. Fast dasselbe Zeug, was er zu Hause zum Pennen nahm, nur eben flüssig.

»Keine Ahnung. Normalerweise kann ich locker …«

»Hey, macht doch nichts. Aber fahren kannste garantiert nicht mehr. Los, Alter. Ich bring dich nach Hause. Kannst ja kaum noch laufen.«

Ich legte die Kohle auf den Tresen und zwinkerte Uschi noch mal zu. Echt 'ne süße Schnecke. Werd sie wohl mal anquatschen demnächst. Bernd hakte sich bei mir unter. Musste mich total beeilen, bevor der mir ganz abkackte. Hab ihn in mein Auto gehievt und dann zu ihm nach Hause. Der hat sich noch nicht einmal gewundert, wieso ich den Weg kenne, so zugedröhnt war der. Ich zog seinen Schlüssel aus der Jackentasche, schloss auf und hab zum Glück keinen Menschen getroffen. Hätte gesagt, ich sei sein Sohn oder Enkel oder irgend 'nen Quatsch. Der Rest ging ganz schnell. Hab ihm alle seine Pillen im Glas zerquetscht, mit Whiskey aufgegossen und ihm unter die Nase gehalten. Den Rest der Pulle hab ich später weggekippt, damit es aussah, als hätte er viel mehr gesoffen. Er torkelte in der Wohnung umher und begann, sich auszuziehen. Plötzlich hatte er keine große Klappe mehr. War friedlich wie ein Lämmchen. Tat mir fast ein bisschen leid, der Arsch.

»Los, Alter, hau weg. Das macht dich wieder fit. Ich kenn mich aus mit medizinischen Dingen, weißte doch.«

Er nahm das Glas, roch den Whiskey und drehte sich angewidert ab. Mist, damit hatte ich nicht gerechnet. Nun musste ich ein bisschen gröber werden. »Los, trink das. Morgen biste wieder fit.«

»Ich will aber nichts mehr trinken«, lallte er. Er machte schon die Augen im Stehen zu. Vielleicht brauchte er gar keine Pillen mehr, aber es musste so aussehen, als wenn er wirklich von sich aus Schluss machen wollte. Als der Alte das Zeug partout nicht trinken wollte, hab ich ein bisschen nachgeholfen. Mit meinem Spezialgriff. Den Ober- und Unterkiefer zwischen den Zähnen zusammendrücken, bis die Klappe aufgeht, und dann zack, rein mit dem Zeug. »Los, schluck das, bevor ich dir wehtun muss.« Tja, und dann hat er sich 40 Rohypnol reingepfiffen, zusätzlich zu dem, was er schon von mir in der Kneipe intus hatte. Im Falle einer Obduktion würde das Ketamin von mir in der Riesendosis Rohypnol gar nicht auffallen. Ich war mir sicher, das würde garantiert ausreichen. Und verdammt – es reichte. Der Typ war so breit wie noch nie. Ich karrte ihn zum Bett, zog ihm die Schuhe aus und legte ihn wie einen nassen Sack drauf. Licht ließ ich brennen, rührte nichts an und haute wieder ab. War echt 'n Kinderspiel.

KAPITEL 22

Hamburg-Eimsbüttel, 5. November, 2010

Gegen Mittag erwachte Martin erneut und checkte seine inneren Systeme ab. Es würde gehen, dachte er. Der Kopf dröhnte nicht mehr so, der Hals tat beim Schlucken nur noch ein wenig weh, die Nase war dicht, aber das Fieber schien dank der Pharmaindustrie auf ein Maß gesunken zu sein, das es einem gestattete, wieder einigermaßen klar zu denken. Nach dem Aufstehen stieg er in seine zerrissenen Jeans, zog ein Sweatshirt an und ging in die Küche. Appetit erschien ihm als ein gutes Zeichen, und er beschloss, ein Fertiggericht in der Mikrowelle zu erhitzen. Gulasch mit Püree und Gemüse. *Mein Gott, wie tief bin ich gesunken,* drängte es sich ihm auf.

Er aß das geschmacklose Zeug direkt aus der Verpackung. Ab der Hälfte der emotionslosen Verrichtung schob er die schlechte Idee von sich fort. Danach steuerte er das Wohnzimmer an. Sein Blick fiel auf die Zigaretten, Tabak und Blättchen. Er ignorierte die Feinde des langen Lebens, stapelte einige Akten übereinander und schlenderte ins Schlafzimmer zurück. Barfuß, aber mit Jeans und Pulli, stieg er ins Bett und ließ die Akten auf die freie, unbenutzte Fläche neben sich plumpsen. 1,60 Meter waren mehr als breit genug für derartige Arbeiten im Bett.

Sein Blick streifte einige Sekunden im Schlafzimmer umher, ohne etwas Bestimmtes dabei im Auge zu haben. Er dachte nach: Nicht über das gemeinsame Foto von Sabine und ihm an der Wand, aufgenommen bei ihrem letzten gemeinsamen Urlaub auf Korsika. Nicht über die geblümten Gardinen, wegen derer sie sich gestritten hatten, als Sabine sie unbedingt wollte und sich Martin seufzend gefügt hatte. Nicht über die Tiffanylampe an der Decke, die ihnen spontan gemeinsam gefallen hatte und unter der sie atemberaubenden Sex gehabt hatten. Nein, er dachte nicht über seine Schuld oder Unschuld am Tod von Sabine nach, er versuchte es jedenfalls. Es galt, diese

Gedanken, die sich seinem Bewusstsein wie grelle Blitze aufdrängten, in die Schranken zu weisen und über den aktuellen Fall zu grübeln.

Wo war er am Vorabend stehen geblieben? Er hatte die beeindruckende Vita von Prof. Keller studiert, sich vorgenommen, mehr über ihn in Erfahrung zu bringen, und war über den handgeschriebenen Zeilen eines einsamen Kindes, das heute eine erwachsene Frau war, eingeschlafen. Die nächste Akte, eine hellgraue, enthielt alles über einen weiteren Kläger, der auf der Suche nach seiner Identität war. Der von seinem Vater anerkannt werden wollte, selbst wenn dieser womöglich schon lange tot war und er selbst bereits die 70 vor vier Monaten überschritten hatte. Pohlmann rieb sich die Augen und begann zu lesen:

Alois Feldmann, unehelich geboren am 3. September 1940 in Steinhöring bei München. Name des Vaters unbekannt, Mädchenname der Mutter Edeltrude Schatz, geboren am 10. Oktober 1920, zum Zeitpunkt der Geburt knapp 20 Jahre alt. Hatte im Lebensbornheim entbunden, eine Weile dort gewohnt und ist ohne Kind nach Norddeutschland umgezogen. Alois, dessen Name der Heimleiter ausgesucht hatte, erhielt, wie die meisten der hier Geborenen, eine ordentliche Namensgebungsfeier.

Pohlmann schob die Akten von der Decke, kroch aus seinem Bett und ging in sein ehemaliges Arbeitszimmer, in dessen Regalen Unterlagen aus der Studienzeit aufgereiht waren. Er zog zielstrebig ein Buch über die NS-Zeit heraus und fand im Register alle Informationen zum Thema ›Namensgebungsfeier Lebensbornheim‹. Mit dem Zeigefinger auf dem Blatt suchend, fand er den Eintrag, der ihn weiterbringen würde: Im Rahmen dieser an die christliche Taufe angelehnten Zeremonie wurden die Säuglinge unter den Schutz der Sippengemeinschaft der SS gestellt. Männer aus den Reihen der SS übernahmen die Patenschaften für ein Kind.

Im Falle von Alois Feldmann fand sich der Name Gisbert Reich in dessen Akte. Sturmbannführer der SS.

Martin las in dem Geschichtsbuch weiter. Die Feier wurde mit Blasmusik eröffnet, dann zitierte der Heimleiter einen ihm sinnig erscheinenden Spruch, philosophierte über Sinn und Brauchtum der Namensgebung sowie über die Schaffung einer arischen Elite, die das deutsche Volk vortrefflich in der Welt repräsentieren würde.

Martin blätterte in dem Buch über Lebensbornheime weiter und fand Berichte über derartige Feiern in allen Heimen. Er las Zeugenaussagen von sogenannten braunen Schwestern, die berichteten, dass der feierlichste Teil ihrer Meinung nach jener war, in dem der Zeremonienmeister drei Fragen an die Mutter und den Paten richtete. Die Fragen lauteten in etwa: Deutsche Mutter, verpflichtest du dich, deinen Sohn im Geiste der nationalsozialistischen Weltanschauung zu erziehen? Die Mutter besiegelte ihr gesprochenes Ja-Wort mit einem Handschlag.

Darauf wandte sich der Heimleiter an den Paten mit den Worten: Bist du, edler SS-Kamerad, bereit, dieser Mutter und ihrem Kind, wenn sie in Not und Gefahr geraten, persönlichen Schutz zu gewähren? Wieder ein kräftiger Handschlag des Paten. Dann weiter: Bist du ebenfalls bereit, die Erziehung des Kindes im Sinne des Sippengedankens unserer Schutzstaffel stets zu überwachen? Handschlag und ein zackiges Jawohl. Nun kam der mystisch überladene Moment, wenn der Heimleiter dem Kind den kalten SS-Dolch auf den Bauch legte und ihm, feierlich gestikulierend, die Worte zusprach: Ich nehme dich hiermit in den Schutz unserer Sippengemeinschaft auf.

Martin sah im Geiste die Szene vor sich, wie innerhalb dieser Prozedur dem Kind der Name Alois zugesprochen wurde.

Er ging in sein Schlafzimmer, setzte sich auf sein Bett und las weiter in den Papieren über Alois Feldmann: Nach Kriegsende wuchs Alois bei Pflegeeltern auf. Pflegevater: Kurt Feldmann, Pflegemutter: Karin Feldmann, gebürtige Schütz.

Pohlmann stutzte. Wieso lautete offiziell Alois' Nachname Feldmann, nur, weil die Pflegeeltern so hießen? Wo, um alles in der Welt, stand der richtige Name des Kindes? Pohlmann blätterte die Seiten durch und suchte nach handschriftlichen Notizen oder Ähnlichem, um den richtigen Namen des Kindes herauszufinden. Auf einer Seite stach ihm der Begriff ›Geheimfall‹ ins Auge und er wusste, was dies bedeutete: dass der Vater des Kindes, vermutlich hochrangiger SS-Mann, verheiratet, eigene Kinder, auf keinen Fall namentlich irgendwo erscheinen wollte. Das Kind in die Welt setzen – ja, aber unter keinen Umständen damit in Verbindung gebracht werden. Dem Führer, wie vereinbart, einen Jungen schenken, ihn ins Dasein rufen für höhere Ziele, klar, doch nicht derjenige sein, der dem Kind diese Ziele vermittelte. Dies sollte zunächst die Heimleitung bewerkstelligen und später, sobald das Kind eingezogen werden konnte, die Schutzstaffel als übergeordneter Vater.

So sehr Pohlmann auch suchte, er fand keinen Eintrag zu dem wahren Namen des Kindes. Die Seiten in der Akte stammten zum Teil aus Archiven. Herausgerissene Ecken, durchgestrichene Einträge oder fehlende Seiten innerhalb einer durchnummerierten Abhandlung. Martin strich die Haare aus dem Gesicht, ließ den Blick umherstreifen und dachte nach. Also: Wie war es weitergegangen mit Alois Feldmann, geboren als Alois Irgendwer? Ging nach dem Krieg zur Schule, machte Abitur mit der Gesamtnote ›gut‹. 1960 zog er von zu Hause aus, um, wie es in den Unterlagen zu lesen war, die Welt zu sehen. Er kaufte sich von dem ersten, hart erarbeiteten Geld einen alten VW-Bus, warf seine Koffer zu der Matratze ins Heck und fuhr los. Er wollte alles sehen: zunächst über Österreich nach Italien, weiter nach Griechenland, Israel, Ägypten, Indien und noch so viele Länder danach, wie das Geld reichte und er sich Benzin und Essen leisten konnte. Martin senkte den Blick zu den Einträgen, die vor ihm lagen, und grinste. Dieser Alois war ihm auf Anhieb sympathisch, und er freute sich, im Rahmen seiner Ermittlungen den Mann zu treffen, der die halbe Welt bereist hatte.

Er las weiter.

1966 trat Alois Feldmann, 26-jährig, in ein Franziskanerkloster bei Würzburg ein und wechselte zehn Jahre später aus seinem Heimatkloster in die Pfarrei St. Agatha Altenhundem im Sauerland.

Im Alter von 58 Jahren zog er noch einmal ins Erzbistum Hamburg um, wo er bis zu seinem 67. Lebensjahr Exerzitien und Besinnungstage leitete. Danach kaufte er sich aus der Insolvenzmasse eines geschiedenen Mannes unweit des Klosters ein altes Haus aus der Jugendstilzeit. Heute, drei Jahre nach dem Austritt aus dem Klosterleben, reiste er wieder durch die Lande und, so vermutete Martin, genoss sein Leben. Dass dem nicht so war und was Alois Feldmann wirklich umtrieb, sollte Martin erst später erfahren.

KAPITEL 23

Hamburg-Eimsbüttel, 5. November, 2010

Am späten Nachmittag probierte Martin eine Zigarette. Er hustete heftig. Fad, nach Heu schmeckte sie und er drückte sie nach zwei Zügen wieder aus. Ein geheimer Stolz befiel ihn, wenigstens in Zeiten der Krankheit über die Gängelei des Glimmstängels obsiegen zu können. Eine frische Kanne Kräutertee mit reichlich Eukalyptushonig verschaffte seinem Hals und dem Rest des angeschlagenen Kopfes Linderung. Er vernahm den Ruf der nächsten Akte und folgte ihrem Drängen gern, denn seine Neugier war längst erwacht. Er räumte die übrigen Papiere aus dem Bett heraus und verfrachtete alles auf seinen Schreibtisch ins Arbeitszimmer. Er griff nach einem Bleistift, legte ein Blatt Papier vor sich und machte sich Notizen. Was habe ich bisher? Eine Liste von Personen wuchs, um seine Gedanken festzuhalten.

Eine Gruppe von Klägern, die sich aus recht sonderbaren Typen zusammensetzt. Also: Da wäre ein toter Professor, an dessen Selbstmord Zweifel angemeldet werden, eine ehemalige, jetzt ebenfalls tote Lehrerin mit zu viel Propofol im Blut, ein ehemaliger, jetzt toter Hausmeister, der sich im Keller einer Schule an seinen Stromkabeln erhängt hatte. Eine Halbverrückte in einer Klapse, die sich selbst nichts sehnlicher wünscht, als sich ins Jenseits zu katapultieren. Am Leben sind noch der Ex-Architekt Bernd Schäfer – zu dem komme ich gleich –, der Priester Alois Feldmann und ein erfolgloser Künstler, der sich mit unbedeutenden Ausstellungen über Wasser hält. Ein Armin Rohdenstock. Gemeinsam ist allen, dass sie um die 70 und im Lebensbornheim Steinhörig 1940 zur Welt gekommen sind, andere Nachnamen als die ihrer Väter tragen und in einem Prozess, der in drei Wochen beginnen soll, eine Identität ans Licht bringen wollen, die ihnen nicht nur den richtigen Namen und ihre Herkunft bescheren soll, sondern auch das mögliche Erbe ihrer Väter, die vermutlich verstorben sind oder bald tot sein werden.

Martin ließ den Stift auf die Schreibplatte fallen. *Na super.*

Pohlmann bestaunte seine ersten Ergebnisse, die eigentlich keine waren. Er stützte den Kopf in den Händen auf. *Verdammter Mist*, fluchte er. *Wie soll ich in der kurzen Zeit alles auf die Reihe kriegen? Wer sind diese feigen Väter, die sich nach der Geburt aus dem Staub gemacht haben? Wo sind die Unterlagen darüber? Okay, bleib ganz locker*, beruhigte sich Martin. *Lies die Akten vom Architekten, dann von diesem Künstler und danach diese Prozesskiste. Eins nach dem anderen. Du schaffst das! Du bist immer noch der Alte! Nicht Schöller, sondern du schaffst das!* Pohlmann ballte die Hand zur Faust und nickte. Ein Hustenanfall unterbrach seinen Motivationsmonolog, und der lauwarme Tee linderte seine Symptome nur wenig. Eine Menge Arbeit war noch zu tun, doch er beschloss, dass eine lächerliche Erkältung ihn nicht daran hindern werde, die Nuss zu knacken.

Die nächste Akte, hellviolett, offenbarte Daten eines Mannes, der sich, wie die anderen Kläger auch, im Herbst seines Lebens befand und als künftiger Prozessteilnehmer gelistet war. Bernd Schäfer, geboren 12. April 1940 in Steinhöring.

Martin ahnte, was jetzt kommen würde: Die Mutter hat sich

nach der Geburt verdrückt, der Vater unbekannt. Und genauso war es. Die Mutter war eine einfache Postangestellte, die wahrscheinlich von einem SS-Offizier geschwängert worden war, um arischen Nachwuchs zu produzieren. Martin spürte, wie allmählich etwas wie Wut in ihm aufstieg. Menschen zu zeugen, so, wie ein Konto einzurichten. Allen gemeinsam war, dass sie an eine Sache glaubten, die nicht wirklich existierte. Wieder hatte Bernd Schäfer seinen Nachnamen von einem Pflegevater bekommen. Wie der Erzeuger des Kindes hieß, wurde unter dem Vermerk ›Vater unbekannt‹ abgehakt. Bernd Schäfer studierte Architektur wie sein Pflegevater Heinz Schäfer, der es ihm empfohlen hatte. Wenn schon nicht sein Erbgut, wollte der Vater dem Jungen die Liebe zum Häuserbauen mitgeben.

Bernd stieg in dessen Architekturbüro ein und begann, Einfamilienhäuser zu planen. Heiratete mit 28, weil Nachwuchs unterwegs war, ließ sich drei Jahre später wieder scheiden. Blieb zwei Jahre allein und heiratete erneut. Nach zwei Jahren kam wieder ein Kind zur Welt, und auch diesmal hielt er es offensichtlich nicht lange mit der Familie aus. Scheidung nach vier Jahren Ehe. Danach blieb er für fünf Jahre Single und heiratete dann zum dritten Mal. Die Ehe hielt nur ein Jahr und blieb kinderlos. Danach blieb Bernd Schäfer endgültig alleinstehend, musste sich zwei Entziehungskuren wegen Tablettenabhängigkeit und Alkohol am Steuer mit Führerscheinentzug für jeweils ein Jahr unterziehen. Danach wurde er gehäuft straffällig wegen Schlägereien, unter anderem in einem Casino, und er schien auch sonst ein recht jähzorniger Mensch zu sein. Ein Verfahren wegen Vergewaltigung wurde aus Mangel an Beweisen eingestellt. Pohlmann war gespannt, die Bekanntschaft des Mannes zu machen, dessen Vergehen im polizeilichen Führungszeugnis so zahlreich waren wie die Dinge, die seinem Kühlschrank noch fehlten.

Nun war der Mann 70 wie die anderen Kläger auch, und man sollte meinen, dass das Alter die Menschen friedlich und ausgeglichener machte. Was für andere galt, schien für Bernd Schäfer keineswegs zuzutreffen. Der letzte Eintrag in seinem Register bezog sich auf einen amtlich gewordenen Streit, wo er seinem Nachbarn mit der Schaufel wegen einer zehn Zentimeter zu hohen Hecke aufgelauert hatte. Der Rüpel mit der Schaufel bekam sogar noch Recht. Das war genau vor vier Wochen. *Ein Choleriker vor dem Herrn*, dachte Martin, als er die Akte studierte.

Nun fehlte nur noch die Akte des Künstlers. Gelber Umschlag. Armin Rohdenstock, geboren 12. November 1940 in Steinhöring. Klar war, was jetzt kam, und Martin leierte es gelangweilt hinunter: Vater unbekannt. Mutter im Wochenbett verstorben. Eine Pflegefamilie nach dem Krieg, die ihn aufnahm.

Soeben, als Martin weiterlesen wollte, schellte es an der Tür. Martin hatte sich zwischenzeitlich einen Bademantel übergezogen und den HSV-Schal umgewickelt, weil er beständig fror. Er blickte durch das neue Guckloch seiner Tür und entdeckte draußen den Kollegen und Freund Werner im Miniaturformat. Er zog einen Riegel zurück, entsperrte die anderen Schlösser und öffnete die Tür wie in einem Hochsicherheitstrakt. Seit dem Einbruch dauerte diese Prozedur eine gediegene Minute.

Werner betrachtete die skurrile Erscheinung seines Freundes und wusste nicht, ob er sich Sorgen machen oder loslachen sollte. Er entschied sich für Letzteres und ließ sein Lachen durch den Hausflur erschallen.

Martin blickte irritiert und zog Werner am Arm ins Innere des Lazaretts.

»Hi, Werner. Ich drehe bald durch. Ein Riesenhaufen von Leuten, die keine Väter, aber dafür ziemlich schräge Biografien haben. Ich bin gerade bei Armin Rohdenstock stecken geblieben. Den muss ich kurz noch durcharbeiten. Kennst du den?«

Martin und Werner trotteten den Flur entlang, und der Gast überquerte Bücher und auf dem Boden liegende Klamotten wie Tretminen. Werner hielt die linke Hand vor die Nase. »Hast du mal darüber nachgedacht, dass ein Mensch zum Überleben Sauerstoff braucht? Um es nett zu formulieren, es stinkt hier wie im Zoo.« Hartleib ging zum Wohnzimmer und machte Anstalten, die Balkontür zu öffnen.

»Bist du wahnsinnig! Ich erfriere.« Martin schloss den Bademantel unter dem Hals und hielt ihn mit beiden Händen zu.

»Wenn du nicht erfrierst, wirst du ersticken. Nur ein paar Minuten, sonst halte ich das hier nicht aus. Du könntest auch mal aufräumen. Oder 'ne Putzfrau ranlassen.«

Martin winkte ab. »Blödsinn. Die machen alles nur durcheinander. Kommt gar nicht infrage. Ich weiß genau, wo alles liegt.« Werner schluckte und ließ die Antwort, die sich ihm aufdrängte, im Hals stecken bleiben. Er hatte an Bezeichnungen wie Schwein oder Messi oder Ähnliches gedacht. Schließlich schloss er die Balkontür und zeigte sich zufrieden. »Dass Schöller auf dich stocksauer ist, brauch ich dir nicht zu sagen, oder?«

Pohlmann winkte ab. »Schöller ist ein Idiot. Komm mit. Lass uns rübergehen.« Martin ging durch den Flur zum Arbeitszimmer voran. Auch hier schien eine Bombe eingeschlagen zu haben. »Sag mir was zu Armin Rohdenstock. Mir brennen schon die Augen.«

Werner nahm die gelbe Akte zur Hand und blätterte darin herum. »Hm, ich weiß wieder. Schräger Vogel. Möchtegernkünstler.« Werner blätterte weiter. »Franz und Sigrid Rohdenstock. Kinderlos geblieben, freuten sich nach dem Krieg über einen Pflegesohn. Armin entwickelte sich leider nicht so, wie sich der Juwelier Franz und seine Frau es sich gewünscht hätten. Müssen ziemlich etepetete gewesen sein. In höheren Kreisen durchaus geschätzt und auf vielen Events gern gesehene Gäste. Mussten sich offenbar für ihren Sohn Armin schämen. Unangepasst und provokant über die Grenze normaler Pubertierender hinaus. Armin wechselte sein Outfit halbjährlich. Obwohl es damals noch keine Punks und derlei Gattungen gab, zeigte sich Armin mit schwarzer, löchriger Kluft und drückte Nieten in die Lederjacke. War diese Phase vorbei, mutierte er in ausgeprägtem Hippielook zum Leidwesen seiner Eltern, denen schon lange die Vorwände ausgegangen waren, warum denn ihr Sohn nicht auch auf der Feier oder der Wohltätigkeitsveranstaltung oder sonst einem öffentlichen Geschehen dabei war. Sie wollten ihn nicht dabeihaben und ließen sich eine lange Liste von Androhungen einfallen, für den Fall, dass er sich doch mal blicken lassen würde. Doch plötzlich, einen Tag nach seinem 18. Geburtstag, war er verschwunden und hatte einen kleinen, abgerissenen Zettel hinterlassen, auf dem er das bezeichnende Wort ›Arschlöcher‹ notiert hatte. Herr und Frau Rohdenstock waren vermutlich nicht wirklich betroffen oder traurig, als sie diesen Zettel, den leeren Kleiderschrank und das verwüstete Zimmer vorfanden. Von da an lebten die Rohdenstocks scheinbar friedlich in den Tag hinein, doch insgeheim rechneten sie täglich damit, dass Armin wieder auftauchen würde, um sie mit seinen Extratouren zu quälen. Er tat es ein einziges Mal, weil er Geld brauchte, und blieb von da an weg, bis zu dem Tag, als er in der Presse als Künstler auftauchte. Ein begnadeter Maler und großartiger Bildhauer, hieß es für wenige Wochen. Eine Agentur hatte sich seiner angenommen und organisierte ein paar öffentlichkeitswirksame Veranstaltungen, um ihren Schützling für sie profitabel nach vorn zu puschen. Ein paar Bilder wurden verkauft, ein paar hässliche Skulpturen an den Mann gebracht und das war's. Danach verschwand er wieder in der Versenkung, nahm Gelegenheitsjobs an, um, außer in seiner Künstlersozialkasse einzuzahlen, sich eine kleine zusätzliche Rente zu sichern. Außerdem schrieb er ein Buch. Einen schaurigen Roman, den kein Verlag wollte und den er im Selbstverlag unter das Volk brachte. Gerade mal 65 verkaufte Exemplare. Danach hat er das Schreiben sein gelassen.«

»Wow, das war gut. Woher weißt du das alles?«

»Wir haben alle verhört, die vor zwei Jahren an dem Prozess beteiligt waren. Rohdenstock war der redseligste von allen. Als der den Mund aufmachte, hörte er den ganzen Abend nicht wieder auf. Ansonsten war er ganz nett.«

»Da habt ihr ja ganze Arbeit geleistet.«

»Jeder von denen hätte ein potenzieller Mörder sein können. Ein Motiv, Strocka zu töten, hätten sie alle gehabt, so wie Strocka sie bei Gericht verhöhnt hatte. Als der tot war, zeigte niemand von denen wirklich echte Betroffenheit, außer dem Priester vielleicht.«

»Alois Feldmann«, ergänzte Martin.

»Genau. Feldmann. Netter Kerl. War die Ruhe selbst. Alle übrigen Kläger mochten ihn, sahen ihn teilweise als Beichtvater, nur weil er mal Priester war. Ungefähr so, als wenn du in deinem Bekanntenkreis einen Zahnarzt hast, dem du, wenn du ihn triffst, das Loch im Backenzahn zeigst. Ist wie ein Zwang. Der Priester kannte am Ende jede Lebensgeschichte von den anderen.«

Von irgendwoher ertönte ein Klingeln. Werner griff reflexartig an seine Hosentasche, bemerkte aber schnell an der Art des Tones, dass es nicht sein Handy war, das klingelte. Vom Wohnzimmer her drang das Schellen nun noch lauter an ihre Ohren. Martin verzog verärgert das Gesicht.

»Pohlmann«, krächzte er ins Telefon.

»Ist Hartleib auch bei Ihnen?«

»Hallo, Chef. Danke der Nachfrage. Es geht mir schlecht.«

»Pohlmann, jetzt ist keine Zeit für Mätzchen. Ist Hartleib bei Ihnen?«

»Ja, ist er. Wieso?«

»Können Sie Ihr Telefon laut stellen?«

»Klar, wie jedes andere auch.«

»Dann tun Sie's, verdammt noch mal.«

Martin drückte einen Knopf am Telefon und sprach wieder hinein. »Alles klar, Chef. Ist an. Was ist so dringend?«

»Wir haben einen weiteren Toten, der in die Geschichte verwickelt ist. Der Kerl heißt Bernd Schäfer. Ist auch ein ehemaliger Kläger. Wurde in seiner Wohnung tot aufgefunden. Die Putzfrau hat ihn heute Nachmittag entdeckt, hat einen Schlüssel, kommt ein Mal die Woche.«

Martin und Werner drängten sich um das Telefon herum und sahen sich an. »Der Architekt«, flüsterte Martin. Werner nickte. Er kannte die Namen der Kläger.

»Wie ist es passiert?«

»Sieht nach Selbstmord aus. Lag tot auf dem Bett. Hatte

’ne ganze Schachtel Schlaftabletten im Körper und bestimmt zwei Promille. Der Whiskey stand leer neben dem Bett auf dem Nachttisch. Obduktion wird angeleiert.«

Martin drehte sich zu Werner um und sprach gleichzeitig ins Telefon und zu seinem Freund. »Das ist damit der dritte tote Kläger und dann noch der Professor. Vier Leute, die vor zwei Jahren an dem Prozess beteiligt waren und in drei Wochen wieder dabei wären. Mist. Jetzt wird es wirklich Zeit.«

»Genau, Martin. Sie sagen es. Jetzt wird es Zeit, dass Sie endlich loslegen. Heute Morgen, kurz nachdem Sie sich krankgemeldet haben, war Schöller senior bei mir. Hat einen Aufstand vom Feinsten gemacht. Fragte mich, ob Sie der Sache überhaupt gewachsen wären. Ob nicht besser sein Sohn …?«

»Was haben Sie ihm gesagt?«, unterbrach Martin seinen Chef.

»Ich hab ihm erzählt, dass Sie ausgezeichnet vorankommen und schon erste Ergebnisse hätten.« Martin schluckte, denn in Wahrheit tappte er noch völlig im Dunkeln.

»Oh, mein Gott. Wie können Sie denn so was behaupten? Ja, wahrscheinlich schaff ich das irgendwie, aber ich brauche mehr Zeit. Ich habe mich heute den ganzen Tag durch die Akten gewühlt. Gestern hatte ich ein gutes Gespräch mit Emilie Braun. Klar komme ich voran, Chef, aber *Ergebnisse* wäre ein bisschen zu viel gesagt.«

»Menschenskinder, ich musste ihn bei Laune halten, sonst wären Sie schneller wieder draußen, als Sie richtig drin sind. Martin, ich glaube immer noch an Sie. Nur nicht Schöller junior neben mir im Büro. Hatten wir bereits zwei Jahre, das reicht. Ich habe keine Ahnung, was da läuft, Martin, und wenn ich es nicht besser wüsste, müsste ich vermuten, dass Schöller senior um jeden Preis in diesem Fall Bescheid wissen will. Pohlmann, seien Sie klug und erzählen Sie so wenig Leuten wie möglich von dem Fall. Das Ding entwickelt sich zu einer richtig großen Nummer.«

»Werner hört mit, das ist Ihnen klar, Chef.«

»Na, sicher. Hartleib, nichts für ungut!«, rief Lorenz. »Helfen Sie Martin, wo Sie können. Ab heute ziehen Sie zu zweit los. Die Zeit drängt, Leute.«

»Ich muss noch mal zu Frau Braun, und Werner könnte dem Priester Feldmann und diesem Künstler Rohdenstock einen Besuch abstatten.«

»Ja, gute Idee, Pohlmann. Allmählich müssen wir davon ausgehen, dass alle am Prozess Beteiligten in Gefahr sind. Ach, und übrigens, Martin, wie geht es Ihnen eigentlich? Sorry, war nicht böse gemeint, aber dieser Fall …«

»Schon gut, Chef. Hatte heute Morgen fast 39, die Nase ist dicht und der Schädel dröhnt, aber ich denke, Montag wird's wieder gehen. Ich werde mich das ganze Wochenende dransetzen, die Akten und diese Kladde von der Frau Braun zu lesen. Alles nur eine Frage der Ibuprofen-Dosis.«

»Alles klar, das beruhigt mich. Gute Besserung.«

»Danke, Chef. Sie hören dann von mir.« Martin drückte die Stopp-Taste und sah seinen Freund Werner ungläubig an.

»So ein Mist. Immer dann, wenn ich die Akten lese, sterben die Leute wie die Fliegen. Soll ich dir was sagen? Ich glaube weder an einen Selbstmord bei Schäfer noch bei Keller und erst recht nicht an einen Unfall im Krankenhaus oder eine versehentliche Überdosis Propofol bei Ursula Seifert, ganz zu schweigen von einem Erhängten in einem Schulkeller. So viele ›zufällige‹ Tote kann es gar nicht geben. Der Fall ist doch sonnenklar. Irgendjemand versucht, alle Kläger auszuschalten, damit es nicht zum Prozess kommt.«

»Aber wieso?«, fragte Hartleib.

»Keine Ahnung. Aber da liegt der Schlüssel. Es geht in dem Prozess vermutlich um einen Erbstreit. Das ist an sich ja nicht ungewöhnlich, es sei denn, es geht um richtig hohe Summen.«

»Es gab schon Morde aus niedrigeren Beweggründen. Viel Geld war schon immer ein beliebtes Motiv.«

Pohlmann kratzte über sein unrasiertes Kinn. »Das ist zu billig. Geld allein ist zu wenig. Da muss es um mehr gehen. Um viel mehr, Werner. Hier werden sukzessiv Leute gekillt und zwar so perfide gemanagt, dass es immer wie ein Unfall oder Selbstmord aussieht. Wer kann wissen, wie viel Propofol nötig ist, um einen Herzstillstand zu provozieren. Auch bei Schäfer ging es um Tabletten und Alkohol. Okay, Keller hat sich mit seiner Waffe erschossen, so die offizielle Version, und der Hausmeister hatte Kabel benutzt, mit denen er täglich umging. Da hat einer wirklich Spaß am Töten, skrupellos und immer so, dass es nicht wie Mord aussieht. Pass auf, Werner. Morgen besuchst du Feldmann und diesen …«

»Rohdenstock«, ergänzte Werner und fragte sich, wie Martin diesen Fall durchstehen sollte. Kaum aus Ecuador zurück, mit einem überaus komplexen Fall beinahe überfordert und zu allem Überfluss noch an einer schlimmen Grippe erkrankt.

»Morgen ist Samstag«, erwiderte Werner.

»Na und? Der Tod hat kein Wochenende.«

Martin vernahm das Grunzen seines Freundes.

»Freu dich doch. Dann kannst du wieder das Weite suchen, wenn deine Frau rumzickt.«

»Morgen hat Maurice ein Spiel mit der Mannschaft und er würde es gern sehen, wenn sein Vater endlich mal zuschaut.«

Martin nickte verständnisvoll.

»Trotzdem. Das ist jetzt echt wichtiger. Ich fahr gleich Montag ins LKH, versuche, aus dieser Emmi was rauszubekommen und sehe mich im Büro des Professors um. Mal sehen, ob ich da noch was finde, was uns weiterhilft. Keller war Spezialist auf dem Gebiet der Nazi-Ideologie, hat sich mit der Geschichte und der Struktur dieser Lebensbornheime über viele Jahre auseinandergesetzt und war als Gutachter bestellt worden. Er war der Initiator des gesamten Prozesses. Hier müssen wir suchen. In der Vergangenheit.«

»Meinst du, Keller hat etwas mit den Morden zu tun?«

»Na ja, die Braun bezichtigt ihn des Mordes an Strocka, diesem Exnazi. Sie behauptet, Keller habe ihr einen langen Brief geschrieben, in dem er die Tat gesteht und bereut, und sie sagt, man hätte den Brief zusammen mit der Kladde finden sollen, nachdem sie sich auf den Weg ins Jenseits gemacht hat, aber der Brief ist unauffindbar. Sofern es ihn wirklich gegeben hat«, fügte Pohlmann ergänzend hinzu und streckte Hartleib den Zeigefinger entgegen. »Immerhin sagt das eine Frau, die in einer Klapse lebt, obwohl sie mir gar nicht so verrückt erscheint.«

»Versteifst du dich da nicht auf eine falsche Fährte? Der springende Punkt ist doch wohl, um was oder wen es genau in diesem Prozess gehen soll. Wer sind überhaupt die Angeklagten? Hast du dich schon mit denen beschäftigt?« Martin ließ sich in einen Sessel fallen. Eine Welle der Erschöpfung brach über ihm zusammen. Ein Griff an die Stirn gab ihm den Rest.

»Ich muss dringend mit Lorenz sprechen und mit dem Staatsanwalt, bevor der mir an die Gurgel springt.«

»Du meinst diesen Nazijäger mit dem stechenden Blick.«

»Genau, den meine ich. Wenn einer was von Nazis versteht, dann der. Und es ist besser, mit ihm zu arbeiten als gegen ihn.«

KAPITEL 24

Hamburg, 8. November 2010

Auf der Fahrt in die Psychiatrie hatten die Scheibenwischer Mühe, gegen das erste Schneetreiben des Jahres anzukämpfen. Es war genau ein Grad unter null. Beheizbare Ledersitze sowie erwärmte Rundumlüftung sorgten für angenehme Temperaturen innerhalb des Wagens, der die vierspurige Straße Richtung LKH entlangglitt. Obwohl der BMW über die neueste Technologie verfügte und die Intervallgeschwindigkeit der Wischer elektronisch gesteuert wurde, erregte das anhaltend miese Wetter Martins Unmut. Der Zeitpunkt des Aussteigens würde kommen, und er vergewisserte sich mit einem Blick zur Seite, ob der Regenschirm in Griffweite lag. Zum wiederholten Male musste er in die geschlossene Anstalt, um seine Ermittlungsarbeit voranzutreiben, und es würde nicht das letzte Mal sein, dessen war er sich sicher.

Die Bewohner, Pfleger und Schwestern hatten sich an seinen Besuch gewöhnt und nickten ihm zu, als er die Schleusen passierte. Das Innere der Geschlossenen verschluckte ihn und verursachte ein diffuses Stechen in seinem Magen.

Er schüttelte seine Jacke und befreite sie von den weißen Flocken. Wie gut, dass der Schirm, den er in seiner Zerstreuung vergessen hatte, trocken im Wagen lag.

Als er diverse Gänge entlanggelaufen war und um eine bestimmte Ecke bog, erahnte er Paule, der zum Sprung ansetzte, doch Martin drehte sich zu ihm, hob seine linke Hand, um ein Stopp zu signalisieren und brachte Paule damit völlig durcheinander. Dieser hielt in einer katzenhaften Haltung inne, riss Augen und Mund auf, hielt die Luft an, verharrte auf einem Bein und wäre beinahe zur Seite gekippt. Martin grinste ihn an und klopfte ihm freundschaftlich auf die Schulter, ohne ein Wort zu sagen. Eine Geste der Menschlichkeit und Anerkennung schien Paule zu genügen. Er blieb in der Ecke stehen und sah Martin hinterher, bis er ein neues Opfer anpeilte und Stellung bezog.

Aus einem anderen Zimmer hörte Martin eine Frau schauerlich singen. Sie schien es zu genießen, sie sang voller Inbrunst, laut und ohne Rücksicht auf irgendjemanden. Wie er später erfuhr, hatte er Liza Minelli live in concert erlebt.

Nach einer Weile, als er noch wenige Meter zum Schwesternzimmer zu gehen hatte, kam ihm ein kleiner Mann entgegen, um die Mitte 60. Er hatte einen kahlen und kugelrunden Kopf. Nur ein schmaler Kranz gelockter Haare imponierte durch eine gewisse unpassende Länge. Die dünnen Enden hingen fusselig im Nacken und vermochten nicht, die fehlende Fülle zu kompensieren. Innerhalb dieses Kranzes lächelte das ganze Gesicht dieses Mannes verschmitzt. Vom Grübchen im Kinn bis zum oberen Rand der buschigen Brauen.

Unterhalb des grinsenden Doppelkinns fehlte der Hals, und

eine gleichmäßige Wölbung reichte bis unter die Gürtelschnalle, die man nur erahnen konnte. Das weiß-grau gestreifte Hemd war in eine graue Hose gestopft, die erstaunlicherweise Bügelfalten aufwies, sodass der Träger insgesamt eine ungewohnt stattliche Figur abgab. Der Mann, der ihm mit watschelndem Schritt entgegenstrebte, hatte schwarze, blankpolierte Schuhe an. Ein schmaler Streifen nackter Haut verriet, dass er die Socken vergessen hatte. Hätte Martin nicht gewusst, dass Danny de Vito, quicklebendig und Herr seiner geistigen Kräfte, in Hollywood weilte, hätte er wetten können, ihn in diesem Moment vor sich zu sehen.

»Halt!«, gebot ihm der Kleine mit strenger Miene und baute sich vor Martin auf, der ihm gegenüber wie ein Riese wirkte. David und Goliath standen sich Auge in Auge gegenüber. »Wohin möchten Sie?«

Martin blieb amüsiert stehen und betrachtete den Winzling. Etwas an dem Mann berührte ihn innerlich und machte ihn froh. Entweder war es der Gedanke, gottlob nicht so verrückt zu sein wie jene, die hier lebten, oder der Gedanke, dass diese Kopie von Danny de Vito es geschafft hatte, dem wahren, aber anstrengenden, bisweilen teilweise sogar recht schrecklichen Leben zu entkommen und in eine Rolle zu flüchten, die es ihm ermöglichte, das Dasein als Komödie zu gestalten und so zu überleben.

Martin beschloss, das Theater mitzuspielen. »Ich möchte gern zu Schwester Annegret und zu Frau Braun.« De Vito legte seinen Kopf schief wie ein Hund, der das Kommando seines Herrchens nicht verstanden hatte.

»Wer ist Annegret und wer ist Frau Braun?«, fragte er. »Nein. Die gibt es hier nicht! Ich kann Sie nicht durchlassen.« De Vitos Kinn schwabbelte, während er heftig den Kopf schüttelte und Martin den Weg versperrte. Er stemmte die Arme in die ausladenden Hüften und wirkte in seinem Bestreben, nicht jedermann nach Belieben hier ein- und ausgehen zu lassen, sehr entschlossen.

Martin überlegte, was er tun sollte. Er könnte ihn anfassen und ihn sanft zur Seite schieben. Doch was wäre, wenn der Kleine anfangen würde zu schreien, wie jemand, dem man größte Schmerzen zufügte. Vielleicht würde er wütend werden und mit bösartiger Absicht auf ihn losgehen, nicht wie Paule, den man mühelos als großes, nie erwachsen gewordenes Kind identifizieren konnte.

»Wie heißen Sie?«, fragte Martin leise, um zu verhindern, eine gewalttätige Reaktion zu provozieren.

»Was? Sie kennen mich nicht?«, empörte sich der Kleine. »Das wundert mich. Jeder hier kennt mich. Die ganze Welt kennt mich.« Der Kleine konnte es schier nicht fassen, dass man nicht gleich ein Autogramm von ihm erbat. Doch er zeigte sich großmütig. »Na gut, Sie sind neu.« Der Kleine stellte die Füße nebeneinander und streckte den ganzen Körper. »Wenn ich mich vorstellen darf. Ich heiße Karl. Karl Lagerfeld. Ich bin für die korrekte Bekleidung aller meiner Mädchen und Jungs verantwortlich. Wenn jemand Rat braucht«, Karl hob die Arme wie zu einer Umarmung empor und entblößte seine blank geputzte Zahnreihe, »dann bin ich da. Und jeder hier braucht meinen Rat in allen Modebelangen, das wird Ihnen noch auffallen.« Karl kraulte einen nicht vorhandenen Bart, stützte den einen Arm auf dem anderen auf und musterte Martin vom Scheitel bis zur Sohle. »Ich bewohne eine Suite am Ende des Flures. Wenn Sie einen Termin brauchen – und ich glaube, den brauchen Sie dringend –, lassen Sie sich von meiner Sekretärin einen geben.« Martin grinste und nickte. Jetzt sah er seine Chance und strebte an Karl vorbei.

»Okay, Karl, ich schätze, das mache ich. Wir sehen uns.« Karl winkte mit seinem kurzen rechten Arm und watschelte in die andere Richtung davon. Martin sah ihm nach, als ihm eine zierliche Hand auf die Schulter klopfte. Annegret hatte ihn entdeckt. »Na, ein paar Modetipps eingeholt? Er macht das prima, nicht?« Martin drehte sich um und sah in Annegrets blaue Augen.

»Hi. Oh ja. Warum nennt ihr ihn nicht Danny? Finden Sie

nicht, dass er Danny de Vito bis aufs Haar gleicht?« Die Schwester wurde todernst und legte die Stirn in Falten. »Das ist de Vito. Wurde hier eingeliefert, weil er sich für Karl Lagerfeld hält. Wussten Sie nicht, dass Danny de Vito deutsche Vorfahren hat und fließend Deutsch spricht?« Annegret blieb ernst und wartete. Nicht ein Schmunzeln verriet sie, sodass Martin für einen Augenblick glaubte, dass er den echten Komiker getroffen hatte. Annegret konnte die Maskerade nicht lange aufrechterhalten und prustete los. »Tut mir leid, so bin ich halt.« Wieder lachte sie, und Martin sah sie an, wie sie scheinbar für Sekunden vergaß, wo sie sich befand. *Eine effektive Methode, in diesem Job nicht depressiv zu werden*, dachte er.

»Wieder zu Emmi heute?«

»Ja. Ich habe noch Fragen an sie. Und ich muss mich im Büro von Professor Keller umsehen.« Annegrets Gesicht verlor jegliche gesunde Farbe und versteinerte. Martin entging nicht, wie blass sie wurde.

»Sie haben Keller als Erste gefunden, stimmt's?« Annegret nickte und sah zu Boden. Sofort flackerten ohne Aufforderung die Bilder vor ihrem inneren Auge auf. Das viele Blut, der zerschossene Kopf, der bespritzte Abschiedsbrief, der vor dem Toten lag.

Martin griff sie mitfühlend am Arm. »Wollen wir uns hinsetzen?«

Die Schwester drehte sich um und ging voran. Sie betraten einen Wartebereich, ähnlich wie der einer Arztpraxis. Sie setzte sich auf den ersten Stuhl neben der Tür. Sie wischte ihre Hände auf den Knien ab. Sogleich fing sie an zu sprechen, obwohl sie Martin noch nicht zum Weiterreden aufgefordert hatte. »Ich kann es immer noch nicht glauben«, begann sie theatralisch. »Ich bin an dem Tag früher zur Arbeit gekommen, weil ich eh nicht mehr schlafen konnte, und hab Licht in seinem Büro gesehen. Kurz danach trafen auch die anderen ein, der Lars, Michael und Dr. Schulz, der eine Famulatur in der Psychiatrie machte.«

»Wer ist Michael? Ein Pfleger?«

»Genau. Wie Lars.«

»Was genau passierte an diesem Tag? Können Sie sich noch erinnern?«

»Das habe ich doch schon alles Ihrem Kollegen erzählt.«

»Wissen Sie noch, wie der hieß?« Pohlmann gewährte Annegret eine kleine Pause, ließ sich jedoch von seiner Ungeduld treiben. »Schöller? Klaus Schöller?«

»Ja, Schöller, genau.«

»Okay.« Martin verzog den Mund. »Erzählen Sie es mir trotzdem noch einmal. Es gibt leider nur sehr wenig Informationen zu dem Selbstmord von Professor Keller.«

»Sie sind sich wohl noch nicht sicher, ob es tatsächlich Selbstmord war?« Annegret drehte den Kopf zu Martin und sah ihn an. Ihre Fröhlichkeit war gewichen, und ein merkwürdiges Flackern schimmerte in ihren hübschen Augen.

KAPITEL 25

Hamburg-Norderstedt, 8. November 2010

Martin Pohlmann und Schwester Annegret saßen sich in diesem wartezimmerähnlichen, schmucklosen Raum gegenüber. Es war eine Art Therapieraum, in dem sich Patienten zu einem gemeinsamen Gespräch mit ihrem Psychologen einfanden. Es gab nichts in diesem Raum, was den Patienten in irgendeiner Form ablenken konnte; keine Bilder an der Wand, die seine Konzentration schwächen würden, kein weiches Polster auf dem Holzstuhl, kein gemütliches Kerzengeflacker, um menschlichen Emotionen Raum zu geben, nichts zu knabbern oder zu trinken, um die Seele zu laben, nur die nackte Anwesenheit kranker Gemüter im Angesicht heilender Worte ihres Therapeuten.

Martin betrachtete die Öde dieses Raumes. Der einzige wärmende Gedanke in diesem Moment war die Frau, die ihm gegenübersaß mit der ihr eigenen Art, die Beine grazil übereinanderzuschlagen, die Haare kokett nach hinten zu werfen und ihn schelmisch von der Seite aus den Augenwinkeln zu betrachten.

»Glauben *Sie* nicht an einen Selbstmord?«, fragte sie den Kommissar erneut. »Sie denken, jemand hat ihn umgebracht?«

»Das wissen wir noch nicht. Hätten Sie denn einen Verdacht? Können Sie sich vorstellen, wer ein Interesse daran gehabt haben könnte, den Professor umzubringen? Alles, was ich über ihn weiß, ist, dass man ihn für einen qualifizierten, kompetenten und erfolgreichen Psychiater hielt. Geschätzt unter Kollegen und, soweit ich informiert bin, auch unter Patienten und Klinikpersonal.«

Annegrets Blick schweifte im Raum umher. »Das stimmt.«

»Gibt es hier nicht auch Leute, die draußen jemanden umbringen oder vergewaltigen oder Schlimmeres antun würden?«

»Klar gibt es die, aber hier drinnen sind sie friedlich. Man merkt nichts von ihren aggressiven Taten aus der Vergangenheit. Sie leben hier in einer anderen Welt. Das da draußen macht sie doch erst zu den Menschen, die sie geworden sind.«

Pohlmann versuchte zu verstehen. »Ist das nicht ein bisschen zu einfach, die Schuld für seine Taten anderen zu geben? Den Eltern für die Erziehung, der Umwelt für ihre Prägungen, die schlechte Wirtschaft, die zum Klauen animiert. Die Liste ist ja noch unendlich fortzusetzen.«

»Das ist dieser unsichtbare Einfluss, dem man sich nicht entziehen kann. Über die Medien. Geschicktes Lancieren von Informationen. Manipulation. Wir merken doch gar nicht mehr, wie sie nach unserer Seele greifen, damit wir ein bestimmtes Produkt XY kaufen. Das Motiv ist, uns allmählich zu Marionetten zu machen.«

Pohlmann wand sich auf dem unbequemen Stuhl, um seinen Rücken zu entlasten. Scheel sah er sie an. »Finden Sie nicht, dass Sie mit Ihren Verschwörungstheorien übertreiben?«

»Das sind keine Theorien. Ich sehe es, wie es ist. Irgendetwas stimmt da draußen nicht, und soll ich Ihnen noch was sagen?«

Martin sah Annegret gespannt an. Welche weitere Offenbarung würde sie ihm unterbreiten wollen?

»Da draußen leben mehr Verrückte als hier drinnen, das merkt nur keiner. Vor allem die, die an den Schalthebeln der Macht sitzen und ihre eigene Unzulänglichkeit mit ihren politischen Spielchen kompensieren. *Die* sind verrückt.« Frau Kaschewitz knetete ihre Hände, bis die Knöchel weiß hervortraten. Pohlmann hörte ihr mit wachsender Skepsis zu. Dann fuhr sie fort: »Diese Menschen, Politiker und was weiß ich, wer, tun alles, um ihre Macht zu behalten, um ihr Gesicht zu wahren. Leugnen jeden Fehler, und am Ende stehen sie wieder makellos da. Es wird so dargestellt, dass sie nicht anders handeln konnten. Dass sie Zwängen unterworfen waren. Sie reden so lange auf dich ein, bis du den Schwachsinn am Ende glaubst, und dann haben sie dich da, wo sie dich haben wollen. Was du vorher für Wahrheit gehalten hast, ist plötzlich eine Lüge, nur weil man dich geschickt manipuliert hat. Unsere Wahrnehmung wird still und heimlich verändert.«

»Meine Güte«, stöhnte Pohlmann. »Was Ihnen alles im Kopf rumspukt. Ich hatte Sie eigentlich nur gefragt, ob Sie sich vorstellen könnten, dass es kein Selbstmord gewesen war bei Keller.« Annegret richtete sich abrupt auf, als schien das Gespräch für sie zu Ende zu sein. »Keine Ahnung. Woher soll ich das wissen?«

»Ist vielleicht an diesem Tag oder dem davor etwas Besonderes passiert?«

»Nein, nichts.«

Wenn der Professor sich nicht selbst das Leben genommen hatte, wer hatte ihn dann getötet und vor allem, warum? Martin schloss für einen Moment die Augen und dachte nach. Wieder die alte, entscheidende Frage nach dem Motiv. Wer bringt skrupellos Menschen um und warum tut er es?

»Eine letzte Frage: Glauben Sie, dass es stimmt, was Frau Braun in ihrem Buch andeutet? Dass der Professor diesen Nazi getötet hat? Auf der einen Seite ein Mann, der von Ihnen als so beherrscht beschrieben wird, tötet einen anderen, selbst wenn es ein alter Nazi war. Das wäre doch auch ein triftiger Grund, sich das Leben zu nehmen. Die Schuld, mit der er nicht mehr leben konnte.«

Annegret sah auf die Uhr und stand auf. »Das müssen Sie selbst herausfinden und Emmi fragen, wie sie darauf kommt. Ich persönlich kann mir nicht vorstellen, dass der Professor zu so etwas fähig gewesen sein sollte. Aber …«, sie stülpte die Lippen und hob die Schultern, »… wer weiß schon, was so alles in einer Seele abgeht? Das müssten Sie doch am besten wissen, Herr Kommissar.« Pohlmann schaute zu Annegret empor, die vor ihm stand und sich zum Gehen umwandte. Das feine Lächeln war aus ihrem Gesicht verschwunden.

Eine merkwürdige Frau, dachte Martin.

»Na gut, dann will ich mal Frau Braun besuchen.«

»Sie wartet schon.«

»Aber ich hatte mich doch heute gar nicht angemeldet.«

»Ist auch nicht nötig. Emmi sagte heute Morgen, dass Sie vorbeikommen werden, und zog sich an.« Es wurde zunehmend suspekter, und Martin führte diesen Umstand den Mauern zu, in denen er sich befand. Verwundert verließ Pohlmann den Raum und schloss die Tür hinter sich, um neue Türen zu öffnen, die neue Geheimnisse enthüllen würden.

»Gute Besserung, Herr Kommissar.« Martin nickte und kramte in seinen Taschen herum. Er brauchte dringend neue Taschentücher. *So etwas wird es doch in einem Krankenhaus zuhauf geben*, dachte er. Selbst wenn es ein Krankenhaus für zerbrochene Seelen ist.

KAPITEL 26

Hamburg-Norderstedt, 8. November 2010

Martin Pohlmann klopfte an der Tür des Zimmers, in dem Emilie Braun lebte, wenn sie nicht in eigens dafür vorgesehenen Räumen an Gittern und Betten fixiert werden musste. Er rechnete nicht damit, dass ein Herein von innen ertönen würde, doch er sollte sich geirrt haben. Ein schrilles »Ja!« wurde hörbar, und so trat er mit pochendem Herzen und einem ähnlichen Empfinden in seiner Stirnhöhle ein. Der Anblick, der sich ihm bot, verwirrte ihn. Er hatte ein normales Krankenzimmer mit spärlichem Mobiliar erwartet und eine alte Frau, in einem Sessel sitzend. Stattdessen kam er in einen überaus seltsamen Raum. Auf dem Boden standen Türme von aufeinandergestapelten Büchern nebeneinander, im Raum verteilt wie italienische Geschlechtertürme in San Gimignano, und drohten, genau wie diese, jederzeit umzufallen. An den Wänden hafteten so viele beschriebene Zettel in unterschiedlicher Größe und Farbe, dass man die Wandfarbe dahinter kaum mehr erkennen konnte. Mal kariert, mal liniert, mal glatt. In der Ecke des Zimmers befand sich ein einfaches Bett mit einem Nachttisch daneben. Auch hier standen oder lagen Bücher und auf einem der Stapel balancierte eine Nachttischlampe mit einem orangefarbenen Schirm aus den Siebzigern.

Martin stand der Mund offen, während er sich umsah. Dies war also Emilies Zimmer. Direkt vor ihm stand ein Stuhl, in dem niemand saß. Er suchte weiter und fand Frau Braun in der rechten, hinteren Ecke des Raumes auf dem Boden sitzend, mit einem Buch in der Hand. Während sie las, wippte ihr dürrer Körper wie der eines vor der Klagemauer betenden Juden, und ihre Augen ließen keinen Buchstaben aus. Alles in ihrem Gesicht freute sich. Die Augen, die Mundwinkel, die sich ständig bewegten, sogar die Fältchen waren aktiv. Es schien, als sei sie selbst eine Figur in der Geschichte, die sie soeben verschlang. Ihre ausgestreckten Füße steckten in cremefarbenen, altmodischen Schuhen, wie sie ältere Damen trugen. Darüber sah Martin am linken Fuß eine schwarze und am rechten eine dunkelblaue Socke. Die Beine ruhten exakt dicht nebeneinander, und diese Sitzposition sah unbequem aus. Ihre Waden wurden von demselben Rock bedeckt, den er schon kannte, und ihre dünnen Spinnenfinger umfassten das Buch wie einen großen Schatz. Ihr

Oberkörper, der mit einer weißen Bluse mit Rüschen bekleidet war, befand sich in einem rechten Winkel zum Unterkörper, sodass der ganze Mensch Emilie Braun eine Summe geometrischer Figuren darstellte.

»Hallo, Frau Braun«, versuchte Martin, in Emilies Welt einzudringen. Erst reagierte sie nicht, dann nahm sie ein Lesezeichen zur Hand, das neben ihr auf dem Boden lag, und legte es zwischen die Seiten. Sie kicherte wie ein kleines Mädchen, das Geheimnisvolles entdeckt und nun wieder versteckt hatte, und sah zu Martin auf. Ihr Blick war durchaus freundlich und offen, und als Martin genau hinsah, meinte er sogar, einen feinen Lidstrich unter den Augen erkennen zu können. Ihr Kopf war leicht geneigt, und den grauen, lockigen Haaren hatte man eine Wäsche und Wickler angedeihen lassen. Kaum zu glauben, dass diese Frau schon mehrfach das Jenseits von Nahem betrachtet hatte, zuletzt erst wenige Tage zuvor. Sie hatte sich schneller erholt, als Martin gedacht hatte, offenbar war sie geübt darin, sich von ganz unten wieder nach oben aufzurappeln.

»Schön, dass Sie kommen«, sagte sie mit feiner und gleichmäßiger Stimme. »Es wurde mir langweilig und da hab ich ein bisschen gelesen.« Ihre Worte klangen nicht anklagend, nur erklärend.

»Tut mir leid, dass Sie eher mit mir gerechnet haben, aber ich hatte eigentlich gar nicht vor zu kommen. Zumindest nicht heute, erst morgen.« Ein Niesen unterbrach die Stille.

»Haben Sie vielleicht ein Taschentuch für mich?«

Mit einer unerwartet lebendigen Bewegung katapultierte sich Emmi aus der Hocke empor und schlurfte zu dem Nachttisch neben ihrem Bett. Tatsächlich holte sie eine neue Packung Papiertaschentücher hervor und reichte sie ihm. Martin bedankte sich, bevor er die nächste Salve herausprustete. Emmi grinste. Sie trug ihre Zahnprothese, sehr zu Martins Freude.

»Irgendwie habe ich heute Morgen nach dem Aufwachen gespürt, dass Sie kommen. Ich krieg ja nicht oft Besuch, eigentlich nie, deshalb habe ich mich ein wenig herausgeputzt.«

Martin drehte sich zu ihr um und betrachtete die Mimik, als sie das Wort ›herausgeputzt‹ verwendete. Es klang aus ihrem Mund nicht so, als würde sie es oft benutzen, sondern eher so, als hätte sie es irgendwo gelesen und vermutete, dass es nun passen würde, um es an den Mann zu bringen.

»Sind Sie fertig?«, fragte Emmi, als seien sie verabredet gewesen und hätten es nun eilig, irgendwo hinzukommen.

»Wofür?«, fragte er.

»Kommen Sie mit. Ich will Ihnen was zeigen. Wird Sie interessieren.« Emmi ging an Martin vorbei und öffnete die Tür. Davon ausgehend, dass Martin ihr folgen würde, stakste sie voran, vorbei am Schwesternzimmer, vorbei an Paule, der brav patrouillierte und sich gottlob nicht bewegte. Vorbei an verschiedenen Patienten in Bademänteln oder Nachthemden oder mit absurder Kleidung der Caritas in unglaublichen Kombinationen. Manche von ihnen standen im Gang herum, blickten ihnen apathisch nach, andere wiederum sahen durch sie hindurch, in ihrer eigenen Welt gefangen, in der es ihnen aber offensichtlich ganz gut ging, denn sie wirkten keineswegs deprimiert.

Über einen langen Korridor gelangten sie zu einer Tür, neben der ein Schild mit der Aufschrift ›Bibliothek‹ prangte. Allmählich dämmerte es Martin. Emmi wollte ihm ihr Allerheiligstes zeigen, den Ort des Wissens, den Platz, an dem sich die Seelen der Schriftsteller, Philosophen und anderer Verrückter nach ihrem Tod trafen und sich Weisheiten und Erkenntnisse zuflüsterten. Emmi strahlte und hielt Martin die Tür auf. Nachdem er den Raum betreten hatte, schloss sie die Tür hinter ihm zu. Er wusste, dass sie nicht zu Gewalttätigkeiten neigte, ansonsten wäre es ihm mulmig zumute gewesen, mit einem Patienten eines derartigen Etablissements allein in einem Raum, fernab von jeglichem Pflegepersonal und Wärtern, unruhige Minuten verbringen zu müssen.

Seitdem sie ihr Zimmer verlassen hatten, hatte Emmi nicht gesprochen, und Martin dachte sich, dass *sie* den Zeitpunkt wählen würde, an dem sie sich der Außenwelt öffnete.

Die Bibliothek war ein schmuckloser Raum, ganz im Stil der gesamten Klinik. Weiche Farbtöne an den Wänden, der knatschende Linoleumboden unter den Füßen, kein zu öffnendes gitterloses Fenster, zwei einfache Tische mit Stühlen davor in der Mitte des Raumes. Dann gab es noch einen Rollwagen mit zwei Etagen, der, ähnlich wie in Gefängnissen, die Literatur wie Essen auf Rädern zu den lesewilligen und des Lesens mächtigen Patienten brachte.

Was es reichlich gab, waren Bücher.

Emilie schritt bedächtig und mit großer Ehrfurcht eine lange Regalreihe entlang. Sie begann an der linken Wand und ging wie in einer Prozession Buch für Buch ab. Sie hob ihre linke Hand und streifte mit den Fingern die Buchrücken, während sie weiterging. Sanft und andächtig schaute sie an dem Regal empor, und ein sonderbares Leuchten loderte in ihren Augen. Ganz nahe kam sie den Büchern, als wolle sie ihnen etwas zuflüstern oder als würde sie an sie gerichtete Botschaften daraus vernehmen.

»Sie sind oft hier, nicht?«, unterbrach Martin die Stille.

»Ich hab sie alle gelesen«, sagte sie leise, als spräche sie mit sich selbst, doch gerade laut genug, dass jemand in der Nähe sie verstehen konnte. Vielleicht wollte sie es aber auch nicht angeberisch klingen lassen, an die 600 bis 700 Bücher gelesen zu haben. Martin überschlug die Anzahl der Regale und multiplizierte sie mit der Menge der darin übereinandergestellten Bände. Obgleich nie ein Matheass, kam er auf über 850 Bücher.

Ein erstauntes Wow entwich ihm. »Wirklich alle?«

Emilie antwortete nicht auf Martins Zweifel. Es war ihr egal, ob er ihr glaubte. Die Bücher wussten, in wessen Hand sie gelegen hatten, und das reichte ihr.

Als die andächtige Prozession beendet war, wandte sich Emmi ihrem Besucher zu und wirkte wie ein kleines Mädchen, das eine Eins in einem ihrer Schulfächer mit nach Hause gebracht hatte.

»Das ist ziemlich beeindruckend. Ich glaube nicht, dass ich am Ende meines Lebens so viele Bücher gelesen haben werde.«

»Wer weiß? Ist ja noch nicht zu Ende. Ich hatte viel Zeit. Hab die letzten 30 Jahre hier verbracht.«

»So viel bedeuten Ihnen Bücher?« Martin staunte über die Entscheidung eines Menschen, sich lieber mit toten Buchstaben als mit Menschen abgeben zu wollen. Es sei denn, es gab einen triftigen Grund für dieses Verhalten.

Wie als hätte er Emmi gefragt, lieferte sie ihm die Antwort. »Hier tut mir keiner weh. Hier bin ich sicher.«

»Frau Braun, ich glaube nicht, dass Ihnen in diesem Krankenhaus etwas passieren kann«, protestierte Martin.

»Vielleicht nicht in diesem, obwohl …, aber dafür in allen anderen, wo ich war.« Martin erinnerte sich an die Einträge in Emilies Kladde, an deren finstere Gedichte und Andeutungen, die sie selbst kaum auszusprechen wagte. Und doch schien sie heute wieder bereit zu sein, sich für ihn zu öffnen, und er wollte diese Gelegenheit nicht ungenutzt lassen.

Emmi ging zu einer Regalreihe und schaute hinauf. »Hier leben Menschen, die Schlimmeres als ich durchmachen mussten.« Dann ging sie einen Schritt weiter. »Hier, zum Beispiel der hier«, Emilie zog ein Buch von einem Mann namens Gregor Woitsynski hervor und hielt es ihm hin, »wurde im Krieg beinahe von den Nazis getötet, lag halbtot in einem Graben unter einem Kameraden und hat nur deshalb überlebt, weil alle Kugeln im Körper seines Freundes stecken geblieben sind.« Martin verzog das Gesicht.

»Er hat alles aufgeschrieben und jetzt lebt er hier, bei mir, und ruht sich aus.« Emmi schob das Buch behutsam an seinen angestammten Platz zurück und blickte Martin in die Augen. Dann ging sie in die Hocke, setzte sich auf den Fußboden und lehnte dabei mit dem Rücken an den Büchern. Einen Augenblick schloss sie die Augen, dann sah sie wieder zu Martin auf und klopfte mit der rechten Hand auf den noch freien Platz neben sich. Sie verschmähte den Tisch mit den drei braunen Stühlen und suchte die Nähe ihrer Literaten. *Sie ist eben doch ein wenig sonderlich*, dachte Martin, störte sich aber nicht an dieser anderen Form des

Sitzens und hockte sich neben sie. Wieder lagen ihre Beine perfekt nebeneinander, und die Schuhspitzen ragten zur Decke.

Martin suchte nach einem Gesprächsanfang. Fragen hatte er genug, doch welche sollte es zuerst sein?

»Wie geht es Ihnen heute?«, begann er und fand diese Frage derart bescheuert, dass er sofort eine weitere hinterherschob. »Haben Sie den Brief des Professors wiedergefunden?« Emmi blickte zur verschlossenen Tür.

»Ich weiß jetzt, dass er auf meinem Buch lag. Ich habe noch einmal ganz feste darüber nachgedacht und ich bin mir sicher, dass er da war. Jemand muss ihn weggenommen haben, bevor man mich gefunden hat.«

»Haben Sie eine Ahnung, wer das gewesen sein könnte?«

»Bestimmt dieser Fiesling Dräger.«

»Warum, meinen Sie, sollte er das getan haben?«

»Er mag mich nicht.«

»Aber nur, weil er Sie nicht mag, stiehlt er Ihnen doch nicht den Brief des Professors. Das reicht nicht aus. Was hat er denn davon?«

»Das weiß ich nicht. Aber ich weiß, dass er mich nicht mag. Will, dass ich sterbe.«

Martin wusste, dass er an diesem Punkt vorsichtig sein musste. Mit Menschen, die einen Suizid hinter sich hatten, konnte man nicht reden wie mit völlig normalen. Man wusste nie, ob das Thema für den Betreffenden erledigt war oder ob er auf dem Sprung in den nächsten Selbstmordversuch war.

Dennoch wagte er einen Versuch. »Aber Sie wollten es doch auch. Und zwar schon öfter.«

»Klar, warum auch nicht? Haben Sie noch nie daran gedacht zu verschwinden?« Martin hatte mit einer derartigen Frage nicht gerechnet, sah aber keinen Grund, ihr nicht die Wahrheit zu sagen. »Doch, das habe ich. Aber eben nur daran gedacht. Ich habe es nicht durchgezogen so wie Sie.«

Emilie wedelte mit den Händen, als wolle sie Fliegen verscheuchen. »Ist keine große Sache, geht ganz schnell.«

»Aber sie ist so verdammt endgültig, Ihre nicht so große Sache. Wenn es mal klappt, gibt es kein Zurück mehr. Weg ist weg und tot ist tot und niemand ist bisher zurückgekommen.«

»Warum sollte man zurückkommen wollen? Was ist hier denn so toll, dass es sich lohnt, zurückzukommen?«

Martin dachte nach. Unwiderruflich zu verschwinden? Auf Nimmerwiedersehen? Er schüttelte den Kopf bei diesen Erwägungen. »Nun, ich finde das Leben eigentlich ganz okay. Manchmal ist es Mist, zugegeben, doch im Großen und Ganzen finde ich es ganz gut.« Martin zog die Beine zum Körper heran und umklammerte sie mit den Armen. Er begann zu frieren.

»Okay, Sie vielleicht. Aber was ist mit mir? Ich lebe, seitdem ich denken kann, in Heimen, Krankenhäusern und Irrenanstalten. Ich hatte nie einen Mann, wollte ich auch nicht, aber trotzdem. Ich hatte nie Sex und all diesen Unsinn. Und keine Kinder. Ich habe nie was Richtiges gelernt außer Lesen und Schreiben.«

Emilie machte eine Pause und schien in die Ferne zu blicken. »Und doch kenne ich alles. Ich weiß, wovon Sie reden, aber eben nur aus den Büchern.« Emilie Braun hob die Hand wie zu einem Gruß. »Stellen Sie sich vor: Ich war schon überall auf der Welt. Ich kenne jeden Winkel, aber ich weiß nicht … wie es sich anfühlt, das Leben.« Emmis Blick verlor sich in der Weite des Raumes. Dann beugte sie sich vor. »Also!«, forderte sie Martin beinahe wütend auf. »Nennen Sie mir einen Grund, warum ich noch auf dieser bescheuerten Erde bleiben sollte.« Martin stand auf und ging ein paar Schritte. Er war erstaunt über diesen unerwarteten Wutausbruch und musste Zeit gewinnen. Eine solche Frage war nicht mal eben beantwortet. Sein Blick fiel auf die Regalwand. Spontan fiel ihm eine Antwort ein:

»Es gibt garantiert noch Bücher, die Sie noch nicht gelesen haben.« Martin war sich sicher, dass er sie damit überzeugt hatte, doch sie drehte sich auf dem Boden zu den Büchern um und meinte:

»Ich habe Ihnen doch gesagt, dass ich sie alle gelesen habe. Eins nach dem anderen. Es gibt keins mehr, das ich nicht kenne.«

»Ja, hier!«, erwiderte Martin zügig. »Aber da draußen gibt es noch Tausende.« Martin deutete mit einer ausladenden Geste die Größe der Erde an. Dann fügte er hinzu: »Es gibt so viel, für das es sich lohnt, am Leben zu bleiben. Die Natur ist schön, okay, nicht gerade jetzt, in dieser Jahreszeit, zugegeben, aber dort, wo ich die letzten zwei Jahre war, ist es wunderschön. Es gibt Tiere und Pflanzen, die Sonne, das Meer. Ja, genau. Was ist mit dem Meer?« Martin hastete in der Bibliothek umher. Gestikulierend entwickelte er sich zu einem Advokaten, der ein Plädoyer auf das Leben und dessen Schönheit hielt. »Es gibt so viele Gelegenheiten und Momente, in denen man glücklich ist. Die Summe der Kleinigkeiten ist es, die das Leben lebenswert macht.« Plötzlich fiel ihm auf, wie sich seine Stimmung besserte. Er hatte zu sich selbst gepredigt.

»Zeigen Sie's mir?«, fragte Emmi und eine gewisse Traurigkeit schwang in ihrer Frage mit.

»Was soll ich Ihnen zeigen?«

»Na, das Meer. Sie haben mich gefragt, was mit dem Meer ist. Ich hab keine Ahnung, was mit dem Meer ist. Ich war noch nie dort. Ich hab auch noch keine Berge gesehen, nur ein Mal, aus dem Zug heraus, als wir von München nach Bremen fuhren, aber das ist schon so lange her.«

Martin wurde in Gedanken zu seinem Hotel in Ecuador zurückgerissen. Nur zehn Meter vor seiner Veranda wirbelte die Flut den feinen Sand auf, brachte kleine, exotische Muscheln mit, die am nächsten Morgen wieder verschwunden waren. Er liebte das Meer und konnte sich nicht vorstellen, wie man leben könne, ohne es einmal gesehen zu haben.

»Ja, vielleicht«, murmelte er. »Vielleicht zeige ich Ihnen mal das Meer.«

KAPITEL 27

Hamburg-Norderstedt, 8. November 2010

»Ach, hier stecken Sie. Ich hätte es mir denken können.« Annegret steckte den Kopf zur Tür herein und fand Emilie ein weiteres Mal an ihrem angestammten Platz vor. Auf dem Boden sitzend, mit einem Buch in der Hand. Doch diesmal fand sie sie heiter vor, nicht deprimiert wie meistens, wenn man sie hier entdeckte.

Wann immer man Emilie in Begleitung ihrer Bücherfreunde aufspürte, führte sie ein intensives Zwiegespräch mit ihnen. Zum einen mit den Autoren. Sie diskutierte mit ihnen, warum sie manches so und nicht anders geschrieben hatten. Verdammte in Gedanken die Adjektive und Adverbien aus dem Text und ersann dafür kräftigere Substantive und wählte Verben, die die Aussagen lebendiger erscheinen ließen.

Darüber hinaus empfand sie volle Empathie mit den Figuren, die gnadenlos durch unzählige Konflikte getrieben wurden, weinte mit ihnen und lachte mit den Helden, die glorreiche Siege errangen. Die Geschichten in den Büchern waren für sie so real, dass sie all ihre Gefühle in sie hineininvestierte. Sie kämpfte mit den Guten und verfluchte wutentbrannt die Bösen, und hatte sie die letzte Seite zugeschlagen, wachte sie aus diesem Traum auf und griff nach dem nächsten Buch. Die Zeit dazwischen dachte sie über die Dinge nach, die den Menschen zwischen den Buchdeckeln widerfahren waren. Und so ließ sie sich von einer Geschichte zur nächsten treiben und verbrachte die Jahre mit nichts anderem als mit Lesen. Bis sie eines Tages selbst beschloss, all ihre Tagebucheinträge, die sie zeitlebens zu Papier gebracht hatte, zu sortieren, zu überdenken, die Geschehnisse Revue passieren zu lassen. Fragmente davon hingen an der Wand ihres Zimmers. Schließlich begann sie, alles in einer ledernen Kladde mit Seiten ohne Linien fein säuberlich aufzuschreiben. So wie viele Menschen außerhalb der Mauern hatte auch Emilie einen Traum und der bestand darin, etwas Bedeutendes zu erschaffen. Vielleicht nicht bis zur Ewigkeit reichend, doch über ihren so oft selbst gewählten Tod hinaus hätte ihr schon genügt. Prosa zu erschaffen, die so in dieser Form noch nicht da war. Und diese Prosa lag derzeit auf Martin Pohlmanns Nachttisch und wartete auf ihn. Doch bevor er sich der Lektüre von Emilies Buch widmen konnte, hatte er eine weitere Aufgabe zu erledigen. Er musste Fragen beantworten und zwar schnell.

Dafür, dass er es eilig hatte, verbrachte er erstaunlicherweise viel Zeit im Gespräch mit dieser alten Frau, die ihn anfangs angewidert hatte, deren Geruch er kaum ertragen konnte und deren Anwesenheit in seinem Leben ihn störte wie ein lästiger, ungebetener Eindringling. Doch das Empfinden dieser Person gegenüber, die zwar in einer Nervenheilanstalt lebte und auch sicherlich als sonderbar zu bezeichnen war, hatte sich so leise verändert, dass er es kaum wahrgenommen hatte. Nein, er verachtete sie nicht mehr. Stattdessen konnte er kaum fassen, dass es Menschen gab, die noch nie in den Genuss salziger Meeresluft gekommen waren, die noch nie dem Rauschen der Brandung gelauscht hatten, sich noch nie von ihr in einen friedlichen, tranceähnlichen Zustand hatten versetzen lassen. Er spürte, wie der eigenartige Wunsch in ihm aufstieg, Emmi vor ihrem Tod daran teilhaben zu lassen. Er wunderte sich über diese Regung und als er sich in der Bibliothek an der Tür noch einmal umdrehte, sah er, wie die Krankenschwester Annegret liebevoll ihrer betagten Patientin aufhalf, ihr den losen Schmutz des Bodens vom Rock klopfte und sich bei ihr einhakte, um sie zu ihrem Zimmer zu begleiten. Eine kleine Weile blieb Pohlmann regungslos in der Bibliothek stehen. Emilie, die einen Kopf kleiner als Annegret war, sah zu ihr über die Schulter hinauf und flüsterte ihr leise zu: »Er will mir das Meer zeigen.« Annegret hörte die kindliche Erregung in diesem Satz heraus. »So? Will er das?« Annegret drehte sich zu Martin um und bedachte ihn mit einem fragenden Blick.

»Ich muss mich noch in Professor Kellers Büro umsehen. Würden Sie es mir bitte zeigen?«

Annegret und Emilie tippelten durch die Tür der Bibliothek, die Martin ihnen aufhielt.

»Klar«, gab Annegret zurück. »Emmi braucht ihre Medikamente, danach zeig ich es Ihnen.« Martin nickte und sah dem ungleichen Pärchen hinterher.

*

Annegret schloss Martin Pohlmann das ehemalige Büro von Professor Hans Keller auf. Es war seit dessen Tod nicht wieder geöffnet worden. Das Licht drang durch die Jalousien, und der Staub in der Luft leuchtete wie Plankton.

Natürlich hatten Schöller und die Spurensicherung darin herumgewühlt, so getan, als wüssten sie, wonach sie suchen müssten. Als verstünden sie etwas von dem Job eines Ermittlers, eines Spürhundes.

In dem Moment, als Martin das Büro betrat, überließ ihn Annegret seiner Arbeit. Es war gegen 18 Uhr; Essenszeit und Medikamentenausgabe. Manche mussten gefüttert werden, da sie nur lethargisch vor dem Teller saßen und verhungert wären, hätte man sich nicht ihrer angenommen. Andere hampelten wie kleine Kinder auf ihren Stühlen hin und her und mussten angebunden werden. Der Lärmpegel in dem Speisesaal war beträchtlich, und Martin war froh, die Tür des Büros hinter sich schließen zu können. Er wollte in diesem Raum unbedingt allein sein, um die Ohren für die Stimmen frei zu halten, die nur einsam und leise wahrgenommen werden konnten. Feine Eindrücke, die all seine Sinne forderten.

Er stand drei Minuten bewegungslos hinter der geschlossenen Tür und blickte in den Raum hinein. Er ließ seinen Gedanken freien Lauf. Gedanken, die nicht angenehm für ihn waren, aber dafür waren sie wichtig. *Ich kenne diesen Raum. Vermutlich sehen sie alle gleich aus, diese Büros von Psychiatern. Wie lange ist es her? Zwei Jahre? Fast drei? Diese Zertifikate an den Wänden … Ich kenne sie alle, sie sehen alle gleich aus. Eine vertrauensbildende Maßnahme für den Patienten, der seinen Therapeuten unter den Auszeichnungen wie unter einem Heiligenschein sitzend sieht und ihm die Unfehlbarkeit zuspricht. Zumindest hofft er das, denn wer sollte ihm sonst helfen? Die Scherben der zerbrochenen Seele wieder zusammenzuflicken wie ein Puzzle, bei dem einige Teile fehlen und nach denen man gemeinsam sucht. Hat er meine fehlenden Teile gefunden, damals? Ich glaube nicht.*

Martin schüttelte den Kopf und die Gedanken darin kräftig durch. Er bemerkte, dass seine Augen feucht waren und schrieb es der Erkältung und nicht den Gedanken an Sabines Tod zu, die in regelmäßigen Abständen in ihm hochkamen.

Es geht nicht um mich, verdammt noch mal. Konzentrier dich. Was siehst du hier? Wer hat hier gelebt und gearbeitet? Ein Mensch, der fähig war, jemanden zu töten, und der sich schließlich zwei Jahre später vor Gram selbst umgebracht hat, obwohl die Patienten seiner bedurften? Wer war Professor Keller wirklich? Was hat ihn beschäftigt? Was hat ihn angetrieben?

Martin schlich wie eine Katze in dem Raum umher. Die Tür war geschlossen und die Jalousien zum Flur hin zugezogen. Er war allein und doch trieb ihn das Gefühl um, er wäre es nicht. Als würde man ihn beobachten, aus einem Winkel heraus, zwischen den Lamellen der Jalousien hindurch. Schweißperlen sprossen aus den Poren auf seiner Stirn hervor und mit einem großen Schritt war er am Fenster, riss viel zu ungestüm die Lamellen auseinander und blickte hinaus auf den Flur. Natürlich ging der eine oder andere an seinem Fenster vorbei, doch ohne wirklich Notiz von ihm zu nehmen.

Er schüttelte seine Paranoia ab, fasste sich an die feuchte Stirn und meinte, mehr als die normale Körperwärme dort zu ertasten. Er versuchte, sich wieder auf die eigentliche Aufgabe zu konzentrieren. Er beschloss, systematisch das Büro zu durchforsten. Also setzte er sich an den Tisch, an dem der Professor gestorben war. Es war ihm unangenehm. Er kam sich wie ein

Einbrecher vor und erwartete jeden Moment, Professor Keller hereinkommen zu sehen, der ihn fragte, was er hier zu suchen hätte.

Martin knipste das Licht einer Lampe an, die vor ihm auf dem Schreibtisch stand. Er mochte diese englischen Lampen mit grünen Glasschirmen. Er hätte gern einmal eine besessen.

Mit Bedacht zog Martin die erste der insgesamt vier Schubladen auf. Dort schien der Professor eine gewisse Unordnung zugelassen zu haben, denn ansonsten war das Büro aufgeräumt und sauber. Martin kramte in dem Schubfach herum und schob Radiergummis, Bleistifte, Füller und Kugelschreiber hin und her. Am Boden des Faches war ein tennisballgroßer blauer Fleck einer ausgelaufenen Lamy-Tintenpatrone, die danebenlag.

Im hinteren Teil befanden sich Zettel mit Notizen unwichtiger Art: Einkaufszettel, Tankquittungen, Erinnerungshilfen, wann die Müllabfuhr kam, wann welche Zeitung abbestellt werden musste, diverse Visitenkarten und auf abgerissene Schnipsel gekritzelte Telefonnummern. Er schob die Schublade zu und widmete sich der nächsten. Hier sah es deutlich strukturierter aus. Leere Formulare, die patientenspezifisch ausgefüllt werden mussten. Vordrucke, die ein paar Kreuze bedurften und zügige, nicht sonderlich individuelle Bearbeitung versprachen. Ein kleines Feld im unteren Viertel lautete: Besonderheiten. Es bot Platz für zwei, maximal drei Zeilen. Martin vermutete, dass dies für Patienten gedacht war, die einen kurzen stationären Aufenthalt in der Klinik genossen.

Die dritte Schublade beheimatete einen Stapel empfangener Briefe. Überwiegend Kontoauszüge der HASPA, der Hamburger Sparkasse. Überweisungsdurchschläge derselben Bank mit scheinbar regelmäßigen, niedrigen Überweisungsbeträgen. Dann fand er Briefe von Angehörigen von Patienten, wie Martin in ein, zwei geöffneten Umschlägen feststellte. Ebenso Anfragen von Ärzten bezüglich der Therapie und des voraussichtlichen Entlassungsdatums.

In der vierten und größten Schublade waren Akten hängend

einsortiert, und Martin fand heraus, dass es sich hier um Personalakten handelte von Angestellten, die auf dieser, Professor Keller unterstellten, Station arbeiteten. Er zog die Akte von Annegret heraus und bemerkte, dass er leicht errötete. Es fühlte sich wie ein unrechtmäßiges Herumschnüffeln an, aber genau das war er, der Schnüffler einer Sonderkommission, der dafür bezahlt wurde herauszufinden, ob jemand Dreck am Stecken hatte. Ob es Ungereimtheiten gäbe, nicht stimmige Profile und vieles mehr. Er schlug die Akte von Annegret auf und betrachtete das Foto. Ein hübsches Mädchen, schlanker zum Zeitpunkt der Bewerbung, aber genau dieselbe Annegret, die er kennengelernt hatte. Die feinen Grübchen in den Lachfalten, Sommersprossen über der Nase und das lausbübische Leuchten in den Augen. Martin las die fehlerfreie Bewerbung und blätterte zu den Zeugnissen um. Es gab keine Drei, nur Zweien und Einsen, insgesamt ein ausgezeichnetes Abschlusszeugnis. Warum man sich um eine Stelle in einer psychiatrischen Anstalt bewarb, konnte Martin nicht begreifen. Vielleicht würde sie es ihm bei einem guten Glas Rotwein erklären. Auf einem Sofa sitzend, mit seinem Arm um ihre Schultern. Ja, er musste sich eingestehen, er mochte sie.

Pohlmann hängte die Akte von Annegret zurück und ging die Hängeordner noch einmal von vorn durch. Die meisten Namen der Beschäftigten kannte er nicht, bis ihm die Akte von Lars Dräger in die Finger kam. Bisher hatte er ihn als unauffälligen Pfleger um die Mitte 20 kennengelernt, für den sich Annegret verbürgte. Dennoch stand die Aussage von Emilie Braun im Raum, die behauptete, dass Dräger sie nicht mögen würde. Nein, mehr noch. Sie hatte ihm ja heute offenbart, er wolle sogar, dass sie sterbe. Martin dachte über die Glaubwürdigkeit von Emmis Worten nach. Er durfte nicht den Fehler machen, zu voreilig zu sein, Schlüsse zu ziehen, die ihn auf eine falsche Fährte lenkten. Immerhin sagte dies eine Frau, die unter Medikamenten stand, sich Tage zuvor das Leben nehmen wollte und, insgesamt betrachtet, recht sonderbar war.

Martin schlug die Akte von Dräger auf und begann zu lesen. Er las die ebenfalls fehlerfreie Bewerbung, den klassischen Lebenslauf mit Realschulabschluss und ein perfektes Zeugnis mit guten Noten. Fast zu sauber.

Alles an der Akte war blitzblank, obgleich Martin mit den Namen der Eltern und des Bruders nichts anfangen konnte. Aus einem Bauchgefühl heraus beschloss er, die Akte mit nach Hause zu nehmen und sie einstweilen beiseitezulegen. Die anderen Akten ließ er hängen und schob die Schublade zu. Der Schreibtisch war erledigt, jedenfalls vorerst.

Pohlmann schwang in seinem Sessel herum und betrachtete die vielen Bücher in den Regalen. Wie der Schreibtisch waren auch die Regale nicht wie bei ihm zu Hause von Ikea stammend, sondern aus kräftigem Mahagoniholz gefertigt, solide, ohne dass irgendwelche Schrauben oder Plastikteile das Auge des Betrachters störten. Martin stand auf und strich mit der Hand über das feine Holz. Die Kanten waren kunstvoll abgerundet, und jede einzelne Zelle seiner Finger, die des Tastsinnes mächtig war, erahnte den hohen Wert dieser Schreinerarbeit. Martin blickte an den Regalen hinauf und bewunderte das große Maß an Wissen, das zwischen diesen Buchdeckeln schlummerte. Da standen die typischen blau-weißen medizinischen Thieme-Bücher, die sich in jedem Arbeitszimmer eines Arztes finden ließen. Eine weitere Reihe war vollgestellt mit alten Bänden mit dunkelbraunen Einbänden, größtenteils auf Englisch. Das nächste Regal ächzte unter der schweren Last verschiedener Anatomieatlanten. Gleichwohl nicht für den täglichen Dienst eines Psychiaters vonnöten, schien Professor Keller ein Sammler medizinischer Literatur verschiedener Epochen gewesen zu sein. Jemand, der Freude daran hatte, ein Buch hervorzuziehen, nicht, um es zwingend zu lesen, sondern, wie es bibliophile Menschen taten, es anzuschauen, zu halten und darüber zu streichen. Jemand, der keine Bücher liebte, mochte über solch ein Verhalten nur den Kopf schütteln, doch Martin erahnte, dass Emilie Braun und Hans Keller eine gemeinsame Leidenschaft verbunden hatte.

Am Rand des Regals, zur Raumecke hin, dort, wo ein mächtiger Ohrensessel stand, fand er eine weitere Reihe von Büchern, die mit Medizin nichts zu tun hatten. Sein Blick wanderte über an die hundert Bücher, die sich mit der NS-Zeit beschäftigten. Angefangen beim Ersten Weltkrieg bis hin zur Entstehung des nationalsozialistischen Gedankenguts und seiner perversen Auswirkungen. Bücher, die den Genozid abhandelten, und solche, die sich mit Rassenfragen beschäftigten. Über die Mendelsche Erblehre fand er vier, fünf Bücher, die, wie er aus dem Geschichtsstudium noch wusste, als eine von mehreren Grundlagen zur Entwicklung des arischen Rassengedankens herhalten musste. *Armer Gregor Mendel*, dachte Martin. *Der Mann würde sich im Grabe umdrehen, wüsste er, zu welch perversen Gedanken seine Lehren missbraucht worden waren.*

In derselben Reihe fand Martin Bücher, die seine Aufmerksamkeit erregten: Literatur über die sogenannten Lebensbornheime. Abhandlungen neueren Datums, aber auch 40, 50 Jahre alte Bände, ebenfalls in englischer und deutscher Sprache.

Martin wusste, dass Professor Keller eine Koryphäe auf diesem Gebiet und als Gutachter vor Gericht erschienen war. Darüber hinaus war er es ja gewesen, der das Ansinnen ehemaliger Lebensbornkinder, ihre Vergangenheit aufzuarbeiten, tatkräftig unterstützt hatte. Er förderte deren Engagement, in diversen Archiven nach ihren Vätern und Müttern zu suchen. Doch warum er dies tat, wusste Martin noch nicht. Und fragen konnte er ihn nicht mehr, also musste er hier nach Antworten suchen, an dem Ort, wo der Gelehrte den größten Teil seiner behandlungsfreien Zeit verbracht hatte. Nicht in seiner Wohnung, sondern hier, wo die Essenz seines Lebens konserviert wurde.

Martin zog einen Band hervor mit der Überschrift: Deutsche Lebensbornheime zwischen 1935 und 1945. Er öffnete das Buch und machte Anstalten, sich in den Ohrensessel zu setzen. Einen Moment lang hielt er inne, während er sich die Sitzgelegenheit anschaute. Alles passte in diesem Büro zusammen, wie der Sessel zum Rest des Mobiliars. Er war, wie er kurze Zeit später feststellte, mit braunem, weichem Leder bezogen, und die abgeschabten, blanken Kupfernieten traten in dem Dämmerlicht wie neugierige, glänzende Augen hervor.

Ja, er wagte es, sich mit dem Buch in der Hand zu setzen und zu hoffen, dass das Buch, der Sessel oder irgendetwas anderes im Raum zu ihm sprechen würde, um das große Rätsel des Todes von Hans Keller ein Stück mehr zu lüften.

KAPITEL 28

Der Mörder stand vor dem Spiegel in seinem häuslichen Bad und bewunderte sich. Er griff nach dem Rasierapparat und begann, sich wie jeden Morgen zu rasieren. Ein älteres Modell mit einem Stromkabel daran. Während er in das bleiche Gesicht mit den grau-braunen Augen starrte, regte sich keinerlei Skrupel in ihm. Er erlebte eine aufregende Zeit, er erfüllte eine wichtige Mission, in der das Gewissen kein Stimmrecht besaß. Er kämmte sich das volle Haar, und wieder gefiel er sich. Hätte man jemand Objektiven gefragt, wäre das Urteil unter Umständen nicht derart mild ausgefallen. Manch einer hätte gesagt, er sei unförmig, ein anderer würde ihn als profillos bezeichnen, ein dritter schlichtweg als hässlich. Doch er gefiel sich nicht deshalb so gut, weil er sich an Äußerlichkeiten maß, sondern weil er sich für wichtig hielt. Er hatte in einem Spiel der Mächtigen nach so vielen Jahren endlich Bedeutung erlangt. Dies zumindest wollte man ihn glauben machen. Für die, die ihn trainiert hatten, war Erntezeit. Die Früchte der Saat gingen auf.

Er verließ das schmuddelige, dem letzten Jahrhundert entstammende Badezimmer und ging in den Raum, der ihm als Wohnzimmer diente, obgleich er nicht darin wohnte, sondern eher hauste. Eine Wand, die dringend neue Farbe benötigt hätte, war mit einer großen Flagge des Großdeutschen Reichs verhängt. Wohin man sah, prangten vergilbte Bilder aus der Zeit zwischen 1930 bis 1945. Alte Nazipropaganda mit Parolen, von denen man annehmen sollte, dass an diesen Wahnsinn im Jahr 2010 niemand mehr glaubte.

Die Einrichtung schien aus einer Sammlung Sperrmüll zu bestehen. Es ließ sich keinerlei Stilrichtung erkennen, alles diente ausschließlich der Zweckmäßigkeit. Ein Sofa und ein Sessel, ein Tisch mit einem PC, ein Schrank für wenige Bücher mit derselben Thematik wie an den Wänden sowie unbedeutender Kram wie Abzeichen, billige Nachbildungen von Orden und diverse Schulterklappen.

Der Mann, der zum Töten prädestiniert schien, setzte sich an den Tisch, fuhr den Rechner hoch, loggte sich ein und begann, die nächsten Zeilen innerhalb seiner mörderischen Chronik zu verfassen. Er liebte es, seine Gedanken zu ordnen, sie festzuhalten, das Gefühl zu beschreiben, das ihn erfasste, wenn das Leben der Menschen, die nach Ansicht seiner Auftraggeber kein Recht auf ihre Existenz hätten, erlosch. Fünf Mal war er überaus erfolgreich gewesen und drei weitere Male würden für ihn auch kein Problem darstellen. Im Gegenteil. Mit jedem Mal wurde es leichter, erregender.

Das Gefühl von Macht über Leben und Tod.

Er könnte sich daran gewöhnen.

Er sah in die Ecke, wo sich Zimmerdecke und Wand in einem Spinnennetz trafen, und überlegte, wie er bei seinem nächsten Mord vorgehen sollte. Sonst schrieb er erst, wenn es schon vollbracht war, doch nun wollte er seine Community bereits daran teilhaben lassen, wie man es plante, einem Menschen das Leben zu nehmen.

Viertes Posting

Wie tötet man einen Künstler? So, dass es nach Möglichkeit wieder wie ein Selbstmord aussieht. Künstler braucht eh kein Mensch, erst recht nicht diesen Idioten. Ein Lebenskünstler will er sein, dass ich nicht lache. Dieser Penner. Bringt nichts zu Ende, was er anfängt und produziert – nur Schrott. Und wenn er Langeweile hat, stochert er in alten Geschichten herum, sucht nach seinen Eltern, vermisst seinen Papi. Mann, mir wird schlecht.

Es gibt viele Möglichkeiten, die Flasche zu beseitigen. Den Selbstmord würde man ihm locker abnehmen. Was kann der mit 70 Jahren noch vom Leben erwarten? Keine Frau, keine Kinder, wenig Freunde, Anhänger der Grünen und sonst nur bescheuerte Kunst im Kopf, die keiner kauft. Beschissene Bilder einer verirrten Seele. Weg mit ihm!

Ich glaube, ich weiß jetzt, wie ich es anstelle. Ich könnte mich mit ihm treffen, wo ich ihn irgendwo runterschmeiße. Ich lasse ihn mit seiner alten Karre zum Steinbruch kommen, gehe ein paar Schritte mit ihm, sag ihm, ich bewundere seine Bilder und diese anderen Dinger – Skulpturen und so. Welche Technik er am liebsten benützte, Öl oder Acryl, werde ich ihn fragen. Wie er auf seine Motive komme, wo er bloß die ganze Fantasie hernähme und so weiter. So hungrig, wie der nach Anerkennung und Bewunderung ist.

Ich könnte ja ein Autor sein, ein Agent oder ein interessierter Käufer. Ich werde ihn derart vollsülzen, dass er mir aus der Hand frisst. Dann führe ich ihn beiläufig zu dem Aussichtspunkt, wo im November niemand spazieren geht, und dann bringe ich dem schmächtigen Kerlchen das Fliegen bei. Kein Abschiedsbrief und nichts. Ein einsamer Abgang. Ein schwacher Mensch, der die Bildfläche verlässt. Besser für alle. Natürliche Auslese. Die Schlappschwänze gehen, die Starken bleiben, so wird es immer sein.

Sein Balkon würde es auch tun. Könnte ich mir den Spaziergang sparen. Klingeln. Rein in die Bude. Was auf die Fresse hauen. Balkontür auf und raus mit ihm. Dauert keine fünf Minuten. Wenn er unten ankommt, ist er Matsch. Ja, ich schätze, das ist besser. Viel leichter. Schnelles Geld für den Job, und ein Spinner weniger auf der Welt. Also, mein Guter, zähl deine letzten Stunden.

Ich komme.

KAPITEL 29

Hamburg-Norderstedt, 8. November 2010

Müde und ohne nennenswerte Ergebnisse. So fasste Martin Pohlmann seine Situation gegen 18.30 Uhr zusammen. Er kauerte in dem alten Ohrensessel von Professor Keller, und wäre dies nicht das Büro eines Psychiaters gewesen, jener Zunft, die er zwei Jahre zuvor nie wieder hatte in sein Leben eindringen lassen wollen, hätte er sich in diesem Raum wohlgefühlt. Die warmen Brauntöne der Möbel, die geschmackvollen Bilder an den Wänden und der Geruch eines Mannes, der für viele wie ein Vater war, schien allem anzuhaften, was er berührte. Die Ruhe, die ihn umgab, inspirierte ihn, über seinen Fall nachzudenken.

Wer bringt einen warmherzigen, sich um kranke Seelen kümmernden 70-jährigen Arzt um, und war ebendieser Arzt vorher seinerseits in der Lage gewesen, das Leben eines anderen zu nehmen, auch wenn es im Affekt geschehen wäre?

Martin erhob sich aus dem Sessel, strich sich über das im Nacken zusammengebundene Haar und gab sich seinen Fragen hin.

Er ging in dem Büro auf und ab und suchte nach Hinweisen, die nicht ins Auge sprangen. *Such nach einer Spur,* ermahnte er sich. *Warum hatte Keller so ein Interesse an Menschen, die in Lebensbornheimen aufgewachsen sind? Verdammt! Warum?*

Ein verwegener Gedanke kam ihm, und unwillkürlich musste er lachen.

Einen Grund gäbe es.

Doch der wäre zu abwegig, um wahr sein zu können.

Überall hatte Martin in diesem Büro gesucht. Zumindest dort, wo es jeder getan hätte und wo Schöller und die Spurensicherung ihre Finger im Spiel hatten. *Wenn jemand möchte, dass bestimmte Dinge nicht für jedermann zugänglich sein sollen, wo versteckt er sie dann? Es muss einen Bereich geben, der privat ist, einen kleinen, unscheinbaren, winzigen Bereich, auf den niemand kommen würde, dass man dort etwas verbirgt.*

Martin schritt die Wände ab und strich über die Tapete. Er hob das eine oder andere Gemälde von der Wand ab und hoffte auf einen Safe dahinter oder Ähnliches. In diesen Augenblicken wusste er, dass dieses klischeehafte Versteck nicht existieren würde. Er ging zum Schreibtisch zurück und ließ sich in den Stuhl davor nieder. Er schätzte den massiven Sekretär auf gute 160 Jahre. *Biedermeier*, rief sich Martin ins Gedächtnis. Ein Erbstück oder vom Antiquitätenhändler. Der Professor hatte einen edlen Geschmack und umgab sich gern mit schönen Dingen. Daran bestand kein Zweifel. Vielleicht die einzige Freude, die er sich gönnte.

Martin legte die Hände flach vor sich auf die grüne, lederne Fläche, als könne er über die Linien und Furchen die Wahrheit in sich aufnehmen. Die geschmeidige Beschichtung war nahtlos in das Holz der Umgebung eingearbeitet worden und bot dem Schreibenden eine ideale Unterlage. Auf dieser Ablage hatte der Abschiedsbrief gelegen. Sieben Worte:

Ich halte meine Schuld nicht mehr aus.

Keine Unterschrift. Nichts. Mit dem Computer geschrieben und ausgedruckt. *Hätte jeder schreiben können.*

Hier unterschrieb der Therapeut unzählige Rezepte, verfasste Arztbriefe an überweisende Kollegen, legte ausführliche Diagnosen dar, und auf dieser Fläche ruhten nun Martins Hände, deren Finger den Rand zur umgebenden Tischplatte abfuhren.

Bei genauer Betrachtung schloss die Unterlage nicht bündig mit den Rändern ab. Ein feiner Spalt war zu sehen. Martin zog aus seiner Jackeninnentasche die Brieftasche heraus und entnahm seine Visa Card. Es war, wie er vermutet hatte. Die Karte ließ sich gut einen Zentimeter versenken, am hinteren Rand verschwand sie fast. Pohlmann ließ die Kreditkarte in seiner Brieftasche verschwinden und schob den Stuhl knarrend zurück. Er klopfte mit dem Fingerknöchel auf die Tischplatte und konnte verschieden dumpfe Töne heraushören. Links und rechts seiner Knie stieß er an die Unterschränke, die er durchsucht hatte. Dort, wo sein Bauch bis an die Schreibtischkante reichte und wo sich normalerweise eine frontale Schublade befand, war eine Blende. Der Raum zwischen Tischober- und unterfläche war ungewöhnlich groß. Martin kam ein verwegener Gedanke. *Was wäre, wenn …?* Er tastete den vorderen Bereich des Schreibtisches ab. Die Blende vor seinem Bauch war unbeweglich, es war kein Mechanismus oder Haken oder Verschluss zu ertasten. Es musste einen Raum geben, der den Abstand zwischen grüner Schreibfläche und Unterseite ausfüllte. Es sei denn, die Platte wäre massiv, was ebenfalls für einen Schreibtisch aus dieser Epoche nicht ungewöhnlich wäre. Doch der hohle Klopfschall sprach dagegen. Er hatte mal von einem Schreibpult gelesen, das ein Geheimfach besaß, nur wie es sich öffnen ließ, hatte man in dem Artikel nicht verraten. Martin ruckelte an dem Tisch, drückte die Fingernägel in die Ritzen, nichts rührte sich. Plötzlich kam ihm ein Gedanke. Er stand auf und stützte sich mit beiden Händen an der Vorderseite der grünen Schreibfläche auf. Sie gab nach und ließ sich einige Millimeter eindrücken. In dem Moment, als er losließ, löste sich die Arretierung und der Deckel eines kompletten Faches klappte auf.

Was er dort im Inneren fand, verschlug ihm den Atem. Endlich wähnte er sich der Lösung des Falles ein großes Stück näher. Er könnte Schöller, dem Armleuchter, beweisen, wer der cleverere Bulle war, und auch sein Chef Lorenz würde sich freuen, sofern die Aufschriften auf den Akten, die er dort fand, hielten, was sie versprachen.

*

Martin Pohlmann stand abrupt von dem Schreibtischstuhl in Kellers Büro auf. Er hatte gefunden, was andere übersehen hatten, und sein alter Spürsinn, den er zwei Jahre lang im Müßiggang ersoffen hatte, war auferstanden. Zügig ging er zur Tür und schloss sich ein. Die Jalousien waren zugezogen, sodass er sich in Ruhe den Unterlagen, die er gefunden hatte, widmen konnte. Das geheime Fach beherbergte drei dicke, abgegriffene Akten, die an die 50, 60 Jahre alt sein mochten. Jede von ihnen trug einen Namen auf der Vorderseite. Den ersten Namen kannte er bereits: Gerhard Strocka. Der zweite Name lautete Franz Wegleiter und der dritte Richard Fürst.

Martin schlug die erste Akte auf und fand Dutzende Fotos eines Mannes, der einen hohen Rang bei der SS innehatte. Wie im Fieber blätterte Martin die Akte durch, fand Einträge zum Lebenslauf des Exnazis Strocka, polizeiliche Akten mit offiziellen Stempeln des Verfassungsschutzes sowie einen Eintrag, der ihn mit einem Schlag hellwach werden ließ:

1. Gerhard Strocka, Vater von Hedwig Strocka, geboren am 15. April 1940 im Lebensbornheim Steinhöring, gezeugt mit Hannelore Schmidt.

2. Gerhard Strocka, Vater von Heinrich Strocka, geboren am 11. September 1940 im Lebensbornheim Steinhöring, gezeugt mit Liselotte Stratmann.

Martin blätterte weiter. Er wusste, dass er hier endlich die Akten in den Händen hielt, die den Lichtdimmer in diesem ominösen Fall gewaltig aufdrehen würden. Dann las er den Namen Emilie und erstarrte. Schnell blätterte er zurück. Vier Seiten zurück, eine vor, da war sie wieder:

Emilie Braun, geboren als Hedwig Strocka am 15. April 1940 in Steinhöring. Umzug nach Hohenhorst bei Bremen am 21. August 1944.

Martin gab sich Mühe, das Gekritzel und die verblichenen Schreibmaschineneinträge zu entziffern. Er fand einen Eintrag, der ihm endgültig Klarheit verschaffte.

Geheimsache Strocka/Braun. Eltern Braun liquidiert. Neue Identität Aktenzeichen Z44/330-W. Verlegung Strocka/Braun wegen geistigen Schwachsinns vom Reichsausschuss zur wissenschaftlichen Erfassung erb- und anlagebedingter schwerer Leiden empfohlen. Euthanasie angeraten. Kinderfachabteilung

Lüneburg. Bezugsschwester Hildegard Unger am 30. August 1944 an Pertussis verstorben.

Martin ließ die Akte herabsinken und das Gelesene einsinken. Nur wenige Türen weiter lebte eine Frau, die er eine Stunde zuvor besucht hatte, mit der er Gedanken über das Leben und den Tod ausgetauscht hatte, die sich danach sehnte, das Meer zu sehen. Und eben diese Emilie Braun fand er in einer uralten Akte wieder, in der sie als gebürtige Hedwig Strocka genannt wurde. Somit die Tochter des Nazis, der während des Prozesses zwei Jahre zuvor getötet worden war, und zwar, wie Emilie Braun in ihrer Kladde aufgrund eines angeblichen Briefes von Keller behauptet hatte, von ihrem Therapeuten Professor Hans Keller. Keller wusste also, wann auch immer er dies herausgefunden hatte, dass der Nazi Gerhard Strocka der Vater seiner Patientin Emilie Braun war. *Ob sie es auch wusste*, fuhr es Martin blitzartig durch den Sinn. Sollte dem so sein, würde sie ein Mordmotiv gehabt haben und der im Wahn gesprochene Satz, dass es ja auch sie gewesen sein konnte, die den Nazi erschlagen hatte, gewann an Bedeutung. Er erinnerte sich genau daran, dass sie bei ihrer ersten Begegnung mit ihm Derartiges hatte fallen lassen.

Zittrig öffnete er die Akte erneut und las weiter. Der Kopf hämmerte, als er herausfand, was gegen Kriegsende mit Hedwig Strocka alias Emilie Braun hätte geschehen sollen: Man hatte die Auslöschung ihrer Existenz beschlossen, doch sie hatte, aus welchem Grund auch immer, überlebt. Nun, 66 Jahre später, gab es möglicherweise wieder jemanden, der dieselben Wünsche hegte und ihren Tod herbeisehnte. Dass diejenigen von damals denjenigen von heute mehr als seelenverwandt waren, begriff im Augenblick noch niemand.

*

Es klopfte an der Tür, und Martin erschrak, als hätte man ihn aus einem tiefen Schlaf aufgeweckt. Hektisch schlug er die Akte zu und legte sie mit dem Rücken nach oben auf einen anderen, unscheinbar wirkenden Haufen Unterlagen. Die anderen zwei Akten entnahm er ebenfalls und legte sie zu der über Strocka. Er klappte das Geheimfach zu und eilte zur Tür. Ein junger Mann, den Annegret als Pfleger Lars Dräger vorgestellt hatte, stand in der Tür. Er trug einen blauen Kittel, und das Schild, auf dem sein Name stand, hing schief, sodass man es nur mit Mühe lesen konnte. Es interessierte niemanden, was dort stand. Jedermann kannte ihn. Die Schilder wurden aus Gründen des Qualitätsmanagements getragen. Wie viel Sinn dies in einer Einrichtung wie dieser machte, wurde nicht hinterfragt.

»Ja, bitte?«, fragte Pohlmann konsterniert, als stünde er am Sonntagmorgen im Bademantel an seiner Wohnungstür und hätte den Zeugen Jehovas geöffnet.

»Ich sah Licht und die Tür war verschlossen, da dachte ich, ich seh mal nach. Und Sie sind …?«

»Pohlmann. Kripo Hamburg.«

»Aha«, entgegnete Dräger und versuchte, an Pohlmann vorbei ins Büro zu schielen. »Und was machen Sie hier? Die Kripo war doch schon da und hat sich alles angesehen. Haben Sie einen Ausweis?« Martin kannte diese Frage, die die Leute als Erstes aus dem Register zogen, wenn sie einem Menschen nicht ansahen, dass er ein Beamter war. Im Falle von Martin Pohlmann glaubte es niemand auf Anhieb.

»Klar.« Martin zog seine Papiere hervor, hielt sie dem jungen Mann zwei Sekunden vor die Augen und steckte sie sofort wieder weg. Pohlmanns Miene blieb unbeweglich. Er dachte an das, was er zu diesem Typen abgespeichert hatte: Lars Dräger, Pfleger seit sechs Jahren, der angeblich aus echter Berufung hier arbeitete, von dem Emmi behauptete, er würde sie nicht mögen und ihr den Tod an den Hals wünschen. Wie viel von dem zu glauben war, konnte er nicht beurteilen.

»Was kann ich noch für Sie tun?«, fragte Martin den Pfleger, als dieser keinerlei Anstalten machte zu gehen.

»Nichts. Ich frage mich nur, was Sie hier machen. Ist das üblich, dass man sich einschließt, wenn man rumschnüffelt?«

»Klar, warum nicht? Ich darf hier alles! Ich bin von der Polizei, schon vergessen? Außerdem laufen auf diesen Fluren eine Menge Typen rum, von denen ich mich nicht bei der Arbeit stören lassen möchte.«

»Sie sprechen von unseren Patienten. Das sind Patienten«, erwiderte Dräger pikiert.

»Hören Sie zu, Herr Dräger. Ich bin sowieso schon fertig. Zerbrechen Sie sich nicht meinen Kopf, okay? Ich nehme meine Unterlagen mit und bin dann weg.« Martin ging ins Büro zurück, schnappte sich die drei alten Papiere, klemmte sie sich unter den Arm und sah Dräger barsch an. Offiziell hätte er eine Genehmigung gebraucht, diese Akten mitzunehmen. Er hoffte, diesen Umstand durch einen strengen Blick ausgleichen zu können. Was verstand dieser Bursche schon von polizeilichen Bestimmungen? Die Leute wissen nur Halbwahrheiten, die sie aus Filmen und Romanen kennen, dachte Martin und strebte an Dräger vorbei. Kurz nachdem Martin ihn passiert hatte, fiel ihm noch eine Frage ein, die er an den jungen Mann richten wollte. »Sagen Sie, arbeiten Sie eigentlich immer hier? Jeden Tag, die ganze Woche?«

Dräger nickte und presste die Lippen aufeinander. »Klar, immer. Nur nicht, wenn ich Urlaub hab. Ist doch klar.« Pohlmann genügte die Antwort fürs Erste, doch seine innere Stimme meldete sich zu Wort. Irgendetwas an diesem Pfleger stimmte nicht, passte nicht zusammen, doch was es war, konnte Martin nicht sagen. Er würde ihn im Auge behalten. Doch erst mal nach Hause, mit einem Erkältungsbad in die Wanne und dann ins Bett.

KAPITEL 30

Hamburg, 8. November 2010

Bereits den zweiten Tag war Pohlmann mit dem BMW von Schöller unterwegs und könnte sich sicher daran gewöhnen, nie wieder zwölf Jahre alte VW-Passats fahren zu müssen. Dass dies eine Illusion war, ahnte Pohlmann mit jedem Kilometer, den er zurücklegte.

Zu Hause angekommen, legte Martin die Nazi-Akten und die Personalakte Drägers auf die Kommode im Eingangsbereich, ging unverzüglich ins Bad und ließ heißes Wasser ein. Er hoffte sehnlichst, die sich in alle Nebenhöhlen ausbreitende Erkältung mit einer Überdosis ätherischer Öle zurückdrängen zu können. Die Küche, in der er sich ein Brot mit Salami belegte, sah aus wie jene seiner alternativen Männer-WGs aus Studienzeiten und bedurfte dringend weiblichen Einflusses, zumindest in Form von Ermahnungen und Anleitungen, wenn nicht in vollständiger Übernahme dieses Terrains.

Während er die wohltuende Wärme von außen nach innen weiterleiten ließ und die Nase nebst Gehirn freier wurde, dachte er an die Akten, die er aus dem LKH entwendet hatte. An die Begegnung mit dem unsympathischen Dräger sowie an die auf einem Fliesenboden stattfindende Literatursession mit Emmi. All diese Eindrücke waren in seinen nach Ruhe verlangenden Gedanken wie in Watte eingehüllt, und er wünschte sich jemanden an seiner Seite, der ihm half, Klarheit in diesen eigenartigen Fall zu bringen. Er beschloss, noch an diesem Abend Hilfe einzufordern, und wählte mit dem auf dem Beckenrand liegenden Handy die Nummer seines Freundes Werner Hartleib.

»Hi, Werner, hier ist Martin.«

»Mein Gott, du klingst ja schrecklich. Gut, dass du anrufst. Ich habe den ganzen Nachmittag versucht, dich zu erreichen.«

»Wieso, was ist passiert? Ich hatte das Handy in der Klinik ausgeschaltet und im Wagen vergessen anzumachen. Gibt's ein Problem?«

»Zwei Neuigkeiten. Ich glaube, es ist besser, wenn ich dir das persönlich sage. Kann ich vorbeikommen?«

»Darum wollte ich dich gerade bitten.« Die Neugier trieb Martin nachzuhaken. »Gib mir wenigstens einen Hinweis. Was ist los?«

»Ich bin in 20 Minuten bei dir, okay?« Die Verbindung riss

ab und Martin starrte das Handy an. Es war keine gute Idee gewesen, Werner anzurufen. Statt Hilfe bahnte sich ein neues Problem an, ein unbekanntes noch dazu, auf dessen Enthüllung er warten musste.

Martin hasste es, auf irgendetwas warten zu müssen.

Nach dem Telefonat hielt er es nicht länger in der Wanne aus, trocknete sich ab und wickelte seine Haare in einen Turban aus Frottee. Dann ging er unverzüglich zu seinem Medikamentenschrank und nahm erst eine, dann, nach kurzem Zögern, eine zweite Schmerztablette. Das müsste reichen, um diesen Abend zu überstehen. Von zwei Sprühstößen befreienden Nasensprays erhoffte er sich mehr Effektivität als die Wannenzusätze aus der Apotheke. Er zog sich bequeme Kleidung an, trocknete die langen Haare mit einem Turbo-Fön und bereitete eine große Kanne Tee für den Abend vor. Er schlich an dem Brandy vorbei, der ihn verführerisch anzulächeln schien. Martin schenkte ihm keinerlei Beachtung. *Nicht jetzt*, dachte er. *Heute nicht. Du musst warten, Baby.*

Fünf Minuten später stand Werner Hartleib in der Tür. Seine weißen Wangen hingen eingefallen unter den Jochbögen und drückten die Mundwinkel Richtung Kinn. Auch die Augen lachten nicht, weder zum Schein noch ehrlich gemeint. Irgendetwas Schlimmes musste passiert sein, und Werner hatte den ganzen Nachmittag die Aufgabe gehabt, es Martin mitzuteilen. Pohlmann ließ Werner wortlos eintreten. Werners Körpersprache brauchte vorerst keine Worte.

»Tasse Kräutertee?« Martin hielt die Kanne empor, und Werner setzte sich auf die Couch. Er reagierte nicht auf Martins Frage, sondern deutete ihm mit einer Handbewegung an, sich zu ihm zu setzen.

»So, Mann, jetzt mach es nicht so spannend. Was ist los? Bin ich gefeuert oder bist du es?«

Werner machte es sich nicht bequem auf der Couch, sondern lehnte sich nach vorn und stützte seine Arme auf den Knien auf. Dann holte er Luft und rieb sich die Hände. Schließlich begann er, die Neuigkeiten zu enthüllen. »Die kurze Version oder die ausführliche?«

»Erst die kurze, dann die lange. Red schon.«

»Okay. Zwei Nachrichten und beide sind unschön. Erstens, man hat versucht, Armin Rohdenstock umzubringen, und zweitens hatte Lorenz heute Mittag, kurz nachdem diese Nachricht reinkam, einen schweren Herzinfarkt. Was soll ich als Erstes erzählen?«

»Mist. Lorenz«, antwortete Pohlmann.

»Lorenz wurde sofort mit Blaulicht ins Krankenhaus gefahren und hat 'ne Chance, da rauszukommen, in einer Größenordnung von eins zu einer Million.« Martin sackte in sich zusammen und schnaufte. Er rieb sich über das unrasierte Kinn und ahnte zunächst vage, was dies für ihn bedeuten würde. Werner fuhr fort, die Sache ausführlich zu schildern: »Ich war nebenan in meinem Büro. Beide Türen waren zu und mir war, als höre ich was von nebenan. Erst polterte es, als wenn Bücher aus einem Regal auf den Boden fallen, dann hörte ich jemanden leise rufen. Ich spitzte meine Ohren und hörte es wieder. Ich ging zu den Jalousien, die an Lorenz' Büro angrenzen, und zog sie auseinander. Ich sah ihn erst nicht, das Büro schien leer, dann entdeckte ich das Chaos auf dem Boden. Lorenz hatte beim Fallen alle Aktenordner mitgerissen. Dann registrierte ich, wie eine Hand von Lorenz hinter dem Schreibtisch vorreckte. Ich rannte nach nebenan. Der Chef röchelte und fasste sich ans Herz. Mit der Linken langte er nach etwas, was ich erst nicht sah, doch als ich einen Ordner wegräumte, fiel mir sein Nitro-Spray auf. Ich schnappte mir das Teil und sprühte ihm ein paar Mal das Zeug in den Mund, doch er holte nicht Luft, um zu inhalieren. ›Los, atmen Sie, Chef!‹, brüllte ich ihn an und schließlich gelang es ihm auch. Er kriegte drei Mal hintereinander eine Ladung in die Lunge, danach brach er zusammen. Gleichzeitig schrie ich durch die ganze Abteilung nach einem Notarzt, der zum Glück auch schnell kam. Spät am Nachmittag rief Schöller senior bei mir an und verfügte, dass sein Sohn Klaus für die Dauer der

Genesung die Vertretung für Lorenz übernehmen werde. Klaus stand breitbeinig vor den Kollegen im Raum und verkündete noch einmal stolz, was schon alle wussten: Er sei jetzt ihr Chef und wolle die Abteilung wieder in den Griff bekommen. Die Öffentlichkeit würde schon längst auf Ermittlungsergebnisse warten und so weiter und so fort. Nebenbei schoss er noch ein paar Salven auf undisziplinierte Kollegen ab und deutete dabei auf dein nicht besetztes Büro. Alle wussten, wen er meinte. Er werde jetzt die Sache in die Hand nehmen und den Fall aufklären.« Nun lehnte sich Werner zurück und betrachtete Martins deprimierte Miene. Martin nickte, als er zu begreifen schien.

»Also ist genau das eingetreten, worauf niemand wirklich Bock hat.«

»Genau«, bestätigte Hartleib.

»Ich schätze, den BMW bin ich los.«

Werner lachte gequält auf. »Das wäre das geringste Problem.« Er sah Martin mitfühlend an. »Schöller wird dir in seiner Arroganz das Leben zur Hölle machen. Darauf kannst du wetten. Wenn er dich schon nicht rausschmeißen kann, kann er dich wenigstens quälen. Darauf freut er sich schon.«

Martin dachte nach. »Kann man Lorenz besuchen? Weißt du, wie es ihm geht? Wird er überleben? Bleibt ein Schaden zurück?« Hartleib hob die Hände. »Hey, ich weiß es nicht. Es tut mir auch leid, was mit Lorenz passiert ist, aber ich schätze, wir müssen uns mit dem Gedanken anfreunden, dass er nicht wiederkommt und Schöller eine geraume Zeit den Chef raushängen lässt.«

»Okay. Dann müssen wir das Beste draus machen. Ich wollte dich sowieso um etwas bitten. Ich brauche deine Hilfe. Du hast sie mir angeboten und jetzt brauch ich sie. Wir beide gegen Schöller. Was meinst du? So wie damals. Das alte Dream-Team.«

Hartleib schüttelte den Kopf.

»Das geht nicht. Schöller hat mir alle seine eigenen Fälle aufs Auge gedrückt, und ich werde damit so viel Arbeit haben, dass ich Nachtschichten einlegen muss.«

»Dieses blöde Schwein. Er lässt mich ins offene Messer rennen. Ich glaube, es ist ihm egal, ob der Fall gelöst wird, Hauptsache, er behält recht damit, wenn er sagt, dass *ich* es nicht schaffen werde.« Martin goss sich eine weitere Tasse Tee ein und drückte aus einer klebrigen Bärenflasche Eukalyptushonig hinein. Während er umrührte, starrte er in die Tasse mit dem gelblich-grünen Inhalt und ließ die Nachricht Revue passieren. Mit Schöller würde er fertig werden, doch Lorenz tat ihm leid. Er sah ihn vor seinem inneren Auge vor sich, in einem Krankenbett liegend und zur Untätigkeit verdammt. Das musste für Lorenz das Schlimmste sein, keine Ermittlungsarbeit leisten zu können, während die ganze Welt um ihn herum ihr Unwesen trieb.

»Okay, die nächste Nachricht. Wie ist das mit Rohdenstock gelaufen?«

»Man ist bei ihm eingebrochen. Der Typ war maskiert und hat versucht, Rohdenstock vom Balkon zu stürzen.«

»Wie bitte?«

»Es sollte wieder wie ein Selbstmord aussehen, aber es hat nicht funktioniert. Der Killer kam unbewaffnet. Rohdenstock hat erzählt, dass der Verbrecher geräuschlos die Wohnung aufgeschlossen hätte und plötzlich neben ihm im Wohnzimmer stand. Rohdenstock sah fern, als dieser Kerl auftauchte. Rohdenstock hat sich so erschrocken, dass er aufgesprungen ist und geschrien hat wie ein angestochenes Schwein, na, du weißt schon.«

»Ja, und?«

»Der Kerl hat die Balkontür aufgemacht, ist zu Rohdenstock zurück, hat ihn am Arm gepackt und wollte ihn vom Balkon stürzen.«

»Wieso hat es nicht geklappt?«

»Weil Rohdenstock kräftiger war, als der Einbrecher vermutet hatte. Rohdenstock hat sich nach Leibeskräften gewehrt und gebrüllt, bis das ganze Haus den Lärm mitgekriegt hat. Irgendwann hat der Killer eingesehen, dass er es nicht schaffen würde, und ist abgehauen. Er wurde noch gesehen. Obwohl es stockdunkel war, konnte ein Opa, der seinen Dackel ausführte, genau erkennen, dass es zwei waren, die auf dem Balkon standen und miteinander gerungen haben.«

»Konnte der Alte den Typen erkennen?«

Hartleib schüttelte den Kopf. »Keine Chance. Meinte, es sei ein großer Kerl mit einem Kreuz wie Klitschko gewesen.«

»Ich nehme an, die Spurensicherung war da.«

»Logisch. Und Schöller und ich. Dich konnten wir ja nicht erreichen. Lorenz war eine halbe Stunde weg, da gab Schöller die ersten Anweisungen an die Beamten vor Ort.«

»Und? Was gefunden? Lass mich raten. Keine verwertbaren Spuren.«

»Handschuhe«, bestätigte Werner.

»Mann, das ist ja noch mal gut gegangen. Wir müssen den Typen aufhalten. Jetzt können wir davon ausgehen, dass es alles Morde und keine Selbstmorde waren. So viele Zufälle gibt es nicht. In Hamburg läuft ein ›Jack The Ripper‹ frei rum und tötet einen nach dem anderen. Und er wird es bei Rohdenstock noch mal versuchen, diesmal fest entschlossen, es unbedingt durchzuziehen.«

Martin Pohlmann zwirbelte an seinem Schnurrbart. »Hör zu, Werner. Es nützt alles nichts. Auch wenn dir Schöller tausend Fälle übertragen hat. Wenigstens heute Abend müssen wir reden. Schöller hin oder her. Wir sind jetzt privat. Ich habe heute im LKH einige Entdeckungen gemacht, von denen ich dir erzählen muss. Lass uns ein Brainstorming machen, damit ich weiterkomme. Mir platzt auch ohne Grippe schon der Schädel.«

»Okay. Hast du was dagegen, wenn ich mir ein Bier hole? Dieser Tee ist nicht so mein Ding.«

Martin nickte. »Klar. Hol dir, was du brauchst.«

In der Zwischenzeit legte Martin die drei Akten der Männer Strocka, Wegleiter und Fürst bereit, räumte den Wohnzimmertisch auf und legte die Akten darauf. Die Tabletten zeigten erfreulicherweise Wirkung. Er fühlte sich zwar nicht topfit, aber es reichte, um klar zu denken. Werner kam mit einer Dose Bier zurück, öffnete sie zischend, nahm zwei Schlucke und setzte sich zu Martin. Nicht zu dicht, um nicht seiner Viren und Bakterien teilhaftig zu werden, doch nah genug, um die Akten gemeinsam sichten zu können.

»Ich war heute im LKH im Büro des toten Professors.« Martin nahm die drei Unterlagen zur Hand und hielt sie wie einen Fächer. »Stell dir vor, die lagen in einem Geheimfach in seinem Schreibtisch.«

»Echt? Ein Geheimfach?«

»Hm, kaum zu glauben, oder? Man fragt sich, was drinsteht, dass man sie derart verstecken musste. Ich hatte bisher keine Gelegenheit, sie zu lesen, aber ich weiß bereits, dass Emilie Braun die Tochter von Gerhard Strocka ist und im Lebensbornheim Steinhöring bei München zur Welt gekommen ist.«

»Die, die du im LKH besucht hast?«

Martin nickte.

»Im Lebensbornheim? Wie die anderen ehemaligen Kläger auch?«

»Genau. Sie kam als Hedwig Strocka zur Welt. Hat im Alter von vier Jahren eine neue Identität bekommen und heißt seither Emilie Braun. Die Eltern sind umgebracht worden, als man die neue Identität brauchte. Außerdem ist Hedwig alias Emilie im August '44 vom Lebensbornheim Steinhöring nach Bremen Hohenhorst gezogen. Heim Friesland. Begleitet hat sie eine Krankenschwester namens Hildegard Unger, die ein paar Tage nach ihrer Ankunft an Keuchhusten gestorben ist. Danach ist von einer Verlegung der Kleinen in eine Kinderfachabteilung die Rede. Ich hab nachgesehen. Das, was so nett klingt, war in Wirklichkeit eine Anstalt, wo Versuche an Kindern gemacht wurden, die geistig oder körperlich behindert waren. Danach wurden sie umgebracht.«

»Euthanasie.«

»Genau.«

»Das heißt, Emilie Braun ist seit ihrem vierten Lebensjahr in psychiatrischer Behandlung?«

»Nicht unbedingt. Annegret hat mir gesagt, sie sei früher schon mal draußen gewesen, aber es hat nie lange funktioniert. Entweder hat sie versucht, sich umzubringen oder andere anzugreifen, zumindest hat sie einem Kerl mal 'n Messer in den Bauch gerammt, weil er ihr an die Brust gefasst hatte.«

»Wie konnte sie diese Kinderfachabteilung überleben?«, fragte Werner erstaunt.

»Keine Ahnung. Gute Frage. Vielleicht war sie clever oder hat sich versteckt. Ich glaube nicht, dass man sie danach fragen kann, oder weißt du noch was aus der Zeit, als du vier warst?«

Hartleib schüttelte den Kopf.

»Siehst du. Ich auch nicht. Na, egal. Ich möchte mir auch nicht vorstellen, was man alles mit ihr angestellt hat.«

»Hat sie nicht ein Buch geschrieben?«

»Doch klar, diese dicke Kladde. Ich hab sie halb durch. Das ist das Verrückte, sie schreibt echt gut. Wenn man die Frau sieht, ahnt man gar nicht, was in ihr steckt. Rein äußerlich und noch dazu in dieser Umgebung … Aber wenn du dieses Buch aufschlägst, findest du darin Poesie und wunderschöne Prosa. Sie schreibt Gedichte und Episoden wie aus dem Leben eines anderen, aber ich glaube, sie meint immer sich selbst. In einem Gedicht ist davon die Rede, dass sie sich versteckt, dass alle anderen gemocht werden, nur sie nicht. Nach all dem, was ich über Frau Braun mittlerweile weiß, hat die garantiert keine leichte Kindheit gehabt. Und obendrein ist sie die Tochter eines Scheißnazis, der bestimmt ein paar Morde auf dem Gewissen hat.«

»Drei Akten. Eine von diesem Strocka. Wer sind die anderen beiden?«

»Der eine hieß Franz Wegleiter und der andere war ein Dr. Richard Fürst. Arzt oder so.« Pohlmann nahm die zwei Akten der Nazis hervor und schlug die eine auf.

»Was haben die drei miteinander zu tun? Und was haben sie mit unserem Fall zu tun?«

»Bisher hab ich nur Vermutungen«, bemerkte Martin. »Ich habe vorhin die Akten überflogen. Wegleiter war im Krieg ein Hauptsturmführer wie Strocka. Es gibt Fotos von ihm in Uniform. Hier, sieh mal.« Martin reichte Werner die Akte, in die vier Fotos eingeklebt waren. Auf dreien waren Soldaten zu sehen, die in einer Reihe standen und sich die Arme um die Schultern legten. Das vierte Foto zeigte Wegleiter vor einem Ortsschild mit dem italienischen Namen Carrara. Martin blätterte die Seiten durch und fand den Eintrag, auf den er gehofft hatte.

»Hier steht, dass Wegleiter ebenfalls Zeugungshelfer in Steinhöring war. Hier ist eine Notiz: Franz Wegleiter Vater von ... Der untere Teil der Seite ist abgerissen.« Dort, wo einer oder mehrere Namen hätten stehen sollen, war nur noch gähnende Leere. Jemand war ihnen zuvorgekommen und hatte die wichtigste Notiz entfernt.

»Sieh mal in der anderen Akte nach«, forderte Werner Martin auf. Der legte die Akte Wegleiter beiseite und nahm die von Dr. Richard Fürst zur Hand. Martin begann zu lesen, überflog die unwichtigen Daten wie Geburtsdatum und -ort und murmelte das Gelesene vor sich hin.

»Ah, hier kommt es. Studium der Medizin in München von 1938 bis 1943. Approbation. Mitglied der SS. Dissertation bei Professor Kranitz. Versetzung nach ...« Pohlmann stockte. »Ach, schau mal an. Rate mal, wohin unser reizender Arzt versetzt wurde.«

Hartleib zuckte mit den Schultern.

»Nach Lüneburg in die Kinderfachabteilung. Dorthin, wohin auch Emilie Braun gebracht wurde. Das kann alles Zufall sein, aber denkbar ist, dass Strocka, Wegleiter und Fürst so etwas wie Jugendfreunde waren oder sich zumindest schon länger gekannt hatten. Die Tochter von Strocka kommt nach Lüneburg und Fürst arbeitet dort als Arzt. Stell dir vor, ein SS-Mann zeugt ein Kind, das als schwachsinnig erklärt wird, und ein anderer SS-Mann findet es heraus. Was passiert dann mit dem

Vater? Behält er seine hohe Position? Fängt man nicht an, in dessen Vergangenheit nach erblichem Schwachsinn oder anderen Erbkrankheiten zu suchen? Ist man nicht geneigt, die arische Blutlinie lückenlos zurückzuverfolgen? Also, wenn ich das richtig in Erinnerung habe, war es für einen SS-Mann so ziemlich das Schlimmste, was ihm in seiner Karriere passieren konnte, wenn er ein behindertes Kind gezeugt hatte. Meistens wurde der Betreffende seiner Ämter enthoben und das Kind der Euthanasie zugeführt. Aktion T4 hieß das, glaube ich, zumindest bis 1941.«

»Stopp, warte mal. Nicht so schnell. Das Kind, das in Lüneburg eingeliefert wurde, hieß Emilie Braun und nicht Hedwig Strocka.«

»Eben. Genau deswegen hat sie ja eine neue Identität bekommen. Möglich ist trotzdem, dass Fürst Nachforschungen angestellt und herausgefunden hat, wer Emilie Braun wirklich war, und dann spätestens wusste er, dass sein alter Freund Gerhard ein behindertes Kind unterschlagen hat, und er musste sich fragen, warum er dies getan hat. Vielleicht, weil er eben selbst doch nicht rein arischer Herkunft war und innerhalb des engen Dunstkreises von Himmler seinen Job verloren hätte, wenn nicht sogar sein Leben als Verräter.«

»Okay. Ich fass das mal zusammen.« Werner erhob sich aus der tiefen Kuhle von Martins Couch und vertrat sich die Beine. »Heißspornige junge Nazis zeugen Kinder für den Führer, die in einem Lebensbornheim aufwachsen. Sie selbst lassen sich natürlich nicht zwei Mal bitten, Sex mit hübschen Frauen zu haben, und sind überdies der Ansicht, dass sie dem Deutschen Reich einen großen Dienst erweisen. Okay soweit. Erzeuger zu sein, bedeutet aber nicht für sie, als Vater für die Kinder geradezustehen. Sie zeugen sie nur und überlassen sie dann quasi dem Führer und seinem Stellvertreter. Die Kinder wachsen mit ihren Müttern oder auch ohne sie mit der NS-Ideologie auf, mit der sie tagtäglich gefüttert werden. Nach dem Krieg fliegt alles auf. Die Väter und Mütter sind weg. Tot, geflohen oder inhaftiert.

Die Kinder werden in Pflegefamilien untergebracht, wo sie zum ersten Mal so etwas wie eine richtige Familie kennenlernen.«

Pohlmann erhob die Stimme. »Die meisten der Kinder haben neue Namen bekommen. Vielleicht, weil die Kinder nicht die Namen von SS-Leuten und Kriegsverbrechern führen und wirklich eine neue Zukunft haben sollten.«

»Du meinst, so was wie eine neue weiße Weste.«

»Na ja, die Kinder können ja nichts für ihre Väter. Sie tragen ja keine Schuld an dem Verbrechen ihrer Erzeuger, und damit sie nach dem Krieg nicht mit Nazis in Verbindung gebracht werden konnten, beschaffte man ihnen kurzerhand eine neue Identität.«

»Denkst du, das war so einfach?«

»Allerdings glaube ich das. Entweder hat man Totgeglaubte weiterleben lassen oder einfach neue Namen erfunden. Die Archive und Standesämter sind doch zum größten Teil zerbombt gewesen. Oder man hat alte Personenakten vernichtet. Das sollte nun wirklich kein Problem gewesen sein.«

»Was hat das Ganze jetzt mit unserem Fall zu tun?«, fragte Werner.

»Ich glaube, das ist ganz einfach. Dass den Kindern andere Namen gegeben wurden, hing ja auch damit zusammen, die Namen der Väter geheim zu halten. Irgendjemand hat nach dem misslungenen Prozess ganz tief in der Vergangenheit herumgestochert.«

»Du meinst diese ehemaligen Kläger?«

»Genau. Professor Keller hat alles unterstützt und gefördert, sonst hätte er diese Akten nicht in seinem Schreibtisch gehabt. So. Und die, deren Suche erfolgreich war, müssen immerhin so viel gefunden haben, dass sie manchen Leuten einen Haufen Probleme damit bescheren konnten und zwar so große, dass man dafür einen nach dem anderen umbringt.«

»Das ist allerdings ein gewaltiges Motiv.«

»Leute töten bereits für viel weniger, das weißt du doch.« Werner nickte. Leider war dies so. Mord aus Eifersucht, aus

Geldgier, aus Machtgelüsten oder nur aus purer Freude am Töten. Es gab fast nichts, was Pohlmann und Hartleib nicht schon erlebt hatten.

»Leben diese Typen noch? Dieser Dr. Fürst und Wegleiter?«, fragte Werner.

»Denke schon. Strocka ist tot, angeblich von Professor Keller getötet, was ich mir persönlich gar nicht vorstellen kann. Und sofern Wegleiter und Fürst die echten Namen sind, müssten wir sie ausfindig machen können.« Martin hielt die zwei Akten hoch. »Ich hab eine Idee. Kannst du die morgen durch unseren Computer jagen und alles ausdrucken, was wir zu den beiden haben? Es kann doch nicht sein, dass Exnazis als unbescholtene Bürger unter uns leben.«

»Ha!«, protestierte Martin. »Du wirst dich wundern, wie wenige damals '48 wirklich von den Amis verurteilt worden sind. Und wenn, dann manchmal nur zu einem halben Jahr oder auf Bewährung. Ich möchte mal behaupten, dass die meisten durch die Maschen der Justiz geschlüpft sind oder von einflussreichen Leuten protegiert wurden. Viele sind sogar mit päpstlicher Hilfe ins Ausland abgehauen, das wird zwar nur hinter vorgehaltener Hand getuschelt, aber eigentlich ist es schon lange amtlich.«

»Na gut. Schöller wird mir zwar den Kopf abreißen, wenn er mitbekommt, dass ich dir zuarbeite, aber ich glaube, das ist mir der Spaß wert. Er kann mich ja nicht feuern, und Streifendienst ist eigentlich auch nicht so schlecht, oder?«

Martin lachte gequält. Er sehnte sich nach seinem Bett.

»Was wirst du als Nächstes tun?«, fragte Hartleib seinen Freund.

»So genau weiß ich das noch nicht. Ich muss noch ein bisschen drüber nachdenken. Emmi, dieser Priester und vor allem Rohdenstock brauchen dringend Personenschutz. Wenn der Mörder sich jeden Einzelnen vorgenommen hat, wird er jetzt nicht Halt machen, obwohl der Prozess ohne die anderen Kläger immer unwahrscheinlicher wird.«

»Du meinst, sogar Frau Braun ist in Gefahr? Die lebt doch

schon unter Personenschutz, wenn man so will. Da kommt doch keiner rein.«

Martin dachte nach.

»Vielleicht ja doch. Nach dem Mordversuch an Rohdenstock ist der Selbstmord von Keller mehr als zweifelhaft, und sollte es Mord gewesen sein, ist schon mal *einer* in die Anstalt reingekommen.«

Hartleib drehte sich abrupt zu Pohlmann um. »Vielleicht muss er ja gar nicht reinkommen. Vielleicht ist er ja schon drin. Vielleicht hat ja diese Emmi den Professor gekillt.«

»Blödsinn. Warum sollte sie das tun? Er war ihr Therapeut. Ich habe sogar den Eindruck, er war mehr als das. Sie nennt ihn in ihrem Abschiedsbrief *mein Hans.* Die beiden müssen eine ziemlich enge Verbindung gehabt haben. Nein. Das kann ich mir nicht vorstellen, obwohl es natürlich nicht gänzlich ausgeschlossen ist. Schließlich lebt sie in einer Anstalt für psychisch kranke Menschen, von denen mancher so einiges auf dem Kerbholz haben dürfte. Es könnten auch andere Patienten infrage kommen, die mit der Behandlung des Professors nicht einverstanden waren oder die unter Medikamenteneinfluss getötet haben.« Martin goss sich eine weitere Tasse heißen Tee ein. Ein Bier und ein Schnaps wären ihm lieber gewesen, doch die hätten seiner Gesundheit und seinem derzeit einigermaßen klaren Verstand den Rest gegeben. Plötzlich kam ihm ein Gedanke. Ohne den Blick von seiner Tasse zu nehmen, sagte er mit leiser, bedächtiger Stimme: »Mir ist heute erneut dieser Pfleger unangenehm aufgefallen. Dräger heißt der. Dieser Typ, den Frau Braun nicht ausstehen kann, weil er sie nach ihren Worten lieber tot als lebendig sehen würde. Er hat mich quasi erwischt, als ich im Büro von Professor Keller herumgeschnüffelt habe. Hab ihm natürlich erzählt, dass alles seine Richtigkeit hat, und ihn ein bisschen einschüchtern wollen. Eigenartig war nur, dass er so gut wie keinen Respekt vor mir zu haben schien. Egal wie vertrauenswürdig ich aussehe, ich bin Bulle, das steht auf meiner Marke, doch das juckte den gar nicht. Ein wirklich merkwürdiger Typ, eiskalt, wenn du mich fragst. Und irgendwie passt der so gar nicht in diese Abteilung, wo es darum geht, sich um diese armen Schweine zu kümmern.«

»Was hat er sonst da zu suchen?«

»Tja, keine Ahnung. Vielleicht ist alles nur eine Tarnung. Mal angenommen, die alte Emmi hat recht mit dem, was sie sagt, und der Typ würde ihren Tod herbeiwünschen und sie vielleicht zum Suizid animieren. Obwohl sie unter Bekloppten lebt, heißt das noch lange nicht, dass sie nicht trotzdem die Wahrheit sagt, die ihr natürlich niemand glaubt. Ist schon vertrackt. Alles, was sie sagt, wird zunächst einmal für Quatsch gehalten, selbst wenn es die Wahrheit ist.«

»Echt miese Situation.«

»Das hieße, der Typ könnte sie verbal quälen, so viel er wollte, sofern sie allein wären und es sonst keiner mitkriegt. Je mehr er sie peinigt, desto eher hat Emmi den Wunsch, es jemandem zu erzählen. Der Annegret oder dem Professor oder dem neuen Psychiater oder wem auch immer. Da ihr aber niemand glaubt, weil man sie für bekloppt hält, gibt man ihr Medikamente, die sie ruhigstellen, und ihr Wunsch, sich das Leben zu nehmen, wird wieder aktuell. Dann aber deshalb, weil sie aufgrund des Psychoterrors durch einen anderen deprimiert ist.«

»Du meinst, dieser Dräger bringt Frau Braun dazu, sich das Leben zu nehmen, ohne sich selbst die Finger schmutzig zu machen? Aber warum? Was hat er davon, die Alte aus dem Weg zu räumen? Die tut doch keiner Fliege was zuleide.«

»Du vergisst, dass Emilie Braun eine ehemalige Klägerin ist. Sie lebt zwar in einer Klapse, aber sie ist nicht entmündigt. Sie hat das Recht zu klagen, selbst wenn ein anderer ihr alles vorkaut.«

»Aber der, der ihr alles vorgekaut hat, wie du sagst, ist tot. Ohne Keller ist sie doch völlig hilflos.«

»Tja, da bin ich mir nicht so sicher. Ich weiß nur, je öfter ich mit ihr spreche, dass sie zwar anders ist als alle Menschen, die ich kenne, aber blöd ist sie nicht. Ich habe mir heute auf einem Fliesenboden in der Bibliothek den Arsch abgefroren und sie hat mir alle Bücher gezeigt, die sie schon gelesen hat, und ich sage dir, das waren verdammt viele. Mal abgesehen von all den Büchern, die sich in ihrem Zimmer stapeln. Sie kennt alle großen und kleinen Schriftsteller, kann frei aus dem Gedächtnis daraus zitieren, und wie ich schon sagte, sie schreibt genial. Ich kenne mich nicht so gut aus mit den Abgründen der menschlichen Seele, oder was sie noch alles kann und was sie nicht kann.«

»Zurück zu Dräger. Was für ein Motiv sollte er haben, Frau Braun tot zu sehen?«

»Dasselbe Motiv wie bei allen anderen. Zuerst musste der Professor sterben, weil er der Initiator eines ganz großen Prozesses war. Ein Medienspektakel, wie es wahrscheinlich seit Jahren keines mehr gegeben hatte. Danach mussten alle aus dem Weg geräumt werden, die daran beteiligt waren, weil sie vielleicht was herausgefunden haben, womit man den nächsten Prozess führen könnte. Nicht nur Namen von irgendwelchen Vätern, die man beerben könnte, sondern …«, Martin machte eine bedeutungsvolle Pause, denn in diesem Moment wurde ihm selbst bewusst, welche Tragweite die ganze Sache annehmen könnte, »… sondern Taten. Taten von Nazis, die bisher ungesühnt blieben. Leute, die sich ihr ganzes Leben hinter einer scheinheiligen Fassade versteckt und in Wirklichkeit so viel Dreck am Stecken haben, dass es für drei Leben reicht.«

Werner wurde nachdenklich. »Okay. Morgen werde ich mich als Erstes an den PC setzen und die Datenbank durchgehen. Sollte ich etwas finden, melde ich mich sofort bei dir. Bitte, lass ausnahmsweise dein Handy an. Und dann müssten wir den Herren, falls es sie noch gibt, einen Besuch abstatten.«

Martin nickte. »Aber nicht mit leeren Händen und ohne den Hauch eines Beweises. Ich mache mich morgen auf die Socken und fahre nach Berlin ins Bundesarchiv. Vielleicht habe ich ja Glück und finde etwas heraus.«

»Was genau hast du im Sinn?«

»Na ja, wir wissen jetzt, dass Emilie Braun die Tochter von dem toten Strocka ist. Frage Nummer 1: Wessen Väter sind Wegleiter und Fürst außerdem noch? Frage Nummer 2: Wer sind die Kinder? Frage Nummer 3: Wer ist oder war Professor Keller? Frage Nummer 4 musst du klären.« Hartleib sah ihn neugierig an und Pohlmann sagte: »Wer ist Lars Dräger wirklich? Hat er ein Alibi für die Tatzeiten? Gibt es eine Verbindung von Dräger zu den drei Exnazis?«

»Hey, das ist mehr als nur *eine* Frage.«

»Ach was. Die hängen alle wie eine große Frage zusammen, würde Lorenz sagen. Ihr müsst Dräger morgen einen Besuch abstatten. Bringt ihn aus der Ruhe, den Mistkerl. Ich traue ihm nicht, was allerdings nichts bedeuten muss. Ich für meinen Teil habe morgen einen langen Tag.«

»Na, da hast du dir ja viel vorgenommen. Wie willst du nach Berlin kommen?«

Pohlmann grinste schelmisch. »Ich fahr zurzeit einen schicken Wagen. Damit bin ich ruck, zuck da. Sag Schöller einen Gruß von mir. Ach, und noch was. Kannst du dich um Personenschutz für den Priester, Emmi und Rohdenstock kümmern?«

»Geht klar.«

Werner Hartleib machte sich auf, den schniefenden und hustenden Kollegen zu verlassen. In der Tür drehte er sich noch einmal zu seinem Freund um. »Du hast es dir anders überlegt, stimmt's? Du bleibst dran an dem Fall. Finde ich gut. Du bist wieder der Alte, das gefällt mir.« Hartleib schlug Pohlmann auf die Schulter. »Schön, dass du wieder da bist.«

»Ich kann noch nicht sagen, ob ich mich wirklich freue, wieder hier zu sein, aber dass wir wieder Freunde sind und zusammenarbeiten, finde ich klasse. Außerdem möchte ich Lorenz nicht enttäuschen. Ich habe ihm wirklich viel zu verdanken. Ich hoffe, er kommt wieder so weit in Ordnung, dass er den Erfolg dann auch genießen kann.«

»Du bist ja ganz schön siegessicher. Noch haben wir keine greifbaren Ergebnisse.«

»Trotzdem, Werner. Wir schaffen das. Wir werden das Schwein finden, und wenn es mein letzter Fall als Bulle sein sollte.«

»Das wollen wir doch nicht hoffen. Was macht Hamburg ohne dich?«

»Ach, komm. Ihr seid die letzten zwei Jahre doch ganz gut ohne mich ausgekommen.«

»Ich bin es nicht. So, ich hau jetzt ab und du gehst ins Bett. Du siehst furchtbar aus.«

Martin lachte und begleitete Werner noch bis zur Tür.

Gähnend und so schnell wie möglich verrichtete Martin seine Abendtoilette, trank einen letzten Schluck Kräutertee und freute sich auf sein Bett. *Nur liegen und schlafen*, dachte er und streckte sich unter der Decke aus. Sein Körper begann sich zu entspannen, nicht aber sein Kopf. Zu viele Gedanken rasselten durch sein Hirn, und er musste an die letzten Worte von Werner denken. Ja, er war als Bulle wieder voll da, und einerseits freute ihn diese Tatsache, dass ihm der Job doch noch eine gewisse Freude machte, andererseits übermannte ihn in rhythmischer Gleichmäßigkeit das Gefühl der Ohnmacht und Hilflosigkeit. Ein Serienkiller trieb sein Unwesen, und es lag in erster Linie an ihm zu verhindern, dass es weitere Opfer geben würde. Wer würde der Nächste sein? Emilie Braun, der ehemalige Priester Alois Feldmann, Rohdenstock oder gab es weitere auf der Liste des Mörders, die er bisher noch nicht kannte?

Dass er selbst im Visier eines mordlüsternen Killers stand, ahnte Pohlmann nicht im Geringsten.

*

Nach einer Weile des Umherwälzens und Grübelns schaltete Martin gegen 0.30 Uhr das Licht wieder an. Eigentlich war er todmüde und bis zur Halskrause mit Medikamenten abgefüllt. Er hätte dringend Schlaf gebraucht, denn am nächsten Tag wollte er früh aufstehen und nach Berlin ins Bundesarchiv fahren, doch sein Kopf ließ ihm keine Ruhe. Zu viele Fragen und zu wenige Antworten. Außerdem rückte der Termin der Ehrenfeier für Professor Keller unaufhaltsam näher. War Keller nun ein Täter oder ein Opfer? Wer war er überhaupt? Ein

Psychiater mit einem ausgeprägten Sinn für historische Recherchen, die er quasi als Hobby betrieb, oder gab es dort Motive, die wesentlich tiefer verborgen lagen, in einer dunklen Vergangenheit, die darauf wartete, belichtet zu werden?

Und wer war Emilie Braun alias Hedwig Strocka, die Tochter eines Nazis, der einen grausamen Tod in einem Hotelzimmer gefunden hatte? Angeblich von ihrem Therapeuten umgebracht, und doch sprach Emilie davon, dass es möglich sein könne, dass es nicht der Professor war, sondern sie selbst. Immerhin war auch sie während der Prozesstage in jenem Hotel eingecheckt und lebte ihr Leben unter geistig kranken Menschen. Wie ernst ihr Krankheitsbild tatsächlich war, konnte Martin nicht beurteilen. In diesem Moment fiel die Kladde von Frau Braun in seinen Blick und zögerlich griff er danach. Er hatte die ersten 200 Seiten gelesen und sich mit jeder Zeile mehr gewundert, wie klaffend jener Spalt war, der sich zwischen der Realität der Person, die diese Seiten verfasst hatte, und dessen, was dort geschrieben stand, auftat. Vor allem erschien verwunderlich, *wie* es geschrieben war. Eine prosaisch verfasste Lebensgeschichte, eine Sammlung von düsteren Gedichten und kurzweiligen Episoden sowie tragischen Berichten von seelischen und körperlichen Misshandlungen. Emilie erzählte von Experimenten, die an ihr vorgenommen worden waren, doch sie beschrieb sie so, als hätten sie nicht an ihr selbst stattgefunden. Emotionslos und nüchtern berichtete sie, wie Elektroden an ihrem Körper befestigt wurden und der Strom so lange durch den kindlichen Körper floss, bis sie bewusstlos wurde. Dass sie bereits tot war und man sie durch Elektroschocks wieder ins Leben zurückgeholt hatte, wusste sie nicht. Wie viel kann ein kindliches Herz aushalten, ab welcher Stromstärke hört es auf zu schlagen? Wie viel Ampere sind nötig, um es wieder zum Schlagen zu bringen? Wie lange kommt das Gehirn ohne Sauerstoff aus, bevor Schwachsinn eintritt?

Emilie wusste nichts von derlei menschenverachtenden Motiven, die die Versuche, die Mediziner an ihr angestellt hatten, darstellten. Nichts von dem, was in ihrem Leben geschah, verstand sie. Dass sie ohne Vater und Mutter aufwachsen musste, ohne die Liebe eines Elternhauses und ohne Perspektive auf ein normales Leben als Mädchen und Frau. Das Einzige, was sie wusste, war, dass es einen Ort auf der Welt gab, an dem sie so etwas wie Frieden empfand, und dies war der Ort der Geschichten.

Das Lesen und Schreiben hatte man ihr halbherzig beigebracht, mehr aus wissenschaftlichen Ambitionen heraus, um herauszufinden, wie viel Intelligenz nach all den Versuchen noch verblieben war. Den Rest brachte sie sich selbst bei. Wann immer sie ein Buch in die Hand bekam, hütete sie es wie einen Schatz. Ein Buch war für sie die Essenz des Lebens, eine Insel, auf der sie allein war, nur sie und die Figuren, denen sie zusah, wie sie liebten und lachten, hassten und weinten, fluchten und starben. Trotz all der Ablehnung und Verachtung, die sie gegen sich gerichtet erfuhr, blieb sie zäh am Leben. Sie weigerte sich aufzugeben, dem Lockruf des Todes zu folgen, der Wissenschaft einen Dienst zu erweisen und ihr Gehirn in hundert Scheiben schneiden zu lassen.

KAPITEL 31

An diesem Abend betrat der Mörder fluchend seine spartanische Bleibe. Er vermied es, in der Nachbarschaft aufzufallen, obgleich das Gebiet dünn besiedelt war. Die Nebenstraße, in der er wohnte, wurde nicht von städtischen Laternen beleuchtet und gewährte ihm die Anonymität, die er für sein dunkles Leben brauchte. Vor ungebetenen Blicken und neugierigen Ohren war er hier sicher.

Die schwarze Lederjacke warf er in die Ecke zwischen Flur und Außentür. Mit dem Fuß trat er gegen die Tür des Wohnraums und schimpfte hemmungslos innerhalb der schützenden Mauern. Er machte sich schwere Vorwürfe und fühlte sich als

Versager. All seine Wut ließ er an Gegenständen aus, die er zerschlug oder zertrat. Leblose Materie musste herhalten, weil der Mensch, den er zu töten beabsichtigte, seine Pläne durchkreuzt hatte. Das Opfer hatte Gegenwehr geleistet, und dies empfand der Killer als einen Schlag ins Gesicht.

Der Mörder war empört.

Er ging ins Bad und warf sich kaltes Wasser in die Fratze. Erneut betrachtete er sein Spiegelbild und empfand Wut auf sich selbst. Er hinderte sich im letzten Augenblick daran, mit der Faust in den Spiegel zu schlagen.

Er trocknete Gesicht und Hände, ging in die Küche und nahm eine Flasche Bier aus dem Kühlschrank. Er entfernte den Kronkorken mit einem gezielten Hieb auf die Tischkante und trank es, ohne abzusetzen, in einem Zug aus. Er wischte den Mund mit dem Hemdsärmel ab, und sein Blick fiel auf den Bildschirmschoner des Monitors. Er ruckelte an der Computer-Maus und die Animationen verschwanden. Wenige Tasteneingaben später befand er sich auf der Website, auf der er das virtuelle Tagebuch des Tötens führte. Seine IP-Adresse war mehrfach verschlüsselt, und sein Bewegen im Netz geschah absolut anonym. Dies zumindest glaubte er.

Fünftes Posting

Wer hätte gedacht, dass ein 70-jähriger Rentner solch eine Kraft hat. Verdammte Scheiße. Ich habe es verbockt. Ich hätte es wissen müssen. Der Kerl ist Bildhauer und hat Kraft wie ein Bär. Und geschrien hat er, dass das ganze Haus ihn gehört haben muss. Ich wollte ihm den Mund zuhalten, aber er hat sich gewunden wie ein Aal. Ich wollte ihn packen und ihm das Genick brechen, doch ich hab ihn einfach nicht zu fassen gekriegt. Er hat sich die ganze Zeit bewegt und sich aus meinen Armen rausgedreht. Verfluchter Mist. Ich habe ihm den Arm auf den Rücken geworfen und ihn zum Balkon geschleppt, aber ich konnte ihn nicht runterschmeißen. Es hat nicht viel gefehlt, doch ich konnte ihn einfach nicht über die Brüstung heben. Und er brüllte so verdammt laut, dass ich abhauen musste.

Ich habe versagt. Ich muss es wiedergutmachen. Fast hätte er mich erkannt. Er hatte schon die Hand an der Maske, doch ich konnte ihm gerade noch rechtzeitig den Arm umdrehen. Er hat mich ins Gesicht geschlagen. Das wird er mir büßen. Ab jetzt ist es mir egal, ob es nach Selbstmord aussieht oder nicht. Beim nächsten Mal werde ich nicht versagen. Ab jetzt ist es Rache. Sterben muss er, so oder so, egal wie, und ich werde es vollbringen.

Danach nehme ich mir den Priester vor. Ich weiß noch nicht, wie ich ihn sterben lassen werde, aber ich werde mir etwas Besonderes für ihn einfallen lassen. Den Selbstmord würde ihm eh keiner abnehmen.

Priester bringen sich nicht um.

Einen Giftmord hatte ich auch schon. Zyankali wär trotzdem nicht schlecht. Geht aber leider viel zu schnell. Ich könnte ihm auch was spritzen. Adrenalin direkt ins Herz. Am Ende würde man noch glauben, er sei eines natürlichen Todes gestorben. Am liebsten würde ich ihn ein wenig leiden lassen. Wäre mal spannend zu sehen, wie ein Pfaffe reagiert. Wird er um sein Leben betteln und winseln oder wird er tapfer dem Ende entgegensehen?

Und dann ist da noch die andere Alte: E. B. Schafft sie es endlich allein oder muss ich noch mal nachhelfen? Eine klapprige olle Zippe umzubringen, macht eigentlich keinen Spaß, aber Job ist eben Job.

Als Letztes nehm ich mir den Bullen vor. Steht zwar nicht auf der Liste, aber warum nicht? Gibt's als Bonus gratis dazu. Dürfte nicht schwer sein, den zu killen. Ist naiv wie eine Tussi. Hält sich für unschlagbar. Ein Hippie als Bulle. Krass. Würd mich auch interessieren, was er täte, wenn er dem Tod ins Auge blicken müsste. Den zu kriegen, ist leicht. Schlaff wie ein Teddy, raucht wie ein Schlot und schafft keinen Kilometer zu rennen, ohne anzuhalten. Er merkt nie, wenn er verfolgt wird. Ich beobachte ihn auf Schritt und Tritt, doch er merkt nix. Das Training hat sich gelohnt. Ich bin ein gelehriger Schüler. In die Bude reinzukommen, war auch nicht schwer. Doch allmählich wird er mir lästig. Schnüffelt zu viel rum. Schätze, ich werde ihn mal besuchen, ihn ein wenig erschrecken.

Geil wäre, sie alle drei auf einmal zu schnappen. Dann könnt ich sie mit zu mir nehmen und wir hätten eine Menge Spaß. Wird doch mal Zeit, dass ich alles ausprobiere, was ich in all den Jahren gesammelt hab. Hat ja auch schließlich 'ne Menge Kohle gekostet. Dann muss es auch mal benutzt werden, oder?

KAPITEL 32

Hamburg, 9. November 2010

Der nächste Morgen traf Pohlmann wie ein Faustschlag. Gelenke und Muskeln schmerzten wie nach einem harten Kampf, der Kopf fühlte sich an, als gehöre er nicht zu ihm, und alles in ihm sehnte sich nach Ruhe. Obwohl der Körper sieben Stunden in einem Zustand verbracht hatte, den man gemeinhin als Schlaf bezeichnete, verlangte alles in ihm nach einer Fortsetzung der Nacht. Er sehnte sich nach dem Gefühl des Nichtgebundenseins, der Freiheit und Schwerelosigkeit.

Die Aufgabe des Tages drängte sich Martin mit unnachgiebiger Härte auf, und er schälte sich ächzend aus den Federn. Eine Weile auf der Bettkante verharrend, legte er sich die flache Hand auf die Stirn und meinte festzustellen, dass er kein Fieber mehr hätte, und dies bedeutete für ihn seit jeher, dass er das Bett verlassen könne, ja sogar müsse, fast normal arbeiten und so tun müsse, als sei er gesund, auch wenn alle anderen Zellen im Körper eine andere Sprache sprachen und gegen den mannhaften Vorsatz rebellierten. Er raufte sich das noch nicht gestutzte Haar und warf es mit der Hand aus den Augen. Er kochte sich starken Kaffee und schmierte belegte Brote, die er auf die Fahrt nach Berlin mitnehmen wollte. Den Kaffee trank er heiß und schwarz und der Gedanke an eine Zigarette war verlockend. Er betrachtete die Packung und beschloss, sie noch einen weiteren Tag zu ignorieren. Er rauchte seit über 36 Stunden nicht mehr. Diese Tatsache erfüllte ihn mit Stolz. So lange hatte er noch nie durchgehalten. Die Wirkung der Tabletten, die er gegen die beginnenden Kopfschmerzen zusammen mit dem Kaffee eingeworfen hatte, setzte allmählich ein, und das Pochen in den Schläfen ließ nach. Vorsorglich nahm er die Packung gleich mit und verstaute sie in der Innentasche seiner Lederjacke, die er im Flur anzog, gemeinsam mit einem dicken Schal aus früheren Tagen.

Das Navigationsgerät im BMW war technisch auf dem allerneuesten Stand und versprach eine störungsfreie Fahrt nach Berlin. Aktuelle Staumeldungen sowie alle auf der Strecke befindlichen Tankstellen mit individuellen Benzinpreisen gehörten zum Standard. Pohlmann gab die Adresse des Bundesarchivs in Berlin ein und machte sich auf den Weg zur Autobahn. Es war 7.30 Uhr, als er die Stadtgrenze Hamburgs hinter sich ließ und das kurz zuvor verspürte körperliche Unbehagen einem Gefühl von Freiheit und Freude wich. Der Himmel klarte auf und es wurde hell. Im Inneren des Wagens herrschten angenehme 23 Grad, obgleich die Außentemperaturen um den Gefrierpunkt lagen. Die Nachrichten brachten aktuelle Neuigkeiten, den Wetterbericht und die Staumeldungen, und er hoffte auf ein zügiges Dahingleiten ostwärts ohne nennenswerte Zwischenfälle. Die Ankunftszeit war auf circa elf Uhr angesetzt, sodass er bis 18 Uhr in sämtlichen Unterlagen zum Thema Lebensbornkinder und deren Väter recherchieren konnte. Die Akten zu den drei Nazis sowie sämtliche personenbezogenen Daten zu den ehemaligen Klägern lagen auf dem Beifahrersitz in einer ledernen Aktentasche, die er aus Studienzeiten aufbewahrt und hervorgekramt hatte. Martin hoffte, obwohl er um die gigantische Menge aller dort gelagerten personenbezogenen Unterlagen aus der NS-Zeit wusste, eine geheimnisvolle Führung durch den Archiv-Dschungel zu erfahren. Vielleicht würde ihm eine nette Mitarbeiterin zur Hand gehen.

Die Fahrt verlief von einer ungewohnten Leichtigkeit getragen und er wertete dies als gutes Omen. Zwischendurch erschien auf dem Display des Armaturenbretts die Handynummer von Schöller, und da er wusste, dass das Annehmen dieses Gesprächs zu einem Abbruch der Fahrt nach Berlin führen würde oder zumindest einen unangenehmen verbalen Schlagabtausch bedeutet hätte, ließ er es bimmeln. Martin lauerte, während die Schilder an ihm vorüberzogen, wann Schöller es aufgeben würde, und er bescheinigte ihm grinsend eine ungeheure Ausdauer.

Gegen 10.45 Uhr parkte Pohlmann den blauen Wagen vor dem Bundesarchiv, wickelte sich den Schal drei Mal um den Hals, knöpfte die Lederjacke bis oben zu und stapfte durch den durch Streusalz angetauten grauen Matsch. Im Osten hatte es über Nacht geschneit. Das Bordthermometer zeigte kurz vor Verlassen des heimeligen Innenraums des PKW minus vier Grad. Die Luft war eisig, klar und frisch. Martin schloss die Augen und inhalierte einen Augenblick den Sauerstoff. Er fühlte sich unerwartet gut, und es war ihm egal, ob dies den Medikamenten, die durch seine Kapillaren strömten, zuzuschreiben war oder ob ihn die Aufgabe, die vor ihm lag, derart mit Neugier und Lebensfreude erfüllte. Herumzuschnüffeln, das war sein Job, und dies konnte er an diesem Tag reichlich tun.

»Guten Morgen.«

Die Dame hinter dem Schreibtisch mit dem brünetten Haar übertrug handschriftlich eine Liste in einen Ordner und gab sich Mühe, ordentlich und leserlich zu schreiben. Sie blickte vor Beendigung ihres Satzes nicht und danach nur widerwillig auf. Sie behielt den Stift in der Hand, da sie beabsichtigte, ihre Arbeit unverzüglich wieder aufzunehmen. Sie fühlte sich gestört, obwohl es ihr Job war, Bürgeranfragen nett und zuvorkommend zu beantworten.

»Ja, bitte? Was kann ich für Sie tun?«

Martin schnaubte in ein Papiertaschentuch und steckte es

dann umständlich in die Hosentasche unter der Lederjacke. Instinktiv wich die Dame zurück, ohne ausgesprochen unhöflich zu wirken. Das Letzte, was sie jetzt noch gebrauchen konnte, war eine dicke Erkältung von einem Hippie, dachte sie.

»Ich bin auf der Suche nach einigen Lebensbornakten. Können Sie mir da weiterhelfen?«

»Alten oder neuen?«

Martin runzelte die Stirn. »Ich verstehe die Frage nicht. Ich suche die Akten zu konkreten Namen.«

»Haben Sie eine schriftliche Genehmigung? Vor der Aufnahme der Benutzung muss unter Angabe des Benutzungszweckes eine schriftliche Anfrage gestellt werden.«

Damit von Anfang an keine Missverständnisse herrschten, zog Pohlmann seinen Dienstausweis hervor und hielt ihn der Dame unaufgefordert dicht unter die Brille. Erst schielte sie über die Gläser in Pohlmanns Gesicht, dann zurück auf das Bild des Ausweises und dachte sich ihren Teil. Das Bild stammte aus vergangenen Tagen, und es hätte außer Martin fast jeder mit der Behauptung, Bulle zu sein, vorzeigen können.

Sie schien sich mit diesem Ausweis auch ohne vorherige schriftliche Anfrage zufriedenzugeben. Außerdem warteten wichtigere Dinge auf sie. Sie beschloss, den Besucher kurz abzufertigen, und holte zu einer typischen Erklärung zu den in diesen Gemäuern lagernden Unterlagen aus.

»Also, es ist so: Das Bundesarchiv wurde 1996 erbaut. Es wurden größtenteils alte Akten aus dem ehemaligen amerikanischen Berlin Document Center übernommen. 1998 wurden jedoch 1.000 neue Akten aus verschollenen Beständen gefunden und im Bundesarchiv einsortiert.« Die Dame hinter der Rezeption bedachte Martin mit einem einstudierten Blick, der Anteilnahme an einer möglicherweise tragischen Familiengeschichte zum Ausdruck bringen sollte. »Sind Sie selbst betroffen oder ermitteln Sie beruflich?«

»Rein beruflich. Gott sei Dank. Außerdem möchte ich gern wissen, ob Sie Akten zu ehemaligen SS-Leuten aufbewahren.«

»Auch das. Selbstverständlich! Was genau suchen Sie denn?« Pohlmann zuckte mit den Schultern. »Ich suche ehemalige SS-Männer, die Kinder gezeugt haben, die in Lebensbornheimen zur Welt gekommen sind.«

Die Dame lachte spöttisch auf. »Das ist noch viel zu vage. Haben Sie eine Ahnung, wie viele Akten hier lagern?« Pohlmann schüttelte wie ein von der Lehrerin gerügtes Kind den Kopf. Die Dame fuhr fort:

»Zum einen haben wir da circa 240.000 Einzelfallakten des Rasse- und Siedlungshauptamtes der SS. Hier können Sie zu privaten Lebensumständen von SS-Leuten nachforschen, wie zum Beispiel, welche Bräute oder Ehefrauen und wie viele Kinder sie hatten et cetera.« Wieder entwich ihr ein spöttisches Lächeln. »Damit dürften Sie bereits Tage beschäftigt sein. Dann sind da noch die anderen Bestände der SS-Führerpersonalakten und der SS-Unterführer und Mannschaften.«

Pohlmann war irritiert. Er wusste zwar, dass das Bundesarchiv als umfangreich bekannt war, doch Tage? Die hatte er wahrlich nicht zur Verfügung.

»Das wusste ich nicht, dass hier so viele … Wie ist das nur möglich?«

»Tja«, gab die Dame am Schreibtisch kokett zurück, als sei es ihr persönlicher Verdienst gewesen, dass der Aktenberg eine derartige Höhe aufwies, »es geht schon damit los, dass alle SS-Angehörigen ab dem 1. Januar 1932 ihr Heiratsgesuch schriftlich beim Reichsführer SS beantragen mussten. Na ja, Sie wissen schon, Auslese und Erhaltung des rassisch und erbgesundheitlich guten Blutes und dergleichen.«

Pohlmann nickte wissend.

»Ab 1932?«

»Genau. Die brauchten sogar eine Verlobungsgenehmigung. Meistens hat sich Himmler persönlich darum gekümmert.«

»Sie wissen eine ganze Menge aus dieser Zeit, was?«

»Na ja. *Ich* muss es ja wissen. Das ist mein Job.« Die Angestellte rümpfte die Nase, und mit jeder weiteren Geste der Arroganz wuchs Martins Unbehagen. Dennoch beschloss er, es weiterhin freundlich zu versuchen. Wenn nichts anderes helfen würde, würde er einen anderen Ton wählen müssen, der eher dienstmäßig und autoritär untermalt war.

»Sind Sie gerade mit etwas Wichtigem beschäftigt oder könnten Sie mir bei meiner Suche behilflich sein? Ich habe leider nicht mehrere Tage Zeit, sondern nur heute. Die ganze Geschichte eilt ein wenig.«

»Ja.«

»Was, ja?«

»Ja. Ich bin mit etwas sehr Wichtigem beschäftigt. Ich fürchte, Sie müssen sich da allein durchwühlen. Es ist alles ausgezeichnet katalogisiert.« Die Dame nahm den Stift, den sie kurz zuvor beiseite gelegt hatte, zur Hand und konzentrierte sich auf ihre Liste. Ihr Blick war starr darauf gerichtet. Und damit war Martins Anliegen bereits vergessen. Ob sie nur unkooperativ war oder ob sie einen extremen Widerwillen gegen Pohlmanns Viren und Bakterien hatte, konnte Martin nur erahnen. Wie ein dummer Schuljunge abserviert, schaute Martin auf die schreibende Frau mit den grauen Haaransätzen, die die rötliche Tönung vor sich herschoben, herab. Er blickte auf die Uhr. 12.30 Uhr. Dann, als ihn die Wut übermannte, stützte er sich mit beiden Händen zu der Frau herab. »So. Jetzt hören Sie mir genau zu, Frau … Frau … Ach, egal. Ich bin heute Morgen eigens aus Hamburg hierher gefahren, gehöre eigentlich mit meiner Scheißgrippe ins Bett und muss trotzdem in einer Reihe von Mordfällen ermitteln, und wenn Sie mir nicht sofort alle Auskünfte liefern, die ich für meine Arbeit benötige, stirbt schneller ein Mensch, als es nötig wäre, und Sie tragen die Schuld daran. Haben Sie mich verstanden …«, Martin richtete das nach vorn umgekippte Namensschild auf und las den Namen darauf, »… Frau Kassner?«

Mit bleichem Gesicht legte Ingeborg Kassner den Stift an die Seite und stapelte einige beschriebene Bögen Papier übereinander. Dann klopfte sie mehrfach die Blattkanten des Stapels auf dem Tisch auf, bevor sie die Papiere in ihrem Schreibtisch verstaute.

Sie beugte sich der Staatsgewalt.

Mit Bedacht schob sie den Stuhl, auf dem sie saß, nach hinten, strich über ihren Rock und erhob sich von ihrem Platz.

Martin taxierte die unscheinbare Dame auf Mitte bis Ende 50, ein Alter, wie er vermutete, in dem man es eh nicht leicht mit Männern hatte oder es aufgegeben hatte, es mit ihnen leicht haben zu wollen. An ihrer Hand fand er keinen Ring und dachte sich seinen Teil.

»Na schön. Ich habe zwar Termine einzuhalten, aber das können Sie gern meinem Chef verklickern.«

Martin formte die Lippen zu einem Schmollmund. Schon tat es ihm leid, die Frau brüsk angefahren zu haben, doch manchmal half eben nichts anderes. »Sorry, aber ich muss heute Abend wieder zurück. In Hamburg läuft ein Serienkiller durch die Stadt, und ich muss mich beeilen, den Kerl zu schnappen.«

Ingeborg Kassner strich den grauen Rock ein weiteres Mal glatt und rückte die Brille auf dem Nasenrücken zurecht. Sie schien nun den Ernst der Lage im Ansatz zu begreifen und sah Martin beinahe freundlich an. Für einen Augenblick realisierte sie, dass es außerhalb dieser Mauern, in denen sie sich gern verschanzte, ein wirkliches Leben gab. Ein Leben, in dem sich die Dinge so abspielten, wie sie sie als Akte oder Fall katalogisierte.

»Okay, fangen wir noch mal von vorn an«, sagte sie. »Sie brauchen also, wenn ich Sie richtig verstanden habe, die Namen der Väter zu bestimmten Personen, die in einem Lebensbornheim zur Welt gekommen sind.«

Martin nickte bestätigend. »Genau.«

»Kennen Sie den Namen des Heims?«

»Steinhöring in der Nähe von München«, platzte es aus ihm heraus.

»Gut. Kommen Sie bitte mit. Das engt unsere Suche beträchtlich ein.« Ingeborg Kassner und Martin Pohlmann stiegen eine lange, geschwungene Treppe zu einem höher gelegenen Stockwerk empor. Dann schritten sie einen hellen Gang entlang, vorbei an unzähligen Regalen. Martin schnaufte, zum einen, weil er für derartige Exkursionen aus der Übung war, zum anderen, weil er jeden Knochen im Leib spürte. Er klemmte die hellbraune Ledertasche unter den rechten Arm und versuchte, mit Frau Kassner Schritt zu halten. Sie eilte jede Stufe behände und elegant, vor allem zügig, empor. Mit jedem Tritt ließ sie ein weithin zu hörendes Klackern auf dem Boden verlauten. Sie kamen zu einem Raum, auf dessen Schild neben der Tür Kürzel zu lesen waren, die man nur als Kundiger zu entziffern wusste.

Martin folgte der Dame im grauen Kostüm in den schmucklosen Raum hinein. Es war ein großer, rechteckiger Saal mit zehn Reihen von Aktenschränken, die bis zur Decke reichten. Dahinter standen drei quadratische einfache Tische mit einem PC und einem alten Röhrenmonitor darauf und jeweils zwei Holzstühlen davor. Martin ließ seine Tasche auf den ersten der Tische fallen und gab sich für eine kurze Zeit der Resignation hin, die sich seines Inneren zu bemächtigen drohte. Dieser Gebäudekomplex beherbergte gegen elf Millionen Karteikarten, Einträge oder Aktennotizen zu sogenannten NS-Belasteten; Mitgliedern der NSDAP und sämtlichen Unterorganisationen.

Frau Kassner unterbrach Martins Schwermutsattacke. Sie rieb sich die Hände, als fühle sie sich zwischen den Reihen der Verstorbenen wohl. Für sie waren es viel mehr als nur Akten mit Namen. Für sie war es lebendige Geschichte. Millionen kleiner Puzzleteilchen, die nach Zuordnung und Komplettierung verlangten. Die ein Bild hervorbringen sollten, vor dem man zunächst einige Meter zurückwich. Ein düsteres Gemälde aus einer Epoche der Menschheitsgeschichte, in welcher der Teufel in Form eines kleinen, schnauzbärtigen, korrekt gescheitelten Österreichers regierte.

Ingeborg klatschte die zierlichen weißen Finger gegeneinander, um Martin aus der Erstarrung zu befreien.

»Also, Herr Kommissar. Wo fangen wir an?« Martin ließ sich auf den Stuhl fallen und sah zu Frau Kassner auf. Seine Nase sonderte Sekret ab, das er kurzerhand hochzog und in die Nebenhöhlen katapultierte. »Ich weiß es, ehrlich gesagt, nicht. Bitte, setzen Sie sich einen Augenblick.« Martin öffnete die Aktentasche und holte alle Unterlagen hervor, die er mitgebracht hatte. Dazu gehörten die Akten der verstorbenen und noch lebenden Lebensbornkinder sowie die der drei Nazis Wegleiter, Fürst und Strocka. Der Ordner, den er sich zu Professor Keller angelegt hatte, bekam einen besonderen Platz auf der rechten Seite des Tisches.

»Wie viel dürfen Sie mir denn davon erzählen?« Frau Kassner deutete auf den Stapel der vor ihr liegenden Akten. »Sind das nicht vertrauliche Ermittlungsergebnisse?«, hakte sie nach. Das Interesse an kriminologischen Dingen schien in Ingeborg Kassner erwacht zu sein, doch in Martins Gesicht las sie eine Mischung aus Gleichgültigkeit und Frustration.

»Genau genommen, erwarte ich ja, diese Ergebnisse hier zu finden. Sie stehen unter Schweigepflicht, aber das wissen Sie ja, nehme ich an.« Ingeborg kaute auf einem abgebrochenen Fingernagel herum, eine Geste, die Martin normalerweise nur von Teenies kannte.

Die Uhr zeigte 12.45 Uhr, als sich der erste Hunger in seinem Magen meldete und er die Geschichte von Tätern und Opfern darzulegen begann. Er ignorierte das Knurren und schlug die erste Akte auf.

»Es gab vor zwei Jahren einen Prozess von ehemaligen Lebensbornkindern, die nach norwegischem Modell auf zugegebenermaßen stümperhafte Weise versucht haben, eine Art Abfindung oder Wiedergutmachung seitens des deutschen Staates zu erwirken. Vielleicht haben Sie davon in der Zeitung gelesen?«

Ingeborg rieb sich an der Nasenspitze und dachte nach. »Ja, das hab ich. Ich habe sogar einige der schriftlichen Anfragen der Betroffenen bearbeitet. Leider gab es zu dem Zeitpunkt noch nicht so viele Unterlagen.«

»Wieso? Gibt es denn jetzt mehr?«

»Allerdings. Ich habe Ihnen doch von den 1.000 Akten der

in Lebensbornheimen Geborenen erzählt, die 1998 hier einsortiert worden sind. Vor Kurzem sind noch einmal circa 300 neue dazugekommen. Täglich erreichen uns Anfragen zu familiengeschichtlichen Hintergründen, weil gelegentlich Unterlagen gefunden werden, die dann hier landen.«

»Woher stammen denn diese neuen Unterlagen?«

»Nun, es werden verschollene Daten, Notizen oder Tagebucheinträge in Nachlässen gefunden. Auf Dachböden, in alten Truhen, in Kellerverschlägen und so weiter. Fotos, Wehrmachtsausweise, SS-Mitgliedschaftsnachweise und natürlich auch haufenweise unnützes Zeug.«

Pohlmann stand von dem unbequemen Holzstuhl auf, der ihn an jenen antiquierten Verhörstuhl in seinem Büro erinnerte, und streckte den Rücken. »Die Prozessteilnehmer haben nach dem Prozess weitere Recherchen angestellt. Es müssen derart brisante Informationen darunter gewesen sein, dass es für einen neuen Prozess gereicht hätte.«

»Wieso hätte? Gibt es jetzt einen Prozess oder nicht?«

»Das genau ist mein Problem. Von den ehemals sechs Klägern sind in den letzten Wochen drei ums Leben gekommen. Ein weiterer in diesem Zusammenhang wichtiger Zeuge war Professor Keller, der den Prozess vorangetrieben hatte, und der ist ebenfalls tot. Genau genommen, ist er als Erster gestorben.«

Ingeborg Kassner lehnte sich zurück und blickte durch Pohlmann hindurch. Sie schob in einer aparten Bewegung mit dem Daumen eine Strähne aus ihrem Gesicht. »Ja, ich erinnere mich an den Mann. Ein Arzt, nicht?«

Martin nickte.

»Er war Psychiater und leitete eine Anstalt, richtig?« Frau Kassner brauchte einen Augenblick, um die Nachricht zu verarbeiten. Dann hakte sie nach. »Wie ist er gestorben, wenn ich fragen darf?«

»Sie dürfen. Er hat sich in seinem Arbeitszimmer in den Kopf geschossen. Zumindest sollte es so aussehen.«

Ingeborg hielt sich die Hand vor den Mund und wurde blass.

Die Vorstellung, einen Menschen vorzufinden, dem eine Hälfte des Gesichtes fehlte, rief Übelkeit in ihr hervor. Dann meldete sich ein Funke von kriminalistischem Spürsinn in ihr. »Ach, Sie glauben, es war gar kein Selbstmord?«

»Genau das glaube ich«, gab Martin hüstelnd zurück.

»Wie gesagt sind drei weitere ehemalige Kläger, die offenbar eine ganze Menge herausgefunden hatten, auch gestorben und zwar immer so, dass es nach Selbstmord oder einem Unfall aussah.«

Frau Kassner hielt den Kopf in ihren Händen. »Mein Gott! Das ist ja furchtbar. Und jetzt suchen Sie hier nach Hinweisen auf deren Mörder?« Ingeborg sah Martin an.

Er schlug, vielleicht etwas zu laut, mit der flachen Hand auf die Akten der drei Nazis. »Ich habe Unterlagen zu drei Männern, die ich im Geheimfach eines Schreibtisches gefunden habe. Führende SS-Leute und möglicherweise Kriegsverbrecher.«

»Und was haben die mit den Opfern zu tun?«

»Ich vermute, dass diese Menschen, die in Steinhöring zur Welt gekommen sind, so lange in ihrer Vergangenheit herumgewühlt haben, bis sie auf Material gestoßen sind, das sie besser nicht hätten finden sollen. Ich bin mir noch nicht einmal sicher, ob sie sich über die Brisanz der Unterlagen im Klaren waren. In erster Linie ging es den Leuten darum, eine simple Frage beantwortet zu bekommen: Wer waren meine Eltern? Wer war mein Vater? Und damit einhergehend: Wer bin ich eigentlich?«

»Na ja, das ist ja auch nur allzu verständlich. Ich kann mir nicht vorstellen, wie das sein muss, nicht zu wissen, wer Vater und Mutter waren beziehungsweise sind.«

»Noch dazu, wenn man herausfindet, dass der Vater nicht nur ein harmloses Parteimitglied der NSDAP war, sondern aktives Mitglied der Waffen-SS oder im schlimmsten Fall ein Mörder.«

»Oh je. Ich glaube, das wird ein langer Tag heute. Aber nach dem, was Sie mir erzählt haben, helfe ich Ihnen gern. Sie können sich nicht vorstellen, wie das ist, wenn Menschen hierher kommen, um sich Unterlagen abzuholen oder sie einzusehen, aus denen hervorgeht, wer ihre Eltern waren. Die meisten Betroffenen, die in einem Lebensbornheim zur Welt kamen, sind in Pflegefamilien untergekommen. Und wenn man den Kindern, was häufig der Fall war, einen neuen Namen gegeben hat, wird es extrem schwierig, die Identität der Eltern zu ermitteln. Ich habe kürzlich einen Fall bearbeitet, wo eine 65-jährige Frau vor ihrem Tod Frieden finden wollte. Sie hatte Krebs im fortgeschrittenen Stadium und wollte wissen, wer ihr leiblicher Vater war, ganz gleich, was er getan hatte. Obwohl sie schon genug durch den Krebs gestraft war, fanden wir noch heraus, dass ihr Vater ein mehrfacher Mörder war, der in verschiedenen Lagern an diversen Erschießungskommandos teilgenommen hatte und zwar mit Freude an der Sache, wie ein Foto bewiesen hat, auf dem er mit einer Waffe in der Hand hinter einem Opfer steht, das er lachend mit einem Genickschuss hinrichtet. Obwohl die Nachricht für die Frau furchtbar war, war sie erleichtert. Ich habe noch ein Mal von ihr gehört, einen Tag vor ihrem Tod. Sie rief mich an und erzählte mir, dass der Pfarrer bei ihr war und sie nach mehreren Stunden Gesprächs unter vielen Tränen bereit gewesen war, ihrem Vater und unbekannterweise ihrer Mutter zu vergeben. Ich habe das bewundert. Ich weiß nicht, ob ich das könnte.«

Martin sah Ingeborg an und fand sich Jahre zurückversetzt in eine Situation, wo es um Ähnliches ging: dem Vater vergeben für Taten, die der ganzen Familie geschadet hatten. Er riss sich aus der Versunkenheit los.

»Ich brauche alles, was eine Verbindung zwischen diesen Menschen und den drei Nazis herstellen könnte. Personendossiers, Mitgliedschaften, Parteikorrespondenz, Namensänderungen – alles.«

Ingeborg schüttelte den Kopf. »Ich glaube, Sie erwarten zu viel. Es gibt einzelne Fragmente, unvollständige Bruchstücke, Abstammungsnachweise und Ahnenpässe. Es ist fast unmöglich, die komplette Biografie eines Täters oder Opfers herauszufinden.«

»Wir müssen es trotzdem versuchen. Es gibt da Zusammenhänge, das weiß ich genau. Die zentrale Frage ist: Wieso hat jemand ein Interesse daran, Menschen zu ermorden, die in Lebensbornheimen aufgewachsen sind? Wem sind diese Leute derart im Weg?«

»Okay. Zeigen Sie mir die Akten der Nazis. Ich will sehen, was ich für Sie tun kann. Wir haben natürlich nicht nur Ordner in den Regalen, sondern auch Filme, Fotos und eine ganze Menge Material auf Mikrochips. Ich denke, ohne Computer werden wir hier sowieso nicht weiterkommen.« Ingeborg Kassner wandte sich der Tastatur des PCs zu, neben dem Martin seine Unterlagen abgelegt hatte.

Er las den ersten Namen vor. »Okay. Ich gebe Ihnen, was ich habe. Der Erste ist Franz Wegleiter, geboren am 17. August 1920 in München.« Sogleich tippte Ingeborg den Namen Wegleiter in das System ein. Passend zu dem Geburtsdatum fand sie einen Mann, der auf die Beschreibung passen könnte. Die Seite baute sich auf dem Bildschirm auf, und Ingeborg begann zu lesen.

»Franz Wegleiter. Erst Hitlerjugend, später SS, dann Waffen-SS.« Ingeborg überflog die Seite. »Wow, steile Karriere. Ist '44 nach Italien abkommandiert worden. Hatte 'ne Menge Leute unter sich.«

Frau Kassner klickte den Button für die zweite Seite. »Hier gibt es Fotos. Wegleiter und seine Kameraden.«

Martin betrachtete das Foto auf dem Bildschirm. »Ich kenne das Bild. Das in der Mitte ist Wegleiter. Er gehörte zur Totenkopfbrigade.«

»Hier sind Formulare, die Wegleiter ausfüllen musste. Fragebogen des Rasse- und Siedlungshauptamtes, ein ausgefüllter SS-Erbgesundheitsbogen, eine SS-Ahnentafel und eine ehrenwörtliche Erklärung über Vermögen und Schulden. Oh, là, là, der Mann war vermögend, als er in die SS eintrat. Schien geschäftstüchtig gewesen zu sein.« Ingeborg stockte. »Halt, warten Sie mal. Hier gibt es einen neueren Akteneintrag. Gegen Wegleiter wurde wegen der Teilnahme am Genozid ermittelt. Partisanenmord in Carrara. Zunächst 1948 von den Amerikanern freigesprochen, Neuaufnahme des Verfahrens 1961, nach kurzer Zeit abgewiesen, weil nach so vielen Jahren die Beweise nicht stichhaltig erbracht werden konnten.« Ingeborg klickte in dem Archiv rasend schnell, beinahe wahnhaft einen Button nach dem anderen. »Hier gibt es eine Korrespondenz. Einen Eintrag aus dem Berlin Document Center. Demnach soll es eine interne Untersuchung gegen Wegleiter wegen parteiunwürdigen Verhaltens in Trunkenheit gegeben haben. Hier steht, dass Wegleiter den angebotenen Alkohol zur Kompensation nach einer Erschießung dankend angenommen und im Übermaß konsumiert hätte, aber nicht, um das Gewissen zu betäuben, sondern um die Tat zu feiern. Ihm wurde nahegelegt, der Angelegenheit mit dem gebotenen Respekt zu begegnen.«

»Womit feststeht, dass Wegleiter garantiert keine weiße Weste hatte.«

Frau Kassner lachte auf. »Nee, das sicher nicht. Hier geht's noch weiter. Er hatte ein Verfahren wegen der Ermordung dreier Partisanen in Italien ohne Befehl. Das Gericht hat ihn aus Mangel an Beweisen freigesprochen.«

»Sehen Sie weiter vorn nach. Hatte Wegleiter etwas mit dem Thema Lebensborn zu tun? In der Akte, die ich gefunden habe, ist ein Eintrag herausgerissen worden. Dort ist er als Vater benannt worden, es ist aber nicht ersichtlich, von wem.«

Ingeborg klickte Buttons an. »Warten Sie. Dafür muss ich in eine andere Datei.« Sie öffnete ein neues Fenster. Ihre Finger bewegten sich mit unglaublicher Geschwindigkeit über die Tastatur, was Martin Respekt einflößte.

»Tatsächlich. Hier ist etwas. Vater von Hartmut, Eleonore und Karl Wegleiter. Hartmut, der eheliche Sohn, ist geboren 1955 und die zwei anderen 1940 in Steinhöring, offensichtlich außerehelich.« Ingeborg sah zufrieden zu Martin auf. »Na bitte. Hier haben Sie Ihre Namen.« Sie sah ihn an und fand ihn alles andere als begeistert vor.

»Von Hartmut Wegleiter hab ich gehört, amtierender Politiker, Sohn Wegleiters, aber einen Karl und eine Eleonore kenne ich nicht. Die verstorbenen Kläger in dem Prozess hießen anders. Komplett anders.«

»Das heißt, entweder bekamen sie neue Namen von ihren Pflegeeltern oder …«

Martin setzte das Unausgesprochene fort: »… oder es sind andere Kinder Wegleiters, die mit dem Prozess nichts zu tun haben und für uns völlig uninteressant sind.«

Ingeborg zuckte mit den Achseln. »Mal 'ne ganz dumme Frage. Warum fragen Sie diesen Franz Wegleiter nicht einfach? Aus meinen Unterlagen geht nicht hervor, dass er verstorben ist.«

»Das werden wir noch tun, aber bevor man Antworten bekommt, muss man die Fragen kennen. Wir sind in unseren Ermittlungen noch weitgehend am Anfang.« Martin nieste zwei Mal heftig hintereinander und betrachtete die letzten beiden Papiertaschentücher in der Verpackung. »Okay. Machen wir weiter. Was ist mit Dr. Fürst? Fürst hat vor und während des Krieges Medizin studiert und für eine Weile als Arzt für Innere Medizin und Chirurgie in einem Krankenhaus bei Bremen gearbeitet. In den Sechzigern hat er eine Privatklinik bei Hamburg gegründet und mit großem Erfolg 30 Jahre geführt. Ich habe mir die Homepage angesehen. Die komplette Promi-Welt des Nordens lässt sich dort scheinbar behandeln. Es gibt keinen Makel am Körper, den die nicht mit Beauty-OPs beheben können. Wie es aussieht, führt sein Sohn die Klinik jetzt weiter.

Es fehlen mir jedoch Hinweise auf die Zeit zwischen 1940 und 1950. Ich weiß, dass Fürst nach Lüneburg in eine sogenannte Kinderfachabteilung versetzt wurde, doch was hat Fürst in dieser Zeit getrieben? Hat er im Krieg uneheliche Kinder gezeugt und wenn ja, mit wem, und wo sind sie entbunden worden?«

Ingeborg blies die Wangen auf und ließ einen Schwall Atem entweichen. Sie schüttelte den Kopf und rückte den Stuhl zurecht. Dann legte sie wie eine Klavierspielerin die Finger aneinander und ließ die Gelenke knacken. Sie gab den Namen Dr. Richard Fürst in den Computer ein und fand eine Liste von Namen, die den Vornamen Richard oder den Nachnamen Fürst enthielten. Offensichtlich ein gängiger Name zu Kriegszeiten.

Auf der zweiten Seite wurde sie fündig. Richard Fürst, geboren am 9. November 1919 in München.

Frau Kassner durchforstete die Seiten und murmelte dabei Unverständliches vor sich hin. »Kinderfachabteilung, sagen Sie?«

Martin nickte und riss die Augen auf.

»Es gibt hier einen Eintrag zu Fürsts Dissertation. Er beschäftigte sich mit einem Medikament namens Luminal.«

Martin rümpfte die Nase. »Sagt mir nichts.«

»Warten Sie. Hier steht das Thema seiner Doktorarbeit: Anwendung und Wirkungsweise von Luminal bei Tuberkulose. Eine Zweijahresstudie. Von Richard Fürst – München.«

»Haben Sie hier Internetzugang?«, fragte Martin. Ingeborg nickte und hatte bereits einen institutsinternen Browser geöffnet. »Schauen Sie mal bei pub med oder Wikipedia oder anderen Seiten nach.«

Ingeborg surfte durch das Internet auf der Suche nach diesem Medikament.

»Hier hab ich was. Luminal wurde während des Kriegs als Barbiturat, also als Schlafmittel verwendet.«

»Was hat ein Schlafmittel mit Tuberkulose zu tun?«, fragte Martin.

Ingeborg antwortete nicht gleich, sondern scrollte einige Seiten weiter. Dann reagierte sie auf seine Frage, und das Entsetzen stand ihr im Gesicht geschrieben. »... weil Luminal nicht als Schlafmittel, sondern als Gift verwendet wurde. Ich habe mich vor einigen Jahren im Rahmen von Nachforschungen mit diesen Fachabteilungen beschäftigen müssen.«

»Das Euthanasieprogramm der Nazis für Kinder«, bestätigte Pohlmann.

»Genau. Die konsequente Vernichtung lebensunwerten Lebens, zumindest nach Ansicht der Mörder. Alle Kinder, die in irgendeiner Weise nicht der perfekten Norm entsprachen und Behinderungen aufwiesen, wurden umgebracht.«

»Mit Luminal.«

»Nicht nur. Die Kinder wurden ja nicht gleich getötet, sondern erst, nachdem zahlreiche Tests und Experimente an ihnen durchgeführt worden waren. Entweder sind sie schon während der Tests gestorben und das, was von ihnen übrig geblieben ist, wurde auf diverse grausame Weise getötet. Andere sind in Gaskammern verschwunden. Haben Sie schon einmal von der Aktion T4 gehört?«

Martin nickte. »Die Aktion T4 beinhaltete die Ermordung von circa 100.000 Psychiatriepatienten oder behinderten Menschen durch SS-Ärzte und Pflegekräfte. Die Morde wurden nie offiziell als solche beschrieben. Es ist immer von natürlichen Todesursachen die Rede, nie von Mord. Diese Ärzte standen wohl den KZ-Ärzten in nichts nach. Ohne Skrupel experimentierten diese Unmenschen an gesunden Kindern, nur weil sie nicht einer altersgemäßen Körpergröße entsprachen. Unter der Leitung von Prof. Mengele ließ man diese Kinder zu Tausenden ›abspritzen‹, wie er es nannte. Man injizierte ihnen Phenol direkt ins Herz. Nicht nur Ärzte, sondern auch Pfleger taten das. An anderen Orten testete man den Einfluss hochdosierter Röntgenstrahlung und kastrierte männliche Patienten regelrecht damit. Der Begriff Gnadentod wurde eingeführt, um anzudeuten, dass man Leiden verkürzen und nicht Leben auslöschen wollte.«

Frau Kassner nickte. Sie schien beeindruckt. »Sie wissen aber auch eine Menge für einen Kriminalkommissar.«

»Hab mal Geschichte studiert, aber dann abgebrochen und bin zur Polizeischule gegangen.«

»Oh, wie schade. Aber, na ja. Dafür sind Sie ein guter Polizist geworden.«

»Geht so«, antwortete Martin verlegen. »Woher stammte der Begriff T4 eigentlich?«

»Der Name T4 entstammt der Berliner Bürozentrale, einer Villa in der Tiergartenstraße 4. Während der NS-Zeit befand sich in dieser Villa die Zentrale für die Leitung der Ermordung behinderter Menschen im gesamten Deutschen Reich.«

Martin unterbrach Ingeborg und sprach seine Gedanken aus.

»Und unser prominenter Dr. Fürst hat eine Doktorarbeit darüber geschrieben, wie man Tuberkulosepatienten am besten mit Luminal ins Jenseits befördert.«

»Somit ist er eine Art Massenmörder mit weißer Weste, genauer gesagt, mit weißem Kittel.« Frau Kassner rückte ihre Brille zurecht.

»Dem wahrscheinlich nach dem Krieg nichts nachgewiesen wurde«, stellte Martin fest.

»Den wenigsten ist nach dem Krieg etwas nachgewiesen worden. Die Amerikaner haben '48 nur einen Bruchteil der Täter verurteilt, und sehr oft gab es Urteile, die nur einen symbolischen Strafwert hatten und mit der Untersuchungshaft bereits abgeleistet waren.«

»Jetzt wissen wir aber immer noch nicht, ob Fürst Vater unehelicher Kinder ist oder nicht.«

Ingeborg fuhr mit dem Cursor die Seiten ab. »Hier steht nur ein Vermerk: Als Zeugungshelfer mindestens zweimal erfolgreich tätig.«

Pohlmann nickte. »Ich wusste es. Können Sie mir das ganze Zeug ausdrucken lassen? Ich such dann im Büro nach den Namen der Kinder und der Mütter.« Die körperliche Schwäche, die sich erneut in seinen Gliedern ausbreitete, blieb Frau Kassner nicht verborgen.

»Eigentlich dürfen wir das nicht, aber ich denke, in Ihrem Fall ist das etwas anderes. Es geht ja um wichtige Ermittlungen. Hatten Sie nicht noch einen dritten Namen?«

»Ja, einen dritten Nazi und eine Menge anderer Leute.« Martin raufte sich das Haar und drohte, in dem Morast dieses Falles zu versinken. »Gerhard Strocka. Das ist der Typ, der vor zwei Jahren während des Prozesses in seinem Hotelzimmer umgebracht wurde. Er ist der Einzige, zu dem wir ziemlich viel Material zusammentragen konnten. Erst gestern habe ich herausgefunden, dass er der Vater einer Frau war, die damals als

Klägerin aufgetreten ist. Sie heißt Emilie Braun, lebt heute in einer Psychiatrie in Hamburg und ist als Hedwig Strocka 1940 im Lebensbornheim Steinhöring zur Welt gekommen. Später ist sie nach Lüneburg in eine dieser Kinderfachabteilungen verlegt worden und ist erstaunlicherweise, nach all dem, was über diese Tötungsanstalten mittlerweile bekannt ist, am Leben geblieben. Danach ist sie an diverse Pflegefamilien weitergereicht worden, doch nachdem es keine Familie lange mit ihr ausgehalten hat, hat man sie für nicht gesellschaftsfähig erklärt und ein Gutachten verfasst, aufgrund dessen sie dauerhaft in eine Psychiatrie eingewiesen worden war.«

Ingeborg Kassner hörte den Ausführungen von Martin aufmerksam zu. Obwohl sie schon an vielen Familiengeschichten und Schicksalen Anteil genommen hatte, war sie stets auf Neue ergriffen, wenn es darum ging, dass unzählige Menschen abseits gewöhnlicher Wege das Leben meisterten. Ihr Interesse an der Geschichte von Emilie Braun schien nicht nur geheuchelt. »Das heißt, sie hat ihr ganzes Leben in einer Anstalt verbracht?«

»Na ja, fast. Aus den Krankenakten geht hervor, dass sie Anfang der Sechziger entlassen wurde. Ein Psychiater hatte ein neues Gutachten verfasst, und sie wurde kurzerhand für gesund erklärt. Das Problem war, dass sie es nie gelernt hatte, außerhalb der Klinik klarzukommen. Sie genoss keine dauerhafte Erziehung von eigenen Eltern, nur Maßregeln von sich abwechselnden Pflegeeltern, die kein wirkliches Interesse an dem Mädchen hatten. Sie bekam einen Job in einem Supermarkt, eckte ständig bei den Kunden und den anderen Mitarbeitern an und wurde entlassen. Sie jobbte als Kellnerin, als Hilfskraft in einer Wäscherei, als Aushilfe in einer großen Reinigungsfirma, und zum Schluss saß sie als Klofrau am Hauptbahnhof in Hamburg.«

»Sie sagen, dass sie derzeit in einer Psychiatrie lebt. Warum ist sie in die Klinik eingewiesen worden?«

»Sie wurde straffällig. Sie hat einem Kerl ein Messer in den Bauch gerammt, als er sie … na, Sie wissen schon, unsittlich berührt hat. Ihre Pflegerin hat mir erzählt, dass sie bei Berührungen von anderen völlig ausrastet und niemanden an sich heranlässt. Außer Personen, die sie wirklich gut kennt.«

Ingeborg nickte teilnahmsvoll. Martin schnäuzte erneut, und er wunderte sich, wie viel Sekret die Nase eines Menschen zu produzieren in der Lage ist. Der Magen knurrte ebenfalls, und die Stirn fühlte sich heiß an. Der Blick aus dem Fenster des großen Archivs verdüsterte seine Stimmung noch mehr, denn es dämmerte bereits. Ein Blick auf die Uhr verriet ihm, dass er schon über zwei Stunden hier an der Seite von Ingeborg Kassner verbracht hatte, die in dieser Zeit jegliche Arroganz abgelegt und überdies ihre eigene Aufgaben vergessen oder zumindest verdrängt hatte. Es schien, als hätte sie ihre Zeit nur für Martin Pohlmann und dessen Anliegen reserviert. In Wahrheit folgte sie ihrem ausgeprägten Gewissen und hätte alles dafür getan, einigen Menschen bei der Suche nach ihrer Identität und ihren Wurzeln zu helfen. Dann fiel ihr wieder Emilie Braun ein. »Emilie Braun ist also die Tochter von Gerhard Strocka. Weiß sie das?«

Pohlmann zuckte mit den Schultern. »Keine Ahnung. Das habe ich mich auch schon gefragt. Ich habe es erst gestern herausgefunden, als ich diese Akten in einem geheimen Fach eines Schreibtischs gefunden hab. Ich hab mir vorgenommen, ihr diese Frage bei nächster Gelegenheit zu stellen. Ich müsste jedoch zuvor mit dem Psychiater ein paar Worte wechseln. Ich weiß nicht, wie so eine Frage auf sie wirken könnte.«

»Haben Sie schon öfter mit ihr Kontakt gehabt?«

Martin nickte. »Ich gehe dort quasi ein und aus. Sie ist Teil der Ermittlungen.« Er klopfte auf die Tischplatte. »So. Wir müssen jetzt dringend weitermachen. Was haben Sie zu Strocka?« Martin suchte in seiner Tasche verzweifelt nach einem letzten Taschentuch. Ingeborg griff in ihre Handtasche und reichte ihm eine volle Packung. »Hier, nehmen Sie meine.« Dankbar griff Martin danach.

»Hören Sie. Ich mache Ihnen einen Vorschlag. Warum gehen

Sie nicht in die Kantine und essen etwas. Sie trinken einen starken Kaffee und ruhen sich aus. In der Zwischenzeit suche ich alles zu den Namen heraus, die Sie mir nennen. Dann schick ich die Unterlagen zu unserem Zentraldrucker und mache Ihnen ein schönes Rundum-sorglos-Paket fertig. Was halten Sie davon?«

Martin sah in ihre leuchtend blauen Augen. Er hatte sie zu Beginn völlig falsch eingeschätzt, und nun tat es ihm leid. Ingeborg war die herzlichste und hilfsbereiteste Frau, die er je kennengelernt hatte, und er schämte sich für seinen machomäßigen Auftritt. Er nickte dankbar und kramte alle Unterlagen aus der Aktentasche heraus. In den folgenden zehn Minuten erklärte er Ingeborg, wie und auf welche Weise die ehemaligen Prozessteilnehmer ums Leben gekommen waren und dass es einen Zusammenhang zwischen Wegleiter, Fürst, Strocka und den verstorbenen Klägern geben müsse. Er vertraute ihr mehr Informationen an, als er hätte dürfen, doch es war ihm egal. Es mäkelte jeder an seiner Arbeitsweise herum, und Schöller sägte an dem Stuhl, auf dem er saß, obwohl er erst ein paar Tage wieder in Deutschland war. Er hoffte, dass sein Vertrauen in sie nicht enttäuscht werden und Licht in diesen verwirrten Fall kommen würde.

KAPITEL 33

Berlin, 9. November 2010

Die Kantine des Archivs entpuppte sich für Martin zu einer kraftspendenden Oase. Er aß eine große Rindsroulade mit Kartoffeln und Gemüse. Nie zuvor erschien ihm eine stärkende Mahlzeit so willkommen wie diese. Oder waren es die hilfreiche Hand, die ihm entgegengestreckt wurde, und die unerwartete Freundlichkeit, die er erfuhr, obwohl er sich wie ein Kotzbrocken verhalten hatte? Als Nachtisch gab es Vanillepudding mit Himbeeren, und er bemühte jede noch funktionierende Geschmacksknospe auf seiner abgestumpften Zunge. Er lehnte sich zurück und trank einen großen Kaffee. Gerade als er den heißen Becher an den Lippen ansetzte, klingelte sein Handy. Er erkannte die Nummer seines Freundes Werner und nahm ab.

»Hi. Wie läuft's in Hamburg?«

»Warum gehst du nicht an dein Handy, du Idiot?«

»Wann? Heute Vormittag, als Schöller anrief? Na ja, ist doch klar. Weil es Schöller war, der anrief. Warum sollte ich mit ihm reden, hm? Also, was ist los? Was hat Schölli mir zu sagen?«

»Na, zum Beispiel, dass er dich am liebsten vom Dienst suspendieren will und dich in den nächsten Flieger zurück nach Ecuador setzen möchte.«

»Ja, genau, so etwas in der Art habe ich mir gedacht. Hat er auch mal etwas Konstruktives zu meiner Arbeit zu sagen? Immerhin hat er zwei Jahre nichts auf die Reihe gekriegt.«

»Schöller hat getobt, als der Passat nicht ansprang. So hab ich ihn noch nie erlebt. Er ist ausgestiegen und hat ihn mit seinen Designerschuhen getreten. Normalerweise war er verträglich, bis du aus Ecuador zurückgekommen bist. Du hättest ihn heute erleben müssen. Ständig hatte er seinen Vater an der Strippe, musste sich rechtfertigen und Belehrungen über sich ergehen lassen. Klaus knallte die Tür von seinem Büro zu, tat schrecklich wichtig und geheimnisvoll. Aus irgendeinem Grund schaltet sich Schöller senior intensiver in die Aufklärung dieser Mordserie ein als sonst.«

»Hast du mit dem Priester gesprochen? Kriegt er Personenschutz?«

»Hab ich. Keine Chance. Er sagt, er brauche keinen Schutz. Er sei schon beschützt oder so ähnlich.«

»Ah ja, schon klar. Priester. Höhere Macht und so. Gott, Engel und der ganze Club.«

»Na ja, so hat er es nicht formuliert, aber wahrscheinlich meinte er es so. Er sagte, er sei sein ganzes Leben ohne Polizeischutz klargekommen und hätte die letzten 45 Jahre davon auf Gott vertraut.« Pohlmann nahm einen Schluck Kaffee, während er von den religiösen Ansichten des Priesters hörte. Hartleib fuhr fort. »Hey, wir können ihn nicht zwingen. Das weißt du. Er macht einen gelassenen und nicht besonders ängstlichen Eindruck, obwohl er genau weiß, dass er sich in akuter Gefahr befindet.«

»Okay, dann lass ihn. Ich werde ihn morgen noch mal besuchen. Was ist mit dem Mann von Ursula Seifert? Ist der ansprechbar?«

»Ja, genau. Gut, dass du den erwähnst. Ich war heute Mittag bei ihm. Er kann es absolut nicht fassen, dass seine Frau nach der OP nicht mehr aufgewacht ist. Er will die Klinik in Millionenhöhe verklagen und so weiter. Du kennst das ja. Der erste Schock, bevor Lethargie und Ohnmacht kommen.«

»Hat er was dazu gesagt, dass es auch Mord gewesen sein könnte?«

»Na ja. Ich habe es vorsichtig angesprochen. Wegen des verlorenen oder eines beabsichtigten neuen Prozesses. Er wurde dabei sehr nachdenklich. Deren ganze Ehe hing nur an diesem einen seidenen Faden. Seine Frau suchte ihr Leben lang nach ihren Eltern, hatte diverse Therapien und einen längeren stationären Aufenthalt in einem Sanatorium hinter sich. Ihr Mann erzählte mir von zig verschiedenen Reisen im gesamten Bundesgebiet, von Recherchen in Kirchenbüchern und Standesämtern. Sie war besessen davon, herauszufinden, wer ihre Eltern waren.«

»Und? Was haben sie herausgefunden?«, drängte Martin, und mit Entsetzen stellte er fest, dass es nicht mehr lange dauern könne, bis sein Akku leer wäre.

»Hör zu. Ich kann dir nicht alles am Telefon erzählen, aber eines scheint bedeutsam zu sein. Ursula Seifert hat vor ein paar Monaten einen anonymen Anruf bekommen. Man hat ihr gesagt, wenn sie nicht damit aufhöre, in der Vergangenheit herumzustochern, würde sie das nicht überleben. Die beiden hielten das für einen schlechten Scherz, wollten damit zur Polizei, doch schließlich haben sie einfach weitergemacht. Sie haben sich gedacht, dass, wenn jemand sie daran hindern will, die Wahrheit herauszufinden, sie es wert sein müsste, herausgefunden zu werden.«

»Okay, lass uns in Hamburg darüber reden. Was gab es heute sonst noch?«

»Lorenz geht's schlechter. Er hat nach dir gefragt.« Pohlmann biss sich auf die Unterlippe. Lorenz. Den hatte er tatsächlich ganz vergessen.

»Wieso? Was ist mit ihm? Wieso hat er nach mir gefragt?«

»Er hatte letzte Nacht zu allem Übel noch einen Schlaganfall und ist seitdem halbseitig gelähmt. Als Erstes hat er nach dir gefragt, Martin.«

»Scheiße!«, entgegnete Pohlmann so laut, dass die meisten der Gäste in der Kantine sich nach ihm umdrehten. »Weißt du, was er von mir wollte?«

»Nun, ich denke, er wollte dich einfach nur sehen. Aber ich vermute, es hat mit dem Fall zu tun. Ich bin heute Morgen hingefahren. Er kann kaum reden und ich musste dicht an seinen Mund ran, um ihn zu verstehen. Er faselte etwas von Akten und Schöller. Dann sagte er etwas, das klang wie…. Ei…tisch oder so ähnlich. Er war sehr aufgeregt und wollte das unbedingt loswerden. Es schien ihm wirklich wichtig zu sein. Wie kommst du eigentlich voran in Berlin?«

»Ganz gut. Ich habe hier eine Frau kennengelernt, die mir einige Unterlagen zusammenstellt. Sie ist sehr freundlich.«

»Freundlich?«, witzelte Werner. »Wie alt ist sie? Ist sie hübsch?«

»Mensch, Werner, hör auf damit. Sie ist weit über 50 und einfach nur hilfsbereit. Sie will mir alles, was sie findet, ausdrucken. Hast du etwas zu unseren Nazis im Computer entdecken können?«

Pohlmann hörte, wie Werner einige Blätter sortierte. »Allerdings. Wegleiter, Fürst und Strocka hatten alle nach dem Krieg mehrere Prozesse am Hals wegen Verbrechen gegen die Menschlichkeit, doch man konnte ihnen in allen Instanzen nichts nachweisen. Ich habe alles genau verfolgt. Es gab vier bis fünf verschiedene Verfahren, doch jedes Mal schienen sie eine Art Schutzengel gehabt zu haben, der sie da rausgehauen hat, und jetzt rate mal, welcher Name mehr als ein Mal in den Verfahren auftaucht.«

Pohlmann richtete sich kerzengerade in seinem Stuhl auf. »Nun mach es nicht so spannend.«

»Martin? Hörst du mich?« Es knisterte in der Leitung und Martin hörte plötzlich nur ein Rauschen. »Werner, hallo, Werner?« Pohlmann schüttelte das Handy, doch die Verbindung war unterbrochen. Das Handy zeigte keinen Balken als Zeichen einer stabilen Verbindung mehr an. »So ein Mist!«, schimpfte er und steckte das Handy in die Jackeninnentasche.

*

Nachdem Martin am Telefon den Namen des geheimnisvollen Fremden nicht mehr erfahren hatte, nahm er sein Tablett, stellte es auf einen dafür vorgesehenen Rollwagen und machte sich auf den Weg zurück ins Archiv. Frau Kassner war gerade damit beschäftigt, einen Papierstapel von stattlicher Größe zusammenzuheften.

»Ich glaube, Sie werden mit mir zufrieden sein«, strahlte sie ihn an, als er zurückkam. »Haben Sie sich ein wenig erholt?«

»Ja, danke. Das habe ich wirklich. Es geht mir deutlich besser. Gibt's Neuigkeiten?«

»Nun, ich finde, ich habe eine Menge ausgedruckt, was Sie für Ihre Arbeit verwerten könnten. Ich habe zu den drei SS-Offizieren noch einiges herausgefunden und die Namen der Pflegefamilien, die sich an diesem Prozess beteiligt haben. Ich konnte in der Kürze der Zeit nicht alles lesen. Das werden Sie auf dem Revier machen müssen, aber etliches Interessante dürfte dabei sein.«

Pohlmann betrachtete den soliden Stapel und war begeistert von der unerwarteten Hilfe, die ihm durch Frau Kassner widerfahren war. »Wow, das ist toll. Wie kann ich das nur wiedergutmachen?«

Ingeborg wiegelte ab. »Ach, ist schon gut. Das habe ich gern gemacht. Außerdem ist genau diese Arbeit mein Job. Ich werde dafür bezahlt.«

»Trotzdem. Ich war nicht gerade nett zu Ihnen.«

»Schwamm drüber. Übrigens«, Ingeborg nahm einen Zettel zur Hand, »macht es Ihnen etwas aus, mir Ihre Nummer zu geben? Ich denke, ich könnte möglicherweise noch einiges erforschen.«

Martin holte seine Visitenkarte hervor und kritzelte seine Handynummer darauf.

»Für Sie Tag und Nacht«, scherzte er und überreichte Frau Kassner die Karte. Sie errötete leicht und grinste.

»Danke. Wenn ich was hab, rufe ich an.« Sie wedelte mit der Karte in der Luft herum und steckte sie dann in eine Seitentasche ihrer Kostümjacke.

Martin verabschiedete sich mit einem Handschlag und hatte nun nicht nur seine Aktentasche, gefüllt mit Arbeit, sondern noch einen dicken Hefter mit neuen Erkenntnissen unter dem Arm.

Auf dem Weg zurück nach Hamburg kam er gegen 19 Uhr in einen Stau. Es hagelte und die Straßen waren glatt wie auf einer Kunsteisbahn. Als die Stimmung durch Kopfschmerzen, Niesattacken und das miese Wetter einen rekordverdächtigen Tiefpunkt erreicht hatte, klingelte sein Handy. Der Akku lud auf der BMW-Konsole auf. Die Nummer war ihm unbekannt, aber er betätigte die Freisprecheinrichtung.

»Pohlmann.«

»Kassner hier. Herr Kommissar, ich sitze hier noch an meinem Schreibtisch. Wissen Sie noch, als Sie zu mir kamen? Ich habe da gerade an einer Liste gearbeitet.«

»Aber ja. Ich erinnere mich. Was kann ich für Sie tun?«

»Na ja, diese Listen sind kompliziert. Man wird dabei nicht gern gestört, weil man sich konzentrieren muss.«

»Es tut mir leid, dass ich Sie so angeblafft habe«, unterbrach er sie.

»Nein, das meine ich nicht. Ich habe mich, nachdem Sie weg waren, wieder an diese Liste gesetzt und da ist mir ein Name untergekommen, über den wir beide gesprochen haben.«

»Ja. Und der wäre?«

»Ich habe den Namen von Hans Keller gefunden.«

»Von Professor Keller, dem Psychiater?«

»Genau dem. Ich bin einigen Querverweisen gefolgt und fand heraus, dass Hans Keller nicht immer so hieß.«

»Einen Augenblick, bitte.« Martin parkte den Wagen auf einem Parkplatz und stellte den Motor ab. »Was sagen Sie da? Wie hieß er denn? Hat er auch eine neue Identität erhalten? Aber wieso?« In dem Moment, wo er es aussprach, dämmerte es ihm. Und noch bevor Ingeborg den Namen nannte, wusste er, dass sein alter Spürsinn erwacht war.

*

»Er hat mit sechs Jahren den Namen Hans von seinen Pflegeeltern bekommen. Davor hieß er Siegfried. Und zwar …«, Ingeborg machte eine spannungsgeladene Pause, »er hieß … Siegfried Strocka. Ich dachte, es sei wichtig, dass Sie das wissen.«

»Wahnsinn!«, stammelte Martin. »Und *ob* das wichtig ist. Können Sie mir das zufaxen oder mailen?«

»Zufaxen ist okay. Ist das die Nummer auf der Visitenkarte?«

»Ja, ich denke schon. Vielen Dank noch mal.«

Nachdem er aufgelegt hatte, wurde ihm klar, auf wessen Schreibtisch dieses Fax landen würde, und es wurde ihm auch klar, dass es in falsche Hände gelangen würde.

Die Fahrt zurück nach Hamburg verlief wie in einem tranceähnlichen Zustand. Gas geben – bremsen – nachdenken. Die Automatismen eines langjährigen Fahrers, noch dazu in einem äußerst eleganten Wagen, der einem beinahe das Fahren komplett abnahm. Das Bundesarchiv hatte sich als wahre Fundgrube erwiesen, und die Nachricht, die wenige Minuten zuvor eingetrudelt war, musste verdaut und eingeordnet werden: Professor Hans Keller war der leibliche Sohn von Gerhard Strocka und damit der Bruder von Hedwig Strocka alias Emilie Braun.

Wow. Martin war baff.

Keller war, wie seine Patientin Emilie, ein Zögling des Lebensbornheimes Steinhöring gewesen, ein Zuchterfolg für den Führer, der Sohn eines Nazis und Verbrechers. So weit die Fakten. Fragen rasten durch Martins Kopf, während die Augen rhythmisch die blitzenden Reflektoren an den Leitplanken wahrnahmen. Wegweiser für die wirren Gedanken, die einer Klärung bedurften. Wenn Hans Keller der Sohn von Gerhard Strocka war, musste man davon ausgehen, dass er um seine Identität wusste. Doch wann hatte er es herausgefunden? Bevor er seinen Vater umgebracht hatte oder danach? Was war in dieser Nacht in dem Hotel wirklich geschehen? Hatte ein Sohn seinem Vater, vor lauter Wut auf ein gestohlenes Leben, eingebettet in eine unehrenhafte Identität, den Schädel zertrümmert, bis die höhnischen Gesichtszüge nicht mehr zu erkennen waren? Wollte er jegliche Ähnlichkeit mit seinem eigenen Antlitz ein für alle Mal auslöschen? Und – wer war seine Mutter? Dieselbe wie von Emilie – dann wären sie echte Geschwister gewesen? Dies war unmöglich, Emilie und Keller waren im selben Monat des Jahres 1940 geboren worden.

Martin rieb sich die müden Augen und sehnte sich nach der Erfüllung einiger unbedeutender Wünsche: einem doppelten oder gern auch dreifachen Whiskey und gleich im Anschluss daran einen tiefen, nicht enden wollenden, ihn gesund machenden Schlaf. Wie realistisch die zügige Befriedigung seiner Wünsche einzuschätzen war, wusste Martin genau. Er würde gegen 22 Uhr zu Hause ankommen und sich als Erstes auf die ausgedruckten Unterlagen stürzen, die Frau Kassner ihm besorgt hatte. Der Verkehr und die Glätte erforderten seine volle Aufmerksamkeit, sodass er sich das Gespräch mit Werner für später aufhob. Er musste noch mit ihm einen Schlachtplan für die nächsten Tage zurechtlegen, und vor allem brannte er darauf, von ihm den Namen zu erfahren, den er ihm Stunden zuvor mitteilen wollte, bevor die Verbindung abbrach.

KAPITEL 34

Hamburg, 9. November 2010

Als Martin in seiner Wohnung ankam, rief er niemanden mehr an. Die Grippe forderte ihren Tribut. Ob ein volles Glas Whiskey in solchen Fällen eine Erfolg versprechende Therapie darstellt, sei dahingestellt. Martin jedoch empfand es als die geeignete Medizin für das Chaos in seinem Kopf. Er machte sich ein Salamibrot und verschwand gleich danach in seinem Bett. Er streckte sich aus und löschte das Licht. Dunkelheit. Willkommene, gesegnete Dunkelheit, die den Boden für die Ordnung schuf. Die Muskeln zuckten ungestüm während der Einschlafphase, und Bilder unbekannter Menschen huschten unter seinen Lidern wie aufgeschreckte Fledermäuse vorbei.

Der Tiefschlaf ließ nicht lange auf sich warten, sodass er von der Außenwelt abgeschottet war. Jener Welt, die er mit seinen Sinnen hätte wahrnehmen können, wenn er nicht so viel getrunken hätte. Er schlief so fest, dass er nicht hörte, wie von außen seine Wohnungstür geöffnet wurde. Leise und professionell wurden Sicherheitsschlösser geknackt, und ein Mann von stattlicher Größe mit einem billigen, nach Sandelholz riechenden Rasierwasser schlich wissend wie eine Raubkatze durch die Wohnung. Sie fand leichte Beute vor. Der nächtliche Besucher hatte keine Eile. Ohne anzuecken oder eine Lampe umzustoßen, bewegte er sich durch die Wohnung, als wäre es seine eigene. Die dunklen, hasserfüllten Augen profitierten vom hellen Vollmondlicht, das durch die Dachfenster fiel, und die Finger griffen die Waffe in dem Bedürfnis nach mehr Sicherheit ein wenig fester. Der Einbrecher war nervös, doch es störte ihn nicht. Es belebte und erregte ihn zum wiederholten Male, sich in der Wohnung eines Polizeibeamten zu bewegen. Das Adrenalin sprudelte durch seine Venen, entsprungen einem Quell der Niedertracht und Bosheit.

Die Tür zum Schlafzimmer war angelehnt. Er ging hinein.

Dort lag der angeblich beste Bulle der Stadt, zusammengekauert wie ein übergroßer, zotteliger Embryo, schutzlos wie ein Vogelkind, dessen Mutter auf Nahrungssuche ist. Er bot dem nächtlichen Besucher eine breite Angriffsfläche, und ihn zu töten, sollte ein Leichtes sein. Der Mann beugte sich zu Martin herab und spürte den rasselnden Atem, der sich durch die entzündeten Bronchien quälte. Er roch feine Essenzen schottischen Malts, die aus dem Inneren aufstiegen. Die linke Hand des Besuchers griff in die Richtung des Halses, in dem man das Blut in der seitlichen Schlagader pulsieren sah. Seine Hand glitt in die Tasche, um etwas hervorzuholen.

Er griff nach etwas Weißem, Weichen. Er näherte sich dem Opfer und berührte ihn mit dem Gegenstand an der Stirn. Dieses Etwas galt als der Inbegriff des Friedens, den er aus der Tasche gezogen hatte. Er schob damit eine kleine Locke vorsichtig aus Martins Stirn. Nachdem der Schlafende auch dies nicht fühlte und auch sonst nichts von der Lebensbedrohung mitbekam, bestand für den Besucher kein Zweifel mehr. Er würde nichts spüren, nicht einmal den Übergang vom Leben zum Tod bemerken. Er würde gleich von einem Raum in den nächsten gehen, ohne realisiert zu haben, wer ihm die eine Tür geöffnet und die andere hinter ihm geschlossen hatte.

Der nächtliche Besucher hätte in diesem Moment alles mit ihm machen können: ihn mit einem Kissen ersticken, ihn erstechen, ihm die halbleere Flasche Whiskey, die auf dem Nachttisch stand, über den Schädel schlagen oder seine eigene Waffe benutzen können, doch er tat nichts dergleichen. Ihm genügte einstweilen die Erkenntnis, dass er es hätte tun können. Dies auszukosten, war dem Einbrecher eine tiefe Genugtuung. Töten konnte er ihn immer noch, jederzeit, auch jetzt, wenn er aufwachen und ihn erkennen würde, doch zunächst reichte es aus, alle neuen Erkenntnisse auszulöschen und eine Aufklärung der Mordserie zu sabotieren. Zufrieden verließ der Mann das Schlafzimmer so leise, wie er gekommen war, und griff nach dem Stapel ausgedruckter Papiere, die wie für ihn bereitgelegt waren. Dann verschwand er aus der Wohnung, ohne einen Hauch menschlicher genetischer Spuren zu hinterlassen. Selbst das Schließen der Wohnungstür geschah lautlos.

*

Am nächsten Morgen gegen sieben Uhr fühlte sich Martin ausgeruht und gestärkt, mit Sicherheit zum Erstaunen jedes Mediziners, dem er von seiner ›Therapie‹ erzählt hätte. Whiskey-induziertes Koma zur Linderung aller erkältungsbedingten Symptome. So würde Martin die Wirkungsweise auf einem Beipackzettel beschreiben. Er streckte sich und gähnte ausgiebig. Er bemerkte den rauen Geschmack in seinem Hals und einen Geruch, den er nicht zuordnen konnte, der Geruch eines penetranten Parfüms oder Ähnlichem. Er schob den vagen Eindruck beiseite und schob die Beine aus dem Bett. Zum Herausheckten reichte es noch nicht, hatte es aber nie getan in den letzten Jahren, in denen er beständig zugenommen hatte. Er streifte wie ein vormals betäubter Wolf durch die Wohnung, sortierte seine trüben Gedanken, kratzte sich am Kopf und hielt einen Augenblick inne. Er konnte nicht in Worte fassen, was er empfand. Irgendetwas störte ihn. Er fühlte die Anwesenheit von etwas Fremdem, etwas Eigenartigem, was zuvor nicht da gewesen war. Er blickte im Wohnzimmer umher und bemerkte nichts Sonderbares. Alles lag an seinem Platz, wo es die letzten Tage gelegen hatte. Fehlte etwas? Wieder sah er sich um, blieb stehen und rekapitulierte den vorigen Tag, bevor er sich ins Koma gesoffen hatte. Berlin, Ingeborg, die Täter, die Opfer, die neuen Unterlagen. Das war es: die ausgedruckten und mit Liebe zusammengehefteten Papiere aus dem Bundesarchiv waren verschwunden. Wieso war ihm dies nicht sofort aufgefallen? Er war sich sicher, dass er sie am Abend auf dem Tisch zwischen den überfüllten Aschenbecher und drei leeren Dosen Budweiser abgelegt hatte.

Stattdessen lag dort etwas, von dem er sicher war, dass er es nicht dort hingelegt hatte. Nie käme er auf den Gedanken,

Derartiges von der Straße oder dem Schotterweg eines Parks aufzuheben, da er jene, die sich damit kleideten, nicht mochte. Weder in Ecuador noch in Deutschland waren sie beliebt und galten als Ratten der Lüfte, als Überträger von Krankheiten. Nur Kinder waren so töricht, eine Feder aufzusammeln und mit in die Wohnung zu nehmen.

Nun wurde ihm schlagartig bewusst, was geschehen war, während er selig seiner Gesundung entgegengeschlafen hatte. Jemand musste in seiner Wohnung gewesen sein. So unauffällig, professionell und zielstrebig, dass er, Martin, dafür eine Ohrfeige verdient hätte. Martin eilte zur Wohnungstür und fand sie verschlossen vor. Nur verschlossen, nicht jedoch mit der zusätzlichen Kette verriegelt, die er nach dem letzten Einbruch hatte anbringen lassen.

Hatte er sie nicht vorgelegt, als er nach langer und ermüdender Fahrt zurückgekommen war? War er tatsächlich so fertig gewesen, dass er nicht dem Urinstinkt nach Selbstschutz nachgegeben hatte? Er war bisher kein furchtsamer Mensch gewesen, hatte wahrscheinlich daher die Kette ignoriert und den Schlüssel zwei Mal im Schloss herumgedreht. Danach hatte er sich gleich der Nacht zugewendet.

Es war jemand in seiner Wohnung gewesen, und dieser Jemand hatte etwas mitgenommen, aber vor allem eine Menge zurückgelassen: den Geruch von widerlichem Eau de Toilette oder Rasierwasser, die weiße, makellose Feder einer Taube oder eines ähnlichen Vogels. Hinzu kam ein Empfinden, das ihm nie besonders vertraut gewesen war und nun, nach dem, was in den letzten Tagen passiert war, Besitz von ihm ergriff: Angst. Das Gefühl, nicht vollständig Herr der Lage zu sein, verunsicherte ihn. Was hatte der Eindringling in seiner Wohnung gewollt? Ja, die Unterlagen aus Berlin waren verschwunden, doch es würde ihn nur einen Anruf oder die Fahrt nach Berlin kosten, sie wieder zu beschaffen. Das allein würde das hohe Risiko eines Einbruchs nicht rechtfertigen. Er hätte aufwachen können, den Täter identifizieren, ihn mit seiner Dienstwaffe, die neben ihm am Kopfende lag, zur Strecke bringen können.

Hätte, hätte, hätte.

Martin wusste, dass er auf der ganzen Linie versagt hatte. Als Bulle, als Ermittler einer Sonderkommission und als Mann. Jemand anderes hatte, während er schlief, die Zügel in die Hand genommen, Macht über ihn und den Fall erlangt, und dies durfte er auf keinen Fall zulassen. Und wer war dieser Jemand? Derselbe, der schon einmal bei ihm eingebrochen hatte, und derselbe, der die Prozessteilnehmer liquidierte? Oder ein Fremder, der mit dem Fall gar nichts zu tun hatte, doch warum sollte er dann die Unterlagen stehlen wollen? Warum, um alles in der Welt, hinterließ er eine weiße Feder am Tatort?

Martin setzte sich im Pyjama auf das Sofa und dachte nach. Den Gedanken, dass der Einbrecher, wenn es der Mörder all der anderen Menschen war, ihn mühelos hätte töten können, ließ er mit Widerwillen an sich heran. Derselbe Mann, der ohne Skrupel andere Leute aus dem Weg geräumt hatte, hätte auch ihn umbringen können, doch er hatte es nicht getan.

Martin schnaufte und fühlte sich eigenartig benommen. Ihm war, als müsse er sich bei irgendjemandem bedanken, als stünde er in der gnädigen Schuld eines anderen, weil er noch am Leben war. Etwa bei dem Einbrecher, dass er sein Schloss geknackt hatte, in seiner Wohnung wie selbstverständlich herumstolziert war und Akten geklaut hatte? Dieser Gedanke erschien ihm absurd, doch Dank empfand er dennoch. Doch wem gegenüber? Dem anonymen Schicksal gegenüber? Vielleicht einem Gott, an den er nicht glaubte? Gab es Engel, die um ihn waren und ihn bewachten? Bilder von keramischen und aus Stoff gebastelten Putten mit verrenkten Hälsen und glasigem Blick, die von seiner Mutter kurz vor Weihnachten hervorgekramt wurden und nach Silvester wieder im Schrank verschwanden, drängten sich ihm auf.

Obwohl er es nicht zulassen wollte, stieg eine unangenehme

Woge schmerzvoller Gedanken in ihm auf. Er erinnerte sich an Zeiten, in denen es ihm egal gewesen wäre, nicht mehr zu leben. An manchen Tagen, direkt nach dem Unfall seiner Verlobten, hatte er sich den Tod herbeigewünscht, ein Ende der Schmerzen ersehnt, der inneren Qualen und Vorwürfe. Die Zweifel, die ihn damals umtrieben, standen ihm lebendig vor Augen. Wo waren zu jener Zeit die bewahrenden Kräfte, wenn es sie denn wirklich gab? Wo die fürsorglichen und schützenden Hände eines Gottes, der die Macht hätte, es zu verhindern, hätte er denn gewollt und würde es ihn denn geben?

Martins Gedanken drehten sich um Fragen, wie: Warum stirbt der eine und der andere nicht? Warum jetzt und nicht erst später? Wer entscheidet über Leben und Tod? Wer bedient sich des einen oder anderen der vielfältig vorhandenen Werkzeuge, um menschliches Leben zu beenden?

Nach einer furchtbaren Woche des gedankenschweren Kampfes, der Anklagen und der Selbstvorwürfe entschied er damals, am Leben zu bleiben, sich einer Therapie zu unterziehen und sich helfen zu lassen, doch er zog auch die Konsequenzen, indem er fortging. Er hielt es für eine gute Lösung, einen Orts- und Arbeitswechsel vorzunehmen. Nun, nach der gestrigen Nacht, in der man ihn hätte töten können, empfand er, so paradox es ihm erschien, tiefe Freude; er wollte leben – das war ihm klar –, er wollte atmen, hüpfen und springen und es jedem sagen, dass es schön sei zu leben. Er dachte an Emilie, die viele Versuche unternommen hatte, diese Welt zu verlassen, weil sie nicht wusste, was das Leben alles bereithalten konnte, was sich hinter dem Begriff des Lebendigseins alles verbarg. Plötzlich bekam nicht nur Martins Körper neue Kraft, sondern vor allem seine Seele. Er stand von seinem Sessel auf und wusste, was er zu tun hatte. Er würde es schnell tun müssen, wer weiß, wie lange man ihm noch die Zeit ließ für das, was seiner Ansicht nach dringend zu erledigen war.

KAPITEL 35

Hamburg, 10. November 2010

Bevor Martin das Haus verließ, wählte er die Nummer von Ingeborg Kassner. Es klingelte zwei Mal, bevor sich ihre ihm vertraute Stimme meldete.

»Bundesarchiv Berlin, mein Name ist Kassner. Was kann ich für Sie tun?«

»Pohlmann. Hallo, Frau Kassner. Sie erinnern sich bestimmt an mich? Ich bin der Bulle, der Ihnen gestern den ganzen Tag auf den Wecker gegangen ist.«

»Aber nein«, unterbrach sie ihn. »Sie sind mir nicht auf die Nerven gegangen. Ganz bestimmt nicht.«

»Es tut mir leid, dass ich Sie noch einmal um Ihre Hilfe bitten muss, aber ich benötige exakt dieselben Ausdrucke von gestern noch einmal. Sie sind mir in der Nacht – nun sagen wir mal, abhanden gekommen.«

Ingeborg dachte kurz nach. »Ich habe alles auf dem Desktop abgespeichert. Ich dachte mir, wer weiß, wofür es gut sein könnte, sie noch eine Weile griffbereit zu haben, und siehe da …«

»Das haben Sie gut gemacht, Frau Kassner. Ich brauche die Unterlagen so schnell wie möglich.« Eine kleine Pause entstand. Ingeborg reagierte nicht sofort. Dann vermutete sie, was geschehen war. »Sie sind gestohlen worden, habe ich recht?«

»Stimmt. An Ihnen ist echt eine Kriminalbeamtin verloren gegangen.«

Ingeborg lachte. »Das liegt an den Romanen, die ich lese, wissen Sie. Ich lese so viele Krimis, dass ich manchmal schon nicht mehr weiß, was real und was erfunden ist. Bis wann brauchen Sie die Unterlagen?«

»Können Sie die Akten per Express verschicken?«

»Das ließe sich machen. An die Adresse auf Ihrer Karte?« Martin dachte einen Wimpernschlag lang nach.

»Nein, ich gebe Ihnen eine neue Adresse.« Martin gab Frau Kassner die Adresse seiner Nachbarin, eine Tür neben ihm im selben Haus. Die ältere Dame verließ aufgrund eines Gehfehlers nie das Haus, sodass er sicher sein konnte, dass der Postbote nicht unverrichteter Dinge wieder abziehen musste, wenn er Martin nicht zu Hause antreffen würde. Dann fragte er noch: »Haben Sie mir die anderen Daten von Professor Keller ins Präsidium gefaxt?«

»Ja, gleich, nachdem wir gestern Abend telefoniert haben.«

»Gut. Sie sind wirklich spitze, Frau Kassner.« Ingeborg errötete am anderen Ende der Leitung. Das Lob erhellte ihre Stimmung gewaltig. »Danke, Herr Pohlmann. Jederzeit gern.«

»Sagen Sie das nicht zu laut. Möglicherweise bin schneller wieder bei Ihnen, als Ihnen lieb ist.«

Martin beendete das Gespräch, knöpfte die Jacke bis zum Hals zu und verließ die Wohnung. Diesmal dachte er an alle Schlösser, drehte den Schlüssel drei Mal um und fuhr zum Präsidium.

Dort angekommen, erreichte er sein Büro eigenartig unauffällig. Niemand brüllte ihm hinterher oder zitierte ihn zum Chef. Er setzte sich an den Schreibtisch, verursachte binnen Sekunden eine betriebliche Unordnung, die nach einem Haufen erledigter Arbeit aussah. Er stützte seinen Kopf auf den Händen auf. Kurze Zeit später erschien Werner Hartleib im Türrahmen.

»Hi, Martin. Wie geht's dir? Siehst besser aus.«

»Komm, lass gut sein. Verarschen kann ich mich allein.«

»Nein, echt. Welche Drogen hast du diesmal genommen? Du siehst blendend aus.«

»Okay. Ich erzähl's dir.«

»Ah. Habe ich es doch gewusst. Also, was war es diesmal?«

»Die Wahrheit«, sagte Martin kurz und grinste dabei über das ganze Gesicht.

»Welche Wahrheit?«

»Tja, wie soll ich es dir sagen. Ich hatte heute Morgen so

etwas wie eine Erleuchtung. Mir ist klar geworden, dass ich keine Schuld am Tod von Sabine habe. Es ist einfach passiert. Vielleicht hätte ich es verhindern können, indem ich langsamer gefahren wäre, vielleicht aber auch nicht. Vielleicht war ihre Uhr einfach abgelaufen. Was können wir schon tun, um das Leben zu verlängern oder es zu verkürzen?«

»Na ja«, protestierte Werner. »Man kann schon einiges tun. Gesund leben. Nicht rauchen, nicht saufen. Wenn ich mich morgen von der Brücke stürze oder mir eine Kugel in den Kopf jage, habe ich mein Leben beendet. Basta.«

»Schon möglich. Vielleicht fällst du aber nicht tief genug oder tauchst so geschickt ins Wasser ein, dass du nicht draufgehst. Oder deine Knarre hat Ladehemmung oder sonst irgendwas. Verstehst du, was ich sagen will? Wenn du noch nicht sterben sollst, kannst du machen, was du willst, du stirbst einfach nicht.«

Werner legte den Kopf schief und bedachte seinen Freund mit einem sonderbaren Blick. »Du bist auf einem merkwürdigen Trip, das ist dir schon klar?«

»Warte.« Martin hob beschwichtigend beide Hände. »Denk mal an die alte Frau im LKH. Die hat schon zigmal versucht, sich umzubringen. Und? Ist sie tot? Nein. Ich sag dir, die stirbt nicht eher, bis sie nicht irgendetwas ganz Bestimmtes erledigt oder erlebt hat oder so.«

Werner raufte sich das Haar. »Mein Gott. Wie kommt man auf solche Gedanken?«

»Ich sag's dir, mein Lieber. Gestern Nacht hatte ich wieder mal Besuch. Ich kam mit einer dicken Mappe voller Computerausdrucke aus Berlin zurück, gespickt mit Infos über die drei Typen von der SS, außerdem einige Familiendaten zu den Lebensbornleuten, die sie vermutlich selbst noch gar nicht kannten, weil sie brandneu eingetroffen waren.«

Werner warf die Stirn in Falten und hob an, etwas zu sagen, doch Martin schnitt ihm die Worte ab. »Ich vermute, dass der Typ, der schon einmal letzte Woche bei mir hereinspaziert kam, erneut da war. Die Sicherheitsschlösser waren ein Witz für ihn. Der ist seelenruhig in meiner Bude ein- und ausgegangen und war sogar in meinem Schlafzimmer.«

»Woher willst du das denn wissen?«

»Ich weiß es einfach. Er hat den Geruch eines äußerst penetranten Rasierwassers hinterlassen. Und er hat noch etwas dagelassen.« Martin machte eine Pause und schaute aus dem Fenster. »Sein Markenzeichen!«

»Bitte, was? Du spinnst.«

»Nein, tue ich nicht. Ich hab eine ganze Weile gebraucht, bis ich das kapiert habe. An der Stelle, wo ich die Unterlagen hingelegt hatte, lag eine kleine weiße Feder.«

»Eine Feder?«

»Genau. Eine makellose weiße Feder. Und soll ich dir was sagen? So eine oder eine ähnliche hat bei jedem Toten in der Nähe gelegen, zumindest bei denen, die gestorben sind, nachdem ich aus Ecuador gekommen bin.«

Nun war Werner Hartleib völlig perplex und wartete einfach auf die Offenbarungen, die nun folgen sollten. Er machte es sich auf dem Holzstuhl, der Generationen zum Verhör gedient hatte, so bequem wie möglich, streckte die Beine aus und verschränkte die Arme vor dem Bauch. »Okay, dann leg mal los.«

Martin drehte den Ledersessel zu Werner um und legte die Fingerspitzen aneinander. In seiner Stimme lag noch ein leicht nasaler Ton, aber ansonsten war er erstaunlich fit. Eine intensive Grippe im Kurzformat mit gutem alten Malt fortgespült. Es hatte wieder einmal funktioniert.

»Der Erste, der starb, war Professor Keller. Derjenige, der als Erstes ins Zimmer gekommen war und den Professor gefunden hat, hat möglicherweise mit dem Luftstrom der Tür die Feder vom Schreibtisch gepustet. Aber sie war da und ich hab sie gesehen.«

»Wo?«, fragte Werner aufgeregt.

»Ich zeig's dir später. Sie ist auf einem Foto auf dem Boden zu sehen. Ganz klein, und ich hab sie auch erst bemerkt, als ich mir die Vergrößerung auf dem Rechner angesehen habe. Glaub mir, ich habe sie gesehen und hab sie doch nicht gesehen. Verstehst du, was ich meine? Das ist ein so unwichtiges winziges Detail. Daran denkst du nicht, wenn du direkt in einen halb weggeschossenen Schädel hineinschaust.«

»Zufall.« Werner lehnte sich vor, als ob er sich zu einem verbalen Angriff rüstete. »Das kann auch Zufall gewesen sein. Was ist mit den anderen?«

»Ursula Seifert hatte eine Feder auf ihrem Kissen liegen. Wie eine kleine Daune von einem Kissen aus dem Krankenbett. Nur mit dem Unterschied, dass eine Feder nichts in einem OP zu suchen hat. Ein OP ist ein steriler Bereich, und eine Feder ist alles andere als steril, oder?« Werner nickte stumm. Sein Mund war leicht geöffnet und er schob die Zunge zwischen die Lippen. Martin fuhr fort: »Der erhängte Hausmeister war der Nächste. Der ganze Boden im Keller war voller Dreck und es war dunkel. Die Neonröhre neben seinem Kopf flackerte, weißt du noch? Er trug einen Blaumann wie jeder Arbeiter. In seinen Taschen steckten ein Hammer, ein Zollstock, eine Zange und bei genauem Hinsehen am Boden der rechten Tasche …«

»Verdammt. Sag nicht, eine Feder?«

»Allerdings. Klein und unschuldig. Beinahe unsichtbar und hundertprozentig beiläufig. So, und der letzte Tote war Bernd Schäfer, der Typ, der mit einer Überdosis Schlaftabletten, die er mit Whiskey runtergespült hatte, gefunden wurde. Für jeden sah es absolut nach Selbstmord aus, und die Spusi wurde mit jedem Toten schlampiger, aber wenn du dir die Fotos vom Tatort genauer ansiehst, wirst du feststellen, dass neben dem Bett, ganz dicht am Nachttisch, eine kleine Feder liegt.«

»Mann, wenn das stimmt … Du bist echt verrückt.«

»Nein, nicht ich, aber der Typ, der die Leute umlegt, ist verrückt, und er war in meiner Wohnung und hat eine Feder dagelassen. Entweder ist er total bescheuert oder so was wie ein wahnsinniges Genie. Er muss doch damit rechnen, dass ich oder die Polizei die anderen Federn auch gefunden haben und wir eins und eins zusammenzählen.«

»Warum? Er hinterlässt uns sein Markenzeichen, so wie Zorro sein Z oder Fantomas das F oder viele andere Killer in irgendwelchen Filmen.«

»Trotzdem. Er hat *mich* am Leben gelassen. Ich glaube, er wollte mich auch umbringen, so wie die anderen, weil wir ihm allmählich zu nahe kommen oder so etwas, aber er hat mich nicht getötet, lässt aber trotzdem sein Markenzeichen da – klar und deutlich, sodass man es finden muss. Wie eine Art Warnung. Oder ein Spiel. Warum tut er das? Will er uns damit etwas sagen? Eine Message durch eine Feder?«

»Was ist so toll an einer Feder?«

Martin hob die Schultern. »Ich bin mir nicht sicher. Ich habe ein Bild vor Augen, das ich kürzlich mal irgendwo gesehen habe, aber ich kann mich nicht erinnern, wo. Hier in Deutschland, das weiß ich genau.«

»Was war denn drauf?«

»Eine Taube mit einem Zweig im Schnabel. Kennst du diese Passage aus dem Alten Testament? Noah baut seine Arche, ist nach der Sintflut 40 Tage und Nächte nur von Wasser umgeben und schickt dann eine Taube los. Eine weiße Taube, und sie kommt mit einem Zweig zurück, sodass alle auf dem Schiff wissen, dass die Taube Land gefunden hat.«

»Okay. Jetzt wird es echt philosophisch. Was will ein Killer mit einer Feder aussagen, nachdem er ein paar Leuten das Leben genommen hat?«

Martin schüttelte kaum merklich den Kopf. »Irgendwie ist die Taube in dieser Szene diejenige, die eine neue Zeit ankündigt. Oder eine Art Friedensbringer. Ich weiß es noch nicht, aber ich werde es herausfinden. Das schwör ich dir.«

Werner nickte zufrieden und verfolgte mit den Augen die schwarzen Regenwolken, die am Fenster vorbeizogen. »Keiner hat es geglaubt.«

Martin sah Werner irritiert an.

»Keiner hat geglaubt, dass du nach deinem Burn-out wieder so richtig fit werden würdest. Nach dem Unfall damals – du warst nur ein Schatten deiner selbst, aber wenn man dir jetzt so zuhört. Mann, klasse. Du bist wieder ganz der Alte, und das freut mich.«

»Danke, Werner. Aber jetzt haben wir noch einen Haufen Arbeit vor uns und eine Menge Fragen. Wer ist dieser Scheißpsychopath? Wir müssen uns beeilen. Selbst wenn Feldmann keinen Polizeischutz will, müssen wir ihn observieren lassen, dann eben ohne Einwilligung. Ich will nicht, dass noch mehr Menschen sterben.«

Martin schob seinen Stuhl vom Schreibtisch zurück. »Ich muss zu Schöller.«

»Oh, hast du Sehnsucht?«, witzelte Werner.

»Bestimmt nicht. Er muss ein Fax aus dem Bundesarchiv bekommen haben. Er kann sowieso nichts damit anfangen.«

Martin blieb abrupt stehen. »Ach, stimmt ja. Das Neueste weißt du ja noch gar nicht.« Martin ließ seinen Freund Werner ein wenig schmoren und rückte dann mit der Neuigkeit heraus.

»Professor Hans Keller hieß nicht immer so.«

»Sondern?«, forderte Werner.

»Tja, das ist der Hammer. Keller kam als Siegfried zur Welt, und jetzt rate mal, welcher Papi ihm diesen Namen gegeben hat?«

»Du machst mich wahnsinnig. Wer schon?«

»Strocka.«

»Du meinst den Nazi aus dem Prozess?«

»Korrekt«, sagte Martin und betonte diese Bestätigung ausdrücklich. »Keller war der Sohn von Strocka, kam in Steinhöring zur Welt und war zumindest ein Halbbruder seiner Patientin Emilie Braun, die als Hedwig Strocka in den Akten stand, die ich bei Keller in dessen Schreibtisch gefunden habe. Begreifst du? Damit wird vieles klar. Hans Keller alias Siegfried Strocka kommt, nachdem das Lebensbornheim aufgelöst wird, in eine

Pflegefamilie mit Namen Keller. Ein absoluter Allerweltsname. Die alten Papiere sind futsch, wie bei Tausenden anderen auch. Er selbst vielleicht zu jung, um seine Herkunft zu kennen oder sich an sie zu erinnern. Er macht etwas aus seinem Leben, wird von seinen Pflegeeltern aufrichtig geliebt und gefördert. Man finanziert ihm sogar später das Medizinstudium. Irgendetwas treibt ihn dazu, den Facharzt für Psychiatrie zu machen. Er will kein Internist oder Ohrenarzt oder Augenarzt werden, sondern Seelenklempner. Vielleicht, weil er spürt, dass es da etwas aufzuräumen, irgendwas zu klären gibt. Nehmen wir an, seine Eltern sagen ihm eines Tages, dass er nicht ihr richtiger Sohn ist, sondern adoptiert wurde, dass er in einem Lebensbornheim zur Welt kam, dass seine Eltern unbekannt sind und so weiter und so weiter. Hans Keller aber ist intelligent. Er gibt sich nicht damit zufrieden. Er will wissen, wer seine richtigen Eltern sind und ob er vielleicht noch mehr Geschwister hat.«

»Emilie Braun, seine Patientin.«

»Genau. Ich bin erst ganz am Anfang dieses Puzzles. Und es sind letztlich alles noch Hypothesen, aber es sind recht schlüssige Vermutungen, findest du nicht?«

»Aber wie ist Frau Braun zu Keller in die Klinik gekommen? So viele Zufälle kann es doch gar nicht geben.«

»Sollte man annehmen, und doch wundert man sich immer wieder, was alles gar kein Zufall sein kann. Du weißt doch, das Leben schreibt die unglaublichsten Geschichten. Wissen wir, wer in diesem Universum die Fäden jedes Einzelnen in Händen hält?«

»Sag bloß, jetzt wirst du noch religiös?«

»Na, wie würdest du dich denn fühlen, wenn ein Killer in deiner Wohnung herumspaziert mit der Absicht, dich wegzupusten, und es dann doch nicht tut. Ich mach mir halt so meine Gedanken. Das mit Emilie muss ich noch recherchieren. Professor Keller hat sich jahrelang mit dem Thema Lebensborn beschäftigt, wahrscheinlich auch, um sich selbst ein wenig zu therapieren oder einfach nur, um zu verstehen. Irgendwann hat er herausgefunden, wer Emilie Braun wirklich ist und hat vielleicht ihre Verlegung veranlasst. Der Bruder, der sich um seine Schwester kümmern will. Wäre doch verständlich, oder?«

»Meinst du, *sie* wusste, wer Keller wirklich war?«

»Glaub ich nicht. Vielleicht hätte sie unter diesen Umständen nicht in der Klinik bleiben dürfen. Immerhin wurde sie auf Staatskosten therapiert. Hätte man herausgefunden, dass Frau Braun die Schwester vom Professor ist, hätte man die Gelder gestrichen oder den Therapieerfolg bezweifelt. Keine Ahnung. Jetzt ist erst mal wichtig herauszufinden, wie die anderen Kläger zusammenhängen. Wenn es so ist, wie ich vermute, sind es uneheliche Kinder von SS-Leuten, wenn nicht sogar von Wegleiter, Fürst und Strocka. Drei Freunde, die Spaß daran hatten, für den Führer ein paar Kids zu zeugen, und nebenbei davon überzeugt waren, dass sie einer höheren Sache dienen. Gezeugt und gleich wieder vergessen. Das muss ziemlich bitter sein, wenn man als Jugendlicher dahinterkommt.«

»Oder als Erwachsener.«

»Allerdings. Du sagst es. Genau darum hat sich Keller sein ganzes Leben gekümmert. Er hatte Kontakt zu unzähligen Lebensbornkindern, hat den Prozess initiiert und Fakten zusammengetragen, aber er hatte noch nicht alle Details beisammen, weil erst vor ein paar Jahren 1.000 zusätzliche Lebensbornakten und vor Kurzem noch mal 300 weitere gefunden wurden. Irgendwie reichte die Sachlage nicht vollständig aus. Herumgestochert wurde viel, ja, aber für einen Prozess hat es noch nicht gelangt, weil Indizien, Verdächtigungen und Anschuldigungen allgemeiner Art eben nicht genug sind. Frau Kassner versicherte mir, dass täglich irgendwelche Fetzen aus der Vergangenheit über SS-Angehörige oder Storys über Opfer des NS-Regimes ins Archiv einsortiert werden. Die Zeugen sterben allmählich aus und die Erben sortieren die Dachböden und Kellertruhen. Vieles landet garantiert auf dem Müll, aber wer ein bisschen Grips im Kopf hat, sieht sich die Unterlagen genauer an und sorgt dafür, dass es Leute in die Finger bekommen, die damit etwas anfangen können.«

»Apropos, eins und eins zusammenzählen. Nicht nur du warst gestern erfolgreich. Während du dich in Berlin mit der netten Archivarin vergnügt hast, hab ich mich mit Schöller herumgeplagt. Er lief wie ein Wiesel durch die Räume, sah jedem über die Schulter und fragte, was er da gerade mache.«

Pohlmann lachte auf. »Das Bübchen wird plötzlich Chef und hat keine Ahnung, wie das eigentlich geht.«

Werner schüttelte den Kopf. »Das ist es nicht. Er hat Sorge, dass man was findet, was besser verborgen bleiben sollte.«

»Was hast du herausgefunden?«

»Okay. Es gibt nicht viel mehr, als du schon weißt, aber interessant ist es trotzdem, weil es ein ganz besonderes Licht auf die Sache wirft.«

»Mann, sprich nicht in Rätseln.«

»Hey, ich will es auch mal spannend machen. Also. Wie ich schon am Telefon sagte, hatten unsere drei speziellen Freunde gehörig Dreck am Stecken. Von Wegleiter wissen wir mittlerweile, dass er '44 in Italien war und an Massenerschießungen von angeblichen Partisanen beteiligt war. Man hat in der Vergangenheit mehrfach versucht, von dem Kerl ein lückenhaftes Profil zu erstellen, und es sieht so aus, als hätte er den Krieg wahrhaft genossen. Das war *sein* Krieg. Sagt dir der Slogan etwas: Mit der Pistole einkaufen gehen?«

Martin rieb sich am Kinn. »Ja, hab ich schon mal gehört. Eine Horde SS-Leute haben Juden mit der Knarre vor dem Gesicht ausgeraubt.«

»Genau. Nur mit dem Unterschied, dass Wegleiter sie nicht nur bedroht, sondern gleich erschossen hat. Es gibt eine Zeugenaussage aus einem Prozess aus dem Jahr 1963, wo ein ehemaliger SS-Kamerad gegen Wegleiter ausgesagt hatte, um seinen eigenen Kopf zu retten. Er bezeichnete Wegleiter als gemeinen, sadistischen Schlächter, der das Töten in jeder Variante genossen hatte. Und Opfer fand er genug: Egal, ob Juden, Kommunisten, Zigeuner, Schwule oder selbst strenggläubige Katholiken – alle gehörten zu seinen Opfern.«

»Warum hat man ihn denn nie in den Knast gebracht oder ihm noch besser 'ne Kugel in den Kopf geschossen, wenn das so ein Arsch war?«

Werner nickte. »Angeblich reichten die Beweise nie aus. Die Zeugenaussagen waren problematisch, weil man auf die Leute Druck ausgeübt hatte, und dann hat der Richter, dessen Name dir etwas sagen dürfte, den Fall abgewiesen.«

Martin blickte Werner interessiert an. »Wer war es?«

»Langsam, langsam. Ich möchte es auch mal genießen, einen Vortrag zu halten. Sonst machst du das ja immer. Also. Es gab noch einen zweiten Mann, der natürlich auch vor Gericht gelandet ist.«

»Strocka.«

»Strocka. Klar. Strocka und Wegleiter waren zu Beginn des Krieges in derselben Einheit. Kameraden und dicke Freunde. Jedoch, wie es aussieht, hat sich Strocka irgendwann von Wegleiter distanziert, als dieser ihm zu brutal wurde. Und jetzt kommt es. Strocka hat 1966 in einem weiteren Prozess gegen Wegleiter ausgesagt. Wegleiter rastete während des Prozesses aus und hat Strocka bedroht. Er sagte, dass er ihn dafür umbringen würde. Trotzdem wurde Wegleiter wieder nicht verknackt.«

»Dafür ist Strocka jetzt tatsächlich tot. Umgebracht. Ein bisschen später, aber immerhin tot.«

»Dazu kommen wir noch. Lass uns erst mal bei Wegleiter bleiben. Er wurde nicht verknackt, weil ...«

»Darf ich wieder raten? Weil der Richter nicht genug Beweise hatte?«

Werner zog einen Flunsch. »So ist es. Irgendwie reichte es nie. Ich habe gestern mal im Archiv nachgesehen und alte Zeitungsartikel auf Mikrochips nachgelesen. 1966 hätten sie Wegleiter fast am Arsch gehabt, und keiner hat es kapiert, warum der nicht eingebuchtet wurde. Es hätte für drei Mal lebenslänglich gereicht. Und jetzt komme ich dann mal zum Punkt. Der Richter war kein anderer als ein gewisser Schöller.«

»Der Polizeipräsident?«, fragte Martin, bemerkte aber sofort, dass in seiner Rechnung einige Jahre fehlten.

»Unsinn. Der Großvater von unserem Schölli und der Daddy vom Big Boss.«

»Na, wenn das mal kein Zufall ist.« Pohlmann tippte mit den Fingern auf die Tischplatte. »Die ganze Sippschaft hängt unter einer dicken, verfilzten Decke zusammen. Werner! Ich glaube, wir haben ein Problem. Wenn das stimmt, was du sagst, dann bekommen wir mehr Gegenwind, als wir vertragen können. Und dann wundert mich nicht, warum Klaus in den letzten Jahren nichts auf die Reihe gekriegt hat. Er wurde absichtlich auf den Posten gesetzt, *damit* er nichts findet.«

»Und Lorenz?«, fragte Werner.

»Was ist mit Lorenz?«

»Na, Lorenz ist nicht mehr in Amt und Würden, wie du weißt.« Hartleibs Stimme klang einige Oktaven höher.

»Du meinst, Lorenz wurde mit Absicht aus dem Verkehr gezogen?« Pohlmann schüttelte entschieden den Kopf. »Quatsch. Das glaube ich nicht. Hey, wir sind hier nicht in Amerika. Außerdem, wie sollte man das anstellen? Ein Infarkt kommt nicht auf Bestellung.«

»Das nicht gerade. Aber wie wäre es, wenn man ihm die Medikamente, die er gegen seine Angina Pectoris einnehmen musste, ausgetauscht oder weggenommen hatte?«

Martin wurde nachdenklich. »Du hast recht. Ich hab das mal erlebt, als Lorenz einen akuten Anfall hatte. Das war ganz schön knapp.«

»Und nachweisen könnte man dies auch nicht. Selbst wenn Lorenz es behaupten würde, würde man ihn nicht mehr für voll nehmen. Sein Zustand hat sich nicht gerade verbessert. Er spricht kaum noch und vegetiert in der Klinik dahin.«

Werner unterbrach Martins Gedanken. »Wolltest du nicht zu Schöller ins Büro?«

Martin stand sogleich auf. »Wetten, dass Schöller das Fax aus dem Bundesarchiv hat verschwinden lassen?«

Werner sah Martin mit ernster Miene an. »Lass es uns herausfinden.«

Martin nickte.

Beide verließen Pohlmanns Büro und marschierten wie zwei Soldaten ins Gefecht zwei Flure weiter zu Klaus Schöller, der bereits ein Schild in Übergröße mit seinem Namen am Türrahmen hatte anbringen lassen. Nach einem Anklopfen ertönte ein zackiges Herein. Schöller saß in einem dunkelblauen Zweireiher mit feinen Streifen und einem perfekt gebügelten weißen Hemd hinter dem aufgeräumten Schreibtisch von Lorenz. Pohlmann erkannte das Büro nicht wieder. Die Unordnung war komplett verschwunden, das allen bekannte und doch sehr persönliche Lorenzsche Chaos war der Sterilität eines profillosen Aufsteigers gewichen. Einige verbliebene Aktenordner standen, alphabetisch geordnet, in einem hohen Regal hinter dem ledernen Schreibtischstuhl. Das Flipchart, das Lorenz mit Zetteln und Fotos gespickt hatte, war ebenfalls verschwunden. Klaus Schöller schien mit keiner besonders anstrengenden Aufgabe beschäftigt zu sein und begrüßte die beiden Polizeibeamten mit entspannter und fröhlicher Miene.

»Hallo, Jungs.« Schöller verschränkte die Arme und wandte sich amüsiert zu Martin. »Na, Pohlmann? Mal wieder in Klamotten gepennt heute Nacht?«

»Halt's Maul, Schöller. Selbst wenn dein beschissener Name auf der Tür steht, heißt das noch lange nicht, dass du hier einen auf dicke Hose machen kannst.« Hartleib hielt seinen Freund am Arm zurück. »Lass gut sein, Martin. Er ist immerhin jetzt dein Chef.«

»Danke, Werner«, sagte Schöller mit einem arroganten Ton in der Stimme. »Wenigstens Sie wissen, was Loyalität bedeutet.« Während sich Werner wunderte, warum Schöller ihn allein aufgrund seiner Beförderung nun siezte, schloss Pohlmann für einen Augenblick die Augen und atmete tief ein und aus. *Alles in Ordnung. Nicht aufregen*. Dann beruhigte er sich ein wenig.

»Entschuldigung«, sagte Martin in ruhigem Ton. »War nicht

so gemeint.« *Dreckiges Arschloch.* »Wir sind doch schließlich ein Team.« *Mistkerl. Dich mache ich fertig.*

Er setzte das freundlichste Lächeln auf, zu dem er in der Lage war. »Gestern Abend oder heute Morgen müsste ein Fax für mich aus dem Bundesarchiv gekommen sein.« Schöller machte eine elegante Drehung in seinem Ledersessel und griff nach einem dünnen Stapel bedruckten Papiers. »Genau 23 Seiten. Ich habe es mir angesehen.« Schöller reichte den Stapel Martin. »Also wenn Sie für dieses belanglose Zeug auf Staatskosten und noch dazu mit meinem Wagen nach Berlin gefahren sind …«, Schöller schnalzte mit der Zunge, »… dann hat es sich nicht wirklich gelohnt. Wie kommen Sie denn so voran?«, fragte er. Er wischte einige Haarschuppen mit dem Handrücken von seiner Schulter. Wirkliches Interesse demonstrierte er nicht. Er wollte nur sein albernes Machtgehabe ausspielen.

»Ziemlich gut, *Chef.* Ich glaube, ich bin dem Täter dicht auf den Fersen.« Schöller richtete sich in seinem Sessel auf. »Aber das ist ja fantastisch. Haben Sie einen Verdacht?«

»Nun ja, ich will keine voreiligen Schlüsse ziehen, aber ich möchte sagen, ich komme gut voran.«

»Bestens, Pohlmann. Darf man fragen, wen Sie im Visier haben?«

Pohlmann fixierte Schöller mit den Augen und deutete auf das aufgeräumte Büro. Er beantwortete die Frage mit einer Gegenfrage. »Wo sind denn die Akten und das Flipchart? Lorenz hatte bisher alles im Griff, auch wenn er ein Chaot war.«

Schöller klopfte auf den nagelneuen Toshiba-Monitor. »Alles hier drin. Gescannt und archiviert.«

Martin nickte. »Na, da war ja jemand richtig fleißig.«

Schöller grinste süffisant. »Die Sekretärin aus dem Archiv war so freundlich, sich die Nacht um die Ohren zu schlagen. Sie konnte mir den Wunsch einfach nicht abschlagen. Ist jetzt viel einfacher und übersichtlicher. Wenn Sie Informationen brauchen, kommen Sie vertrauensvoll zu mir, und ich gebe sie Ihnen.«

»Aha. Passwortgeschützt, nehme ich an.«

»Selbstverständlich, Pohlmann. Das versteht sich doch von selbst. Sonst könnte ja jeder hier hereinspazieren und Daten und Akten stehlen. Das ist nun wirklich nicht mehr zeitgemäß.«

»Na schön.« Pohlmann deutete auf den neuen Computer. »Dann wollen wir Sie mal bei so wichtigen Dingen nicht länger aufhalten.«

Schöller wandte sich an Hartleib. »Und Sie, Werner, unterstützen Pohlmann, wo Sie können. Wie stehen wir denn vor der Presse da? Wir brauchen bald Ergebnisse, die wir präsentieren können. Sie haben meine volle Rückendeckung.«

»Hast du nicht gestern zu mir gesagt, ich solle mich ausschließlich um die anderen Fälle kümmern, die du mir auf den Tisch geknallt hast?« Hartleib sah Schöller mit einem finsteren Blick an und gab ihm damit zu verstehen, dass er sich nicht von ihm einschüchtern lassen würde.

Schöller zündete sich eine lange Zigarette mit einem edlen Feuerzeug an. »Gestern war gestern. Ich denke, wir sollten den Medien in Kürze ihren Killer präsentieren, dafür kann man schon mal den einen oder anderen Mord aus Eifersucht für ein paar Tage schleifen lassen.«

Martin grinste und stopfte die Hände in die Hosentaschen. »Das ist gut, *Chef*. Ich bin sehr froh, dass Sie mich nun doch voll und ganz unterstützen. Außerdem dachte ich schon, Sie fragen mich nie, ob ich den Wagen weiterhin benutzen möchte. Doch, ja. Ich möchte gern. Danke schön. Er ist klasse. Ich muss noch einige Fahrten erledigen, und ein Ermittler der Sonderkommission kann ja wohl schlecht in einem alten Passat daherkommen.« Pohlmann drehte sich um und machte sich auf, das Büro zu verlassen. »Echt großzügig, *Chef*.«

Werner musste sich das Lachen verkneifen, während Schöller seine Wut im Zaum hielt. Er schluckte die Antwort herunter.

Die beiden Beamten ließen Schöller in seinem schicken Büro untätig und orientierungslos zurück. Die eigentliche Arbeit machten sie beide, und am Ende würde die Anerkennung Schöller zukommen, das war ihnen klar, doch was nützte es. Sie waren

Polizisten und keine Politiker. Ein Serienkiller musste gefasst werden, und zwar schnell.

Kaum auf dem Flur außerhalb der Reichweite von Schöllers Ohren, drehte sich Martin zu Werner um und griff ihn unerwartet fest am Arm. »In diesen Mauern ist nichts mehr so, wie es vor meiner Zeit in Ecuador war. Ich fühle mich nicht mehr wohl mit schleimigen Maulwürfen in der Abteilung. Ab jetzt reden wir nur noch außerhalb des Präsidiums über den Fall, und Schöller junior füttern wir mit belanglosem Zeug.« Pohlmann wedelte mit den 23 Seiten des Fax. »Und hier fehlt die Hälfte. Frau Kassner sagte mir am Telefon, dass sie mir 44 Seiten durchgeschoben hat. Das Wichtigste fehlt. Das weiß ich, ohne dass ich mir den Mist ansehen muss, wetten?«

»Was haben wir jetzt vor?«

»Ich würde gern mal Lorenz besuchen. Kommst du mit?«

»Klar. Schöller hat gesagt, ich soll dich unterstützen. Endlich komme ich aus dem Mief mal raus.«

KAPITEL 36

Hamburg-Eppendorf, 10. November 2010

Die Gesundheit wird am ehesten geschätzt, wenn sie nicht mehr da ist. Es ist wie mit vielem anderem im Leben: Man begehrt das, was man nicht hat, und schätzt Dinge oder Umstände nicht mehr, nach denen man sich früher gesehnt und an die man sich nun gewöhnt hat. So verhält es sich mit der Gesundheit auch. Kaum hat sie den Menschen verlassen, beginnt man, sie zu vermissen. Schon eine Erkältung wirft so manchen, meist männlichen Geschlechts, vollkommen aus der Bahn, und er harrt der Tage, an denen er wieder Herr seiner körperlichen Kräfte ist.

Was aber, wenn der Feind kein harmloser Schnupfen ist? Ein komplizierter Knochenbruch, ein entzündetes Organ, ein Tumor gar oder ein Herzinfarkt? Was, wenn einem sämtliche Zügel aus der Hand genommen wurden, man nicht mehr Herr des Lebens ist und hilflos zusehen muss, was mit einem geschieht?

Martin Pohlmann lenkte den schweren BMW durch den Nieselregen und wurde mit jedem Meter, den sie sich dem Universitätskrankenhaus in Hamburg-Eppendorf näherten, ruhiger und nachdenklicher. Sein Chef, genauer gesagt, seit zwei Tagen Exchef, wurde von einer Minute auf die nächste von einem hochverdienten Hauptkommissar und Experten für psychopathische Killer zu einem halbseitig gelähmten Schnabeltassentrinker degradiert und hatte, außer dem Blick aus seinem Fenster, nichts mehr, womit er sich hätte herumärgern können.

Martin passierte die Schranke des Pförtners, dankte winkend fürs Öffnen und suchte in der Nähe der Kardiologie einen Parkplatz. Nachdem er keinen fand, stellte er den Wagen vor dem Eingang ab und hängte seine Dienstplakette sichtbar hinter die Scheibe. Er fröstelte und dies nicht nur wegen der Kälte. Sie betraten jenen Kliniktrakt, der den Menschen mit gebrochenem Herzen gewidmet war. Nach freundlicher Auskunft fanden sie den Flur, in dem Lorenz ein Einzelzimmer hatte.

Werner klopfte und sie traten ein. Der erste Schweiß machte sich auf Martins Stirn bemerkbar, während Werner gelassen zu bleiben schien. Nicht dass es ihm nicht an die Nieren gegangen wäre, dass sein Vorgesetzter aus Rang und Arbeit gestoßen worden war, aber es machte ihm nichts aus, Gänge durch Krankenhäuser zu gehen, ohne weiche Knie zu bekommen. Werner ging mit diesen Dingen eher sachlich und rational um, anders als Martin, dem das Herz in dieser Minute bis zum Halse schlug.

Der Anblick, der sich ihnen beiden bot, schockierte auch Werner. Martin schloss mit feuchten Händen die Tür des Krankenzimmers, die so breit war, dass Patienten, auf dem Bett liegend, tot oder lebendig, hindurchgeschoben werden konnten. Unwillig folgte er Werner durch einen kleinen Flur und blieb neben ihm stehen.

Lorenz saß, mit dem Rücken zu ihnen, in einem Rollstuhl und schaute aus dem Fenster. Seine linke Körperhälfte hing schlaff herunter. Die Veränderung, die an ihm stattgefunden hatte, war nicht zu übersehen. Der korrekt gestutzte Kinnbart bekam Gesellschaft in Form eines dichten Rasens grauer Stoppeln. Das restliche ihm verbliebene Haar schien ungekämmt, und die Büschel reckten sich am Hinterkopf in alle Richtungen. Für seine Untergebenen war Lorenz stets der Inbegriff eines chaotischen Genies gewesen, doch seine Körperpflege hatte er nie vernachlässigt. Nie hätte er sich träumen lassen, dass ihm Speichel aus dem Mundwinkel sabberte, dass er keinen Stift mehr halten konnte. Er wandte den Blick von Lorenz ab und suchte Angenehmeres für seine Augen. Er mochte nicht hinschauen, wie Lorenz versuchte, sich in seinem Stuhl aufzurichten, wie sein linkes Augenlid sich nicht vollständig schließen ließ und wie der Mann um Jahrzehnte gealtert schien. Jener, der noch vor wenigen Tagen vor Kraft strotzte, war nur noch ein trauriges Abbild seiner selbst.

Martin empfand das Zimmer als trostlos, und es wäre für ihn selbst keine Umgebung gewesen, in der er hätte gesund werden und erst recht nicht hätte sterben wollen. Auch das Kruzifix an der Wand tröstete ihn wenig, im Gegenteil, es schürte nur noch mehr seinen Zorn auf die Willkür des Lebens und dessen Erfinder, der dem einen, einem Gauner und Betrüger, strahlend und putzmunter, ein langes und gesundes Leben bescherte und den anderen, den rechtschaffenen und ehrlichen, der nie einen Cent dem Finanzamt vorenthalten hätte, frühzeitig hinwegraffte.

Vor dem Zimmerfenster erblickte Martin einen Baum. Eine Buche oder Eiche, die all ihrer Blätter entledigt war und wie ein Gerippe dastand. Ein altes Klinikgebäude dahinter, das dringend einen neuen Anstrich hätte vertragen können, und eine moosige Wiese, auf der schmutzige Schneereste lagen.

Martin wendete sich Lorenz zu, der sich nach Leibeskräften bemühte zu sprechen. Es dauerte eine Weile, und Martin und Werner standen regungslos da. Sie warteten auf die Worte, die, unvollkommen und gestammelt, dem schiefen Mund ihres

Vorgesetzten entwichen wie bei einem Kind, das erst die Entdeckung der Sprache machte.

»Hallo … Jungs. … Schön, dass … ihr mich … besuchen … kommt. Wie geht es … euch?«

Martin verstand die Welt nicht mehr. Der, der dort saß und allem Anschein nach das Leid der gesamten Welt in sich vereinigte, fragte *ihn*, wie es ihm ginge. Er würde dies in genau derselben Situation vermutlich nie tun. Er würde sich in seinem Selbstmitleid suhlen, verzweifeln und sich einen Scheißdreck für das Wohl eines anderen interessieren. »Danke, Chef. Es geht wieder. Die Grippe ist so gut wie weg.« Martin verzerrte das Gesicht, als ihm auffiel, dass er kaum dämlichere Worte hätte finden können.

Lorenz setzte von Neuem an. »Was … macht der … Fall?« Mit einiger Mühe verstanden Martin und Werner Lorenz' Gestammel.

»Wir kommen gut voran, Chef.« Martin überlegte kurz, wie er ihn anreden sollte, da Schöller in Lorenz' Büro auf Lorenz' Stuhl an Lorenz' Schreibtisch saß. Nein, Lorenz *war* über 20 Jahre sein Chef gewesen, hatte ihm alles von der Pike auf beigebracht und sollte nun, wegen eines dummen Herzinfarktes und eines unlängst noch hinzugekommenen Schlaganfalls nicht mehr sein Chef sein? *Chef ist ein Titel*, dachte Martin, *so wie Doktor oder Professor. Dieser Titel steht Lorenz zu, Schöller hin oder her.* Er würde Schöller erst dann von ganzem Herzen Chef nennen, wenn er sich diesen Titel verdient hatte. Also beschloss Martin, weiterhin Chef zu Lorenz zu sagen, und hoffte, ihn damit seine Loyalität spüren zu lassen.

»Schöller, die Pfeife, hat Ihr Büro aufgeräumt und alle Akten zu dem Fall gescannt, katalogisiert und das Ganze mit einem Passwort versiegelt. Wie gut, dass ich das meiste noch bei mir zu Hause habe.« Martin machte eine kleine Pause und wollte an der Reaktion von Lorenz ausmachen, ob er, wenn er schon nicht mehr richtig sprechen, wenigstens noch alles verstehen konnte. Lorenz nickte und ließ Martin nicht aus den Augen.

So fuhr Martin fort: »Werner hat gestern eigenartige Andeutungen gemacht. Sie hätten etwas zu ihm gesagt, was er jedoch nicht genau verstanden hat. Es ging um Schöller.«

Lorenz rutschte in seinem Rollstuhl hin und her und versuchte, sich mit dem rechten Arm auf der Lehne abzustützen. Man merkte ihm an, wie viel Mühe ihm diese Hilflosigkeit bereitete. Werner stellte sich kurzerhand hinter Lorenz und griff ihm mit beiden Händen unter die Achseln, zog ihn ein wenig hoch und bescherte ihm eine angenehmere Sitzposition. Martin kam sich in diesem Moment neben Werner winzig vor. Diese mühelos verrichtete Hilfeleistung hätte Martin eine Kraft gekostet, die er nicht besaß. Er wollte keinen Körper mehr umfassen, dessen Tage, Minuten oder Sekunden gezählt waren.

Lorenz musste mit seinen Worten haushalten und fasste sich kurz. »Schöller … hat … Unterlagen … ver…« Weiter kam er nicht mehr und räusperte sich. »Ihr habt … mächtige Leute … gegen euch. Seid vorsichtig!«, krächzte Lorenz und betrachtete die beiden Beamten, die im Vergleich zu ihm wie jugendliche Spunde wirkten. Lorenz hielt einen Knopf, der rechts neben seinem Stuhl befestigt war, gedrückt und in weniger als einer Minute eilte eine Schwester herbei. Ihr geschulter Blick galt als Erstes dem Monitor, der das kardiale Befinden des Patienten widerspiegelte.

»Meine Herren, ich muss Sie bitten zu gehen. Herr Lorenz hat sich aufgeregt. Das kann in seiner momentanen Situation tödlich sein. Keinen Stress, bitte.« Die Schwester bedachte Martin und Werner mit einer unmissverständlichen Kälte, die ihnen den sofortigen Abgang nahelegte.

»Okay, Chef. Wir gehen dann mal wieder«, sagte Martin. Werner stellte sich neben Lorenz, legte ihm die Hand auf die Schulter und ließ alle Menschlichkeit, die er besaß, in Lorenz hineinfließen. »Gute Besserung, Chef. Sie schaffen das. Ganz bestimmt. Wir melden uns, sobald wir können, okay?«

Lorenz nickte und hob mit Mühe die rechte Hand zum Abschied. Martin wischte sich verstohlen eine Träne aus dem

Auge. Ob diesem Abschied ein neuer Gruß folgen würde, war fraglich, und so verließen Martin und Werner das Zimmer mit einem mulmigen Gefühl im Magen. Die Fälle, in denen Martin und Werner Menschen vom Tod eines nahen Angehörigen unterrichten mussten, waren ungezählt und kosteten mehr Kraft und Einfühlungsvermögen, als man zur Verfügung hatte, doch die Aussicht, einen Chef zu verlieren, der viel mehr war als ein Vorgesetzter, verursachte Gefühle, die ihnen vollkommen neu waren.

Nachdem sie das Klinikgebäude verlassen hatten, atmete Martin wie jemand, der nach einem Tauchgang an die Oberfläche zurückkehrte. »Hör zu, Werner. Ich weiß nicht, wie es dir geht, aber ich brauch jetzt einen Schnaps, sonst kann ich für den Rest des Tages nicht mehr klar denken.«

Werner bedachte Martin mit einem verstehenden Blick. »Ich kenn eine Studentenkneipe zwei Straßen weiter. Ich könnte etwas zu essen vertragen.«

»Ein Schnaps hilft besser, glaub mir.«

»Na, mal sehen.«

Die beiden Beamten ließen das Gelände des Universitätskrankenhauses hinter sich und parkten zwei Minuten später in der Geschwister-Scholl-Straße in Hamburg-Eppendorf. Dort gab es eine Kneipe, die weithin für günstige Preise trotz großer Portionen auf den Tellern bekannt war. Martin bestellte ein Bauernfrühstück mit Kartoffeln, Speck und Eiern und Werner einen Salatteller und eine Cola. Den Schnaps ließ Martin weg, orderte stattdessen ein Bier. In der Zwischenzeit, während sie warteten und nicht über die verstörende Begegnung mit Lorenz sprechen wollten, hing jeder seinen Gedanken nach. Martin sah sich in der Kneipe um. Ein typisches Studentenlokal, in dem man sich am Abend zusammenfand, um über die Anstrengungen des Studiums bei ein oder zwei Bierchen zu lamentieren. Rechts neben Martin war eine Wand mit Bierdeckeln aus der ganzen Welt beklebt. Viele dieser Deckel hatte er auch schon vor sich liegen gesehen, während er das Glas in der Hand gehalten, auf den durchweichten Teil des Papiers gestarrt und über den Sinn oder Unsinn des Lebens nachgedacht hatte.

»Ich fühl mich beschissen«, sagte Martin und beendete die Stille. »Ich frage mich, wieso Lorenz überhaupt einen Herzinfarkt bekommen konnte. Er hatte doch diese Pillen und das Spray in Reichweite. Wenn er sich an die Anweisungen von seinem Arzt gehalten hat, konnte eigentlich nichts passieren.«

Martin ordnete sein dichtes Haar und fasste es erneut mit einem Gummiband zusammen. Mit einem gewissen Neid betrachtete ihn Werner, dem ein dünner, auf zwei Millimeter Länge gekürzter Haarkranz geblieben war.

Martin stellte sein Glas nach einem Schluck Bier ab. »Was hat Lorenz damit gemeint, wir hätten mächtige Leute gegen uns? Die ganze Geschichte nimmt allmählich Ausmaße an, die man kaum überblicken kann. Alle Generationen von Schöllers Sippe unter einem Dach. Wie sollen wir in diesem Fall weiterkommen, wenn Klaus alles blockiert?«

»Um auf deinen Verdacht zurückzukommen …«, entgegnete Werner. »Ich bin kein Freund von Verschwörungstheorien oder diesem Zeug, aber was wäre, wenn man Lorenz tatsächlich aus dem Weg räumen wollte? Ist es nicht ein Leichtes, die richtigen Pillen gegen unwirksame auszutauschen, die genauso aussehen? Man würde bei einem Angina Pectoris-Anfall zwar eine Pille schlucken, aber sie würde nichts nützen. Man bekäme einen Infarkt, den man nicht oder nur knapp überlebt.« Werner sah Martin erwartungsvoll an, ob er dieser Theorie etwas abgewinnen konnte.

»Du spinnst. Nur, damit es Klaus auf Lorenz' Sessel schafft.«

»Aber ab jetzt kann er alle Informationen in die Richtungen schleusen, die *er* will. Du hast selbst gesagt, dass die Hälfte vom Fax fehlt. Das wäre nicht der erste Fall, der nicht gelöst werden konnte. Leider sind die Medien voll davon.«

»Trotzdem«, unterbrach ihn Martin. »Für derartige Behauptungen brauchst du stichhaltige Beweise, und es ist ja wohl klar, dass, wenn die gesamte Familie Schöller in alte Nazigeschichten verwickelt ist, die clever genug ist und schon immer war, um die Beweise längst beseitigt zu haben.«

»Vielleicht hat Lorenz etwas entdeckt, das er besser hätte nicht entdecken dürfen. Meinst du, das hat er gemeint, als er seinen Satz nicht zu Ende sprechen konnte?« Werner wartete die Antwort nicht ab. Es war müßig, zu diesem Zeitpunkt voreilige Schlüsse zu ziehen. »Aber okay. Konzentrieren wir uns auf die anderen Morde. Wie gehen wir vor?«

»Als Erstes müssen wir versuchen, Feldmann, Rohdenstock und Frau Braun aus der Schusslinie zu schaffen.«

Werner hob das Glas. »Hab ich veranlasst. Ein Beamter wurde vor Rohdenstocks Haus postiert, obwohl Rohdenstock sich genau wie Feldmann geweigert hatte, Personenschutz anzunehmen. Eigentlich ist er ein netter Kerl, aber schwierig wie alle Künstler. Stur und eigenbrötlerisch. Er meinte, er könne durchaus auf sich selbst aufpassen, das habe er ja wohl schon bewiesen. Der Kerl könne ruhig kommen, er würde schon mit ihm fertig werden.«

»Ja, ja, das sagen sie alle, bis sie dann doch tot sind. Wer ist der Beamte? Ist er zuverlässig?«

»Keine Ahnung. Ist neu in der Abteilung.«

»Wie neu?«

»Knapp ein Jahr. Hat einige Stationen durchlaufen und 'nen guten Ruf.«

»Hatte Schöller irgendwas mit seiner Einstellung zu tun?«

»Möglich wär's. Ist damals über Lorenz' Kopf hinweg entschieden worden.«

»Na, dann wollen wir mal hoffen, dass er seinen Job gut macht.« Martin nahm einen Schluck Pils. »Okay. Dann lass uns als Nächstes zu Feldmann rausfahren. Frau Braun ist vermutlich erst mal in Sicherheit.« Martin zuckte die Schultern und leerte sein Glas Bier. »Wo gibt es schon Sicherheit auf dieser Welt?«

Nachdem die Rechnung für das Mittagessen beglichen war, schob Martin den Schlüssel des Wagens über den Tisch. »Hier, fahr du.« Werner wusste, was Martin meinte, nämlich, sich nie wieder nach Alkoholgenuss ans Steuer eines Wagens zu setzen.

KAPITEL 37

Hamburg, 10. November 2010

Werner machte es sich in dem eleganten Wagen bequem, stellte den Sitz für seine Körpergröße ein, veränderte die Position des Innenspiegels und gab ein paar Daten in das Navigationsgerät ein. Sie machten sich auf den Weg zu Alois Feldmann, dem Priester im Ruhestand.

»Nette Karre«, schnalzte Werner anerkennend. »Wird circa 45 Minuten dauern. Winsen an der Luhe. Erst raus aus der Stadt und auf die Bahn ins Grüne.«

»Gut«, meinte Martin und ließ seine Sitzlehne nach hinten gleiten, bis er in angenehmer Haltung abschalten, verdauen und nachdenken konnte. Er schloss die Augen, blieb jedoch hellwach. Zeit zum Schlafen konnte er sich nehmen, wenn der Fall gelöst war. Bis dahin galt es, jede Minute, die zur Verfügung stand, effektiv auszunutzen.

Martin hatte sich das Dossier zu Alois Feldmann an den Abenden zuvor eingehend angesehen und wusste nicht, was er von diesem Mann halten sollte. Er kannte seine, wie es schien, unauffällige Vita und konnte sich aufgrund zahlreicher Seiten im Internet ein umfangreiches Bild von ihm machen. Und doch wusste Martin nicht, wer oder was ihn erwarten würde. Nach dem, was Werner ihm über Feldmann erzählt hatte, gab es an dem Mann weder Ecken noch Kanten. Bis vor ein paar Jahren hatte Feldmann Einkehrtage in einem Kloster geleitet und zu allen Fragen der Lebensführung Kurse und Seminare abgehalten. In einer Zeit, in der es für alles und jedes Ratgeber zu kaufen und im Internet herunterzuladen gab, hatte sich auch Feldmann dort eingereiht. Für die simpelsten Dinge im Leben schien es mittlerweile Hilfestellungen in gedruckter oder gesprochener Form zu geben, dass man sich fragte, wie man es vor 20 Jahren überhaupt geschafft hatte zu überleben.

Martin hatte die Arme vor der Brust verschränkt und hielt die Augen geschlossen. Werner sprach ihn nicht an und dachte ebenfalls über die Lösung des Falles nach, sofern ihm die Dame, die ihn lotste, die Zeit dafür ließ. In der rechten Innentasche seiner Jacke fühlte er den Flyer, den er schon vor zwei Tagen ausgedruckt hatte. Die Seminarthemen trieben Martin, wenn er sie las, die Zornesröte ins Gesicht. Er kam nicht dahinter, woran dies lag. Vielleicht, weil ein Vertreter einer der großen Konfessionen diese Vorträge gehalten hatte, oder lag es an den Themen selbst, die ihn aufregten. Er war evangelisch getauft und gottlos in einem Elternhaus aufgewachsen, in dem das einzig Anzubetende der Kontostand am Monatsende war. Martin hielt es für das Beste, vor seiner Abreise nach Ecuador die kirchlichen Brücken, die er eh nie begangen hatte, abzureißen. Es war eine reine Formsache, aus der Kirche auszutreten, und die Dame, die seinerzeit das Formular mit stoischer Gelassenheit entgegennahm, schien keinerlei Bemühungen an den Tag legen zu wollen, ein verlorenes Schaf zur Umkehr zu bewegen. Nach diesem Schritt fühlte er sich nicht schlechter als vorher, nicht verlorener, schuldiger oder sündiger. Er hatte eine Institution verlassen, die von seinem monatlichen Einkommen einen stattlichen Obolus abzweigte, um Dinge damit zu tun, von denen er nichts verstand, von denen er nicht einmal erfuhr.

Martin öffnete die Augen und sah aus dem Fenster. Es begann zu schneien. Würde dieser Expriester ihn nach seiner Konfession fragen? Würde er ihn auf seinen nicht vorhandenen Glauben ansprechen? Er hoffte nicht, er hätte nicht gewusst, was er ihm erwidern sollte. Zugegebenermaßen spukten seit zwei Jahren viele Fragen in seinem Kopf herum. Dinge, die ihn früher nicht interessierten, zu einer Zeit, als alles noch rundlief.

Kuschelig warm eingebettet in einer wohlgeordneten bürgerlichen Existenz an der Seite von Sabine. Doch seit ihrem Tod war alles anders geworden. Er meinte, sich verändert zu haben, während die Welt um ihn herum schlecht geblieben war. Er hatte eigentlich keine Lust, sich diese Fragen ständig anzuhören, die jemand in ihm stellte. Es schien, als sei er nicht allein in seinem Ich, als gäbe es da noch einen zweiten Martin, der ihn nervte. Ständig dieses: Warum passiert dies oder jenes bei dem oder der und nicht bei einem anderen. Fragen, die kein Mensch auf dieser Welt beantworten konnte, außer diesem Priester, der meinte, er hätte die Wahrheit – wie man sagte – mit Löffeln gefressen.

Martin ertastete den Flyer und zog ihn hervor. Er betätigte die Hydraulik an der unteren Seite des Sitzes, die seinen Körper schnurrend in eine aufrechte Haltung brachte.

»Na? Ausgeschlafen?«, foppte ihn Werner.

»Hast du gewusst, dass man es ohne Mühe, ohne Kummer und Leid und mit einem ewigen Grinsen im Gesicht bis zur Urne schaffen kann?«

Werner lachte auf. Er meinte nicht, auf diese Frage ernsthaft antworten zu müssen, und wartete, bis Martin das Rätsel selbst auflösen würde.

»Hast du dir mal die Themen hier drin angesehen?« Martin hielt Werner während der Fahrt den Flyer vors Gesicht. Werner versuchte, die Straße im Blick zu behalten und gleichzeitig den Flyer zu betrachten.

»Okay, ich lese dir was daraus vor. Für den Fall, dass du Bedarf hast, kannst du ihn gleich darauf ansprechen. Sparst die Seminarkosten.«

»Nun lies schon, du alter Zyniker.«

Martin schlug die drei Seiten des Leporellos auf und begann bei der Überschrift: »*Werden Sie ein neuer Mensch mit Gottes Hilfe. Erleben Sie in diesen Einkehrtagen, wie aus Ihnen ein neuer Mensch werden kann. Spüren Sie die heilmachende Berührung Gottes in Ihrem Herzen.*«

Dann folgten die einzelnen Themen, die Martin vorlas. Er

legte all seine Verachtung, seinen Spott in seine Stimme und verbarg seine Verbitterung dabei nicht im Geringsten.

»*Freude in Zeiten des Leids, Trauerarbeit durch Vergebung verkürzen. Was ist Ihre Berufung? Ist dies schon alles vor dem Tod? Das Leben nach dem Leben. Gibt es eine Ewigkeit? Zu Hause ankommen und Frieden finden bei Gott.* – Findest du das nicht ein bisschen überheblich, sich über andere lustig zu machen, sich zu erheben und solche Themen anzubieten? Ich möchte wissen, mit welchem Recht ...«

»Nein, das finde ich nicht«, entgegnete Werner. »Feldmann ist alles andere als überheblich. Er ist nett, wirst sehen.«

»Au, Mann, ich hab echt ein Problem mit diesem spirituellen Kram.«

»Hast du mir nicht gestern erzählt, dass du eine Erleuchtung gehabt hast? Wieso bist du auf einmal so kontra?«

»Ich weiß es nicht, es macht mich nun mal aggressiv.«

»Ich sag dir, warum. Weil du in den letzten zwei Jahren kein Stück weitergekommen bist. Weil du dir immer noch nicht verziehen hast.«

Martin sah auf und blickte auf die Straße, die vor ihnen lag. Ein gleichmäßiger weißer Teppich bedeckte das Grau. »Es ist nicht so einfach, wie du denkst. Manchmal hab ich das Gefühl, ich hätte es gepackt. Dann bin ich mir sicher, ich sei drüber weg. Ich sage mir, alles ist Kismet, weißt du, Vorhersehung, ohne unser Zutun, aber dann – an anderen Tagen, bin ich stocksauer auf mich selbst, auf das Leben, ja vielleicht auch auf Gott. Keine Ahnung.«

»Mann, sei nicht so streng mit dir. Manche Dinge brauchen eben Zeit. Hast du mal daran gedacht, noch einmal eine Therapie zu machen?«

Martin schüttelte energisch den Kopf. »Ganz sicher nicht. Der Psychologe, mit dem Keller damals zusammengearbeitet hat, ging mir tierisch auf die Nerven. Stocherte pausenlos in meiner Kindheit herum. Alles Taktik, damit ich selbst die Lösung mit meinen eigenen Antworten herbeiführe.« Martin ließ die

Landschaft an sich vorbeiziehen. »Ich hatte das Gefühl, einen Blinden vor mir zu haben, der mich an die Hand nimmt und führen will. Niemand kann dir einen Ratschlag geben, wenn er nicht Ähnliches erlebt hat. Du wirst erst dann ein Fachmann, wenn du selbst durch dieselbe Geschichte durch musstest. Das ist jedenfalls meine Meinung.«

Martin ließ den Flyer in der Tasche verschwinden und verschränkte wie ein trotziger Junge erneut die Arme vor der Brust. Das Navigationsgerät zeigte noch 800 Meter bis zum Ziel an. Nun lohnte es sich auch nicht mehr, die Problematik zu vertiefen. Er wollte sich auf die Lösung der Mordfälle konzentrieren, und wenn er viel Zeit hätte – sehr viel Zeit –, würde er sich mit sich selbst beschäftigen. Er hoffte, dass dies nicht so bald der Fall sein würde, denn der Prozess der inneren Heilung war schmerzhafter, als ihm lieb war.

Werner parkte den Wagen zur Hälfte auf dem Bordstein der Dorotheenstraße 17, Ecke Lerchenweg, direkt vor Feldmanns Haus. Es stand in einer verkehrsberuhigten Wohngegend mit Straßenlaternen, die in einem Abstand von 30 Metern angeordnet waren, sodass sich ab 18 Uhr die angenehm warmen Lichtkegel, die sie in den Spätherbst warfen, beinahe berührten. Der Schein von Geborgenheit und einer heilen Welt, den sie vermittelten, wäre perfekt gewesen, hätten nicht seit Tagen die Zeitungen in reißerischer Manier von einem Serienkiller berichtet, der die Menschen in Angst und Schrecken versetzte.

Dass sich dieser Killer vielleicht in ihrer Nähe befand und zur selben Zeit sein nächstes Opfer aussuchte, schien ihnen nicht bewusst zu sein. Sie sahen sich nicht nach allen Seiten hin um, um nach verdächtigen Personen oder Fahrzeugen Ausschau zu halten. Sie hegten keinerlei Argwohn und gingen nicht davon aus, dass sich ein Mörder in der Nähe von Polizeibeamten aufhalten würde. Überdies hätten sie nichts Ungewöhnliches bemerkt, denn obwohl der Killer niederen Instinkten folgte, war er nicht so dumm, sich bei seinen Observationen beobachten zu lassen.

Martin stieg aus. Werner sortierte verschiedene Unterlagen im Kofferraum. Während er wartete, betrachtete er das Haus. Es musste gut 100 Jahre oder älter sein, da die spitzen Giebel vor einem zur Südseite reichenden Balkon typische Merkmale des frühen Jugendstils aufwiesen. Vor dem Haus war ein kleiner Garten angelegt, der nun schlief und seiner Auferstehung im Frühjahr harrte. Martins Fantasie reichte aus, um sich vorstellen zu können, wie es hier im Sommer aussah: An einem Spalier rankende rote Rosen, die das Vordach über der Haustür erklommen, ein gepflegtes Beet mit vielen bunten Einjährigen und an der Ecke des Hauses, dort, wo der Vorplatz begann, auf dem ein Wohnmobil aus älteren Tagen stand, wuchs wilder Wein, dessen Krallen sich in den grauen Fugen zwischen den roten Backsteinen festhakten. Eingerahmt wie in einem Bild des Friedens stand der braune Zaun aus Metall, dessen geschwungene Spitzen am oberen Rand für jemanden, der darübersteigen wollte, zu einem ernsten Problem werden konnten.

Werner trug die drei Akten, die Martin aus dem Schreibtisch von Keller geborgen hatte, in seiner Hand und gab Martin zu verstehen voranzugehen. Das Tor zu Feldmanns Grundstück quietschte erwartungsgemäß. Ein melodischer Klingelton kündigte die Beamten an, und es dauerte eine kleine Weile, bis Feldmann öffnete. Er machte einen verschlafenen Eindruck. Nachdem sich die Ermittler vorgestellt hatten und Feldmann ihnen Zutritt zu seinem Allerheiligsten gewährte, sah Martin das zerknautschte Kissen auf dem Sofa. Sein Verdacht bestätigte sich. Feldmann hatte sich einen Mittagsschlaf gegönnt. Dass dieser die Gelassenheit besaß, ein labendes Schläfchen abzuhalten, während es in diesem Moment ein Psychopath auf ihn abgesehen hatte, schien ihm ziemlich abwegig.

Feldmann knöpfte die beige Strickjacke zu und ging zu dem kleinen Kachelofen in der Ecke des Raumes. Während er geschlafen hatte, waren die Scheite niedergebrannt, und die Glut wollte mit gut gelagertem Buchenholz gefüttert werden.

Feldmann suchte die Hausschuhe, die unter den Wohnzimmertisch gerutscht waren, und zog sie an. Alles in allem machte er einen unaufgeregten Eindruck und schien alle Zeit der Welt zu haben. Dann hatte er sich hergerichtet, strich die ergrauten Haare mit den Fingern zurecht und wandte sich seinem Besuch zu. Er rieb sich die Hände, als freute er sich wie ein Kind über diese Abwechslung.

»So, jetzt mach ich uns erst mal einen schönen Tee, oder?« Feldmann sah abwechselnd voller Begeisterung in die Gesichter der beiden, die halbherzig nickten. Damit verzögerte sich das Gespräch, das an Dringlichkeit kaum überboten werden konnte, um weitere Minuten. Die Beamten hatten sich auf Sessel und Couch niedergelassen. Martin sah sich im Zimmer um. Für ihn waren spezifische Details in einem Wohnhaus aussagekräftiger als manch gesprochene Worte, die häufig nicht der Wahrheit entsprachen. Eine Wohnungseinrichtung indes konnte nicht lügen. *Sag mir, was auf deinem Nachttisch steht, und ich sage dir, was für ein Mensch du bist.*

Normalerweise hingen an den Wänden der Leute, deren Wohnungen Martin gesehen hatte, Fotografien von Verwandten. Von Kindern und Kindeskindern. Bunte und schwarz-weiß Fotos aus allen Epochen. In Feldmanns Haus hing nicht ein einziges Foto. Weder von sich noch von anderen, weder von einer Landschaft noch von einem Gebäude. Anders als die Weinranke, die ihre feinen, unzähligen Haftwurzeln in die Ritzen klemmte, schien Feldmann die Vorliebe seiner Pflanze nicht zu teilen. Er schien wie jemand zu sein, der keinerlei Bindung an Vergangenes und Gegenwärtiges hatte, wie einer, der auf dem Sprung war.

Martin dachte an die anderen Menschen, die in einem Lebensbornheim zur Welt gekommen waren. Leute, mittlerweile in den Siebzigern, die noch immer nicht wussten, wer sie waren, woher sie kamen und warum es sie gab. Und doch hingen bei ihnen Fotos von den Personen, die ihnen im Laufe ihres Lebens wichtig geworden waren, selbst wenn der Erzeuger und die Frau, die sie ausgetragen hatte, nicht unter den Fotos zu finden waren. Obwohl dieses Detail in Feldmanns Haus fehlte, fühlte sich Martin in der Umgebung wohl. Ein schwer zu beschreibendes Gefühl, wie Martin fand. Manche sprachen von einer Aura, die einen wie ein unsichtbarer Nebel umgibt, andere nannten es Feng-Shui oder einfach nur geschmackvoll und gemütlich eingerichtet.

Martin musste seine Analyse unterbrechen, als Feldmann zu ihnen stieß und mit großer Geschicklichkeit ein Tablett auf den Händen balancierte, als hätte er sein Lebtag nichts anderes getan. Er stellte alles auf dem Tisch ab.

»Zucker? Milch? Bedienen Sie sich, bitte.«

Sobald die Teezeremonie ein Gespräch zuließ, fiel Martins Blick auf die Titelseite des Hamburger Abendblattes vom 9. November 2010. Ein großes Foto prangte darauf, auf dem sieben Personen zu sehen waren. Das Bild war knapp zwei Jahre alt und wurde damals auf der Treppe zum Gerichtsgebäude aufgenommen. Nachdem der Prozess abgeschmettert worden war, sollten sich die Kläger vor der Kamera postieren und versuchen zu lächeln. Keinem der Anwesenden war dies gelungen. Martin nahm die Zeitung zur Hand und ließ die Gesichter auf sich einwirken. In der hintersten Reihe standen Emilie Braun, Alois Feldmann und Armin Rohdenstock. In der Reihe davor waren Ursula Seifert, Bernd Schäfer und der Hausmeister Kurt Sehmrau zu sehen. Vor dieser Gruppe stand Professor Hans Keller mit einem grauen Leitz-Ordner unter dem Arm. Über dem Foto waren die Überschriften eines Artikels von einem Journalisten namens Lothar Schenk zu lesen:

Wer wird der Nächste sein?

Hamburger Serienkiller noch nicht gefasst.

Katz- und Mausspiel mit der Polizei.

Dieser prägnante Titel wurde verständlich, wenn man sich die makabre Nachbearbeitung des Fotos näher ansah. Alle Personen auf dem Bild, die unlängst verstorben waren, waren schwarz durchkreuzt worden. Die Personen in der hintersten Reihe waren folgerichtig mit noch keinem Kreuz versehen, und

Martin dachte: *Stimmt, wer wird der Nächste sein? Arbeitet sich der Mörder von vorn nach hinten durch? Hat er dieses Foto vor Augen, wenn er auf Tour geht?*

*

Oft ist polizeilicher Instinkt die Grundlage für erfolgreiche Ermittlungen, und so kam auch diesmal das innere Gefühl von Martin Pohlmann dicht an die Wahrheit heran, obgleich es dem Mörder, der dieses Foto ebenfalls durch das Fenster des behaglichen Wohnzimmers mit einem Feldstecher beobachtete und dabei höhnisch feixte, nicht in erster Linie darum ging, eine bestimmte Reihenfolge einzuhalten, sondern vor allem, bei seinen Taten erfolgreich zu sein.

KAPITEL 38

Winsen an der Luhe, 10. November 2010

»Ich weiß«, begann Feldmann und setzte seine Tasse ab. »Sie sind deswegen hier.« Feldmann deutete auf die Zeitung, die Martin in der Hand hielt. »Ist mir klar.« Feldmann wandte sich zu Werner um. »Ich sagte Ihnen am Telefon, ich brauche keinen Polizeischutz. Es geht mir gut.«

»Haben Sie schon gehört, dass Armin Rohdenstock knapp einem Mordanschlag entkommen ist?«, fragte Martin und ließ die Zeitung auf seine Knie sinken. Feldmann wirkte betroffen. »Nein, das wusste ich nicht. Wann ist das passiert?«

»Gestern«, antwortete Werner. »Hätte er sich nicht nach Leibeskräften gewehrt, hätte der Mörder ihn umgebracht.«

»Wie …? Ich meine …«

»Er wollte ihn vom Balkon stürzen. Es hätte vermutlich wieder wie ein Selbstmord aussehen sollen, doch Rohdenstock hat derart gebrüllt und geschrien, dass der Killer befürchten musste, jeden Moment von allen Hausbewohnern umringt zu sein, und geflohen ist. Er war maskiert, sodass ihn keiner erkennen konnte. Die Spusi wertet noch die Spuren aus.«

»Die wer?«

»Entschuldigung. Polizeijargon. Die Spurensicherung. Bis jetzt ist nicht viel Verwertbares dabei.«

»Glauben Sie wirklich, ich sei der Nächste?« Feldmann wurde nachdenklich. »Ich hatte eigentlich noch nicht vor, diese Erde zu verlassen, doch wer weiß schon, wie spät es auf der Lebensuhr ist.«

Genau diese Art von Sprüchen hasste Pohlmann über alles. Er konnte rein gar nichts damit anfangen, obwohl er natürlich wusste, was Feldmann damit meinte. Obwohl die Beamten eigentlich keine Zeit für religiöse oder psychologische Wortspielchen hatten, ließ sich Martin auf die Diskussion ein. Er fühlte sich, wie schon eine Stunde zuvor, als er die Themen des Flyers las, provoziert, obwohl dies gar nicht in Feldmanns Absicht lag.

»Denken Sie nicht, dass wir auch ein Wörtchen mitzureden haben, wann und wie wir uns von dieser Welt verabschieden?«, fragte er, und eine Spur von Sarkasmus war deutlich herauszuhören. »Ich meine, ich kann doch auf viele Weise auf mein Leben Einfluss nehmen, positiv wie negativ. Nicht dass wir uns in Watte packen sollen, aber wenn ich mich, rein theoretisch, gesund ernähre, keinen Alkohol trinke und auch sonst nichts Gefährliches in meinem Leben zulassen würde, dann könnte ich doch steinalt werden.«

»Na ja, theoretisch schon. Aber nennen Sie das dann *Leben*? Hören Sie, ich weiß nicht, was Gott noch mit meinem Leben vorhat, wie lange es noch währt – vielleicht noch zehn Jahre, vielleicht noch einen Tag. Aber eines weiß ich: Wenn es Gott ist, der darüber entscheidet, dann werde ich es wohl kaum verhindern können, oder? Und außerdem – was ist bloß so schrecklich daran, diese verdorbene Welt zu verlassen?«

Martin sah Werner an, und die beiden dachten offenbar dasselbe. Feldmann hob beschwichtigend die Hände. »Nein, nein, keine Sorge. Ich bin nicht lebensmüde. Es ist nicht so, wie Sie denken. Ich glaube nur, dass nach dem Tod nicht alles vorbei ist und eine tolle Ewigkeit auf uns wartet, und so gesehen spielen ein paar Jährchen mehr oder weniger wahrscheinlich keine Rolle.«

»Für Gott vielleicht nicht, aber für mich«, betonte Martin. »Es ist ja noch niemand zurückgekommen. Wer weiß schon, wie es da drüben ist. Ich habe jedenfalls keine Lust, dies vorzeitig auszuprobieren, und das sollten Sie auch nicht tun.«

Werner, der diese Debatte, ohne ein Wort zu sagen, verfolgt hatte, rutschte auf seinem Sessel hin und her und schaltete sich nun in das Gespräch ein. Er fürchtete, dass sie noch am späten Abend bei Feldmann sitzen würden, sofern er nicht dem Ganzen ein Ende machen würde.

»Herr Feldmann, ich muss leider an dieser Stelle mal unterbrechen.«

Feldmann hielt inne und blickte zu Werner.

»Wir haben leider keine Zeit, um dermaßen in die Tiefe zu gehen. Die Gründe, die Sie haben, warum Sie sich nicht von uns beschützen lassen wollen, sind sehr persönlicher Natur, und es ist Ihr gutes Recht als Bürger, unsere Hilfe auszuschlagen. Wir können Ihnen nur dringend dazu raten, unser Angebot anzunehmen. Der Mörder scheint zu allem entschlossen, und bisher tappen wir noch ein wenig im Dunkeln.« Werner deutete mit dem Finger auf die Headline der Zeitung. »So ganz unrecht hat dieser Schmierfink nicht. Vor allem brauchen wir das alles entscheidende Motiv, und dabei könnten Sie uns vielleicht helfen. Die Frage, die uns unter den Nägeln brennt, lautet: Was treibt den Mörder an, die ehemaligen Kläger eines Prozesses, der zwei Jahre zurückliegt, umzubringen? Wem stehen Sie zum Beispiel im Weg, Herr Feldmann?«

Der Angesprochene schlug die Beine übereinander. Er hatte genau über diese Frage nachgedacht, und als er zu keinem brauchbaren Ergebnis gekommen war, hatte er aufgegeben. Er hatte beschlossen, die Sache, gemäß seinem Glauben, in Gottes Hand zu legen.

»Ich habe natürlich auch nur Vermutungen. Am besten fang ich von vorn an. Vor drei Jahren bekam ich einen Brief von Professor Keller. Er lud mich ein, an einem Treffen mit anderen in Lebensbornheimen geborenen Menschen aus dem norddeutschen Raum teilzunehmen. Das Treffen sollte in dem Seminarraum eines Hotels in Hamburg an der Alster stattfinden, und da ich nichts Besseres vorhatte, ging ich hin. Keller und ich waren uns auf Anhieb sympathisch. Seine offene Art war sehr herzlich. Gut, ein wenig verschroben war er auch, aber ich denke, das ist für einen langjährigen Psychiater ganz normal. Zunächst dachten wir alle, es sei sein psychologisches Fachgebiet, Menschen wie uns zu betreuen. Leute, die nichts von ihren Eltern wissen und sich irgendwie in Bezug auf ihren Stammbaum amputiert fühlen.« Feldmann nahm einen Schluck Tee und behielt die Tasse eine Weile in der Hand. Er genoss die Wärme, die von ihr ausging.

»Manche nahmen seine Hilfe an, und es fanden Gespräche statt, in denen Keller die Kindheit und Jugend mit den Betreffenden aufzuarbeiten versuchte. Aber es sollte nicht bei einem Treffen bleiben. Was anfangs wie eine Art Selbsthilfegruppe aussah, entwickelte sich zunehmend in eine andere Richtung. Er fragte uns, ob wir nicht wissen wollten, wer unsere Eltern seien, und man, falls man sie ausfindig machen könnte, Gerechtigkeit einfordern sollte.«

»So hat er es ausgedrückt?«, fragte Werner.

Feldmann nickte. »Er hatte Jahre vorher Nachforschungen angestellt, so wie einige der anderen auch. Ursula Seifert und ihr Mann zum Beispiel waren im ganzen Land herumgereist, hatten in Archiven, Kirchenbüchern, Standesämtern und dergleichen Akten und Unterlagen zusammengetragen. Keller hatte dies auch gemacht und war dabei sehr erfolgreich. Bei jedem Treffen hatte er mehr Unterlagen dabei.«

»Worum ging es Keller in dem Prozess?« Martin rückte dichter an Feldmann heran.

»Tja, das ist nicht ganz leicht zu sagen. Ich glaube, er wusste es selbst nicht so genau. Er war besessen von dem Gedanken, uns unbedingt helfen zu müssen. Er fühlte sich uns gegenüber aus irgendeinem Grund verpflichtet, die Wahrheit herauszufinden.«

»Das klingt schon fast nach einem Helfersyndrom.«

Feldmann dachte einen Herzschlag lang nach. »Wäre nicht ungewöhnlich für einen Arzt. Aber ich bin davon überzeugt, es war mehr. Er fühlte sich berufen, einen Prozess gegen den Staat Deutschland zu führen, um Wiedergutmachung zu erlangen. Er wollte das Thema Lebensborn in der Bevölkerung wachhalten, und das war ihm ja auch vortrefflich gelungen. Plötzlich berichteten die Zeitungen über uns, ob wir wollten oder nicht. Wir waren nur eine kleine Gruppe, doch wir sollten eine Art Exempel statuieren. Keller wollte uns helfen, unsere Identität zu finden und glücklich zu werden.« Feldmann rutschte auf dem Sessel nach vorn. »Er freute sich, endlich, nach all den Jahren des Suchens, ein paar Namen gefunden zu haben.«

Martin wurde nachdenklich. »Warum, um alles in der Welt, ist es bloß so schwierig, die Vergangenheit von Menschen zu rekonstruieren. Heutzutage ist alles katalogisiert und archiviert. Ich war in Berlin und habe dort Unmengen von Akten angesehen. Ich habe gedacht, es wären so viele, dass dort jeder Bürger dieses Planeten aufgelistet sein müsse.«

»Sie meinen das Bundesarchiv?«

Martin nickte.

»Hans hat viel davon gesprochen. Er war einige Male dort. Nun, ich glaube, das Problem liegt einfach darin, dass die Nazis bemüht waren, all ihre Aktivitäten so geheim wie möglich zu halten, und dazu gehörte eben auch die Idee der Lebensbornheime. In der Bevölkerung wusste kaum jemand davon und wenn, dann wucherten wilde Gerüchte um diese Gebäreinrichtungen. Für die einen war es ein nationalsozialistisches Edelbordell, für die anderen ein Ort, an dem die sogenannte gelenkte Fortpflanzung ermöglicht wurde, und so weiter. In Wirklichkeit war es aber auch so, dass schwangere Frauen von einer Abtreibung abgehalten werden sollten. Sie sollten die Möglichkeit erhalten, ihre Kinder anonym zu gebären. Selbstverständlich steckte auch der

Gedanke Himmlers dahinter, das kostbare Blut seiner elitären SS-Männer weiterleben zu lassen und zwar ohne Rücksicht auf ethische und religiöse Gesichtspunkte. Es sollte keine Rolle spielen, ob das Paar nun verheiratet war oder nicht. Wichtig war nur, dass sie selbst und natürlich der Nachwuchs, gemäß der herrschenden Rassenpolitik, arischen Gesichtspunkten entsprachen. Offensive Geburtenpolitik nannte Himmler das.«

Feldmann wandte sich an Martin. »Aber um auf Ihre Frage zurückzukommen – das ganze Unternehmen geschah viele Jahre unter dem Deckmantel der Verschwiegenheit. Die Geheimhaltung der Geburt erfolgte entweder auf Wunsch des Vaters oder der Mutter oder in beiderseitigem Einverständnis. Zu diesem Zweck umschiffte man ohne große Mühe bestehende Gesetze. Zum Beispiel richtete man innerhalb der Lebensbornheime eigene Meldestellen ein, um die polizeiliche Meldepflicht zu umgehen. Sogar ein heiminternes Standesamt wurde eingeführt. Den Schwangeren empfahl man, der Heimatgemeinde mitzuteilen, man sei auf Reisen. Oder sie wurden ermutigt, sich auf entsprechenden Formularen als verwitwet oder geschieden zu bezeichnen.«

»Jede Mutter musste doch sicherlich ihre Adresse angeben?«, fragte Werner.

»Auch dieses Problem wusste man zu lösen. Für die Korrespondenz wurden die Adressen von Sachbearbeitern oder SS-Führern bereitgestellt. Selbst vollständig neue Identitäten waren an der Tagesordnung. Die Hauptsache bestand darin, so viel wie möglich zu verschleiern. Daher existieren noch heute oft nur vage Vorstellungen über den Lebensborn, obwohl schon vieles historisch fundiert aufgearbeitet wurde.«

»Na gut.« Martin räusperte sich. »Wenn Mütter ihre Identität nicht preisgeben konnten, das kann man noch verstehen, aber die Väter gingen mit den von ihnen gezeugten Kindern ja auch Verpflichtungen ein. Man kann doch nicht so mir nichts, dir nichts seine Identität ändern.«

»Der Vater, der das Kind gezeugt hatte, übertrug das Vormundschaftsrecht dem Lebensbornheim, und wenn er nicht wollte, dass man von seiner Vaterschaft erfuhr, dann regelte der Lebensborn dies, gern auch mal außerhalb der gesetzlichen Bestimmungen. Die Heimleitung kam der Meldung an das Vormundschaftsgericht nicht nach. Das Kind gab es somit offiziell gar nicht. Wenn ein angehender Offizier oder ein hochrangiger SS-Mann in seiner Karriere durch die Geburt eines unehelichen Kindes behindert war, regelte man dies sehr unbürokratisch. Nur gelegentlich wurden Geburtsurkunden ausgestellt. Normalerweise waren ja die Jugendämter gehalten, die Unterbringung unehelicher Kinder in Heimen oder sonstigen Pflegestellen zu genehmigen und vor allem zu überwachen und Akten über den Zustand des Kindes und dessen Lebensbedingungen anzulegen. Diese Aufgaben, die eigentlich dem Wohl des Kindes dienen sollten, konnten nicht erfüllt werden. Ab einem bestimmten Zeitpunkt war der Lebensborn nicht mehr kontrollierbar. Das Zauberwort hieß Sonderregelung. Für jeden Umstand wurden Regelungen erdacht, von Himmler und zum größten Teil von Hitler abgesegnet und damit der normalen Gesetzgebung entzogen. Leider hatten die Kinder durch diese Politik der maximalen Verschwiegenheit einen hohen Preis zu zahlen, wie wir heute am eigenen Leib merken.« Feldmann schluckte und fügte hinzu: »Offiziell gibt es mich gar nicht.«

Werner nahm die Tasse zur Hand und genoss den Duft des Darjeeling-Tees. »Und doch scheint es noch Unterlagen zu geben. Keller hat ja eine Menge davon gefunden.«

»Bei Kriegsende haben die Nazis eine übereilte Vernichtungsaktion der Lebensbornkarteien gestartet. Doch in der Kürze der Zeit konnte man eben nicht alles vernichten. Manche Unterlagen waren im Land verstreut. Wenn Kinder verlegt wurden, wurden auch die Akten den Kindern mitgegeben, oder wenn sie in ein Krankenhaus mussten, ebenfalls. Bei Kriegsende wurden Akten in Kisten verfrachtet, vergraben und später gefunden. Amerikanische Kommandos haben so viele Unterlagen geborgen, dass es Jahre dauerte, sie zu katalogisieren. Nachdem die Amis von den Russen abgelöst wurden und teilweise auch schon vorher, wurden die Kinder zur Adoption freigegeben. Einwohner der umliegenden Ortschaften suchten sich ›ihre‹ Kinder aus und zogen sie auf, so gut es ging.«

Martin schaltete sich ein. »Also ist es nicht so, dass die Kinder ausschließlich von ideologiebesessenen SS-Männern gezeugt wurden.«

»Natürlich nicht. Wenn es nach Himmler und Hitler gegangen wäre, dann war es schon so geplant, dass innerhalb der entsprechenden Indoktrination und mit entsprechenden Anreizen für die Väter eine Populationssteigerung bezweckt war, und manche der SS-Männer gingen auch sicher bereitwillig darauf ein. Keller meinte, wie gesagt, drei der Männer identifiziert zu haben, die sich als Zeugungshelfer zur Verfügung gestellt hatten. Ihnen werden die drei Namen wahrscheinlich bekannt sein.«

»Wegleiter, Fürst und Strocka.«

»Genau. Keller behauptete bei unserem letzten Treffen sogar, er habe Akten gefunden, aus denen hervorginge, dass Franz Wegleiter mein Vater sei und er auch wüsste, wen Strocka und Dr. Fürst gezeugt hätten.«

Martin ließ sich die Akten von Werner reichen. »Ich habe in einem Geheimfach in Kellers Schreibtisch diese drei Akten gefunden. Daraus geht hervor, dass Emilie Braun die Tochter von Gerhard Strocka ist.« Feldmann nickte. »Ja, ich kenne diese Unterlagen.« Feldmann winkte ab und lächelte. »Es gibt noch viel mehr. Vier Mal so viel.«

Martin lehnte sich vor. »Ich habe erst vor wenigen Tagen erfahren, dass Hans Keller ebenfalls ein unehelicher Sohn von Strocka ist. Wussten Sie das?«

Feldmann fiel das Kinn herunter und damit jegliche Gesichtsspannung ab. »Oh Gott, nein. Das wusste ich nicht. Hans war auch ein Lebensbornkind?« Feldmann hielt sich die Hand vor den Mund. Martin und Werner spürten, dass dieses Entsetzen nicht gespielt war.

»Um Gottes willen«, erregte sich Feldmann erneut. »Dann ist Emilie seine Schwester?«

»War. Seine Halbschwester«, korrigierte ihn Pohlmann. »Strocka hatte Hans und Emilie mit zwei verschiedenen Frauen gezeugt.«

»Trotzdem. Dann wird mir einiges klar. Darauf wäre ich nie gekommen.«

»Inwiefern?«

»Na ja. Sie hätten die beiden zusammen sehen sollen. Emilie Braun war eine Patientin in seiner Klinik, ja, aber so, wie er sie bemutterte und umsorgte, konnte man sich gar nicht vorstellen, dass ein Arzt einem Patienten dermaßen zugewandt ist, ohne dass persönliche Dinge im Spiel sind. Wir dachten alle, die deutsche Geschichte, der Nationalsozialismus und der Lebensborn seien lediglich Kellers Steckenpferd gewesen. Oder sein ausgeprägtes psychologisches Interesse an den seelischen Auswirkungen, die alle Lebensbornkinder mit sich herumschleppen, aber dass er selbst eins war, das wusste niemand von uns. Oh Gott, das erklärt vieles.«

Feldmann blickte wie durch Pohlmann hindurch. »Möglicherweise litt er selbst am meisten darunter und hat auf diese Weise versucht, das Defizit zu kompensieren.«

Werner bemerkte, dass Feldmann von dieser Neuigkeit ergriffen war. »Sie sagen, Sie hätten ein freundschaftliches Verhältnis zueinander gehabt.«

»Wir haben an vielen Abenden miteinander diskutiert. Wir waren nicht immer einer Meinung.«

»Inwiefern?« Martin lehnte sich zurück.

»Na ja, seine Therapieansätze waren ganz anders als meine Ratschläge, die ich in der Seelsorge gab. Er hat versucht, den Menschen, die er therapierte, das Gefühl von Wertigkeit zu vermitteln, dass sie etwas ganz Besonderes seien und so weiter, aber er selbst hatte immer mit sich selbst gerungen, litt unter Minderwertigkeitskomplexen, obwohl er bereits wirklich Großartiges in seinem Leben geleistet hatte. Sein Konzept war nicht stimmig. Ich fand, es fehlte die Übereinstimmung mit der Realität.«

»Und Sie vertraten eine andere Auffassung als er.« Feldmann wand sich in seinem Sessel, als wolle er nicht darüber sprechen. »Ich, für meinen Teil, habe Frieden mit der ganzen Sache gemacht. Ich möchte das jetzt und hier nicht vertiefen, aber ich nenne es die Versöhnung mit der Biografie. Ich habe verstanden und akzeptiert, dass ich meinen Vater nicht kenne, und wahrscheinlich ist das auch gut so. Ich bin nicht wie viele andere Kinder das Ergebnis einer liebevollen Vereinigung, sondern das Erzeugnis einer ideologischen Idee. Das ist okay. Ich kann damit leben.«

Feldmann hob die Hände. »Was ist mit den Menschen, die das Ergebnis einer Vergewaltigung sind? Das ist auch nicht viel besser, oder? Oder all die Kinder, die in Heimen aufwachsen und nie ihre Eltern kennenlernen oder den Vater, der kurz nach der Geburt, wie man so schön sagt, die Kurve kratzt. Meine Herren, ich bitte Sie. Es gibt weit schlimmere Schicksale als meins. Ich bin gesund, habe 70 im Großen und Ganzen gute Jahre genossen und meinen Frieden darin gefunden, dass ich einen Vater im Himmel weiß, der mich liebt und der mich offenbar gewollt hat. Sonst wäre ich nicht hier.« Feldmann machte eine Pause und schnaufte hörbar. Das Gespräch schien ihn anzustrengen.

Versöhnung mit der Biografie, murmelte Martin vor sich hin. So eine Formulierung hatte er noch nie gehört und beschloss, darüber nachzudenken.

Werner unterbrach die Stille. »Ich muss da noch einmal nachhaken. Wir waren gerade dabei, nach einem Motiv zu suchen. Haben Sie einen Verdacht, der uns weiterhelfen könnte?«

»Na ja, ein Verdacht wäre zu viel gesagt. Wenn das stimmt, was Hans da herausgefunden hat, dann ist die Sache am Ende relativ einfach. Wegleiter ist ein Kriegsverbrecher, dessen Schuld bisher nie bewiesen wurde und der noch frei herumläuft. Das Gleiche gilt für Dr. Fürst. Strocka ist seinem Schöpfer bereits gegenübergetreten. Man muss es ganz nüchtern sehen. Sollte es stimmen, dass wir die Söhne und Töchter von Kriegsverbrechern sind, hätten diese Männer selbst nach so vielen Jahren wieder ein Problem. Wir, die vergessenen Kinder, tauchen plötzlich auf und gefährden ihr Leben. Klingt ziemlich brutal, oder?« Feldmann blickte in die erstaunten Gesichter der Ermittler. »Ach, auch darüber braucht man sich nicht zu wundern. Täglich bringen Väter irgendwo auf der Welt in einem dämonischen Wahn ihre Kinder oder die ganze Familie um. Die Welt liegt im Argen, meine Herren, das dürfte Ihnen doch nicht fremd sein, oder?«

Werner nickte. »Sie haben recht. Manchmal hasse ich unseren Job. Verstehen kann man vieles schon lange nicht mehr.« Werner machte eine Pause, in die Martin einsprang.

»Sind Sie nicht neugierig, wer dieser Wegleiter ist? Was wäre, wenn er tatsächlich Ihr Vater ist?«

Feldmann rieb sich am Kinn. »Ich weiß von vielen in einem Lebensbornheim geborenen Menschen, die erst dann zur Ruhe kamen, wenn sie Namen in den Händen hielten. Den Namen des Vaters und den der Mutter. Manche Mütter ließen sich aufspüren, wollten aber keinen Kontakt zu ihrem Kind. Sie hatten ihr ganzes Leben ohne diese Kinder eingerichtet und waren nun zu alt, zu stur oder einfach nur zu ängstlich, die Sache wieder aufzurollen. Andere wiederum waren überglücklich, nach so vielen Jahren, auch der eigenen Suche, ihr Kind im Arm halten zu können.«

»Könnte es nicht genauso gut sein, dass Sie und die anderen zwar nichts von ihren Vätern wussten, aber die Väter schon seit Langem Kenntnis davon hatten, wer ihre Kinder sind?«

»Daran habe ich auch schon gedacht. Ich habe diesen Gedanken einmal in unserer Runde ausgesprochen. Die meisten waren schockiert. Die Vorstellung, dass ein Vater seine Kinder, die er für den Führer gezeugt hat, beobachtet, weiß, was sie machen, welche Enkelkinder er hat, wie sie sich entwickeln und so weiter – das ist schon grausam und unmenschlich.«

»Eine Frage habe ich noch, bevor wir Sie verlassen«, sagte Werner. »Glauben Sie, dass Keller in der Lage gewesen wäre, Gerhard Strocka, also seinen Vater, umzubringen?«

»Nun, ich bin kein Psychologe. Ich denke, wenn ein Mensch provoziert wird und nicht mehr Herr seiner Vernunft ist, ja, dann kann er solch eine Tat begehen. Auch Keller wäre dazu fähig gewesen. Ich weiß von dem Verdacht. Er hat mal eine Bemerkung fallen lassen, als er ausnahmsweise ein Glas Wein getrunken hatte. Keller konnte überhaupt keinen Alkohol vertragen, und ausgerechnet ich hatte ihn zu einem wirklich guten Tropfen verführt.« Feldmann schmunzelte. »Ich wusste nicht, dass ein kleines Gläschen eine solche Wirkung haben kann. Er faselte etwas von einer großen Schuld, die er auf sich geladen hätte, und wie er überhaupt Gott gegenübertreten könne. Er glaubte ja gar nicht an Gott. Ich möchte sogar sagen, er hatte Angst vor ihm. Ich wollte ihn ermutigen, sein Herz zu erleichtern, seine Schuld zu beichten, damit ihm vergeben werden könne, aber er meinte, so etwas kann man einem Menschen nicht vergeben. Jetzt weiß ich, dass es der Vatermord gewesen sein könnte, den er meinte.« Feldmann schüttelte den Kopf. »Trotzdem. Nein, ich glaube nicht, dass er es war. Die Zeitungen haben berichtet, dass der Schädel von Strocka mehrfach gebrochen war. Ein Mal kann ein Mensch wie Keller vielleicht im Affekt zuschlagen, aber nicht seinem eigenen Vater den Schädel zertrümmern. Nein, also wirklich, das glaube ich nicht.«

»Haben Sie eine Ahnung, wo Keller die anderen Unterlagen aufbewahrt haben könnte? Außer diesen drei Akten haben wir nichts gefunden.«

»Nein, leider nicht. Hans war ein großer Geheimniskrämer. Diese Geschichte mit dem Geheimfach passt zu ihm. Tut mir leid, dass ich Ihnen da nicht weiterhelfen kann. Was haben Sie jetzt vor?«

»Nun, ich denke, wir werden als Nächstes Wegleiter und Fürst einen längst fälligen Besuch abstatten. Den beiden Saubermännern auf den Zahn fühlen. Außerdem bekomme ich noch einige Unterlagen aus dem Bundesarchiv zugeschickt.«

Martin und Werner standen auf und ließen sich von Feldmann zur Tür begleiten. In dem Moment fiel Martin der Flyer ein und er zog ihn, als er die Klinke der Tür in der Hand hatte, hervor. »Geben Sie noch diese Seminare?«

Feldmann lachte. »Nein. Den letzten Kurs habe ich vor drei Jahren im Rahmen einer Einkehrwoche für Manager gehalten.« Martin nickte und sah zu Boden.

»Sie können mich aber jederzeit wieder besuchen, ich meine privat, außerhalb dieser unschönen Sache.«

Martin blickte zu Boden. »Ja, vielleicht mache ich das mal. Danke.«

Martin und Werner verließen das Haus von Alois Feldmann. Sie wussten von unbelehrbaren Menschen, die, entgegen ihrer Überzeugung, dass schon nichts geschehen werde, von ihrem Peiniger aufgesucht, geknebelt, gefesselt, missbraucht, gefoltert oder im günstigsten Falle bewusstlos geschlagen und ausgeraubt wurden. Feldmann strahlte eine Ruhe und Gelassenheit aus, die die beiden Beamten ihm von Herzen gönnten, und sie hofften, dass Feldmann recht behalten möge, doch eines war beiden klar: Es wurde Zeit, dass sie ihren Job machten und zwar gut und schnell.

KAPITEL 39

Winsen an der Luhe, 10. November 2010

Es war gegen 16 Uhr, und sie beschlossen, die Zeit so effektiv wie möglich auszunutzen. Werner gab erneut eine Adresse in das Navi ein: Elbchaussee 73 in Hamburgs nobelstem Vorort Blankenese. Es war die Adresse der Familie Wegleiter. Gemäß ihrer Recherchen wohnten Wegleiter senior und junior unter einem Dach, genauer gesagt, bestand das Anwesen aus vielen Dächern. Ein Komplex von mehreren Häusern, den Martin online bei Google Earth bewundern durfte. Die Wirklichkeit, die sie erwartete, war noch um einiges prachtvoller, als es virtuell zu erahnen gewesen war.

Der Weg von Winsen an der Luhe zurück nach Hamburg betrug eine halbe Stunde, und sie erreichten das Grundstück, als es dämmerte. Der dichte Wolkenteppich hatte sich für kurze Zeit gelichtet. Das Ausmaß der Größe des immobilen Vermögens ließ Martin und Werner erblassen. Sie brachten den Wagen vor dem imposanten Tor zum Stehen. Das gesamte Anwesen war mit einer hohen Mauer umgeben, auf deren Krone eine nach innen gerichtete Stacheldrahtrolle angebracht war. Ein einfaches Darüberhüpfen war somit für jeden Einbrecher ausgeschlossen. In einem Abstand von 20 Metern surrten Kameras und erfassten die Umgebung lückenlos.

Martin drückte den Klingelknopf, der neben einem großen Schild zu finden war, auf dem die Namen der dort wohnenden Familien zu lesen waren. Offensichtlich sah man keinen Grund, sich für seinen Namen zu schämen. Nachdem Martin geschellt hatte, ertönte eine weibliche Stimme, die einer älteren Dame zugeordnet werden konnte.

»Ja, bitte?«

»Kripo Hamburg. Würden Sie uns bitte aufmachen?«, sagte Werner mit ruhiger, fester Stimme.

»Zu wem möchten Sie?«, fragte die ältere Dame.

»Wir möchten Franz Wegleiter und eventuell seinen Sohn sprechen.«

»Haben Sie einen Termin?«

»Nein, haben wir nicht.«

»Dann machen Sie bitte erst einen Termin mit der Sekretärin meines Mannes oder meines Sohnes, je nachdem, zu wem Sie wollen.« Es klickte in der Leitung, und die Angelegenheit schien für die Dame des Hauses erledigt zu sein.

Martin sah Werner mit großen Augen an. »Ich fasse es nicht. Was sind das denn für Typen?« Er schellte erneut drei Mal hintereinander. Nach einer Weile ertönte der Summer der Sprechanlage wieder. »Ja, bitte«, erklang es gereizt.

»Mit wem spreche ich, bitte?« Martin neigte sich zum Mikrofon hinunter.

»Wegleiter.«

»Gut, dann hören Sie mir mal zu, Frau Wegleiter. Wir sind von der Mordkommission, und ich ersuche Sie dringend, die Tür zu öffnen. Anderenfalls lasse ich Sie und Ihre ganze Familie ins Präsidium vorladen, wenn Ihnen das lieber ist. Haben wir uns jetzt verstanden?«

Es dauerte eine kleine Weile, in der die Dame am anderen Ende der Leitung über die Situation nachdachte oder sich mit jemandem besprach. Kurz bevor Martin seinen Daumen auf den Klingelknopf drückte, um Sturm zu schellen, klickte der Mechanismus des massiven weißen Tores auf und es schwang zur Seite. Drei PKWs hätten mühelos nebeneinander durch das Tor die Auffahrt entlangfahren können.

Werner steuerte den BMW über die mit edlem weißen Schotter bedeckte Zufahrt. Noch sahen sie das Wohnhaus nicht, sondern fuhren durch eine Art Park, der sich in perfektem Zustand befand. Kein einziges Blatt lag auf dem Rasen, alles schien täglich unter der Obhut einer Schar von Gärtnern zu liegen.

Als Pohlmann den inneren Türgriff des Wagens in der Hand hielt, griff ihm sein Kollege an den Arm. »Hör zu, Martin. Wir betreten hier ziemlich dünnes Eis, das weißt du ja. Ein falsches Wort und wir stellen die nächsten fünf Jahre Strafzettel aus. Außerdem müssen wir bluffen. Außer deinen drei Akten haben wir rein gar nichts in der Hand.«

»Aber das weiß der Alte ja nicht.«

»Trotzdem. Das hier wird eine Gratwanderung. Wenn der Großvater von Klaus oder der Polizeipräsident mit Wegleiter bekannt oder gar befreundet ist, können wir eigentlich nur verlieren, aber so wie ich das sehe, haben wir keine Wahl.« Martin nickte.

»Wir können trotzdem versuchen, mit heiler Haut hier rauszukommen. Halt einfach deine Emotionen ein bisschen im Zaum.«

Martin erhob die Hände, als wolle er sich ergeben. »Hey, kein

Problem. Ich bin die Ruhe selbst. Von mir aus kannst *du* gern den Alten ausquetschen und ich halt die Klappe.«

Werner grinste. »Ich glaub zwar nicht, dass du das schaffst, aber okay, wir probieren es.«

Die Beamten stiegen aus dem Wagen und gingen die sieben Marmorstufen zur Haustür empor. Alles an diesem Haus strotzte vor Eleganz. Martin drückte einen Klingelknopf aus Messing. Eine junge Frau mit einer weißen Schürze öffnete den beiden.

»Guten Tag. Was kann ich für Sie tun?«

Martin zückte den Ausweis, um die Sache abzukürzen. »Kripo Hamburg, wir sind angemeldet.« Die Haushälterin trat zur Seite und machte den Ermittlern Platz.

»Wenn Sie einen Augenblick warten möchten. Frau Wegleiter wird Sie gleich bitten lassen.« Martin sah der jungen Frau nach, wie sie auf einer mit rotem Teppich belegten Treppe ins obere Stockwerk verschwand.

»Frau Wegleiter wird Sie gleich bitten lassen«, frotzelte Martin und äffte die Stimme der jungen Frau nach. »Ich komme mir vor wie in einem alten Aristokratenfilm.« Werner kommentierte die Bemerkung nicht und ging in der imposanten Eingangshalle auf und ab. Er verschränkte seine Hände hinter dem Rücken und sah sich um. Die alte Dame muss von einem anderen Raum mit uns gesprochen haben, dachte er. Er vermutete, dass es in diesem Haus einen Sicherheitsraum geben müsse, in dem alle Kameras auf verschiedenen Bildschirmen zusammenliefen. Das Foyer, in dem sie standen, war mit verschwenderischem Luxus ausgestattet, damit der Besucher auf Anhieb wusste, mit wem er es hier zu tun hatte: mit einem schwerreichen Mann und seiner Familie, die es nicht für nötig hielten, ihren Reichtum zu verbergen. Mit einem schnellen Blick in die Runde erfasste Werner die Details: ein Kronleuchter, der sein Erspartes verschlingen würde, vermutlich echte Ölbilder am Treppenaufgang und ein gigantischer Perserteppich, an dem die an der Armutsgrenze lebenden Knüpfer sicher ihr gesamtes Leben verbracht hatten.

Zehn Minuten später erschien eine ältere Dame auf dem Treppenabsatz und schritt wie eine Diva die Stufen herab. Von Ferne erkannte man, dass diese Frau den Glanz der Upperclass mit vollen Zügen genoss. Sie stützte sich an dem blanken Messinggeländer ab und achtete auf ihre Schritte. Die Jüngste war sie nicht mehr, obwohl ihre Kleidung, ihr Schmuck an Hals und Handgelenken und ihre aufwändige Frisur keinen Zweifel daran ließen, dass sie mit dem Leben noch lange nicht abgeschlossen hatte.

»Guten Tag, darf ich Sie um Ihre Ausweise bitten?«

Rasch zeigten Martin und Werner die Papiere, die sie in die Hand nahm und, scheinbar genau wissend, wie sie echt von falsch zu unterscheiden hätte, anschaute.

»In Ordnung. Was kann ich für Sie tun?« Sie gab den Ermittlern die Ausweise zurück. Ihre Stimme klang kalt und abweisend, und den Beamten wurde klar, dass sie hier nicht erwünscht waren. »Wir möchten Ihren Mann sprechen, Franz Wegleiter«, sagte Werner und zeigte sein makelloses Gebiss bei einem breiten Grinsen, mit dem er die Dame milde stimmen wollte. Ihre Miene veränderte sich indes nicht im Geringsten. Der Umgang mit Staatsdienern schien ihr vertraut zu sein. »Das geht nicht«, sagte sie schroff. »Mein Mann ist sehr krank. Sie müssen also mir Ihre Fragen stellen.«

Werner gab sich unbeeindruckt von all dem Reichtum und der Macht, die in diesem Haus wohnte. »Es ist wirklich wichtig«, säuselte Werner. »Wir haben nur ein paar kleine Fragen, dann sind wir auch schon wieder weg.«

Die Dame stöhnte auf und verzog verächtlich ihr von Falten durchfurchtes Gesicht. »Hören Sie, ich wiederhole mich nur ungern. Ich habe Ihnen gesagt, dass mein Mann *sehr* krank ist. Das müsste doch reichen. Also! Was möchten Sie wissen?« Martin schob Werner ein wenig zur Seite und ließ sich von der Frau mustern. Sie verzog ihr Gesicht, als hätte sie Schmerzen, als sie den Zopf von Martin entdeckte. Männer mit Zöpfen gehörten ihrer Ansicht nach nicht in dieses Haus, möglicherweise nicht in diese Welt. Martin spürte, wie ihm warm wurde. Wenn er eines hasste, war es genau diese Form von Arroganz, die sich auf Reichtum stützte. Eigentlich hasste er *jede* Form von Arroganz und Überheblichkeit, besonders, wenn man Anstoß an seinem Äußeren nahm.

»Sie scheinen nicht zu begreifen, wer wir sind, meine Gute. Wir kommen von der Polizei, und wenn wir Ihren Mann sprechen wollen, dann tun wir das auch, ob es Ihnen passt oder nicht. Wir können gern mit einem ganzen Tross von uniformierten Beamten hier auftauchen mit Blaulicht und Sirene – das macht sich in der Nachbarschaft besonders gut, glauben Sie mir. Gern auch noch ein paar Fotografen von der Presse.«

Frau Wegleiter verlor für einen Augenblick ihre strengen Gesichtszüge und senkte den Kopf. Sie gab sich geschlagen. »Na schön, aber nur kurz. Mein Mann ist bettlägerig. Wir wissen nicht, wie lange er noch zu leben hat.«

»Wer weiß das schon?«, nuschelte Martin.

Werner lächelte die untersetzte Frau an und sah zu ihr herab. »Machen Sie sich keine Sorgen. Wir sind bald wieder weg.« Frau Wegleiter gab den beiden zu verstehen, ihr die Treppe hinauf zu folgen. Auf dem Treppenabsatz angekommen, ging sie nach links und schritt durch einen langen Flur. Martin zählte, dass allein von diesem Flur sechs Räume abgingen. Am Ende des Korridors blieb sie vor einer Tür stehen, an der sie anklopfte. Sie ging hinein, und Martin bemerkte, wie ihre straffe Haltung verschwand, als hätte sie Angst vor der Reaktion des hinter dieser Tür in seinem Bett Liegenden.

Sie war nicht die Einzige, der es unwohl zumute war. Martins Herz klopfte aus einem Grund, den er nicht verstand, bis zum Hals. Ein Mann, der als Kriegsverbrecher galt, dafür aber nie verurteilt worden war, weil angeblich die Beweise fehlten, erregte seinen Unmut. Die Ermittler betraten das Krankenzimmer. Martin spürte, wie sich seine Antipathie beim Anblick des kranken alten Mannes verstärkte. So wie es in Feldmanns Haus eine Art positive Aura gegeben hatte, herrschte hier eher eine bedrückende und schlechte Laune verbreitende Stimmung. Martin konnte nicht ermitteln, woran dies lag. Die Abneigung gegen alles, was mit Krankheit und medizinischen Geräten zu tun hatte, überschattete die ungetrübte Wahrnehmung. Frau Wegleiter stellte sich vor das Bett. »Franzl, hier sind zwei Männer von der Kripo. Ich habe ihnen gesagt, dass du …« Es war in dem Raum derart schummrig, dass sie den Mann in dem Bett nicht erkennen konnten. Außerdem verdeckte seine Frau die Sicht. Seine Stimme ertönte. Er ließ seine Frau nicht ausreden. »Schon gut. Sie können bleiben.« Sein Ton war gefasst, die Stimmlage tief wie bei einem Bariton und Ehrfurcht einflößend.

Es wurde Licht gemacht. Eine über dem breiten Doppelbett angebrachte Leiste mit unzähligen Spotlights erhellte das Gesicht des Mannes, von dem man hinter vorgehaltener Hand sagte, er habe, gelinde formuliert, eine bewegte Vergangenheit gehabt. Frau Wegleiter trat zur Seite und verließ das Zimmer.

Ein scheeler Blick traf Martin.

Die Beamten der Mordkommission machten Anstalten, ihre Ausweise zu zücken. Der Alte hob die rechte Hand. »Lassen Sie ruhig stecken. Ich sehe auch so, dass Sie von der Polizei sind. Das gilt zumindest für Sie.« Der Alte deutete auf Werner.

Zorn flackerte in Martin auf. Er hatte versprochen, sich zusammenzureißen. Er sah sich den Kranken an, der in diesem Moment ein Gerät in seiner Linken bediente, das seinen Oberkörper in eine aufrechte Position brachte. Nun erkannte ihn Martin: Es war derselbe Mann wie auf dem Schwarz-Weiß-Foto, nur viele Jahre älter und massiger. Er war der grinsende Soldat in der Mitte seiner Kameraden. Der Nazi mit dem nach hinten gekämmten Haar, die noch in der Fülle, aber ergraut vorhanden waren. Buschige Brauen über den finsteren, schwarzen Augen, die noch funkelten. Obwohl der Greis im Bett lag, schien noch überaus aktives Leben in ihm zu sein, zumindest in seinem Kopf. Dass dieser Schein trog, ließ sich dank der transparenten Schläuche erahnen, die von einer Pumpe neben dem Bett beinahe geräuschlos in Wegleiters Nasenlöcher führten. Hinter einer Gabelung strömte durch zwei feine Röhrchen frischer Sauerstoff in seine Lungen.

»Was kann ich für Sie tun?«, fragte er sachlich. Das Sprechen schien ihm keinerlei Mühe zu bereiten. Nur ein feines Rasseln begleitete die Worte.

Werner übernahm die Führung. »Herr Wegleiter, wir sind hier wegen der grausamen Morde, die derzeit in Hamburg verübt werden. Sie werden davon gehört haben.«

Wegleiter zuckte mit den Schultern und betrachtete die Beamten. »Na und? Was wollen Sie von *mir*?«

»Nun, diese Menschen haben vor zwei Jahren an einem Prozess teilgenommen. Die Opfer waren Leute, die in einem Lebensbornheim zur Welt gekommen sind.« Der Alte nickte leicht. Werner fuhr fort und pochte auf die Beantwortung seiner ersten Frage. »Haben Sie von diesen Morden gehört?«

»Ich bin zwar alt, aber nicht blöd. Stand unübersehbar in der Zeitung. Und? Jetzt sagen Sie schon, was ich damit zu tun habe?« Wegleiter wurde ärgerlich und war seiner Frau in einem offensichtlichen Punkt ähnlich. Er strahlte dieselbe widerliche Arroganz aus, die Martins Blut zum Kochen brachte.

»Der Begriff ›Lebensborn‹ sagt Ihnen aber schon etwas, oder?«, fuhr Werner mit fester Stimme fort.

»Nee, kenne ich nicht. Was soll das sein?«

Werner schloss das Sakko. »Herr Wegleiter, hören Sie auf mit den Spielchen. Wir sind nicht hier, um uns von Ihnen für dumm verkaufen zu lassen. Sie waren bei der Waffen-SS und wissen bestens über Himmlers Projekt Bescheid. Wenn Sie möchten, helfe ich Ihnen gern auf die Sprünge.« Wegleiter hob die Brauen und wartete. Er schien sich für unantastbar zu halten.

»Uneheliche Kinder, die in Lebensbornheimen zur Welt kamen. Von der Außenwelt abgeschirmt. Arische Kinder, von SS-Männern wie Ihnen gezeugt, um Nachschub für die Front zu produzieren.« Wegleiter hob die Hand. »Na, von mir aus, aber Sie haben mir immer noch nicht verraten, was Sie von mir wollen.«

»Wie viele Kinder haben Sie, Herr Wegleiter?«

»Na, eines. Meinen Sohn Hartmut. Der dürfte Ihnen ja wohl aus den Medien bekannt sein. Oder lesen Bullen keine Zeitung?«

Erstaunlicherweise blieb Werner selbst jetzt noch entspannt und kommentierte diese Beamtenbeleidigung nicht. Martin hätte nicht so lange stillgehalten.

»Ihr Sohn ist Politiker, ich weiß. Kurz vor den Wahlen. Sieht ganz gut aus für ihn, wie ich gehört habe.«

»Na, wenn Sie schon alles wissen, was fragen Sie dann noch?«

»Haben Sie noch mehr Kinder aus einer anderen Beziehung? Flüchtige Affären, aus der Kinder hervorgingen, die in einem Lebensbornheim zur Welt gekommen sind?«

Wegleiter wurde zunehmend zorniger. »Herrgott, nein. Ich habe keine weiteren Kinder, weder aus einer anderen Ehe noch, wie Sie mir zu unterstellen versuchen, aus einer Affäre.«

Werner hob die Brauen. »Ach, Sie wissen gar nicht, dass Sie mehrfacher Vater sind? Aus unseren Unterlagen geht hervor, dass Sie noch mindestens zwei weitere Kinder haben, die 1940 in Steinhöring bei München geboren worden sind.«

Wegleiter erblasste. »Was für Unterlagen sollen das sein? Haben Sie sie dabei? Kann ich die sehen?«

Werner lachte auf. »Selbstverständlich haben wir sie nicht dabei. Aber glauben Sie mir, es gibt sie.«

Martin hatte Wegleiters Disput mit Spannung verfolgt. Er hielt die Luft an. Würde der Bluff funktionieren und Wegleiter einknicken? Wie er den Alten bisher kennengelernt hatte, rechnete er nicht damit. Er betrachtete den kranken Mann in dem Bett. Ein Mensch, der sich für unantastbar hielt. Der in seinem langen Leben diverse Prozesse hinter sich gebracht hatte, in denen es um Verbrechen an der Menschlichkeit ging. Um mehrfachen Mord an unschuldigen Männern, Frauen und Kindern, niedergemetzelt im Rausch. Kaum war der Krieg vorbei, hatte man die Morde vergessen. Nur die Seelen der Verstorbenen vergaßen nicht, sie riefen nach Gerechtigkeit. *Gerechtigkeit*, dachte

Martin. *Was ist das eigentlich? Eine leere Worthülse, die im Angesicht von Freisprüchen niemals mit Inhalt gefüllt wurde.* Hier erlebte er einen Mann, der in mehr als fünf Jahrzehnten erfolgreich seine Taten leugnen konnte. Dem bisher kein Richter eine Schuld nachgewiesen hatte, doch wie würde es nach seinem Tod aussehen? Martin fielen die Worte von Feldmann ein, der davon überzeugt war, dass es noch ein Danach geben würde. Einen Gott, der nicht als irdischer, sondern als himmlischer Richter auftreten würde, der sich nicht von Eloquenz und mangelnden Beweisen würde blenden lassen. Dem man nichts vormachen konnte, weil er alles wusste und alles sah. Martin schüttelte fast verzweifelt den Kopf, weil er ahnte, wie auch dieses Gespräch auszugehen drohte: Der Alte würde alles leugnen, mit seinem Anwalt drohen, ließe sie von einem breitschultrigen Bodyguard rausschmeißen et cetera, et cetera. Er betrachtete den Kranken, wie er selbstzufrieden grinste und sie verhöhnte. Er hätte zu gern seine Faust tun lassen, wonach sie sich sehnte.

Wegleiter sah in die Gesichter der Beamten. Er spürte ihre Unsicherheit. »Ich empfinde Ihr Auftreten als eine bodenlose Frechheit. Mein Arzt sagt, mein Zustand sei kritisch, also rauben Sie mir nicht meine kostbare Zeit.« Martin hörte die sarkastische Stimme des alten Mannes wie durch einen Nebel hindurch, und aller guten Vorsätze entledigt, schob er sich an Werner vorbei. Dicht trat er neben Wegleiter. »Sie sind über 90, nicht? Meinen Sie nicht, dass Sie schon lange genug gelebt haben?«

Wegleiter traute seinen Ohren nicht und wollte schon aufbrausen. Martin ließ ihn nicht zu Wort kommen. »*Wir* stehlen *Ihre* Zeit?«, fragte er mit Ironie in der Stimme.

Werner sah die Katastrophe, die unweigerlich ihren Lauf nahm.

Martin lachte kurz auf. »Sie haben unzähligen Menschen ihre Lebenszeit gestohlen, indem Sie sie umgebracht haben. Diese Menschen waren mehr als nur in einem kritischen Zustand, nachdem Sie ihnen Ihre Pistole ins Genick gehalten und abgedrückt haben.« Wegleiters Augen weiteten sich. Er trug einen Verband am linken Handgelenk. Martin deutete darauf und wechselte scheinbar das Thema. »Was haben Sie denn da gemacht?«, fragte er mit einer Stimme, die wie mit Schadenfreude erfüllt klang. »Sind Sie gefallen?«

Wegleiter ging auf die Frage ein. »Nein, verdammt, ich habe mich geschnitten.« Martin trat dichter an Wegleiters Bett und umfasste den Verband. Er sah Wegleiter in die Augen, während er den Griff verstärkte. Dann drückte er zu. Wegleiter stöhnte schmerzverzerrt auf.

»Na? Tut es weh?« Martin ließ los und beugte sich dicht über Wegleiters Gesicht. Er roch den bitteren Atem des Todes. »Eine letzte Frage: Haben Sie diese Leute aus der Zeitung umgebracht oder umbringen lassen? Ist man Ihnen doch noch nach all den Jahren auf die Schliche gekommen, was? Sie dachten, man könne Kinder zeugen und sich aus der Verantwortung stehlen. Und genau diese Kinder, die Sie längst vergessen haben, rücken Ihnen jetzt auf den Pelz. Und Sie denken sich, ich mach's wie früher und schaffe aus der Welt, was mir ein Dorn im Auge ist?«

Der Alte hatte einen Blick, der echtes Entsetzen verriet.

»Verflucht, nein. Ich weiß nicht, wovon Sie reden. Sie sind ja wahnsinnig, Mann! Hauen Sie endlich ab!« Das Gesicht des kränklichen Mannes wechselte die Farbe von Aschgrau in das Rot der letzten Ahornblätter an den Bäumen in seinem Park. Er nahm alle Kraft zusammen und zischte durch die zigarrengewöhnten Zähne hindurch: »Das wird ein Nachspiel haben, meine Herren. Darauf können Sie sich verlassen.« Mit der Schelle neben seinem Bett ließ er seine Frau rufen. Es dauerte eine kleine Weile, bis sie erschien, um die Beamten aus dem Krankenzimmer zu geleiten.

»Ich muss Sie bitten, jetzt zu gehen.« Ihre Stimme klang brüchig, und sie hatte Mühe, die Contenance zu bewahren.

»Wir sind noch nicht fertig«, sagte Martin, dessen Adrenalin ungehindert durch die Adern schoss. »Wir möchten noch Ihren Sohn sprechen.«

»Der hat keine Zeit für Sie. Er muss arbeiten.«

»Hören Sie, Lady. Ich lasse Ihren ganzen schicken Laden auf den Kopf stellen, wenn Sie nicht endlich kooperieren. Sie werden sich wünschen, mich nie gekannt zu haben, das verspreche ich Ihnen.«

Der geschrumpfte Körper sackte noch weiter in sich zusammen. »Sie geben wohl erst Ruhe, wenn ich hier tot auf dem Boden liege.«

»Na, nun mal nicht so melodramatisch. So schlimm wird's schon nicht werden. Also. Wo finden wir Ihren Sohn? Ich glaube, er ist schon groß und kann selbst entscheiden, ob er mit uns reden will oder nicht.«

»Er wohnt im Nachbarhaus.«

»Na also! Geht doch. Schönen Abend noch.«

KAPITEL 40

Hamburg-Blankenese, 10. November 2010

Das Duo verließ das Haus der alten Leute. Kaum war die Tür verschlossen, hielt Werner Martin am Arm zurück. »Musste das unbedingt sein? Spätestens in einer Stunde weiß das das ganze Präsidium.«

»Ach, Quatsch. Nun hab dich nicht so. Der Alte ist ein Riesenarschloch. Das weiß ich und das weißt du auch. Kein Mensch wird dem eine Träne nachweinen, wenn der unterm Rasen liegt. Ich hasse solche Typen. Der hat so viel Dreck am Stecken, dass er damit den Boden der ganzen Hölle pflastern kann. Und jetzt schnapp ich mir das Söhnchen.« Werner verdrehte die Augen. Martin ließ ihn stehen und marschierte zügigen Schrittes in Richtung Nachbarhaus. Werner lief hinterher und holte Martin ein, kurz bevor dessen Finger die Klingel erreichte. »Bitte, sei diplomatisch. Oder lass mich mit ihm reden.«

»Hey, jetzt hast du aber echt Fracksausen, was? Keine Sorge, ich bin wieder ganz ruhig.«

»Ja, das hast du vorhin auch gesagt, bevor du nebenan das Desaster angerichtet hast.«

Martin klingelte. Der Mann, den man aus den Medien kannte, öffnete. Hartmut Wegleiter, Vorsitzender der Rechtspartei im hohen Norden, beliebt vor allem bei den weiblichen Wählern wegen seiner grauen Schläfen und dem charmanten Benehmen. Die gewellten Strähnchen über dem zierlichen Bügel der randlosen Brille waren nach hinten gekämmt. Eine Art George Clooney der Deutschen. Mit sicherem und freundlichem Auftreten in der Öffentlichkeit, gepaart mit politischem Weitblick für das ganze Land, faszinierte er jeden, der mit ihm in Kontakt trat. Er imponierte durch einen durchtrainierten Körper, der von einem klugen und gewitzten Kopf geleitet wurde. Was sich darin verborgen abspielte, verriet er nicht einmal seinen engsten Verbündeten. Er stand im Türrahmen seines edlen Hauses und trug eine Art Hausmantel aus Seide, der zu jeder Tages- und Nachtzeit einen eleganten Eindruck machte. Wie schon sein Vater, musterte auch er die Beamten von Kopf bis Fuß und hielt sich lange mit der Analyse von Martins Outfit auf.

»Guten Abend, Herr Wegleiter. Kripo Hamburg. Mein Name ist Hartleib, und dies ist mein Kollege Pohlmann. Tut uns leid, dass wir Sie an Ihrem wohlverdienten Feierabend stören müssen, aber wir haben ein paar Fragen an Sie. Dürfen wir reinkommen?«

»Ah, Polizei?« Hartmut Wegleiter gab sich Mühe, betont jugendlich zu lachen. »Starsky und Hutch, was? Haben Sie sich schon geeinigt, wer wer ist?« Wegleiter lachte erneut. »Hab ich immer gern gesehen.« Martin sah Werner an und hielt sich geflissentlich zurück. Er hatte schon genug verbockt und wollte sich diesmal Mühe geben. Zum einen kannte er sich, durch seine zweijährige Abwesenheit in Ecuador bedingt, nicht mehr in politischen Dingen aus, zum anderen war Werner definitiv der bessere Diplomat, das hatte er schon gemerkt. Seine sprachliche Gewandtheit musste er in den letzten zwei Jahren verfeinert, diverse Seminare zur emphatischen Gesprächsführung sowie sicherem und autoritärem Auftreten in der Öffentlichkeit besucht haben.

Der Politiker führte seine Gäste in einen überhitzten Raum. Die Wand rechts neben der Tür war vom Boden bis zur Decke mit Nussbaum-Bücherregalen verbaut.

»Bitte, nehmen Sie Platz.«

Martin war von diesem Haus ebenso überwältigt wie von dem vorigen. Was hatte er anderes erwartet? Edler und geschmackvoller Prunk, so weit das Auge reichte. Eine Bibliothek wie aus einem alten englischen Film. Zwischen den Büchern ließ sich keinerlei Lücke ausmachen. Gegenüber dieser Wand züngelten kleine Flammen an Buchenscheiten in einem offenen Kamin und verbreiteten eine behagliche Atmosphäre. Davor befand sich eine kleine Sitzgruppe. Der Blick in die Tiefe des Raumes führte zu einer großen Terrassentür, die zu dem wunderbaren Park führte. Alles in allem ein Ort, an dem man mühelos ohne Fernseher Stunden verbringen konnte. Ein Whiskey auf dem mit Intarsien verzierten Beistelltisch, ein spannendes Buch in der Hand, von ruhiger klassischer Musik begleitet und das Prasseln des Feuers im Hintergrund. Martin spürte, wie sich Neid in ihm regte. Ein allein von Steuern finanziertes Politikergehalt konnte dies nicht bewerkstelligen, das war ihm klar. All dieser Reichtum musste aus früheren Quellen stammen. Gerüchte über erfolgreiche Waffengeschäfte des Vaters, Immobilienhandel, Spekulationsgeschäfte und vieles mehr, womit sich gediegener Reichtum anhäufen ließ.

Martin und Werner setzten sich und fühlten den weichen Bezug der bequemen Sessel. Hartmut Wegleiter ging zu einer Ansammlung von Flaschen auf einem Tischchen.

»Ich würde Ihnen ja gern etwas anbieten, aber ich nehme an, Sie dürfen nicht. Sie sind ja im Dienst.« Er goss sich einen Cognac ein, ließ ihn im Glas kreisen, roch daran und nahm einen genüsslichen Schluck. Er gesellte sich zu den Beamten, schlug die Beine übereinander und lehnte sich bequem zurück.

»Wir haben ein paar Fragen an Sie in Bezug auf eine Mordserie, die derzeit Hamburg erschüttert. Sie werden davon gehört und gelesen haben?«

»Sicher. Wer nicht?« Der Politiker machte eine kleine Pause und schien nachzudenken. Dann legte er das schelmische Grinsen auf wie zuvor. »Ach, Sie sind das? Sie sind die ermittelnden Beamten?«

Die beiden ungleichen Polizisten nickten stumm.

»Na, dann möchte ich nicht in Ihrer Haut stecken. Ich denke, es wird Sie einige Mühe kosten, Ihre Posten zu behalten, es sei denn, Sie kriegen noch rechtzeitig die Kurve.«

»Keine Sorge, Herr Wegleiter«, konterte Werner. »Genau aus diesem Grund sind wir hier.«

Treffer, versenkt, dachte Martin. Ja, Werner war der bessere Diplomat. Er beschloss, nur zuzusehen, und hoffte, er würde nicht provoziert werden. Wegleiter verlor spontan seine angestrengt bemüht gute Laune.

»Entschuldigung, meine Herren. Ich wüsste nicht, wie ich Ihnen da helfen könnte.«

»Ja, das hat Ihr Vater auch schon gesagt. Doch dann war er sehr kooperativ und hat uns an Sie verwiesen.«

Eine taktisch kluge Notlüge. Martin staunte.

»Sie würden uns gewiss weiterhelfen können, meinte er«, fügte Werner hinzu.

»Na, dann schießen Sie mal los. Was möchten Sie wissen?« Hartmut Wegleiter blieb zunächst entspannt. Was er dachte und fühlte, blieb hinter einer hart antrainierten Maske verborgen. Eben ein Mann der Politik.

Werner ließ sein Gegenüber einen Augenblick schmoren und stellte unvermittelt die Frage, die direkt den Nagel auf den Kopf traf. »Wussten Sie, dass Sie noch zwei Geschwister haben? Uneheliche Kinder Ihres Vaters aus Kriegszeiten?«

Wegleiter stellte sein Glas ab. Seine Hände begannen, für einen aufmerksamen Betrachter deutlich sichtbar, leicht zu zittern.

»Was sagen Sie da? Ich habe mich verhört, oder?«

»Nein, haben Sie nicht. Wir haben Beweise, dass Ihr Vater um 1940 zwei Kinder mit zwei verschiedenen Frauen gezeugt hat. Diese Kinder sind in einem Kinderheim bei München, einem sogenannten Lebensbornheim, zur Welt gekommen, sind jetzt an die 70 und waren ihr Leben lang auf der Suche nach ihrem Vater. Jetzt endlich, nach vielen Jahren endloser Recherchen, sind diese Menschen sicher, ihren leiblichen Vater gefunden zu haben. Eines dieser Kinder ist vorletzte Woche ums Leben gekommen. Frau Ursula Seifert soll die uneheliche Tochter Ihres Vaters gewesen sein.«

Wegleiter junior war fassungslos. Alles hatte er in den Trainingskursen gelernt. Rhetorik, Sprachwitz, die richtige Atmung zur richtigen Zeit, nicht aber, wie man angemessen auf Nachrichten reagiert, die einem den Boden unter den Füßen wegziehen. Nach einer Weile fasste er sich und trank seinen Cognac in einem Zug aus.

»Das sind Mutmaßungen und keine Beweise. Sollte es tatsächlich solche geben, möchte ich sie unverzüglich sehen.« Der Politiker zog die Brauen zusammen. *»Das* hat mein Vater zugegeben?«

Martin und Werner schwiegen, unterstrichen ihre Behauptung mit einem bedeutungsvollen Gesichtsausdruck.

»Hören Sie. Das kann nicht sein. Mein Vater hat außer mir keine Kinder. Ich bin sein einziger Sohn. Davon wüsste ich doch, oder? Außerdem – warum erzählen Sie mir das überhaupt? Sie sind hier als Ermittler in einer Mordserie. Ich weiß, dass Frau Seifert angeblich Opfer eines Mordanschlags geworden ist, aber bewiesen ist das noch lange nicht, oder haben Sie schon den Mörder gefasst? Nein, haben Sie nicht, sonst wären Sie nicht hier. In den Medien wurde davon berichtet, dass sie an einer Überdosis Propofol gestorben ist. Sie war fettleibig und Diabetikerin.« Der Politiker verzog das Gesicht. »Dicke sterben öfter während einer OP, das weiß doch jeder.«

»Bitte, regen Sie sich nicht auf, Herr Wegleiter. Ich sagte doch, wir haben gehofft, dass Sie uns weiterhelfen können. Es war nicht unsere Absicht, Sie dermaßen zu verunsichern. Obwohl ich erstaunt bin, wie gut Sie über die Einzelheiten von Frau Seiferts Tod informiert sind. Ich weiß nicht mal, ob in den Zeitungen davon die Rede war, dass die Patientin übergewichtig war.«

Wegleiter junior wurde jetzt ungehalten und gab sich keinerlei Mühe mehr, die antrainierte Höflichkeit aufrechtzuerhalten. »In meiner Zeitung stand es. Keine Ahnung, welche Käseblätter Sie lesen.« Hartmut Wegleiter richtete seinen Oberkörper auf. »Hören Sie. Ich bin ein Mensch der Öffentlichkeit. Sie können nicht irgendwelche Lügen in die Welt setzen. Wir stehen kurz vor der Wahl. Wenn ich ein Wort von dem, was Sie sagen, in der Presse lese, möge Ihnen Gott gnädig sein. Ich werde persönlich dafür sorgen, dass Sie den Rest Ihres Lebens das Polizeiarchiv putzen werden.«

Werner nickte und sah Wegleiter von der Seite an. »Ich glaube, Sie überschätzen Ihren Einfluss. Sie wollen uns also nicht weiterhelfen? Na schön. Ich nehme an, wir dürfen wiederkommen, wenn wir weitere Fragen haben?«

»Nein, das dürfen Sie nicht. Ich werde jetzt meinen Anwalt anrufen und noch ein paar weitere Leute und wenn ich Sie hier noch einmal erwische, lasse ich Sie vom Grundstück entfernen.« Nun konnte sich Martin nicht mehr zurückhalten. Er hatte das Schauspiel mit Genuss betrachtet. Wie Werner kunstvoll gepokert und den aalglatten Politiker aus der Reserve gelockt hatte, das war fantastisch. Wie die Fassade anfing zu bröckeln und die nackte Angst nicht zu verbergen gewesen war.

»Es ist gar nicht nötig, hierherzukommen, um Sie zu sprechen. Sie sagten, Sie sind ein Mann der Öffentlichkeit. Es dürfte demnach nicht schwer sein, Sie dort zu finden, um Sie vor allen Leuten in Handschellen abzuführen. Würde mir echt 'ne Freude sein.« Nach diesem Satz, der Wegleiter sprachlos machte, erhoben sich die Beamten.

»Danke, bemühen Sie sich nicht«, sagte Werner. »Wir kennen den Weg.« Wegleiter verharrte bewegungslos in der Mitte des Raumes und der Schein des prasselnden Feuers spiegelte sich auf seiner feuchten Stirn. In der Ferne hörte er die Haustür ins Schloss schlagen, bevor er das Telefon zur Hand nahm und eine ihm geläufige Nummer wählte.

KAPITEL 41

Hamburg-Blankenese, 10 November 2010

Der BMW verließ das Grundstück der Familie Wegleiter, und der Fahrer gab sich keine Mühe, den frisch geharkten Kiesweg der Auffahrt in perfektem Zustand zu hinterlassen. Es war ihm egal, was man über ihn dachte, denn dafür war es eh zu spät. Minuten später würden Telefone klingeln, und am nächsten Morgen wäre das gesamte Präsidium über den Vorfall informiert.

»Glaubst du ihm?«, fragte Martin seinen Kollegen, der käsebleich auf dem Beifahrersitz hockte.

»Wem? Dem Alten oder dem Jungen?«

»Na, beiden. Wenn du mich fragst, die ganze feine Familie lügt und das schon ihr ganzes beschissenes Leben.«

»Das Problem ist, dass es an uns liegt, die Beweise heranzuschaffen, und zwar möglichst schnell.«

Martin versank in Gedanken und begann zu lachen. »Das hast du echt gut gemacht. Du hattest ein perfektes Pokerface. Ich weiß nur nicht, wer mehr Dreck am Stecken hat. Der Alte oder der Junge.«

Martin las die Zeit auf dem beleuchteten Display des BMW ab. »Was machen wir jetzt? Hast du noch Zeit? Es ist erst sieben.«

»Erst? Zu Hause wartet meine Frau mit dem Essen, und ich würde es, ehrlich gesagt, auch nicht gern verpassen.«

»Hey, wie kannst du jetzt ans Essen denken?« Martin schlug sich mit der flachen Hand vor den Bauch. »Sieh mich an. Hab schon zwei Kilo runter. Und«, fügte er hinzu, »ich habe seit drei Tagen keine Zigarette angerührt. Was sagst du jetzt?«

»Wow. Das ist toll. Hätte ich dir gar nicht zugetraut.«

»Tja. Meinst du, nur du schaffst das? Wir ziehen das zusammen durch, okay?«

Werner nickte. »Okay. Also. Was machen wir jetzt?«

»Auf zum nächsten Gangster, würde ich sagen.«

»Fürst?«

»Genau«, bestätigte Martin und erntete erwartungsgemäß ein frustriertes Stöhnen seines Kollegen.

Nachdem es für die ermittelnden Beamten nichts mehr zu verlieren gab, beschlossen sie, den nächsten Besuch in Angriff zu nehmen. Es war kurz nach 19 Uhr, und Zeit war ein kostbares Gut, von dem sie gern mehr gehabt hätten. Außerdem war die Wahrscheinlichkeit am Abend größer, den, den man überraschen wollte, zu Hause anzutreffen.

»Was hast du über Fürst in den Akten gefunden?« Werner hielt den Blick auf die dunkle Straße gerichtet. Die Wischblätter erzeugten hässliche Schlieren auf den Scheiben.

»Eine paar Seiten fehlen mir. Ich bin sicher, Schöller hat sie aus dem Stapel aus Berlin rausgenommen. Einen Eintrag hab ich trotzdem gefunden. Den muss er übersehen haben. Und zwar, dass Fürst als Zeugungshelfer mit zwei Frauen geschlafen hat. Geburt der Kids in Steinhöring. Wo sonst? Ich habe die Namen der Frauen und der Kinder noch nicht gefunden. Wie wär's, wenn uns Fürst das heute Abend selber erzählt?«

Martin gab die Adressdaten von Dr. Richard Fürst in das Navigationsgerät ein.

»'Bisschen dürftig, findest du nicht?«

Martin blickte aus dem Fenster. „Nicht unbedingt. So, wie ich das sehe, muss dieser abgehalfterte Architekt, Bernd Schäfer, eines seiner Kinder gewesen sein. Möglicherweise auch Rohdenstock. Keine Ahnung. Aber Pokern gehört ja zum Spiel, oder?"

Der Weg von Blankenese nach Altona war nicht weit, und sie würden in weniger als 15 Minuten dort sein und einigen Leuten den Abend vermiesen. Wieder einmal verhielt es sich so, dass die väterliche Familie und die des Stammhalters auf ein und demselben Anwesen residierten. Der Clan durfte ein Grundstück von sieben Hektar sein Eigen nennen und dies in unmittelbarer Nachbarschaft zu der von Dr. Richard Fürst in den Sechzigern gegründeten Privatklinik. Der alte Mediziner verfügte trotz seines hohen Alters über eine erstaunlich gute Gesundheit. Die Fotos und die Vita von Dr. Fürst sowie die Entstehungsgeschichte der Klinik waren auf der professionell gestalteten Homepage zu bewundern. Auf der ersten Seite imponierte ein groß gewachsener Mann mit einem markanten Kinn, welches an Kirk Douglas erinnerte. Laut Informationen überwachte er noch täglich die Klinikgeschäfte. Sein Sohn, Dr. Maximilian Fürst, war mittlerweile Chefarzt der Inneren und der Kardiologie und sollte in Kürze zum Klinikchef avancieren, sobald sein Vater ihm den Sessel des Häuptlings überlassen würde. Fürst senior hatte den endgültigen Ausstieg aus allen Geschäften zum Jahresende angekündigt. Somit rückte für den Junior, der auf die 50 zuging, das doppelte Einkommen in greifbare Nähe. Eines nicht allzu fernen Tages würde er alles erben, denn außer ihm gab es niemanden, mit dem er teilen musste. Bereits zum jetzigen Zeitpunkt besaß er mehr Geld und Immobilien, als es für einen Menschen förderlich war. Das Geschäft mit dem Leben der Patienten florierte seit vielen Jahren. Vollständiger Gesundheit nachzujagen, war zu einer Religion geworden, innerhalb derer er den Guru allzu gern mimte.

Die Straßen Hamburgs waren wie üblich verstopft, sodass Martin und Werner nur im Schritttempo vorankamen. Sie hätten das Martinshorn aufs Dach stellen und an der Schlange vorbeiziehen können, doch da es sich nicht um einen akuten Notfall handelte, blieb ihnen diese Option verwehrt. Was ein Notfall war und was nicht, lag im Ermessen der Polizisten. Hätte man Martin gefragt, wäre Gefahr im Verzug gewesen, und ein Irrer, der in Hamburg die Leute abschlachtete, rechtfertigte seiner Meinung nach ebenfalls die Sirene und das Blaulicht. Aber man fragte ihn ja nicht. Wenn überhaupt, fragte man Schöller und nicht ihn. In der Hackordnung befand er sich eine Stufe unter Klaus Schöller, und dies ließ man ihn auch spüren.

Während sie in der von zahllosen Lichtkegeln durchbrochenen Dunkelheit ihrem Ziel entgegensteuerten, hing Martin seinen

Gedanken nach. Wie viele Welten zwischen dem Leben in Ecuador und dem in Hamburg lagen, war kaum zu zählen. Er dachte an das Hotel, das er fast zwei Jahre mit Erfolg geführt hatte. Hinter dem Haus begann der Dschungel, der mit einer Vielzahl von Geräuschen angefüllt war, die man nur dann, wenn man sich zwischen Wachen und Schlaf befand, als Lärm empfand: das Kreischen der Vögel, das Zirpen gigantischer Grillen, das Schreien rivalisierender Katzen. Er dachte an die Vogelspinne, die ihn in den ersten Tagen in Ecuador besuchen kam. Er lag auf dem Bett, mit einem dünnen Laken bedeckt, und schwitzte. Lautlos und ohne Eile kroch sie auf seinem Bauch zu seinem Hals empor. Der Gedanke an seine damalige Reaktion trieb ihm ein Grinsen ins Gesicht. Steif wie sein Surfbrett verharrte er und rief seine Freundin, die direkt neben ihm lag. Sechs, sieben Mal rief er: »Mayra, Mayra, eine Spinne, eine riesige Spinne. Was soll ich machen?« Mayra drehte sich müde zu ihm um, griff mit der Hand wie mit einem Kran die Spinne von Martins Brust und setzte sie sanft auf dem Boden ab. Augenblicklich schlief sie wieder ein. Martin hatte in dieser Nacht kein Auge mehr zugetan, doch eines Tages hatte er sich an diese Hausgenossen gewöhnt. Wenn sie neben der Tastatur seines PCs auftauchten, nahm er sie mit großem Respekt und erlerntem Griff und warf sie aus dem Fenster. Ansonsten fühlte er sich sehr wohl an jenem Ort. Er liebte die Wärme, die ihn dort umfing, das Rauschen des Meeres vor seiner Haustür, das Gefühl von Freiheit und Sorglosigkeit, während er die Wale und Delfine beobachtete. Doch der Mensch gewöhnt sich an alles. Zu Beginn fühlte es sich wie ein sehr langer Urlaub an, und nach sechs Wochen machte er sich an die Arbeit, das Hotel in den Griff zu bekommen. Es war schlecht belegt und er ersann Pläne, es am Markt vorteilhafter zu positionieren. Er schrieb Flyer, Broschüren, erstellte die Homepage und saugte gierig alle spanischen Vokabeln in sich auf. Nach drei Monaten sprach er fließend Spanisch und gewann dadurch den Respekt der Einheimischen. Sogar sein deutscher Dialekt verlor sich, und er begann zu vergessen, wer er vorher gewesen war. Deutschland gab es für ihn nicht mehr, bis zu der Zeit, als sich die Probleme häuften. Als er nur noch im Haus herumsitzen konnte und sich mit diversen Salben und Mixturen einschmierte, die letztlich alle nicht halfen. Er verbrachte Stunden vor dem PC und chattete mit alten Freunden in Deutschland. Er surfte die halbe Nacht im Internet und betrachtete die Filmsequenzen diverser Webcams. Irgendwann begann er sogar, seinen alten Job zu vermissen. Nicht die toten Gesichter, in die er am Tatort blicken musste, nicht die Einschusslöcher und die Stichwunden oder im schlimmsten Fall die abgetrennten Gliedmaßen. Er vermisste die Ermittlungen, die ihn früher zu Höchstleistungen angespornt hatten. Das Ziel, den oder die Mörder zu fassen, sie dingfest zu machen, hatte ihn angetrieben und ihm die Spitznamen Wadenbeißer, Terrier oder Bester Bulle des Nordens eingebracht. Und nun war er wieder genau da, wo er vor seiner Abreise gewesen war. Im Auto auf dem Weg zu einer Vernehmung, und an seiner Seite befand sich sein Kollege und Freund Werner.

Es hätte gut klingen können, tat es aber nicht. Etwas fühlte sich noch unrund an. Dieser Fall spülte alte Gedanken an die Oberfläche. Schuldgefühle, Zweifel, Angst, Zorn auf sich und andere. Und er merkte, dass die Auszeit zwar einen räumlichen und zeitlichen Abstand erwirkt hatte, doch das eigentliche Problem, weswegen er aus Deutschland geflohen war, war sein treuer Begleiter geblieben. Eine Zecke, die sich festgebissen, die er mit nach Ecuador genommen hatte und die er noch immer nicht losgeworden war. Die mittlerweile fett geworden war und endgültig herausgerissen werden musste. Und diese Zecke hieß Schuld. Vielleicht hieß sie auch vermeintliche Schuld. Er wusste es nicht. Nur die Zecke selbst kannte ihren Namen, doch sie verriet ihn Martin nicht. Er hoffte, ein anderer könnte ihm irgendwann dabei helfen, sie loszuwerden, denn sie wurde immer schwerer und lästiger. Hier in Hamburg war sie präsenter denn je, und er hasste sie dafür.

Schuld.

Wer hat je definiert, was das ist? Wie schwer sie wiegt, wie viel Anrecht sie darauf hat, den, an dem sie sich festsaugt, zu peinigen? *Ist nicht alles irgendwie relativ*, dachte Martin. Wird Schuld nicht erst dann lebendig, sobald es einen gibt, der darüber richtet? Es heißt, eine Schuld ist so lange nicht vorhanden, so lange sie nicht rechtskräftig erwiesen ist. Doch wie lächerlich diese Aussage wirklich war, wusste jeder, der nicht Täter, sondern Opfer war. Opfer eines Verbrechens, das nicht gesühnt wurde, weil man entweder den Täter nicht gefunden hatte oder man ihm die Schuld nicht nachweisen konnte. Dann gab es noch die Schuld im Inneren, von der kein anderer wusste, die man nur selbst empfand, obwohl alle behaupteten, dass es dazu keinen Anlass gab. Mit solch einer Schuld quälte sich Martin seit geraumer Zeit herum, und die Medizin, die er gebraucht hätte, gab es nicht in der Apotheke zu kaufen. Die Fähigkeit, sich und anderen zu vergeben, gab es nirgendwo zu kaufen. Sie musste erworben, erlernt und zugesprochen werden.

In all den Kriminalfällen, in denen er ermittelte, war es um Schuld gegangen. Schuldig, lautete der Spruch des Richters, und der Täter wurde weggesperrt. Auch in diesem aktuellen Fall ging es um Schuld. Um große Schuld, die man wehrlosen Opfern zugefügt hatte, und je mehr er darüber nachdachte, desto mehr war er gewillt, die Verbrecher zur Strecke zu bringen. Sie nach so vielen Jahren ihrer Taten zu überführen, sie ans Licht zu holen, damit alle sie sehen könnten. Und irgendwann würde er sich mit seiner eigenen beschäftigen, sie an die Oberfläche bringen, damit er sie sehen und vernichten konnte.

*

Sich von einem Navigationsgerät leiten zu lassen, noch dazu, wenn man sich im Stau befand, gestattete es dem Fahrer, sich für einige Zeit von der Außenwelt zu verabschieden. Abzutauchen in die Welt der Träume und Fantasien.

Das Navigationssystem holte Martin in die Gegenwart zurück und forderte ihn zum Wenden auf. Der Regen suchte erneut sintflutartig Hamburg heim. Der Scheibenwischer raste über die Windschutzscheibe und schaffte es mit Mühe, eine klare Sicht auf Straßenschilder zu gewährleisten.

Gegen 19.30 Uhr erreichten die Beamten das stattliche Klinikgelände. Es war in einer Sackgasse gebaut worden, und eine kleine Privatstraße führte zum Haus der Familie Fürst. Diese Zufahrtsstraße war nicht beleuchtet. Beidseits des Weges erstreckte sich eine trostlose Weide, die von Holzzäunen begrenzt war. Nach einem weiteren Kilometer erspähten Martin und Werner die Lichter eines Hauses, und beim Näherkommen wurde ihnen die Größe des Komplexes vor Augen geführt. Auch hier befanden sich mehrere Gebäude, die halbkreisförmig zueinander angeordnet waren. In der Mitte des Kreises imponierte ein mächtiger beleuchteter Brunnen. Vor jedem Haus und deren Garagen parkten Autos gängiger Nobelmarken. Martin lenkte den Wagen zu einem der Eingänge. Es schüttete noch immer. Martin grunzte verärgert.

Er stoppte den Wagen, zog den Zündschlüssel ab und den Kopf ein, und beide Polizisten verließen fluchtartig das Auto. Eisiger Wind peitschte ihnen die Tropfen ins Gesicht. Sie hasteten unter das Vordach des Hauses, Martin sah auf das Namensschild und klingelte. Ein älterer, gut gekleideter Herr öffnete ihnen. Er trug einen dunkelblauen Anzug, ein weißes Hemd und ein bordeauxrotes Halstuch anstelle einer Krawatte. Er schien gut gelaunt zu sein und blickte erstaunt in die Gesichter der beiden Beamten. Ein fröhliches Stimmengewirr aus dem Inneren des Hauses war zu hören. Offenbar hatte er jemand anderen erwartet, einen geladenen Gast, dem er die Hand schütteln wollte.

»Ja, bitte«, erklang seine freundliche Stimme. In seinem linken Ohr wurde ein zierliches Hörgerät sichtbar, das er dem Sprecher entgegenhielt.

»Guten Abend, Kripo Hamburg. Sind Sie Herr Fürst?«

»Dr. Fürst! Ja, der bin ich. Was kann ich für Sie tun?«

»Wir würden Sie gern sprechen. Es ist dringend.«

»Ist etwas passiert?« Fürst drehte sich um und deutete auf das

Innere des Hauses. Entspanntes Gelächter, das die gedämpfte Musik übertönte, schwoll stakkatoähnlich an. »Wissen Sie, wir haben eine kleine Geburtstagsfeier. Ich bin gestern 91 geworden. Die Familie und ein paar Freunde ...«

»Tja, das tut uns leid. Wir ermitteln in einer Mordserie, von der Sie gehört haben dürften«, erklärte Werner.

»Dieser Irre, der ältere Leute umbringt?«

»Genau der«, erwiderte Martin.

»Sicher habe ich davon gehört. Jeder redet darüber zurzeit. Aber wie könnte *ich* Ihnen da helfen?«

Fürst versperrte mit seiner stattlichen Erscheinung den Durchgang und hatte nicht die Absicht, die Beamten hineinzubitten. Sollten sie ruhig frieren, dann würde die Fragestunde schneller vorbei sein.

Martin wurde ungeduldig. Er hatte nicht den ganzen Weg zurückgelegt, um sich vollregnen zu lassen.

»Wir würden das gern in Ruhe besprechen und nicht hier draußen.« Das Lächeln des Alten erstarb, und die gepflegten Brauen kamen im Zorn einander näher.

»Wir können das gern in Ruhe besprechen, aber nicht heute. Ich feiere meinen Geburtstag und gehe jetzt zu meinen Gästen zurück. Kommen Sie bitte morgen wieder.« Fürst trat einen Schritt zurück und umfasste entschlossen den Griff der Tür. Er gab ihr einen Schubs, und nur der Fuß von Martin verhinderte, dass das Schloss einschnappte. Mit größerer Entschlossenheit als Fürst drückte Martin die Tür auf, schob den verdutzten Mann zur Seite und betrat ohne Aufforderung den hell erleuchteten Flur. Es tropfte von seiner Jacke, seinen Haaren und der Stirn auf die hellen Fliesen herab. Italienischer Carrara-Marmor, der mit Sicherheit ein Vermögen gekostet hatte.

»Das ist Hausfriedensbruch!«, rief Fürst. »Ich rufe die Polizei!«

Martin schüttelte seine Jacke ungehemmt aus und ließ es weiter tropfen. »Falls Sie es noch nicht kapiert haben sollten – wir sind die Polizei, und Sie werden uns jetzt auf der Stelle Rede und Antwort stehen, sonst nehmen wir Sie mit aufs Revier, auch an Ihrem Geburtstag«, fügte Martin betont hinzu.

Fürst begriff nicht den Ernst der Lage. Martin half ihm auf die Sprünge. »Wir sind nicht nur hier, weil wir Fragen an Sie haben, sondern weil Sie in diesem Fall einer der Verdächtigen sind.« Fürst stockte der Atem, und in diesem Moment tauchte jemand hinter ihm auf, von dem sie sofort wussten, um wen es sich handelte. Der Mann, der dem Alten zu Hilfe kam, war sein perfektes Ebenbild, nur 40 Jahre jünger. Dieselben Augen, dieselben hohen Wangenknochen, dasselbe beneidenswerte Charisma.

»Was ist hier los, Vater?« Maximilian Fürst wandte sich den Beamten zu. »Was fällt Ihnen ein, gegen den Willen meines Vaters hier hereinzuplatzen? Übersteigt das nicht Ihre Kompetenzen?«

Martin überlegte. Mit langen, seidenweichen Erklärungen würde er in diesem Moment keinen Schritt weiterkommen. Er musste gleich zu Beginn einen Treffer landen, einen, der den Gegner zu Boden schicken würde.

»Wir ermitteln in einem, genauer gesagt, in mehreren Mordfällen, und Sie und Ihr Vater stehen unter dringendem Verdacht, in diese Geschichte verwickelt zu sein.« Während das Kinn des Seniors noch weiter entgleiste und jegliche Farbe aus seinem Gesicht wich, begann Fürst junior hysterisch zu lachen. Er hampelte von einem Fuß auf den anderen und strich das schüttere Haar zurück. Sein Vater blieb stumm wie ein Fisch, schnappte nach Luft und stützte sich an der Wand ab. Er schien jeden Moment das Gleichgewicht zu verlieren. Maximilian Fürst ignorierte die Schwäche seines Vaters. Die kühne Behauptung von Martin hatte seine Wirkung nicht verfehlt. Beide Männer waren von einer Sekunde auf die andere ihrer Autorität beraubt und rangen, jeder auf seine Weise, um Fassung.

»Was reden Sie da?«, fragte der Alte verzweifelt. »Wieso sollen wir etwas damit zu tun haben? Wie kommen Sie bloß darauf? Haben Sie irgendwelche Beweise oder sind das nur haltlose Vermutungen? Wir kennen die Opfer doch gar nicht!«

Martin sah an Maximilians Schulter vorbei zu dessen Vater.

»Wäre es für Ihren Vater nicht besser, wenn er sich setzen würde?«

»Ja, sicher.« Hektisch, beinahe fahrig, führte Maximilian Fürst die beiden in einen nahe liegenden Raum des Hauses. Er schloss hinter sich und seinem Vater die Tür und sperrte somit das Gelächter der Gäste und die Musik aus. Der Raum schien als Arbeitszimmer zu dienen, die Regale waren mit medizinischen Büchern prall gefüllt. Ein Laptop stand auf dem Tisch und drei Dokumentenordner lagen daneben. An irgendetwas Wichtigem war sogar an einem Geburtstag gearbeitet worden. Fürst deutete den Beamten, auf zwei Ledersesseln Platz zu nehmen, und setzte sich ebenfalls. Der rüstige Greis hatte, seitdem Martin jenen gewagten Vorstoß getan hatte, nichts mehr gesagt. Nun stützte er sich an den Lehnen ab und ließ sich auf einen Stuhl fallen, der ihm eine aufrechte Haltung sichern würde. Er saß etwas höher als die Beamten und blickte sie von oben herab an. Dann fragte er ruhig und sachlich: »Bitte fangen Sie noch einmal von vorn an. Was genau führt Sie zu uns? Ich werde Ihnen für 15 Minuten Gelegenheit geben, Ihre haltlosen Äußerungen zu erklären. Danach verlassen Sie bitte wieder unser Haus.« Der Alte wirkte wie ein Patriarch und hatte sich wieder im Griff, was man von seinem Sohn nicht behaupten konnte. Maximilian Fürst knibbelte an dem Zipfel eines Kissens, das neben ihm lag. Eine Geste der Nervosität, die jedem Kriminalbeamten im ersten Lehrjahr auch ohne fundierte psychologische Kenntnisse bewies, dass die Körpersprache wesentlich ehrlicher war als die Laute der Stimmbänder.

Werner lehnte sich vor, um sich aus der Senke des Sessels zu erheben. »Na gut. Um es kurz zu machen: Sechs Menschen, die vor 70 Jahren in einem Lebensbornheim zur Welt gekommen sind, haben vor zwei Jahren einen Prozess geführt, in dem es um den Versuch ging, eine Art Wiederherstellung ihrer Identität zu erhalten. Menschen, die nach dem Krieg ihres Namens beraubt wurden, bei Pflegeeltern, Adoptiveltern oder in Heimen aufgewachsen sind und nie die Gelegenheit hatten, Vater und Mutter kennenzulernen. In ihrer Verzweiflung hatten sie einen, zugegebenermaßen juristisch wackeligen, Prozess gegen den Staat Deutschland und den Lebensborn e.V. geführt. Der Prozess wurde abgewiesen. Hinzu kam, dass ein Zeuge während des Prozesses auf unschöne Weise ums Leben kam. Ein Mann übrigens, der Ihnen aus Kriegstagen bekannt sein dürfte.« Werner fixierte Fürst senior ungerührt. Der Alte hatte dem Gesagten bisher gelassen zugehört. Zumindest erweckte es den Anschein, dass ihm diese Befragung keinerlei Seelenqual verursachte.

Martin ließ ihn nicht aus den Augen, um keine eventuellen Reaktionen zu übersehen. Er übernahm das Verhör. »Sie sagten vorhin, Sie würden die Opfer nicht kennen.«

Fürst senior und junior nickten einmütig und sahen sich an.

»Wir wissen, dass Sie, Herr Dr. Fürst, im Krieg als Zeugungshelfer tätig waren. Sie haben mindestens zwei Kinder mit zwei verschiedenen Frauen gezeugt und sie in einem Lebensbornheim zur Welt bringen lassen. Was danach mit den Kindern geschah, schien Ihnen egal gewesen zu sein, denn es spricht nichts dafür, dass Sie jemals Interesse für diese Kinder gezeigt hätten.« Dr. Fürst senior sah auf die Uhr. Fünf von 15 Minuten waren vergangen.

»Woher wollen Sie das denn wissen? Das sind doch nur Vermutungen. Ich habe außer meinem Sohn Maximilian keine Kinder.«

»Keine ehelichen, das stimmt. Aber zwei uneheliche. Das haben wir schwarz auf weiß.« Fürst erbleichte.

Werner fuhr fort. »Und diese ›Kinder‹ sind jetzt ebenfalls ältere Menschen um die 70 und beteiligten sich an dem Prozess, den sie unter der Schirmherrschaft eines Professors für Psychiatrie leider verloren haben. Verständlicherweise wollte man sich für einen zweiten Prozess besser rüsten. Man stellte also umfangreiche Recherchen an und fand heraus …«, Martin öffnete die Hände wie ein Priester, der seiner Gemeinde den Segen zusprach, »… dass Sie Vater von zwei weiteren Kindern sind. Beziehungsweise waren, denn einer dieser Menschen ist kürzlich verstorben. Ein anderer Sohn von Ihnen, ein gewisser Armin Rohdenstock, lebt nur deshalb noch, weil er knapp einem Mordanschlag entgangen ist.«

Martin legte eine bedeutsame Pause ein. »Ist schon ein komischer Zufall, was? Also, ich sehe das so: Beide Opfer hatten mit vier weiteren Klägern einen zweiten Prozess vorbereitet, und darin wäre es nicht nur um Anerkennung, Selbstachtung oder Identität gegangen, sondern um Geld. Um sehr viel Geld sogar, wenn ich mich hier so umschaue.«

»Wie darf ich das bitte verstehen?«

»Na, das liegt doch auf der Hand. Wenn der genetische Nachweis der Vaterschaft gesichert wäre, hätten diese Menschen Anrecht auf Unterhalt gehabt, zumindest stünde ihnen der Anspruch auf das Erbe zu, wenn Sie mal nicht mehr sind.«

Fürst senior blickte zu Boden und rieb sich das Kinn. Seine Erscheinung ließ entweder einen genialen Schauspieler erahnen oder er wusste tatsächlich nichts von derlei Vorwürfen. Immerhin fand sich sein Name in diversen Unterlagen und Dokumenten, die Prof. Keller ausgegraben hatte. Doch der Vater zu sein, bedeutete noch lange nicht, der Mörder der eigenen Kinder zu sein.

Maximilian blickte bei dem Gespräch in die Augen seines Vaters und wartete auf den ersehnten Rausschmiss der Polizisten, zu dem er selbst nicht in der Lage war. Das zarte Knibbeln an dem Kissenzipfel wurde von einem Kugelschreiber abgelöst, der pausenlos in der Hand gedreht wurde. Maximilian gab sich keinerlei Mühe, sein Unbehagen zu verbergen. Sollten sich die Anschuldigungen bestätigen, hätte er Geschwister gehabt, wenn auch deutlich älter als er selbst. Menschen, durch deren Adern das Blut seines Vaters floss. Die vielleicht dieselben Augen oder andere dominante Familienmerkmale hatten. Menschen mit anderen Vorlieben und Träumen vielleicht, unter anderen Bedingungen aufgewachsen, nie durch die Erziehung eines eigenen Vater geprägt. Die nie von ihm geliebt, kein Lob von ihm erhalten, nicht einmal Anerkennung ihrer Existenz erhalten hatten und doch seine Kinder waren.

Der betagte Jubilar legte die Hände zusammen und schlug die Beine übereinander. Alles in allem wirkte er gefasst. Wieder sah er auf die Uhr, wie auch Martin, der den Wettlauf gegen die Zeit zu ignorieren versuchte. Er war in seiner Tätigkeit als Kriminalbeamter hier und nicht als angehender Assistenzarzt, der eine unliebsame und zeitlich begrenzte Unterredung mit seinem Chef führen musste. Und doch konnte er sich einer gewissen Autorität seines studierten Gesprächspartners nicht entziehen.

Zum letzten Mal sah Fürst auf die Uhr und klatschte in die Hände. »So, meine Herren, ich glaube, das war's jetzt. Alle weiteren Fragen stellen Sie bitte meinem Anwalt. Ich kann mich nicht erinnern, jemals außereheliche Kinder gezeugt zu haben. Weiters kenne ich diese Leute aus den Medien nicht, noch weiß ich von sogenannten Lebensbornheimen.«

Martin begann, innerlich zu kochen und fürchtete, gleich leugne der Alte auch noch den Holocaust. Dann holte er zu einem letzten Schlag aus. »Stimmt es eigentlich, dass Sie im Krieg als Euthanasiearzt Kinder getötet haben? Wie viele waren es denn, oder haben Sie irgendwann nicht mehr mitgezählt? Für die Wissenschaft und fürs Vaterland; darüber musste doch sicher Buch geführt werden, oder nicht? Ihre Doktorarbeit ist noch heute zu bekommen, wenn man möchte. Wie hieß doch gleich das Thema?« Martin tat, als müsse er nachdenken. Doch er hatte die Überschrift noch deutlich vor Augen. »Anwendung und Wirkungsweise von Luminal bei Tuberkulose. Wie viele Kinder haben Sie mit Luminal umgebracht, hm?«

Fürsts Selbstsicherheit begann zu schwinden. »Ich weiß wirklich nicht, worüber Sie reden, und ich finde es eine Unverschämtheit, dass Sie mich an meiner Geburtstagsfeier damit behelligen.«

Martin verlor die Beherrschung. »Wissen Sie was, Herr Fürst? Solche Leute wie Sie kotzen mich an. Sie mögen vielleicht viele Jahre lang ein guter Arzt gewesen sein, eine Menge Kohle gescheffelt und der Wissenschaft angeblich einen Dienst erwiesen haben, das mag alles sein – aber in meinen Augen sind Sie nichts weiter als ein gemeiner Mörder, der unschuldige Kinder umgebracht hat, nur weil sie behindert oder einfach nur anders waren und Ihrer Meinung nach kein Recht auf Leben hatten.« Martin stand auf und blickte auf Fürst herab. Er genoss diesen Moment. Er war der Ansicht, dass die Gerechtigkeit nach solchen Worten verlangte, selbst wenn es ihn seinen Job kosten würde. Er hob den Zeigefinger und fuchtelte Fürst damit vor der sonnengebräunten Nase herum. »Und wenn Sie noch so ein hohes Tier sind – ich kriege Sie, darauf können Sie sich verlassen.« Martin atmete schwer und wandte sich zur Tür. Dieses Gespräch hatte seine letzten Kraftreserven des Tages verbraucht. »Bleiben Sie sitzen, wir finden den Weg.«

Maximilian begleitete die Beamten zur Tür. Sein Kopf war rot wie die Rose, die auf einem Beistelltischchen im Flur in einer edlen Vase stand. »Das wird ein Nachspiel haben, meine Herren, das ist Ihnen wohl klar.«

Martin drehte sich zu ihm um, als er auf dem Treppenabsatz stand, und kam ihm auf wenige Zentimeter nahe. »Über meinen Verdacht zu *Ihrer* Beteiligung in diesem Spiel haben wir heute Abend noch gar nicht geredet, aber das holen wir auf dem Präsidium nach, mein Lieber. Darauf können Sie sich jetzt schon freuen. So, und nun wünsche ich Ihnen noch einen schönen Abend.«

Martin drehte sich um und stieg in den Wagen ein, der im Glanz der anderen dort stehenden Autos verblasste.

KAPITEL 42

Hamburg-Altona, 10. November 2010

»Lügner, die ganze feine Gesellschaft«, schnaubte Martin in die Dunkelheit hinein.

Werner lenkte den BMW nach Hamburg zurück, während sich Martin auf den Beifahrersitz fläzte. Sein Magen knurrte und die Augen brannten. Seit geraumer Zeit hatte er keine Zigarette mehr geraucht. Er mimte den wackeren Abstinenzler, doch die Lust auf Nikotin brachte ihn an die Grenze des Erträglichen. Auch die Grippe schien sich noch nicht endgültig von ihm verabschiedet zu haben. Die Kopfschmerzen kehrten zurück und die Nase war verstopft. Doch es gab noch etwas, das ihn belastete. Es war weniger die Arbeit an sich, die ihm zu schaffen machte. Nicht die Gespräche und Verhöre, sondern dass sich manche Menschen trotz ihrer hohen Position mit einem Mantel der Arroganz bekleideten, von dem sie glaubten, dass er sie wie eine Tarnkappe schützen könne.

»Ich hasse diese Lügen!«, wiederholte Martin und ließ seiner Wut freien Lauf. »Ich glaub denen kein Wort. Weder den Wegleiters noch den Fürsts. Ich werde sie ins Präsidium zerren, einen Rachenabstrich nehmen und ihre Vaterschaft nachweisen lassen.«

»Ohne richterliche Genehmigung wird das schwierig werden. Und du musst an Schöller vorbei.«

Martin zwirbelte die Enden seines Schnurrbarts.

»Außerdem – was hast du denn erwartet? Dass sie dir auf Knien gestehen, dass sie Mörder sind? Das haben sie damals nicht und das werden sie heute nicht tun. Konsequentes Leugnen hat schon oft funktioniert. Nur keine Schwäche zeigen und einknicken. Wir haben hoch gepokert, das weißt du. Unsere Beweislage ist mehr als dürftig, und den Rest hat Schöller vielleicht in seinem PC unter Verschluss.« Martin hatte keine Antworten, doch die Zeit drängte. Werner bog auf die Schnellstraße

Richtung Hamburg-Mitte ab und sagte: »Außerdem beweist das noch lange nicht, dass sie damit automatisch etwas mit den Morden zu tun haben. Wo ist das alles entscheidende Motiv?«

Martin schnaubte verächtlich. »Motiv? Seit wann brauchen Massenmörder ein logisch nachvollziehbares Motiv? Das Motiv ist doch offensichtlich. Die alten Nazis wollen auf ihre letzten Tage nicht noch behelligt werden, und die Jungen wollen ihr Erbe nicht teilen. Mit vergessenen Kindern, die ihre gottgegebenen Rechte anmelden.«

»Das stimmt schon. Der Prozess und die Berichte in den Medien stören ihre Geschäfte und ihr Ansehen. Es gefährdet das gesamte Kartenhaus, das sie sich in den Jahrzehnten aufgebaut haben. Und? Wie geht's jetzt weiter?«

Martin blickte in den Abendhimmel, an dem die Wolken aufrissen und einzelne Sterne funkelten. »Wir müssen um jeden Preis verhindern, dass der Mörder noch einmal zuschlägt. Gleich morgen früh werde ich veranlassen, dass sich ständig ein Beamter vor Feldmanns Haus postiert, ob er will oder nicht. Wir dürfen keinen Tag länger damit warten. Und natürlich mache ich mir Sorgen um Emilie Braun.«

»Denkst du wirklich, dass sie in akuter Gefahr ist? Bisher hat sie nur immer selbst versucht, sich zu töten. Es gibt keine Hinweise darauf, dass es jemand auf sie abgesehen hat.«

»Sie ist und bleibt eine ehemalige und potenzielle neue Klägerin, vergiss das nicht. Obwohl sie in einer Psychiatrie lebt, ist sie die Tochter von Strocka und hat jahrelang mitbekommen, wie akribisch Keller nach den Wurzeln der anderen Kläger und seinen eigenen gesucht hat.«

»Keller ist tot«, gab Werner zu bedenken.

»Schon klar. Aber niemand weiß, wie viel sie tatsächlich in diverse Geheimnisse eingeweiht ist. In ihrem Buch macht sie eine Menge Andeutungen, und ich glaube, selbst wenn sie ein bisschen gaga ist, ist sie garantiert nicht blöd. Außerdem ist die Anstalt nicht unbedingt ein Ort, an dem man nur deswegen sicher ist, weil ein paar Gitter drum herum und die Türen verriegelt sind. Keller ist auch innerhalb dieser Mauern umgebracht worden. Also kommt jemand mühelos hinein, entweder weil er autorisierten Zutritt hat oder er wird von jemandem hereingelassen …«

Werner schnitt ihm das Wort ab.

»Oder er lebt schon dort.«

»Du meinst einen Insassen? Auch das ist möglich. Klar. Da leben eine Menge Gewalttäter.«

»Es braucht nur einen, der Keller nicht so wohl gesonnen war. Der die falschen Medikamente bekommen hatte oder was weiß ich.«

»Wie schützen wir also Frau Braun?«

»Einen Beamten wirst du jedenfalls nicht dafür bekommen, das gebe ich dir schriftlich.«

»Na schön. Wenn keiner zu ihr hinein kann, dann muss sie eben da raus, ganz einfach.«

»Ach ja«, erwiderte Werner. »Und wohin soll sie? In ein Hotel oder eine Pension vielleicht? Sie wird dort keine fünf Minuten klarkommen. Sie weiß doch gar nicht, wie man sich außerhalb der Mauern benimmt.«

»Mir wird schon etwas einfallen. Wirst sehen.«

*

Am Abend desselben trüben Novembertages klingelte bei Martin Pohlmann noch einmal gegen 23.30 Uhr das Telefon. Es dauerte eine Weile, bis er realisierte, dass das Schellen nicht Teil seiner Träume war, sondern, eindringlich und nicht endend, in der Realität stattfand. Er hatte sich gegen 23 Uhr schlafen gelegt, sich zuvor noch einen Drink genehmigt, und während er den Tag Revue passieren ließ, war er in einen tiefen Schlaf geglitten. Nun öffnete er die Augen, verharrte einen Moment und hoffte, dass alles nur seiner Einbildung entsprungen war, doch es klingelte erneut. Von heftigen Flüchen begleitet, sprang er aus dem Bett, suchte das schnurlose Telefon zwischen den Kissen auf dem Sofa und meldete sich mit einem knappen: »Hallo!«

»Martin, ich bin's.«

»Mensch, Werner. Ich hab schon gepennt. Was ist denn los?«

»Zieh dich an, du musst kommen.« Martin hörte das Rauschen im Hintergrund und erahnte, dass Werner von unterwegs aus einem Auto anrief.

»Wohin?«

»Zu Rohdenstock. Er lebt zwar, aber ich weiß nicht, wie lange noch. Er wurde erstochen. Der Nachbar hat Schreie gehört und angerufen.«

»Scheiße. Hat er den Täter gesehen?«

»Ja, hat er, aber nur von hinten.«

»Gut, ich bin gleich da.« Martin riss sich den Pyjama vom Körper und zog die Klamotten an, die er den ganzen Tag über schon getragen hatte. Das Haar band er eilig in einem Zopf zusammen, schlüpfte in die Schuhe und rannte aus der Wohnung. Kaum war er seinem warmen Bett entflohen, meldete sich die Nase mit einem penetranten Kitzeln, das von einem im Hausflur widerhallenden Niesen quittiert wurde. Ein ebenso lauter Fluch unterstrich Martins Stimmung kurz vor Mitternacht.

Er startete den BMW, dessen Motor noch nicht erkaltet war, und rechnete. Die Fahrt zu Rohdenstock würde unter normalen Umständen 15 Minuten dauern, sieben ohne Ampeln, mit Blaulicht und Martinshorn bei 120 km/h.

Nach acht Minuten kam Martin vor Rohdenstocks Haus an. Er schlug hinter sich die Tür des Wagens zu und lief keuchend die Stufen im Treppenhaus empor. Der Fahrstuhl war eine klapprige, alte Maschine aus den Siebzigern, und trotz nicht vorhandener sportlicher Fitness war er zu Fuß schneller oben.

Keuchend kam Martin im fünften Stock an. Rohdenstock lag in der Mitte seines Wohnzimmers in einer beachtlichen Blutlache. Ein Blick genügte und Martin schätzte, dass Rohdenstock bereits einen von sechs Litern auf dem Teppich verteilt hatte. Der Notarzt, der nur wenige Minuten vorher eingetroffen war, hatte einen venösen Zugang gelegt und physiologische Kochsalzlösung in Armins Venen geschickt. Das Blut Rohdenstocks sprudelte aus zahlreichen Stichwunden gleichzeitig, doch er war noch bei Bewusstsein. Der Täter hatte sich nicht die Mühe gemacht, den Tod abzuwarten. Ein Schnitt durch die Kehle hätte die Sache schneller beendet, doch es schien, als habe er aus irgendeinem Grund wie ein Verrückter auf das Opfer eingestochen, ohne das Herz getroffen zu haben.

Martin beugte sich zu Rohdenstock hinab, dessen Körper sich in einem akuten Schockzustand befand. Seine Augen lagen tief in ihren Höhlen versunken. Das knöcherne Dach der Augenhöhle zeichnete sich deutlich wie bei einem Totenkopf ab. Die dünnen, nicht von einem Bart umrahmten Lippen färbten sich zyanotisch. Erstaunlich war nur, dass Martin in Rohdenstocks Gesichtszügen nicht die Spur von Wut, Bitterkeit oder Hass fand. Schmerzen schien er nicht zu haben. Trotz seiner misslichen Lage wirkte er paradoxerweise entspannt. Als würde er es begrüßen zu sterben, rang sich der Maler und Bildhauer sogar ein Lächeln ab. Martin wusste, welche Hormone der Körper in Situationen wie diesen ausschüttete. Der Schockzustand ließ ihn die Schmerzen nicht spüren. Blut lief aus seinem Mundwinkel.

»Helfen Sie mir auf«, gurgelte es aus seiner Kehle. Martin hob Rohdenstocks Kopf auf ein Kissen. »Ich hab ihn gesehen. Ich hab ihm die Maske vom Kopf gerissen.«

»Psst!«, unterbrach ihn Martin und legte ihm die Hand auf die Schulter. »Ganz ruhig. Nicht sprechen.« Die Anstrengung, die Rohdenstock für die paar Worte aufbrachte, schien gewaltig.

»Egal«, keuchte Rohdenstock. »Ich will, dass Sie das Schwein finden. Ich hab ihn gesehen«, wiederholte er ein weiteres Mal. »Er war groß und blond. Wir haben miteinander gekämpft. Er ist ein bisschen dick, aber kräftig. Und blass war er.« Rohdenstock hielt inne und atmete schwer. Einige Stiche hatten seine rechte Lunge durchbohrt, und ein gespenstisches Pfeifen drang an die Ohren der Ermittler. Ein letztes Mal bäumte sich das Opfer auf. »Er war kalkweiß im Gesicht wie ein Albino.« In dem Moment ertönte die Sirene des Krankenwagens. Mittlerweile war das Gebiet von uniformierten Beamten abgeriegelt, sodass nicht einmal eine Maus unbemerkt den Häuserblock hätte betreten oder verlassen können. Der Täter indes war längst in Sicherheit.

»Lassen Sie ihn«, drängte der Notarzt. »Er strengt sich zu sehr an.« Rohdenstock schüttelte den Kopf und sein Körper schien nun doch die Signale der unzähligen Wunden an das Schmerzzentrum seines Gehirns zu senden. »Nein, bitte. Mein Leben ist sowieso zu Ende, und das ist auch gut so. Ich bin froh, dass ich nicht mehr kämpfen muss. Endlich Frieden.« Martin sah Werner an und darauf Rohdenstock. »Hat der Kerl irgendwas zu Ihnen gesagt?«

Rohdenstock versuchte, in den Grenzen, die ihm blieben, den Kopf zu schütteln. »Der Typ war völlig irre. Diese Augen. Wie ein Besessener. Er murmelte die ganze Zeit wirres Zeug. Er müsse die Sache endlich beenden. Er könne nicht mehr warten. Er müsse tun, was man von ihm erwarte. Er müsse beweisen, dass er es durchziehen könne. Der Kerl war wie von Sinnen.«

»Halten Sie durch, Armin! Sie schaffen das!« Martin sah zu dem sterbenden Mann herab, in dessen Antlitz sich die Muskeln zu entspannen begannen. Genau dieselbe einsetzende Entspannung hatte er bei seiner Verlobten Sabine beobachtet. Der kurze Moment, bevor die Seele den Körper verließ.

Die Tür zu der Hütte, die diesen Menschen beherbergte, wurde geschlossen.

Armin Rohdenstocks Kopf glitt auf dem Kissen zur Seite. Zu jener Seite, wo Martin neben ihm kniete, sodass die aufgerissenen Augen Martin anstarrten.

Ein kalter, leerer Blick.

Armin Rohdenstock war von der Bühne des Lebens abgetreten.

Martin ballte die Fäuste und stand auf. Er blickte sich im Raum um, und seine feuchten Pupillen glänzten im Schein der

Lampe. »Spurensicherung!«, rief er mit brüchiger Stimme. »Ich will, dass ihr jeden Zentimeter absucht. Alles. Fasern von Kleidung, Fingerabdrücke, Haare, einfach alles.« Martin drehte sich um und sah sich in der Wohnung um. Es war mehr ein sich Abwenden von der Leiche, von einem weiteren Menschen, dessen Tod er nicht verhindern konnte. Dann, als er wieder einigermaßen klaren Sinnes war, blickte er sich suchend um. Keine Verwüstung, keine Unordnung, nichts. Nicht einmal das Türschloss war gewaltsam geöffnet worden. Obwohl sich Rohdenstock ein neues Sicherheitsschloss hatte einbauen lassen, schien es den Mörder keinerlei Mühe zu kosten, Schlösser jedweder Art zu knacken. *Wer bist du, du Schwein? Ich glaube, ich kenne dich. Ich weiß es genau. Ich krieg dich, du Schwein. Ich krieg dich. Und dann gnade dir Gott.*

Martin schritt apathisch durch die Räume. Der Arzt hatte die Augen des Toten geschlossen und die Hände vor seiner Brust ineinander gelegt. Der Krankenwagen war zu spät gekommen. Der Körper Rohdenstocks würde in einem Alusarg die Wohnung verlassen und nicht auf einer Trage, wie es Martin inständig gehofft hatte.

Martin ging langsamen Schrittes ins Schlafzimmer, auf der Suche nach möglichen Hinweisen. Dann fand er den Fingerzeig, mit dem er gerechnet hatte. Sorgfältig drapiert lag sie da. Der Mörder hatte auf dem Nachttisch sein Erkennungszeichen abgelegt. Obwohl er in Eile gewesen sein musste, hatte er sich die Zeit dafür genommen. Jedermann sollte wissen, dass *er* es war. Warum auch immer. Die vielfältigen und nicht nachvollziehbaren Beweggründe eines Psychopathen zu ergründen, entzog sich Martins Fähigkeiten. Er hoffte nur, dass er den Mörder fassen würde, bevor dieser Feldmann und Frau Braun erwischen würde.

Emilie Braun kam ihm in den Sinn.

In diesem Moment fasste Martin einen Entschluss. Einen unorthodoxen Entschluss – sicher, aber in seinen Augen die einzige Möglichkeit, die er noch hatte.

KAPITEL 43

Hamburg, 11. November 2010

Nachdem die Spurensicherung die halbe Nacht durchgearbeitet und kaum verwertbares Material gefunden hatte, konnten Martin und Werner abrücken. Martin musste sich eingestehen, dass der Mörder zwar geistig auf einem absoluten Nebengleis fuhr, dennoch war er immer der Polizei einen Schritt voraus. Er wusste offensichtlich, welche genetischen Spuren ihn verraten könnten. Haare, zurückgelassener Dreck aus dem Profil der Schuhe, ein abgerissener Knopf, Hautpartikel unter den Fingernägeln des Toten. Das Perverse an diesen Morden war, dass der Mörder sein Handwerk verstand und ein übles Spielchen mit der Polizei und den Medien trieb. Er bewegte sich unsichtbar zwischen den Sichtbaren, hinterließ keine Spuren, außer dass ihm diesmal ein gewaltiger Fehler unterlaufen war. Das Opfer hatte ihn gesehen und konnte ihn beschreiben. Doch was nützte es ihm noch? Rohdenstock war tot und konnte nichts mehr dazu beitragen, den Mörder zu identifizieren. Er konnte dem Beamten, der am Computer ein Phantombild anfertigen sollte, nicht mehr über die Schulter schauen und zweckdienliche Hinweise geben. Alles, was er gesehen hatte, hatte er Martin und Werner berichtet: ein blonder, großer, kräftiger, unförmiger Typ mit blauen Augen und blonden Haaren. Diese Beschreibung engte zwar die Suche ein wenig ein, doch im norddeutschen Raum war dieser Typ Mann keine Seltenheit.

Gegen drei Uhr lag Martin in seinem Bett, und obwohl er dringend Schlaf gebraucht hätte, fand er keine Ruhe. Die geöffneten Augen von Armin Rohdenstock sahen ihn noch an, und in dem Zustand zwischen Wachen und Schlaf flehten diese Augen Martin an, ihn zu retten. Ihn nicht gehen zu lassen, das Geschehene ungeschehen zu machen.

Wie viele Tote konnte ein Mensch ertragen, noch dazu, wenn sie in seinen Armen oder in seiner Gegenwart starben?

Gegen vier Uhr schlief Martin ein, und trotz allem nahm er sich vor, Punkt acht vor den Mauern der Psychiatrie zu stehen. Zeit zum Schlafen würde er sich später nehmen können. Jede verstrichene Minute könnte zwei weiteren Menschen das Leben kosten.

Der Wecker klingelte pünktlich, und nach drei Stunden Nachtruhe war kaum von Erholung zu sprechen. Martin wusste, dass er keine Wahl hatte. Es musste gehandelt werden – und das tat er jetzt. Es kostete ihn erstaunlicherweise wenig Mühe, sich aus den Federn zu schälen, denn das, was er an diesem Tag geplant hatte, lief weder durch offizielle polizeiliche Instanzen noch hatte er Werner davon erzählt. Er hasste es, wenn einmal eine Entscheidung getroffen war, sich mit Bedenkenträgern zu umgeben. Leuten, die mit ihrem Wenn und Aber alles zunichte machten. Martin hatte in all den Jahren, bevor er nach Ecuador aufbrach, viel aus dem Bauch heraus entschieden, und genau das wollte er, zumal dieser nun um einiges dicker geworden war, garantiert nicht aufgeben. Duschen, anziehen, Kaffee trinken und ein in den Kaffee getauchtes Croissant vom Vortag hinunterschlingen – all das brauchte knappe 15 Minuten. Ein Blick auf die Uhr stellte ihn zufrieden. Just in time. Den Weg in die Klinik kannte er ohne Navi. Nur der Berufsverkehr nervte wie immer.

Warum machen das Männer bloß?, fragte er sich. *Keine Fahrt vergeht, ohne dass man sich über seinen Vordermann oder Hintermann oder sonst wen aufregt. Sie beschimpfen einen, obwohl man sie nicht hören kann, sie maßregeln einen aggressiv wie ein cholerischer Fahrlehrer, obwohl es den Betreffenden nie erreicht.* Obwohl jedem Mann wie auch Martin die Idiotie dieses Verhaltens mehr oder weniger bewusst war, sah man keinerlei Möglichkeit, dieses Verhalten zu ändern.

Etwa zehn Minuten nach acht Uhr erreichte er die geschlossene Anstalt in Hamburg-Norderstedt. Der Pförtner sah ihm mit dem schläfrigen Ausdruck eines Bernhardiners hinterher und öffnete das Tor. Entschlossen schritt Martin diverse Flure entlang, bis er zu jener Abteilung kam, in der Emilie Braun ihr Dasein fristete. Ohne Zeit zu verlieren, suchte er das Arztzimmer von Dr. Schillig auf. Er klopfte und ging, ohne zu warten, hinein. Schillig hatte zehn Minuten zuvor seinen Dienst begonnen und gönnte sich eine belebende Tasse schwarzen Gebräus aus dem Automaten.

»Oh, hallo, Herr Kommissar. So früh auf den Beinen.«

»Lässt sich nicht ändern. Ich muss Sie mal was fragen, Doktor.«

»Klar. Fragen Sie.« Schillig schlürfte den heißen Kaffee.

»Frau Braun lebt doch freiwillig hier, oder?«

Schillig nippte wieder an seiner Tasse. »Ja, stimmt. Mehr oder weniger. Suizidgefährdete werden zum Schutz vor sich selbst eingeliefert und hierbehalten, so lange, bis sie wieder stabil sind. Bei Frau Braun liegt der Fall ja etwas anders.« Schillig warf einen Blick aus dem Fenster. Obwohl es bereits fast halb neun war, wurde es außerhalb der Mauern nicht richtig hell. Dann fuhr er fort: »Juristisch ein heikles Thema. Wenn einer gehen will und nicht von Angehörigen entmündigt wurde, dann müssen wir ihn gehen lassen. Warum fragen Sie?«

»Weil ich Frau Braun jetzt mitnehmen werde.«

Schillig schien nicht zu begreifen, denn seine Reaktion kam sehr spät. »Wieso? Hat sie etwas angestellt?«

»Nein, das nicht, aber ich nehme sie trotzdem mit.«

»Das geht nicht«, protestierte er, doch in seiner Stimme lag keine Autorität. »Wohin mitnehmen?« Er schien nervös. Etwas an diesem Anliegen stimmte nicht mit seinem Betreuungskonzept überein.

»Na, mit mir«, gab Martin dem Arzt zu verstehen, als sei es das Normalste von der Welt, sich bei einer in einer Anstalt lebenden Person unter dem Arm einzuhaken und sie ins Freie zu geleiten.

»Was heißt das, mit mir? Ich verstehe immer noch nicht. Sie meinen, sie ist festgenommen?« Martin konnte kaum glauben, wie begriffsstutzig ein Akademiker sein konnte.

»Nicht direkt. Sie kommt einfach mit mir mit, das ist alles. Es ist zu ihrem Schutz. Was ist daran so schwer zu verstehen? Sie sagen mir, welche Medikamente sie braucht und geben mir diese Schächtelchen für eine ganze Woche mit, und sobald wir den Mörder gefasst haben, bringe ich Frau Braun wieder zurück.«

Schillig stellte die Tasse auf dem Tisch ab und bedachte Martin mit einem Blick, der eines Psychiaters würdig war. Ein Blick, der Röntgenstrahlen ersetzte, durchdringend, forschend, aber in diesem Fall vor allem eiskalt. In diesen Sekunden war Schillig davon überzeugt, dass Pohlmann innerhalb der Mauern dieser Abteilung besser aufgehoben wäre als außerhalb. Zumindest, bis sich sein Zustand gebessert hatte. Solch ein sonderbares Anliegen war noch nie an ihn herangetragen worden, darum hörte er auch nicht auf, den Kopf zu schütteln. Vorsichtig begann er, die Sache erneut zu beleuchten. »Okay. Nur damit wir uns beide richtig verstehen. Sie wollen Frau Braun aus unserer Obhut nehmen und sie irgendwo unterbringen, wo sie keine medizinische Versorgung erhält?«

»Genau. Sie wird unter polizeilicher Kontrolle stehen.«

»Ich habe ja schon gemerkt, dass Sie eher ein unkonventioneller Typ sind, aber das hier geht eine Spur zu weit. Haben Sie überhaupt eine Ahnung, wie man mit pflegebedürftigen Menschen umgeht, noch dazu mit geistig behinderten?«

Pohlmann zupfte an seinem Hemd herum und stopfte einen Zipfel in die Hose zurück.

»Kann doch nicht so schwer sein«, erwiderte er fahrig. Die eindringlichen Fragen des Arztes säten jene unliebsame Frucht, die er jetzt erntete: Zweifel. Er wurde unsicher, ob seine Entscheidung die richtige war. Er wusste, wenn Schillig noch eine Weile weiterreden würde, würde er anfangen nachzudenken, seinem Bauch nicht mehr gehorchen, intellektuelle Gedanken gegeneinander abwägen, und wenn es auf den Instinkt ankam, waren solche Gedanken tödlich. Für manche Menschen im wahrsten Sinne des Wortes. Nach einem Augenblick des Haderns wusste er wieder, dass er das Richtige tat. Er sah vom Boden auf in Schilligs entsetztes Gesicht. »Es ist die einzige Möglichkeit, sie zu beschützen. Wir sind davon überzeugt, dass Professor Keller nicht Selbstmord begangen hat und dass der Täter ein weiteres Mal zuschlagen wird. Frau Braun ist in akuter Gefahr, denn sie hat sich an dem Prozess damals beteiligt.«

Martin sah an Schillig vorbei und schloss einen Herzschlag lang die Lider. Die toten Augen Rohdenstocks blendeten sich ein. »Gestern Nacht ist wieder ein Mann ermordet worden, und ich werde nicht zulassen, dass Frau Braun die Nächste ist. Das müsste doch auch Ihnen einleuchten?«

Dr. Schillig schüttelte noch immer den Kopf und wich von seiner Eingangsdiagnose nur wenig ab. Nun hielt er Martin zwar nicht mehr für akut behandlungsbedürftig, war jedoch nach wie vor davon überzeugt, dass in dem einen oder anderen Gespräch Therapieansätze zu finden sein müssten.

»Na schön. Sie scheinen das wirklich ernst zu meinen. Ich werde Frau Braun in Ihre Obhut geben, aber nur unter Protest. Und Sie müssen mir unterschreiben, dass Sie sie gegen meinen ärztlichen Rat mitnehmen.«

»Ja, ja, ich weiß schon. Sie möchten sich aus forensischen Gründen absichern, um nicht verklagt werden zu können. Schon klar. Ich unterschreib Ihnen Ihren Wisch. Aber machen Sie schnell. Ich hab heute noch eine Menge zu erledigen.«

Dr. Schillig griff nach einem Stapel Einverständniserklärungen und suchte nach einem passenden Dokument. Die meisten Vordrucke entsprachen nicht diesem außergewöhnlichen Fall, und so nahm er ein Formular, was der Angelegenheit in etwa nahekam. Er strich darin einige Passagen durch und ersetzte sie durch handschriftliche Bemerkungen. Martin las das Formular nicht durch, drehte es nur um und tippte mit der Spitze des Kugelschreibers auf eine gestrichelte Linie.

»Hier unten?«

»Genau. Da wo ›Vormund‹ steht.«

Martin setzte sein Kürzel unter die Erklärung. »So, jetzt lassen Sie uns bitte zu Frau Braun gehen. Ich möchte Sie ersuchen,

Frau Kaschewitz einzuweihen, damit sie Frau Brauns Tasche packt und mit ihr spricht. Geht das in Ordnung?«

»Ja, sicher.« Schillig sah auf die Uhr. »Sie müsste schon da sein.« Der Arzt legte seine Hand auf die Klinke der Tür, die sie von dem Flur trennte. Einen Augenblick verharrte er regungslos und drehte sich erneut zu Pohlmann um. »Ihre Methoden sind mehr als ungewöhnlich. Das wissen Sie aber schon, oder? Sie sind sich sicher, dass Sie das Richtige tun, ja?«

Martin schob den Arzt auf den Flur hinaus. »Vertrauen Sie mir einfach. Ich nehm alles auf meine Kappe. Ihre Emmi ist bei mir am sichersten, jedenfalls deutlich sicherer als hier, davon bin ich überzeugt.«

»Na schön, aber auf Ihre Verantwortung.« Schillig knöpfte sich den weißen Kittel bis zum obersten Knopf zu, als wolle er sich darin vor der Verantwortung verbergen. Langsam ging er voran und hoffte, Pohlmann würde es sich noch einmal anders überlegen. Auf dem Gang kam ihnen Annegret Kaschewitz entgegen.

»Guten Morgen, Doktor, oh, hallo, Herr Kommissar.«

»Hallo, Annegret!«

»Frau Kaschewitz, bitte packen Sie Frau Braun für einige Tage ein paar Sachen zusammen. Sie wird … nun ja, sagen wir mal … verlegt.« Annegret sah Dr. Schillig entgeistert an. Seit beinahe 40 Jahren lebte Emilie in dieser Anstalt – und jetzt sollte sie verlegt werden? Das konnte nur ein schlechter Scherz sein.

»Wohin? Wieso?«

»Der Kommissar nimmt sie mit. Sie erhält so etwas wie Polizeischutz, weil man glaubt, dass sie hier in Gefahr sei.« Schillig ließ deutlich erkennen, dass er diese Idee für idiotisch hielt. Der sarkastische Ton in seiner Stimme war kaum zu überhören, doch er fügte sich der Staatsmacht.

»Stimmt das?«, richtete sich Annegret entrüstet an Martin.

»Ja, ich nehme sie mit. Es kann kein Beamter für ihren Schutz auf dieser Station freigestellt werden, also nehm ich sie mit.«

»Und wenn sie nicht will?«, gab Annegret zu bedenken. Tatsächlich hatte Martin diese Option noch gar nicht in Erwägung gezogen. Doch dann legte er ein breites Lächeln auf. »Dann werden Sie beide sie davon überzeugen. Auf Sie wird sie hören.«

Annegret errötete, jedoch nicht vor Scham. Sie wandte sich an Dr. Schillig. »Haben Sie ihm gesagt, dass das nicht geht? Sie kann nicht einfach so verlegt werden. Sie hat hier ihre gewohnte Umgebung, ihr Zimmer und ihre Bücher.«

»Die hat sie bei mir auch.«

»Sie wollen sie zu sich nach Hause nehmen?« Die Schwester redete sich in Rage, und Schillig hielt sie nicht auf. Im Gegenteil, er war froh, in ihr eine Verbündete zu haben, obgleich sie andere Beweggründe hatte als Schillig.

Martin wurde bewusst, dass er soeben die notwendige Geheimhaltung verletzt hatte. Drei Stunden Schlaf machten ihn unkonzentriert. Außerdem konnte er nicht davon ausgehen, dass man Schillig ohne Weiteres trauen konnte, und auch Annegret kannte er noch nicht lange genug, um ihr erzählen zu dürfen, dass er Emmi mit nach Eimsbüttel nehmen wollte. Schnell versuchte er, den Fehler geradezubiegen.

»Das hab ich nicht gesagt. Ich habe nur gesagt, dass Sie mit mir kommt. Wo wir sie schließlich unterbringen, wird sich noch zeigen. Das unterliegt der Geheimhaltung.«

»Sie wissen doch gar nicht, wie man mit Pflegebedürftigen umgeht. Was werden Sie tun, wenn sie einen Anfall bekommt?«

»Wir haben gute Psychologen bei der Polizei. Oder ich rufe *Sie* an, ganz einfach. Packen Sie mir alle Medikamente ein, die sie braucht, und dann wird sie mit mir kommen. Außerdem – soweit ich das einschätze, kann sie hier gar nicht so furchtbar glücklich sein, wie Sie es gern darstellen. Immerhin hat sie schon diverse Male versucht, sich umzubringen.«

»Glücklich oder unglücklich«, entgegnete Schillig. »Das sind Begriffe, die es hier nicht gibt. Hier zählt nur gesund oder krank, und die meisten hier sind nun mal krank.«

»Das wäre ich auch, wenn ich hier leben müsste.«

»Die Menschen kommen schon krank hierher, sie *werden*

hier nicht krank. Wir versuchen, sie gesund zu machen, Herr Kommissar.«

Pohlmann, dem die Diskussion allmählich auf die Nerven ging, hob beschwichtigend die Hände. »Ich verspreche Ihnen, dass ich sie wohlbehalten wieder zurückbringe. Sobald wir den Mörder gefasst haben, ist sie wieder da.«

Schillig stöhnte. »Wollen wir es hoffen. In Ihrer Haut möchte ich nicht stecken, wenn etwas schiefgeht.«

»Ich möchte in Ihrer auch nicht stecken, Dr. Schillig.« Martin umfing mit einer ausladenden Geste die gesamte geschlossene Abteilung. »Ganz sicher nicht. So, und jetzt lassen Sie uns keine Zeit mehr verlieren. Ich muss arbeiten.« Martin wandte sich um, doch dann fiel ihm noch etwas ein, das er Annegret fragen wollte. »Kann ich vorher noch mit dem Pfleger sprechen, diesem Dräger?«

»Lars?« Annegret hob die Brauen. »Der hat ab heute Urlaub. Die ganze Woche. Wieso?«

Martin blickte in die Ferne und dachte nach. »Ach, nur so. Ist nicht weiter wichtig.«

Nach einer Weile, während sie auf dem Flur in Richtung von Emilie Brauns Zimmer gingen, stellte er eine scheinbar belanglose Frage. »Wissen Sie, ob Dräger Tauben züchtet?«

Annegret lachte kurz auf. »Tauben? Nee, nicht dass ich wüsste.« Sie bedachte Martin mit einem skeptischen Blick, doch er ging nicht weiter darauf ein.

»Ich brauche seine Privatadresse.«

»Ich glaube nicht, dass ich Ihnen die geben darf.«

Martin sah sie mit strengem Blick an. »Das ist jetzt nicht Ihr Ernst, oder? Ich führe Ermittlungen durch und habe an Herrn Dräger ein paar Fragen. Natürlich werden Sie mir seine Adresse geben. Anderenfalls ...«

»Anderenfalls verhaften Sie mich.«

»Quatsch. Anderenfalls kriege ich die Adresse auch so raus. Einwohnermeldeamt, Polizeiregister et cetera. Es würde nur etwas länger dauern.«

»Am Melhorn 16, am Ortsrand von Scharmbeck.«

»Oh, das ging aber jetzt schnell. Haben Sie alle Adressen Ihrer Kollegen so gut im Kopf?«

Die Frage blieb unbeantwortet.

Dann standen sie vor dem Zimmer von Emilie Braun. Annegret, Dr. Schillig und Martin Pohlmann betraten es nacheinander.

Emilie trug einen hellblauen Morgenmantel und ihre alten, ausgelatschten Puschen. Wie es zu erwarten war, saß sie im Schneidersitz auf dem Boden, an eine Wand gelehnt, und war von einigen Türmen ihrer Lieblingsschriftsteller umgeben. Als die drei eintraten, wippte sie mit ihrem Körper wie zu einer sanften Melodie, doch da keine Musik zu hören war, erahnte Martin, dass sie dem Klang der Worte lauschte, die aus dem Buch zu ihr sprachen. Aneinandergereihte Worte sind wie Musik, hatte sie bei ihrem letzten Gespräch zu ihm gesagt. Mal laut, mal leise, mal sind es Streicher, mal Trompeten – je nachdem, wie es der Autor in seinem Inneren gehört hat, von einem ganzen Orchester vorgetragen. Nun schien sie wie einer Klaviersonate dem zarten Klang von Worten zu lauschen.

»Hallo, Emmi«, begann Annegret und blieb aufrecht vor ihr stehen. Die Schwester wirkte in diesem Moment eigenartig kühl und reserviert. »Emilie, Kommissar Pohlmann ist hier. Er möchte mit Ihnen einen Ausflug machen.« Pohlmann ging derweil zu ihrem Schrank. Ein alter Lederkoffer lag obenauf, und als er ihn herunterholte, fiel Staub wie Schneeflocken zu Boden. Er öffnete den Lederriemen, der um den Koffer geschlungen war, und ließ die beiden Schlösser links und rechts aufschnappen. Er erinnerte sich daran, dass seine Mutter einen ähnlichen Koffer besaß, doch nun hatte er keine Zeit für melancholische Ausflüge in die Vergangenheit. In der Zwischenzeit hatte sich Emilie Braun vom Boden erhoben. Sie wirkte trotz ihres Alters in diesem Mantel wie ein Kind und auch dann noch, als sie Martin Pohlmann mit strahlendem Blick ansah.

»Wirklich?«, fragte sie aufgeregt. »Wir machen einen Ausflug?«

Martin trat einen Schritt vor und sah sie an. Sie war gut zwei Köpfe kleiner als er. »Na, mal sehen. Wir finden schon einen Ort, an dem Sie noch nicht waren.« Ohne eine Spur des Zweifels, ob es richtig sei, ihre gewohnte Umgebung zu verlassen, begann sie sich auszuziehen. Sie faltete den Morgenmantel zusammen und legte ihn in den alten Koffer. Dann zog sie die Hausschuhe aus und stopfte sie daneben. Als sie Anstalten machte, sich das Nachthemd abzustreifen, drehte sich Martin um und verließ das Zimmer. »Ich warte dann draußen. Denken Sie an die Pillen und das ganze Zeugs.«

Nach zehn Minuten kam Emilie Braun in Begleitung von Annegret und Dr. Schillig heraus. Sie trug einen braunen Kamelhaarmantel, der gut 50 Jahre alt sein mochte, und schwarze, feste Wildlederschuhe mit einem unechten Pelzbesatz am oberen Rand. Unter dem Mantel schaute ein dunkelgrüner Wollrock hervor. Alles in allem nicht die Mode des 21. Jahrhunderts. In der rechten Hand hielt sie ihren hellbraunen Lederkoffer, und sie schien nicht im Geringsten traurig zu sein, die Station zu verlassen. Sie teilte die Bedenken des Arztes und der Schwester offensichtlich nicht.

Sie kamen an der Medikamentenausgabe vorbei. Dr. Schillig ging hinein. Konzentriert sortierte er all jene Medikamente, mit denen Emilie regelmäßig gefüttert wurde: Antidepressiva, Neuroleptika, Schlaftabletten, Muskelrelaxantien et cetera. Alle blauen und roten Pillen waren in sieben kleinen, aneinandergereihten Schächtelchen verstaut, die mit einem durchsichtigen Deckel verschlossen waren.

»Also«, begann Dr. Schillig. »Die hier bekommt sie morgens um sieben und die hier am Abend, weil sie nicht einschlafen kann. Und die hier sind nur für den Notfall. Wenn sie hysterisch wird und rumschreit, geben Sie ihr zwei davon auf einmal. Davon wird sie binnen sehr kurzer Zeit ruhig. Und diese hier …«, Pohlmann blickte an Schillig vorbei, »hören Sie mir überhaupt zu?«

»Ja, sicher. Sie sagten: und die hier …«

»Sie täten gut daran, mir aufmerksam zuzuhören. Diese gelben hier sind für einen dissoziativen Anfall. Wir wissen noch nicht genau, wann sie den bekommt. Diese Art Anfälle sind die Folge gravierender Traumata in der Vergangenheit. Vermeiden Sie es, sie aufzuregen oder sie unnötigem Stress zu unterziehen. Die Folgen könnten verheerend sein.«

Martin nickte ernst.

Der Arzt zeigte mit dem Finger auf eine letzte Pille. »Diese hier ist zur allgemeinen Beruhigung. Die geben Sie ihr nur nach Bedarf.«

»Oh, das ist gut. Darf ich die auch nehmen?«, scherzte Martin, doch an der Reaktion von Dr. Schillig und Annegret merkte er, dass sie nicht in der Stimmung für Witze waren.

»Keine Sorge, ich krieg das hin. Ganz sicher.«

Martin wandte sich an Emilie. »Nicht, Emilie? Wir schaffen das schon, oder?«

Emilie antwortete nicht.

Zwischenzeitlich hatten sich noch andere Patienten eingefunden, für die die Situation spektakulärer war als alles, was sie auf der Station sonst erlebten. Emmi drehte sich im Kreis zu ihren Freunden um und sah sie einzeln an. Sie sagte nichts, es war nicht nötig zu sprechen. Dafür kannten sie sich schon zu lange. Schließlich wandte sie sich mit ihrem Koffer zu Martin um und nahm zu seiner Verwunderung seine Hand. »Gehen wir?« Martin schnitt eine Grimasse, die sein Erstaunen zum Ausdruck brachte, und sah auf seine Hand hinab. Er hielt es für das Beste, den Dingen ihren Lauf zu lassen, und entzog sich ihrer Hand nicht.

*

Es musste ein sonderbares Bild gewesen sein, als Martin mit Emilie die Station verließ. Ein Tross von Patienten schlurfte hinter ihnen her, bis zu jenen Türen, durch die nur Emilie und Martin durften. Die Herde verblieb wie in einem Gatter zurück. Wie Sträflinge im Zuchthaus krallten sie ihre Hände um die

Gitterstäbe und sahen den beiden mit Wehmut nach, bis sie aus ihrem Blickfeld verschwunden waren.

Verschwunden durch alle Sicherheitsschranken und Türen, vorbei an dem Pförtner, der sich wie üblich aus seinem Häuschen lehnte, die einzige körperliche Betätigung, die er verrichtete.

KAPITEL 44

Hamburg, 11. November 2010

Es war anzunehmen, dass sich Martin Pohlmann nicht vollständig darüber im Klaren war, was er tat, als er Emilie Braun, die seit vielen Jahren die Mauern der geschlossenen Anstalt nicht verlassen hatte, in den schicken BMW von Klaus Schöller setzte. Einen Wagen mit 220 PS und 2,5 Liter Hubraum. Nicht dass seinem Fahrgast diese Details wichtig gewesen wären. Wie den meisten Frauen, erschienen ihr diese Zahlen belanglos, doch der enorme Schub, der beim Anfahren erzeugt wurde, war durchaus für sie interessant. Das letzte Mal, als sie in einem Automobil saß, hätte sie es beim Anfahren zu Fuß überholen können. Sie blies ihre Wangen auf, hielt die Luft an, stützte sich am Armaturenbrett ab und stemmte die Füße gegen den Boden, als könne sie damit den Wagen verlangsamen.

In den ersten Sekunden der Fahrt dachte Martin darüber nach, was er da angestellt hatte. Eigentlich wusste er noch gar nichts. Weder, wie er den Tag nach nur drei Stunden Schlaf überstehen würde, noch, womit er ihn in Begleitung einer 70-jährigen, möglicherweise leicht verwirrten ›Dame‹ verbringen und auch nicht, wie er zeitgleich seine Arbeit erledigen sollte, die darin bestand, einen Serienmörder ausfindig und dingfest zu machen. Bereits nach fünf Minuten Fahrt Richtung Hamburg-Mitte kamen ihm die ersten Zweifel. Die Worte von Dr. Schillig hallten mahnend in seinem Kopf nach.

Wie zu erwarten war, verhielt sich Emilie Braun schweigsam.

Nach der ersten Überraschung bezüglich moderner Beschleunigungswerte lernte sie schnell, sich wieder zu entspannen. Danach hatte sie genug damit zu tun, die Eindrücke, die auf sie einwirkten, zu verarbeiten. 35 Jahre, in denen sie sich vor der Welt verborgen gehalten hatte, waren eine verdammt lange Zeit, wenn es darum ging, moderne Technik zu begreifen. Vor 35 Jahren schlummerten die Zeichnungen und Skizzen der ersten Personal Computer, die noch groß wie ein Kleiderschrank sein sollten, in den Schubladen pfiffiger Ingenieure. Schnurlose Telefone waren schwer wie Hanteln, und zum Fernseher musste man sich mühsam hinbewegen, weil der Senderwechsel noch nicht von Funkwellen erledigt wurde. Allein das Interieur des BMWs mit den vielen Zahlen und blinkenden LED-Lämpchen erregte Emmis Aufmerksamkeit. Spätestens, wenn das Navigationsgerät anfangen würde zu sprechen, würde Emilie vermutlich zusammenzucken und aus dem fahrenden Auto flüchten wollen. Martin ließ es ausgeschaltet.

Aus dem Augenwinkel beobachtete er sie ganz genau. Er war froh, dass sie so ruhig blieb, möglicherweise noch eine Nachwirkung der Medikamente, die man ihr kurz vor der Fahrt verabreicht hatte. Sie hatte sich mit ihrem dünnen Körper nach rechts gedreht, um aus dem Fenster zu sehen und nichts zu verpassen, was ihren Augen geboten wurde. Es war ein schöner Morgen und das Wetter zeigte sich den verdrossenen Hamburgern gnädig. Die Sonne schien aus einem wolkenlosen Himmel bei frostigen drei Grad minus.

»Haben Sie schon gefrühstückt?«, begann Martin holprig ein Gespräch.

Emilie wandte sich nicht zu ihm herum, ließ nur den Kopf von einer für sie aufregenden Sehenswürdigkeit zur nächsten schwenken. Nach drei Minuten kam ein monotones Ja. Erst als sie an einem Ausläufer der Außenalster vorbeifuhren und sie das Wasser sah, auf dem sich die Sonne mit Millionen kleiner Glitzerpunkte spiegelte, verließ sie ihre scheinbare Lethargie. Sie zappelte auf ihrem Sitz herum, deutete mit ihrem knochigen Zeigefinger genau in die Richtung des Gewässers und sah zum ersten Mal in Martins Richtung. Mit staunenden Augen, die in diesem Moment eine unglaubliche Sehnsucht zum Ausdruck brachten. Mit der Stimme eines Kindes sagte sie: »Fahren wir ans Meer?«

Martin zupfte verlegen an seinem Bart und sah sie an. Nicht lange, um den lebhaften Verkehr nicht aus den Augen zu verlieren, doch lange genug, um ergriffen zu sein von einer Frage, die für Emilie viel mehr beinhaltete als für die meisten Menschen. Wie für jemanden, der regelmäßig am Wochenende zur Ostsee hochfuhr, der es gewohnt war, Dinge zu realisieren, wie es ihm in den Sinn kam. Nicht jedoch für Emilie, die in ihrem ganzen Leben nicht ein einziges Mal erlebt hatte, wie es ist, wenn die Schaumkronen des Salzwassers in ihrem beständigen Rhythmus auf den weißen Sand rutschen und sich wieder zurückziehen. Sie wiegen sich dabei wie in Gottes Armen und schenken dem Besucher, der gekommen ist, um mit allen Sinnen das Meer zu fühlen, zu riechen und zu schmecken, einen Frieden, den man nicht in Büchern vermitteln kann. Darüber gelesen zu haben, ist nicht dasselbe, wie es erlebt zu haben.

»Nein, heute nicht«, antwortete Martin kurz und bog in die Straße ein, in der sich das Präsidium befand. Jegliche Vorfreude wich aus Emilies Gesicht, und sie sackte in sich zusammen. Schmollend schaute sie aus dem Fenster, bis der Wagen vor einem hohen Gebäude zum Stehen kam. Sie hielten vor dem Präsidium.

»Ich steige nur kurz aus, bleibe aber in der Nähe. Bitte, bleiben Sie sitzen, okay?« Emilie sah ihn ausdruckslos an und rührte sich nicht. Er stieg aus, schloss die Fahrertür und kramte sein Handy hervor. Er zog den Reißverschluss der Jacke bis zum Hals und wählte eine ihm vertraute Nummer. Nach zweimaligem Klingeln nahm Werner ab.

»Hallo, Werner. Ich bin's. Bist du oben?«

»Klar bin ich oben. Im Büro. Wo bist du? Schöller ist gerade raus. Er hat mir nach unserer Aktion gestern Abend bei Wegleiter und Fürst eine Standpauke vom Allerfeinsten gehalten, das kannst du dir ja wohl vorstellen. Er kann es kaum erwarten, dir den Kopf abzureißen.«

Martin ging auf einer Fläche von zwei Quadratmetern auf und ab, in Blickweite des Wagens. »Ich schätze, er genießt seinen Auftritt, aber auf mich wird er erst mal eine Weile verzichten müssen. Tut mir leid, wenn ich ihn enttäuschen muss, aber ich stehe unten auf dem Parkplatz und werde garantiert nicht hochkommen.«

»Was soll das heißen, du kommst nicht hoch.«

»Na, was gibt es da nicht zu verstehen? Ich kann nicht. Komm du bitte zu mir runter. Ich hab einen Fahrgast, dem ich die Show von Schöller ersparen möchte.«

»Martin, sag bloß, du hast …?«

»Mann, komm einfach runter und wir reden.« Martin drückte die Stopp-Taste und sah zu Emilie. Er wusste nicht, wie sie auf manche Dinge reagieren würde, doch schon ein normaler Mensch würde das Weite suchen wollen, wenn Schöller mit seinem überheblichen, cholerischen Gepolter loslegte. Er hielt es für das Beste, seinem Pseudochef für eine Weile aus dem Weg zu gehen, zumal er Anweisungen erhalten würde, die er nicht einhalten könnte. Jetzt ging es darum, in kurzer Zeit Ergebnisse zu erzielen, und die würde er unter Schöllers Regie garantiert nicht bringen können.

Drei Minuten später erschien Werner auf dem Parkplatz und sah sich hektisch zu allen Seiten hin um. Als er sich dem Wagen näherte, begriff er, wen Martin dort auf dem Beifahrersitz sitzen hatte. Eine ältere Dame mit einer ebenso alten Wollmütze, die so klein war, dass sie gerade noch durch das Seitenfenster ihre Umwelt wahrnehmen konnte. Werner ging ein paar Schritte auf Martin zu.

Noch bevor sie sich gegenüberstanden, schimpfte Werner los. »Bist du wahnsinnig? Das kann dich deinen Job kosten. Ohne richterlichen Beschluss …« Hartleib ging langsam um den Wagen herum und nickte Frau Braun freundlich zu, als sie zu ihm aufsah. Martin ging hinter ihm her.

»Ich weiß, was ich tue. Außerdem, hast du eine bessere Idee? Du hast mir doch selbst gesagt, dass wir keinen Beamten für Frau Braun abstellen können. Also, was willst du? Soll sie die Nächste sein?« Werner blickte zu Boden. Die Situation war ihm sichtlich unangenehm. »Natürlich nicht, aber was du tust, ist trotzdem nicht okay. Du brauchst zumindest eine Vollmacht. Mein Gott, du benimmst dich wie ein Idiot und nicht wie ein Profi.«

»Ach ja, von wem soll denn die Vollmacht kommen? Von Schöller vielleicht? Soll mir Schöller einen Wisch ausstellen, damit ich eine Frau aus einer Anstalt heraushole, von der ich glaube, dass sie das nächste Mordopfer ist?«

Martin holte tief Luft und schlang sich die Arme um die Brust. Dann sah er zu Emilie. »Ich habe langsam das Gefühl, Schöller *will* den Fall gar nicht lösen. Warum auch immer, aber alles, was wir tun, ist offenbar Mist. Ich werde den Mörder finden, und du musst dir überlegen, auf welcher Seite du eigentlich stehst. Ich finde den Kerl mit dir oder ohne dich.«

»Hör zu, Martin. Du weißt, wir sind Freunde, aber das geht zu weit. Ich hab Familie zu Hause, muss die Hypothek vom Haus abbezahlen und hab echt keinen Bock auf Dauerzoff mit Schöller. Er ist nun mal jetzt unser Chef, und daran kannst du auch nichts mehr ändern.«

»Ich verstehe. Du bist also übergelaufen. Na schön. Macht, was ihr wollt.« Martin ging zu ›seinem‹ Wagen zurück und nahm den Türgriff in die Hand. »Sag mir wenigstens eins: Hat Feldmann Personenschutz bekommen oder nicht?«

»Ja, hat er, aber nur für heute. Schöller denkt, du hast Hirngespinste.«

»Ach ja, verstehe. Das werden wir ja noch sehen.«

Martin stieg in den Wagen ein, ohne sich zu verabschieden. Ohne auf Emilie zu achten, startete er den Motor und jagte vom Parkplatz des Präsidiums. Er wusste nicht, wohin mit seiner Wut, sie jedoch unbedacht im Verkehr auszulassen, war zwar sonst hilfreich, nicht aber heute mit Frau Braun an seiner Seite, die einen Haufen eigener Probleme am Hals hatte. Martin war sich sicher, dass jemand ihr nach dem Leben trachtete, und er wollte dies unter allen Umständen verhindern. Warum der Killer jedoch auf Emmi angesetzt war, wusste Martin immer noch nicht. Nur weil sie eine Prozessteilnehmerin war – das allein konnte doch nicht reichen. Er musste erst mal einen klaren Kopf bekommen und einen Kaffee trinken. Also beschloss er, nach Hause zu fahren. Eine Strecke von 15 Minuten, die Emmi und Martin schweigsam verbrachten.

Wie durch wundersame Fügung fand er einen Parkplatz direkt vor seinem Haus. Er stieg aus und ging um den Wagen herum, um Emilie Braun heraus zu helfen. Dann holte er das Gepäck aus dem Kofferraum und trug es für sie in die dritte Etage.

Oben angekommen, sah sich Emilie zögerlich um. Sie behielt den Mantel an und machte sich, ohne zu fragen, auf Erkundungstour durch alle Räume. Diesbezügliche, in fremden Wohnungen aufkeimende Hemmungen schienen ihr fremd zu sein. Im Wohnzimmer blieb sie stehen und betrachtete das Chaos auf dem Boden und auf dem Tisch. Leere Bierflaschen neben Leitz-Aktenordnern. Benutzte Teller vom Vortag gesellten sich zu schmutziger Wäsche. In all den Wirrungen hatte Martin vergessen, Ordnung für seinen Gast zu schaffen, doch er dachte sich, es wäre die Hauptsache, Emilie am Leben zu erhalten. Aufräumen könne er immer noch. Peinlich war es ihm aber jetzt doch. Dass Emilie dieses Chaos gar nicht schlimm fand, sagte sie ihm nicht. Sie schmunzelte nur. Hektisch fing er an aufzuräumen und trug die schmutzige Wäsche ins Schlafzimmer. Als er zurückkam, hatte Emilie einige Teller in der Hand, die sie, immer noch im Mantel, in die Küche brachte. Sie blieb vor der überfüllten Spüle stehen und suchte nach einer freien Fläche. Da sie keine fand, stellte sie das schmutzige Geschirr vorsichtig auf dem Boden ab. Der Boden war ihr eben nicht nur als Trittfläche, sondern ebenso als Sitzfläche und auch als Lagerfläche für diverse Gegenstände vertraut. Warum also nicht auch für Geschirr?

Martin stellte sich hinter sie und wollte ihr den Mantel abnehmen. Als er sie berührte, wich sie entschieden zurück, doch sie schien zu verstehen, was er von ihr wollte, und zog langsam den Mantel aus. Sie gab ihn Martin, der ihn an die Garderobe hängte. Von Weitem sah sie ihm zu und lernte. In kurzer Zeit räumte Martin im Wohnzimmer die Ordner beiseite, drapierte die Kissen auf Sessel und Sofa, schlug, wie er es bei Sabine des Öfteren gesehen hatte, mit der Handkante eine Delle hinein und schaffte es, ein halbwegs gemütliches Ambiente herzustellen. Zumindest nach seinem Maßstab. Den von Emilie musste er erst kennenlernen, wenn es überhaupt in ihrem Kopf Begriffe wie Gemütlichkeit und Behaglichkeit gab.

»Bitte«, sagte er und wies ihr den freien Sessel zu. »Setzen Sie sich doch. Ich mache uns inzwischen einen Kaffee. Trinken Sie Kaffee?« Emilie antwortete nicht und sah sich im Raum um. Ein leises, genervtes Stöhnen entwich Martin und er machte sich auf den Weg in die Küche.

Während er das schmutzige Geschirr der vergangenen Woche spülte, überlegte er, ob er die Balkontür abgeschlossen hatte. Nein, hatte er nicht, und der Schlüssel steckte. Was, wenn sie sich hinunterstürzen würde? Hoch genug zum Sterben wäre es allemal. Sie könnte auf einen der beiden verwitterten Gartenstühle steigen und hinunterspringen. Sie könnte aber auch noch andere Dummheiten anstellen: mit dem Feuerzeug, das auf dem Tisch lag, die Wohnung oder sich selbst in Brand stecken. Oder einfach durch die Tür aus der Wohnung verschwinden. War die Eingangstür verriegelt gewesen? Nein, war sie nicht. Martin trocknete sich die Hände ab und ging in den Flur. Er drehte den Schlüssel drei Mal um, zog ihn ab und steckte ihn sich in die Tasche. Als er am Wohnzimmer vorbeikam, schob er seinen Kopf zwischen den Zargen hindurch und spähte hinein. Sie saß in keinem der Sessel, auch nicht auf dem Sofa, das registrierte er schnell. Sie tat, was sie immer tat und womit er eigentlich hätte rechnen müssen.

KAPITEL 45

Hamburg-Eimsbüttel, 11. November 2010

Emilie Braun saß in Martins Wohnzimmer auf dem Teppichboden und lehnte sich an die Wand. Sie hatte einige Bücher neben sich gelegt. Martins Sammlung war sicher nicht so stattlich wie die Anstaltsbibliothek. Aber an die 400 bis 500 Bücher mochten es auch sein, die in den Regalen verstaubten. In erster Linie Belletristik. Unterhaltungsromane aller Art, viele noch von Sabine. Ein paar Klassiker waren auch dabei. Mit dem Spültuch in der Hand, fand er sie dort sitzend vor. Er betrachtete sie und konnte nicht sagen, wann er jemals in seinem Leben eine so außergewöhnliche Frau getroffen hatte. Zu Anfang, als er sie kennenlernte, empfand er Abscheu ihr gegenüber. Danach stellte sich ein Empfinden wie Mitleid ein, aber jetzt? Wie konnte ein Mensch derart zufrieden sein, solange er etwas zu lesen in den Fingern hielt? Ihre Gesichtszüge wirkten vollkommen entspannt. Ihre Stirnhaut war glatt wie die eines Teenagers, und während sie las, bewegten sich stumm und kaum sichtbar ihre Lippen. Sie saß da mit übereinandergelegten Beinen. Diesmal wippte sie nicht zu der Musik der Worte. Sie kicherte kurz auf, ihre Augen glänzten, und gleichzeitig schluchzte sie leise. Eine kleine Träne löste sich und kullerte über ihre Wange. Sie sah nicht zu Martin auf, der einen Meter von ihr entfernt stand. Emilie konnte sich mit dem, was sie las, so intensiv identifizieren, dass sie damit jedes 3-D-Kinoerlebnis in den Schatten stellte. Was sie las, schien vor ihrem inneren Auge lebendig und real zu werden, eine Fähigkeit, die sonst nur Kindern zu eigen ist und die im Laufe des Erwachsenwerdens vom Leben verdrängt wird.

Leise verschwand Martin aus dem Raum und überließ Emilie ihrer Lektüre. Er hatte sich zu Unrecht Sorgen gemacht, obgleich er wusste, dass man sie als unberechenbar einstufen musste. Vertrauen ist gut, Kontrolle ist besser. *So heißt es doch,* dachte er. Während er das Chaos beseitigte, das Geschirr spülte und abtrocknete, dachte er nach. Von nebenan hörte er kein Geräusch außer einem undeutlichen Nuscheln, Nasehochziehen und Kichern.

Die zentrale Frage, die sich ihm aufdrängte, war, wie er seine Ermittlungen weiterführen sollte. Der Wunsch, Emilie zu beschützen, war eine Sache. Den Täter zu finden, eine andere. Viele Fragen spukten in seinem Kopf herum: Wie konnte man Wegleiter und Fürst überführen? Wie viel Dreck hatten sie tatsächlich am Stecken und wie viel war erfunden und hinzugedichtet worden? Warum konnten zwei Männer mit derartiger Vergangenheit und nachweislichen Taten so viele Jahre unbehelligt bleiben, es sich dabei so richtig gut gehen lassen und keinem Richter der Welt gegenüber Rechenschaft ablegen müssen? Wie viele unschuldige Kinder hatte Dr. Fürst auf dem Gewissen, ermordet zu angeblichen Forschungszwecken? War er wirklich in der Kinderfachabteilung in Lüneburg tätig gewesen? Martin hielt mit einem Teller in der Hand inne. Lüneburg – Hamburg, eine gute halbe Stunde.

Warum nicht? Einen Versuch war es wert.

Ein kleines Puzzleteilchen innerhalb der Ermittlungen.

Martin nahm die Pfanne in die Hand und begann sie abzutrocknen. Sein Kopf war mit anderen Dingen beschäftigt: Wenn Fürst diese Kinder umgebracht hatte, wäre er auch in der Lage, seine *eigenen* Kinder töten zu lassen? Wen haben Wegleiter und Fürst angeheuert, um ihre ›Erzeugnisse‹ aus dem Weg zu räumen? Warum musste Strocka sterben? Hatte der Täter im Fall Hans Keller ungehinderten Zugang zur Klinik, weil er wusste, wie man Schlösser knackte, oder wurde ihm geöffnet? War der Mörder ein Mitarbeiter der Klinik, wie Annegret und … Dräger? Wer war dieser Dräger – und warum hatte ihn noch niemand bisher verhört, obwohl dies routinemäßig längst überfällig gewesen war?

Martin wischte die Ablage für Teller trocken. Er schüttelte den Kopf. Mit jedem in der Klinik hatten die Kollegen gesprochen. Man hatte ihr Verhältnis zu Keller abgeklopft, ob es harmonisch war oder ob sie ihn für einen launischen Despoten hielten. Welche Patienten hatten Zugang zu seinem Büro gehabt, wer wusste, dass er zu seinem Schutz eine geladene Waffe in seiner Schreibtischschublade aufbewahrte? Wieso schlüpfte dieser Dräger wie ein Aal durch die Ermittlungsmaschen? Gab es einen Maulwurf im Präsidium, der alles ausplauderte und die Ermittlungen boykottierte? Martin hängte das Trockentuch an den Haken. Eine letzte Frage quälte ihn: Wer wird auf Feldmann aufpassen, wenn sich der Tag und die Nacht dem Ende neigen? Der Mörder bräuchte nur einen Tag zu warten und er hätte ein weiteres wehrloses Opfer.

In Martins Kopf hämmerte es. Er war müde von der kurzen Nacht und brauchte dringend einen starken Kaffee.

Als er zu Emilie zurückkam, hatte sie eine geschlagene Stunde dort verharrt und keinerlei Ansprüche geltend gemacht. Er setzte sich auf einen Stuhl ihr gegenüber und beobachtete sie.

»Es ist schön.« Sie hielt ihm ein Buch von Carlos Ruiz Safon mit dem Titel ›Schatten des Windes‹ entgegen. Martin nickte. Er kannte den Titel. Es ging darin um Bücher, um einen angehenden Schriftsteller. Verständlich, dass ihr der Roman gefiel.

»Kommen Sie. Ich möchte Ihnen Ihr Zimmer zeigen. Es ist mein Gästezimmer.« Emilie erhob sich aus ihrer Position und schien ein wenig Mühe zu haben, Blut in die stillgelegten Adern zu pumpen.

»Darf ich das behalten?«, fragte sie ihn.

»Klar. Nehmen Sie es ruhig mit.«

Sie griff nach ihrem Koffer, der noch neben der Eingangstür stand, und tippelte hinter Martin her in das kleine Gästezimmer der Vierzimmerwohnung. Dort angekommen, blickte sie sich um. Sie legte das Buch auf ihren Nachttisch und hob den Koffer auf das Bett, öffnete ihn und ging zu dem Kiefernschrank. Ein Schlüssel steckte. Sie öffnete die Tür und schien zufrieden.

»Brauchen Sie Hilfe?«, fragte Martin. Emilie antwortete nicht. Er hatte zwar erlebt, dass sie bezüglich ihrer Redehäufigkeit bei ihm eine gigantische Ausnahme machte, was jedoch nicht bedeutete, dass man damit rechnen konnte, auf alle Fragen eine Antwort zu erhalten. Nach welchem Schema sie dabei vorging, nach welchen Kriterien sie wichtige von unwichtigen Fragen unterschied und wann sie eine Frage für beantwortenswert hielt, blieb für die meisten Menschen in ihrer Umgebung ein Rätsel.

Sie machte sich daran, ihren Koffer auszupacken, und ging systematisch vor. Ihre Hausschuhe stellte sie exakt nebeneinander vor das Bett, den Morgenmantel faltete sie auseinander und legte ihn schnurgerade ans Fußende. Den Rest der Kleidung verstaute sie im Schrank, wie es jede geistig normale Frau auch getan hätte. Keine Anzeichen für Schwachsinn in diesen Minuten. Martin war erleichtert. Er hatte es sich schlimmer vorgestellt.

»Ich habe Kaffee gemacht. Möchten Sie eine Tasse?«

Emilie nickte und ging an Pohlmann vorbei. Mit kleinen Schritten stakste sie ins Wohnzimmer zurück, zu ihren Büchern.

Martin brachte ein Tablett mit einer Kanne tiefschwarzen Kaffees, zwei Tassen, einer Zuckerdose und einem Liter Milch in einem Tetrapack-Karton. Martin setzte sich ihr gegenüber auf einen Stuhl, während Emilie in einem der Sessel versunken war. Er reichte ihr die dampfende Tasse, die sie über ihrem altmodischen Rock auf der Untertasse balancierte. Während Martin sie nicht aus den Augen ließ, trank Emilie in kleinen, rhythmischen Schlucken, und nur Gott wusste, was ihr durch den Kopf ging. Wer sie nicht kannte, hätte nicht geahnt, dass die ältere Dame, die, wie ein zerknautschter Mantel dort sitzend, an ihrer Tasse schlürfte, die letzten 40 Jahre keinerlei Kontakt zur Außenwelt gehabt hatte. Erst jetzt, wo sie in ihrer kurzärmeligen Bluse mit den grün-weißen Rüschen am Kragen hier saß und ihre Finger um die Tasse krallte, fielen Martin die diversen Zeugen ihrer Selbstmordversuche auf. Verheilte Schnitte auf der Unterseite beider Arme. Er erkannte zwei Narben, die quer verliefen und die Venen durchtrennt hatten. Eine andere wulstige Hautfalte schlängelte sich längs den halben Unterarm hinauf. Der Schnitt musste mit einem stumpfen Gegenstand verübt worden sein und das Gewebe eher zerrissen als exakt durchtrennt haben. Die letzte Aktion dieser Art hatte sie mit einem Küchenmesser vollführt und beinahe damit Erfolg gehabt. Übrig geblieben waren zwei rosafarbene Striche, die sich an die alten verblassten reihten. Ähnlich wie ein Junkie, der sich Arme und Beine zerstochen hat, hatte auch Emilie Spuren ihrer zerstörerischen Manie auf ihrem Körper hinterlassen. Finstere Tattoos, die mit Blut statt mit Tinte gestochen wurden.

Heute saß sie friedlich da, und nichts deutete darauf hin, dass sie ähnliche Gedanken hegte wie zu den Zeiten ihrer blutigen Taten.

Martin erschien die Situation fast zu entspannt, um wahr zu sein. Es lief irgendwie zu glatt. Sie zeigte keinerlei Spuren einer verrückten Persönlichkeit, außer ein paar Macken vielleicht, die, wie ihn das Leben gelehrt hatte, jeder mit sich herumtrug. Zu Recht fragte er sich, wie viele Leute deutlich bekloppter als Emilie Braun waren und nie auch nur in die Nähe einer Psychiatrie gekommen waren, obwohl sie es bitter nötig gehabt hätten.

Martin warf einen Blick auf seine Uhr. Es war zwölf Uhr und sein Magen knurrte. Erst dann fiel ihm auf, was für ein lausiger Gastgeber er doch war. Alles war überstürzt geschehen. Der Tod von Rohdenstock in der letzten Nacht, viel zu wenig Schlaf und die ›Entführung‹ Emilies aus der Klinik. Sein Kühlschrank war bis auf ein paar Flaschen Bier fast leer, und den Rest würde er niemandem anbieten mögen. Entweder ging er mit Frau Braun einkaufen oder sie müssten auswärts essen gehen.

Er wägte die Möglichkeiten ab. Worauf würde Emilie am unspektakulärsten reagieren? Ein unnötiges Risiko wollte er auch nicht eingehen. Mit ihr einkaufen zu gehen, könnte eine Art Schock auslösen. Er dachte an die Frau, die in seinem Wohnzimmer saß und Kaffee schlürfte. *40 Jahre hat sie keinen Supermarkt betreten. Wie wird ein Mensch mit derartigem Überfluss fertig, wenn er ihn nicht gewohnt ist? Wie wird sie auf die anderen Menschen reagieren, die dort einkaufen? Wird sie friedlich bleiben oder sich bedroht fühlen*? Martin fluchte leise. Es musste für die nächsten Tage etwas zu essen her. Die andere Möglichkeit bestünde darin, sie in der Wohnung allein zu lassen, die Tür gründlich von außen zu verriegeln und mit Vollgas alles zu besorgen, was nötig wäre, eine alte Dame und einen Mittvierziger am Leben zu erhalten. Das wäre wahrscheinlich das Beste, wären da nicht die gitterlosen Fenster, die sie zerschlagen könnte, um sich hinauszustürzen. Unter diesen Umständen würde man ihm Beihilfe zum Selbstmord oder fahrlässige Tötung anhängen.

Nach einer Weile entschied er anders.

»Kommen Sie, Frau Braun. Wir machen einen kleinen Ausflug.«

»Ans Meer?«, fragte sie begeistert.

»Nein, nicht ans Meer. Erst gehen wir essen und dann fahren wir ein bisschen spazieren.«

Umständlich, noch mit der halb vollen Tasse in der Hand, quälte sie sich aus der Tiefe des Sessels heraus. Auf der Suche nach einer geeigneten Abstellmöglichkeit blickte sie sich um und stellte die Tasse schließlich auf dem Boden ab. Martin eilte zur Garderobe und holte den Mantel seines außergewöhnlichen Gastes. Ganz Gentleman, stellte er sich hinter sie und hielt ihr den Mantel auf. Sie drehte sich mit dem Gesicht zu ihm um und sah ihn fragend an. Solche Gesten der Höflichkeit und der Etikette war sie nicht gewohnt. Martin schüttelte den Mantel und nickte mit dem Kopf. Sie schien zu begreifen, drehte sich wieder um und willigte ein, sich den Mantel die Arme hochstreifen zu lassen. Martin wurde klar, dass sie dies das erste Mal in ihrem Leben tat, und er fragte sich, welche Erlebnisse noch alle auf ihn zukommen würden, die eine unerwartete Reaktion nach sich ziehen würden.

*

Der Weg führte Martin und Emilie aus Hamburg heraus, Richtung Lüneburg. Vorbei an Hamburg-Harburg, obwohl Harburg im eigentlichen Sinne kein südlicher Stadtteil von Hamburg war.

Fragte man Harburger, waren sie eben Harburger und nicht Hamburger. Ein kleines, aber nicht unwichtiges Detail!

Während Martin auf der A7 Richtung Lüneburg fuhr, überlegte er, wo er mit Emilie einkehren könnte. Schließlich fiel ihm ein geeignetes Gasthaus ein. Martin kannte es aus früheren Tagen. Ein nettes, abgelegenes Restaurant, wo man gut und unbehelligt essen könnte. Ein Ort, weit genug von Hamburg entfernt, wo man weder ihn noch Emilie Braun kannte. Dort, wo verliebte Paare am Vorabend ein Candle-Light-Dinner genossen hatten, würden Martin und Emilie Essen von der Mittagskarte wählen, ohne romantische Beschallung durch einen italienischen Barden wie Eros Ramazotti oder Angelo Branduardi, ohne Kerzenschein und anzügliche Annäherungsversuche.

An der Ausfahrt Seevetal-Fleestedt bog er auf die B4 ab. Wenige Kilometer auf gerader Strecke, schon kam er am Gasthof ›Zur grünen Linde‹ an. Er stellte den Wagen auf dem leeren Parkplatz ab und schaltete den Motor aus.

Martin ging voran, überzeugte sich durch einen Blick über die rechte Schulter, ob Emmi ihm folgte, und wählte im Inneren des Lokals einen der freien Tische. Er zog die Jacke aus und hängte sie eilig über den Stuhl. Er ging zu Emilie und nahm ihr den Mantel ab, dem noch der Geruch nach Kleiderschrank und Mottenkugeln anhaftete.

Emilie blieb genau auf der Stelle stehen, an der er sie verlassen hatte, und sah ihm nach, als er den Mantel an einen Garderobenhaken hängte. Martin kam zu ihr zurück.

»Setzen Sie sich doch«, forderte er sie auf und deutete auf den Stuhl, der vor ihr stand. Ungerührt zog sie den Stuhl vom Tisch ab und nahm darauf Platz.

Der Raum, in dem noch am Abend zuvor lebendiges Stimmengewirr die Rauchschwaden durchschnitten hatte, wirkte kalt und leblos. Ein Kellner, der aussah wie ein Pinguin mit zu langen Flügeln und einem Bauch, über den sich die Weste spannte, bemühte sich an den Tisch. Eben der Nacht entkommen, war er angehalten, das klägliche Mittagsgeschäft in dem von Durchreisenden besuchten Dorf auch noch mitzunehmen.

Einheimische aßen woanders.

Inmitten vom kalten Rauch des Vorabends erhielt man ein liebloses Drei-Gänge-Menü für 9,90 Euro. Dass damit Reste vom Vortag unter die Leute gebracht wurden, erzählte man dem Gast nicht. Der vermutete es allerdings, sobald er aß.

Der Kellner gähnte verschämt und legte Martin und Emmi die Speisekarten vor. Wieder so eine Sache, die Emilie, selbst mit 70 Jahren, erst lernen musste. In früheren Zeiten, als sie noch ›draußen‹ war, hatte sie das eine oder andere Mal auswärts gegessen. In einer Erinnerung, die sie nicht pflegte, wurde sie im Alter von 28 Jahren von einem Verehrer in ein Restaurant geführt, der nichts anderes im Sinn hatte, als unter dem Tisch an ihrem Bein entlangzustreicheln. Sie kam erst gar nicht dazu, eine Speisekarte in die Hand gelegt zu bekommen. Noch bevor sich der Kellner dem Tisch nähern konnte, hatte sie dem Mann, der neben ihr saß, eine Ohrfeige verpasst und das Lokal verlassen. Danach mied sie diese Orte, zumal sich keine Gelegenheit mehr ergab, eingeladen zu werden. Ein Jahr später wurde sie wegen schwerer Körperverletzung zunächst inhaftiert und schließlich in Norderstedt das erste Mal eingeliefert. Das war jene Geschichte mit dem Messer und dem Kerl, der ihr an die Brust fasste.

»Schon mal was zu trinken vorab, die Herrschaften?« Der Pinguin wartete.

»Zwei Wasser«, orderte Martin und nahm den Blick nicht von der Karte. Über den Rand hinweg beobachtete er Emilie.

Sie las die Karte mit zusammengekniffenen Augen. Annegret hatte ihm erzählt, dass ein Augenarzt Jahre zuvor eine Altersweitsichtigkeit bei ihr festgestellt hatte, die jedoch nie mit einer Brille korrigiert wurde. Dieser Umstand hielt sie nicht davon ab, Bücher in Rekordzeit zu verschlingen, und so beschwerte sie sich auch nicht über die kleine Schrift in der Karte. Für sie war es normal, die Augen zusammenzukneifen.

Sie überlegte: Wiener Schnitzel mit Röstkartoffeln oder Filet Mignon, was auch immer dies sei. Sie entschied sich für das Wiener Schnitzel. Das gab es schon, als sie noch jung war, und was sich so lange in den Speisekarten der Welt hält, konnte nicht so schlecht sein. Davor bekam jeder einen Teller Brokkolisuppe und zum Dessert eine Kugel Eis.

Der Kellner kam an den Tisch und musterte das ungleiche Pärchen. Er zog eine Grimasse, die arrogante Verachtung widerspiegelte. Vielleicht war er auch nur müde. Gedanken sind frei, und so machte er von diesem Recht Gebrauch. *Am Abend waren sie noch alle schnieke. Schicke Miezen mit ihren Kerlen, aber am Tag – mein Gott, am Tag, da lassen sie sich gehen. Kommt ja nicht mehr drauf an. Eine alte Frau mit ihrem Sohn. Oder 'ne Tante mit ihrem Neffen. Interessant wird, wer bezahlen wird und wie viel Trinkgeld er oder sie rausrücken wird. Die Alte oder der langhaarige Knilch?*

Beide orderten das Wiener Schnitzel. Gut so, denn es waren noch zwei da, die weg mussten.

Nachdem Martin das Essen bestellt hatte, kam eine beklemmende Stille auf. Ein weiteres Paar, beide um die 50, saß in der anderen Ecke des Raumes und unterhielt sich verhalten, zumal sie, während sie die Suppe schlürften, nicht viele Worte füreinander übrig hatten.

Martin und Emilie saßen sich gegenüber und benahmen sich wie fremde Menschen, die zusammen in einem Fahrstuhl fahren. Dort, wo man zwangsweise auf engem Raum zusammengepfercht ist, schaut man entweder auf den Boden oder auf die roten Zahlen, die das Ende der Fahrt anzeigen. Normalerweise sieht man sich nicht gegenseitig in die Augen.

Ob Emilie nun normal war oder nicht, blieb dahingestellt. Jedenfalls hatte sie kein Problem damit, Martin direkt anzuschauen, während sein Blick zu flüchten versuchte. Jeder andere zu fixierende Punkt im Raum war für ihn willkommen, solange es nicht ihre stahlblauen Augen waren, mit denen sie ihn anstarrte.

Und dieses ewige Schweigen.

Schweigen kann wehtun.

Stille ist schmerzhaft, außer in Situationen, in denen zwei Menschen sie gemeinsam wählen, sie sogar genießen. Ansonsten, wenn sie unvermittelt auf einen trifft, in Momenten, in denen man nicht darauf vorbereitet ist, muss man versuchen, sie auszuhalten.

Irgendein verfluchtes Thema muss her, schoss es Martin durch den Sinn. Wenn man miteinander redet, dann sieht man sich an oder wenn man ineinander verliebt ist, aber sonst nicht. Er rieb die feuchten Hände auf den Hosenbeinen trocken, und schließlich gesellte sich ein Gedanke zu ihm, der ihm die Lösung ins Ohr flüsterte.

»Ich habe Ihr Buch fast durch«, sagte er mit Bedacht. Er nannte es absichtlich ›Ihr Buch‹ und nicht Geschreibsel, Tagebuch, Aufzeichnungen oder Kladde. Er wollte ihr die Wertschätzung, die er beim Lesen ihrer Zeilen empfand, zum Ausdruck bringen. Jeder Schriftsteller würde sich nun bedanken oder nachhaken, welche Passage denn am besten gefallen hatte, oder andere Phrasen anbringen, um sich der Peinlichkeit des Lobes zu entziehen. Emilie sah Martin an und lächelte. Sie wartete.

»Sie schreiben wirklich gut.« Schnell fügte Martin hinzu, um die Maschinerie der Konversation ins Rollen zu bringen: »Und ich habe noch nie einen Menschen getroffen, der so viele Bücher gelesen hat. Sie lieben Bücher, was?«

Emilie Braun nickte stumm.

»Ich muss allerdings zugeben, dass ich nicht jedes Ihrer Gedichte verstanden habe. Manchmal sind sie so … traurig.« Eine kleine Pause entstand. »Aber trotzdem sehr schön«, ergänzte er hastig.

Emilie blickte, ohne sich abzuwenden, in Martins Augen. Wie in einem Spiel aus Kindertagen – wer blinzelt, hat verloren.

»Was machen wir hier, wenn wir nicht ans Meer fahren?« Emilie stützte ihr Kinn auf beiden Händen auf. Sie wirkte wie ein trotziges Kind, das die Hinhaltetaktik durchschaut hatte. Martin musste sich die Worte, die er ihr sagen wollte, genau überlegen. Innerhalb der Anstalt hatte er unbefangen und frei mit ihr gesprochen. Im Falle eines Falles wäre ein Pfleger, Annegret oder ein Arzt zur Stelle gewesen, doch hier, in einem schlecht besuchten Restaurant, hatte er keinerlei Rückversicherung mehr. Ein falsches Wort und sie würde, wie es Dr. Schillig genannt hatte, einen Anfall bekommen, wie auch immer der aussehen würde. Anfall im Sinne von Epilepsie oder eher Anfall wie bei einer hysterischen Zicke? Varianten der zweiten Kategorie waren Martin nicht neu. Er hatte sie in dem letzten Jahr bei seiner Freundin in Ecuador des Öfteren in ihrer umfangreichen Variabilität studieren dürfen. In beiden Fällen würde er keinen Rat wissen.

»Wir sind hier, weil …, weil ich mich mit Ihnen unterhalten möchte. Ich hätte da noch ein paar Fragen.«

»Das hätten wir doch auch zu Hause machen können.« Martin stülpte die Lippen. Nein, blöd war sie nicht, das hatte sie ihm schon mehrfach bewiesen. Aber ihr unverblümt die Wahrheit sagen? Ohne psychologische Kenntnisse bezüglich eventueller Reaktionen? Martin griff an seine Hosentasche und ertastete das Handy.

»Okay, das stimmt. Das hätte ich. Die Sache ist die …«

In dem Moment, als Martin Luft holte, die Hände auf den Schenkeln rieb und loslegen wollte, trat der Kellner mit zwei Suppentellern an den Tisch. »So, bitte. Die Vorspeise.«

Martin blickte verwirrt in die grüne Pfütze einer sämig-steifen Masse.

»Guten Appetit«, ergänzte der Kellner und gab sich keinerlei Mühe, die abgrundtiefe Langeweile zu verleugnen, die er empfand. In einer Stunde würde er sich ins Bett legen können, um gegen 18 Uhr erneut auf der Matte zu stehen.

Emilie umfasste den Löffel ungelenk mit der ganzen Hand, beugte sich vor und schlürfte in kurzer Zeit den Teller leer. Den Löffel legte sie neben den Teller und nicht darauf. Martin probierte die Suppe, verzog das Gesicht und schob sie sogleich von sich fort. Er hätte sich nicht als übermäßig anspruchsvoll bezeichnet, doch dieses glibbernde Etwas vom Vortag war für seinen Gaumen definitiv ungenießbar. Derweil wartete Emilie noch auf eine Antwort.

»Also, es ist so«, begann er zögernd und wischte sich mit der Serviette die letzten Reste der Suppe von den Lippen. »Wir konnten keinen Beamten für Sie freistellen.« Emilie neigte den Kopf in den Nacken, während sie ihn nicht aus den Augen ließ. Es schien ihr fast Vergnügen zu bereiten, den Kommissar stammeln zu sehen.

»Sie müssen mich beschützen«, kam sie Martin zur Hilfe. Erleichtert blickte er zu ihr hinüber und war überrascht, wie emotionslos sie genau diese Tatsache empfand. Viele Menschen, die in einem Zeugenschutzprogramm untergebracht wurden, reagierten panisch, wenn man ihnen mitteilte, dass sie durch ihre belastende Aussage zur Zielscheibe geworden waren. Jeder normale Mensch bekam Angst – er hing mit jeder Faser an seinem Leben. Nicht so Emilie. Ob sie lebte oder starb, war ihr gleichgültig.

»Ich *möchte* Sie beschützen«, korrigierte Martin ihre Aussage. Nun, wo der Kern seiner unüberlegten Aktion ausgesprochen war und sein Gegenüber sachlich und fern jeder Anfälle darüber sprach, wagte er sich einen kleinen Schritt weiter. »Es gibt möglicherweise jemanden, der Ihnen nach dem Leben trachtet – das stimmt. Ich weiß aber noch nicht, wer es ist.«

»Hat er Hans getötet?«

Martin zuckte mit den Schultern und blickte in Emilies feuchte Augen.

»Kann sein, ja. Es deutet alles darauf hin, dass sich Hans Keller nicht selbst das Leben genommen hat.«

»Das alles wegen dem Prozess?«

Martin nickte. »Auch. Ja. Vor allem aber wegen dem, was Professor Keller über die damaligen Kläger herausgefunden hatte.«

»Was hat er denn rausgefunden?«

»Na ja. Meines Wissens suchten alle diese Leute nach ihren Vätern und Müttern und dabei fand man zwei Namen von Männern, die heute noch leben und nicht gerade als nctte Menschen zu bezeichnen sind.«

»Haben diese Männer Hans getötet?«

»Das weiß ich noch nicht genau, es wäre möglich. Ich denke nicht, dass sie es selbst getan haben. Dafür sind sie schon zu alt.«

Eine Pause entstand, in der Emilie angestrengt nachdachte. Väter, die ihre Kinder töten – wie sollte man so etwas bewerten? Martin überlegte, wie weit er Emilie in Ermittlungsergebnisse einweihen durfte. Und doch musste er eine ganz bestimmte Frage loswerden.

»Haben Sie Lars Dräger gestern gesehen?«

Emilie blickte in die Ecke des Raumes. »Ja. Gestern.«

»Wann genau? Und wann zuletzt?«

»Gestern, den ganzen Tag. Abends bis neun.«

»Er ist also um neun gegangen?«

Emilie nickte. »Er geht immer um neun.«

Martin rechnete die Stunde nach, in der Rohdenstock umgebracht wurde, und die Zeit, die zwischen Drägers Arbeitsende und dem Mord lag. Es war noch fraglich, ob er als Täter infrage kommen würde. Rohdenstocks Beschreibung passte, doch genauso gut hätten Hundert andere Männer dieser Beschreibung entsprochen.

»Wissen Sie zufällig, ob er Tauben hat?« Emilie schien nicht zu verstehen.

»Na, züchtet Dräger Tauben oder so?« Emilie Braun sah durch Martin hindurch.

Die Suppenteller wurden abgeräumt und das Hauptgericht gebracht. Der Kellner stellte kommentarlos die Teller ab und bedachte Martin mit einem finsteren Blick für die unangetastete erkaltete, grüne Masse. Zwei riesige panierte Schnitzel, die den Rand überlappten, starrten Martin und Emmi an. *Groß muss nicht zwingend lecker bedeuten.* Martin hob die Braue des rechten Auges. Neben dem panierten Fladen badeten zwei Kartoffeln in einer dünnen braunen Soße, und ein unscheinbarer Haufen Gemüse, zu lange gekochter Brokkoli, rundete den Wunsch ab, hier nie wieder essen gehen zu wollen.

Martin nahm Messer und Gabel zur Hand, und ein Gedanke blitzte in seinem Hirn auf. Ein Messer in Emilies Hand! *Bitte, nur damit das Schweinefleisch schneiden und nicht das eigene*! Noch bevor das erste Stück in seinem Mund verschwunden war, blickte er zu ihr. Sie hielt das Besteck und arbeitete damit wie mit Gartengeräten. Entsprechend ungelenk teilte sie ihr Schnitzel in mundgerechte Stücke. Dann legte sie das Messer an die Seite. Mit der linken Hand stützte sie ihren Kopf auf und in der rechten hielt sie die Forke, mit der sie nacheinander die Häppchen aufspießte. Es wirkte nicht sonderlich ästhetisch, wie sie aß, geschweige denn feminin. Etikette und vornehmes Benehmen hatte man ihr abtrainiert und diese wären dort, wo sie die letzten Jahrzehnte verbracht hatte, auch völlig unangemessen gewesen.

Martin schmeckte das Schnitzel gut genug, um eine Hälfte davon essen zu können. Die Kartoffeln schmiegten sich fad zwischen die Zähne, und das Gemüse war geschmacklos wie die Erde, aus der es stammte. Er überlegte, was er Emilie zuletzt gefragt hatte, bevor sie gestört wurden. Dann fiel es ihm ein. Tauben. Ob Dräger irgendwas mit Tauben zu tun hätte. Die Frage stand noch unbeantwortet im Raum. Entweder hatte Emilie sie vergessen oder sie hatte nichts dazu zu sagen. Als sie das Hauptgericht wie zuvor auch die Suppe bis auf den letzten Krümel aufgegessen hatte, schob sie den Teller, wie sie es bei Martin beobachtet hatte, von sich weg und sah ihn mit diesem Blick an, den nur ein Psychiater zu deuten wusste.

»Fragen Sie!«

»Wie bitte?«

»Fragen Sie mich was! Sie haben gesagt, Sie wollen sich mit mir unterhalten. Sie hätten da noch ein paar Fragen.« Martin erinnerte sich. Genau diesen Wortlaut hatte er benutzt.

Martin schluckte einen Bissen hinunter. »Können Sie sich an Ihre Kindheit erinnern, ich meine, außer an die Erlebnisse, die Sie in Ihr Buch geschrieben haben?«

Emilie Braun rückte den Stuhl vom Tisch ab und machte Anstalten zu gehen. Martin schob seinerseits den Stuhl weg, viel zu beherzt. Stimmte etwas mit seiner Frage nicht? War sie zu persönlich gewesen? Würde Frau Braun nun einen Anfall bekommen?

»Was ist? Kann ich Ihnen helfen?«

»Ich muss mal.«

Martin blickte sich nach allen Seiten hin um. Die Toilette. Wo war sie nur? Verdammt.

»Kommen Sie. Ich zeige sie Ihnen.« Intuitiv führte Martin Emmi durch die Gaststätte und fand das Zeichen WC auf einem winzigen Pfeil, der zum Keller deutete. Martin bemerkte, wie der Kellner sie beobachtete. Sie verschwanden beide im Keller. Martin postierte sich vor der Damentoilette. »Hier ist sie. Kommen Sie klar?«

»Pissen ist nicht so schwer«, bemerkte sie, ohne das Bewusstsein zu haben, etwas Unflätiges gesagt zu haben. Martin hob die Hände. »Tschuldigung. Wollte nur nett sein.« Er sah Emilie hinterher, wie sie dort verschwand. Er raufte sich durch das Haar und schüttelte in Gedanken den Kopf. Was hatte er sich nur dabei gedacht, sie aus der Anstalt mitzunehmen? Alles könnte sie dort in der Toilette tun, außer sich zu erleichtern. Aus dem Fenster verschwinden würde sie vermutlich nicht, dafür war sie zu alt, aber mit einer Spiegelscherbe an sich rumritzen, das wär schon möglich. Martin hörte die Spülung und kurz danach den Wasserhahn und den knarrenden Sound des Föns zum Trocknen der Hände. Er war sichtbar erleichtert. Ohne in ein weiteres Fettnäpfchen zu treten, ging er schweigend vor ihr her und setzte sich an den Tisch zurück. Emilie rückte den Stuhl ordentlich zurecht und begann ohne Einleitung mit der Beantwortung seiner Frage.

»Da waren Männer.«

»Wo? Auf der Toilette?« Martin legte den Kopf auf die Seite.

»Im Krieg. Da wo ich gewohnt hab und auch danach.«

»Ja?«, begann Martin vorsichtig. *Jetzt nur nichts falsch machen.* »Und dann?«

»Das darf ich nicht sagen.«

»Wie, das dürfen Sie nicht sagen?«

»Das darf ich nicht sagen, sonst sperren sie mich wieder ein.«

»Hören Sie, Emmi. Niemand sperrt Sie wieder ein. Was dürfen Sie mir nicht sagen?«

»Ich darf nicht sagen, was ich nicht sagen darf.«

Martin ballte die Fäuste unter dem Tisch.

»Okay. Fangen wir nochmal ganz von vorn an. Sie sind in einem Lebensbornheim, also einem Kinderheim, zur Welt gekommen und die ersten vier Jahre dort aufgewachsen. Waren da auch schon diese Männer?« Martin sah Emmi mit aufgerissenen Augen an.

»Nur einer.«

»Und die anderen?«

»Kamen später.«

»Später? Als Sie nicht mehr in Steinhöring wohnten? Nachdem Sie umgezogen waren?«

»Im Krankenhaus. Drei Männer, die was mit mir machten.«

Martin stöhnte leise. Er fragte sich, ob es klug war, weiter zu insistieren. Er wusste sehr wohl, dass er kein ausgebildeter Psychiater war. Seine Ausbildung in Dingen der Psychologie würde bei Emilie bei Weitem nicht ausreichen. Andererseits könnte sie der Schlüssel zur Lösung ihres gemeinsamen Problems sein.

»Was haben die gemacht, diese Männer?« Im selben Moment wurde Martin klar, dass er mit dieser Frage eine Grenze überschritten hatte, die er nicht hätte überschreiten dürfen.

KAPITEL 46

Seevetal, 11. November 2010

Emilie bedachte Martin mit einem starren, leblosen Blick. Martin hielt die Luft an und rechnete mit dem Schlimmsten. Er ließ Frau Braun nicht eine Sekunde aus den Augen. Nach drei Minuten war noch immer nichts passiert, außer dass sie, nachdem Martin ihr diese Frage gestellt hatte, zu einer reglosen Puppe erstarrt war. Wie paralysiert saß sie da und starrte in den Raum hinein. Einzig ihre Augenlider blinzelten.

»Emilie? Geht es Ihnen gut? Hallo, Emilie?«

Der Pinguin watschelte mit zwei kleinen Glasschüsseln in Richtung ihres Tisches, in einem Moment, wo Martin ihn am liebsten auf den Mond geschossen hätte. Nicht jetzt, mitten in einem ›psychogenen Anfall‹.

»Hat es Ihnen nicht geschmeckt?«

»Wie bitte?« Martin blickte abwechselnd vom Kellner zu Emilie. Er war einem Kreislaufkollaps nahe. Emilie rührte sich nicht mehr, und der Kerl leierte seine albernen Floskeln runter.

»Alles gut.«

»Ihnen auch?« Die Frage war an Emilie gerichtet, die sich nicht bewegte.

»Stimmt etwas nicht mit ihr?«

Martin rastete aus. Er stand ruckartig auf.

»Nehmen Sie den Scheiß mit und halten Sie die Klappe!«

»Na, hören Sie mal. Man wird ja wohl noch fragen dürfen.«

»Nein, dürfen Sie nicht, und jetzt hauen Sie endlich ab. Bringen Sie die Rechnung.«

Der Kellner trollte sich und beschloss, am nächsten Tag zu kündigen. Diesen Job bis zu seinem Lebensende? Nein, das konnte es wirklich nicht sein.

Martin ging zu Emilie und wollte ihr einen Arm um die Schulter legen. Kurz bevor er sie berührte, nahm er von dieser Idee Abstand. Unerfahren in psychologischen Dingen, spekulierte er, wie diese Situation eskalieren könnte: ein lang anhaltendes, hysterisches Schreien, Anhalten der Luft, Blauanlaufen und vom Stuhl fallen? Martin schwitzte. Er wusste ja nicht, dass, wenn Emilie überfordert war, sie nicht mit derlei Symptomen reagierte. Sie stellte sich einfach nur für eine Weile tot, wie als Kind, nur dass sie heute saß statt lag. Sie hatte in einen Stand-by-Modus geschaltet, jenen energiesparenden Ruhezustand, den sie so lange aufrechterhielt, bis irgendeine graue Zelle in ihrem Gehirn Entwarnung gab.

Martin sah, dass sie atmete. Das war gut. Sie saß aufrecht wie ein Fahnenmast und tat nichts, außer zu atmen. Ansonsten war sie nicht mehr ansprechbar. Ob sie in diesem Zustand ihre Umwelt noch wahrnahm, konnte nicht einmal Dr. Schillig beantworten. Es war wie eine Art Wachkoma, mit dem Unterschied, dass sie vermutlich selbst entschied, wann sie aufwachen wollte und wann nicht.

Die Tabletten. »Mist!«, fuhr es aus Martin heraus. Die gelben Dinger, die Schillig ihm ans Herz gelegt hatte. Er hatte sie zu Hause vergessen. »Verfluchter Mist!«, schimpfte er erneut.

Martin kramte in seiner Tasche herum und riss sein Handy hervor. Er schaltete es ein, und die Sekunden bis zum Erwachen des Gerätes waren ihm viel zu lang. Martins Erregung erreichte ihren Höhepunkt, als er auf dem Handy nicht einen einzigen Balken für den Empfang fand. Darüber hinaus piepte es ständig, da sich der Akku dem Ende näherte wie seine Kraft. Wie ein nasser Sack ließ er sich auf den Stuhl fallen, auf dem er zuvor gesessen hatte. Er betrachtete Emilie, wie sie unbeweglich verharrte, und um seine Augen herum begann sich alles zu verändern. Die Dinge in der Nähe wurden schärfer, die Umgebung verschwand allmählich. Er blickte wie durch einen Tunnel zu ihr, die sich noch nicht entschließen wollte aufzuwachen.

Mein Gott. Was hatte er getan? Was war damals passiert, dass allein die Erwähnung jener ›Männer‹ einen Anfall auslösen konnte? Welches Trauma schleppte diese Frau schon ihr ganzes Leben mit sich herum?

Martin befreite sich aus seinem Schock und stand auf. Telefonieren! Ja, er musste telefonieren, hämmerte es in seinem Hirn, doch die Nummer, die er so dringend benötigte, war in dem schwarzen Loch seines Handys verschwunden. Kein Netz, kein Akku, keine Adressdatei. Zwar ein Telefon an der Theke, aber wie sollte er die Nummer der Klinik in der Kürze der Zeit herausfinden? Was sollte er Dr. Schillig sagen? Ja, dass er ein Arschloch sei, und ja, dass es ein Riesenfehler gewesen war, sie mitzunehmen, und ja, dass er, der Arzt, verdammt noch mal, recht gehabt hatte. Allerdings wäre der Anruf das Ende von Emmis Freiheit. Er würde sie zurückbringen oder abholen lassen müssen und sie würde möglicherweise am nächsten Abend nicht mehr leben, weil der Killer auf sie wartete.

Martin drehte sich wie ein Hund auf dem Fleck herum und hielt sich den Kopf. Es musste noch einen anderen Weg geben, als verzweifelt in der Klinik anzurufen.

Das ältere Ehepaar, das über der Szene seinen Nachtisch vergaß, fand Martin ziemlich panisch. Sie starrten ungehemmt abwechselnd zu Martin, dem Kellner und Emilie.

Martin warf den beiden seinen Zorn entgegen. »Was gibt es da zu glotzen, Herrgott?«

In demselben Augenblick drehten sie sich einander zu und blickten verstohlen auf ihre Teller. Brav löffelten sie das geschmolzene Eis.

Martin atmete langsam und bewusst. Nur nicht die Nerven verlieren. Vielleicht musste man nichts tun, außer zu warten, redete er sich ein. Ruhe bewahren und warten. Ewig konnte sie so auch nicht dort sitzen.

Martin setzte sich wieder hin. Der Kellner kam, sagte keinen Ton, reichte Martin die Rechnung auf einem kleinen Teller neben der Visitenkarte des Restaurants. Dann ging er drei Schritte zurück. Er war weiß wie sein frisch gestärktes Hemd. Verstohlen blickte er auf Emilie, die sich nicht im Geringsten an ihm störte. Seine Neugier trieb ihn an, sich einzumischen. Schließlich war er für diese Mittagsschicht verantwortlich und vertrat den Chef.

Da konnte nicht einfach jemand kommen und so tun, als sei er ins Koma gefallen. Nicht in seiner Schicht!

»Kommt sie wieder in Ordnung? Hatte sie das schon öfter?«

Martin kramte in seiner Brieftasche nach Kleingeld. 30 Euro und 26 Cent. Er wollte auf 32 Euro aufrunden, doch er fand kein Zwei-Euro-Stück. Seine Finger zitterten, und er nahm einen Fünfer heraus.

»Stimmt so«, sagte er mit geschwächter Stimme. Ihm fehlte jegliche Kraft für eine lautstarke Auseinandersetzung mit dem Pinguin. Er erkaufte sich seine Ruhe mit einem fürstlichen Trinkgeld.

Er blickte zu dem jungen Mann auf, der nicht älter als 22 sein mochte. »Ich weiß es nicht. Ich hab keine Ahnung, was ich machen soll. Ich bin Polizist und sie … sie ist eine Zeugin.« Martin entschied, nur die halbe Wahrheit zu erzählen. »Wenn das noch lange so geht, muss ich einen Arzt rufen. Lassen Sie mich noch einen Moment mit ihr allein, ja?«

»Kann ich noch irgendetwas für Sie tun?«

Martin überlegte kurz. »Ja, bringen Sie mir einen Schnaps und ein Bier, bitte.«

Unverzüglich zapfte der Kellner ein Bier und goss einen Aquavit in ein Pinchen ein. Er dachte vermutlich Dinge wie ›Trinken im Dienst‹ oder ›an seiner Stelle würde ich auch einen Schnaps trinken‹. Rasch brachte er Martin die Getränke und sagte: »Geht aufs Haus.«

»Danke.«

Das ältere Ehepaar schlich aus der Gaststätte, der Kellner in die Küche. Martin schien der Verzweiflung nicht Herr werden zu können und fing plötzlich, in seiner Not, an zu reden. Zuvor schüttete er den Schnaps die Kehle hinunter und einen Schluck Bier hinterher zum Verdünnen. Ungeachtet der Tatsache, dass sein Gegenüber nicht zuhörte, begann er Dinge zu erzählen, die nicht im Entferntesten zur Situation passten. Egal. Er hoffte schlichtweg auf ein Wunder.

»Ich war fast zwei Jahre in Ecuador, wissen Sie? Ich bin abgehauen, weil ich es hier nicht mehr ausgehalten hab. Hab meine Verlobte bei einem Autounfall verloren. Ich glaub, es war meine Schuld. Hab zu viel getrunken, verdammt, so wie immer.« Martin nickte seinem stummen Gegenüber zu. »Ich neige leider dazu, zu viel zu trinken.« Martin nippte wie aufs Stichwort an seinem Glas.

»Gleich neben Ihrer Klinik hatte ich meine Therapie. Nicht wegen dem Trinken, sondern wegen Burn-out. Wissen Sie wahrscheinlich nicht, was das ist, oder?« Martin wartete auf eine Reaktion, die nicht kam.

»Na, egal. Es hat mich angekotzt, drei Mal in der Woche dahinzufahren. Und kaum komme ich aus Ecuador wieder, werde ich sofort wieder in diese beschissene Klinik geschickt. Verdammt. Ich sollte Ihr Buch abholen, weil Dr. Schillig meinte, die Polizei solle sich das mal ansehen. Es stünden so viele Sachen über Professor Keller drin und die Geschichte mit dem Mord an dem Nazi und so. Wie gesagt, ich hab es fast durch, aber ehrlich gesagt, bin ich nicht wirklich viel schlauer als vorher. Soooo viel steht da nun auch wieder nicht drin. Außerdem ist die Rede von einem Brief, den er Ihnen geschrieben hat, aber von dem Brief gibt's keine Spur. Den gibt es irgendwie gar nicht.« Martin nahm einen weiteren Schluck und wischte sich den Mund mit dem Handrücken ab.

»Wissen Sie was? Am Anfang mochte ich Sie überhaupt nicht, aber jetzt … Ich glaub, Sie haben ziemlich viel durchgemacht – im ersten Heim und später im nächsten und im Krankenhaus und in den Pflegefamilien.« Martin umfasste das Glas erneut mit beiden Händen. Obwohl Emilie ihm augenscheinlich nicht zuhörte, tat ihm das Reden gut. Es entspannte ihn zusätzlich zum Alkohol.

»Es gab in Ihrem Leben nicht viele Leute, die Sie geliebt haben, was? Scheiße. Muss echt bitter sein. Keine Eltern zu haben, sie nicht einmal zu kennen und dann später diese Geschichten.« Martin blickte in das Glas und beobachtete, wie sich die Schaumbläschen eins nach dem anderen auflösten. »Aber wissen Sie was? Mittlerweile finde ich Sie ganz drollig. Und Sie schreiben toll, ehrlich. Wow, das könnte ich nicht, so schreiben. Ich krieg nicht mal 'ne Postkarte ordentlich hin. Ich find Sie nett. Sie sind so anders als die anderen. Okay, die Nummer hier gerade ist nicht witzig, aber sonst.« Martin betrachtete Emilie und meinte, eine kleine Regung in ihr aufkeimen zu sehen.

»Wollen Sie nicht mal langsam wieder aufwachen?« Martins Verzweiflung wuchs. Emilie rührte sich nicht.

»Mist. Ich muss telefonieren.« Martin schob den Stuhl vom Tisch und gab sich geschlagen. Mit nur 0,4 Promille torkelte er nicht, doch er war deutlich entspannter als mit 0,0.

»Ich brauch mal das Telefonbuch von Hamburg.« Der junge Kellner reichte ihm zwei dicke Bände. A bis K und L bis Z. Martin versuchte es unter Krankenhaus und fand nach längerer Suche den Eintrag, der ihm mit ziemlicher Sicherheit das Ende seiner Karriere bescheren würde. Er sah schon die Schlagzeilen: Eigenmächtiger Polizist entführt schwerkranke Frau aus Psychiatrie.

Martin hielt den Finger unter den Eintrag im Telefonbuch und begann zu wählen. 040-3778923. Das erste Freizeichen ertönte. In dem Moment griff der Kellner an Martins Arm, in dem er den Hörer hielt. »Sehen Sie, die Frau …« Augenblicklich drehte sich Martin zu Emilie um, die grinsend in seine Richtung sah. Dann hob sie ihre knochige Hand und winkte kurz. Selten hatte ein Winken Martin derart glücklich gemacht. Aus dem Hörer hörte er die Dame am Empfang der Klinik wiederholt ihren Spruch aufsagen. Martin legte auf und bedankte sich mit glasigem Blick bei dem Kellner. Zügigen Schrittes ging er zum Tisch zurück.

»Wollen wir los?«, fragte Emilie, als sei alles in bester Ordnung und in der letzten halben Stunde rein gar nichts vorgefallen.

»Ja. Okay. Unbedingt.« Martin verstaute sein totes Handy in der Tasche und zog sich die Jacke an. Er beeilte sich, Emmis Mantel zu holen, bevor sie es sich anders überlegen würde, stellte sich hinter sie und flüsterte ihr ins Ohr: »Schön, dass Sie wieder bei uns sind.« Er streifte ihr den Mantel über und sie ließ es geschehen. Sie lernte.

Zum Abschied winkte er dem Kellner noch zu, der so etwas kaum vorher jemals erlebt hatte und in Zukunft nicht mehr erleben wollte.

KAPITEL 47

Seevetal, 11. November 2010

Martin startete am frühen Nachmittag den Wagen und fuhr los. Nach einigen Kilometern Richtung Lüneburg merkte er, wie sehr ihn der Zwischenfall im Restaurant mitgenommen hatte. Obwohl der Alkohol ihn beruhigt hatte, spürte er eine dumpfe Leere in seinem Kopf. Emilie benahm sich, als wäre nichts gewesen. Es schien, als wäre die Aufregung der anderen an ihr wie dunkle Gewitterwolken vorbeigezogen. Sie saß stumm da und schaute aus dem Fenster. Wenn sie etwas entdeckte, was ihre Aufmerksamkeit für mehr als ein paar Sekunden fesseln konnte, drehte sie sich auf ihrem Sitz um und verfolgte das Objekt mit den Augen, bis es in der Unkenntlichkeit verschwunden war oder sich Neues gefunden hatte, woran sich ihre Neugier klammerte. Nach einer Weile ging sie in sich und ließ die Dinge an sich vorbeigleiten, ohne sie groß zu beachten. Sie knetete und drückte ihre Finger und schaute sich im Wagen um. Sie beobachtete Martin, wie er in fließenden Bewegungen kuppelte und schaltete, bremste und blinkte und den Wagen souverän in der Mitte der Straße hielt. Sie schien diese Leichtigkeit zu bewundern, mit der man ein solches Auto bewegen konnte. Kurz vor der Autobahnausfahrt nach Lüneburg brach sie von sich aus das Schweigen. Mit der Bemerkung, die sie ohne jegliche Aufforderung oder Vorbereitung von sich gab, hätte sie jeden Mediziner verblüfft. Niemand wusste ja, ob, und wenn, wie viel sie während dieser Anfälle von ihrer Außenwelt in sich hereinließ. Offenbar mehr, als jeder vermutet hatte.

»Tut mir leid, das mit Ihrer Verlobten.«

Martin war während der Fahrt in eigene Gedanken versunken gewesen. Er überlegte, wie er die nächsten Tage überstehen sollte, und war über die Stimme, die an sein rechtes Ohr drang, und über das, was sie sagte, mehr als verwundert. Der Mund stand ihm offen und er schaute Emilie an.

»Sie haben das alles mitbekommen, was ich Ihnen erzählt hab?«

»Klar. Wieso nicht?«

»Wieso nicht?« Seine Stimme überschlug sich. »Weil Sie absolut nicht ansprechbar waren. Sie haben auf nichts reagiert und mir einen Scheißschrecken eingejagt.«

»Ich weiß. Ich kann nicht anders. Ich höre alles, was man sagt, kann mich aber nicht rühren und nichts sagen. Das war schon immer so. Auch ein Grund, warum man mich eingesperrt hatte, damals.«

Martin schüttelte den Kopf. Einerseits war er froh, dass sie mit diesen Zuständen umzugehen wusste, doch er machte sich darüber Sorgen, wie die Öffentlichkeit auf seine schräge Begleitung reagierte. Kaum war jemand ein bisschen anders als der sogenannte normale Durchschnitt, begannen die Leute wegzusehen oder erst recht hinzusehen, die Lippen zusammenzupressen und sich zu empören. Die meisten Menschen konnten mit Behinderungen, seien es geistiger oder körperlicher Art, nicht umgehen. Sie hatten Angst, sie könnten im Falle eines Kontaktes mit dem Andersartigen etwas falsch machen, oder sie waren froh, dass sie selbst nicht so waren, und wollten es auch um Gottes willen nie werden. Behinderungen und Krankheiten verunsicherten die Menschen.

»Hören Sie, Emilie. Ich darf Sie doch Emilie nennen?«

Sie nickte.

»Wir kommen gleich zu einem Haus, in das ich allein gehen muss. Ich möchte, dass Sie im Auto sitzen bleiben und sich nicht vom Fleck rühren. Geht das in Ordnung?«

»Warum?«

»Warum was?«

»Warum müssen Sie dort hinein – und warum darf ich nicht mit?«

Martin parkte den Wagen vor der alten Psychiatrie in Lüneburg-Mitte. Er hatte ein paar Tage zuvor recherchiert, in welcher Zeit sich Dr. Fürst hier aufgehalten und sich an den unrühmlichen Euthanasie-Morden beteiligt hatte – dem Ausmerzen unwerten kindlichen Lebens. Alles natürlich unter dem Deckmantel der Wissenschaft. Alle Kinder starben offiziell an Krankheiten wie Lungenentzündung oder Keuchhusten. In Wirklichkeit hatte man ihnen ein Medikament mit dem Namen Luminal verabreicht.

»Ich habe etwas da drin zu erledigen. Es dauert nicht lange. Ich bin gleich wieder zurück.«

»Was haben Sie denn zu erledigen? Vielleicht kann ich Ihnen ja helfen.«

Martin sah sie belustigt an.

»Nein, danke. Ich muss arbeiten. Sie wissen doch, ich bin Polizist und muss was rausfinden. Tun Sie mir einen Gefallen und bleiben Sie einfach ein paar Minuten im Wagen sitzen.«

Emilie Braun gab sich geschlagen und schmollte auf ihrem Sitz wie ein pubertierender Teenie. Sie stülpte ihre faltigen Lippen und verschränkte die Arme. Martin stieg mit einem unguten Gefühl aus. Er überlegte, ob er das Richtige tat. Sie im Wagen sitzen zu lassen, war möglicherweise keine gute Idee. Sie in die Psychiatrie mitzunehmen, an den Ort, wo sie, obgleich noch als Kind, über ein Jahr gelebt hatte, könnte jedoch unvorhersehbare Konsequenzen auslösen. Anfälle, denen er nicht gewachsen war, und garantiert eine Meldung in Norderstedt. Wie viel und wie konkret sich Emilie noch an ihre Kindheit erinnern konnte, wusste er nicht und er wollte es auch nicht ausprobieren, ob die Konfrontation mit ihrer Kindheit einen Schock auslöste.

Mit unsicheren Schritten eilte Martin zur Hauptpforte des Landeskrankenhauses Lüneburg. Sein Ziel war die Bildungs- und Gedenkstätte ›Opfer der NS-Psychiatrie‹, die sich inmitten des Geländes der psychiatrischen Klinik im Wasserturmgebäude befand. Wenn es einen Ort gab, an dem man etwas über die Verbrechen an Kindern zwischen 1941 bis Kriegsende in Erfahrung bringen konnte, dann war es hier.

Kaum hatte Martin den Torbogen durchschritten, spürte er ein leichtes Zittern in den Knien. Wieder die Begegnung mit dem Unnormalen, dem anderen, dem Fremden. Bulle hin oder her. Er war sich sicher, dass es kein Medikament und keine Therapie der Welt gab, die ihm die Abscheu vor all dem nehmen konnte. Er versuchte, seine Gedanken zu ignorieren, denn es ging nicht um ihn, sondern um die Aufklärung einiger Morde und das Verhüten zweier weiterer. Es ging um viel höhere Dinge als seine eigene Schwäche, und so suchte Martin fieberhaft auf den Hinweisschildern nach dem Ort der ehemaligen Kinderfachabteilung. Das Gelände war weitläufig. Nach einer Weile fand er einen hübschen roten Backsteinbau mit der Nummer 34 rechts neben der Tür. Er drückte die Klinke herunter, und die Tür gab nach. Er wusste, dass nicht zu allen Tages- und Nachtzeiten für jedermann die Räume zugänglich waren. Heute sollte er Glück haben und, ohne viel Zeit zu verlieren, seine Ermittlungen vorantreiben können.

Als er die Eingangstür hinter sich ließ, wuchs das Gefühl der Enge. Sein T-Shirt saugte den Schweiß unter den Achseln auf, kalt wie die Tropfen, die auf das Dach prasselten.

An der Decke hingen Lichtstrahler, die ihren Schein auf schwarz-weiße Bilder richteten und den Zuschauer schonungslos über die damalige Einrichtung und deren Betreiber aufklärten. Martin war nicht interessiert an dem, was eh alle wussten und was der Öffentlichkeit zugänglich war, sondern an dem, was noch im Verborgenen schlummerte, an dem, was ihn in seinen Ermittlungen weiterbringen würde, um die panzerharte Schale der wahren Identität von Dr. Richard Fürst zu knacken. Fürst war mehrmals zu den Vorwürfen in dieser Fachabteilung befragt worden, und ja, er sei Mitglied der NSDAP und der Waffen-SS gewesen, aber von Eingriffen an Kindern, von Experimenten und Tötungen wusste er nichts. In seiner Gegenwart seien sie nie vorgenommen worden. Martin war es leid, von Indizien und Lügen zu hören, nie von Beweisen. In den sechziger Jahren hatte es unzählige Untersuchungen seitens der Staatsanwaltschaft gegeben. Für lediglich drei Angeklagte wurde die Täterschaft im Zusammenhang mit Kindstötungen aktenkundig, doch Verurteilungen gab es nie.

Martin stolperte durch die Gänge und heftete seinen Blick auf all die Bilder und die hinter Glas archivierten Dokumente, die eindeutig belegten, was an diesem Ort des Grauens geschehen war. Vorbei an Vitrinen, in denen die Schlüssel zu den Tötungsräumen lagen, gleich daneben Fotos von Jungen und Mädchen, die durch mannigfaltigen Wahnsinn ihr Leben lassen mussten. In Martin kochte es. Sein Gerechtigkeitsempfinden war zu ausgeprägt, als dass er diese Bilder gleichgültig und emotionslos ansehen konnte. Sein Blick fiel auf die Fotografie eines vielleicht fünfjährigen Jungen, in dessen Pupillen sich die Gestalt seines Peinigers spiegelte. Eine hoffnungslose Ohnmacht las er darin und er spürte, dass seine Augen feucht wurden.

»Kann ich Ihnen helfen?«

Martin drehte sich zu der warmen Stimme um, die einer Frau gehörte, die wie er die 40 knapp überschritten haben mochte. Hastig rieb sich Martin mit einer Hand das Auge trocken, während er mit der anderen nach seinem Ausweis fingerte.

»Kripo Hamburg. Pohlmann mein Name. Ich bin auf der Suche nach Hinweisen.« Ungelenk ließ der Kommissar seinen Ausweis verschwinden.

»Ich ermittle in einer Mordserie in Hamburg. Sie werden davon gehört haben.« Martin schmunzelte und merkte, wie unpassend dies war. »Jeder hat davon gehört – die Morde an den ehemaligen Klägern, dieser Lebensbornkinder. Sie wissen schon.« Die Frau, die keinerlei Hinweis auf ihren Namen zu erkennen gab, lächelte und nickte. Sie kannte nicht viele Männer, die einen roten Kopf bekamen, wenn sie einer attraktiven Frau gegenüberstanden und anfingen zu stottern. Solche Männer waren ihr sympathisch.

»Nach welchen Hinweisen suchen Sie genau? Vielleicht kann ich Ihnen ja ein bisschen helfen.«

»Ja, das wäre toll. In der Tat. Also, es geht um einen ehemaligen Arzt, der hier gearbeitet haben soll. Eigentlich steht fest, dass er hier gearbeitet hat, aber innerhalb dieses großen Vertuschungsnebels heißt es ja immer nur sollte, könnte, müsste. Was ich brauche, sind Beweise und zwar nicht nur dafür, dass er hier war, sondern dass er sich an den Euthanasiefällen beteiligt hat.«

»Können Sie mir denn einen Namen nennen? Wir haben erst gestern alte Handakten aus dem Keller geborgen, die hinter einer Zwischenwand versteckt waren.«

Die freundliche Frau schien ebenso verlegen zu sein wie Pohlmann und fuhr sich mit der rechten Hand durchs Haar. »Können Sie sich das vorstellen, nach so langer Zeit. Hätten wir nicht einen Wasserrohrbruch gehabt, hätten wir das kleine Loch in der Wand nicht entdeckt. Die Akten waren in einer Kiste versteckt und eingemauert worden.«

»Ich suche Unterlagen zu einem Dr. Richard Fürst. War damals Doktorand bei Professor Kranitz. Lebt heute noch und erfreut sich bester Gesundheit.« Die Abneigung Martins gegenüber diesem Mann war deutlich zu spüren. Die Angestellte rieb sich mit den feingliedrigen Fingern am Kinn und dachte nach. Martin betrachtete sie verstohlen und spürte, dass seine Unsicherheit ihr gegenüber nicht weichen wollte. Er blickte in ein ungeschminktes, naturschönes Gesicht mit feinen Fältchen um die braunen Augen. Ihre Haut war der Jahreszeit entsprechend blass, erschien Martin jedoch makellos. Ihm fielen die verschmitzten Grübchen in den Mundwinkeln auf. Ihr brünettes Haar war zu einem schlichten Zopf geflochten und der zierliche Oberkörper mit einer Kaschmirjacke bekleidet. Alles an ihr wirkte wohltuend natürlich.

»Nein, tut mir leid. Der Name sagt mir jetzt nichts.« Sie wiegelte ab. »Das will aber nichts heißen. Ich arbeite normalerweise in einer anderen Abteilung und vertrete seit einer Woche meine schwangere Kollegin. Es gibt ein sehr umfangreiches Archiv aller hier einst lebenden Personen.« Sie machte eine kleine Pause. »Und natürlich die noch versiegelten Handakten, die erst durchgearbeitet und freigegeben werden müssen.«

»Und wo ist das Archiv? Das Problem ist, ich habe nicht viel Zeit. Ich habe jemanden im Auto sitzen lassen müssen.« Die Dame sah ihn fragend an. Ein Polizist, der eine andere Person im Auto sitzen lässt, während er selbst Ermittlungen durchführt? Wer sollte das sein? Ihre Neugier ließ ihr keine Ruhe.

»Ein Kind oder … einen Verbrecher?« Ungezwungen und herzlich lachte sie auf, und Martin bewunderte ihre ebenmäßigen weißen Zähne. Wenn sie lachte, rutschte die Lippe über einen seitlichen linken Schneidezahn, der etwas vorstand und dem Gesicht die Perfektion nahm und Sympathie verlieh.

»Weder noch. Eine Art Zeugin. Eine ältere Dame, sozusagen.«

»Holen Sie sie doch dazu. Das Archiv ist ziemlich umfangreich und ich könnte mich in der Zwischenzeit mit Ihrer Zeugin beschäftigen, wenn Sie wollen. Ich kann gut mit älteren Leuten. Ist mein Job hier. Ich bin Altenpflegerin.«

Martin zögerte. »Na, ich weiß nicht. Sie ist … ein wenig exzentrisch. Sie ist normalerweise auch in einer geschlossenen Anstalt untergebracht, aber eigentlich ist sie freiwillig …« Martin hantierte an seinem Schlüsselbund herum. Er war noch nie der Souveränste im Umgang mit dem weiblichen Geschlecht gewesen, doch diesmal wunderte er sich über seine postpubertäre Hilflosigkeit. Er machte einen zweiten Anlauf. »Sie lebt schon ihr ganzes Leben dort, in Norderstedt, und das Problem ist, sie war mal an diesem Ort hier.«

»Sie meinen, sie war in dieser Kinderfachabteilung?« Ihr ungeheucheltes Entsetzen stand ihr ins Gesicht geschrieben. Plötzlich gab sie Martin die Hand. »Ich heiße übrigens Catharine Bouschet.«

»Angenehm.« Der Kommissar nahm die Hand entgegen. »Pohlmann.«

Frau Bouschet lächelte. »Ja, das weiß ich schon.«

»Also, *Martin* Pohlmann, meine ich. Französin?«

»Mein Vater war Franzose, meine Mutter Deutsche.«

Martin nickte.

»Okay. Und Sie möchten sie nicht mit hier reinbringen, weil Sie sie nicht mit der Vergangenheit konfrontieren wollen.« Martin war erstaunt, wie rasch sie den Zusammenhang begriff.

»Aber warum haben Sie sie denn überhaupt dabei? Ich denke nicht, dass es klug ist, sie so lange unbeaufsichtigt im Wagen zu lassen. Sie könnte aussteigen und weglaufen?«

Der Gedanke war Martin auch schon durch den Kopf gegeistert, und er hatte ihn rasch beiseite geschoben. »Okay. Ich hole sie, doch es kann sein, dass sie eine Art psychogenen Anfall bekommt. Ich habe keine Ahnung, wie sie reagieren wird.«

»Keine Angst. Wir haben hier die besten Spezialisten. Auch ich bin gut ausgebildet. Seien Sie unbesorgt.«

Sogleich drehte sich Martin auf dem Absatz um und eilte zur Tür hinaus auf das Gelände des Krankenhauses. Er beschleunigte seine Schritte, als ihn eine dunkle Vorahnung beschlich. Noch wenige Meter und er würde um die Ecke biegen und seinen auf dem Besucherparkplatz abgestellten Wagen sehen können. Die Ecke kam und er sah seinen Wagen sofort. Er stach aus der Menge der geparkten Wagen hervor, weil eine Tür sperrangelweit offen stand und zwar die Beifahrertür, genau, wie er es die ganze Zeit befürchtet hatte.

KAPITEL 48

Lüneburg, 11. November 2010

Pohlmann begann zu rennen und blickte sich auf dem Weg nach allen Seiten hin um. In diesem Moment rutschte er auf einem Haufen matschiger Blätter aus und fiel der Länge nach in den herbstlichen Dreck. Keinen Gedanken an seine beschmutzte Hose verschwendend, richtete er sich ächzend auf und lief weiter. An seinem Wagen angekommen, überzeugte er sich, dass Emilie Braun sich weder im noch unter dem Wagen befand. »Verdammter Mist!«, fluchte er und stampfte mit den Füßen auf. Er knallte die Tür des BMW zu und schlug mit der Faust auf das Dach. Wo sollte er sie suchen? Wo würde sie hinwollen? War überhaupt anzunehmen, dass sie irgendetwas Konkretes wollen konnte oder war die in einer Anstalt lebende, suizidgefährdete alte Frau einfach nur abgehauen? Martin wirbelte so heftig im Kreis herum, dass sich seine Haare über die Schulter um seinen Hals legten. Ohne zu wissen, wohin, lief er los. Er rannte zur Straße, von wo sie gekommen waren, und überblickte den Gehweg zu beiden Seiten. Einige Fußgänger gingen ihres Weges, doch eine kleine Emilie, die sich in einer ihr fremden Stadt tippelnd fortbewegte, war nicht unter ihnen. Die Passanten sahen ihm nach. Sie wussten ja, von welchem Gelände er gerannt kam, und fürchteten, sie hätten es mit einem entflohenen Irren zu tun. Genauso wirkte er auch.

Er dachte, laut zu rufen würde keinen Sinn machen, er tat es trotzdem. Er rief sie bei ihrem Vornamen, und in seinen Rufen lag ein Maß an Verzweiflung, die sich nicht nur dadurch erklären ließ, dass er sich darüber klar war, als Bulle komplett versagt zu haben, sondern weil er sich eingestehen musste, dass es ihn persönlich treffen würde, wenn ihr etwas zustoßen sollte. Ja, er mochte sie. In all ihrer sonderbaren Verschrobenheit hatte sie sich in sein Herz geschlichen.

Nachdem er, auf dem Gehweg rufend, zu beiden Seiten der Gebäude Hundert Meter vor- und zurückgelaufen war, beschloss er, zurück aufs Gelände der Klinik zu gehen und Emilie im Umfeld seines Wagens zu suchen. An den Parkplatz grenzte ein Waldstück, bestehend aus einer Mischung aus Nadel- und Laubbäumen. Obwohl die meisten Bäume ihr dichtes Blätterkleid abgeworfen hatten, konnte man das Ende des Waldes mit den Augen nicht ohne Weiteres ausmachen. Schnaufend hastete der Kommissar, der nicht mehr die Kondition seiner Jugend hatte, durch das Dickicht. Er rief ihren

Namen, Vornamen und Nachnamen, in allen Variationen durch den Wald. Die Panik stieg in ihm auf und er blieb stehen. Er musste verschnaufen. Die Lunge stach mit jedem Meter mehr in seiner Brust und der Puls raste jenseits der 180. Wenige Schritte neben ihm knackte es im Unterholz. »Emilie?«, rief er in die Stille hinein und drehte sich um. Niemand antwortete. Er ging in die Richtung, aus der das Geräusch gekommen war, schob Äste beiseite und fand einen ebenso verängstigten Hasen vor, der sogleich in seinem Bau verschwand. *Ich werde noch verrückt,* plagte es ihn. Das Gewissen steinigte ihn mit Vorwürfen, die alle wahr waren. Schuldig im Sinne der Anklage. Was, wenn ihr etwas passiert war? Abgesehen davon, dass es ihm ehrlich leid getan hätte – den Job wäre er los gewesen oder er würde bis zu seinem Dienstende Bestandslisten in der Asservatenkammer schreiben.

Ohne die Illusion, Emilie Braun in der aufkommenden Dämmerung in einem Umkreis von einem halben Kilometer ausfindig machen zu können, traf er eine schwere Entscheidung. Er wandte sich um, um zu seinem Wagen zurückzugehen und über das Funkgerät Verstärkung anzufordern. Lüneburger Kollegen, die zügig vor Ort sein würden und notfalls mit Hunden nach Emilie suchen könnten. Eine Fahndung würde bald den erwünschten Erfolg haben, mit dem Nachteil, dass der Preis sein Kopf sein würde.

Er blickte von seinen Füßen auf. Vom Wald aus sah er, wie Besucher oder Klinikangestellte den Parkplatz verließen und einen anderen Weg einschlugen, als er ihn benutzt hatte. Er kämpfte sich aus dem Gewirr aus Ästen und dornigen Sträuchern heraus und hastete auf diesem neuen Weg wieder auf das Backsteinhaus zu. Was, wenn Emilie ihm hatte nachgehen wollen? Statt nach links durch den Haupteingang hätte sie die Abkürzung durch den kleinen Park nehmen können. Wer wusste schon, was in ihrem Kopf vorging? Einem verwirrten Kopf, in dem keinerlei gesellschaftlich geprägte Ordnung und Vernunft wohnten.

Martin blickte an sich herab: die Hosenbeine verdreckt und die Schuhe mit Schlamm bedeckt. Die Nässe hatte seine Socken erreicht, doch all diese Dinge standen hinter der einen großen Frage zurück: Wo war seine Schutzbefohlene? Wo war die Frau, die er großspurig aus dem Heim geholt hatte, um ihr Leben zu beschützen, für die er auf einem Formular für die Vormundschaft unterschrieben hatte? Was für ein Polizist war er überhaupt? Hatte er den Titel ›Bester Bulle des Nordens‹ noch verdient? Martin fühlte sich elend, und ein Blick in den Spiegel hätte ihm bestätigt, dass er genau so aussah. Er war, seitdem er zu Catharine Bouschet gesagt hatte, er würde Emilie kurz aus dem Wagen holen, 20 Minuten fortgeblieben. Vermutlich würde sie nicht mehr auf ihn warten, diese Frau, die ihn mit dem warmen Duft ihrer Haare binnen Minuten verzaubert hatte. Nichts von dem, was ihn früher zum Wahnsinn getrieben hätte, war ihr zu eigen: keine üppigen Rundungen, keine doppeldeutigen Anspielungen, nicht die zum Himmel schreiende Geilheit und Anbiederung mancher Frauen, die er in seinem Leben kennengelernt hatte. Diese Frau war anders. Sie hatte für ihn die Erscheinung eines Engels, den Duft von Zartheit und Sanftmut, die Augen voller Liebe und das Lächeln von Zukunft. Er war davon überzeugt, nachdem er in seiner Tätigkeit als Ermittler und Bewacher von Emilie versagt hatte, würde diese Frau keinerlei Interesse an ihm haben. Frauen sehnen sich nach Männern, die zuverlässig sind, zu denen sie aufschauen und bei denen sie sich sicher fühlen können, nicht bei Typen wie Martin Pohlmann.

Je näher er dem Backsteinhaus kam, desto mehr beschleunigte er seine Schritte. Es waren noch wenige Meter, und Martin hoffte inständig, dass er Emilie hier finden würde, obwohl es für ihn kaum nachvollziehbar war, wie sie ihm gefolgt sein konnte, ohne gesehen zu haben, wohin er genau gegangen war. Sie kannte sein Ziel ja nicht, nicht seine Absicht, Dr. Richard Fürst als den Peiniger ihrer Seele und ihres Körpers zu überführen.

Martin bog um die Ecke, betrat das Gebäude und hinterließ eine hässliche Spur auf dem frisch gewischten Boden. Niemand war zu sehen. Sein Atem rasselte und er bog um die Ecke in den Gang hinein, in dem er Catharine verlassen hatte. Auch dort war niemand. Von irgendwoher in seiner Nähe war ein leises Wimmern zu hören.

Er folgte dem Geräusch und fand die Quelle der herzzerreißenden Geräusche. Seinen Augen bot sich ein Bild, das er nie erwartet hätte und das er nicht wieder vergessen würde.

*

Drei Meter von ihm entfernt stand die kleine, in sich zusammengesunkene Emilie Braun und schmiegte sich mit ihrem Kopf an die Brust der ebenso zierlichen Catharine. Catharine strich Emilie über das graue Haar mit der Zärtlichkeit einer Mutter, die ihr verängstigtes Kind tröstet. »Ist ja gut«, hörte Martin sie flüstern. Sie sah Martin an und er verstand sofort. Dies war nicht mehr sein Revier. Hier mangelte es ihm an Kompetenz, als Mann und als Polizist.

Behutsam näherte er sich den beiden, die vor einer Vitrine standen, in der Fotos aus damaligen Zeiten ausgestellt waren. Eine Gruppe von Frauen in weißen Kitteln war zu sehen. Sie posierten neben zwei Männern, einem älteren und einem jüngeren. Unter dem Foto fehlte die Legende mit erklärenden Namen zu dem Foto. Der Verweis ›Angestellte der Kinderfachabteilung‹ war zu lesen.

Emilie sah Martin kommen und löste sich aus der Umarmung. Wie hatte Catharine es nur geschafft, eine derartige Nähe zu Emilie herzustellen? Emilie rieb sich die Tränen aus den Augen und stellte sich vor die Fotografie. Leise begann sie zu sprechen.

»Erst war mir langweilig und ich hab mich geärgert. In dem blöden Auto sitzen bleiben. Nur rausgucken die ganze Zeit.« Mit Tränen in den Augen sah Emilie Martin böse an. Dann schaute sie wieder zu Catharine. »Aber dann fiel mir etwas ein, von damals. Als ich zu dem Haus sah, hatte ich ein Bild vor Augen. Dasselbe Haus *ohne* die ganzen Bäume drum herum. Die gab es damals nicht. Dieselben Steine, dasselbe Dach, dieselbe Treppe. Dann bin ich ausgestiegen und hierher gekommen, aber Sie waren nicht da. Und dann sah ich all die Bilder an den Wänden und hab mich erinnert. An damals und … an die Männer.«

Catharine ergriff das Wort. »Sie hat sich die Bilder wie eine ganz normale Besucherin angesehen und fiel plötzlich in eine seltsame Starre. Ich hatte sie erst gar nicht bemerkt, weil ich im Nebenraum war. Ich hörte ein Geräusch und habe sofort nachgesehen. Ich hab mich furchtbar erschrocken. Ich wusste ja nicht, dass *sie* die Person aus Ihrem Wagen ist. Sie stand vor der Vitrine und bewegte keinen einzigen Muskel, wie eine Statue. Sie reagierte auch nicht auf meine Ansprache und auf Berührungen. Ich habe so etwas erst ein Mal gesehen, drüben in der Geschlossenen.« Martin verschränkte die Arme und nickte. Erinnerungen an die Szene im Restaurant wurden lebendig.

»Wie lange hielt ihr Anfall an?«

»Nach circa zehn Minuten ist sie von allein wieder aufgewacht und fing sofort an zu weinen. Sie klang wie ein kleines Mädchen, als befände sie sich in der Vergangenheit, in der sie sich an etwas erinnert.«

Martin stellte sich neben Emilie, direkt vor die Vitrine.

»Zeigen Sie uns die Männer, Emilie«, forderte Martin sie mit ruhiger Stimme auf.

Der knochige Zeigefinger deutete zitternd auf das Foto des älteren Mannes, Prof. Kranitz, und auf den jüngeren, Dr. Richard Fürst. Martin erkannte ihn jetzt, da er ein ähnliches Bild in Kellers Akten gesehen hatte. Er wandte sich an Catharine Bouschet und führte sie einige Schritte aus Emilies Hörweite.

»Sie wissen nicht, wer diese Leute sind, oder?«

»Bisher noch nicht, aber ich habe das Gefühl, das wird sich gleich ändern.«

»Emilie hat sie erkannt. Das sind die Monster, die Experimente und Tests an ihr ausprobiert haben. Aber *sie* hat es überlebt, und jetzt ist die Zeit der Vergeltung gekommen.«

»Wie meinen Sie das?«

»Wir suchen seit Tagen fieberhaft nach Beweisen, um diesen

widerlichen alten Kerl vor Gericht bringen zu können, aber es fehlen uns die letzten Beweise. Offensichtlich gab es nur wenige Kinder, die dieses Martyrium überlebt haben, und wenn, waren sie derart behindert, dass sie die Täter nicht identifizieren konnten. Frau Braun muss es irgendwie geschafft haben, bis Kriegsende durchzuhalten.«

Martin schnaufte die ganze Anspannung der letzten Stunde in einem Atemzug heraus. »Na ja. Das ist eine lange Geschichte. Ich würde sie Ihnen gern mal bei einem Glas Wein erzählen. Sie haben mich heute echt gerettet.«

Frau Bouschet hob die Augenbrauen und lächelte. Martin strich sich die Haare aus dem Gesicht. »Noch haben wir die Kuh nicht vom Eis. Ich brauche Beweise, dass diese Typen sich wirklich an der Euthanasie beteiligt haben, vor allem Dr. Richard Fürst. Ich brauche Aufzeichnungen, OP-Protokolle, Testergebnisse, irgendwas, was ich dem Mistkerl um die Ohren hauen kann. Ich muss dringend diese anderen Unterlagen sehen. Das ist meine letzte Chance. Ich wüsste von keinem anderen Archiv, in dem ich noch suchen könnte.«

»Sie lagern nebenan, in einem Nachbargebäude. Die Akten sind teilweise bis zur Unkenntlichkeit verschimmelt. Wir haben sie zum Trocknen ausgebreitet, damit sie nächste Woche katalogisiert und archiviert werden können.«

»Bis nächste Woche kann ich nicht warten. Ich muss sie jetzt sehen.«

»Okay. Ich kümmere mich so lange um Frau Braun. Sie scheint ja vollstes Vertrauen zu mir zu haben. Außerdem könnte ich mir vorstellen, dass sie nun vieles erzählen wird, worüber sie Jahrzehnte geschwiegen hatte.«

»Sie hat alles in einer Kladde aufgeschrieben. Es ist ziemlich schwer zu lesen. Sie hat ihre Erlebnisse in einer Art komplexer Lyrik verschlüsselt, als hätte sie Angst gehabt, es offen auszusprechen. Sie müssen es sich mal ansehen. Es ist wirklich lesenswert.«

»Ja, gern.«

»Gut. Kommen Sie. Mir läuft die Zeit davon. Ich habe es ziemlich eilig.« Martin wandte sich zu Emilie, die durch die Gänge gegangen war und sich alles genau ansah. Jedes Gesicht schien sie in blankem Entsetzen anzustarren. Dann hörte man sie kichern und Namen aussprechen. Sie erkannte Kinder, mit denen sie auf der Station zusammen war. Martin ging zu ihr und ergriff vorsichtig ihren Arm, um sie mit sanftem Zug von ihrer Vergangenheit zu lösen. »Kommen Sie, Emilie. Catharine macht Ihnen einen Tee, während ich mir noch ein paar Dinge ansehen muss.«

Emilie bedachte Martin mit einem flehenden Blick. »Nicht wieder allein lassen, bitte.«

»Versprochen. Ich lasse Sie nicht wieder allein. Ab jetzt passe ich auf Sie auf.«

In den darauffolgenden zwei Stunden bewirkte Catharine Bouschet das Unmögliche. Nicht nur, dass sie es, ähnlich wie Martin, schaffte, Emilie zum Reden zu bringen, sondern sie erreichte, dass sie die Dinge ihrer Kindheit wie unter Hypnose erzählte. Was Professor Hans Keller nicht gelungen war, gelang Catharine wie durch ein Wunder. Durch die Konfrontation mit den Fotos ihrer Peiniger schienen für Emilie Braun die Türen geöffnet worden, die sie aus einer beinahe lebenslangen Verschlossenheit befreit hatten.

Währenddessen kniete Martin Pohlmann mit seiner ruinierten Hose auf dem Archivboden der Gedenkstätte. Vor ihm lagen an die 50 Patientenakten, die chronologisch nach Aufnahmedatum geordnet waren. Die restlichen 50 Handakten von Kindern, nach denen man seit vielen Jahren gesucht hatte. Durch einen Zufall fand man sie in einem Kellerloch, dort, wo eine Spitzhacke ein fußballgroßes Loch in die Wand gebrochen hatte. Man entdeckte eine vermauerte Nische, in der all diese Beweise in einer Holzkiste verrotteten. Akten jener 50 von über 300 Kindern, deren Verbleib bisher ungeklärt war. Nun lagen bei schlechtem Licht und modrigem Geruch die Aufzeichnungen über diejenigen vor ihm, an die seit langer Zeit niemand mehr gedacht hatte.

Da die Akten nicht nach Namen geordnet waren, musste Pohlmann jede der Unterlagen öffnen und die Namen lesen. Beinahe am Ende seiner Hoffnung und ohne schlüssigen Beweis für die Misshandlung seiner Zeugin, hielt er schließlich die Akte, nach der er gesucht hatte, in den zitternden Händen. Er betrachtete ein Foto von der vierjährigen Emilie Braun. Er schloss die Akte und richtete seine schmerzenden Beine auf. In einer Ecke stand ein einfacher Tisch mit einem klapprigen Stuhl davor, auf den er sich setzte. Er begann zu lesen.

Kind bekannt als Emilie Braun

Aufnahme in die Kinderfachabteilung Lüneburg: 9. Sept. 1944.

Vater: Erich Braun, verstorben. Mutter: Anneliese Braun; verstorben.

Einlieferung durch Dr. Willi Kuhn, Stationsarzt Lb. Heim Friesland, Hohenhorst (Bremen)

Vorbehandlung durch Prof. Kranitz, Weiterbehandlung durch Dr. R. Fürst.

Befund: Verdacht auf organische Hirnstörung.

Das Mädchen E. Braun verhält sich abweisend gegenüber Pflegepersonal. Bei Berührungen beginnt sie zu schreien. Ist bei Kontakt mit anderen Kindern indifferent, nicht per se ablehnend. Verdacht auf erb- und anlagebedingte Störung.

Das Kind ist nicht bildungsfähig und der Therapie zuzuführen.

Zu erwartende Todesursache: kruppöse Unterlappenlungenentzündung.

Martin schlug nachdenklich Seite für Seite in der Akte um. Detailliert waren alle Versuche, die man an ihr gemacht hatte, notiert. Ein Wunder, dass sie noch am Leben war. Er verschloss das Dokument der Unmenschlichkeit. Er hatte genug gelesen, um Fürst und das übrige Nazipack bis zu seinem Lebensende hassen zu können.

Ein fröstelndes Zittern erfasste ihn. Es war eine Sache, einen medizinischen Bericht von einem fremden Menschen in die Hand zu bekommen und ihn ohne Anteilnahme zu lesen, es war eine andere Sache, einen detaillierten Bericht über einen Menschen aufmerksam zu studieren, den man kannte, den man mochte, dem man nahestand. Dinge, die sich lasen wie Foltertechniken oder Experimente an Ratten, nur mit dem Unterschied, dass es kleine Kinder waren, von denen man schon im Voraus wusste, dass man sie später im Zuge einer Säuberungsaktion töten würde. Kinder, denen man das Recht auf Leben verweigerte, weil man meinte, dass sie zu anders waren. Es passte nicht ins Bild arischer Herrenmenschen, einen Behinderten oder Unangepassten am Leben zu lassen, ihn zu pflegen und aufzupäppeln und in die Gesellschaft zu integrieren.

Martin verbarg sein Gesicht in den auf dem Tisch aufgestützten Händen und konnte nicht fassen, wie man einem Kind Derartiges antun konnte. Dass aus Emilie wurde, was sie war, konnte er nun gut verstehen. Ihre Abneigung, sich berühren zu lassen, ihre Verweigerung, sich jemandem mitzuteilen, eingehüllt in den dringenden Wunsch, sich von lebendigen Menschen fernzuhalten. Die Toten indes machten ihr nichts aus. Die zwar aus Büchern zu ihr sprachen und über dies und das erzählten, die ihr aber nicht zu nahe kommen konnten. Vor diesem Hintergrund wurde es ihm immer unverständlicher, wie Catharine es geschafft hatte, ihr eine solche Nähe zu bieten, ihr eine Zuflucht zu sein und über ihren Kopf streicheln zu können.

Martin sah sich in dem kargen Raum um, in dem auf dem Boden nur Bruchteile der Akten von Kindern lagen, die in dem Zeitraum zwischen 1940 und 1945 in Deutschland von Ärzten, Pflegern und Schwestern misshandelt und getötet worden waren. Jener Zunft, die sich den Eid des Hippokrates auf die Fahne geschrieben hatte. Die Basis ethischen ärztlichen Handelns, insbesondere das Gebot, Kranken nicht zu schaden, geschweige denn, sie zu töten.

In einer anderen Ecke, in der er sich noch nicht umgesehen hatte, bemerkte er Akten, die eine andere Farbe hatten und anderen Inhalt zu verbergen schienen. Müde und deprimiert ging er zu diesem Stapel, mehr aus Neugier als von Hoffnung getrieben, und kniete erneut auf dem Boden. Draußen war die Dämmerung hereingebrochen, und die Dunkelheit legte sich wie ein hungriger Schatten auf seine Seele.

Er sah einen Haufen zerfledderter Papiere durch. Ein besonderer Umstand erregte seine Aufmerksamkeit. Es handelte sich nämlich nicht um Akten weiterer Kinder, sondern um Personalakten. Er konnte sein Glück kaum fassen. Er schlug mit zunehmender Geschwindigkeit eine Akte nach der anderen auf, und tatsächlich: Es waren alle in der Klinik angestellten Pfleger, Schwestern und Ärzte aufgeführt, nur in welchem Zeitraum, konnte er nicht erfassen. Schließlich gab es die Psychiatrische Klinik in Lüneburg seit 100 Jahren, und er hielt es für unwahrscheinlich, dass man Akten aus der Zeit von vor dem Krieg verstecken müsse.

Wie im Fieber suchte Martin nach einem bestimmten Namen. Er näherte sich dem Ende des Stapels, und mit jeder Akte, in deren Innenseite nicht der Name von Dr. Richard Fürst zu finden war, verlor er weiteren Mut. Die vorletzte war jene, die ihn jubeln ließ. Sofort erkannte er das Bild, überflog die Vita, verglich sie im Kopf mit den Daten, die er aus anderen Dokumenten von Prof. Keller kannte, und suchte nach den Einträgen, die Fürst den Kopf kosten würden. Das scharf umrissene Aufgabengebiet des aufstrebenden und skrupellosen Arztes, der seine Dissertation bei dem berühmten Professor Kranitz schreiben durfte.

Das Licht in dem Raum wurde zunehmend schlechter oder es lag daran, dass sich Martin nicht mehr auf das Geschriebene konzentrieren konnte. Die Buchstaben verschwammen vor seinen Augen. Er war am Ende seiner Kräfte und hielt endlich in den Händen, was ihm bei der Beweisführung weiterhelfen würde. Wenn man beweisen konnte, dass Fürst sich aktiv an den

Kindstötungen beteiligt hatte, würde ein neues Verfahren eröffnet werden. Mord verjährte in der Bundesrepublik Deutschland nicht, und damit würde der arrogante Alte den Rest seiner Tage in einer Zelle verrotten. In einem schicken Kimono mit eleganten Hausschuhen, die sich nach kurzer Zeit andere Häftlinge unter den Nagel reißen würden.

Dieser Beweis war ein starkes Motiv, Emilie Braun aus dem Weg räumen zu lassen. Fürst konnte nicht zulassen, dass sie sprach, ihn identifizierte und als Zeugin in einem Mordprozess aussagen würde. Was Fürst betraf, ging es schon lange nicht mehr darum, als Vater irgendwelcher von ihm gezeugten Kinder geoutet zu werden. Sollte öffentlich durch die Medien bekannt gemacht werden, dass Dr. Fürst ein Massenmörder war, wäre der Ruf der Klinik bis in alle Ewigkeit ruiniert, und auch sein Sohn würde keine Anerkennung mehr finden. Man würde davon ausgehen, dass er wusste, welche Gräueltaten sein Vater begangen hatte.

In diesem Augenblick kam Martin auf eine Idee. Was wäre, wenn gar nicht der Vater der Auftraggeber der Morde wäre, sondern, wenn es dessen Sohn getan hätte. Zu verlieren hätte er, nach dem, was Martin nun alles wusste und beweisen konnte, wahrlich eine Menge.

Martin Pohlmann verstaute die beiden Akten. Eine vom Opfer, eine vom Täter. Mit Genugtuung betrachtete er, was er, zugegebenermaßen mit viel Glück, herausgefunden hatte.

Erschöpft verließ Pohlmann das provisorische Archiv und suchte Emilie und Catharine Bouschet im Nebengebäude. Ein Blick auf die Uhr verriet, dass sie bereits geschlagene vier Stunden hier waren. Stunden, die ihm unendlich lang vorgekommen sind, in denen er Zeugnisse von Unmenschlichkeit gefunden hat, die man in Ewigkeit nicht vergessen würde.

KAPITEL 49

Lüneburg, 11. November 2010

In der Krankenhauskantine, wenige Schritte von dem provisorisch eingerichteten Archiv entfernt, fand Martin Catharine und Emilie Braun in Eintracht an einem Tisch sitzen. Frierend und mit steifen Gliedern, bot sich ihm ein Bild, als säßen Mutter und Tochter beieinander. Was in Anbetracht der psychischen Verfassung von Emilie surreal wirkte, war die Unbeschwertheit und Gelassenheit, ja, die Heiterkeit, die nicht ins Bild passte. Vor wenigen Stunden war Emilie Braun dem Mann begegnet, der sie 65 Jahre zuvor töten wollte, es aber aus einem noch unbekannten Grund nicht getan hatte. Vielleicht, weil er gegen Kriegsende keine Gelegenheit mehr dazu hatte. Vielleicht kamen ihm auch Skrupel wegen seines Handelns; eine Vermutung, die abwegig erschien, zumal Emilie, gemäß der Einträge in ihrer Krankenakte, für die ›Therapie‹ mit Luminal vorgesehen war, und dies bedeutete für die Kinder einen langsamen, qualvollen Tod. Den zur Tötung bestimmten Kindern und Jugendlichen wurden zunächst jeweils drei bis fünf Luminal-Tabletten verabreicht, woraufhin sie sofort einschliefen. Unmittelbar nach dem Erwachen erhielten sie eine weitere Dosis, bis sie bewusstlos wurden, Atemnot bekamen, zu röcheln begannen und unter Schleimaustritt aus Mund und Nase nach drei bis acht Tagen, je nach Konstitution, verstarben. Die Reaktion auf das Medikament wurde gewissenhaft aufgezeichnet, damit Rückschlüsse auf Wirksamkeit in Abhängigkeit von Dosis, Alter und Geschlecht des Probanden gezogen werden konnten.

Emilie schien es irgendwie geschafft zu haben, sich dem Zugriff ihrer Häscher zu entziehen. Und nun, nach der zwar nur bildlichen Gegenüberstellung und Identifizierung des skrupellosen Mannes, saß sie da und schwatzte mit einer 30 Jahre jüngeren Frau, als wäre alles in bester Ordnung, als wolle ihr niemand nach dem Leben trachten und als würde sie ihr Dasein als schön und lebenswert empfinden, obgleich diverse Suizidversuche in der Vergangenheit auf eine andere Gemütsverfassung schließen ließen. Martin verstand zu wenig von psychologischen oder psychiatrischen Dingen, um beurteilen zu können, was normal war oder nicht. Er wusste von schizoiden Verhaltensweisen, bei denen der Patient manchmal mehr als zwei Persönlichkeiten in seinem Inneren beherbergte. Mal gewann die eine oder die andere die Oberhand, wie in einem Kartenspiel, wo die Dame, der König oder der Joker das Rennen machten. Nach welchen Regeln dieses Spiel jedoch gespielt wurde, wollte er gar nicht wissen. Es war nicht Teil seines begreifbaren Horizontes, wieso es ein Mensch als Berufung empfinden könne, sich mit jener Hingabe um solche Leute wie Emilie zu kümmern, so, wie es sich gerade vor seinen Augen abspielte. Mutter – Tochter; ältere Dame – jüngere Frau; Therapeutin – Patientin. Die Grenzen verwischten ins Unendliche. Fakt war jedoch, dass Emilie Braun zu einer wahren Plaudertasche mutiert war. Sie lachte sogar. Unglaublich. Was war hier los? Martin stand im Türrahmen und betrachtete die Szene mit mehr als einem Staunen. Mit einer Mischung aus Fassungslosigkeit und Bewunderung. Die Anspannung des Tages, ja, der letzten Tage, schien sich zu verflüchtigen, und fände er einen Weg, diese Oase des Friedens zu konservieren, er ließe es sich patentieren.

Doch was war passiert? War es der heilsame Schock und Anfall, der ein Jahrzehnte währendes Trauma geheilt hatte, als wäre es nie da gewesen, oder ging von Catharine, einer Frau, die er nicht kannte, aber unbedingt kennenlernen wollte, eine beruhigende und heilsame Wirkung aus? Ihre Persönlichkeit, ihr Charisma, ihre Einfachheit, ihr Glaube? Martin nahm sich vor, es bei nächster Gelegenheit herauszufinden, doch noch war in seinem Leben nicht genügend Platz für sie. Nicht, solange ein Killer durch die Straßen Hamburgs streifte und ein Opfer nach dem anderen liquidierte. Nicht, solange sein Job an einem seidenen Faden hing und er einen Fehler nach dem anderen ausbügeln musste. Ab dem morgigen Tag würde die polizeiliche Überwachung von Alois Feldmann zu Ende sein, weil man nicht davon ausging, dass es noch ein weiteres Opfer geben werde.

*

Gegen 20 Uhr kamen Martin und eine entspannte und verwandelte Emilie in Eimsbüttel an. Emilie war auf der Fahrt von Lüneburg nach Hamburg in einen tiefen, erholsamen Schlaf gefallen. Martin hätte sie gern gefragt, was in ihr vorging, hätte sich nach ihrem Seelenleben erkundigt, doch sie gab ihm keine Chance dazu – noch nicht.

Martin hatte sich wie ein irritierter Schuljunge von Catharine Bouschet verabschiedet. Dass er sie wiedersehen wollte, kam stotternd über seine Lippen, fern jeglicher maskulinen Sicherheit, die ihm sonst eigen war. Sie hatte schwach genickt, ein ›mal sehen‹ geflüstert und zu Boden geblickt. Der Abschied hatte alles offengelassen, doch Desinteresse an einem Wiedersehen wollte Martin keinesfalls in ihr Verhalten hineininterpretieren.

Als Martin die Tür zu seiner Wohnung aufschloss und die verschlafene Emilie hineinführte, fiel ihm sofort eine Besonderheit in seiner Wohnung auf, die zuvor nicht da war.

Seit Tagen hatte er nicht mehr geraucht, und es hatte noch nie so sauber gerochen wie am Morgen, als er die Wohnung verlassen hatte. Mittags hatte es nach Kaffee geduftet, doch nun gesellte sich ein Geruch dazu, der ihm nicht nur fremd, sondern in seinem Inneren auch zuwider war. Eine Mischung aus Sandelholz und Patschuli lag in der Luft. Er meinte, ein wenig Nelkengeruch und Muskatnuss auszumachen. Er war sich sicher, dass er diesen Geruch schon einmal gerochen hatte, und intuitiv schlug sein Unterbewusstsein Alarm. Er griff nach seiner Dienstwaffe und hielt sie so, dass Emilie sie nicht sofort sah. Während sie auf der Toilette verschwand, durchsuchte er zügig alle Räume nach einem Eindringling. Er streifte auf Socken in jede Ecke seiner Wohnung und schnüffelte wie ein Hund nach olfaktorischen Spuren. In seinem Schlafzimmer hatte er das Gefühl, beobachtet zu werden, obwohl er unter dem Bett und im Schrank nachgesehen hatte. Er war allein, daran bestand kein Zweifel und doch … Etwas war anders als sonst. Abgesehen von diesem penetranten Geruch, der in jedem Winkel der Räume wahrzunehmen war. Oder war alles nur Einbildung? Das Ergebnis seiner überdrehten Fantasie? Der Kontakt mit zu viel Verrücktem in- und außerhalb diverser Anstalten? Schließlich fand er, was ihn störte, was nicht in seine Wohnung gehörte, obwohl es schon einmal bei ihm deponiert worden war.

Diesmal war es nicht nur eine. Gleich drei makellos weiße Federn lagen neben seinem Kopfkissen mit ebenfalls weißem Bezug. Die Federn hoben sich farblich kaum vom Untergrund ab und waren so platziert, dass er sie, auf der Seite liegend, bemerkt hätte. Kurz vor dem Hinabgleiten in eine andere Welt sollten sie dafür sorgen, dass genau dies nicht mehr stattfinden würde. Aufgeschreckt würde er die Federn anstarren, aus dem Bett springen, adrenalingeschwängert die Wohnung nach dem Überbringer der Botschaft absuchen und ihn natürlich nicht finden. In dieser Nacht kein Auge zutun, über die Federn nachdenken und zu keinem Ergebnis kommen. So war es geplant, und wäre nicht dieser penetrante Geruch gewesen, den der Mörder selbst schon lange nicht mehr an sich wahrnahm, hätten sich die nächsten Stunden auch genauso abgespielt.

Martin nahm die Federn und legte sie auf die linke Handfläche. Sie waren so klein, dass sie nebeneinander passten, ohne die Handfläche zu überragen. Er sah sie an, ihre schöpferische Perfektion und Unschuld. Bisher hatte der Mörder sein Erkennungszeichen immer dann am Tatort zurückgelassen, wenn die Tat vollbracht war, außer ein Mal, als Martin eine Feder in seiner Wohnung gefunden hatte und am Leben geblieben war. Nun fand er nicht eine, sondern drei. Sollte es so sein, dass nicht nur Emilie und Alois die potenziellen Opfer sein würden, sondern er selbst auch? Ihn fröstelte bei dem Gedanken, die Zielscheibe eines Psychopathen zu sein. War dies tatsächlich ein Hinweis auf seinen bevorstehenden Tod?

Kalter Schweiß lief ihm die Wirbelsäule hinunter.

Warum er? Er war doch nur ein Bulle. Ein Ermittler, der außer, dass er seinen Job machte, nichts weiter mit den Opfern zu tun hatte. Er war weder in einem Lebensbornheim zur Welt gekommen, noch war er ein ehemaliger oder zukünftiger Kläger. Vielleicht wollte der Täter ihn, den Mann, der ihm auf der Spur war, beiseiteschaffen?

Kopfschüttelnd setzte sich Martin aufs Sofa und ließ die Federn, deren Gewicht man nicht spürte, auf seiner Hand liegen. Er hörte die Klospülung und anschließend das Wasser im Bad rauschen und sah Emilie auf sich zukommen. Sie wirkte müde und erschöpft, und doch war etwas anders an ihr. Sie hatte sich frisch gemacht, die Haare gekämmt, aber vor allem wirkte sie auf ihn – so normal. Sie sah ihn an und warf einen scheinbar belanglosen Blick auf seine linke Handfläche. Sie stellte sich rücklings vor den Sessel, der rechts vom Sofa stand, und ließ sich hineinplumpsen. Sie schien dabei eine schelmische Freude zu empfinden. Einer ihrer Mundwinkel war nach oben gezogen. Völlig überraschend sagte sie zu Martin: »Lars war hier.« Emilie hielt den Blick geradeaus gerichtet, als sei es das Normalste von der Welt, dass Lars Dräger in Pohlmanns Wohnung ein und aus ging.

»Wie bitte?«, rief er ihr zu. »Wieso? Woher wollen Sie das wissen?«

»Es stinkt hier nach ihm.« Emilie sah Martin an wie ein Kind, das ein Lob erwartet. Sie ließ die unzähligen kleinen Falten ihrer Stirn in vier großen verschwinden, als sie ihn erwartungsvoll ansah.

»Was wollte er hier?«, fragte Martin mehr in den Raum hinein, als an Emilie gerichtet. Wie konnte er von ihr Antworten erwarten? Doch er sollte sich getäuscht haben.

»Er hasst mich«, gab sie zu bedenken. Ungerührt fuhr sie fort: »Und den Alois auch.«

»Aber es sind drei Federn.« Martins Stimme wirkte gebrochen.

»Dich hasst er auch, ist doch klar.«

»Aber warum?«

Emilie hob die Schultern. »Vielleicht, weil du mich magst, darum.« Sie lächelte.

»Ach, und deswegen will er mich …«

Martin wollte das unschöne Wort nicht aussprechen.

»Umbringen?«, sagte Emilie frei heraus. »Genau. Deswegen.«

Martin stand auf und ging umher.

»Das ist absurd.«

Emilie verfolgte mit ihren Augen jede von Martins Bewegungen. »Lars ist krank. Viel mehr als ich.« Emilie zog die Beine zu sich heran und legte die Arme darum. Sie grinste Martin an. Jede andere Mimik, die Betroffenheit zum Ausdruck gebracht hätte, wäre angepasst gewesen, nicht aber dieses fröhliche, unbekümmerte Grinsen.

»Hans hat ein Gutachten über ihn erstellt und wollte ihn behandeln. Er wusste schon damals, dass was mit ihm nicht stimmt.«

»Wie, damals?«

»Damals, seit dem Prozess und dem Tod von dem Herrn Strocka.«

Martin setzte sich auf die äußere Kante des Sessels und lehnte sich zu Emilie vor. Alle möglichen Leute waren in der Anstalt befragt worden: Pfleger, Krankenschwestern, Ärzte, sogar Putzfrauen. Akten wurden gesichtet und ausgewertet. Alle möglichen und unmöglichen Personen wurden ins Kalkül der Ermittlungen mit hineingezogen, nur sie nicht. Nicht Emilie Braun, die nie sprach und sich auch sonst nicht kooperativ zeigte.

»Hören Sie, Emilie. Sie müssen mir jetzt alles erzählen, was Sie wissen! Warum will Lars Dräger Sie und den Alois umbringen? Warum mich? Warum die anderen alle?« Seine Stimme nahm den Klang der Verzweiflung an.

Emilie lehnte sich zurück und machte scheinbar Anstalten, einen abendfüllenden Bericht über die Motive eines Mörders zum Besten zu geben. Stattdessen zuckte sie mit den Schultern und schürzte die Lippen.

»Ich weiß nicht. Der Lars ist eben krank. Steht alles im Gutachten, nehme ich an.«

»Und wo finde ich dieses Gutachten?«

Emilie hob die Schultern. Martin raufte sich die Haare.

»Oh, Sie machen mich wahnsinnig.«

Emilie kicherte bei dieser Bemerkung und stand auf.

»Ich geh jetzt schlafen. Gute Nacht.«

Martin sah ihr verdutzt nach. »Ja, gute Nacht.« Er lehnte sich zurück und stand gleich danach wieder auf. Er ging zu seiner Hausbar und goss sich reichlich ein. Der Malt brannte im Hals, ein Gefühl, das sich nach dem ersten Schluck verlor. Er setzte sich und ließ diesen merkwürdigen Tag Revue passieren. Ein weiterer Tag, an dem er sie am Leben erhalten hatte. Als er in sein Glas sah, fiel ihm plötzlich siedend heiß ein, dass er Emilie weder am Mittag noch am Abend irgendeine Pille gegeben hatte. War das nun vorbei mit den Pillen? Er dachte daran, in seinem Gästezimmer nachzusehen, ob sie tatsächlich schlief oder aus dem Fenster gehüpft war, entschied aber, nur an der Tür zu horchen. Als er von drinnen ein gleichmäßiges Schnarchen vernahm, beruhigte er sich und ging zurück.

Nicht lange danach klingelte das Handy in seiner Hosentasche. Beim Blick auf das Display staunte er. Er drückte die grüne Taste.

»Hallo, Werner. Ich dachte, ich hab bei dir verschissen?«

»Hattest du auch. Zumindest heute Mittag für einen Moment. Ich dachte, du spinnst total. Na ja, ganz normal bist du auch nicht, aber das wissen wir beide ja schon lange.«

Martin grunzte. »Was gibt's?«

»Ich habe mir in der Klinik die Adresse von Dräger geholt. Am Telefon wollte die mir keiner geben, also bin ich hin. Im

Sekretariat sagte man mir, dass er eine Woche Urlaub hat und eigentlich zu Hause sein müsste. Dann bin ich noch auf die Station, wo du auch schon warst, und hab deine Schwester Annegret getroffen.«

»Wieso meine?«, unterbrach ihn Martin.

»Na, die findest du doch so toll. Sieht ja auch nicht schlecht aus, na ja, wenn man auf Körbchengröße D steht.« Werner machte eine Atempause. »Jedenfalls fragte sie mich, was ich denn von Dräger wolle. Ich sagte ihr, das ginge sie gar nichts an, aber damit hat sie sich nicht zufriedengegeben. Ich könnte auch sie fragen, schließlich seien sie ja Kollegen und so. Außerdem hätte er Urlaub und sei unterwegs.«

»Ich bin heute einer fantastischen Frau begegnet. Dagegen kannst du Annegret vergessen.«

»Jetzt warte mal. Du immer mit deinen Weibergeschichten. Hat sich nichts geändert bei dir.«

»Doch, hat es. Seit heute. Ich sag dir, sie ist ein Engel.«

Werner verdrehte die Augen und stöhnte in den Hörer.

»Jetzt hör mir doch mal zu, verdammt noch mal.« Martin gab keinen Widerspruch und lauschte.

»Ich bin bei Dräger gewesen. Er wohnt auf dem Land, hinter Norderstedt. Zehn Minuten mit dem Auto von der Klinik entfernt. Ich hab recherchiert. Er wohnt in dem alten Haus seiner Eltern. Hat alles geerbt, aber viel wert ist der Kasten auch nicht mehr. Völlig runtergekommen und verwahrlost, als wenn da gar keiner wohnt. Ich bin also hin und hab geklingelt.«

»Keiner da, natürlich.«

»Weiß ich nicht, ob jemand da war oder nicht. Er hat jedenfalls nicht aufgemacht. Dann bin ich hinten rumgegangen, durch ein altes Türchen marschiert, durch kniehohes Gras, und rate mal, was ich da gefunden hab?«

Werner ließ eine eindrucksvolle Pause entstehen. Er genoss seinen Auftritt spürbar, doch leider kam Martin ihm zuvor.

»Einen Taubenschlag!«

»Mist. Ja. Woher wusstest du das?«

»Tja, du wirst es nicht glauben. Hat mir Frau Braun erzählt. Heute Abend. Sie hat ihn gerochen.«

»Sie hat was?«

»Dräger war hier, als wir unterwegs waren, und hat mir wieder ein nettes Souvenir dagelassen.«

»Eine Feder!«

»Drei sogar. Und seinen beschissenen Duft, den Emilie natürlich auch kennt.«

Werner atmete laut.

»Das heißt, Dräger ist unser Mann?«

»Vermutlich schon, obwohl ich keinen Schimmer habe, wieso und weshalb.«

»Das Problem ist nur, dass er sich in Luft aufgelöst hat.« Martin kratzte sich am Kinn.

»Glaube ich nicht«, sagte Werner bedächtig. »Wer versorgt dann seine Tauben? Die müssen doch gefüttert werden, oder?«

»Könnte auch ein Nachbar machen oder sonst jemand. Ein Bekannter, ein Arbeitskollege – was weiß ich?«

»Wie geht es Frau Braun?«, fragte Werner.

»Ganz gut. Sie schläft. Ohne Medikamente. Stark, was?«

»Weiß ich nicht, ob das wirklich so stark ist. Wenn sie dran gewöhnt ist. Warte erst mal die Nacht ab. Wo wart ihr heute Nachmittag? Hatte schon mal versucht, dich zu erreichen.«

»Ich hab Fürst am Arsch. Emilie hat ihn auf einem Foto wiedererkannt. Danach hat sie einen ihrer Anfälle gekriegt, und als sie wieder aufgewacht ist, hat sie mit Catharine stundenlang gequatscht.«

»Frau Braun? Stundenlang gequatscht?«

»Allerdings. Seitdem ist sie wie ausgewechselt. Fast schon ein bisschen normal.«

»Und wer ist Catharine?«

»Der Engel Gottes, falls es einen gibt.«

»Sag bloß, du bist verliebt.«

»Das weiß ich noch nicht genau. Aber ich weiß, dass ich so

einer Frau noch nie zuvor begegnet bin. Ach, übrigens. Was ist mit Feldmann?«

»Hat sich morgen früh erledigt. Diese Nacht noch, dann wird der Beamte abgezogen.«

»Mist. Und wie soll ich Feldmann auch noch beschützen?«

»Nach Schöllers Ansicht gar nicht. Du bist auf dem Holzweg, sagt er.«

»Schöller ist ein Idiot. Er behindert die Ermittlungen so offensichtlich, das ist schon nicht mehr feierlich. Hast du mal was von Lorenz gehört?«

»Leider nichts Gutes. Sein Zustand ist unverändert. Wird wohl noch eine Weile dauern – wenn überhaupt. Was machst du morgen?«

»Ins Präsidium kann ich aus verständlichen Gründen nicht kommen. Ich wüsste auch nicht, was ich dort soll. Schätze, ich fahre zu Feldmann.«

»Und Emilie?«

»Nehme ich mit. Bleib du an Dräger dran.«

»Für 'ne Fahndung oder 'ne Hausdurchsuchung ist die Lage wohl noch ein bisschen dürftig. Taubenfedern und 'n schlechter Parfümgeschmack.«

»Es soll angeblich ein Gutachten von Professor Keller über ihn geben. Keller hielt ihn schon seit zwei Jahren für gefährdet und wollte ihn aus dem Verkehr ziehen.«

»Wer sagt das?«

»Emilie.«

Werner schnaubte verächtlich. »Nicht gerade die beste Quelle. Für den Staatsanwalt alles in allem zu wenig.«

»Ich weiß. Versuch du, Dräger ausfindig zu machen.«

»Okay, dann bis morgen.«

Pohlmann beendete das Gespräch und dachte nach. Er wollte die Nacht schlafend verbringen und nicht jede Minute damit rechnen müssen, dass Dräger mit einer Waffe, welcher Art auch immer, neben seinem Bett erschien, um ihn zu killen. Wenn es Dräger tatsächlich immer und überall gelang, Sicherheitsschlösser als leicht zu überwindendes Hindernis zu bewältigen, dann würde er wenigstens hören wollen, wenn ein ungebetener Gast hereinschneite. Martin kramte in einer Schublade, die er bereits Jahre nicht mehr geöffnet hatte, und förderte eine weihnachtliche Glockenkette ans Tageslicht. Er mochte dieses alberne Ding nicht, das Sabine vor über vier Jahren aus einem Bayernurlaub mit nach Hause gebracht hatte, doch nun sollte es ihm gute Dienste erweisen. Er brachte die Glocken über dem Türrahmen der Eingangstür an. Sollte sich jemand Zutritt zu seiner Wohnung verschaffen, würde es einen Lärm machen, der ihm die Zeit für den Griff zur Waffe schenken würde. Und doch ahnte Martin, dass es nicht diese Nacht sein würde, in der sich der Mörder sein nächstes Opfer suchen würde. Jede andere, aber nicht diese.

KAPITEL 50

Hamburg-Eimsbüttel, 12. November 2010

Am nächsten Morgen rief Martin als Erstes bei Alois Feldmann an und kündigte ihm seinen Besuch an. Er würde auch Frau Braun mitbringen, und bis dahin solle er auf keinen Fall das Haus verlassen. Er fragte ihn, ob vor seinem Haus noch der Beamte in seinem Wagen zu sehen sei. Die Antwort verwunderte Martin nicht. Feldmann hätte in den letzten Tagen keinen Beamten in der Nähe seines Hauses bemerkt, was nicht bedeutete, dass keiner da gewesen war.

Kurz nach neun verließ Martin das Haus. Emilie gähnte unentwegt. Nicht, weil sie noch müde war, sondern schon wieder. Beim Frühstück erzählte sie von ihrer Nacht, der ersten seit Jahren ohne schlaffördernde Medikamente. Sie sei gut eingeschlafen, gegen zwei Uhr wach geworden und hätte sich zunächst in ihrer Umgebung zurechtfinden müssen. Sie sei aufgestanden und habe sich im Wohnzimmer auf den Boden gesetzt, zu den Büchern, die sie, wie um ein Revier zu markieren, in einem Halbkreis dort abgelegt hatte. Lange Zeit hätte sie einfach nur dagesessen und nachgedacht. Dann habe sie ein Buch gelesen. Die Nacht in Freiheit sei zu schade gewesen, um zu schlafen, sagte sie. Schlafen könne sie später noch genug.

Martin überlegte im Auto, was sie damit gemeint haben könnte, und hoffte inständig, dass Emilie nicht neue Suizidgedanken hegte. Er war kurz davor, sie zu fragen, doch er wusste nicht, wie es auf sie wirken würde, dieses Thema anzuschneiden. Er ließ es auf sich beruhen. Er hätte ohnehin keine Antwort bekommen, sie war nach wenigen Minuten im Auto wieder eingeschlafen. Autofahren schien in den letzten Tagen für sie einen hypnotischen Effekt zu haben: Motor an – Augen zu.

Alois Feldmann hatte auf Martin und Emilie gewartet. Das Haus war aufgeräumt, so wie beim letzten Besuch. Feldmann trug eine curryfarbene Cordhose, ein kariertes Hemd mit einer Lederweste darüber. Nichts an seiner Erscheinung ließ auf einen Mann schließen, der sich in einem seelischen Ausnahmezustand befand. Keine Spur von Angst in seiner Stimme oder Anzeichen für aufkeimende Panik. Der Mann war die Gelassenheit schlechthin, und Martin fand dieses Verhalten in Anbetracht einer realen Bedrohung mehr als befremdlich. Um Feldmanns verständliche Frage nach Martins Begleitung vorzugreifen, erklärte er den Umstand gleich bei Betreten des Hauses.

»Frau Braun steht unter meinem persönlichen Schutz und ab sofort Sie auch, wenigstens so lange, bis wir eine andere Lösung für das Problem finden.«

»Sie glauben immer noch, dass es jemand auf mich und Frau Braun abgesehen hat?«

»Allerdings. Der Mörder spielt ein Spielchen mit mir. Er bricht bei mir zu Hause ein und lässt mir Hinweise da. Mit Vorliebe weiße Federn. Diesmal waren es sogar drei.«

»Sagten Sie nicht, dass er eine Feder am Tatort zurücklässt?«

»Ja, das stimmt. Normalerweise tut er das. Er hat seine Vorgehensweise geändert. Jetzt scheint er die Opfer warnen zu wollen, warum auch immer. Wir haben es hier mit einem psychisch gestörten Menschen zu tun, den man nicht mit normalen Maßstäben messen kann. Trotzdem scheint er sich seiner Sache ziemlich sicher zu sein.«

»Und warum drei?«

Pohlmann schaute grimmig. »Keine Ahnung. Schätze, er mag mich auch nicht besonders.«

»Kann ich Ihnen etwas anbieten? Muss ich mich auf einen langen Tag mit Ihnen einstellen? Unter diesen Umständen habe ich zu wenig im Haus.«

»Ach, lassen Sie mal. Heute Mittag lade ich Sie auf Staatskosten zum Essen ein, und bis heute Abend werden wir sehen, wie es weitergeht.«

Martin, Emilie und Alois Feldmann stellten eine ulkige Gruppe aus Menschen dar, die verschiedener nicht hätten sein können. Emilie tat das, was ihr am nächsten lag. Sie ging im Wohnzimmer umher und schien sich jedes Detail einzuprägen. Wie selbstverständlich strebte sie auf die Bücherwand zu, in der Feldmann einen Großteil theologischer Bände aufzuheben pflegte. Dies schien für Emilie keinerlei Hindernis darzustellen, auch darin zu schmökern. Alles Geschriebene interessierte sie, auch Theologisches. Sie suchte sich einen dicken Band von Romano Guardini aus. Ein Buch mit dem tiefschürfenden Titel ›Vom Sinn der Schwermut‹. Mit dem Buch in der Hand suchte sie nach einer geeigneten Stelle auf dem Boden, entschied sich aber erstaunlicherweise doch für einen abseits stehenden Sessel. Von da an verschwand sie in dem Buch für gut zwei Stunden, in denen sie 20 Mal gähnte.

Martin und Alois unterhielten sich über Kellers Arbeiten, über die Wahrscheinlichkeit, einen weiteren Prozess gewinnen zu können, für den Fall, dass die übrigen Kläger am Leben geblieben wären. Ob unter den gegebenen Umständen ein neuer Prozess stattfinden würde, schien beiden mehr als zweifelhaft. Zwischendurch stand Martin auf, ging im Raum umher und lauschte den Geräuschen von der Straße. Was er im Falle eines Attentats zu hören glauben müsste, wusste er nicht genau, er wollte auf alle Fälle vorsichtig sein. Er schob die Gardine zur Seite und sah sich zu beiden Seiten hin um. Er hoffte, dass jeden Moment sein Handy klingeln und Werner die befreiende Nachricht verkünden würde, Dräger gefunden zu haben.

Das Handy blieb stumm.

Gegen elf Uhr schellte es an der Tür.

»Erwarten Sie Besuch?«, fragte Martin, und die Erregung in seiner Stimme blieb Feldmann nicht verborgen.

»Meine Putzfrau kommt ein Mal in der Woche zum Bügeln.«

»Und? Kommt sie immer um diese Zeit?«

»Je nachdem, wie sie es schafft. Sie wohnt drei Häuser weiter, und wenn sie mit ihrer eigenen Arbeit fertig ist, schaut sie bei mir vorbei. Wenn ich nicht da bin, probiert sie es später noch mal.«

»Und in dieser Woche war sie noch nicht da?«

Feldmann schüttelte nachdenklich den Kopf.

Martin sah aus dem Fenster, doch er konnte den Hauseingang nicht einsehen. Die Begründung schien ihm einleuchtend zu sein, und er hegte keinen Argwohn.

»Gut, machen Sie ihr auf. Ich denke jedoch nicht, dass jetzt der geeignete Augenblick zum Bügeln ist.« Martin deutete auf Emilie hin. Feldmann nickte verständnisvoll.

»Ich sag ihr, sie soll morgen wiederkommen.«

Martin hörte, wie die Tür geöffnet und ein paar Worte gesprochen wurden. Dann wurde es still. Martin wartete einen Augenblick, zog seine Waffe und ging zur Tür, die offen stand. Er konnte Feldmann nirgends entdecken. Auch eine Nachbarin war nicht zu sehen. Mit der Waffe in der rechten Hand näherte er sich der Tür. Er blickte ins Freie, ohne Feldmann zu erblicken oder zu hören. Er wandte sich nach links um die Ecke des Türrahmens, und in dem Moment, als er sich zur anderen Seite umdrehen wollte, trafen ihn für mehrere Sekunden

500.000 Volt am Hals. Das Gerät bewirkte einen elektrischen Schlag im neuromuskulären System und brachte Martin zu Fall. Der eiserne Wille, seine Waffe gegen den Angreifer einzusetzen, blieb ohne die folgende Tat.

Noch im Fallen sah er Feldmann am Boden liegen.

Dräger war ein großer, kräftiger Mann, und mit einer Behändigkeit, die ihm niemand zugetraut hätte, wuchtete er nacheinander die beiden bewusstlosen Körper ins Haus zurück. Er wurde nicht beobachtet. Der Zeitpunkt war perfekt gewesen. Er begrüßte Emilie mit einem diabolischen Grinsen.

»Hallo, Emmi-Schatz. Na? Am Lesen? Das ist echt krank. Wie kann man nur so viel lesen? Na ja, bald hat es sich für dich ausgelesen.«

Dräger lehnte Martin an die Wand neben Feldmann und wartete mit Martins Waffe in der Hand auf das Erwachen der beiden. Die Wirkung seines Elektroschockers, Marke KH Security, würde die beiden Männer für 15 Minuten handlungsunfähig machen. Geduldig beobachtete er sie und hielt die entsicherte Pistole im Anschlag. Er würde sie nicht erschießen. Viel zu einfach und zu laut. Er hatte andere Pläne mit ihnen. Sein von Dämonen geplagtes Hirn freute sich auf die Perfektion des Tötens.

TEIL 3

KAPITEL 51

Winsen an der Luhe, 11. November 2010

Als Martin das Bewusstsein erlangte, war ihm sofort klar, dass er aufs Neue versagt hatte. Wie stümperhaft seine Bemühungen gewesen waren, einen Killer von seinen Plänen abzuhalten. Wie billig er sich hatte überlisten lassen. Mit einem handelsüblichen Elektroschocker, den man für 60 Euro in einschlägigen Läden kaufen konnte, hatte man ihn, den bewaffneten Polizisten einer Sondereinheit, niedergestreckt. Der Schmerz, der ihm zugefügt worden war, paarte sich in den Sekunden des Aufwachens mit grenzenloser Wut. Wut auf sich selbst und auf diesen Scheißkerl, den er auf der Stelle töten würde, wenn man ihn ließe. Diese Gelegenheit hatte er jetzt nicht mehr. Nun war er ein wehrloses Opfer und nicht der souveräne Ermittler. Die Fäden hatte jetzt jemand anderes in den Händen.

Martin drehte sich zu Feldmann um. Dräger hatte ihn mit einem zusätzlichen Fausthieb ins Gesicht übel zugerichtet, und das Blut lief ihm aus der Nase, am Mundwinkel vorbei, und tropfte vom Kinn in seinen Schoß.

Emilie kauerte nach wie vor in dem Sessel, ohne Buch in der Hand und nicht mehr frei, sondern als Gefangene eines Psychopathen, der sie über einen Zeitraum von über vier Jahren mit großem Widerwillen gepflegt und betreut hatte.

Dräger schien seine neue Rolle als brutaler und menschenverachtender Verbrecher zu genießen. Eine erregende Facette in seinem Leben, die er auszuleben gedachte.

Mit vorgehaltener Waffe verfrachtete Dräger seine drei Gefangenen unauffällig in Martins BMW und gab den beiden Männern, sobald sie saßen, einen neuen, lang andauernden Stromstoß, der sie für gut 20 Minuten außer Gefecht setzen würde. Emilie ließ er in Ruhe, von ihr ging gemäß seiner Überzeugung keinerlei Gefahr aus. Die, die sich so oft das Leben nehmen wollte, würde endlich an ihr Ziel kommen. Dass sie den

Wunsch, vorzeitig diese Welt durch eigene oder fremde Hand zu verlassen, gar nicht mehr hatte und endlich leben wollte, wusste er nicht.

Das freistehende Haus von Lars Dräger reichte an einen großen Acker, der von einem baufälligen Zaun begrenzt wurde. Es stand in einer trostlosen Seitenstraße zwischen Grevelau und Scharmbeck, knapp 5 Kilometer von Feldmanns Haus entfernt. Hinter dem Haus stand eine Scheune, die neben dem alten, defekten Traktor seines Vaters Platz für den BMW bot. Den Wagen wollte er nach Martins Ableben im Osten für gutes Geld verschwinden lassen. Dräger schloss nach seiner Ankunft das Tor von innen und stand in absoluter Finsternis. Aus dem Wageninnern hörte er nichts außer einem feinen, angsterfüllten Wimmern von Emilie. Er lenkte seine Schritte zu einer Nebentür, die über eine Treppe direkt in den Keller führte. Er drückte den Schalter aus den Sechzigern und eine 15-Watt-Funzel gab so viel Helligkeit, dass die Stufen gerade erkennbar waren. Mehr Licht brauchte er nie, um in seinen Hobbyraum zu gelangen, in dem er seine Spielzeuge, die er über Jahre gesammelt hatte, aufzuheben pflegte.

Dass Dräger ein Faible für mittelalterliche Folterinstrumente besaß, wusste in der Anstalt niemand. Keller gegenüber hatte er es einmal beiläufig erwähnt – ein Detail, das Kellers Gutachten abrundete und Dräger endgültig als schizophren und dringend therapiebedürftig einstufte.

Dräger hatte wenig Mühe, die geschwächten Männer und die verängstigte Frau die 14 Stufen in das modrig riechende Untergeschoss zu verfrachten. Martin stieß sich wiederholt den Kopf an der niedrigen Decke, und zwei Mal wäre er beinahe kopfüber die schmalen Stufen hinabgefallen, hätte Dräger ihn nicht gestützt. Nein, so sollte Pohlmann nicht sterben. Nicht ein einfacher Genickbruch bei einem Sturz, den er nicht einmal selbst herbeigeführt hatte. Ein viel zu schneller und schmerzloser Tod. Dräger freute sich auf eine besondere Kunstform. Die Kunst, jemanden so lange zu quälen, bis dieser den Tod herbeisehnte.

Eine Technik, die für jedermann im Internet nachzulesen und schon vielen Künstlern seiner Art weltweit zweckdienlich gewesen war. Eine Community der besonders kranken Art, mit der er regen Kontakt pflegte.

*

Das schallisolierte Verlies, in dem Dräger den Kommissar, den Expriester und Emilie Braun eingepfercht hatte, war nicht größer als zwölf Quadratmeter. Nachdem Feldmann bei vollem Bewusstsein war, empfand er als Erstes den pochenden Schmerz an der Schläfe mit voller Wucht. Vorsichtig fasste er mit zittriger Hand an die Stelle, aus der noch warmes, klebriges Blut floss. Die Berührung der Wunde ließ ihn ein Stöhnen und erstaunlicherweise einen obszönen Fluch ausstoßen. Er, der Mann Gottes, fluchte und schimpfte über die Machenschaften des Teufels und über Menschen wie Lars Dräger, die seiner Ansicht nach zu dessen Werkzeug geworden waren.

Feldmann versuchte, sich aus seiner misslichen Lage aufzurichten, und sah sich in der Dunkelheit um. Seine Augen gewöhnten sich mühsam an die Umrisse der Zelle, da das Licht, welches unterhalb des Türblattes hindurchschien, den Raum nur unzureichend beleuchtete.

Neben ihm hockte zusammengesunken der Kommissar, dessen Kopf schlaff auf der Brust ruhte. Die langen Haare klebten an der Wange. Feldmann verengte die Augen und nahm bei Martin eine klaffende Wunde neben dem Kinn wahr, die ihm, kurz bevor Dräger gegangen war, zugefügt worden war. Eine Vorsichtsmaßnahme gegen unbedachte Rebellion, wie Dräger es genannt hatte.

Emilie Braun hockte auf dem Betonboden, direkt zu seinen Füßen, und hatte die Arme um die angezogenen Beine geschlungen. Ihr Körper zitterte unkontrolliert, weniger aus Angst, sondern wegen der niedrigen Temperatur in diesem Kellerloch, obwohl sie die Jacke hatte mitnehmen dürfen. Feldmann wandte sich wieder Martin zu und rüttelte vorsichtig an seiner Schulter.

Doch der blieb unbeweglich neben ihm sitzen. Die Bewusstlosigkeit wollte sich nicht vertreiben lassen. Er sah sich in dem Raum um. Das Mobiliar bestand aus zwei billigen Pritschen, bestehend aus dünnen Matratzen über einem Drahtgeflecht, das bei jeder Bewegung fürchterlich quietschte. Sie waren in einem rechten Winkel zueinander an den Wänden aufgestellt. Feldmann gegenüber hing ein mattes, mit braunen Flecken übersätes Waschbecken aus Keramik, das so alt wie das Haus selbst wirkte. Der Spiegel darüber fehlte. Nur die Halterungen waren noch da. Neben dem Waschbecken stand ein leerer, verbeulter Metalleimer, dessen Henkel sonderbar verbogen war. Ansonsten gab es keine Toilette, keinen Stuhl, keinen Kleiderschrank und keinen Teppich. Selbst ein eingefleischter Asket hätte diese trostlose Behausung nicht akzeptiert. Nicht einmal Insassen in einem Hochsicherheitsgefängnis hätten dies getan, außer in Sibirien, dem Irak oder an anderen Orten dieser Welt, an denen die Menschenwürde mit Füßen getreten wurde.

Feldmann erinnerte sich. Dräger war, nachdem er seine Gefangenen in diesem Loch abgeliefert hatte, sofort verschwunden und hatte die Tür von außen verschlossen. Auch hatte er kein Wort zu ihnen gesagt, sich stattdessen in einer Flut gemurmelter Selbstgespräche ergossen. Innerhalb der Zelle hörte man jemanden in einem Nebenraum Tätigkeiten verrichten, die an das Aufräumen oder Sortieren von Werkzeugen in einer Garage oder Werkstatt erinnerten. Metallgegenstände wurden zusammengesammelt, irgendwo wieder abgelegt. Etwas wurde an die Wand gehängt, und dann hörte es sich so an, als schiebe derjenige einen schweren Schrank oder eine Kommode über den Betonboden. Plötzlich verstummten die Geräusche, und ein langgezogenes, an Schadenfreude erinnerndes Lachen ging Feldmann durch Mark und Bein.

Das Lachen erstarb, und Totenstille erfüllte die Dunkelheit.

Feldmann war froh, dass das Licht nebenan angelassen worden war. Und doch reichte dieser Umstand nicht aus, die Angst, die den kargen Raum wie dichter Rauch bis unter die Decke füllte, zu vertreiben.

Sein Blick fiel zu der Gestalt, die zu seinen Füßen hockte.

»Bitte, Emilie. Setzen Sie sich auf das Bett. Der Boden ist doch viel zu kalt.« Er beugte sich vor, um sie an der Schulter zu berühren oder ihr, unter ihre Arme greifend, aus der Hocke zu helfen. In dem Moment, als er sie berührte, stieß sie einen kurzen Schrei aus, der so viel bedeutete wie: Fass mich nie wieder an! Sie rutschte von ihm weg und setzte sich auf die andere Pritsche. Dort legte sie sich hin und starrte an die Decke. Ein faseriger Lichtstrahl aus einer hölzernen Türritze traf ihr Gesicht. Das Zittern verebbte allmählich, und die Falten, die ihre mimische Muskulatur bedeckten, entspannten und streckten sich. Alles an ihr schien loszulassen wie in dem Moment des Todes.

»Emilie? Geht es Ihnen gut?«

Frau Braun antwortete nicht. Ihr Brustkorb hob und senkte sich. Sie atmete, also lebte sie, und doch – sie schien sich in einem Zustand zu befinden, in dem sie ihre Umgebung nicht mehr wahrnahm. Sie hatte sich zurückgezogen in die Parallelwelt ihrer Fantasie. Dort war es nicht nur warm und hell, sondern vor allem friedlich und konfliktfrei. Ein Paradies, wie es sich jeder Mensch wünschte. Wann es Emilie gelernt hatte, sich aus der Realität zu verabschieden und, wie durch eine Tür hindurchgehend, einen anderen Raum zu betreten, in dem man keinen Schmerz und keinen Hass kannte, hatte sie noch niemandem verraten. Es musste gewesen sein, als sie vier oder fünf war.

Damals, als die Männer kamen.

*

Alois Feldmann fühlte sich elend und vor allem einsam wie in seinem ganzen Leben zuvor nicht. Obwohl er in diesem Verlies Verbündete hatte, die sein Schicksal teilten, war für ihn geteiltes Leid kein halbes Leid. Es waren nicht die Menschen, die er jetzt, am Ende seines Lebens, vermisste, sondern es war Gott, der ihm fehlte. Der Gott, den er zeitlebens an seiner Seite wusste, der, der mit ihm durch dick und dünn gegangen war, und der, auf den er sich zu freuen glaubte, wenn er diese Welt verlassen würde. Unzählige Male hatte er Menschen in Trauer begleitet, hatte ihnen Trost zugesprochen, Hoffnung vermittelt. Alles verblasste im Angesicht der eigenen erlebten Realität. Eine Wirklichkeit, die er in seinen dunkelsten Träumen nie erlebt hatte: eingesperrt von einem Psychopathen, der ihn – den Grund konnte er nicht im Geringsten erahnen – töten wollte. Alle Menschen mussten früher oder später sterben, das war ihm klar, und er hatte den Mut der ersten Christen bewundert, die in einer römischen Arena singend ihre aus der Erde herausragenden Köpfe den Löwen zum Fraß hingehalten hatten, oder jene, die im Angesicht ihres Todes den Glauben nicht verraten hatten und auf dem Scheiterhaufen verbrannt wurden. Nie hätte er gedacht, dass es ihn selbst einmal treffen würde, durch die Hand eines anderen zu Tode zu kommen. Angst machte ihm vor allem der Gedanke an die Art und Weise, wie der Mörder dies bewerkstelligen wollte.

Er hatte sich für einen Mann gehalten, der allen Unbilden des Lebens gegenüber gewappnet war. Er sah sich eher wie Petrus, der über das Wasser ging, im Gegensatz zu jenen, die angsterfüllt im Boot sitzen geblieben waren. Er hielt sich für einen Überwinder des Bösen – das zumindest hatte er geglaubt. Bis zu diesem Tag, an dem er sich einer Gewalt gegenübersah, die er nicht einschätzen oder kalkulieren konnte, die den Tod bringen sollte, zu einer Zeit, in der er noch nicht sterben wollte.

Wer will das auch schon, schoss es ihm durch den Kopf. Er kannte viele Selbstmordkandidaten, die in ihrer Umnachtung sich nichts sehnlicher wünschten, als das irdische Jammertal zu verlassen. Die, nachdem man sie gerettet hatte, umfangreiche Therapien und Seelsorge brauchten, um wieder Fuß im Diesseits zu fassen, wie Emilie. Er war nie ein Flüchtling gewesen. Er liebte das Leben auf dieser Erde, besonders seit dem Zeitpunkt, als ein tiefer Frieden in sein Leben eingezogen war. Zu der Zeit, als er sich entschied, die frohe Botschaft der Bibel zu seiner eigenen zu machen.

Er hätte nicht zwingend katholischer Priester werden müssen, doch diese Konfession gab ihm die Möglichkeit, nicht zu heiraten und dabei normal zu erscheinen. Er konnte kaum die Verantwortung für sein eigenes Leben übernehmen, wie sollte es da noch für eine Frau oder für Nachkommen reichen. Eine Frau hätte es mit ihm nicht ausgehalten, das war ihm klar, und da sein Interesse an geschlechtlichen Dingen eher gering war, nahm er nach langem Suchen und endlichem Finden den christlichen Glauben an und wurde Priester. Er sah sich wie eine Art Pater *Ralph de Bricassart,* jene Figur aus dem Film ›Dornenvögel‹, deren Folgen er schmunzelnd verfolgt hatte, ohne je die Gelegenheit gehabt zu haben, eine ›Maggie‹ kennenzulernen, die sein Leben durch die Versuchungen der Liebe durcheinandergebracht hätte.

Nun saß er hier, neben einem schwer verletzten und bewusstlosen Kommissar und der Insassin einer geschlossenen Anstalt, die derzeit ihr Heil darin fand, sich in eine ferne Fantasiewelt zu begeben und sich der Realität zu entziehen.

In seiner abgrundtiefen Hilflosigkeit fing er an zu schluchzen. Er konnte sich nicht erinnern, wann er das letzte Mal geweint hatte. Er hielt es für eine unmännliche Untugend, doch nun konnte und wollte er es nicht verhindern. Die Tränen bahnten sich ihren Weg aus allen Drüsen, die für deren Produktion zuständig waren, und verirrten sich in dem grauen Geäst seines Bartes. Er barg seinen Kopf in den Händen, und stille geflüsterte Rufe, Gebete, die aus nur einem Namen bestanden, trieben wie feine Rauchschwaden durch die Zimmerdecke zu ihrem Adressaten. Mögen sie *IHN* erreichen, war sein innigster Wunsch. Mehr als das hatte er der ganzen Situation nicht entgegenzusetzen.

*

Wie lange die Gefangenen dort saßen und froren, entzog sich ihrer Kenntnis. Eine Stunde, vielleicht zwei?

Es waren vier Stunden vergangen, als Martin Pohlmann

erwachte. Er öffnete die Augen, spürte den Schmerz, wie er von seinem Entstehungsort bis zum Gehirn eilte, und erbrach sich sogleich ins Dunkle hinein neben die Liege, die die Bezeichnung Bett nicht verdiente. Ein dünner Schwall übel riechenden Mageninhalts, gewürzt mit einer Überdosis Stresshormonen, ergoss sich auf den rissigen Beton. Das Stöhnen des Gepeinigten unterbrach die drei Mal hintereinander erfolgten Auswürfe, bis nur noch bittere Galle im Rachen schmerzte. Kraftlos und ohne Orientierung ließ sich Martin zur linken Seite hin fallen und landete an der Schulter von Alois Feldmann. Er erschrak, dass das, woran er lehnte, nachgab, und richtete sich auf. Das rechte Auge war dank Drägers Faust zu einem dünnen Schlitz zugeschwollen und mit dem linken bemerkte er den sich bewegenden Schatten neben sich. Die Metallfedern kreischten wie keifende Raben unter ihm, und es dauerte eine geraume Zeit, bis sich Pohlmann an das Geschehene erinnerte. In einer stümperhaften Aktion hatte sich Martin überrumpeln und mit 500.000 Volt in die Kraftlosigkeit eines Neugeborenen katapultieren lassen. Die Waffe hatte man ihm ohne Mühe abgenommen, und die Energie in seinem Körper reichte bei Weitem nicht aus, einen Schrank wie Lars Dräger schachmatt zu setzen. Überdies war Martin Pohlmann trotz jahrelanger Ausbildung im Nahkampftraining alles andere als fit. Die zwei Jahre in Ecuador hatten seinem eh dürftig ausgeprägten Waschbrettbauch einen stattlichen Speckmantel hinzugefügt, und von seiner Kondition als Raucher – Exraucher seit fünf Tagen – mochte man gar nicht erst reden. Sie war quasi nicht vorhanden. Hinzu kam, dass Symptome einer nicht auskurierten Grippe in seinen Gliedern aufflammten. Das Einzige, was ihm jetzt noch geblieben war, war eine Wut, die man nicht mit Maßeinheiten beschreiben konnte. Er spürte in erster Linie nicht Verärgerung über sein Versagen oder Mitgefühl für die anderen beiden in dieser schrecklichen Situation, sondern es meldete sich grenzenloser Zorn, der dringend ein Ventil brauchte. Aggressive, unkontrollierbare Wut wollte die Situation beenden, kurzen Prozess mit Dräger machen und ihn, den besten Bullen des Nordens, als Helden aus der Sache herauskommen lassen. Das andauernde schmerzhafte Pochen im Kopf ließ sich nicht anders beantworten als mit einem von Obszönitäten begleiteten Faustschlag gegen die Bettkante, der ihm weiteren Schmerz zufügte. Nachdem er eine Weile bewegungslos verharrt hatte, ebbte der Schmerz allmählich ab. Sogleich drängten sich seinem Bewusstsein die Mitgefangenen auf.

»Wie geht es Ihnen, Feldmann?«, keuchte er und wandte sich, sein linkes Auge aufgesperrt, seinem Verliesnachbarn zu.

»Wie soll es mir gehen? Furchtbar natürlich. Es geht mir beschissen«, sagte der betont wütend und wunderte sich über seine Wortwahl, auf die er im nächsten Moment pfiff, weil es die Sache am besten beschrieb.

»Mir tun die Knochen weh. Der Kerl hat mir, bevor er ging, noch eine verpasst, so wie Ihnen. Mir ist kalt und – ich habe Angst. Ich habe verdammt nochmal eine Scheißangst vor diesem Kerl.« Martin hörte den tiefen seelischen und körperlichen Schmerz, der aus Feldmann herausbrach wie ein wilder Sturzbach. Er schien all seine Frömmigkeit zu vergessen, weil es darin keine nett klingenden Vokabeln für derlei Situationen zu geben schien. Er hörte, wie Feldmann zu schluchzen begann. Dies war die Nachhut all der Tränen, die der Priester vergossen hatte, als Martins Bewusstsein in einem undurchdringlichen Nebel eingetaucht war. Er versuchte, sich zu Feldmann umzudrehen, verzog schmerzverzerrt das Gesicht und legte seinem Nachbarn die Hand auf die Schulter. Martin taugte noch nie zu einem ordentlichen Seelsorger. Es fiel ihm schwer, Mitgefühl zum Ausdruck zu bringen. Seine Verlobte hatte einmal gesagt, er sei kalt wie eine Hundeschnauze. Er wusste, dass dies nicht zutraf. Obwohl er es nie wollte, war er, zumindest in diesem Punkt, geworden wie sein Vater: unfähig, über Gefühle zu sprechen oder sie angemessen zum Ausdruck zu bringen. Er wusste auch von seinen Freunden, dass das Sich-Mitteilen nicht gerade eine Männerdomäne war, und er hatte nie gelernt, diese Art der Konversation zu kultivieren. Hier in der Zelle erschien es ihm leichter, den zu trösten, den er vor genau dieser Situation hatte beschützen wollen. Unter Umständen war es das schlechte Gewissen, das ihn trieb, oder ein halbherziger Versuch, Angerichtetes gutzumachen. Er wusste, dass er mit einer Geste des Trostes nicht viel bewirken konnte, aber im Moment war es das Einzige, was er zur Verfügung hatte. Ihm war klar, dass er sich zusammenreißen und Herr der Lage werden musste. Sowie der Schmerz in seinem Bewusstsein nicht mehr als pochend und nervtötend empfunden wurde, erwachte der Bulle in ihm zu neuem Leben.

Er war der Ansicht, dass *nur er* die Situation geradebiegen könnte. Dass Sieg oder Niederlage von ihm entschieden werden müssten. Er empfand, dass er gegenüber Feldmann und Emilie in der Schuld stand. Ein anderer Beamter hätte garantiert die Sache besser und souveräner im Griff gehabt und sich nicht so unprofessionell überrumpeln lassen.

Dass er nicht das Geringste an Feldmanns, Emilies und seiner Situation würde ändern können, wurde ihm klar, als Dräger den Schlüssel im Schloss herumdrehte, in der Tür erschien und in seiner Hand einen Gegenstand hielt, der ihn erneut hätte erbrechen lassen, wäre noch ein Rest in seinem Magen verblieben.

KAPITEL 52

Scharmbeck, 12. November 2010

Hätte jemand Martin Pohlmann einen Monat zuvor erzählt, dass er sich mit zwei anderen Gefangenen in der Gewalt eines Serienkillers und Psychopathen befinden würde, er hätte ihm natürlich nicht geglaubt. Und wenn doch, hätte er sein Flugticket von Ecuador nach Deutschland zerrissen. Zu wissen, man würde gefangen genommen, misshandelt, gefoltert und anschließend getötet – in das absolute Extrem eines Konfliktes willigte kein normaler Mensch freiwillig ein.

Pohlmann richtete sich auf der Pritsche auf und sah in die verzweifelten Gesichter von Alois Feldmann und Emilie Braun. Der Geistliche und die Verwirrte, der Mann Gottes und die Vergessene, der Glaubensheld und die Todesliebende. Beide hatten im Angesicht des ihnen gegenüberstehenden kräftigen Mannes dieselben Tränen in den Augen, dieselbe Panik im Hirn und dieselbe düstere Aussicht auf ein baldiges Ende ihres Lebens.

Das Verlies war in ein fahles Halbdunkel getaucht, während Lars Dräger den schmalen Türrahmen mit seiner Statur ausfüllte. Das Licht des Nebenraumes brach sich an ihm und warf eine Vielzahl gestreuter Strahlen an ihm vorbei. Sie trafen die bleichen, angsterfüllten Gesichter der Gefangenen. Es wurde von den tränenüberströmten Wangen Emilies reflektiert wie von einer Spiegelfläche. Dräger hielt in der rechten Hand die Polizeiwaffe des Kommissars und in der linken ein Gerät, das wie ein übergroßer Nussknacker aussah. Die Hand, die es umfasste, öffnete und schloss sich rhythmisch und verursachte ein metallisches Klackern. Es trieb den dreien eine Gänsehaut über den Körper, und alle starrten auf diese Apparatur, die unsägliche Pein verhieß. Schmerzen, die garantiert keiner von ihnen im Leben zuvor erlebt hatte. In Zeiten moderner Anästhesie, wo jeder zu operierende Patient in einen seligen Schlummer geschickt oder der leichteste Anflug von Kopfschmerz mit einer Thomapyrin-Tablette zum Teufel gejagt wurde. Der Begriff ›körperlicher Schmerz‹ hatte für die meisten Menschen keine wirkliche Bedeutung mehr.

Lars Dräger beschloss, er solle sich wieder mit Inhalt füllen, eine neue, sich in den Köpfen der Gefangenen einbrennende Bedeutung erhalten.

Eine Weile stand Dräger da und ließ das Klackern seines aus dem Mittelalter stammenden Folterwerkzeugs den Raum erfüllen. Er genoss es, die drei damit seelisch zu foltern, bevor er mit der körperlichen Tortur begann. Wie Wassertropfen, die stundenlang von der Decke auf die Stirn tropfen und den Gefangenen zum Wahnsinn treiben, übte auch dieses Geräusch seine hypnotische Wirkung aus. Dräger kannte sich aus. Er war bewandert auf dem Gebiet des Folterns. Zumindest in der Theorie. Nun war die Stunde der Praxis für ihn gekommen, um aus dem Lehrling einen Meister zu machen. Er hatte alle Techniken studiert, um Menschen Leid zuzufügen, sei es auf psychischer oder auf physischer Ebene. Sie durch verschiedene diabolische Maßnahmen in ihrer Seele auszudörren, bis jeglicher Funken Hoffnung auf ein Überleben erloschen war und es dem Opfer am Ende egal war, wie es ausginge, solange es schnell gehen würde. Bei körperlich zugefügten Schmerzen verhielt es sich seiner Meinung nach anders. Zuerst würde der ›Patient‹ sich wehren, sich aufbäumen, würde seinen Peiniger anflehen, gegen sein Schicksal rebellieren, bevor er die Unausweichlichkeit und die Endgültigkeit der Situation begriff. Dann, nach diversen ›Anwendungen‹ seiner Kunst, würde das Opfer beginnen zu winseln und in Anbetracht seines nahen Endes keine Kraft mehr aufbieten und sich ergeben. Der Zeitpunkt der Aufgabe käme bei jedem verschieden schnell, und er plante, die Grenzen des individuellen menschlichen Leidensvermögens mit wissenschaftlicher Genauigkeit auszuloten.

Lars Dräger hatte ein neues Hobby entdeckt. Der einfache, schnelle Auftragsmord, als er den angeschlagenen Nazi Gerhard Strocka endgültig niederstreckte, hatte eine neue Leidenschaft in ihm aufflammen lassen. Er wunderte sich, wie leicht es gewesen war, jemandem das Leben zu nehmen, beobachten zu können, wie die Seele den Körper verließ und, wer weiß wohin, entschwand. Er wusste zwar, dass Töten an sich ungesetzlich war und allgemein als moralisch verwerflich galt, doch er konnte in seinem Inneren keinerlei Deckungsgleichheit zu diesen Geboten finden. Zumal es sich bei seinen Opfern um Menschen handelte, die ihr Leben gelebt hatten und nach Ansicht seiner Auftraggeber kein Recht auf Verlängerung desselben hatten. Man hatte entschieden, sodass er sich keine Gedanken mehr zu machen brauchte. Dass man ihn ausgewählt hatte, empfand er als große Ehre, ihn, den unerfahrenen Henker. Ihn, dessen Größe endlich erkannt worden war. Sein Vater hatte ihn einen Nichtsnutz genannt, bis er 19 war. Er hatte ihn aus dem Haus getrieben, in das er nun zurückgekehrt war, nachdem die Eltern endlich tot waren. Nein, er hatte keinen Anteil daran gehabt, zumindest nicht in dem Sinne, dass er Hand angelegt hätte. Nur in dem Maße, wie hasserfüllte, unsichtbare Gedanken ihr Pendant in der sicht- und greifbaren Welt gefunden hatten. Wenn Wünsche die Vorläufer der Wirklichkeit sind und sie erschaffen, was nicht ist, dass es sei. In diesem Sinne war er schuldig am Tod seiner Eltern. Er hatte ihnen die Pest an den Hals gewünscht. Krebs, Autounfall, einen Mord durch die Hand eines anderen, egal, nur tot sollten sie sein – mehr nicht. Sie, die dem schlaueren und hübscheren Bruder den Vorzug gegeben hatten, dem Kind ihrer Gunst, ihrer Liebe, all ihrer guten Wünsche und ihres Segens.

Als sie bei einem tragischen Unfall ums Leben gekommen waren, knallte bei Lars Dräger in seinem schäbigen Zimmer auf dem Flur des achten Stockwerkes in Hamburg-Wilhelmsburg ein Korken. Ein billiger Sekt, der jahrelang auf seine Bestimmung gewartet hatte. Er trank auf den Tag seiner Befreiung und den seines Erbes. Bald danach zog er in das Elternhaus und wohnte wieder in seinem ehemaligen Kinderzimmer. Er fand es verschlossen in dem Zustand vor, wie er es vor Jahren verlassen hatte, als er eine Ausbildung zum Alten-und Krankenpfleger begonnen hatte. Er suchte den Schlüssel vergeblich, da er fortgeworfen worden war, und empfand große Genugtuung darin, die Tür einzutreten. Seitdem hauste er in diesem Gemäuer, das schon zu Lebzeiten der Eltern wie ein verwunschenes, gottverdammtes Haus wirkte: ungepflegt, zusammengeflickt, bar jeglicher Liebe zu Sträuchern, Blumen und ähnlichen Gewächsen. Man ließ alles wachsen, wie es wollte, einzig am Zaun, zur Straße hin, galten die Auflagen der Stadt, die murrend erfüllt wurden, von Lars, dem es unter strengem, eisigem Blick aufgetragen worden war.

In seiner Ausbildung zum Pfleger, dachte er, könne er sein Gemüt verwandeln. Wollte den Hass loswerden, indem er genau das Gegenteil von dem tat, was er fühlte. Er glaubte, dass die

Verachtung den Menschen gegenüber von der Hingabe an sie während des Pflegens, Waschens, Fütterns und des Kümmerns ausgelöscht werden könnte. Er ging davon aus, dass man, wenn man sich nur genug anstrengen würde, um ein besserer Mensch zu werden, es auch schaffen könnte. Dass man jahrzehntelange Demütigungen ungeschehen machte, indem man sie in Gedanken nicht mehr heraufbeschwor. Dass die Gene überlistbar seien und Gedanken an Tod und Teufel durch gute Taten besiegt werden konnten.

Als er begriff, dass die Altenheime nicht der richtige Platz für ihn waren, wechselte er in den Pflegedienst der Psychiatrie. Er absolvierte eine weitere Ausbildung, lernte zu jener Zeit seinen Gönner kennen und fand nach dessen Fürsprache seine Bestimmung in den Örtlichkeiten, an denen die übelsten geisteskranken Straftäter verwahrt wurden. Ihnen galt seine Loyalität und sie wollte er pflegen. Das waren seine wahren Helden, um die er sich kümmern wollte. Die erwünschte Verwandlung fand verständlicherweise nicht statt. Stattdessen wuchsen Gedanken in ihm heran, die wie Ausläufer giftiger Schlingpflanzen von den kranken Gemütern der Patienten auf ihn übergriffen. Niemand in der Klinik hatte Einblick in seine inneren Kammern, in denen er seine Dämonen fütterte. Der verschlossene, aber hilfsbereite Pfleger Lars Dräger. Bis zu dem Zeitpunkt, an dem er sich hatte versetzen lassen. Man trug ihm auf, auf jene Station zu kommen, wo Prof. Hans Keller das Sagen hatte. Was er nicht wusste, war, dass sich Keller auf die Fahne geschrieben hatte, all seine Mitarbeiter genau kennen zu wollen, wie seine eigene Familie. Die Menschen, mit denen er mehr Zeit verbrachte als mit allen anderen, wollte er gut kennen und benötigte als ausgezeichneter Psychoanalytiker nur wenige Sitzungen, um herauszufinden, wie jeder Einzelne tickte. Um festzustellen, dass Lars Dräger eine Zeitbombe war, brauchte er nicht lange.

Doch diese Tatsache war nicht der alleinige Grund für Hans Kellers Tod.

KAPITEL 53

Scharmbeck, 12. November 2010

»So, ihr Lieben. Wer will der Erste sein?« Dräger ließ die verrostete Zange, mit der er eines seiner Opfer peinigen wollte, wie das Maul eines Haifisches auf- und zuschnappen. Breitbeinig stellte er sich vor die Pritsche, und in seinen Augen leuchtete ein seltsames Feuer. Kalte, tote Augen, mit denen er Feldmann taxierte.

»Wie wär's mit Ihnen, Gottesmann? Haben Sie schon Ihr letztes Gebet gesprochen? Ich wette, Sie haben die ganze Nacht zu Ihrem taubstummen Gott gewinselt. Ich frag mich zwar immer, wie man so dämlich sein kann, seine Zeit mit Beten zu vertrödeln, aber gut. Ist Ihre Sache. Sie werden gleich erkennen, dass es umsonst war und da, wo Sie hingehen, niemand auf Sie warten wird. Da wird nichts als schwarze Leere sein, in die Sie eintauchen und mit ihr verschmelzen werden.« Dräger trat einen Schritt vor. »Vorher jedoch werden wir uns noch ein wenig vergnügen, hm? Was meinen Sie?«

Pohlmann atmete schwer. Er wollte die Situation nicht annehmen, wie sie war. Dieses ganze Gequatsche von Kismet und Bestimmung, von dem Unausweichlichen und Unveränderlichen. *Solange man denkt und handelt, ist alles zu verändern. Die Geschichte ist nicht eher geschrieben, bis man den Füllfederhalter in die Hand nimmt und aufschreibt, was im Leben passieren soll und was nicht.* So dachte er, bis ihm der sinnlose Tod von Sabine einen Strich durch dieses Konzept machte. Gedanken, die ihn aufs Neue begannen zu lähmen. Doch nun galt es zu handeln. Er war noch lange nicht bereit zu sterben, erst recht nicht jetzt, wo er zwei Tage zuvor meinte, die Frau seines Lebens kennengelernt zu haben.

»Dräger, hören Sie auf mit dem Scheiß!«, befahl er ihm mit gepresster Stimme. »Was denken Sie denn, wie lange Sie uns hier noch festhalten können? Alle im Präsidium wissen, wo wir sind. Wir beobachten Sie schon seit einer Ewigkeit. Die Kollegen sind jeden Moment hier und nehmen Sie fest.«

Dräger legte den Kopf in den Nacken und gab ein schallendes Gelächter von sich.

»Das ist alles Quatsch, Mann.« Tiefer Sarkasmus war aus seiner Stimme zu hören und eine Selbstsicherheit, die erschreckend war. »Nicht Sie haben mich beobachtet, sondern ich Sie. Sie alle!« Dräger machte mit der Waffe in der Hand eine ausladende Bewegung. »Ich sehe alles und ich weiß alles.« Dräger schaute überlegen auf Pohlmann, der wie ein Häufchen Elend auf der Pritsche kauerte.

Er kostete seine Machtposition genüsslich aus und fuhr fort: »Ich bin schon so oft in Ihrer Wohnung gewesen, dass ich es nicht mehr zählen kann, nicht nur die zwei Male, von denen ich Sie hab wissen lassen, dass ich da war. Ich habe Sie in der Nacht oft stundenlang beobachtet, als Sie krank waren und Fieber hatten. Als Sie sich hin und her gewälzt und sogar im Traum gesprochen haben.« Dräger hob die Augenbrauen. »Ach, wissen Sie eigentlich, dass Sie nachts im Schlaf quatschen? Ist echt lustig. Okay, gestern war ich nicht da. Die Idee mit den Glöckchen war gar nicht so dämlich.«

»Verdammt. Wie können Sie das wissen? Haben Sie Kameras in meiner Wohnung?«

Dräger hob die Schultern und grinste.

»Wer weiß? Sie werden keine Gelegenheit mehr haben, es herauszufinden.« Drägers Überheblichkeit kannte keine Grenzen. Er trat dicht an Pohlmann heran und ließ ihn seinen fauligen Mundgeruch riechen. »Außerdem ist alles, was Sie tun, ja *so* vorhersehbar. Ich kannte alle Ihre Schritte im Voraus, Ihre Recherche in Berlin und in Lüneburg. Ich war Ihnen in dem Wäldchen, als Sie Emmi gesucht haben, dicht auf den Fersen und hätte Sie jederzeit kaltmachen können.«

»Verdammt, warum haben Sie es nicht getan?«

»Weil das nicht so viel Spaß gemacht hätte, Sie aus dem Hinterhalt zu erstechen. *So* ist es viel lustiger. *So* wie heute. Ich wollte Sie *hier* haben. Alle drei auf einen Streich.« Dräger machte eine kleine Pause in seinen diabolischen Betrachtungen. »Tja, eigentlich müsste ich mich noch bei Ihnen bedanken – Sie haben mir den Priester und Emilie auf dem Präsentierteller serviert. Das haben Sie echt gut gemacht.«

Martins Wut stieg ins Unermessliche. »Sie sind wirklich irre, Dräger. Und dann der Scheiß mit den Federn! Bei jedem Opfer eine weiße Feder zu hinterlassen. Wie albern ist das denn?«

Dräger schnaubte pikiert. »Ist doch jetzt egal. Hab ich mal in der Glotze gesehen, dass ein Killer 'ne Rose dagelassen hatte. Fand ich ganz witzig, obwohl ich Blumen hasse. Aber Federn? Federn von Tauben, die Idee fand ich geil.«

Pohlmann schüttelte resigniert den Kopf.

»Mann, Sie sind echt krank. Dagegen sind die Leute auf Ihrer Station kerngesund.«

»Krank – gesund. Wer zieht denn da die Grenzen? Wer bestimmt denn, was gesund ist und was krank? Wer hat denn das Recht aufzuschreiben, wann einer krank ist und welche Pillen der braucht?« Dräger sah zu Emilie. »Apropos Pillen. Emilie. Wie geht es Ihnen eigentlich? Hatten Sie heute schon Ihre Pillen, die Ihnen der Professor verordnet hat?«

Emilie zuckte mit den knochigen Schultern. Sie ließ Dräger und die Dinge, die er in den Händen hielt, nicht aus den Augen. Das Werkzeug, das er in der Linken hielt, war ihr aus frühen Kindertagen bekannt.

Dräger sah sie scharf an. »Geht es Ihnen nicht besser, wenn Sie den ganzen Scheiß weglassen?« Er wandte sich Pohlmann zu. »Hast du ihr heute schon was gegeben oder gestern?« Martin dachte nach. Er schüttelte den Kopf.

»Sehen Sie. Das habe ich mir gedacht. Sie haben es versaut. Haben die Anweisungen von Dr. Schillig in den Wind geschlagen. Hatte sie einen Anfall inzwischen oder sogar zwei?«

Martin nickte. Er fühlte sich überführt.

»Das macht nichts. Die kriegt sie nämlich mit und ohne Pillen. Hab ich alles schon ausprobiert. Keine Ahnung, wie sie das macht, aber wenn sie auf eine bestimmte Sache keinen Bock hat, stellt sie sich tot und blendet alles aus. Hat bisher immer geklappt, um in Ruhe gelassen zu werden. Ganz schön clever, die Emmi. Na ja. Hat sich ja auch bald erledigt.« Dräger drehte sich zu Emilie um und fixierte sie mit finsterem Blick. »Kannst es bestimmt kaum erwarten, 'nen Abgang zu machen, oder? Hast es ja schließlich oft genug versucht. Haste deinem neuen Freund schon mal deine Arme gezeigt?« Dräger lachte auf. »Du hattest aber auch immer ein Pech. Niemand wollte dich in Ruhe sterben lassen. Aber ich bin da anders, mein Schatz. *Ich* bin dein wahrer Freund. Bei mir kannste dich drauf verlassen, dass es klappt. Hab alles vorbereitet. Kriegst am Ende, wennste nicht mehr kannst, 'ne feine Spritze. So eine, die man dir schon vor 65 Jahren verpassen wollte. Heute ist dein Glückstag.«

Emilie zitterte in der kalten Ecke des Verlieses und blickte von unten zu Dräger auf wie ein verängstigter Hundewelpe. In allem, was ihr ehemaliger Pfleger sagte, steckte eine merkwürdig verzerrte Wahrheit, doch *wie* er es sagte, gefiel ihr nicht. Zu Anfang, als Dräger zu ihr auf die Station kam, war er gelegentlich noch nett. Da die Räume der Patienten keine Mikrofone, sondern nur Überwachungskameras besaßen, konnte er ihr aber bei freundlicher Miene obszöne Bosheiten an den Kopf werfen, ohne aufzufallen. Man sah auf dem Monitor, dass sich seine Lippen mit einem Lächeln bewegten und dass er sich ihr scheinbar liebevoll zuwandte, nicht jedoch, dass er sie beschimpfte, sie demütigte und ihr seelische Qualen zufügte. Hätte sie dies Keller gemeldet oder einem anderen Pfleger, hätte man ihr vorgeworfen, sie würde fantasieren. Sie, die neben Keller und den anderen Exklägern auf der Abschussliste seiner Auftraggeber stand. Doch vor ihrem Tod wollte er wenigstens noch ein wenig mit ihr spielen. Bis der Zeitpunkt gekommen war, den Auftrag auszuführen und sie zu liquidieren.

Emilie indes wollte nicht mehr sterben. Etwas hatte sich in den letzten Tagen verändert. War es der Umstand, dass sie keine

Medikamente mehr bekam, die sie wie in Watte hüllten und zu einem ferngesteuerten Leben im Dreivierteltakt verdammten, oder war es das Verlassen der Klinik? Zum ersten Mal seit vielen Jahren hatte sie in ihrem Inneren eine lebensbejahende Stimme gehört. Nicht die düsteren Ratgeber, die aus dem Schatten zu ihr sprachen, sie zum Suizid animierten, sie verhöhnten und verspotteten. Stimmen, die wie die von Dräger klangen. Seitdem sie mit Martin durch die Gegend gebraust war, die Felder und Wiesen an ihr vorbeigerauscht waren, begann eine Veränderung in ihr stattzufinden, die sich so langsam vollzog, dass sie es erst ein paar Tage später spürte. Obwohl sie nach so vielen Jahren in Dr. Fürst ihren Peiniger wiedererkannt hatte, fühlte sie sich danach umso lebendiger. Das stundenlange Gespräch mit Catharine, das sie gewärmt hatte wie eine wohltuende Suppe nach einem langen Winterspaziergang. Es war für sie wie das Erwachen aus einem tiefen Schlaf, wie der lichtbringende Morgen nach der Nacht. Nun sollte der Neuanfang beendet sein, bevor er richtig begonnen hatte. Sie sollte aufs Neue gequält werden, so wie in ihrer Kindheit, als man verschiedene Apparaturen an ihrem Körper angeschlossen hatte, um ihre Schmerzgrenze ›wissenschaftlich‹ zu ermitteln. Um ihr am Ende, wenn ihr Potenzial verbraucht war, eine Spritze zu geben, um sie wie einen räudigen Köter einzuschläfern.

Emilie Braun alias Hedwig Strocka fehlte erneut die Kraft, sich zur Wehr zu setzen.

»So, Leute, nun kommt schon. Wer will der Erste sein? Wer möchte sich ein wenig mit mir vergnügen? Heute Abend werden wir sowieso nur einen von euch schaffen. Die anderen beiden können sich also entspannen und sich auf Morgen freuen.« Dräger blickte mit glasigem Blick im Raum umher. »Na schön. Wenn sich keiner von euch freiwillig meldet, muss ich eben einen raussuchen. Wir lassen das Los entscheiden. Ich finde, das ist fair.« Dräger legte die mittelalterliche Greifzange auf den Boden und ließ Pohlmann nicht eine Sekunde aus den Augen. Er zog aus seiner Hosentasche eine Schachtel Streichhölzer hervor und nahm drei davon heraus. Einen knickte er zur Hälfte ab. Er versteckte sie so in seiner linken Hand, dass man nur die roten Köpfe sehen konnte. Jeder in der Zelle kannte dieses Ritual aus seiner Kindheit. Doch diesmal war es mehr als die Wahl zu einer Mutprobe. Das kleine, abgebrochene Streichholz sollte über Leben oder Tod entscheiden.

*

Dräger spazierte selbstgefällig in dem kleinen Raum umher, wobei er die Waffe in jede Richtung schwenkte, um einen Fluchtversuch in kürzester Zeit beenden zu können. Zuerst ließ er Emilie ein Streichholz ziehen. In einer fahrigen Bewegung zog sie an dem Kopf des Holzes und erwischte ein langes Exemplar. Es entwich ihr kein erleichterter Atemstoß aus den Lungen oder ein befreiendes Stöhnen. Sie entspannte lediglich ihre Stirnfalten ein wenig. Sie spürte, dass dies nur ein kurzer Aufschub des Unausweichlichen gewesen war.

Dräger streckte seine linke Hand Feldmann entgegen. Er hasste Priester, und am liebsten hätte er ihn zuerst für die Befriedigung seiner Gelüste erwählt, doch das würde das Spiel zu schnell beenden. Feldmann verlor jegliche Gesichtsfarbe. Er war einem Nervenzusammenbruch nahe. In seinem Inneren murmelte er halbherzige Gebete, er war derart nervös und paralysiert, dass ihm selbst dazu die Kraft fehlte. Nun war er an der Reihe, ein Streichholz von den noch zwei verbliebenen zu ziehen. Eine Chance von 50 zu 50. Heute gequält werden oder erst morgen? Heute sterben oder am nächsten Tag?

Seine Hand zitterte derart unkontrolliert, dass er mit der linken die rechte stützen musste, um ein Hölzchen zu ziehen. Er zog und sackte in sich zusammen. Sofort begann er hemmungslos zu weinen, weil die Anspannung ihren Tribut forderte.

Dräger setzte ein feistes Grinsen auf und wandte sich Martin zu.

»Ich wollte schon immer mal einen Bullen fertigmachen.« Er hob das verbliebene kurze Streichholz triumphierend in die

Höhe. »Gerecht ist gerecht. Der Pfaffe hat dir den Vortritt gelassen.« Er kam auf Pohlmann zu und hielt ihm die Waffe vor die Nase. »Komm, steh auf, Bulle, und sag zu deinem Gönner artig Danke schön.«

Pohlmann blickte in die verstörten Gesichtszüge Feldmanns und ahnte, welchen Kampf er innerlich ausfechten mochte: Den Verlust jeglicher Souveränität, die Hoffnung auf ein gutes Ende dieser Geschichte, und möglicherweise prüfte er den Gehalt seines Glaubens, wägte ab, was nach den all den Jahren tiefer Frömmigkeit und Religiosität an Essenz übrig war, die in der Lage wäre, ihn hier durchzutragen. Viel Zeit blieb Martin jedoch nicht, sich um Feldmann und Emilie Sorgen zu machen. Es ging um seinen eigenen Hals, den er aus der Schlinge ziehen musste. Dieses Gerät in Drägers Klauen sah alles andere als harmlos aus und man spürte, dass er keine Probleme damit haben würde, es anzuwenden, was auch immer man damit anstellen konnte. Pohlmann würde es bald erfahren und zwar intensiver, als es ihm lieb gewesen wäre.

KAPITEL 54

Scharmbeck, 12. November 2010

Dräger hatte die mit Eisenbeschlägen gesicherte Tür verschlossen und Emilie und Feldmann in der Dunkelheit ihren trüben Gedanken überlassen. Niemand hegte den geringsten Zweifel daran, dass Dräger als gemeingefährlich einzustufen war. Ein Killer, der nicht das leiseste Mitgefühl kannte, obwohl er seit Jahren in Einrichtungen arbeitete, die ihm genau dies abverlangten.

Der Peiniger schien an alles gedacht und die Gefangennahme gründlich geplant zu haben. Alles war für diesen Tag vorbereitet.

Dräger verdiente den Namen Bulle zu Recht, nicht als

umgangssprachlichen Hinweis auf einen bestimmten Berufsstand, sondern im Hinblick auf Kraft und Grobschlächtigkeit. Er schnappte sich Pohlmanns rechten Arm und drehte ihn heftig auf den Rücken, bis es im Schultergelenk hörbar knackte. Dieses Geräusch, das an das Brechen morscher Äste erinnerte, wurde nur durch Pohlmanns Aufschrei übertönt. Feldmann und Emilie hörten den Schrei des Polizisten, der ihnen durch Mark und Bein ging. Mit der Waffe an seiner Schläfe und dem Arm auf dem Rücken konnte sich Martin keinen Zentimeter bewegen, ohne sich höllische Schmerzen zuzufügen. In leicht gebückter Haltung blickte er auf einen Stuhl, an dem auf beiden Armstützen Bandagen aus Eisen angebracht waren. Das Ungetüm hatte am Halsbereich ebenfalls eine Vorrichtung zur Fixierung des Kopfes und auf einer Fußstütze ähnliche Elemente zum Festschnallen der Beine. Wie bei einem elektrischen Stuhl, auf dem die Verurteilten ihr Leben ließen, vermittelte dieses Gerät den Eindruck, dass, war man einmal darauf angeschnallt, man seinem Peiniger unwiderruflich ausgeliefert war. Ein wahrhafter Folterstuhl, unendlich viel schlimmer als jene, denen man diese Bezeichnung zur Behandlung von Zähnen nachsagte. Wie gern würde Martin den Stuhl, in dem Dräger ihn jetzt Platz nehmen ließ, gegen jene Stühle in Zahnarztpraxen eintauschen. Lieber eine Wurzelbehandlung ohne Betäubung als das, was ihn nun erwarten sollte.

*

In dem geringen Radius, den die Vorrichtung seinem Kopf ließ, sah er sich in dem Kellerloch um. Wohin sein Blick auch gelangte, überall sah er Geräte, Werkzeuge, Messer und Haken sowie verschiedene zangenartige Gebilde, die eines gemeinsam hatten: Sie würden dem Menschen, an dem sie angewendet werden sollten, unsägliche Schmerzen zufügen. In früheren Zeiten wurden mit ihnen Geständnisse erzwungen, der Glaube widerrufen oder die Denunziation der Widersacher erwirkt. Vor allem aber dienten sie dem Quälen und der Läuterung gepeinigter Seelen.

Die Schnallen an Hand- und Fußgelenken waren so stramm angezogen worden, dass der Verdacht nahelag, dass Dräger bereits bei diesen anfänglichen und unbedeutenden Verrichtungen ein hohes Maß an Befriedigung empfand. Einen Bullen gefangen zu nehmen, ihn mit der eigenen Waffe einzuschüchtern, ihn auf einem Folterstuhl aus dem elften Jahrhundert festzuschnallen, bis die Hände erst weiß, später blau wurden, das verschaffte ihm einen erlesenen Vorgeschmack an innerer Genugtuung auf das, was noch kommen sollte. Er kostete das Gefühl grenzenloser, wenn auch missbrauchter Macht voll aus. Nun war er, Lars Dräger, der angebliche Verlierer, am Drücker. Er war derjenige, der über Schmerz oder Gnade entschied und dieser Umstand berauschte ihn. Die Aufträge, die er ausführen sollte, hatte er längst vergessen. Das langweilige Töten eines Menschen, dergestalt, dass es wie ein Selbstmord aussah, stellte ihn nicht mehr zufrieden. Er wollte seine eigenen Wege gehen.

Martin saß wie versteinert in diesem Stuhl und wusste, dass es nur einen Weg heraus aus dem Erleben des Schmerzes gab: die Flucht in die Bewusstlosigkeit. Wie man eine solche herbeiführte, noch bevor der Schmerz verursacht wurde, quasi aus der Angst vor ihm geboren, das entzog sich seiner Kenntnis. Er schwitzte und spürte, wie der Schweiß aus den Achseln rann und den Rücken kalt hinunterfloss. Sein Gaumen war so trocken, dass ihm das Sprechen schwerfiel. Die Zunge schien angeschwollen zu sein, die Zähne und die Kiefergelenke schmerzten vom heftigen Aufeinanderpressen und er atmete viel zu schnell. Dann fiel es ihm ein: Die Atmung konnte der Schlüssel sein. Er erinnerte sich an einen Erste-Hilfe-Kurs und rief sich die Worte des Referenten ins Gedächtnis: *Die Hyperventilation ist eine über den Bedarf gesteigerte Lungenbelüftung und geht mit einer Abnahme des Kohlenstoffdioxid-Partialdruckes und einem pH-Anstieg im Blut einher.* Das hieß, er müsste nur rasch atmen, hyperventilieren, um bewusstlos zu werden, sofern Dräger ihm nicht rechtzeitig eine Tüte vors Gesicht halten würde.

Durch das mehrmalige Ein- und Ausatmen der eigenen kohlenstoffdioxidhaltigen Atemluft würde die CO_2-Konzentration im Blut wieder ansteigen und seine ersehnte Bewusstlosigkeit würde nicht eintreten. Er verwarf den Gedanken sofort, da er wusste, dass Dräger in Dingen wie Notfallmedizin und dergleichen bestens ausgebildet war. Er würde es ihm nicht so einfach durchgehen lassen, sich ohne Erlaubnis seines Peinigers aus dem Staub zu machen.

Martin bewegte die Augen von links nach rechts, panisch auf der Suche nach einem Ausweg aus seinem Dilemma, doch er sah keine Möglichkeit, die Eisen um die Gelenke zu lockern oder sich durch taktische psychologische Manipulation Drägers der Situation zu entziehen. Er bemerkte, wie Dräger die ursprüngliche Zange gegen eine andere, eine kleinere, austauschte. Ihm schwebte eine andere ›Therapie‹ vor. Mit dieser sah Martin ihn auf sich zukommen. Sein Puls raste und das Herz kündigte einen drohenden Infarkt an, sollte nicht der anhaltende Nachschub an gefäßverengenden Stresshormonen nachlassen. Seine Gelenke schmerzten zu diesem Zeitpunkt schon so stark, dass er annahm, dass ein Stich oder Schnitt kaum schmerzhafter sein könnte als das, was er gerade erlebte. Dass dies nur ein Bruchteil des Schmerzes war, den er erfahren sollte, wurde ihm klar, als Dräger die verrostete Zange, die aussah wie Kaminbesteck für Zwerge, an seinem rechten kleinen Finger ansetzte. Er bekam noch mit, wie Dräger einen nach Öl stinkenden Lappen nahm und ihm zwischen seine Zahnreihen zwängte. Er würgte, und wäre noch etwas in seinem Magen gewesen, hätte er den sauren Inhalt der Speiseröhre nach oben befördert. Ein letzter Blick in die Augen des Wahnsinnigen und er hörte ein entferntes Bersten, als gehöre es nicht zu ihm. Nicht zu seinem Körper, nicht zu seinem Finger, den Dräger wie eine Nuss mehrfach zerbrochen hatte. Sekunden später flammte der Schmerz auf. Pohlmann biss die Zähne auf dem öligen Lappen zusammen und hechelte durch Nase und Mund. Speichel lief zwischen den Zähnen und wurde von dem Lappen aufgesaugt. Am liebsten hätte er Dräger angespuckt, ihm seine ganze Verachtung entgegengespien, doch seinen Peiniger zu provozieren, schien keine gute Idee zu sein. *Ohnmacht, bitte komm,* dachte er. Sie stellte sich nicht ein.

»Na, Bulle, wie fühlt sich das an? Hat man das schon mal mit dir gemacht?«

Pohlmann hob mühsam die Augen zu Dräger empor und erschrak über die tief empfundene Lust, die sich in Drägers Blick widerspiegelte. Pohlmann wollte verneinen, doch weder konnte er seinen Kopf bewegen noch irgendetwas sagen.

»Was ist los, Bulle? Willst du nicht mit mir reden? Du magst mich wohl nicht, was?« Martin versuchte zu nicken und brachte Stöhnlaute zwischen dem ölhaltigen Wolllappen hervor.

»Wenn du dich nicht kooperativ zeigst, muss ich dir leider noch ein bisschen mehr wehtun.«

Dräger hob seine Zange an und ließ den Mittelfinger Drägers darin verschwinden. Erst nur ein leichtes Zudrücken. Er wartete eine Weile und sah Pohlmann zu, wie er sich in seiner Verzweiflung wand und quälte. Dann drückte er kräftiger zu und ließ den Finger ein weiteres Mal in viele einzelne Knochenstücke zerbersten. Nun kam der Schmerz schneller und Pohlmann schrie ihn in den Lappen hinein. Hätte er Bewegungsfreiheit gehabt, wäre er nach vorn gesackt, auf den Boden gerutscht und hätte sich vor Qualen gekrümmt, doch der Kopf blieb starr gehalten. Nur die Augen konnte er schließen, um nicht das sardonische Grinsen ertragen zu müssen. Dräger riss Pohlmann den Lappen aus dem Mund. Martin schnappte nach Luft und wünschte sich, endlich ohnmächtig zu werden, doch nichts dergleichen geschah.

»Also, lieber Herr Kommissar. Ich hab Sie was gefragt.«

Martin hatte die Frage schon vergessen und sah Dräger fragend an.

»Na, ob man so etwas schon mal mit dir gemacht hat, wollte ich wissen.«

Martin atmete heftig durch die Nase, und der Geruch nach dem abgestandenen Öl drang in seine Lunge.

»Nein«, murmelte er. »Nein, nein – nein, verdammt noch mal.«

»Hey. Ich versteh dich so schlecht. Das ist nicht nett, dass du so nuschelst. Ich mag es nicht, wenn man mich annuschelt.«

»Nein, verdammt noch mal«, wiederholte Martin jetzt deutlich.

»Nicht? Na, dann siehste jetzt mal, wie das ist. Ich für meinen Teil kenne das nämlich ziemlich gut.« Dräger hob seine rechte Hand, in der er die Zange hielt, und spreizte den kleinen Finger ab. Er war unförmig und verkrüppelt.

»Siehste. Lässt sich kaum noch bewegen.« Drägers Finger vollführte kleine Bewegungen, die eher an ein Zucken erinnerten. »Kleines nettes Andenken von Papi.« Dräger nickte in Gedanken. »Willste noch mehr sehen?« Dräger riss sein Armee-Shirt aus der Hose und zog es hoch. Er drehte sich um. Sein Körper war mit diversen Tattoos geziert. Totenköpfe, Schlangen, Teufelsfratzen und ein Hakenkreuz auf dem Arm. Zwischen den Tätowierungen war der Rücken mit Narben wie von Peitschenhieben übersät. Er zeigte ihm Brust und Bauch. Auch dort prangten abstoßende Zeichnungen, die sich kein normaler Mensch auch nur als Bild hinhängen würde.

»Oder das hier«, führte Dräger weiter aus. »Auch nett.« Dräger deutete auf eine Stelle unterhalb der linken Brustwarze. Es war eine kreisrunde Narbe mit einer deutlichen Vertiefung im Muskelgewebe.

»Stammt von ’ner Zigarette. War grad kein Aschenbecher in der Nähe. Für ’ne Fünf in Mathe. Sollte ’ne Art Erinnerungshilfe für die nächste Arbeit sein.« Er ließ das Shirt fallen und stopfte es in die Khaki-Hose.

»Netter Daddy, was? Sie hatten bestimmt ’nen ganz lieben. Davon bin ich überzeugt. Einer, der Ball mit Ihnen gespielt hat und auf Bäume geklettert ist und Kanu gefahren ist. Oder? So war es doch?«

Drägers Ansprache war lauter geworden. All sein Hass und seine Wut stiegen wie dunkler Rauch aus der Tiefe der Hölle, die er erlebt hatte, empor. Er brauchte einen Sündenbock für all das empfangene Unrecht, jemanden, an dem er seine Rache ausleben konnte. Martin dachte, warum sollte ausgerechnet er derjenige sein, der für Dinge büßen musste, mit denen er rein gar nichts zu tun hatte. Dräger war verrückt, daran bestand kein Zweifel. Dringend therapiebedürftig und das, obwohl er sechs Jahre lang innerhalb einer psychiatrischen Einrichtung die Behandlungen anderer verfolgt hatte. Denkbar, dass er dort Symptome von Patienten angenommen hatte. So etwas hörte man ja immer wieder: Dass sich bei Pflegern, Schwestern und sogar Ärzten in ihrer Hingabe, andere zu heilen, Durchlässigkeiten in ihrem eigenen Schutzwall einschlichen. Dass nach und nach die psychische Stabilität aufweichte und man Krankheitszeichen an sich bemerkte, die auf eine Erschöpfung oder ein Burnout hinweisen konnten, in Wirklichkeit aber Merkmale einer schizophrenen Erkrankung waren. Männer und Frauen, die über all ihr Geben, Pflegen und Heilen sich selbst aus den Augen verloren hatten und nicht achtsam mit eigenen Bedürfnissen umgegangen waren. Die die Rollen wechselten und vom Arzt zum Patienten mutierten.

Martin fühlte sich in Dingen der Psychologie inkompetent und hatte auch kein Interesse daran, Dräger zu therapieren. Er musste seine eigene Haut retten und die seiner Leidensgenossen. Nur zu diesem Zweck würde er versuchen, mit Dräger zu reden. Unter Aufbringung aller Kraftreserven würde er sich bemühen, seine Verachtung und den pochenden Schmerz in den Hintergrund zu drängen.

»Hören Sie, Dräger.« Pohlmann schluckte öligen Speichel hinunter und gab sich Mühe, deutlich zu sprechen. »Es tut mir leid, dass man Sie schlecht behandelt hat. Und nein, ich hatte keinen Vater, der mit mir gespielt hat. Er ist auch nicht mit mir auf Bäume geklettert und hat auch sonst nichts mit mir unternommen. Mein Vater war ein Arsch. Wahrscheinlich nicht so ein Riesenarsch wie Ihrer, denn er hat mich nicht verprügelt, sondern nur vollständig ignoriert, aber er war trotzdem ein Arsch. Ich kenne Ihren Schmerz, Dräger.

Ich möchte Sie trotzdem bitten, mich loszubinden. Ich könnte einiges für Sie tun. Wenn Sie mich losmachen, verspreche ich Ihnen, dass ich ein gutes Wort bei meinem Chef für Sie einlegen werde.« Pohlmann sah mit flehendem Blick in Drägers Augen, der unbeweglich vor ihm stand und ihn ansah.

Dräger hielt die Knochenzange in der Hand und spielte mit dem Schließmechanismus. »Das interessiert mich einen Scheiß, was Sie für mich tun könnten. Erstens werden Sie gar nicht mehr dazu kommen, mit Ihrem Chef zu sprechen, und zweitens …«, Dräger wandte sich kurz von Martin ab, holte aus und ließ seine Faust in Pohlmanns Gesicht zurückkehren, »und zweitens ist das eine Lüge, für die Sie bezahlen werden. Nie im Leben würden Sie für mich ein gutes Wort einlegen. Ich hasse es, wenn man mich belügt, und noch mehr hasse ich es, wenn man mich verspottet. Und nun, mein lieber Ober-Haupt-Kommissar, verabschieden Sie sich von Ihrem dritten Finger. Selbst, falls Sie hier lebend rauskommen sollten – was ich mit allen Mitteln zu verhindern weiß –, könnte kein Chirurg der Welt diese Fragmente wieder so zusammensetzen, dass Sie damit einen Stift in der Hand halten können.« Und mit diesen Worten legte Dräger die Zange an Martins Ringfinger an und ließ ihn ohne den Hauch eines Zögerns zerbersten.

KAPITEL 55

Scharmbeck, 12. November 2010

Blut lief aus Martins Nase in seinen Mundwinkel hinein. Wenn ihn nicht der Schmerz ohnmächtig werden ließ, war es der Geschmack von Blut, den er seit jeher verabscheute. Martin schloss die Augen und fand sich weit weg auf einer blühenden Wiese wieder, auf der er ausruhte. Sein Gehirn spielte ihm einen Streich und wollte ihm Gutes tun. Dort auf dieser Wiese, die er beinahe körperlich spürte, wo er ihren Geruch vernahm und das Rascheln der Ähren und Blätter im Wind hörte, dort gab es keinen Schmerz, keinen sadistischen Peiniger und keine bis zur Unkenntlichkeit zerbrochenen Gliedmaßen. Dort wollte er bleiben, für immer und ewig, und auch die Schläge ins Gesicht und das eiskalte Wasser, das man in sein blutendes Gesicht spritzte, änderten daran nichts. Die Bewusstlosigkeit hüllte ihn ein wie ein wärmender Mantel.

*

Alois Feldmann wiegte seinen Körper wie ein Kind auf der Pritsche hin und her und hörte die Schreie des Kommissars von nebenan. Obgleich die Tür zu ihrem Verlies dick und gut verriegelt war, waren die Wände selbst nicht schalldicht. All die verzweifelten Schreie und Rufe drangen an Feldmanns und Emilies Ohren. Feldmann wimmerte und zitterte und hatte nicht in erster Linie den Tod vor Augen, sondern die Schmerzen, die dem vorausgehen würden. Nein, er wollte nicht sterben. Er war noch nicht so weit. Es gab noch so viel zu tun, von der Welt zu sehen und auf dieser Erde zu erleben. Feldmann suchte in seiner Panik nach einem Weg, das Unvermeidliche zu vermeiden. Gelassenheit war nur dort angeraten, wo man sicher sein konnte, dem Unvermeidlichen nicht ausweichen zu können. Ob diese Situation aussichtslos war oder nicht, konnte er nicht beurteilen. Die Hoffnung stirbt zuletzt, rief er sich ins Gedächtnis. Es gab immer einen Weg. Vielleicht würde Dräger noch zur Vernunft kommen, hoffte er. Oder die Polizei würde nach ihnen suchen und sie hier finden, mit Hunden oder Wärmebildkameras aus einem Hubschrauber. Es musste doch einen Weg geben, alles Erdenkliche zu versuchen, um hier herauszukommen.

Feldmann überlegte, ob es beschwichtigende Worte gäbe, die in Drägers Herz treffen würden, sobald er die Gelegenheit dazu bekommen würde. Er dachte an Verse aus der Bibel, die, wie er wusste, schärfer waren als jedes Schwert.

Er legte seinen Kopf in seine Hände, und zum ersten Mal wurde ihm die Szene von Jesu im Garten Gethsemane vor Augen lebendig. Der, der wusste, dass er sterben müsse, hatte, so die Überlieferung, Blut und Wasser in diesem Garten geschwitzt. Hatte zu seinem Vater im Himmel gefleht, ob nicht der Kelch an ihm vorübergehen könne.

Feldmann war zehn Tage vor seinem 25. Lebensjahr ein gläubiger Mann geworden. Das wusste er genau, weil er diesen Tag als einen Tag erlebt hatte, an dem er, ein Blinder, sehend wurde. Ihm stand die Szene noch deutlich vor Augen, als sei es erst Tage zuvor gewesen. Er hatte in einer Bibel gelesen, die ihm ein väterlicher Freund geschenkt hatte. Er las im Johannesevangelium die Geschichte über den guten Hirten und die Schafe und dass die Schafe seine Stimme hören würden. Ihm war, als höre er die Stimme Gottes tatsächlich. Er hatte auf einer Bank im Grünen gesessen, es sich dort gemütlich gemacht, die Jacke für die Sonnenstrahlen des Frühlings geöffnet und das Buch der Bücher aufgeschlagen. An einer beliebigen Stelle hatte etwas seine Aufmerksamkeit gefesselt, etwas Wärmendes ihn erreicht, wie ein kleiner, vom Wind getragener Same, der in sein Herz eingedrungen und dort Wurzeln geschlagen hatte. So hatte für ihn ein neues Leben angefangen. Er las die Bibel von der ersten bis zur letzten Seite durch, strich Stellen an und kritzelte große Fragezeichen an den Rand. Er begann, Literatur zu verschlingen, die mit dem christlichen Glauben zu tun hatte, studierte alle Bände der Kirchengeschichte und las von den zahlreichen Folterungen, die Menschen aufgrund ihres Glaubens erdulden mussten. Er dachte nun daran, wie distanziert und innerlich unbeteiligt er diese Berichte aufgenommen hatte. Sie waren für ihn so weit weg gewesen, dass sich sein Pulsschlag nicht um ein Zehntel erhöht hatte. Und nun? Wo befand er sich gerade? Ein Geisteskranker trachtete ihm nach dem Leben, nicht wegen seines Glaubens, sondern weil … Feldmann dachte nach. Ja, warum eigentlich? Weil dieser ein Irrer war? War das so leicht, all die Motive seines Handelns auf diese eine Diagnose zu beschränken? Irre. Unzurechnungsfähig. Unmündig. Nicht gesellschaftsfähig. Psychisch krank. Das sollte reichen, um Morde zu rechtfertigen? Nein, so einfach konnte es nicht sein. Die menschliche Seele war deutlich komplizierter. Die Verantwortung für sein Handeln konnte nur der übernehmen, den man für schuldfähig hielt, den Gutachter als zurechnungsfähig und straffähig einstuften. Doch wie erklärte man sich all die Abartigkeiten, zu denen der Mensch fähig zu sein schien? Dinge, die einer dem anderen antat, sexuelle perverse Verirrungen, bestialische Morde, Zerstückelungen und dergleichen. Menschen, von denen die Bibel im ersten Kapitel als exzellente Geschöpfe Gottes sprach, von solchen, die als Ebenbild Gottes geschaffen waren, von denen Gott sagte, sie seien sehr gut, nachdem er sein Werk betrachtet hatte? *Was ist nur aus diesen Geschöpfen geworden*, dachte Feldmann. Wie kann Gott Gefallen an Kreaturen haben, die schlimmere Dinge taten als räuberische Tiere, die ihren primitiven Instinkten folgten?

Vor Feldmanns Augen drehte sich alles, und er fühlte sich wie in einem Strudel, der ihn in einen tiefen Schlund ziehen wollte. Ein Sog, der ihn in die Verzweiflung führte, in die Hoffnungslosigkeit und in die schwärzeste Dunkelheit, und er stellte sich die Frage, ob er in der Lage wäre, Dräger zu töten, wenn er die Gelegenheit bekäme.

Szenen des Alten Testamentes flackerten vor seinem inneren Auge auf. Szenen diverser Kriege und blutiger Schlachten, in denen es alles andere als friedlich zuging. Wo Gnade und Barmherzigkeit Worte waren, die, während das Schwert die Leiber durchbohrte, nicht vorkamen.

Töten im Namen Gottes? Galt noch das Alte Testament? Und war dies nicht genau jenes verabscheuenswürdige Motiv, das die sogenannten islamischen Krieger Gottes an den Tag legten, wenn sie ihre Körperteile nach dem Zünden ihrer selbstgebastelten Bomben in alle Himmelsrichtungen verstreuten und mit ihnen zig Unschuldige mit in den Tod rissen? War nicht Jesus der Mann, der den Frieden brachte, sowohl äußerlich als auch innerlich?

Was, wenn es darum ging, einen Menschen töten zu müssen, um sich und zwei andere zu retten? Würde es in diesem Fall nicht juristisch als Notwehr zu werten sein? Was würde sein Gewissen dazu sagen? Was würde Jesus, sein Herr und Meister, was Gott, der Vater, der im Himmel auf ihn wartete, dazu sagen?

Wäre es nicht besser, ein Opfer als ein Täter zu sein?

Ohne an Emilie zu denken, an irgendeine törichte Etikette oder an Pohlmann und dessen Peiniger, ließ er sich auf die Knie vor seiner Pritsche sinken und faltete die Hände. Ein Sturzbach an wütendem Flehen brach aus ihm heraus und ergoss sich in stille und leise gesprochene Worte, begleitet von Tränen, die ungehindert die Wangen hinunter im Bart verschwanden oder auf den kalten Betonboden tropften. Er sprach Worte, die keinem Katechismus und keiner Liturgie entsprachen, sondern aus den Tiefen seiner Seele zu seinem Schöpfer strömten. Die sich reckten und streckten, um ihr Ziel zu erreichen, wie kräftige Lachse, die versuchten, den Wasserfall emporzuspringen, bis sie an ihrem Bestimmungsort angelangt waren. Als er keine Worte mehr fand, die seine Pein und Seelennot beschreiben könnten, fand er Frieden in einem Gedanken und einem Plan, der so abwegig war, dass er ihn nicht als von sich stammend wähnte. Er richtete sich auf und setzte sich zu Emilie. Vorsichtig legte er einen Arm um ihre bebenden Schultern.

»Alles wird gut, Emilie. Das verspreche ich Ihnen. Spätestens morgen sind Sie wieder draußen.«

Nicht sicher, ob sein Plan aufgehen würde, verließ er Emilies Pritsche und kletterte auf seine eigene. Er zog die Beine an den Körper heran und dachte nach. Er würde alles auf eine Karte setzen müssen, damit der Plan gelang. Sobald sich die Tür öffnen würde, wäre seine Stunde gekommen.

Die Stunde der Gerechtigkeit.

*

Emilie fror und sie war müde. Die letzte Nacht hatte sie kaum geschlafen, da ihr Körper an diverse schlaffördernde Medikamente gewohnt war. Benzodiazepine, Barbiturate, Psychopharmaka und dergleichen. Sie verstand nichts von Pharmakologie. Für sie waren es nur die kleinen Roten und die bitteren Weißen gewesen, die sie wegen des grausamen Geschmacks mit viel Wasser hinunterspülen musste. Sie mochte diese Pillen, man konnte sich auf sie verlassen wie auf eine Schweizer Uhr, die sie zwar nie besessen, aber von der sie in einem Buch gelesen hatte. Eine halbe Stunde nach der Einnahme entspannten sich die Muskeln, und ein wohliges Gefühl der Schwere und der Gleichgültigkeit hüllte sie ein. Dann, nach einiger Zeit, wurde ihr das Buch in den Händen schwer. Ebenso die Augenlider, die zu klimpern begannen und sich schlossen. Der angenehme Teil der Nacht brach an. Der Teil, in dem sie die Geräusche der Station nicht mehr hörte. Keine Schreie, keine Rufe, kein Weinen und Schluchzen. Kein Schimpfen der Pfleger, kein Knallen der Türen, kein metallisches Klirren der Schlüssel beim Verriegeln der Zimmer. Die Träume besuchten sie. Selige Träume, je nachdem, welches Buch ihr vor dem Einschlafen aus der Hand geglitten war.

Sie konnte nicht sagen, ob dies bei jedem Menschen so war, dass man das träumte, was man soeben gelesen hatte? Doch bei ihr war es so. Sie konnte den Autor zu weiteren Ehren führen, indem sie seine Geschichte in ihrem Kopf verfilmte. In ihrem Kopfkino ließ sie die Helden triumphieren und die Bösen die gerechte Strafe erleiden. Da sie die Gesichter der Menschen aus ihrer Umgebung kannte, stellte sie in ihren Träumen ein großartiges Laientheater zusammen. Die, die auf der Station nicht ein Wort herausbekamen, verwandelten sich zu eloquenten und wortgewaltigen Streitern. Die Lahmen und Behinderten führten mit Schwertern in den muskulösen Händen durch die Schlacht, und die gemeinen Wärter, Pfleger und Schwestern fanden sich auf der Seite derer, die um Gnade und Erbarmen winselten.

Doch nun wollten ihr auf dieser kalten und unbequemen Pritsche die Augen nicht zufallen. Sie wusste nicht, ob das, was sie derzeit erlebte, ein düsterer Traum oder ob es die verzerrte Wahrnehmung einer Scheinrealität war, die durch das Absetzen jeglicher Medikamente ausgelöst worden war. Und sie hatte kein Buch in der Hand, das für sie schmerzlichste Detail ihrer misslichen Lage.

Sie hatte früh in ihrem Leben gelernt, sich von einem Buch aus der Wirklichkeit heraus in eine andere Realität entrücken zu lassen. Intensiv, real, wie es die subjektive Wahrnehmung des nüchternen Erlebens des wirklichen Lebens kaum bieten konnte. Sie hatte gehofft, sich durch ihre Suizidversuche in diese Anderwelt begeben zu können. Ein Teil einer anderen Geschichte zu werden, in der keine Menschen gequält und gepeinigt wurden. Eine Welt, in der sie, Emilie Braun oder wie auch immer sie hieß – was sind schon Namen, dachte sie –, eine große Rolle spielte. In der sie wichtig, ehrbar und wertvoll war. In der man sie liebte, in der ihre angebliche Verrücktheit etwas Besonderes war. Wo ihre beachtliche Fähigkeit des schnellen Diagonallesens bewundert wurde, wo man von ihr lernen wollte, wie man sich in kürzester Zeit große Mengen Gelesenes einprägen konnte, indem man in Gedanken systematische und errechnete Eselsbrücken einbaute, die es einem gestatteten, das Gelernte nie wieder zu vergessen, um noch nach Jahren Shakespeare, Dickens, Kafka, Brecht, Tolstoi und die vielen anderen Schriftsteller frei und ohne Fehler zitieren zu können.

Doch was wäre, wenn – und dieser Gedanke war ihr erst einen Tag zuvor gekommen – es diese schöne Anderwelt gar nicht gäbe? Was, wenn dort nur Dunkelheit auf einen warten würde oder, im schlimmsten Fall, jene Menschen, die seit Langem auf sie warteten, um ihr Werk von damals an ihr vollenden zu wollen? Dann, und nur dann, würde es sich nicht lohnen, vorzeitig zu gehen, denn es gäbe zwischen dem Diesseits und dem Jenseits keinen qualitativen Unterschied. Die Hölle vor dem Tod war die gleiche wie nach dem Tod. Zwei Zimmer desselben Hauses, durch eine Tür verbunden, durch die zu gehen nicht sonderlich schwierig war. Nur dass diese Tür in nur eine Richtung führte und den Passanten nicht wieder zurückließ, zumindest nicht mehr, wenn eine gewisse Zeit nach dem Durchtritt verstrichen war. Wenn man sicherstellen könnte, dass teure Apparate einen nicht zurückholten, wie sie bei ihr zur Anwendung gekommen waren …

Sie hatte stets bedauert, zurückgeholt worden zu sein, denn das Licht am Ende des Tunnels schien heller zu sein als alles, was sie je gesehen hatte. Verheißungsvoll lockte es sie weiterzugehen, als stünde am Ende jemand mit ausgestreckter Hand, der sie ermutigte, nicht stehen zu bleiben. Wer oder was dieser Jemand war oder ob überhaupt jemand sie willkommen heißen würde, wusste weder sie noch sonst ein Mensch auf der Erde, da, wie man so sagte, noch keiner zurückgekommen war, um berichten zu können.

Emilie hatte keine Angst vor dem Tod gehabt. Oft hatte sie mit ihm kokettiert, ihn umspielt, sich auf ihn eingelassen wie ein junger Mann, der einer aufreizenden Prostituierten am Straßenrand nicht widerstehen konnte. Sie war es gewesen, die die Entscheidung getroffen hatte. Sie hatte von ihrem freien Willen Gebrauch machen wollen.

In ihren frühen Lebensjahren war der Tod für sie ein ständiger Begleiter gewesen. Eben noch hatte man mit seinem Bettnachbarn wortlos gespielt, und im nächsten Moment stand er in einer Reihe mit zehn anderen, die eine Vitaminspritze bekommen sollten, eigenartigerweise aber nach den Vitaminen, die als gesund galten, nicht wieder aufstanden. Sie nannten es Lungenembolie, akuter Herzstillstand, Nierenversagen oder stellten andere Diagnosen, die wie von einem Dichter aus dem Reich der Fantasie entlehnt worden waren. Auch sie sollte jene Vitamine bekommen, doch sie hatte sich rechtzeitig, falls nötig, für mehrere Tage, versteckt und sich den scheinheiligen und garantiert tödlichen Zugriffen der Häscher entzogen. Sie trieb dieses Spiel so lange, bis an einem Tag alles anders wurde. Der Tag der Befreiung durch die Besatzungsmächte war für manche der Tag der Flucht, und für die wenigen Kinder, die noch am Leben waren, der Tag eines Neuanfangs. Emilie hatte in ihrem Versteck lange ausgeharrt, bis es still geworden war. Niemand schien mehr nach ihr zu suchen, und sie kroch aus ihrem feuchten, kalten Verschlag, ähnlich dem, in dem sie gerade saß, hervor und starrte mit großer Verwunderung die Männer mit Waffen in den Händen an. Es waren andere Uniformen, als sie sie kannte. Nicht die schwarzen mit dem Totenkopf auf dem Revers, sondern grüne. Die Männer redeten in einer ihr fremden Sprache beruhigend auf sie ein, und als sich die anderen Kinder dazugesellten, wusste sie, dass es wieder mal Zeit war, die Koffer zu packen und umzuziehen.

Diverse Kinderheime folgten, und es fanden sich Pflegeeltern, die sie zu einer kostenlosen Putzhilfe ausbildeten. Als sie aufgrund ihres auffälligen Verhaltens wie ein unnützes Werkzeug weitergereicht worden war und ein Selbstmordversuch misslang, landete sie in ihrer ersten Nervenheilanstalt. Dort lernte sie erneut verschiedene medizinische Testverfahren kennen, die sich hauptsächlich auf medikamentöse und psychopharmakologische Therapien stützten. Warum, um alles in der Welt, konnte niemand akzeptieren, dass Emilie Braun lediglich anders war als die anderen, aber nicht zwingend verrückt? Nur weil sie nicht sprach und dicke Bücher in Rekordzeit verschlang und, hätte sie mit anderen gesprochen, noch nach Wochen daraus frei rezitieren konnte, war sie noch lange nicht verrückt. Sie war sonderbar, eigenbrötlerisch, geistesabwesend und neigte zu Wutausbrüchen und psychogenen Anfällen. Dies vor allem, wenn man ihr zu nahe kam oder sie berührte oder ihr ein Buch aus der Hand wie dem Hund den Knochen aus dem Maul nehmen wollte – aber verrückt? Verrückt waren viele auf ihrer Station, sowohl die Patienten als auch der eine oder andere Pfleger, wie sie jetzt wusste. Und die ganze Welt außerhalb der Mauern war noch verrückter, das ahnte sie schon lange.

KAPITEL 56

Scharmbeck, 12. November 2010

Über zwei Stunden hatte Dräger Pohlmann in seiner Gewalt gehabt und das getan, was er am liebsten tat: quälen. Plötzlich herrschte bedrückende Stille. Pohlmanns Schreien und Wimmern war schlagartig verstummt. Unerträgliche Ungewissheit für Feldmann und Emilie.

Der Riegel der Tür zum Verlies wurde mit einem lauten Knall, erschreckend wie ein Pistolenschuss, zurückgezogen. In der rechten Hand hielt Dräger die Waffe Pohlmanns und mit der linken schubste er den verwundeten Beamten in die Zelle hinein. Martin humpelte zu der Pritsche, auf der Feldmann kauerte, und setzte sich darauf. Augenblicklich sackte er in sich zusammen und sehnte sich nach jener angenehmen Ohnmacht zurück, während derer er keine Schmerzen verspürt hatte. Nun kam das Pochen in den Fingern und im Kopf mit Gewalt zurück, und er konnte keinen klaren Gedanken fassen außer dem, der Rache hieß. Ja, er könnte sich vorstellen, diesen Kerl umzubringen. Nicht, ihn langsam leiden zu lassen, wie Dräger es bei seinen Opfern genoss, sondern einfach nur ihn zu töten. Ihn auszulöschen, die Existenz zu beenden, ihn von der Bildfläche verschwinden zu lassen, ganz egal, wie man es nannte, Hauptsache schnell, mit einem oder mehreren gezielten Schüssen aus seiner Waffe, die er sich unbedingt von Dräger zurückholen musste.

Dräger blickte in die Zelle hinein. Ein feistes Grinsen erschien auf seiner hässlichen Visage. Er richtete die Waffe in den Raum hinein, damit jedem der drei Verängstigten klar wurde, dass jegliche Ausbruchsversuche sinnlos waren. Niemand würde ihn, den muskulösen, 1,95 Meter großen Mann, überwältigen. Dieser Mann war nicht durch Kraft oder Wut zu bezwingen. Hier mussten andere Methoden zum Einsatz kommen: Klugheit, Raffinesse, Verschlagenheit und List hießen in diesem Fall die Waffen.

Nachdem sich Dräger an seinem Werk sattgesehen hatte, verschloss er die Tür ohne ein Wort. Ein teuflisches Lachen ließ vermuten, dass der grausamere Teil, weswegen sie hier eingesperrt waren, noch vor ihnen lag.

Pohlmann wusste trotz der Schmerzen, dass er dringend nachdenken musste. Er wollte um jeden Preis am Leben bleiben. *Er* war der Polizist, der sogenannte Ordnungshüter, und das war genau das, was er tun musste: die Ordnung wiederherstellen, doch zunächst musste er sich um seine drei gebrochenen Finger kümmern, die wie gekochte, schlaffe Spargelstangen an seiner rechten Hand hingen.

*

Martin richtete sich, so gut es ging, auf und hielt mit der linken Hand unterstützend die blutende rechte. Das Haar hing schweißnass und blutverklebt im Gesicht, und zusätzlich zu seinem Schnurrbart gesellten sich die anderen, überwiegend grauen Bartstoppeln dazu. Die Blutkrusten hingen an seinem linken Nasenloch wie Schwalbennester unter dem Dachfirst. Er atmete heftig durch den Mund.

»Ich brauche etwas zum Verbinden«, keuchte er. »Stoff von einem Hemd oder so was und etwas zum Schienen. Bitte«, flehte er seine Mitgefangenen an, »suchen Sie etwas, womit ich die Finger schienen kann. Vielleicht liegt was auf dem Boden.«

Angewidert von derlei Brutalität und seelisch und körperlich entkräftet, erhob sich Alois Feldmann von seinem Lager. Er kroch auf dem Boden herum, auf der Suche nach irgendetwas, das als Schiene geeignet war. In der Ecke des Raumes fand er einen Bleistift mit abgebrochener Miene und hob ihn auf.

»Hier«, sagte er. »Könnte das funktionieren?« Martin betrachtete den Bleistift und dachte nach. Für einen Finger würde der Stift reichen, nicht für drei, und er entschied, den Bleistift für spätere Zwecke aufzuheben.

»Suchen Sie weiter. Es muss breiter sein, damit es für drei Finger reicht.«

Feldmann suchte auf dem kalten und harten Betonboden. In dem diffusen Licht, das von außerhalb des Raumes eindrang, schwebten feine Staubpartikel. Feldmann erhob sich resigniert, er fand nichts, womit er Pohlmann hätte helfen können. Stattdessen nahm er den unteren Rand seiner Stoffweste zwischen die Hände und riss einen etwa 20 Zentimeter langen und acht Zentimeter breiten Streifen heraus. Damit setzte er sich Martin gegenüber und versuchte, während er gegen die Übelkeit ankämpfte, die Fragmente der Finger, die nur durch zerschundene Haut zusammengehalten wurden, zu bandagieren. Mit zittriger Hand begann er, den Stoff erst um den Mittelfinger zu wickeln und dann um den nächsten und den übernächsten. Er sah nicht hin, wie Martin die Zähne vor Schmerz zusammenbiss und ihm der Schweiß die Schläfen hinunterfloss. Er hörte nur, wie Martin die Luft mit einem langgezogenen Zischen durch die Zähne zog, und brachte den Verband mit einem vorsichtigen Knoten zum Abschluss. Alles in allem, wenn man bedachte, dass Feldmann ein Mann des Geistes und des Verstandes war und er nicht ein Mal in seinem Leben einen Verband angelegt hatte, sah diese Schienung mit dem gemusterten Paisleystoff seiner Weste nicht schlecht aus. Es würde zumindest den Zweck erfüllen, die Finger zu stabilisieren.

»Danke«, hauchte Martin und zog die Hand an seinen Körper, um sie vor weiteren Erschütterungen zu bewahren. Er ließ sich auf die Seite fallen, während die Beine noch ab den Knien seitlich über den Rand der Pritsche hingen. Sofort umfasste Feldmann die Waden und hievte sie auf das Behelfsbett. Auch Emilie hatte sich hingelegt und hielt die Augen geschlossen. Nun stand Feldmann unschlüssig in dem kargen Raum und sah sich um. Es war kein Platz mehr für ihn. Er setzte sich auf den kalten Boden und lehnte sich an die Wand. Er fror. Er vermisste seine englische Barbourjacke, die er sich von einem Besuch in London vor einem Jahr mitgebracht hatte. Sie schützte gut bei schmuddeligem Regenwetter, aber sie wärmte nicht. Erst recht würde sie es in dieser Zelle nicht vermögen, in der man fröstelte, sobald man an den psychopathischen Folterer dachte.

*

Nach einer Stunde, in der Martin in einen traumlosen Schlaf gefallen war, öffnete Dräger die Tür und brachte ein Tablett hinein. Es waren drei Teller mit einem undefinierbaren Mus darauf sowie drei Gläser mit Wasser. Er stellte das Tablett direkt hinter dem Zelleneingang auf den Boden und warf, bevor er den Raum verschloss, noch eine Zweierreihe Tabletten hin. Mit zusammengekniffenen Augen las Pohlmann, um welchen Wirkstoff es sich dabei handelte: Dolomo. Ungläubig und auf eine paradoxe Weise dankbar, bedachte er Dräger mit einem kurzen Blick aus dem rechten Auge, das nicht zugeschwollen war. Er bemerkte das Tablett mit dem Essen, eine undefinierbare gelbliche Masse. Dräger warf noch drei platt zusammengefaltete graue Decken mit zwei schwarzen Streifen darauf auf den Boden zwischen die beiden Pritschen. Die Waffe steckte in seinem vorderen Hosenbund. Er stufte seine Opfer nicht als gewaltbereit und für ihn gefährlich ein. Schon gar nicht, nachdem er Pohlmann die Finger seiner rechten Hand gebrochen hatte. Die anderen wollte er sich für den nächsten Tag aufheben, als Auftakt zu einem grausamen Spiel, das nur einem in diesem gottverlassenen Keller Vergnügen bereiten sollte, und zwar einzig und allein ihm selbst.

*

Alois Feldmann erhob sich aus seiner Sitzposition. Obgleich der 70-Jährige sich regelmäßigen Gymnastikübungen unterzog, bereitete ihm an diesem Tag das Aufstehen Mühe. Seine Glieder waren steif von der nassen Kälte, die in dem Verlies herrschte. Vor allem fühlte er sich dem Tode so nahe wie in seinem ganzen Leben noch nicht. Ja, er hatte einen Plan gefasst, doch er war sich nicht sicher, ob er ihn auch tatsächlich durchziehen konnte.

In Anbetracht von Folter und Schmerzen begann seine Seele zu streiken. Sie versagte ihm jegliche Unterstützung für das, was vor ihm lag. Er fühlte sich matt und leblos wie eine fortgeworfene Bananenschale. Sein Plan galt vor allem den beiden anderen in der Zelle. Dem verletzten und notdürftig zusammengeflickten Kommissar und Emilie, die seit ihrer Ankunft in diesem Keller kein einziges Wort gesprochen hatte. Sie ließ keinerlei Anzeichen ihrer Befindlichkeit durchsickern und wirkte wie lebendig begraben.

Feldmann taxierte das Essen auf dem Tablett. Zunächst reichte er Martin das Glas Wasser. Dieser führte es bedächtig an die geschwollenen und aufgeplatzten Lippen, an denen getrocknetes Blut klebte. Feldmann beobachtete, wie Martin mit der linken Hand geschickt eine Schmerztablette aus der Verpackung drückte, sie in den Mund schob und sie mit dem ersten Schluck einnahm. Dann schüttete er den Rest des eiskalten Wassers die Kehle hinunter. Alois gab Emilie das andere Glas. Sie nahm es und trank. Sie schenkte ihm zu seinem Erstaunen ein dankbares Lächeln. Er ging in die Hocke und testete mit dem bereitgelegten Löffel den unförmigen Brei, der wie lieblos auf den Teller geklatscht wirkte. Alois führte den Löffel bedächtig an seinen Mund und kostete. Er rechnete nicht damit, vergiftet zu werden, was würde es für einen Sinn machen, Leichen zu foltern.

Feldmann bewegte den lauwarmen Brei auf der Zunge.

»Es ist Haferbrei«, sagte er emotionslos. »Ein bisschen fad, ohne Zucker und nur mit Wasser zubereitet, aber es wird uns trotzdem helfen, bei Kräften zu bleiben.« Er reichte Martin den ersten Teller, Emilie den zweiten und setzte sich auf den Boden mit seinem eigenen. Die Portionen waren alle gleich groß. Still löffelten sie den Brei, der sie am Leben hielt.

»Warum versorgt er uns, wenn er uns töten will?«, fragte Feldmann, nachdem er den Teller aufs Tablett gestellt hatte.

Pohlmann hatte Mühe zu sprechen. Seine Lippen schwollen weiter an. Zum Glück begann die Tablette zu wirken. Der Schmerz wich einem dumpfen Wattegefühl.

»So macht es ihm mehr Spaß«, antwortete Martin und erschrak, als er seine eigene gebrochene Stimme hörte. »Einen schwachen Menschen zu foltern, ist nicht wirklich schwierig, oder? Er will seine Überlegenheit und seine Macht so lange wie möglich auskosten, und das kann er am besten, solange wir halbwegs bei Kräften sind. Er will mit uns spielen.«

»Was macht es für einen Unterschied, ob er hungrige oder satte Opfer foltert.« Feldmann bekam eine weinerliche Stimme. »Das alles hier macht doch keinen Sinn.«

Pohlmann stöhnte laut auf, als er mit der verletzten Hand an den Bettrahmen stieß. Ein unartikuliertes Fluchen folgte. »Was ist hier schon normal? Der Mann ist völlig krank. Ein Psychopath, wie er im Buche steht, und sobald ich eine Gelegenheit dazu bekommen werde, werde ich ihm alle Knochen im Leibe brechen, und zwar genau so, wie er sie mir gebrochen hat.«

»Glauben Sie wirklich, dass Sie dazu noch in der Lage sein werden? Mit der linken Hand dürfte Ihnen das wohl kaum gelingen.«

»Ich bin Linkshänder. Meine rechte Hand war auch vorher so gut wie zu nichts zu gebrauchen. Ich schieße mit links und, zumindest war das früher mal so, meine Schlaghand war immer meine linke.«

»Sie meinen, Sie könnten dieses Monster mit einer Hand außer Gefecht setzen?«

»Ich hatte vor fünf Jahren in unserer Boxmannschaft den härtesten Schlag mit meiner Linken. Meine Führhand ist die rechte, ziemlich schwach sogar, aber meine linke …« Martin blickte zu Boden. »Allerdings ist das fünf Jahre her. Inzwischen bin ich ein Weichei geworden. Hab in Ecuador zehn Kilo zugenommen.« Martin fixierte Feldmann einäugig. »Trotzdem müsste der Bewegungsablauf noch hier drin sein.« Er tippte sich mit einem Finger der linken Hand gegen die Stirn. »Ich brauche nur einen einzigen Schlag gegen seinen Kehlkopf, gegen das Kinn, oder einen wirklich kräftigen gegen die linke Brust.«

»Auf Höhe des Herzens. Ja, das hab ich mal im Fernsehen gesehen.«

»Genau. Das reicht für eine Schrecksekunde. Und bevor er sich wieder aufrappelt, hab ich die Waffe in der Hand.«

»Könnten Sie ihn erschießen?«

Eine längere Pause entstand. »Der Kerl ist eine widerliche Missgeburt und hat schon ein paar Menschen auf dem Gewissen. Niemand würde dem eine Träne nachweinen, wenn es ihn nicht mehr gäbe.«

»Ja, aber könnten Sie derjenige sein, der ihn tötet? Könnten Sie sein Henker sein?«

»Hören Sie, Feldmann. Ich habe bisher noch keinen Menschen im Dienst erschießen müssen und bin auch nicht scharf drauf, damit anzufangen, aber bevor er mich und Sie beide umbringt und ich die Gelegenheit dazu bekäme, dem Ganzen ein Ende zu machen, indem ich ihn töten muss. Ja, dann werde ich es tun. Außerdem ist es meine Pflicht als Polizist. Ich werde danach eine Weile drüber nachdenken und zu dem Ergebnis kommen, dass die Welt ohne den Kerl nicht ärmer ist, und den Scheißkerl vergessen.«

»Vielleicht gibt es ja eine andere Möglichkeit.«

»Wie meinen Sie das?«

»Ich habe einen Entschluss gefasst.« Feldmann stockte, und ein leichtes Schluchzen war zu hören. »Ich werde Dräger fragen, ob er mich statt Ihnen und Emilie tötet.«

»Ach was. Das ist Unsinn«, wehrte Martin brüsk ab. »Hier opfert sich niemand.«

»Nein, warten Sie. Es geht doch in erster Linie darum, dass kein Prozess mehr zustande kommt. Dräger wurde angeheuert, um die Kläger aus dem Weg zu räumen, und die meisten von ihnen sind ja auch schon tot. Übrig sind nur noch Emilie und ich. Wenn ich ihn also davon überzeugen könnte, dass Emilie allein keine Gefahr für seinen Auftraggeber darstellt. Wenn es mich nicht mehr gibt, findet kein Prozess statt, und das war doch der Sinn der ganzen Sache. Ich werde ihm sagen, dass Emilie völlig schwachsinnig ist und dass er das doch am besten selbst wissen müsste als erfahrener Pfleger in einer psychiatrischen Anstalt. Der Kerl ist empfänglich für Schmeicheleien. Der hat ein Selbstbewusstsein wie eine Erbse. Ich könnte es immerhin versuchen.«

»Hören Sie, Feldmann. Ihre Opferbereitschaft in allen Ehren, aber die Sache hat trotzdem einen Haken.«

»Und der wäre?«

Pohlmann sah zu Emilie hinüber. Sie hatte sich unter der Armeedecke wie ein Embryo zusammengerollt und mit dem Gesicht zur Wand gedreht. Ein gleichmäßiges Atmen war zu hören, sodass Martin davon ausging, dass sie schlief. Martin wandte sich Feldmann zu.

»Nach dieser Nummer heute Abend kann er keinen von uns dreien am Leben lassen. Wir sind Zeugen, die er aus dem Weg räumen muss. Sogar Emilie könnte ihn verraten. Sie kennt ihn aus der Klinik, das wissen Sie doch.«

»Aber warum will er uns foltern, bevor er uns tötet? Warum macht er nicht kurzen Prozess mit uns? Mit jeder Stunde, die er uns am Leben lässt, wächst doch sein Risiko, dass man uns findet.«

»Rache.«

»Ich verstehe nicht.«

»Er zahlt es uns stellvertretend für das heim, was er als Kind erlebt hat. Er projiziert das, was er uns antut, auf seine Eltern oder seinen Vater. Er hat mir erzählt, wie sein Vater ihn für schlechte Noten bestraft hat. Er muss eine unglaubliche Wut auf seinen Alten haben und hatte bisher keinen Kanal gefunden, das loszuwerden.«

Feldmann stützte seinen Kopf in die Hände.

»In der Bibel steht, dass Menschen besessen sein können, und dieser Mensch macht mir den Eindruck, als wäre er es. Von finsteren Mächten ferngesteuert.«

»Ach was. Der Kerl ist einfach nur vollkommen durchgeknallt. Sie glauben tatsächlich an diesen Kram mit Himmel und

Hölle und Engel und Teufel und so, was? Ist das nicht ein bisschen altmodisch?«

Feldmann schüttelte den Kopf. »Die Bibel ist nicht altmodisch. Die wird es auch noch geben, wenn wir beide schon lange tot sind.«

»Womit wir wieder beim Thema wären. Ich hab noch keine Lust zu sterben, und wir täten gut daran, uns zu überlegen, wie wir den Kerl überlisten können. Auch wenn Emilie eine kleine, schwache Frau ist – dennoch sind wir zu dritt. Irgendwie wird sie ihn doch ablenken können. Ich brauche nur eine Sekunde für einen Schlag, mit dem er nicht rechnet. Außerdem habe ich noch einen Bleistift.«

»Ach ja, der Bleistift. Sie meinen, Worte sind schärfer als das Schwert. Wollen Sie ihm einen netten Brief schreiben?«

»Unsinn«, antwortete Pohlmann barsch. »Ich möchte ihm den Stift in den Hals rammen. Direkt in die Halsschlagader. Wenn er spitz genug wäre und die Miene nicht abbricht, könnte ich ihm auch damit ins Auge stechen oder sonst wohin. Alles ist mir als Waffe willkommen. Hauptsache, wir kommen hier raus.«

»Also dafür, dass er Sie derart zugerichtet hat, sind Sie noch erstaunlich fit.«

»Das liegt an der Wirkung der Pille, die er mir gegeben hat. Aber auch die wird irgendwann mal nachlassen und dann …, dann sehen wir weiter.«

»Wir sollten jetzt schlafen, um für den morgigen Tag die Kraft zu haben, die wir brauchen. Andererseits – sollten wir wirklich morgen sterben, möchte ich lieber wach bleiben«, sinnierte Feldmann.

»Wozu? Irgendwas Tolles gibt es hier wirklich nicht zu erleben.«

»Ich brauch auch nichts Tolles zu erleben. Aber wenn ich bald meinem Schöpfer gegenübertreten soll, müsste ich noch das eine oder andere mit ihm besprechen.«

»Dafür haben Sie noch genug Zeit, später, wenn alles vorbei ist.«

»Ich muss zu Lebzeiten meine Sünden bekennen. Danach kann ich es nicht mehr. Man muss es hier auf Erden tun. Das ist wichtig. Es entscheidet darüber, wo und wie wir die Ewigkeit verbringen.«

»Na, wo schon? Nach diesem Leben kommt nichts mehr. Wenn ich sterbe, werden meine Knochen im Boden vergammeln und ein paar Maden eine Weile am Leben erhalten. Das ist alles.«

»Und was ist, wenn Mister Superschlau sich irrt? Was wäre, wenn ich doch recht hätte? Was wäre, wenn wir die Wahl hätten, uns für ein Leben mit Gott oder ohne ihn zu entscheiden? Was wäre, wenn Hölle bedeuten würde, die ganze Ewigkeit ohne Gott zu verbringen? Sich die ganze Zeit in der dunkelsten Finsternis darüber zu ärgern, dass Sie auf den alten Feldmann nicht gehört haben? Was dann? Wissen Sie was, Herr Kommissar? Sie können nur gewinnen und nichts verlieren. Denken Sie mal heute Nacht darüber nach. Es ist vielleicht Ihre letzte Nacht.«

»Na schön, Feldmann. Vielleicht tue ich es für ein paar Minuten. Doch ich kann mir nicht vorstellen, dass Gott, falls es ihn überhaupt gibt, es so toll findet, wenn ich ihm kurz vor meinem Tod die Hand schüttle und so tue, als wäre ich schon immer ein netter Kerl gewesen.«

»Die Letzten werden die Ersten sein«, erwiderte Feldmann.

»Sie müssen auch immer das letzte Wort haben, was? Ach, übrigens. Falls wir morgen Abend doch noch nicht tot sind, schlafen Sie auf der Pritsche und ich auf dem Boden, okay?«

»Abgemacht.«

*

Es war gegen elf Uhr, als Martin endlich die Augen schließen konnte, um sich einem unruhigen Schlaf hinzugeben. Es wurde Zeit für ihn, die Wirkung der Tablette ließ nach. Die Schmerzen im ganzen Körper kehrten früher als erwartet zurück, und nur ein tiefer Schlaf konnte verhindern, dass er diese auch spürte.

Emilie schien zu schlafen. Sie hatte sich, während Martin mit Feldmann gesprochen hatte, kein einziges Mal gerührt.

Feldmann hatte sich in der Decke eingerollt und ebenfalls zur Wand gedreht. Er schien still in Gedanken zu beten, gelegentlich entwichen ihm leises Wimmern und Schluchzen, als er mit seinem Schicksal haderte und es vor Gott brachte.

In dem Moment, als die Nacht am dunkelsten war und die Stille am bedrückendsten, hörte er ein sonderbares Geräusch von draußen an sein Ohr dringen. Es klang wie das Gurren von Tauben.

Weiße Tauben, denen die Federn gerupft wurden.

KAPITEL 57

Scharmbeck, 13. November 2010

Die Nacht hatte den drei Gefangenen nicht sonderlich viel Erholung gebracht, außer Emilie, wie es schien. Sie erwachte gegen sieben Uhr, schmatzte genüsslich und streckte sich. Sie richtete sich auf und suchte ihre durchgetretenen Pantoffeln. Sie suchte mit den Augen den Boden vor ihrer Pritsche ab und sah darunter nach, doch es gab in dieser Zelle keine Hausschuhe. Es gab einiges nicht, erst recht keine Freiheit. Dieser Umstand schien sie wenig zu stören – sie hatte die meiste Zeit ihres Lebens hinter verschlossenen Türen verbracht. Sie wirkte ausgeruht und entspannt, sei es, weil sie sich in ihrer geistigen Beschränktheit dem Ausmaß der Situation nicht bewusst war oder weil sie zwar begriff, dass sie die Gefangene ihres ehemaligen Pflegers war, es sie aber nicht im Geringsten störte. Sie saß auf ihrem Lager und schaute sich im Raum um, der von einem oben liegenden Schacht ein wenig Tageslicht erhielt. Die kratzige Wolldecke faltete sie vier Mal, bis sie ein kleines Bündel ergab, das sie ans Kopfende legte. Sie setzte sich auf die Pritsche und harrte der Dinge, die da folgen sollten. Ihre Hände ruhten auf den Knien und die Beine waren aneinandergelegt. Sie suchte Geborgenheit in der Symmetrie ihrer Gliedmaßen, ein kleiner Teil der Ordnung, die sie selbst beeinflussen konnte.

Dann beobachtete sie, wie Martin und Alois Feldmann die Schatten der Nacht verjagten und sich der Hölle des Tages stellten.

Martin Pohlmann hatte schon bessere Nächte in seinem Leben erlebt. Eingeschlafen war er zügig und war sogleich in eine sonderbare Traumwelt eingetaucht. Er hatte von jenen Dämonen geträumt, von denen am Abend zuvor Feldmann erzählt hatte. Einer von ihnen, die ihm in der Nacht erschienen waren, hatte die Fratze von Dräger. Er hatte lange, spitze Ohren und buschige Augenbrauen gehabt und am Kinn ein Ziegenbärtchen. Die Geräte, die er, obwohl er auf dem Folterstuhl angeschnallt war, aus den Augenwinkeln gesehen hatte, waren im Traum viel größer und monströser. Die Zange, mit der Dräger seine Finger gebrochen hatte, war in seinem Traum ein gigantischer Seitenschneider. Auch der Schmerz, den er erlebt hatte, wurde von seinem Gehirn in düstere Bilder verwandelt. Rot war die dominante Farbe, und dies war in Anbetracht der Menge Blutes, die er verloren hatte, nicht verwunderlich.

Er war das eine oder andere Mal bei einem Einsatz verletzt worden und kannte den Schmerz eines glatten Durchschusses am Rand des Oberschenkels. Eine Kugel hatte während einer Verfolgungsjagd quer durch Hamburg den Muskel durchschlagen, ohne Knochen und Gefäße zu verletzen und sie schien mit ungebremster Geschwindigkeit weiterzufliegen, als sei menschliches Fleisch zart wie ein süßer Marshmallow, der auf der Zunge zergeht. Was der Begriff Schmerz wirklich bedeutete, wusste er erst seit der letzten Nacht. Nachdem sich die Wirkung der Schmerztablette verabschiedet hatte, begann Martin, trotz der Kälte zu schwitzen. Er konnte nicht sagen, welches Pochen in seinem Körper dominierte, als gälte es einen Wettstreit in dieser Disziplin auszutragen. Das linke Auge war nach wie vor zugeschwollen und blau unterlaufen. Er hatte den Begriff, der auf sein Auge zutraf, in einer medizinischen Zeitschrift gelesen und darüber geschmunzelt. Er hatte ein sogenanntes Monokelhämatom: kreisrund um das Auge herum und durch eine Fraktur des Jochbeins hervorgerufen.

Die drei zertrümmerten Finger hielt er ruhig, denn ein leichtes Anstoßen, wie in der Nacht mehrfach vorgekommen, trieb ihm jedes Mal die Tränen in die Augen. Dass diese Blessuren nur ein Vorgeschmack von dem sein sollten, was noch kommen sollte, ahnte er, ohne es in die Tiefen seines Gehirns, wie von einem bulligen Türsteher blockiert, eindringen zu lassen. Er würde alles daran setzen, um nicht noch einmal diesen Höllenqualen ausgesetzt zu werden. Wie beschränkt seine Möglichkeiten diesbezüglich waren, wusste er nur zu genau. Er hatte keine Waffe, und der Kräftigste und Schnellste war er in seinem Alter und bei seiner mangelnden Fitness auch nicht mehr. Doch was er hatte, war das: Er hatte eine ungeheure Wut auf diesen Kerl und war entschlossen, diese Wut in Kraft und Überlegenheit zu bündeln. Dräger war nicht der Allerschlaueste, sonst wäre er nicht ein einfacher Pfleger geworden. Es müsste möglich sein, ihn mit List und Tücke zu überwältigen.

Pohlmann richtete seinen zerschundenen Körper auf und streckte sich. Er überlegte, ob er die zweite Pille zerkauen und schlucken sollte, obgleich kein Wasser zum Hinunterspülen mehr da war. Der verrostete Hahn über dem Waschbecken hatte nur Tropfen brauner Brühe ausgespuckt und war dann verstummt. Er entschied, die Tablette für später aufzuheben.

Er stand auf und versuchte, ein paar Kniebeugen zu machen. Er wollte um alles in der Welt den Rest der körperlichen Kraft bewahren und pumpte Blut in seine Muskeln.

Feldmann hatte sich wortlos aufgerichtet und, mit der Decke um seinen Körper, an die Wand gelehnt. Er sah dem Treiben von Martin zu und empfand dessen Bemühungen als Zeitverschwendung und nutzlos. Eine schwere Depression hatte von ihm Besitz ergriffen, da er glaubte, bald sterben zu müssen. Und doch hatte er den festen Vorsatz, seine Mitgefangenen durch seinen Tod zu retten. Die Plausibilität seiner Argumentation würde Dräger einleuchten, so hoffte er. Nun, am Tag seines möglichen Ablebens, war seine Stimmung verständlicherweise nicht auf einem Höhepunkt und er zog die Beine noch dichter an seinen Körper heran, als würde der Schutz der körpereigenen Geborgenheit das Unvermeidliche verhindern können.

Gegen acht Uhr hörten sie Dräger die Treppe hinunterkommen. Seine Tritte klangen schwer, als trüge er Schuhe mit eiserner Sohle. Er klimperte von Weitem mit einem Schlüsselbund, was die Wirkung auf die drei Inhaftierten nicht verfehlte. Er entfernte das Vorhängeschloss und zog die Tür zu seinem eigens für diesen Zweck eingerichteten Verlies auf. An diesem Tag trug er eine Armeehose mit tarnfarbenen Flicken und ein schwarzes Hemd. Darüber hatte er sich eine weiße Gummischürze gebunden, ähnlich wie sie ein Metzger während seiner blutigen Arbeit trägt. Glasig blickte er in die Runde der verstörten Gesichter und legte dasselbe sardonische Grinsen wie am Vorabend auf. Er war unrasiert und die schmierigen blonden Haare lagen ihm ungekämmt auf dem bleichen Schädel.

»Na, meine Täubchen, wie haben wir geschlafen?«, eröffnete er das Gespräch. »Seid ihr bereit, ein paar Federn zu lassen?« Er lachte kehlig über seinen unpassenden Vergleich.

»Ich hab mir gedacht, wir machen da weiter, wo wir gestern Abend stehen geblieben waren. Das bedeutet, dass Sie, mein lieber, Kommissar, einen weiteren Beweis Ihrer Stärke und Ausdauer anzutreten haben. Na ja, und dann dachte ich mir«, Dräger rieb sich die Hände, »falls Sie noch am Leben sind, gibt es einen kleinen stärkenden Mittagssnack, um in die zweite, nicht ganz so angenehme Nachmittagsrunde zu gehen. Ich würde gern endlich mal alle meine netten Spielsachen ausprobieren, wenn Sie gestatten.«

»Hören Sie auf mit diesen Untaten, Herr Dräger.« Feldmann nahm die Hände vom Gesicht und blickte aus seiner Hockstellung zu Dräger auf. Er erschien ihm aus dieser Position wie ein Eisbär, der kurz davor war, sein Opfer mit seiner Pranke zu erschlagen.

»Oh, Herr Dräger sagen Sie? Da hat jemand eine gute Erziehung genossen, was? Das hört man doch gern.«

»Ich möchte mit Ihnen reden, Herr Dräger.«

»Oh, möchte der Herr Pastor mir eine Predigt halten? Über Gutes und Böses und die schlimmen Sünden, die wir tagein, tagaus begehen, hm?«

»Nein, das möchte ich nicht. Das hätte keinen Sinn mehr. Ich möchte Ihnen einen Vorschlag machen.«

»Oh, da bin ich aber gespannt. Na, dann schießen Sie mal los.«

»Ich denke, es reicht, wenn Sie mich töten. Es geht Ihnen doch nur darum, den Prozess zu verhindern, wer auch immer Ihre Auftraggeber sind.«

»Woher wollen Sie denn wissen, dass es mehrere sind?«

»Keine Ahnung. Das habe ich nur so gesagt. Vielleicht ist es auch nur einer, und es ist mir auch egal. Derjenige wird schon seine gerechte Strafe erhalten. Durch meinen Tod hätten Sie Ihren Auftrag vollständig erfüllt. Emilie wird und kann ohne mich sowieso nichts machen, und sie wurde ja eh nur durch Professor Keller mitgezogen. Auch ich habe mich zu diesem Prozess von Keller überreden lassen, aber damit Sie sicher sein können, reicht es völlig aus, nur mich zu töten.«

Dräger nickte und stülpte die Lippen, als sei er stolz auf seinen Schützling. »Na, wenn das kein Edelmut ist. Sie wollen sich tatsächlich für diese beiden hier opfern? So, wie das Ihr toller Jesus getan hat, habe ich recht? Ihr großes Vorbild, wie?«

»Ganz unabhängig davon, ist es einfach nur logisch. Was haben Sie denn davon, uns alle hier umzubringen?«

»Mein liebes Pastorchen, Sie haben überhaupt nichts verstanden. Es geht mir schon lange nicht mehr darum, meinen Auftrag zu erfüllen. Eigentlich habe ich schon viel mehr getan, als ich sollte. Ich sollte den Prozess lediglich verhindern, das stimmt, aber wie ich das anstelle, war mir überlassen. Die Herren haben sich wohl gedacht, plumpe Einschüchterungen würden reichen, doch ich meine wohl, einen Kläger ganz auszuschalten, ist viel effektiver, finden Sie nicht?«

Dräger stemmte die Hände in die Hüften.

»Außerdem wollte ich keine halben Sachen machen. Ich möchte, dass man mit meinen Leistungen zufrieden ist. Und außerdem – tja, das hätte ich selbst gar nicht gedacht –, macht es mir einen Riesenspaß, Sie fertigzumachen. Einen alten Priester, einen abgehalfterten, zotteligen Bullen und eine schwachsinnige Alte, die ich sowieso noch nie ausstehen konnte.« Dräger ließ seine Worte eine Weile von den kahlen Wänden des Verlieses widerhallen. Er fügte hinzu: »Also, mein Lieber. War sicher nett gemeint von Ihnen, aber ich muss Sie enttäuschen. Ich werde Ihren Wunsch nach einem baldigen Ende Ihres lächerlichen Lebens so schnell wie möglich erfüllen, doch erst sind die beiden anderen dran, und ganz zum Schluss, wenn nur noch wir zwei übrig sind, dann werden wir eine Menge Spaß haben.«

Dräger zog die Polizeiwaffe aus dem Hosenbund hervor und ging zu Pohlmann hinüber. »Gut sehen Sie aus, mein Lieber. Bisschen unsymmetrisch, nur ein blaues Auge zu haben. Aber das können wir ja gleich ändern. Doch zuvor möchte ich mir Ihre kleinen Bullenfingerchen ansehen. Netter Verband, den Sie da haben. Wenn ich mit Ihnen fertig bin, wird der allerdings nicht mehr ausreichen.«

Dräger wandte sich an Feldmann. »Wenigstens haben Sie Ihre hübsche Weste geopfert. Ist doch auch was. Reißen Sie schon mal einen neuen breiten Streifen raus. Es sind noch viel zu viele Finger heile.« Dräger stand direkt vor dem sitzenden Kommissar und fuchtelte mit der Waffe an Martins Stirn herum. In dem Moment sah Martin seine Chance. Er atmete tief ein, ballte die linke Faust und legte all seine Kraft, die er in dieser ungünstigen Position aufbieten konnte, in den ersten Schlag. Die Faust schnellte in Richtung des Magens, doch als Dräger den Schlag kommen sah, spannte er im letzten Moment die trainierte Bauchmuskulatur an. Er ruckte ein wenig, ansonsten blieb er unbeeindruckt. Martin war perplex, dass er mit seinem ehemals schlagkräftigen Hieb keinerlei Wirkung erzielte, und kaum hatte er diesen Gedanken gedacht, traf ihn seine eigene Waffe an der rechten Schläfe mit einer Wucht, die ihn an die Rückwand schleuderte. Ein dumpfer Schmerz fuhr durch sein Gehirn, doch das, was noch kommen sollte, übertraf diesen Schmerz bei Weitem.

Dräger steckte die Waffe in den Hosenbund zurück und hob Pohlmann mit erstaunlicher Leichtigkeit von seinem Lager. 90 Kilo, die ihm keinerlei Mühe machten. Er zog ihn aus der Zelle hinaus. Noch bevor Feldmann reagieren konnte, war die Zellentür wieder verschlossen.

Pohlmann wurde von Dräger auf jenen Stuhl gewuchtet, auf dem er auch zehn Stunden zuvor gesessen hatte. Er wurde festgeschnallt und leistete keinen Widerstand. Sein Kopf hing schlaff auf seiner Brust. Flackernde Sternchen tanzten vor seinen Augen. Wie durch einen dicken Nebel sah er Dräger an einem Tisch hantieren, wie er verschiedene Instrumente in einer bestimmten Reihenfolge ordnete. Er sah Dräger zurückkommen und verlor jede Hoffnung, den nächsten Tag noch zu erleben.

Dräger griff nach Pohlmanns Kopf, warf ihn zurück und schnallte ihn an. Er suchte etwas auf dem Tisch und fand es auf dem Boden liegend. Er hob das dreckige Öltuch auf und stopfte es ihm zwischen die Zähne. Er ging zu dem Tisch und holte sein Lieblingswerkzeug. Jene Knochenbrecherzange vom Vortag.

Er baute sich vor Pohlmann auf, der von dem Schlag an die Schläfe noch immer benommen war.

»So, mein Lieber. Jetzt ist Schluss mit lustig. Das hättest du nicht tun dürfen, den guten Lars zu schlagen. Obwohl ich schon gespannt war, wann einer von euch das mal versuchen wird. Und da konntest du als Bulle, als Freund und Helfer des Volkes, nicht widerstehen. Na ja, für seine Dummheiten muss man bestraft werden, findest du nicht?«

Dräger riss den Verband von Pohlmanns Hand ab und gab ihm wie zur Begrüßung die Hand. Er schüttelte sie mit einem Grinsen und drückte zu, bis es mehrfach knackte. Kaum hatten sich die Knochenstücke unter der Schienung in der Nacht einigermaßen stabilisiert, waren sie schon wieder gegeneinander verschoben. Martin stieß einen undefinierbaren Laut hinter dem Öllappen aus und drückte die Stirn gegen den Lederriemen, der seinen Kopf fixierte. Dräger nahm die Zange zur Hand und legte Pohlmanns Zeigefinger hinein. Diesmal ließ er sich nicht so viel Zeit wie am Vortag und drückte zügig und emotionslos zu. Die Lust musste gesteigert werden, und dieses Instrument reichte ihm nicht mehr aus. Als Nächstes ging er zu seinem Tisch zurück und nahm ein Werkzeug, das sich im Mittelalter größter Beliebtheit erfreut hatte – die Daumenschraube für jenen Finger, der an Pohlmanns rechter Hand noch unverletzt geblieben war.

KAPITEL 58

Scharmbeck, 13. November 2010

Der Henker, wie er sich selbst nannte, schob die grausame Vorrichtung zur mittelalterlichen Erzwingung von Geständnissen über Martins rechten Daumen. Der Finger wurde dabei in eine Zwinge gespannt und die durch Gewinde miteinander verbundenen Backen zusammengezogen. Genüsslich begann Dräger mit seinem Werk. Er liebte es, Martin zuzusehen, wie der die Augen vor Entsetzen aufriss und heftig atmete.

»Bitte, Dräger. Tun Sie's nicht. Ich verspreche Ihnen, dass ich Sie laufen lasse, aber nicht noch der Daumen. Ich kann nicht mehr. Bitte, Lars. Hör auf.«

»Ich wusste gar nicht, dass ich Ihnen das Du angeboten habe. Ist schon erstaunlich, wozu die Leute alles bereit sind, wenn man ihnen Schmerzen zufügt. Gestern wollten Sie nur ein gutes Wort für mich einlegen und heute, zwei Finger weiter, lassen Sie mich schon laufen. Was bieten Sie mir als Nächstes an? Ihren Wagen? Ihre Wohnung? Ihre Frau?«

»Ich habe keine Frau. Sie ist vor über zwei Jahren gestorben.«

»Na, das trifft sich ja gut. Dann gibt es bald ein nettes Wiedersehen.«

»Nicht den Daumen, bitte. Hören Sie auf, Sie mieses Schwein.«

»Ah, endlich zeigen Sie mir Ihre Wut. Weiter so. Lassen Sie ruhig alles raus. Das hilft. Schreien Sie. Schimpfen Sie. Heulen Sie meinetwegen. Vielleicht lasse ich mich ja erweichen.«

Martin fing an zu schluchzen. Die Tränen liefen ungehindert die Wangen hinab. Er hatte begriffen, dass sein Leben zu Ende war. Er brauchte kein Blatt mehr vor den Mund zu nehmen. Es war eh alles vorbei. Keine Diplomatie mehr. Keine Rücksichtnahme. Keine Angst, seinen Widersacher zu provozieren.

Fast eine Befreiung.

»Sie sind ein krankes Arschloch, Dräger. Genau wie Ihr Vater. Sie sind keinen Deut besser als er. Sie sind geworden wie er. Sie sind genau zu dem geworden, was Sie damals gehasst haben. Sie rächen sich an dem Falschen, Mann.«

»Mir geht es gar nicht darum, ob ich den Richtigen oder den Falschen erwische.«

»Worum geht es denn dann, verdammt noch mal?«, schrie Martin ihn an.

»Es geht darum herauszufinden, wie ich es geschafft habe zu überleben. Wie ich den Schmerz, den ich über Jahre erlitten habe, ertragen konnte. Nur mit einem kleinen Unterschied.«

»Und der wäre?«

»Dass *Sie* es nicht überleben werden, weil Ihr Tod beschlossene Sache ist. Daran ändert sich nichts.«

»Dräger, Sie sind wahnsinnig. Wie kann ich Sie nur davon überzeugen aufzuhören?«

»Gar nicht. Aber gut, ich bin ja kein Unmensch. Sie dürfen sich aussuchen, was als Nächstes kommt. Wenn es nicht die Daumenschraube ist, dann eben etwas anderes. Wenn Sie lieber ein anderes Spielzeug bevorzugen, meinetwegen.«

Pohlmann atmete erleichtert auf, als Dräger den Daumen befreite. Jede Minute, die er gewinnen würde, wäre eine gute Minute. Seine Kollegen müssten ihn doch schon längst suchen. Doch was, wenn nicht?

Trübe Gedanken trieben durch sein Hirn. Das Handy. Es anschalten. Martin bemerkte, wie er anfing, sich in irrationalen Bahnen zu verlieren. Er begann zu fantasieren.

»Also schön«, begann Dräger. »Ich will Ihnen mal ein paar hübsche Sachen erklären.« Dräger näherte sich Pohlmann und lockerte die Bandage an seiner Stirn, sodass Martin den Kopf bewegen konnte. Er sah sich in dem Kellerraum um und erfasste die an chirurgische Instrumente erinnernden Werkzeuge, mit dem Unterschied, dass diese hier alt und verrostet waren. Von Sterilität konnte hier beim besten Willen keine Rede sein.

»Okay, fangen wir an. Beginnen wir mit der sogenannten Territion, der Schreckung. Im Mittelalter reichte häufig das Zeigen der Folterinstrumente schon aus, um Geständnisse zu erwirken.« Dräger stellte sich vor einen anderen sonderbar anmutenden Stuhl, in dem auf der Sitzfläche unzählige spitze Dornen aus Metall steckten.

»Das, mein lieber Kommissar, ist mein Lieblingsstück. Es ist eine Modifikation der Eisernen Jungfrau. Schon mal davon gehört?«

Martin schüttelte mit geschlossenen Augen den Kopf.

»Also, es funktioniert so: Wenn Sie sich darauf setzen und sich anlehnen, dann bohren sich die Nägel in Ihren Hintern und Ihren Rücken. Aber nicht so tief, dass Sie daran sterben könnten. Interessant wird es erst, wenn ich diese Klappe schließe.« Dräger stellte sich neben den Folterstuhl und bewegte die Türklappe in Höhe des Oberkörpers des zu Folternden.

»Hier, diese Dornen. Die sehen schon ein bisschen länger aus, nicht? Also, die sind genau zehn Zentimeter lang, aber keine Angst, die töten Sie auch nicht. Die sind nämlich so angeordnet, dass keine lebenswichtigen Organe getroffen werden. Kein Dorn in der Nähe des Herzens und nur einer für die Lunge.

Sterben werden Sie erst nach einer ganzen Weile und zwar durch Verbluten. Ich habe extra unter dem Stuhl den Abfluss freigehalten.« Dräger lachte und redete sich in Rage. Nun war er vollständig in seinem kranken Element.

»Oder das hier! Das ist auch klasse. Das ist eine Kopfzwinge. Man schraubt hier die beiden gegenüberliegenden Schrauben fest an und, na ja, den Rest können Sie sich vorstellen.« Dräger eilte zu einem anderen Tisch und nahm in die Hand, was an den ledernen Gürtel von Gewichthebern erinnerte. »Dies hier ist ein Geißelungsgürtel. Er wird um die Taille des Opfers geschnallt und hat auf der Innenseite circa 20 Eisenstacheln. Diese bohren sich in den Körper, leuchtet ein, oder? Echt praktisch, weil sich das Opfer bei jeder Bewegung die tödlichen Verletzungen selbst zuzieht. Man spart sich eine Menge Arbeit. Ist eine ziemliche Sauerei, wenn Sie verstehen, was ich meine. Macht ja hier keiner sauber außer mir.« Dräger kratzte sich am Kinn und überlegte. Er nahm ein weiteres Gerät zur Hand. »Dies hier ist eine Würgeschraube, auch sehr schön – oder das hier. Die sind niedlich, oder?« Dräger nahm eine Handvoll Holzsplitter zur Hand. »Die hier werden unter die Finger- oder Fußnägel getrieben. Und wissen Sie was? Passen Sie auf. Jetzt können Sie was lernen. Daher kommt der Spruch: Es brennt mir unter den Nägeln. Schon toll, oder?«

Dräger stemmte die Hände in die Hüften und stellte sich vor sein Opfer. »Und? Wofür haben Sie sich entschieden?«

Pohlmann spuckte Blut vor Drägers Füße. »Fahren Sie doch zur Hölle, Sie Schwachkopf!«

»Na schön. Hab schon verstanden. Sie wollen es auf die harte Tour. Dann nehmen wir eben die Eiserne Jungfrau, die wird Ihnen gefallen. Sie werden sehen, wird gar nicht so schlimm. Ich hab mir sagen lassen, es tut nur am Anfang weh, wenn diese ganzen Dornen ins Fleisch eindringen. Aber dann laufen Sie ja nur noch aus, und eh Sie es sich versehen – schwups – sind Sie hinüber.« Dräger rieb sich die Hände wie ein Junge auf seiner Geburtstagsparty. »Oh ja, das wird ein Spaß.«

Dräger begann, die erste Schnalle von Pohlmanns Stuhl zu lösen, als von irgendwoher ein Klingeln wie von einer Türglocke an ihre Ohren drang. Dräger erschrak, er hatte mit allem gerechnet, nur nicht mit Besuch. Er warf die blutbeschmierte Metzgerschürze auf den Boden und reinigte seine Hände an einem Tuch.

»Sie rühren sich nicht vom Fleck.« Er lachte irre. »Guter Scherz, nicht?«

Martin hörte, wie Dräger die Treppen hinaufeilte. Er hoffte inständig, dass dieser Besuch an der Tür mit seinem, Feldmanns und Emilies Verschwinden zu tun hatte. Wie gern würde er jetzt seinen Kollegen Werner sehen, und sogar Schöller war ihm in diesem Augenblick willkommen. Am liebsten eine ganze Hundertschaft von Beamten, die seinem Martyrium ein Ende machen würden. Die Minuten verstrichen, als er zwei Personen sich dem Keller nähern hörte. Er identifizierte Drägers schwere Schuhe, das andere Schuhpaar klang anders, wie die hohen Absätze einer Frau. Doch welche Frau würde Dräger in seinen Folterkeller führen wollen? Als die Tür aufging, ließ ihm der freudige Schock den Atem stocken. Die Frau, die er erblickte, würde seine Befreiung bedeuten.

*

Dräger führte Annegret in den finsteren Keller hinab und präsentierte ihr seine Sammlung, als würde er ihr seine eingehefteten Briefmarken zeigen wollen.

»Willkommen in meinem kleinen Gruselkabinett. Soll ich dir mal zeigen, was ich alles damit machen kann?« Dräger deutete auf die zersplitterten Finger Pohlmanns.

Martin drehte seine Augen in die Richtung, aus der er die bekannte Stimme gehört hatte. Sogleich sah er seine Chance und flehte die dralle Krankenschwester an.

»Annegret, Sie sind meine Rettung. Bitte, binden Sie mich los. Dieser Wahnsinnige will uns alle umbringen.«

Schroff fuhr sie Martin an. »Halt's Maul, Bulle.« Sie wandte sich Dräger zu. »Er hat recht. Du bist wirklich wahnsinnig. Du sollst sie umbringen, nicht mit ihnen spielen. Davon war nicht die Rede.«

Martin traute seinen Ohren nicht. Die nette Schwester, die sich rührend um die Patienten kümmerte, steckte mit dem Psychopathen unter einer Decke. Wie konnte er sich nur derart in ihr getäuscht haben? Welches Spiel wurde hier gespielt? Er wollte nicht glauben, dass diese Chance, die sich ihm hier bot, nicht zu nutzen sein würde.

Erneut flehte er sie an. »Bitte, Annegret. Hören Sie mir zu. Das kann doch nicht sein, dass Sie mit diesem Widerling gemeinsame Sache machen. Sagen Sie ihm, dass er mich losbinden soll. Er hat mir meine Finger gebrochen, und auf dem linken Auge kann ich nichts mehr sehen. Ich flehe Sie an!« Annegret kam auf ihn zu und warf ihm einen verächtlichen Blick zu. »Ihr Scheißmänner winselt sofort los, sobald es ein bisschen wehtut. Ich dachte, Sie wollen ein echter Kerl sein.«

»Sind Sie bescheuert? Das ist hier doch keine Mutprobe oder so ein Schwachsinn. Dräger ist völlig irre. Wie können Sie so was unterstützen?«

»Davon verstehen Sie nichts. Sie hätten eben Ihre Nase nicht so tief in Dinge stecken dürfen, die Sie nichts angehen. Jetzt ist es zu spät für Ihr Gejammer. Hätten Sie sich rausgehalten, wären nur Emilie und Feldmann draufgegangen, aber jetzt. Jetzt sind Sie ein Zeuge, den wir nicht leben lassen können, das ist Ihnen doch klar.«

»Verdammt, nichts ist mir klar. Wozu das alles? Nur wegen dem beschissenen Prozess? Der ist es doch nicht wert, deshalb so viele Menschen zu töten.«

»Das stimmt, das allein wäre es nicht wert. Da haben Sie recht. Was meinen Sie denn, worum es noch gehen könnte, Bulle?«

»Euch Weibern geht es außerdem noch um Geld. Ist es das, Annegret? Es steht viel Geld auf dem Spiel, stimmt's?«

»Ich glaube nicht, dass Sie hier und heute in der Position sind, mich provozieren zu können.« Annegret drehte sich mit wütendem Blick zu Dräger um. »Okay, spiel noch ein bisschen mit dem Bullen, aber warte nicht zu lange. Mach sie kalt, bevor seine Kollegen Wind davon bekommen, und dann bring sie alle zu der verabredeten Stelle, dorthin, wo sie niemand jemals wieder findet.« Sie wandte sich erneut Pohlmann zu und ergänzte ihren Satz. »Dort, wo ihr so tief im Moor versinkt, dass kein einziger Köter der gesamten Hundestaffel euch finden kann. Kennen Sie das Pietzmoor bei Soltau, Bulle? Tief genug für eine ganze Kompanie, wenn's sein muss. Es ist nur recht und billig, dass Sie wissen, wohin Sie demnächst umziehen werden.«

Nach diesen Worten kam sie ganz dicht an seine rechte Seite heran und leckte mit der Zungenspitze an seinem Ohr. Sie beugte sich dabei vor und gab einen tiefen Einblick in ihr Dekolleté frei. Martin war nach allem anderen als nach erotischen Gedanken zumute. Dann flüsterte sie ihm ins Ohr: »Hast du wirklich gedacht, ich hätte Interesse an dir gehabt? Ein Bulle ist ganz bestimmt nicht mein Ding. Leb wohl, Alterchen.« Sie wandte sich von ihm ab und nahm die Klinke der Kellertür in die Hand. »Du weißt, was du zu tun hast, und tue es schnell, hast du verstanden?« Dräger nickte gehorsam und öffnete ihr die Tür.

Sie verließ das Haus und ließ Martin für die schlimmste Stunde seines Lebens mit Dräger allein zurück.

*

Martin spürte, wie er in ein tiefes Loch der Depression und der Verzweiflung gezogen wurde, aus dem er keinen Weg zu entkommen sah. Eine Grube mit glatten Wänden, an denen man keinen Halt fand. Er wollte nicht aufgeben zu kämpfen, auch wenn die Situation noch so aussichtslos zu sein schien. Ein Ass hatte er noch im Ärmel, und wenn es einen Gott in diesem Universum gab, sollte er es fügen, dass er dieses Ass ausspielen konnte.

»Sie haben gehört, was Anne gesagt hat. Ein bisschen spielen darf ich noch. Ich denke, ich werde Sie jetzt der Eisernen Jungfrau anvertrauen. Schließlich habe ich noch andere Sachen zu tun, als mich nur um Sie zu kümmern. Die beiden nebenan wollen ja schließlich auch ihren Spaß haben.«

Dräger begann, die modifizierte Eiserne Lady vorzubereiten. Er drehte den Stuhl, der wie ein Schrank, in dem man sitzen konnte, konstruiert war, um. Er überlegte, Pohlmann unter die Arme zu greifen, um ihn dort hineinzuhieven. Er ahnte nicht, wie viel Kraft noch in dessen zerschundenem Körper steckte. Der Eindruck, den er von Martin hatte, war nicht der eines Mannes, der ihn überwältigen konnte. Er war davon überzeugt, er könne sein Opfer, schlaff in seinen Armen hängend, auf den Stuhl mit den Nägeln verfrachten.

Dräger öffnete zuerst die Riemen an der Stirn, dann die Metallklammern um die Fußfesseln und zu guter Letzt die Handschellen um Martins Gelenke.

Martin hatte die Augen geschlossen gehalten und den Eindruck eines sterbenden Mannes abgegeben. Dräger stand links neben ihm und ließ Martin für einen kurzen Augenblick aus den Augen. In diesem Moment griff Martin mit der gesunden linken Hand unter seine Jacke und zog den Bleistift, der in der Hemdtasche steckte, hervor. Er hatte ihn in der Nacht an der rauen Kellerwand angespitzt und hielt ihn in der linken Faust, sodass die Spitze direkt auf Dräger zeigte. Es galt, keine Sekunde zu verlieren, und er rechnete sich keine besonders großen Chancen aus, dorthin zu treffen, wohin er es beabsichtigt hatte. Ein Bleistift als Mordinstrument, dachte er noch, wie lächerlich. In dem Augenblick, der nicht länger währte als ein Herzschlag, ergriff Martin seine Chance. Dräger bückte sich in der Absicht, Martin mit seinen muskulösen Armen unter die Achseln zu greifen, als Martin mit der linken Hand ausholte, den Arm zu Dräger schwang und den Bleistift mitten in Drägers rechtes Auge rammte. Von dem unverhofften Angriff und dem heftigen Schmerz überrascht, der in seinem Auge tobte, begriff der erst nicht, was geschehen war. Er wollte die Augen schließen, doch etwas Langes ragte aus einem heraus. Er griff danach und schrie. Ihm wurde bewusst, dass er sich nicht traute, den Bleistift herauszuziehen.

Er stand genau zwischen Pohlmann und dem geöffneten Dornenstuhl, und von Pohlmann nahm ein Gedanke Besitz, dem er blitzschnell folgte. Während Dräger damit beschäftigt war, den Bleistift aus seinem Auge zu entfernen, stemmte sich Martin auf der Lehne seines Stuhls mit seinem gesunden Unterarm ab und legte alle Kraft in seine Beine. Er hob die Beine an und trat Dräger mit Wucht gegen die Knie. Der knickte ein und stolperte nach hinten. Mit einem hörbaren Krachen fiel er auf seinen Folterstuhl. An die 100 lange Nägel bohrten sich in sein Gesäß und sein Geschlecht, während der Rücken mit feinen, spitzen Nägeln malträtiert wurde. Jener Stuhl, den er für Martin vorgesehen hatte, war zu seiner eigenen Falle geworden. Während er nach hinten fiel, hielt er den Bleistift in der Hand und zog ihn bei diesem Manöver unbeabsichtigt heraus. Der Anblick eines blutenden und auslaufenden Auges war für Martin nur geringfügig schlimmer als die Nägel, die auf der Oberseite der Schenkel herausragten und Dräger zu völliger Bewegungslosigkeit verdammten. Der überwältigte Folterknecht stieß einen markerschütternden Schrei aus und heulte gleichzeitig wie ein kleines Kind. Mit einer Hand bedeckte er das zerstörte Auge. Der Bleistift war ohne die Mine herausgezogen worden, die an der Rückwand der Augenhöhle zerbrochen war.

Martin erinnerte sich daran, was Dräger gesagt hatte: An den Nägeln stirbt man nicht sofort, man stirbt durch langsames Verbluten. Somit sollte für Martin noch Zeit bleiben, die Informationen aus Dräger herauszuholen, die er dringend für die Aufklärung dieses beschissenen Falles brauchte. Aus eigener Kraft stand er auf und hielt die zitternde Hand dicht an seinem Körper. Mit einem Schritt war er bei Dräger, der aus Hunderten von kleinen Löchern blutete.

»So, mein geisteskranker Freund, das Blatt hat sich gewendet. Jetzt bin ich an der Reihe.«

»Bitte, helfen Sie mir hier raus. Holen Sie einen Arzt. Ich verblute. Verdammte Scheiße, das tut so weh«, winselte er und Martin begriff, dass diese arme Kreatur nur noch ein Schatten ihrer selbst war. Dennoch musste er von Dräger wissen, wer sein Auftraggeber war. Mit der unverletzten Hand hielt er die Tür der Eisernen Jungfrau und betrachtete die furchterregenden Dornen auf der Innenseite, die das Opfer, dem es ein Geständnis zu entlocken galt, bis zum Eintritt des Todes quälen würden.

»Ich hole Sie erst da raus, nachdem Sie mir erklärt haben, was dieser ganze Scheiß hier soll. Wer hat Sie beauftragt?«

Dräger schloss die Augen und begann wie ein Kind zu weinen. Seine Stimme erhöhte sich um Oktaven, und jede noch so kleine Bewegung, die er machte, fügte ihm neue Qualen zu. Wieder begriff er, was es bedeutete, Schmerzen zugefügt zu bekommen. Doch er hatte sich geschworen, seinen Auftraggebern Loyalität zu zollen, wenn nötig bis in den Tod.

»Ich sage Ihnen kein Wort, Sie Scheißbulle. Ihr seid alle Schweine. Sie und der Pfaffe und die bekloppte Emilie. Menschen zweiter Klasse, die kein Recht haben zu leben. Missgeburten und gescheiterte Existenzen. Ausschuss, der beseitigt werden muss.« Dräger redete wie im Wahn, und Pohlmann fragte sich, wie dieser Mann zu dieser Einstellung gekommen war. Wer hatte ihm solche Wahnvorstellungen in den Kopf gesetzt?

»Na gut, wenn Sie es so wollen, werde ich diese Tür jetzt schließen, und Sie können sicher sein, dass ich noch genug Kraft dafür habe. Falls Sie es nicht gemerkt haben sollten, ich bin Linkshänder.« Martin umfasste entschlossen die stachelbesetzte Tür, die, wenn er sie schließen würde, Dräger löchern würde wie die Zielscheibe in einem Schützenverein. Er würde nicht daran sterben, zumindest nicht gleich. Er könnte sie wieder öffnen und wieder schließen. Doch Gewalt allein würde vermutlich nicht helfen.

»Na schön, Dräger. Ich versuche es jetzt ein letztes Mal, bevor Sie die Eiserne Lady küssen dürfen. Wer hat Sie beauftragt, all diese Menschen zu töten?«

»Von mir erfahren Sie nichts.«

Martin nahm die Tür beherzt in die linke Hand und warf sie zu. Im letzten Moment, bevor sich die Eisenstacheln in Drägers bulligen Oberkörper bohrten, meldete sich Dräger.

»Okay, okay. Sie haben gewonnen. Wenn ich draufgehen muss, dann kann ich auch die anderen hochgehen lassen.«

»Ich höre.«

»Wegleiter und Fürst haben mich beauftragt.«

»Wer genau? Die Väter?«

»Nein, Quatsch, nicht die Väter. Die Söhne, Sie Schwachkopf. Die Alten wissen überhaupt nichts von unserem Deal. Der alte Wegleiter stirbt bald, und der einzige Sohn soll alles erben. Es geht um Millionen, die er auf keinen Fall mit irgendwelchen Typen aus der Vergangenheit teilen will.«

»Was ist mit Fürst?«

»Fürst ist ein kaltblütiges Schwein. Hat sich die ganze Sache ausgedacht. Hat Hartmut Wegleiter bequatscht. Glaube, der hat ihn auch erpresst, die Schnauze zu halten.«

Dräger holte Luft. Ein Röcheln war zu hören. Der Dorn steckte tief in der rechten Lunge. »Hat mich auch in der Klinik untergebracht, mir ein top Zeugnis geschrieben.« Dräger grinste und entblößte die blutverschmierten Zähne. »Hat keine Sau gemerkt. Er hat mir das Propofol für die Seifert gegeben und mir gezeigt, wie man es so spritzt, dass derjenige dabei draufgeht. Er hat mich auch damals zu dem alten Strocka geschickt.« Dräger lachte hysterisch auf. »War ganz einfach. Es war ja schon einer vor mir da, der Strocka eins übergebraten hatte. Als ich kam, lag der am Boden und blutete aus einer Kopfwunde, aber er war noch nicht tot. Ich stand vor ihm in seinem Hotelzimmer, und als er aufwachte, hab ich den schweren Kerzenleuchter genommen und ein paar Mal so richtig …«

»Sie sind wahnsinnig, Dräger. Sie haben ihn nicht nur einfach erschlagen, Sie haben seinen Kopf zertrümmert. Der Mann war ja kaum wiederzuerkennen.«

Wieder lachte Dräger stoßweise auf. Blut quoll aus seinem Mund heraus. »Aber es hat Spaß gemacht. Ein ganz neues Gefühl. Und ein gut bezahlter Job.«

»Wer war vor Ihnen in Strockas Zimmer?«

»Na, Keller natürlich. Die arme Sau hat zwei Jahre lang

gedacht, er hätte Strocka umgebracht.« Dräger gackerte. »Seinen eigenen Vater.«

»Haben Sie Kellers Unterlagen gestohlen?« Dräger hustete und bespuckte Martin mit seinem Blut.

»Logisch hab ich die.«

»Wo sind die Sachen?«

Dräger kicherte, und die Stimme, kalt wie von einem Dämon, ließ Martin die Haare im Nacken aufrecht stehen. »Alles kann ich Ihnen auch nicht verraten. Lecken Sie mich am Arsch, Mann.«

Martin biss die Zähne aufeinander und musste sich zurückhalten, Dräger die Dornen der Tür ins Fleisch zu rammen. Dann sah er den Schlüsselbund in Drägers Brusttasche. Schnell nahm er die Schlüssel an sich und wandte Dräger den Rücken zu.

Ein weiterer elementarer Fehler, wie sich bald herausstellen sollte.

KAPITEL 59

Scharmbeck, 13. November 2010

Als Pohlmann den Schlüssel ins Vorhängeschloss der Zelle steckte und die Tür öffnete, kehrten seine Schmerzen mit unverminderter Intensität zurück. Jetzt erst spürte er, wie viel Kraft ihn dieser Kampf gekostet hatte. Doch er wusste, er war noch nicht zu Ende. Er schob die knarrende Tür auf und blickte in die fahlen Gesichter von Feldmann und Emilie. Feldmann öffnete den Mund vor Schreck, als er sah, wie viel Blut auf Martins Jacke verschmiert war. Er dachte, es wäre Pohlmanns Blut.

»Was ist passiert? Wo ist Dräger?«

»Ich habe Dräger eine Lektion erteilt – im Übrigen mit Ihrem Bleistift.« Es gelang Martin, ein gequältes Grinsen zu produzieren. »Dräger ist im Augenblick, na, sagen wir mal, etwas unpässlich.«

Feldmann starrte auf Pohlmanns blutverschmierte Jacke. Martin blickte an sich herunter und erahnte Feldmanns Gedanken. »Das ist ausnahmsweise mal nicht mein Blut. Allerdings mache ich mir Sorgen um meine Finger. Er hat Ihren schönen Verband abgerissen.« Pohlmann zwang sich erneut zu einem Lächeln, es wollte ihm aber nicht so recht gelingen. Er war zu geschwächt, und es warteten noch Aufgaben auf ihn. Er ging in der dunklen Zelle zu Emilie, die zusammengekauert und apathisch in der Ecke des Raumes auf der Pritsche saß, die sie die ganze Nacht und den Tag außer zum Urinieren in den rostigen Wassereimer nicht verlassen hatte. Sie hatte die Beine an den Körper gezogen und wiegte sich wie ein Kind vor und zurück. Unablässig murmelte oder summte sie vor sich hin. Ihre Augen waren starr geradeaus gerichtet, als blicke sie durch Martin hindurch. Er näherte sich ihr behutsam und setzte sich neben sie. Im Hintergrund hörte man Drägers Winseln und Fluchen.

»Hallo, Emmi. Ich bin's, der Martin.« Er legte einen Arm um ihre Schulter und achtete darauf, keine hektischen Bewegungen zu machen. Er versuchte, sie aus ihrem Tagtraum zu wecken. Er schüttelte sie leicht. »Emilie, hallo. Wachen Sie auf. Es ist vorbei. Sie sind frei.«

Als kehre sie aus einer weit entfernten Traumwelt zurück, wandte sie den Kopf Martin zu und sah ihn an.

»Frei?«, krächzte sie und schüttelte den Kopf. »Frei ist nur der Wind, der durch die Äste streift.« Sie schwieg eine kurze Weile, bevor sie fortfuhr. »Manchmal kommt er mich besuchen und streichelt mir durchs Haar. Dann flüstert er mir ins Ohr und fragt mich, ob ich nicht mitkommen möchte, aber ich sage ihm, ich kann nicht. Ich bin nicht wie du, sage ich ihm. Ich kann hier nicht weg. Man lässt mich nicht gehen.«

»Emilie, das ist nicht wahr. Sie sind frei wie der Wind, das verspreche ich Ihnen.«

»Wir wollten doch einen Ausflug machen«, sagte sie trotzig.

»Das stimmt. Das werden wir auch. Ganz bestimmt. Aber erst mal müssen wir hier raus.«

Martin drehte sich zu Feldmann um. »Können Sie sich um sie kümmern? Ich habe nebenan noch etwas zu erledigen.«

Feldmann nickte und Pohlmann verließ die geöffnete Zelle. Er ging zu Dräger zurück, und als er direkt vor ihm stand, erstarrte er vor Entsetzen. Bisher hatte er es geschafft, sich aus einem Folterstuhl zu befreien, spürte diverse Rippenbrüche bei jedem Atemzug und hatte Blessuren wie noch nie in seiner gesamten Polizistenlaufbahn. Nun stand er da und glaubte, der Kampf sei beendet. Er sollte sich getäuscht haben. Er blickte direkt in die Mündung seiner eigenen Waffe, die in Drägers zitternder Hand lag.

*

Dräger hatte unter Aufbietung aller seiner Kräfte Pohlmanns Dienstwaffe aus seinem hinteren Hosenbund hervorgezogen. Er hatte es vermieden, zu stöhnen oder zu jammern. Er wollte nicht schreien, als sich die Dornen in seinem Gesäß und in seinem muskelbepackten Rücken bewegten. Mit zusammengepressten Kiefern war es ihm gelungen, die rechte Hand zum Griff der Pistole zu führen. Seine Finger zitterten, als er sie ergriff und an seinem Körper vorbei nach vorn zog. Obwohl er viel Blut verloren hatte, erfüllte ihn diese Leistung mit Stolz. Er wollte auf Pohlmann warten und ihn, ohne zu zögern, über den Haufen schießen. Der Zeitpunkt war gekommen. Noch im Angesicht des Todes hielt er an seinem Plan fest, einen weiteren Menschen mit ins Jenseits zu nehmen. Dräger blickte in das erstaunte Gesicht des Polizisten und drückte ab. Die Schrecksekunde war zu lang, als dass man noch hätte fliehen können. Noch im Anfang einer sich abwendenden Bewegung des Beamten hallte der Schuss durch den Keller. Dräger drückte ein weiteres Mal ab, dann wieder und wieder, bis nur mehr ein metallisches Klicken zu hören war. Dräger ließ die Pistole aus der Hand gleiten. Sie hatte ihren Zweck erfüllt und polterte auf den Betonboden. Er sah nicht mehr, in welchen Körperteil er getroffen hatte. Eines wusste er jedoch. Er hatte sein Ziel nicht verfehlt. Während noch der erstaunte Blick Pohlmanns auf seinem Gesicht ruhte, sackte dieser zu Boden.

*

Dräger war sich sicher, dass Pohlmann die Pforte des Todes durchschritten hatte. Martin rührte sich keinen Millimeter auf dem blutbedeckten Betonboden, selbst ein Heben und Senken des Brustkorbes war nicht zu sehen. Inzwischen waren Feldmann und Emilie erschienen und sahen Pohlmann auf dem Boden zu Drägers Füßen liegen, der in den Armen der Eisernen Jungfrau seinem Ende entgegenging.

Feldmann führte Emilie aus dem Kellerraum heraus und stürmte zu Martin zurück. Behutsam drehte er ihn auf den Rücken und hielt die tastenden Finger an die Halsschlagader. Er meinte, einen schwachen Puls zu tasten, und nach einer unendlich langen Weile öffnete Pohlmann mühsam die Augen.

»Was ist passiert?«, fragte er irritiert. »Ich muss kurz weg gewesen sein.« Mühsam drehte er sich um und erblickte das hämische Grinsen von Dräger. Die Kugel hatte seine rechte Schulter durchbohrt und war im hinteren Schulterblatt steckengeblieben. Die Schmerzsignale, die von seinem Gehirn ausgesandt wurden, fanden sich in bester Gesellschaft mit den bereits vorhandenen. Martin rappelte sich mit Feldmanns Hilfe auf.

Dräger grinste blöde, während an beiden Mundwinkeln das Blut wie bei einem Vampir zum Kinn hinablief. Er war sogar noch in der Lage zu lachen, sei es aus Schadenfreude oder weil er begriff, dass sein Kampf bald zu Ende sein würde.

Er atmete rasselnd ein und fand die Kraft, Martin zu verspotten. »Sie sind ein schwaches und dummes Bullenschwein. Wie Sie um Gnade gebettelt haben. Sie hätten sich sehen sollen. Ein kleiner Junge, der seinen Papi anbettelt. Wie ein winselnder Köter, der noch mit dem Schwanz wedelt, obwohl man ihn verdroschen hat. Sie sind ein Arsch, Pohlmann, und werden es immer bleiben.« Er gurgelte ein kaltes Lachen hervor.

Martin stand aufrecht vor Dräger und atmete schwer. Er taumelte leicht. »Gehen Sie schon mal vor, Feldmann. Kümmern Sie sich um Emilie. Ich muss hier etwas zu Ende bringen.« Martin schob Feldmann regelrecht aus dem Raum hinaus und schloss hinter sich die Tür. Nun war er allein mit Dräger. Bei dem, was er zu tun beabsichtigte, sollte ihm niemand zusehen, schon gar nicht ein Priester.

*

Rasch ging er zu Dräger zurück, der noch immer Hasstiraden von sich gab. Mit einer Entschlossenheit, die aus Wut und Rachegelüsten geboren war, nahm Martin die dornengespickte Tür in die linke Hand und holte aus. Er wollte sie Dräger in die Eingeweide rammen, fest zudrücken und, falls nötig, mit dem daranhängenden Schloss verschließen. Alles an ihm zitterte, die Wut war so unbändig, dass rationale Gedanken schwer Zugang fanden. Pohlmann atmete heftig und ließ die Ereignisse Revue passieren: Dräger, dieses miese Schwein, hatte fünf Menschen getötet und dies aus purer Lust. Er hatte sich daran geweidet, wie Angehörige gelitten und getrauert hatten und sich damit gebrüstet, wie effektiv und effizient er vorgegangen war. Er wollte das Format eines eiskalten Killers haben.

Die Gedanken rasten durch Martins Gehirn, und die Entschlossenheit, die Tür zu schließen und Drägers jämmerlichem Dasein ein Ende zu machen, schwand immer mehr. Die Finger der gesunden Hand krallten sich um den Griff der todbringenden Tür, und jener Teil in ihm, der nach Rache dürstete, wollte sie zuschlagen. Doch er schaffte es nicht, und je länger er warten würde, desto weniger würde es im Affekt geschehen sein. Dann wäre es kaltblütiger Mord.

»Nein, es wäre kein Mord«, diskutierte er mit sich. »Es wäre Notwehr, es wäre nur recht und billig, dieses Schwein von der Bildfläche zu tilgen. Er hätte es verdient!« Und doch gab es da in seinem Inneren eine feine Stimme, die unaufhörlich zu ihm sprach: Tue es nicht. Du bist nicht wie er. Mach dich nicht schuldig an ihm. Was er getan hat, ist eine Sache, was du zu tun beabsichtigst, ist eine andere Sache.

Pohlmann krallte seine Finger um den Riegel und öffnete die Tür bis zum Anschlag. Drägers Blick hatte all seine Überlegenheit verloren. Er sah die Geister, die ihn holen wollten, auf sich zukommen. Mit dem gesunden Arm griff Martin hinter Drägers Rücken und zog ihn mit einem Ruck vor. Dräger schrie auf. Die spitzen Dornen waren blutgetränkt und lösten sich schmatzend aus seinem Rücken. In einem fast unmenschlichen Kraftakt hob Martin Dräger aus dem Sitz des Folterstuhls und brachte ihn zum Stehen. Dräger war von dieser unerwarteten Hilfe völlig überwältigt und begann erneut, hemmungslos zu schluchzen. Seine ganze Pein, Angst und die unter seinen Eltern erlittene Schmach brachen sich Bahn. Martin setzte Dräger auf den Boden und lehnte ihn an die Wand. Dicht kam er an sein Ohr.

»Ich rufe Ihnen einen Krankenwagen. Wo haben Sie mein Handy hingetan?« Mit beinahe kindlichem Blick, der nicht mehr von der Fratze der Gewalt verhüllt war, sah er zu Martin auf.

»Sie müssen nach oben«, keuchte er. »Das Arbeitszimmer meines Vaters. Ein alter Schreibtisch. In der mittleren Schublade ist Ihr Handy.«

Pohlmann richtete sich auf, um über die Treppe ins Erdgeschoss zu eilen, als Dräger ihn am Arm zurückhielt.

»Warten Sie …, die Unterlagen …«, keuchte er, »… sind auch da. Rechter Schrank, zweite Schublade. Der Schlüssel steckt.« Er sackte in sich zusammen und sah Pohlmann aus dem Keller verschwinden.

*

Im Erdgeschoss, in dem Alois Feldmann Licht gemacht hatte, roch es muffig nach alten Möbeln und Staub. Martin bedachte Feldmann und Emilie mit einem schnellen Blick.

»Ich brauch mein Handy.«

Es drängte sich Feldmann eine Frage auf. »Ist er tot?«

»Nein. Ist er nicht. Ich konnte es nicht tun. Ich habe ihn auf den Boden gesetzt. Er muss in ein Krankenhaus.« Feldmann nickte und war beeindruckt von Martins Charakterstärke, nicht seiner Wut und seinen Rachegedanken nachgegeben zu haben.

Martin fand das Arbeitszimmer auf Anhieb und den wuchtigen Eichenschreibtisch, der den ganzen Raum dominierte. Er schob den Stuhl davor zurück und öffnete die Schublade. Dort fand er sein Handy und wählte zügig die 112.

Nun konnte er für Dräger nichts mehr tun. Ab jetzt würde das Schicksal seinen Lauf nehmen. Er war froh, sich nicht im letzten Moment an ihm schuldig gemacht zu haben. Ein heftiger Drehschwindel ergriff seinen Kopf und er verlor die Orientierung. Er ließ sich rücklings auf den Stuhl fallen und rief noch im Fallen den Namen des Priesters.

Feldmann eilte in den Raum, aus dem Martins Ruf zu hören gewesen war. Das Blut sickerte aus der Schulter auf das Parkett und Martins Kopf hing schlaff auf der Brust. Er hatte das Bewusstsein verloren. Feldmann richtete ihn auf und schlug abwechselnd auf Pohlmanns linke und rechte Wange.

Martin öffnete die Augen und verdrehte sie.

»Helfen Sie mir!«, bat er. »Nehmen Sie die Unterlagen da raus.« Martin deutete auf die geöffnete Schublade. Alois griff nach einigen Akten und legte einen Stapel Unterlagen auf den Tisch, dazu noch ein Tagebuch und einen abgegriffenen braunen Briefumschlag, auf dem ›Für Emilie‹ stand.

Die Unterlagen klemmte er unter den einen Arm, und mit dem anderen griff er unter Martins linke Achsel. Für einen Moment erlangte Martin sein Bewusstsein zurück. »Mein Handy.«

»Hab ich hier.«

»Geben Sie es mir. Den Triumph muss ich noch erleben, bevor ich wieder wegsacke.« Martin wählte die ihm bekannte Nummer seines Freundes Werner.

»Hallo, Werner, ich bin's.«

»Herrgott, Martin, wo bist du? Wir haben eine Ringfahndung nach Dräger rausgegeben. Er hat über alle Morde im Internet geprahlt.«

»Wir sind hier bei ihm.«

»Was heißt *hier bei ihm*? Im Haus von Dräger ist niemand. Wir stehen davor. Alles ist dunkel.«

»Es ist wie ein Bunker«, keuchte Martin in den Hörer.

»Er hat einen Keller …«, Martin ließ das Handy fallen, und in dem Moment hörte er die Beamten an die Tür klopfen und schellen. Es drang wie von Ferne an sein Ohr, und mit Feldmanns Hilfe schleppte er sich zur Tür. Emilie hielt sich still im Hintergrund, doch sie schien sich in der realen Welt zu befinden.

Martin drehte den Schlüssel des Türschlosses drei Mal nach links, während Feldmann zwei Riegel oben und unten an der Tür aufzog. Die Tür öffnete sich, und Martin musste seine Augen vor dem Licht eines strahlend hellen Sonntagmorgens schützen. Vor ihm standen Werner Hartleib, Klaus Schöller und zehn bis an die Zähne bewaffnete und mit schusssicheren Westen bekleidete Beamte.

Pohlmann trat dicht an Schöller heran, torkelte wie ein Betrunkener und hauchte ihm seinen schlechten Atem entgegen. »Der Fall ist so gut wie gelöst. Dräger hat mir alles gestanden, und hier sind die Beweise. Fürst und Wegleiter junior stecken hinter all dem Scheiß. Ihr braucht nur noch Drägers Geständnis aufzunehmen. Dann habt ihr alles im Sack.« Schöller griff nach den belastenden Unterlagen, doch Martin entzog sie seinen Händen und übergab sie Werner. Schöllers Blick blitzte vor Wut.

Martin wandte sich an Werner. »Ihr müsst Annegret Kaschewitz verhaften, die Schwester aus der Klinik. Ich weiß nicht, welchen Part sie darin hat, aber sie steckt da mit drin. Sie war hier.« In diesem Augenblick verlor Martin ein viertes Mal das Bewusstsein und rutschte der Länge nach auf die Treppenstufen des alten Hauses.

»Er hat vorhin einen Krankenwagen gerufen, allerdings,

wie ich glaube, nicht für sich, sondern für Dräger«, sagte Feldmann.

»Wo ist Dräger?«

»Unten im Keller. Aber erschrecken Sie nicht. Er sieht übel aus.«

KAPITEL 60

Hamburg-Eppendorf, 17. November 2010

Vier Tage nach einer fünfstündigen Operation, in der sich drei Spezialisten verschiedener Fakultäten gegenseitig das Skalpell in die Hand gereicht hatten, öffnete Martin Pohlmann gegen 6.50 Uhr die Augen. Nicht freiwillig, sondern weil die Stationsschwester ihren Job ernst nahm. Sie sah nicht ein, warum ein Polizist, der an einem Tag zum dritten Mal auf verschiedenen TV-Kanälen gefeiert wurde, das Recht auf ergiebiges Ausschlafen haben sollte. Sie trug die Akten und OP-Protokolle von drei Chirurgen in ihrem Arm. Die erste Akte, die bei Weitem dickste, enthielt den detaillierten Bericht über die mikroskopische Wiederherstellung von vier in 35 Einzelfragmente zerborstenen Fingern an Martins rechter Hand. Zwölf Mikronägel aus Titan fanden ebenso Verwendung wie sieben Schrauben desselben Materials. Zerrissene Arterien und Nerven wurden kunstvoll zusammengeflickt, damit jeder Finger im Anschluss an eine sechswöchige Schonungszeit wieder voll einsatzfähig werden konnte.

Die zweite Akte stammte von einem Kiefer-Gesichtschirurgen, der das linke Jochbein reponiert und ebenfalls mit einer Titanschiene und acht Osteosyntheseschrauben stabilisiert hatte. Die dritte Akte enthielt genaue Aufzeichnungen über die im Schulterblatt feststeckende Kugel aus der Dienstwaffe. Der Eintrittswinkel der Kugel war genauestens aufgezeichnet, ebenso ihr Verlauf im Gewebe und ihr Auftreffen auf das Schulterblatt, das zu einer Querfraktur desselben geführt hatte. Die Kugel ragte zu einem Drittel aus der Rückseite des Knochens und der bedeckenden Haut heraus, wie ein Säugling, der das Licht der Welt erblickte. Jeder Chirurg hatte sein Werk mit entsprechenden Nähten und Verbänden abgeschlossen, um den prominenten Patienten optimal zu versorgen. Ein zusätzlicher Bericht des Radiologen über zwei angebrochene, nicht operationsbedürftige Rippen lag den Befundberichten ebenfalls bei. Der rechte Arm steckte in einer Schlinge, die Hand bis zum Unterarm im Gips, und die linke Gesichtshälfte war zugeschwollen. Immerhin konnte er mit dem rechten Auge noch blinzeln. Morphinähnliche Medikamente flossen durch seine Venen und vermittelten dem zerschundenen Polizisten ein angenehmes Hochgefühl.

»Guten Morgen, Herr Pohlmann«, grüßte die Schwester in einem aufmunternden Singsang und schaltete das Licht im Krankenzimmer 27 B der Uniklinik an. Zielstrebig ging sie zum Fenster und öffnete es auf Kippe. Draußen war es noch stockdunkel, man sah die Schneeflocken durch das Licht der Außenbeleuchtung hindurchfegen. Martin fröstelte, als er in das tiefe Schwarz des angebrochenen Tages blickte. Ein grimmiges Brummen erwiderte die freundliche Begrüßung der Schwester. Von Berichten im Fernsehen wusste er nichts. Nichts von seiner Popularität, die ihm erneut den Titel ›Bester Bulle des Nordens‹ eingebracht hatte. Nachdem Pohlmann Werner und Klaus Schöller die Akten aus dem Haus von Dräger überreicht hatte, war er in ein tiefes Loch gefallen. Der Krankenwagen, den er für Dräger bestellt hatte, brachte Martin auf schnellstem Weg ins Krankenhaus, wo nach einer Computertomografie des gesamten Oberkörpers die Operationen eingeleitet wurden. Das gebräuchliche Propofol ließ ihn selig schlummern, während Lars Dräger in einem Alusarg die letzte Reise in die Gerichtsmedizin antrat. Kurz nachdem Klaus Schöller die Stufen zum Untergeschoss hinuntergeeilt war und sich beim Anblick von Drägers Wunden und seinem Gruselkabinett vor dessen Füßen erbrochen hatte, fiel Drägers

Kopf schlaff auf die Seite. Das linke, noch intakte Auge war in stummem Entsetzen aufgerissen, als hätte er vor seinem Tod in das finstere Antlitz dessen geblickt, der ihn in seinem Reich willkommen hieß. Die Instrumente, Haken und Zangen sowie die bluttriefenden Dornen der Eisernen Jungfrau ließen Schöllers Gesichtsfarbe in ein mattes Grau wechseln.

Ohne sich den Raum, in dem Martin, Feldmann und Emilie eingesperrt waren, genauer anzusehen, hatte er die Flucht ins Freie angetreten und sich vor der Haustür ein weiteres Mal übergeben. Sollten doch die Spurensicherung und die Mediziner die Drecksarbeit erledigen. Diese Arbeit war nicht sein Metier, und er freute sich auf ein baldiges Zurückkehren an seinen Schreibtisch.

Die Stationsschwester blickte auf die Uhr und nahm die Fernbedienung des TV-Gerätes in die Hand. Sie hielt sie in Richtung des Sensors und drückte den grünen Knopf.

»Das dürfte Sie interessieren, Herr Kommissar. Ist derselbe Bericht wie vor einer halben Stunde und gestern Abend, aber Sie haben ja alles verschlafen bisher.«

Martin hob die nicht verbundene Augenbraue. Seit seinem Kurzkoma und einem kurzen Aufwachen nach der Narkose war er in einen 14-stündigen Schlaf gefallen, sodass jeder auf der Station den Eindruck gewann, der tapfere Staatsdiener hätte diesbezüglich einiges nachzuholen. Je eher man wieder ins Leben zurückfindet, desto besser – so die Parole der 62-jährigen Stationsschwester, die einen feinen Oberlippenbart ihr Eigen nennen durfte.

Sie zappte durch die Kanäle und entschied sich für das ZDF, wo der Bericht am ausführlichsten ausgefallen war. Nicht ohne Stolz auf ihren prominenten Patienten, hatte sie ihn schon zwei Mal gesehen, doch dass sie Martin für seinen Mut bewunderte, hätte sie ihm nie gestanden.

Die Schwester überreichte ihrem Schützling die Fernbedienung. Martin rieb sich die Schlafkrusten aus dem Auge und kniff es halb zu, um schärfer sehen zu können. Er starrte auf sein eigenes Konterfei in der rechten unteren Ecke des Monitors. In der nächsten Szene stand eine junge, attraktive Dame fröstelnd vor Drägers Haus, hielt ein Mikro in der Hand und blickte in die Kamera:

In einer beispielhaften Polizeiaktion war es am Sonntagmittag Hauptkommissar Martin Pohlmann von der SOKO Hamburg-Mitte gelungen, den bereits seit Wochen in Hamburg und Umgebung fieberhaft gesuchten Serienmörder Lars Dräger dingfest zu machen. Dräger hatte sich in dem Keller seines Hauses verschanzt und den Kommissar, einen Pastor im Ruhestand und eine weitere Dame, die namentlich nicht genannt werden möchte, als Geiseln gefangen gehalten. Dräger, der eine Vorliebe für mittelalterliche Foltermethoden hatte, konnte dank der Umsichtigkeit und Kühnheit des Beamten mit seinen eigenen Waffen außer Gefecht gesetzt werden. Kommissar Pohlmann, der sich zurzeit nach mehreren Operationen in einem uns nicht bekannten Krankenhaus von den schweren Verletzungen erholt, die der Killer Lars Dräger ihm zugefügt hatte, ist außer Lebensgefahr.

Wie uns in bisher noch nicht bestätigten Meldungen bekannt gegeben wurde, war Pohlmann einem niederträchtigen Komplott auf der Spur, in das sogar Personen innerhalb hoher gesellschaftlicher Kreise verwickelt gewesen sind. Innerhalb dieser kriminellen Verschwörungen soll der Mörder Lars Dräger die Morde auf Anordnung zweier hochrangiger Persönlichkeiten ausgeübt haben, die die Identität ihrer Väter als ehemalige Kriegsverbrecher schützen wollten. Ungenannt bleiben wollenden Quellen zufolge soll es ebenfalls um einen Erbstreit in Höhe von mehreren Millionen gegangen sein.

Und nun weitere Meldungen des Tages.

Martin sah sich noch den Wetterbericht an, der das obligatorische Sturmtief im November ankündigte, und schaltete den Fernseher mit der Fernbedienung aus. Obwohl er genug geschlafen hatte, fühlte er sich ausgelaugt und brauchte Zeit, die Dinge in seinem Kopf zu ordnen. Vor Martins Auge flackerte das Bild des blutenden, einäugigen Dräger auf. Angewidert musste er das Gesicht hinter dem Verband verziehen. Er hatte sich entschieden, ihn nicht zu töten, und das war gut so. Ja, er war kurz davor gewesen, ihm die Tür des Folterstuhls mitsamt den Dornen ins Fleisch zu rammen. Die Wut auf diesen widerlichen Kerl hätte drei Mal für einen Mord gereicht. Eine innere Stimme hatte ihn abgehalten, und er war froh darüber. Er hatte noch nie einen Menschen getötet und wollte auch nicht damit anfangen, selbst wenn es sich um Lars Dräger, einen mehrfachen Mörder und Psychopathen, handelte. Ein weiterer Grund, ihn nicht zu töten, war, dass er Dräger noch brauchte, vor allem sein schriftliches Geständnis. Was hätte er sonst für die Überführung der Hintermänner in der Hand gehabt? Er hatte zwar das mündliche Geständnis des ehemaligen Pflegers, das ihm aber nichts genützt hätte, wenn er ihn getötet hätte. Da waren noch die Akten, doch er hatte noch keine Gelegenheit gehabt, sie zu sichten. Und eine weitere Person fiel ihm ein, von der er schwer enttäuscht war: Annegret Kaschewitz, die selbstsicher als Drägers Verbündete auf der Bildfläche erschienen war und sich derart über Pohlmann erhoben hatte, weil sie sicher war, dass sowohl er als auch die beiden anderen den Abend des besagten Tages nicht erleben würden. Er lebte aber noch, und neue Wut stieg in ihm auf. Er dachte darüber nach, in welcher Verbindung Annegret mit Dräger gestanden haben könnte. Seine Geliebte war sie sicher nicht, dafür war ihr Dräger sicherlich zu hässlich. Welchen Anteil hatte sie an den Morden und vor allem, welches Motiv? Dass sie im Keller von Drägers Haus aufgetaucht war, wusste nur er. Feldmann und Emilie hatten sie nicht gesehen, im besten Fall nur ihre Stimme gehört. Somit stand Aussage gegen Aussage. Er dachte nach: Es würde Fingerabdrücke geben. Ganz sicher, sofern sie nicht wegen der Minusgrade Handschuhe getragen hatte. Er schüttelte ungläubig den Kopf. Annegret hätte den Tod von Emilie Braun billigend in Kauf genommen, doch wozu? Ihr ganzes Leben, ihre Arbeit in der

Klinik waren eine Farce gewesen, ein hinterhältiges Spiel. *Ein perfides Doppelleben, zu dem ein normaler Mensch nicht in der Lage sein konnte*, dachte Martin. Sie hatte diese alte Frau mit Hingabe gepflegt, um sie im nächsten Atemzug einem Schlächter zu übergeben. Es musste Größeres dahinterstecken, und er ahnte seit Langem, was es war.

In diesem Augenblick bedauerte Martin zutiefst, ans Bett gefesselt zu sein. Er war zur Untätigkeit verdammt. Er hätte alles gegeben, um zu Annegret gehen zu können, ihr in einem Kreuzverhör die Tränen in die Augen zu treiben. Sie mit Fragen in die Ecke zu drängen, bis sie einknicken und alles gestehen würde. Danach würde er sich Dräger vorknöpfen, wenn dies nicht schon längst geschehen war. Martin rechnete nach. Wie lange hatte er geschlafen? Ganz bestimmt waren seine Kollegen inzwischen aktiv geworden und hatten Dräger verhört. Die Drecksarbeit hatte er erledigt, ihnen den Killer wie eine reife Frucht vom Baum geholt. Sie brauchten ihn nur noch auszuquetschen, sofern der diensthabende Arzt jener Station, auf der Dräger lag, die Vernehmung gestatten würde. Ärzte hatten häufig nur den bemitleidenswerten Zustand ihrer Patienten im Auge und blendeten aus, wen sie da in ihrem Klinikbett eigentlich vor sich liegen hatten. Ihnen war egal, ob sie einen Kriminellen oder einen Heiligen pflegten, und sie hielten die Staatsgewalt so lange zurück, bis sie der Überzeugung waren, dass der Patient vernehmungsfähig sei.

Dräger lag jedoch nicht in einem Klinikbett, sondern in einem heimeligen Kühlfach der Pathologie, und es gab niemanden, der Martin Pohlmann davon in Kenntnis gesetzt hatte.

KAPITEL 61

Hamburg-Eppendorf, 18. November 2010

Gegen acht Uhr gab es Frühstück. Pohlmann versuchte, sich in seinem Bett aufzurichten. Mühsam schwang er die Beine über die Bettkante, und erst jetzt bemerkte er, was er am Leibe hatte. Er trug eine Art Nachthemd, das hinten offen war und eher wie eine Zwangsjacke wirkte. Die rechte Hand im Gips und der Arm in der Schlinge machten das Schmieren des Brotes zu einem Abenteuer. Das Brot rutschte auf dem Teller hin und her, und die Butter war hart, sodass sie sich nicht schmieren ließ. Grunzend ließ er sie weg. Er legte zwei Scheiben Mortadella auf das Brot und stopfte es sich in den Mund. Der erste Bissen trieb ihm die Schweißperlen auf die Stirn. Das fixierte und verschraubte Jochbein nahm ihm die Bewegung seiner Kaumuskeln übel. Er beschloss, den Brocken unzerkaut hinunterzuschlucken. Die letzten Tage hatten bewiesen, dass er außer Form war, und ein paar Pfunde weniger würden ihm gut zu Gesicht stehen.

Fasten sollte ja gesund sein, hatte er gelesen, und er beschloss, sofort damit anzufangen.

Gegen neun Uhr war Visite. An diesem Tag hatte der Professor sieben junge Assistenten im Schlepptau. Alle wollten den Mann sehen, der mit der ›Bestie‹, wie die Medien Dräger mittlerweile nannten, gekämpft hatte. Die wildesten Gerüchte rankten sich um diesen Fall, nachdem die Presseabteilung der Polizei einstweilen einen Informationsstopp verhängt hatte. Erst mussten alle Fakten sortiert und von Mutmaßungen getrennt werden. Das hinderte die Hamburger Bürger nicht daran, ihren Helden mit erdachten abenteuerlichen Geschichten in Verbindung zu bringen.

Der Professor vergrub seine Augen in den Anmerkungen der Handakte und begann zu lesen, ohne aufzusehen. Mit den üblichen Worten: »Guten Morgen, Herr Kommissar. Wie haben wir denn geschlafen?«, wandte er sich dann seinem Patienten zu.

Martin blickte in die Gesichter der jungen Assistenzärzte, die alle ein feines Grinsen zur Schau trugen. Ihm schien fast, als würden sie jeden Moment nach vorn an sein Bett stürmen, um ihn um ein Autogramm zu bitten.

»Keine Ahnung, wie Sie geschlafen haben, ich habe ziemlich gut geschlafen. Meinetwegen könnte ich noch zehn Stunden dranhängen. Ich hätte auch nichts dagegen, noch eine Dröhnung Morphin zu bekommen.«

Der Professor warf einen nachdenklichen Blick auf die Gestalt in dem Bett, vor dem er stand. »Nun, in Anbetracht Ihrer Verletzungen lässt sich das sicher einrichten. Ich gebe gleich der Stationsschwester Bescheid.«

Professor Schultheiss las weiter in der Akte. Einer der Assistenten versuchte, ihm über die Schulter zu schauen, um einen Blick auf den OP-Bericht zu erhaschen.

»Sie haben eine stattliche Liste an Verletzungen, das muss ich schon sagen.« Schultheiss begann, etwa zehn Punkte an Brüchen, Schnitten, Quetschungen und Prellungen und natürlich der Schussverletzung vorzutragen. Der Referent in ihm, der es täglich gewohnt war, vor Studenten zu sprechen, kam zum Vorschein. Bei jedem Punkt blickten die Studenten und Berufsanfänger mitleidig in Martins gesundes rechtes Auge. Sie taxierten seine Reaktion, ob sie der eines typischen Fernsehkommissars entsprach. Indes ließ Martin die Vorlesung gleichmütig an sich vorüberziehen. Jeder Schlag, Hieb und Tritt, den Dräger ihm zugefügt hatte, lebte in seinem Gedächtnis fort. Ein Film wie im Zeitraffer lief vor seinem inneren Auge ab und machte ihm die Stunden im Verlies lebendiger, als ihm lieb war.

Nachdem sich Schultheiss zum Gehen gewandt hatte, konnten es einige Jungärzte nicht unterlassen, dem ruhebedürftigen Kriminalbeamten die gesunde Hand zu schütteln. Zum einen, weil sie in ihrer medizinischen Neugier endlich jemanden trafen, der eine echte Schusswunde hatte, und zum anderen, weil sie ehrlichen Herzens froh waren, dass er sie von einem mordenden Monster befreit hatte. Dass er eine gehörige Portion

Glück gehabt und als Bulle eine ganze Liste von Fehlern begangen hatte, mussten sie ja nicht wissen. Für sie war er ihr Held, den die Medien für einen Tag hochleben ließen.

Er selbst hätte sich keinen Lorbeerkranz aufgesetzt. In seinem Kopf befand sich ein ähnliches Chaos wie in seiner Wohnung, und er wusste nicht, wie sich ein Aufräumen gestalten sollte. Genau genommen, war der Fall für ihn noch lange nicht gelöst. Er brannte darauf, die Akten, die er in Drägers Schreibtisch gefunden hatte, gründlich zu studieren. Er wollte Beweise finden, um die Hintermänner hieb- und stichfest überführen zu können, und er wollte altes Unrecht gesühnt wissen. Was war mit Wegleiter senior? Hatte er sich am Genozid beteiligt oder nicht? Dass Dr. Fürst als Euthanasiearzt in Lüneburg tätig war, stand seiner Meinung nach zweifelsfrei fest. Doch würde auch dem Staatsanwalt all dies reichen, um nach so vielen Jahren Recht sprechen zu können? Würde ein Schuldspruch für die Täter die Seelen der Opfer befreien?

Nachdem Martin vom Stationsdrachen eine Spritze mit morphinähnlicher Wirkung erhalten hatte, ließen die Schmerzen nach. Er bemühte sich, einen klaren Gedanken zu fassen, was unter diesen Umständen noch schwieriger war. Die Schwester brachte ihm die aktuelle Ausgabe des Hamburger Abendblatts. Pohlmann fand sich im Lokalteil auf Seite eins und erschrak über sein dort veröffentlichtes Foto.

Gegen zehn Uhr bekam Martin den nächsten Besuch, über den er sich freute: Sein Freund Werner Hartleib schlich ins Zimmer. Hartleib wusste, dass Martin nichts für Blumen im Krankenzimmer übrig hatte, eine Maxitüte von Haribo indes zauberte ein breites Grinsen auf das Gesicht des Patienten. Ohne zu zögern, riss er sie auf und stopfte Lakritz und Weingummi in seinen Mund. Unter der Wirkung der Opiate schwieg auch das Jochbein, sodass er die Süßigkeiten ungehindert genießen konnte. Erst nachdem sein ›süßer Zahn‹ zufriedengestellt war, bot er Werner den Griff in die Riesentüte an.

»Hast du's schon gesehen?« Werner deutete auf den Fernseher. Martin nickte kauend.

»Und? Wie findest du's? Kannst du damit leben?«

»Wer hat der Presse nur das schaurige Foto gegeben?«

Werner zog einen Mundwinkel nach oben. »Lag in meinem Büro in der Schublade. Von der Abschlussfeier, bevor du nach Ecuador gegangen bist.«

»Hm, ich weiß. Ich hatte an dem Abend einen in der Krone. Ich sehe auf dem Foto aus wie ein pubertierender Konfirmand, der sein erstes Bier auf Ex getrunken hat.«

»Tut mir leid, ich hatte leider kein anderes. Aber es hat auch einen Vorteil. So wirst du wenigstens auf der Straße nicht gleich erkannt.«

»Du meinst, weil ich jetzt fetter bin und 'ne Matte hab.« Werner grinste verschmitzt.

»Schon gut. Hast ja recht. Ich hab's auch gemerkt. Sobald ich hier raus bin und die Reha hinter mir hab, werde ich abnehmen. Selbst meine berüchtigte Linke hat Dräger nicht im Geringsten beeindruckt. Sie prallte an ihm ab, als hätte ihn ein Fünfjähriger gehauen.« Pohlmann schüttelte den Kopf und starrte an die Decke. »Hätte Feldmann nicht unter dem Bett den Bleistift gefunden, wäre ich jetzt nicht hier und würde mit dir reden. Hast du überhaupt eine Ahnung, wie knapp das Ganze war? Der Kerl hätte uns alle umgebracht, nachdem er uns fast zu Tode gefoltert hätte. Erwischt hat es allerdings nur mich. Feldmann und Frau Braun hat er zum Glück in Ruhe gelassen. Er kam nicht mehr dazu. Sobald ich hier raus bin, werde ich mir den Kerl schnappen. Habt ihr seine Aussage schon zu Protokoll genommen?«

Werner schwieg, und erst jetzt fiel ihm ein, dass Martin durch seine Ohnmacht ein großes Informationsdefizit hatte. Vieles hätte passieren dürfen, doch nicht, dass der Hauptzeuge und Täter verstarb.

»Ach ja, du weißt es noch gar nicht.«

Pohlmann verengte das rechte Auge. Nicht genug, dass er hier lag und Schmerzen hatte. Nun kam auch noch eine Nachricht, die mit Sicherheit nicht positiv sein konnte, so, wie Werner sie ankündigte.

»Dräger hat nicht überlebt. Schöller ist runtergegangen und meinte, er sei gerade gestorben, als er ihn gefunden hatte.«

»Was ist los? Das kann doch gar nicht sein. Dräger hatte keine tödlichen Verletzungen, und so viel Blut hatte er auch nicht verloren. Okay, es sickerte aus Hunderten kleinen Wunden von den Dornen und aus dem Auge und er war sicherlich kein schöner Anblick, aber er hätte überlebt, da bin ich ganz sicher.«

»Als Schöller die Treppe wieder raufkam, war er leichenblass und meinte, Dräger sei tot.«

»Lasst ihr ihn obduzieren?«

»War eigentlich nicht vorgesehen. Es gibt keinen Grund. Wir haben ihn bisher nur kaltgestellt.«

»Hör zu, Martin. Ich weiß genau, welche Wunden ich Dräger zugefügt habe. Ich werde mich noch die nächsten Jahrzehnte an alle Einzelheiten dieser Scheißnacht erinnern. Lasst mich ihn einmal sehen, und ich sage dir, welche Wunden von mir stammen, und da sind garantiert keine tödlichen dabei.«

Hartleib kratzte sich am perfekt rasierten Kinn. »Du willst mir aber jetzt nicht damit sagen, dass irgendjemand Dräger den Rest gegeben hat.«

»Nicht irgendjemand. Nur ein ganz Bestimmter, der nicht wollte, dass Dräger aussagt. Einer, dem Dräger tot lieber gewesen ist als lebendig.«

»Aber was sollte das noch ändern? Es war doch schon alles in den Medien?«

»Ohne Drägers belastende Aussage haben wir nichts in den Händen.« Martin ballte vor Zorn die Faust. »Hätte ich ihn nur nicht so zugerichtet. Verflucht!«

Hartleib dachte an die Fotos, die von Dräger im Keller seines Hauses gemacht worden waren und die er sich kurz vor seinem Besuch im Krankenhaus angesehen hatte.

»Du hast ihm wirklich den Bleistift ins Auge gerammt, hm?«

Martin nickte und verzog angewidert das Gesicht, als ihm das Bild von dem blutenden Auge wie eine grelle Neonreklame vor Augen aufleuchtete.

»Damit fing alles an. Erst als er eigene Schmerzen zu spüren bekam, hatte ich eine Chance. Er hatte die Eiserne Jungfrau für mich vorbereitet, und ich hab ihn mit einem Tritt dort hineinbefördert.« Martin sah Werner hilfesuchend an. Es schien, als erwarte er von Werner so etwas wie eine Absolution. »Was hätte ich denn machen sollen?« Martin dachte an seine Mitgefangenen. »Wie geht's Feldmann eigentlich? Und Emilie? Wo sind sie?«

»Feldmann ist einen Tag lang mit einem Schock im Krankenhaus behandelt worden und ist nun zu Hause. Emilie Braun haben wir in die Anstalt zurückgebracht.«

»Hat sie irgendetwas gesagt?«

»Solange ich mit ihr zusammen war, hat sie kein Wort geredet. Ihr Arzt, dieser Dr. Schillig, ist völlig ausgerastet. Sprach davon, dass das Ganze Konsequenzen haben würde und wie du nur derart verantwortungslos sein konntest. Er hat Frau Braun einen Haufen Pillen gegeben und sie komplett ruhiggestellt. Als ich ging, sah sie mir nach, und während man ihr eine Beruhigungsspritze gab, streckte sie die Hand nach mir aus, als wolle sie mir sagen: Geh nicht. Lass mich hier nicht allein. Ich hatte den Eindruck, als wolle sie gar nicht zurück, aber sie sah sich nicht in der Lage, sich anderen mitzuteilen.« Martin wurde nachdenklich.

»Mit mir hat sie gesprochen. Und mit Catharine. Mit ihr hat sie so viel gesprochen wie ihr ganzes Leben zuvor nicht. Als hätte sie nur darauf gewartet, eine Frau wie Catharine kennenzulernen, der sie alles erklären konnte.« Martins Gesicht hellte sich auf. »Und sie ist ja auch eine wunderbare Frau.«

»Hallo! Was höre ich da? Wer ist eine wunderbare Frau? Du änderst aber schnell deinen Geschmack. War nicht diese dralle Annegret deine Favoritin?«

»Tja, man schaut den Leuten eben nicht in den Kopf. Ich hoffe, ihr habt sie in das dunkelste Loch gesperrt, das ihr finden konntet.«

Werner nickte. »Sie ist in U-Haft. So richtig toll findet sie es da nicht, wie ich gehört habe. Sie hat rumgezetert wie eine Furie. Und genau genommen – wir haben außer deiner Aussage, dass sie bei Dräger im Keller aufgetaucht war, nichts in der Hand. Die Analysen der Spusi stehen noch aus.«

»Es gibt Fingerabdrücke, da bin ich ganz sicher. Selbst wenn wir ihr nicht die Beteiligung an den Morden anlasten können, so reicht es doch mindestens für eine Anklage wegen unterlassener Hilfeleistung. Sie war Zeugin von Drägers Folter und hat ihn animiert, nicht mit uns zu spielen, sondern uns drei so schnell wie möglich umzubringen. Die Frau ist genauso ein Monster wie Dräger, doch warum? Welches Interesse hat sie daran gehabt?«

Werner zog seine Aktentasche hervor. »Ich glaube, diese Frage kann ich dir beantworten. Überhaupt habe ich dir einiges zu erzählen.«

Trotz der sedierenden Wirkung der Schmerzmittel wuchs Martins Neugier. »Mach es nicht so spannend. Schieß los. Was hast du rausgefunden?«

Werner hob abwehrend die Hand. »Langsam, mein Lieber. Lass mich die Show genießen. Eins nach dem anderen.« Martin ließ sich in seine Kissen fallen und wartete. Werner hatte es nicht sonderlich eilig, als wäre der Fall soeben gelöst worden und die Zeit der Entspannung gekommen. Beide wussten, dass dem nicht so war.

»Nachdem du mit Emilie vom Parkplatz gefahren bist, war ich stocksauer auf dich.«

»Und ich auf dich«, fügte Martin hinzu.

»Aber dann hab ich mir deine Unterlagen angesehen und allmählich die Zusammenhänge kapiert. Ich benahm mich Schöller gegenüber so, als würde ich an einem anderen Fall arbeiten. In Wirklichkeit hab ich mich erst an diesem Tag richtig reingekniet, und ich muss sagen, deine Vermutungen bestätigten sich in fast allen Punkten. Ich habe die Verbindung von Schöllers Großvater zu Wegleiter gefunden. Es stimmt, der alte Schöller hat Wegleiter zwei Mal aus Mangel an Beweisen rausgeboxt.

Ein paar Jahre später das Gleiche bei Fürst. Nach dem, was wir jetzt wissen, steht einer Anklage wegen eines Verbrechens gegen die Menschlichkeit nichts mehr im Wege. Es gibt Hinweise, dass Wegleiter in Italien 15 Menschen niedergemäht hat, obwohl sie sich schon ergeben hatten. Es gab Zeugenaussagen von italienischen Bürgern, die das Gemetzel aus der Deckung heraus verfolgt haben. Entweder wurden sie im Lauf der Jahre umgebracht oder sind an den Folgen des Krieges gestorben. Zwei Zeugen sind 1963 und 1967 vor Gericht aufgetreten und haben ausgesagt. Schöllers Großvater hat ihre Aussagen nicht zugelassen oder ihnen keine Beachtung geschenkt. Und jetzt kommt der Knaller: Professor Keller war wie besessen davon, Beweise für Wegleiters Schuld zu finden und ihn zu überführen. Dass Wegleiter gleichzeitig der Vater von Alois Feldmann und Ursula Seifert ist, war nur ein Nebeneffekt seiner Ermittlungen. Er hat über alle Ergebnisse akribisch Tagebuch geführt und sogar Schnipsel von alten Fotos, angebrannte Dokumente und vergilbte Papiere sortiert und hier drin eingeheftet.« Werner zog im Triumph einen blauen Leitz-Ordner aus der Tasche. »Das sind die Unterlagen, die Dräger bei Professor Keller gefunden hatte, bevor er ihm die Pistole an den Kopf gesetzt hat. Er sollte die Dokumente an seinen Auftraggeber übergeben, aber er wollte offenbar ein Ass im Ärmel behalten. Dräger wollte den alten Wegleiter damit erpressen, und ich schätze, der Alte dürfte froh sein, dass Dräger tot ist.«

»Wow, Werner. Ich bin echt beeindruckt. Und wie hängt die Kaschewitz da mit drin?«

Werner feixte. »Ich schätze, da würdest du nie drauf kommen. Ich bin vor sechs Tagen, an dem Abend, als du verschwunden bist, Annegret Kaschewitz nach der Arbeit gefolgt. War so ein Gefühl, weißt du. Ich dachte mir, mit der stimmt was nicht. Ich hinterher – und eines kann ich dir verraten. Sie ist nicht nach Hause gefahren.«

Martin verdrehte das gesunde rechte Auge und verzog den Mundwinkel. »Also, wohin ist sie gefahren, Herr Oberkommissar Hartleib?« Werner griff erneut in die Tasche und holte einen braunen Umschlag hervor.

»Als du in Ecuador warst, hab ich mir ein neues Hobby zugelegt. Ich fotografiere jetzt. Eine Canon mit 'nem Teleobjektiv von Leica. War eigentlich für Tieraufnahmen aus dem Unterschlupf heraus gedacht, aber an dem Tag hatte ich die Kamera im Kofferraum. Ich also hinterher, und was glaubst du, wohin ist sie gefahren? Na?«

»Menschenskind, das weiß ich nicht. Also, wohin?«

»Sie ist zur Klinik von Fürst gefahren. Erst hab ich gedacht, na ja, sie will sich als Krankenschwester einen neuen Job suchen. Hat vielleicht die Nase voll von der Psychiatrie. Könnte man ja verstehen, aber dann, als sie ihre alte Karre auf dem Parkplatz geparkt hat, ist sie nicht in die Klinik reingegangen. Sie ist aus dem Wagen gestiegen und vor ihrem Auto wie ein Tiger im Käfig patrouilliert. Und dann kam jemand aus der Klinik, den ich erst gar nicht erkannt hab, weil ich wie wild auf den Auslöser gedrückt hab. Ein Kerl mit 'nem weißen Kittel und schwarzen Haaren.«

»Fürst junior«, unterbrach ihn Martin.

»Genau. Erst haben sie rumgeknutscht und dann aufgeregt gequatscht. Und schließlich haben sie sich gezankt wie ein altes Ehepaar. Ich konnte die Stimme von Fürst bis zu meinem Wagen hören.« Werner tippte mit dem Finger auf den braunen Umschlag. »Ist alles hier drin.« Martin riss den Umschlag an sich.

»Zeig her!« Ungelenk zog er mit einer Hand die Hochglanzfotos aus dem Umschlag und legte sie vor sich auf die Bettdecke. Dann fiel ihm der Unterkiefer aus der Verankerung. Ein Foto nach dem anderen, in perfekter Auflösung, zeigte Annegret Kaschewitz und Dr. Maximilian Fürst in enger Umarmung. Dann, wie sie heftig über irgendetwas diskutierten und schließlich, wie Fürst sie gestikulierend anbrüllte und Kaschewitz beleidigt wieder abzog.

»Mensch, Werner. Du bist klasse. Die sind ja gestochen scharf. Also dann. Die beiden sind ein Paar. Nun brauchen wir nur noch eins und eins zusammenzuzählen.«

»Annegret hatte von Fürst den Auftrag bekommen, bei Dräger nach dem Rechten zu sehen, vielleicht, ihn zu überwachen. Sie sollte möglicherweise nachforschen, warum ihr drei immer noch gelebt habt.«

»Fürst junior ist Drägers Auftraggeber. Das hat er mir in seinem Keller erzählt.«

»Es geht noch weiter. Wir haben Telefonnachweise von unserem sauberen Politiker Hartmut Wegleiter, der des Öfteren eine Nummer in Hamburg gewählt hatte, und rate mal, welche das war.«

»Die von Maximilian Fürst, nehme ich an.«

Werner nickte. »Genau. Hartmut Wegleiter und Maximilian Fürst haben sich zusammengetan und Dräger angeheuert, um die Kläger des Prozesses aus dem Weg zu räumen. Das Motiv dürfte klar auf der Hand liegen.«

»Sie wollten ihre Väter schützen.«

Werner lachte. »Wie edelmütig von dir. Ich denke eher, es ging ihnen um den Verlust ihrer Macht, des Ansehens der Familie und, schließlich und endlich, genau darum, was du auch schon vermutet hattest.«

»Um den Verlust ihres Erbes.«

»Exakt. Maximilian soll irgendwann mal 7,5 Millionen erben und Hartmut Wegleiter 5,7 Millionen. Ein nettes Sümmchen, für das es sich zu kämpfen lohnt, meinst du nicht?«

»Tja, nur mit welchen Waffen, ist hier die Frage. Der Zweck heiligt eben doch nicht immer die Mittel. Meinst du, dem Staatsanwalt reichen die Beweise, die wir haben? Bis jetzt sind es nur Indizien und Dokumente aus dritter Hand.«

»Es wird reichen, um die ganze Familie gründlich unter die Lupe zu nehmen und ins Interesse der Öffentlichkeit zu rücken. Für Hartmut Wegleiter dürfte das das Ende seiner Politikerkarriere bedeuten, und auch Fürst junior wird den einen oder anderen Patienten verlieren. Der Ruf der Klinik steht auf dem Spiel. U-Haft wird für die beiden Söhne sicher drin sein.«

»Und die Euthanasiemorde von dem alten Fürst und das

Abschlachten der Italiener durch Wegleiter? Selbst wenn die Schweine schon alt sind, Mord verjährt nie, wie du weißt.«

»Eins nach dem anderen. Die Mühlen mahlen langsam in Deutschland, aber sie mahlen.«

»Sie dürfen nicht zu langsam mahlen. In diesem Fall haben wir die Zeit gegen uns. Wegleiter ist nicht mehr der Gesündeste, wie du weißt.«

KAPITEL 62

Hamburg-Eppendorf, 18. November 2010

Die Mittagszeit verbrachte Martin erneut in einem traumintensiven Schlaf. Das Tablett mit dem Klinikessen blieb unberührt. Als er gegen 15 Uhr aufwachte, hatte man ihm den Nachtisch stehen gelassen, da die Schwestern aus Erfahrung wussten, dass Schokoladenpudding mit Vanillesoße von männlichen Patienten nur selten verschmäht wurde.

Die Langeweile und die Neugier auf aktuelle Berichte ließen ihn durch die deutschen Fernsehkanäle zappen. Es gab keine neuen Berichte oder Erkenntnisse bezüglich der Hintermänner, die Dräger mit den Morden beauftragt hatten. Die Polizei hatte beschlossen, den Informationsfluss für eine Weile abzuriegeln und die Außenwelt im Unklaren zu lassen. Es gab für das Ansehen der Polizei nichts Schlimmeres, als wenn Halbwahrheiten wie Unkrautsamen unter das Volk gestreut wurden.

Um 15.30 Uhr klopfte es an der Tür. Martin überlegte kurz, wer außer Werner Interesse daran haben könnte, ihn zu besuchen. Als er das Gesicht dessen sah, der im Türrahmen erschien, empfand er echte Freude, da das gemeinsam erlebte Leid enger zusammengeschmiedet hatte, als jede andere Situation es vermocht hätte.

*

Alois Feldmann schloss die breite Tür des Krankenzimmers hinter sich und betrachtete die Verbände und Schläuche, die Martin wie wuchernde Ranken umgaben. Die Plexusanästhesie pumpte beständig kleine Mengen eines Lokalanästhetikums in die Schulter, um die Nervenleitung und die Weitergabe von Schmerzreizen zu blockieren. Damit konnten normalerweise auf einen Streich die Schulter und die Finger anhaltend betäubt werden, sofern es dem Anästhesisten gelungen war, den entsprechenden Nervenstrang im Bereich des Halses zu erwischen. In Martins Fall hatte er einen schlechten Tag gehabt. Zwei von Martins Fingern, und zwar genau jene, die die meisten Frakturen aufwiesen, zeigten sich vergnügt und lebendig und funkten dem Gehirn garstige Botschaften.

»Guten Tag, Herr Kommissar.« Feldmann ging an Martins linke Bettseite, um ihm die Hand geben zu können.

»Sie zu fragen, wie es Ihnen geht, erübrigt sich, glaube ich. Wenn ich ehrlich sein darf, Sie sehen schlecht aus.«

»Danke der Nachfrage.« Martin nickte schwach. »Und? Wie geht es Ihnen?«

»Darf ich mich setzen?« Feldmann deutete auf einen Besucherstuhl, den er sich knarrend heranzog.

»Tja, mir sollte es, glaube ich, eigentlich ganz gut gehen. Ich lebe noch und sollte darüber jubeln und jauchzen, dass dieser Mensch mich beziehungsweise uns nicht getötet hat«, begann Feldmann umständlich. Eine kleine Pause entstand, die Martin Unbehagen bereitete. Feldmann massierte seine Finger und blickte kurz zu Boden.

»Ich möchte Ihnen danken.«

»Wofür?«

»Dafür, dass Sie mir und Frau Braun das Leben gerettet haben. Selbst wenn es bedeutet hat, einem anderen Menschen dafür das Leben zu nehmen.«

»Ich habe ihn nicht getötet«, verteidigte sich Martin. »Ich wollte es, als ich Sie aus dem Raum geschickt habe. Ja, zugegeben, ich hatte eine Stinkwut und war fest entschlossen, dem

Kerl die Lichter auszupusten.« Martin realisierte, dass sein Gesprächspartner ein Geistlicher war, der eine andere Wortwahl gewohnt war.

»Tschuldigung, ich meinte, ihn umzubringen.«

Feldmann lächelte. »Ist schon gut.«

»Aber ich hab es nicht getan. Ich konnte nicht. Ich wollte die Tür mit den langen Dornen in ihn hineinrammen, aber ich hatte im letzten Moment Skrupel, trotz meiner Wut.«

Feldman nickte.

»Stattdessen hab ich diesen schweren Klotz aus dem Stuhl gezerrt und auf dem Boden abgesetzt. Auf der einen Seite hatte ich Mitleid mit ihm und andererseits wünschte ich ihm den Tod an den Hals. Dass er am Ende doch noch gestorben ist, war nicht geplant.« Martin stockte. »Ich wollte nicht, dass er stirbt. Bestraft werden – ja. In den Bau kommen – na sicher. Aber ich wollte ihn nicht töten. Es tat mir fast leid, sein Auge zerstört zu haben, obwohl genau das der Punkt war, der uns das Leben gerettet hatte.«

Feldmann hörte Martin zu, ohne ihn zu unterbrechen. Als Pastor und Beichtvater war er gewohnt, zu schweigen und erst zu reden, wenn er an der Reihe war.

Martin fuhr fort. Die Worte sprudelten aus ihm heraus, als hätten sie seit geraumer Zeit den Weg ins Freie gesucht.

»In all den Jahren, in denen ich Polizist bin, habe ich noch keinen Menschen getötet, und als wir in dem Verlies saßen, war ich fest entschlossen, nicht darüber nachzudenken. Verstehen Sie, was ich meine? Die moralischen Konsequenzen und so weiter. Es galt zu entscheiden – der Kerl oder wir. Wer hätte etwas davon gehabt, sich abschlachten zu lassen und den Kerl am Leben zu lassen? Vermutlich hätte er nach uns noch viele weitere Menschen getötet. Er musste gestoppt werden.« Martin dachte eine Weile nach, was Feldmann geduldig ertrug.

»Trotzdem bin ich jetzt ein Mörder.« Martin sah Feldmann an und glaubte, nun die Absolution für sein Handeln erteilt zu bekommen, die er schon von Werner erhofft hatte. Die Geschehnisse nagten an seinem Gewissen, und die Antwort, die Feldmann ihm gab, war wie ein Schlag ins Gesicht.

»Ja, vermutlich sind Sie das.« Feldmann nickte mit dem Kopf, seine Gesichtsmimik drückte väterliches Verständnis und Mitgefühl aus. »Ab jetzt betreten wir wohl mein Terrain, was?«

Martin sah ihn fragend an.

»Ich höre Ihre Gedanken, als würden Sie sie mit einem Megafon herausbrüllen. Sie möchten wissen, wie Gott darüber denkt, dass Sie einen Menschen getötet haben. Sie hätten auch sich und uns töten lassen können. Dann wären wir nur Opfer gewesen. Unschuldige Opfer zwar, die den Tod nicht verdient hatten, aber immerhin keine Täter.«

»Na, Sie machen mir ja Mut, Herr Feldmann.«

Feldmann legte die Hand auf Martins Arm. »Trotzdem bin ich froh, am Leben zu sein, und das verdanke ich nur Ihrem selbstlosen Heldenmut. Ich würde mir wünschen, dass es viel mehr solcher Menschen gäbe, die sich für andere einsetzen, ohne sich auszurechnen, was es für sie kostet. Noch einmal, ich danke Ihnen von Herzen.«

»Na ja«, wiegelte Martin ab. »Ich hab dabei auch meinen A…«, das Wort blieb ihm im Halse stecken, »… also, ich habe ja auch mein Leben gerettet, wollte ich sagen.«

Feldmann lachte. »Und das haben Sie richtig gut gemacht.«

»Genau genommen, wenn Sie nicht den ollen Bleistift gefunden hätten. Ich schätze, dann würden wir hier nicht miteinander quatschen können. Das war wohl Schicksal – oder wie würden Sie das nennen?«

Feldmann hob die Schultern. »Ich müsste sagen, göttliche Fügung. Keine Ahnung. Fest steht, dass wir noch nicht sterben sollten, und dafür danke ich Gott mit jedem Atemzug.«

»Machen Sie nur so weiter, Feldmann, und Sie machen noch einen Christen aus mir.«

»Das wär doch nicht das Schlechteste, oder?«

Martin wurde nachdenklich. »Ach, wissen Sie. Eigentlich wollte ich Gott eher den Rücken zukehren. Nachdem das mit Sabine …« Die Worte stockten in seinem Hals und die Augen wurden feucht. Die Zeit im Verlies und der Kampf auf Leben und Tod hatten altes Packeis in ihm zum Schmelzen gebracht.

»Ich war nicht ganz unschuldig an ihrem Tod, wissen Sie. Ich bin gefahren und hab zu spät reagiert, als der Laster kam. Genau genommen, war Dräger schon der zweite Mensch.«

»Wie lange ist das jetzt her?«

»Zwei Jahre, sieben Monate und vier Tage.« Martin blickte auf die Uhr an seinem Handgelenk. »Und 18 Stunden.«

»Sie sind immer noch nicht fertig mit dem Thema, was?« Martin nickte kaum merklich und blickte auf seine bandagierten Finger.

»Sie haben sich noch immer nicht vergeben, stimmt's?«

»Kann ich das überhaupt, wenn ich genau weiß, dass, wenn ich nicht so ein Idiot gewesen wäre, Sabine noch leben würde?«

»Wenn Sie Frieden in Ihrem Herzen finden wollen, müssen Sie lernen, sich und anderen zu vergeben. Sie müssen Ja sagen zu Ihrer Geschichte, zu Ihrer Biografie eben. Zu Ihrem ganzen Lebenslauf. Wie alles in Ihrem Leben gekommen ist, vom Anfang bis zum Ende.«

»Ich hab mir tausendmal gesagt, dass ich nichts dafür konnte. Der LKW-Fahrer war viel zu schnell. Er war übermüdet, weil er die Nacht durchgefahren ist. Er hat gegen zig Regeln verstoßen und trotzdem. Hätte ich auf das Bier und den Grappa verzichtet, wären meine Reaktionen wahrscheinlich besser gewesen.«

»Haben Sie schon einmal daran gedacht, dass Sie gar nicht besser reagieren *sollten*?«

»Das ist doch absurd«, erwiderte Martin entrüstet.

»Wir wissen nicht, wann unsere Uhr abgelaufen ist. Man stirbt so oder so, auf die eine oder andere Weise. Daran können *Sie* auch nichts ändern. Auch wenn Sie auf Ihr Bierchen verzichtet hätten. Dann wäre Ihre …«

»Verlobte.«

»… Ihre Verlobte an einem anderen Tag gestorben und vielleicht auf viel schrecklichere Weise. Wenn Sie das begriffen haben, können Sie sich von Ihrer Schuld befreien. Und wenn Sie sich schuldig fühlen, können Sie zwar Ihre Verlobte nicht um Vergebung bitten, aber Sie können Gott darum bitten – und *er* wird Ihnen vergeben.«

»Einfach so?«

»Einfach so. Ohne Vorleistung. Die hat Jesus nämlich am Kreuz schon erbracht. Sie müssen nur glauben. Das ist alles.«

Martin lachte auf, jedoch ohne Spott in seiner Stimme. »Das ist alles? Ich würd ja gern glauben, aber so einfach ist das nicht.«

»Doch, ist es. Gott will nicht, dass wir es schwer haben, zu ihm kommen zu können. Es ist nur in unserem Kopf so schwer, nicht aber in Gottes Kopf, sozusagen. Er hat dafür gesorgt, dass *wir* es leicht haben.«

»Weil Jesus es schwer hatte?«

»Genau. Schauen Sie. Auch ich musste lernen zu vergeben.« Feldmann versank einen Augenblick in Gedanken. Er fuhr fort. »Ich hab nie einen echten Vater in meinem Leben gehabt. Ich hatte Pflegeeltern, so wie die anderen, die aus einem Lebensbornheim kamen, aber das ist etwas anderes als ein leiblicher Vater. Ich musste schmerzlich realisieren, dass mich mein leiblicher Vater als Sohn gar nicht wollte, dass ich ihm egal war. Dass ich aus Motiven gezeugt wurde, die mit Liebe nichts zu tun hatten. Was bin ich? Das Ergebnis eines ideologischen One-Night-Stands, wie man heute sagt. Eine schnelle Nummer. Dem Führer ein Kind schenken, ohne zu wissen, wie es sich entwickelt, welche Vorlieben es entwickelt, welche Noten es in der Schule erreicht, wann es seine erste Freundin hat und so weiter. Und trotzdem habe ich es irgendwann geschafft, damit klarzukommen.«

»Wie und wann?«

Feldmann stöhnte. »Oh, das ist eine lange Geschichte. Ich denke, Sie brauchen Ihre Ruhe.«

»Ach, Quatsch. Ich habe über 14 Stunden geschlafen. Es ist okay. Erzählen Sie ruhig.«

Feldmann holte tief Luft und blickte in eine Ecke des Raumes. Gedanken an eine Zeit, die 50 Jahre zurücklag, stiegen wie träge Blasen aus dem Untergrund auf. »Nach dem Abitur hat mir mein Pflegevater auf dem Sterbebett gestanden, dass er nicht mein richtiger Vater sei, dass er auch nicht genau wüsste, wer es überhaupt war, und dass meine angebliche Mutter auch nicht meine Mutter sei. Ich wäre in einem elitären Naziheim zur Welt gekommen und müsse mich damit abfinden, es nie herauszubekommen, wer meine wahren Eltern seien. Vermutlich sei mein Vater sogar ein SS-Angehöriger gewesen wie die meisten anderen Väter der Lebensbornkinder auch. Dann hauchte er seinen letzten Atemzug aus und ließ mich allein zurück. Ich war gerade 19 Jahre alt, hatte seit zwei Wochen mein Abitur in der Tasche und fuhr mein Traumauto, einen alten VW-Bus. Die Welt, die eine Stunde zuvor noch intakt und rund war, brach mit einem Mal zusammen. Ich fühlte mich verraten und verkauft und packte meine Sachen. Ich kratzte all mein Geld zusammen und ging mit 500 DM in der Tasche für ein paar Jahre fort. Zunächst fuhr ich mit dem Wagen umher. Ich reiste durch die Weltgeschichte, schlief in dem Bulli und jobbte, wo immer ich Arbeit bekam.«

Feldmann räkelte sich auf dem unbequemen Stuhl und wechselte seine Position.

»Zunächst reiste ich nach Indien. Ein Freund von mir war zwei Monate zuvor dorthin gefahren, um sein Glück zu suchen. Also reiste ich ihm nach und fand ihn schließlich in einem Ashram, einer Art Wohngemeinschaft und Meditationszentrum in Ahmedabad, wo jeder mit jedem schlief und meinte, das sei die wahre Freiheit. Mein Freund Horst war bis unter die Schädeldecke mit halluzinogenen Pilzen abgefüllt und ignorierte mich. Erst dachte ich, das ginge vorüber, doch seine Persönlichkeit hatte sich in kurzer Zeit derart verändert, dass ich für ihn keine Rolle mehr spielte. Er erkannte mich zwar, aber ich fand keinen Zugang mehr zu seinem Inneren.«

»Was geschah dann?«

»Frustriert zog ich weiter. Ich wollte den Hinduismus kennenlernen. Die Menschen, die ich traf oder die mich für eine kurze Zeit zu Hause aufnahmen, glaubten an die Seelenwanderung, das heißt, dass man, falls man sich in diesem Leben nicht bewährt hatte, im nächsten Leben als Fliege, Kröte, Frosch, Ratte oder Kuh zur Welt kommt. Eine Zeit lang lebte ich in Indien auf der Straße. Ich fragte mich damals, warum manche Menschen inmitten des Höllenlärms auf Verkehrsinseln schliefen.«

Pohlmann sah ihn fragend an.

»... weil dort keine Ratten hinkamen. Ratten galten als heilige Tiere, die nicht getötet werden durften. Sie hätten ja die Reinkarnation eines Menschen sein können. Also vermehrten sich diese gefräßigen Tiere unaufhaltsam und knabberten meist obdachlosen kleinen Kindern im Schlaf an den Beinen oder Armen. Nur eben auf den Verkehrsinseln nicht, dort wären sie längst überfahren worden.« Feldmann schüttelte den Kopf und lachte. »Oder nehmen wir die vielen Rinder. Es gibt 30 Millionen Rinder in Indien, die aber nicht getötet werden dürfen, obwohl die Bevölkerung Hunger leidet und dringend Nahrung bräuchte. Na ja. All das leuchtete mir nicht ein und stellte mich auf meiner Suche nicht zufrieden. Ich verkaufte meinen VW-Bus und flog mit dem Geld nach Japan, um im Buddhismus mein Heil zu suchen. Ich wollte die größte Buddhafigur sehen, die jemals errichtet worden war, und die stand in Nara. Ich dachte, je größer, desto besser und desto intensiver müsste man hier die spirituelle Energie spüren, die von der Statue ausgeht. Ich verbrachte mehrere Tage hintereinander im Todaiji-Tempel und hockte vor dieser 16 Meter hohen Bronzefigur, doch da war nichts, was mich innerlich anrührte, was mein inneres Vakuum ausfüllte. Ich studierte die Lehren von Buddha. Ich beobachtete die Menschen, die in den Tempeln Räucherstäbchen und Kerzen zu Ehren der Gottheiten anzündeten, um sie zu besänftigen, um Unheil abzuwenden oder dergleichen. Ich lebte für drei Monate in einer Familie, die einen gigantischen Hausaltar hatte, an dem sie die Verstorbenen anbeteten und verehrten. Man glaubte, dass an ihrem Todestag die Geister der Toten kommen und sich in der Wohnung aufhalten. Man legte ihnen Reiskörner hin, um sie zu versorgen, denn in der Hölle ging es ihnen nach buddhistischem Verständnis ziemlich schlecht. Ich wurde innerlich immer leerer und verließ Japan. Später bereiste ich Afrika, wo ich in Nordkamerun mehr denn je mit unzähligen Göttern und Geistern konfrontiert wurde. Die Verehrung dieser Naturgeister machte mir mehr Angst, als dass es mir Frieden brachte. Mit einem Wort: Ich hatte die Nase voll von Polytheismus, Hinduismus, Buddhismus, von der Wiederkehr der Seele als Ratte oder Frosch oder diesen Dingen. Für mich war das nichts. Es gab mir nichts, und ich konnte mich nicht darin wiederfinden. Ich war verzweifelt und hatte keinerlei Perspektive. Erst, als ich wieder in Deutschland war, kam ich zur Ruhe. Obwohl ich in meinem Land dem christlichen Glauben schon immer am nächsten war, musste ich erst um die ganze Welt reisen, um zurückzukommen und festzustellen, dass ich nicht hätte wegzufahren brauchen. Ich machte einige Tage Rast in einem Kloster in Süddeutschland und muss einen fürchterlich bemitleidenswerten Eindruck auf den Abt gemacht haben. Na, jedenfalls hatte er sich auf die Fahne geschrieben, sich besonders um mich zu kümmern. Eigentlich wollte ich nur ein paar Tage meine Ruhe haben und mit niemandem sprechen, doch andererseits hatte ich tausend Fragen. Er beantwortete sie mir alle, und nach zwei Wochen in diesem Kloster kam zum ersten Mal so etwas wie wahrer Frieden in mein Herz. Es dauerte noch zwei weitere Monate, bis ich mir sicher war, aber innerhalb dieser Mauern lernte ich einen Gedanken kennen, der mich bis heute begleitet und der meine Vergangenheit als uneheliches Lebensbornkind geheilt hat.« Feldmann machte eine Atempause und bemerkte, wie aufmerksam Martin ihm zuhörte. »Ich kannte meine leiblichen Eltern nicht und bin, ohne meine Wurzeln zu kennen, aufgewachsen. Ich ging davon aus, dass mein irdischer Vater mich weder aus Liebe gezeugt hatte noch mich in meinem weiteren Leben je geliebt hat. Abt Franziskus hat mich gelehrt, dass es einen Gott gibt, der mich als Vater dennoch liebt und zwar uneingeschränkt und bedingungslos. Dies war mein schönster Gedanke, seitdem ich 24 war, und auf diesen Gedanken habe ich mein Leben als Theologe aufgebaut. Ich konnte mit meiner Vergangenheit Frieden schließen und sie ruhen lassen, bis schließlich Hans Keller auf mich zukam und diesen Prozess anstrebte und wie besessen nach seinen und unser aller Wurzeln zu suchen begann.«

Feldmann rutschte auf seinem Stuhl unruhig hin und her. Dann fuhr er fort. »Eigentlich war Keller selbst als Psychiater auf der Suche nach dem, was ich schon gefunden hatte, doch das war ihm viel zu einfach. Sein Friedensplan war, psychologisch gesehen, äußerst komplex und schloss die vollständige Rehabilitation und die Wiedergutmachung mit ein. Erst dann könnte man möglicherweise mal über Vergebung nachdenken, aber ganz sicher nicht vorher. Ich glaube, er hat unter dieser Suche nach seinen Eltern mehr gelitten, als dass es ihm geholfen hatte. Und er hat die anderen alle mit hineingezogen.«

»Und jetzt sind die meisten von ihnen tot.«

»Woran Keller sicher nicht schuld war. Er wollte ihnen helfen, zu heilen Persönlichkeiten zu werden.«

»Bitte seien Sie mir nicht böse, Herr Feldmann, aber ich kann Ihnen nicht mehr zuhören. Mir brummt der Schädel und auch diese Pumpe, die mir Schmerzfreiheit in der Schulter garantieren soll, funktioniert offenbar nicht so, wie sie sollte. Aber ich verspreche Ihnen, dass ich über all das nachdenken werde, was Sie erzählt haben. Zeit hab ich hier ja genug dazu.«

KAPITEL 63

Hamburg-Eppendorf, 18. November 2010

Wenige Minuten später fielen Martins Augen zu. Sofort huschten die Bilder der vergangenen Tage an ihm vorbei und mischten sich mit Fantasieprodukten seines Gehirns. Fünf Menschen, einschließlich des Mörders, waren in den letzten Tagen auf grausame Weise gestorben, und der Kontrast zu Martins Leben in Ecuador hätte nicht größer sein können. Alles in seinem Körper sehnte sich nach Ruhe, doch diese war ihm noch nicht gegönnt. Wie in einem Traum klingelte etwas von Ferne, und erst spät realisierte Martin, dass es sein Diensthandy war, das ihn gnadenlos in die Realität zurückzerrte.

Mürrisch öffnete er die Augen und griff mit der linken Hand nach dem vibrierenden Gerät. Es bewegte sich bei jedem Klingelton immer mehr in Richtung der Kante des Beistelltisches und so blieb ihm nichts anderes übrig, als sich unter Schmerzen umzudrehen und nach ihm zu greifen. Am liebsten hätte er es einfach klingeln lassen, doch den Sturz auf den Fliesenboden hätte das japanische Gerät vermutlich nicht überlebt.

»Hallo«, meldete er sich, und ein Ächzen begleitete die Annahme des Gespräches.

»Martin, ich bin's noch mal. Werner.«

»Ich habe es fast befürchtet. Bin ich eigentlich rund um die Uhr im Dienst?«

»Ich würde nicht anrufen, wenn es nicht wirklich wichtig wäre.«

»Na gut. Schieß los.«

»Drei Nachrichten. Zwei gute und eine schlechte. Welche zuerst?«

Pohlmann fluchte leise. »Die schlechte zuerst, dann kann ich mit den guten vielleicht wieder einschlafen.«

»Okay. Die schlechte: Du bist mit sofortiger Wirkung vom Dienst suspendiert.« Werner ließ die Nachricht etwas sacken und wartete auf eine Reaktion, die jedoch erstaunlicherweise ausblieb. »Das scheint dich nicht besonders zu stören. Oder wie soll ich dein Schweigen werten?«

»Sag mir schnell die guten.«

»Erstens: Lorenz geht es wieder besser. Der Arzt ist davon überzeugt, dass er wieder ganz der Alte wird. Es wird eine Weile dauern, aber er kommt wieder in Ordnung.«

»Sehr gut. Das freut mich. Und jetzt die dritte Nachricht.«

»Du hattest recht mit dem, was du vermutet hattest. Keller hat Strocka nicht getötet. Die Obduktion ergab ein merkwürdiges Ergebnis, das man nur, wenn man den Hintergrund kennt, verstehen kann.«

»Erzähl.«

»Strocka hat nur einen einzigen Schlag auf den Hinterkopf bekommen. Der Schlag wurde mit geringer Kraft, vermutlich mit der linken Hand, ausgeführt und hätte Strocka eine heftige Gehirnerschütterung verpasst, ihn aber nicht umgebracht. Die Tatwaffe war jener Kerzenständer, den wir damals sichergestellt hatten.«

»Lass mich raten, Keller war Linkshänder, so wie ich.«

»Genau. Der Schlag hat die Schädeldecke nicht zerbrochen. Ihm wurde nur eine heftige Platzwunde zugefügt. Strocka war nach dem Schlag bewusstlos, doch Keller muss in seinem Schock gedacht haben, er hätte ihn umgebracht. Der Schlag hatte ein Gefäß getroffen, und es muss ziemlich heftig geblutet haben. Dann ist, nach deinen Aussagen, Dräger gekommen und hat mit unglaublicher Wucht, und wie es scheint, mit beiden Händen, den Kerzenständer von vorn gegen Strockas Kopf geschlagen.«

»Würde zu dem Schwein passen. Totaler Blutrausch.«

»Nur beweisen können wir es ihm nicht mehr. Fingerabdrücke waren nicht zu finden gewesen, wie du weißt.«

»Was soll's. Der Kerl ist tot.«

»Nun ja. Es ging dir doch um die Entlastung von Keller. Die bleibt ohne Beweise Spekulation.«

»Ich hasse diesen Job.«

»Willst du nicht wissen, warum du suspendiert wurdest?«

»Ach, komm. Das ist doch sonnenklar. Dass ich Mist gebaut habe mit Emilie und Feldmann und mich dann auch noch von Dräger hab überwältigen lassen, ist offensichtlich. Das würde aber für eine Suspendierung nicht unbedingt ausreichen. Ich vermute, ich hab zu viel über die alten Geschichten herausgefunden. Hab zu tief in Schöllers Vergangenheit rumgewühlt. Ist doch so, oder?«

»Bingo. Die Suspendierung kam von ganz oben. Man will dich unbedingt da raus haben. Ach, und noch was. Es gibt einen neuen Artikel in der Zeitung. Interview mit Schöller senior und junior. Der Junior erntet alle Lorbeeren des Falles, und der Senior bezeichnet dich als unfähig und korrupt.«

»Wo sind die Akten aus Drägers Haus?«

»Na, wo wohl? Schöller hat sie natürlich.«

»Damit haben wir nichts gegen ihn in der Hand.«

»Stimmt nicht ganz. Hab sie vorher zu Hause mit meinem kleinen Scanner kopiert. Hab mir gedacht, die sind zu brisant, als dass man sie einfach aus der Hand geben sollte. Für diese Unterlagen musste Keller schließlich sterben.«

»Klasse. Mensch, Werner. Du bist echt gut. Damit gehen wir zu den Medien. Oder erst zum alten Schöller persönlich. Ich hätte Lust, dem gehörig in den Arsch zu treten. Werner, weiß noch jemand, dass du Kopien der Akten hast?«

»Nein, außer dir weiß das niemand.«

»Von wo rufst du an?«

»Von zu Hause.«

Martin sah auf die Uhr. 19 Uhr.

»Versteck sie dort, wo sie niemand findet, und sag es keinem. Vermutlich ist dein Büro und die ganze Abteilung verwanzt.«

»Mensch, Martin. Hör auf. Glaubst du das wirklich? Ich hab Familie.«

»Denk doch mal nach. Wie oft hat Klaus versucht, die Aufklärung dieser Fälle zu boykottieren? Warum hat er alle Akten in seinem PC mit Passwort archiviert? Warum bin ich wohl suspendiert? Klaus ist genau zur richtigen Zeit auf Lorenz' Platz gerutscht. Der Herzinfarkt kam doch wie gerufen.«

»Ich finde, du gehst zu weit, Martin. Ich bin Bulle geworden, weil ich an die Gerechtigkeit geglaubt habe. Außerdem sind wir nicht in Südamerika.«

»Wäre nicht das erste Mal, dass es Korruption auf höchster Ebene gibt, oder? Wir bekommen italienische Verhältnisse.«

»Okay. Wie geht es jetzt weiter?«

»Keine Ahnung. Der Staatsanwalt müsste die Akten bekommen. Spiel sie ihm doch anonym zu. Übermorgen komme ich hier raus, muss dann aber eigentlich zur Reha. Ich kann mich kaum rühren. Mir wird trotzdem schon was einfallen. Du, und achte darauf, ob dir jemand folgt. Und benutze dein Handy für Telefonate, am besten ein uraltes.«

»Ja, so eins hab ich noch,'n Nokia. Das kann nur telefonieren, sonst nichts.«

»Genau das Richtige. Also dann. Ruf mich an, wenn du was weißt. Ach, und noch was. Sorge dafür, dass Dräger obduziert wird. Schaffst du das?«

»Keine Ahnung. Ich will's versuchen.«

»Ach, und Werner …«

Werner verdrehte die Augen am anderen Ende der Leitung.

»Geh doch bitte zu meiner Nachbarin. Sie heißt Irene Hilgenstock und müsste schon längst die Unterlagen aus dem Bundesarchiv zugeschickt bekommen haben. Du weißt schon, die Sachen, die mir geklaut wurden, bevor ich sie mir ansehen konnte. Ich hatte leider in den letzten Tagen keine Gelegenheit, sie abzuholen, wie du weißt.«

»Geht klar. Ich kümmere mich um alles.«

Martin drückte die Stopp-Taste und ließ den Kopf tief in die Kissen fallen. Er schloss die Augen. Er war von seinem Job suspendiert worden, dem er eh am liebsten den Rücken kehren wollte. Würde er die Suspendierung widerspruchslos hinnehmen, käme das einem Schuldeingeständnis gleich, doch würde er sie nicht hinnehmen, würde er sich in der Konfrontation mit dem Polizeipräsidenten gehörigen Ärger einhandeln.

Dieser Ärger würde jedoch auf Gegenseitigkeit beruhen, darüber bestand kein Zweifel.

Über diesen Gedanken schlief Martin Pohlmann endlich ein. Die Lider begannen zu zucken, die Augen rollten heftig von einer Seite zur anderen. Reizüberflutung, würden Stressmediziner diesen Zustand kommentieren. Der tiefe Schlaf, der ihm die benötigte Erholung bescheren würde, stellte sich ein.

Er schlief so fest, dass er nicht hörte, wie es an der Tür klopfte. Niemand außer dem Klinikpersonal und den Assistenten, die der Visite beigewohnt hatten, wusste, dass Kommissar Pohlmann auf dieser Station in Eppendorf lag. Und doch war es jemandem gelungen, seinen Aufenthaltsort ausfindig zu machen. Dieser Jemand schlich nun ins Zimmer hinein und betrachtete einen tief und fest schlafenden Polizeibeamten, der einigen Menschen gehörig auf die Füße getreten war. Doch nun lag er hilflos und eingegipst in seinem Bett und würde ein leichtes Opfer abgeben.

KAPITEL 64

Hamburg-Eppendorf, 18. November 2010

Martin erwachte mit einem Ruck. Der Schreck über die Berührung an seiner Schulter ließ seinen Puls in die Höhe schnellen, und er schwitzte. Fieber begann sich in seinem Körper auszubreiten. Dem Besucher, der ihn störte, der ihn an den Grenzen der Belastbarkeit antraf, wurde kein Handy an den Kopf geworfen. Er wurde auch nicht mit unflätigen Schimpftiraden begrüßt, sondern mit dem Lächeln von einem durch mannigfaltige Verletzungen geschwächten, erstaunten und erfreuten alleinstehenden Mann.

Catharine Bouschet hatte viele Telefonate führen müssen, um in Erfahrung zu bringen, wo der Hauptkommissar Martin Pohlmann zu finden war. Ein eigenartiger Schleier der Verschwiegenheit war über die Person des suspendierten Beamten gelegt worden. Bei Werner Hartleib, dessen private Nummer sie im Telefonbuch fand, bekam sie die Information, die sie dringend benötigte. Es waren viele Erklärungen am Telefon nötig gewesen. Werner erinnerte sich daran, wie Martin ihm von ihr erzählt hatte, und gab ihr ohne Bedenken die Adresse von Martins Aufenthaltsort.

Sie stand am Fußende seines Bettes und blickte in ein nicht verbundenes gerötetes Auge. Eine einzelne Träne löste sich vom Lidrand und kullerte die unrasierte Wange hinunter. Unaufdringlich und ohne zu fragen, setzte sich Catharine auf die Bettkante. Sie trug ihr Haar offen. Es lag wie ein glänzendes Tuch aus Kaschmir über ihren Schultern. Der ihr eigene Körpergeruch drang wärmer und lieblicher in Martins Nase und zu seinem Gehirn vor, als geniale Parfümeure dies hätten bewerkstelligen können. Alles an ihr spendete ihm Trost und Genesung, vor allem diese geheimnisvollen Augen, die sprachen, ohne dass sich die Lippen bewegen mussten. Diese Augen lächelten sanft, die feinen Fältchen zogen Linien auf der weichen Haut wie handgeschriebene Sätze, in denen die Erfahrung eines über 40 Jahre währenden Lebens zu lesen waren.

»Schön, dass Sie da sind«, murmelte Martin, von dem die Anspannung der letzten Tage abzufallen schien.

»Waren wir nicht beim Du?«

Martin nickte. »Kann sein. Ich weiß es, ehrlich gesagt, nicht mehr. Es ist viel zu viel passiert.«

»Ich hab's gelesen. Du bist berühmt.«

»Eher berüchtigt. Kennst du die aktuellen Berichte?«

»Von deiner Suspendierung? Vom Polizeipräsidenten Schöller persönlich? Ja, kenn ich. Könnte vielleicht hiermit zusammenhängen.« Catharine zog eine zerfledderte Handakte hervor, die sie Martin auf die Decke legte, die seinen Bauch bedeckte.

»Was ist das?«

»Hab ich in unserem Archiv gefunden. Nachdem du weg warst, begann ich zu suchen. Um es kurz zu machen: Ich habe hier Namen von drei dir bekannten Nazis und einem Mann, der als junger Anwalt drei mächtige Freunde hatte und nach dem Krieg Karriere als Richter gemacht hat. Und ein weiterer Name, nämlich den von Emilie Braun, die als Hedwig Strocka September 1944 in die Kinderfachabteilung Lüneburg eingeliefert wurde, und zwar mit dem Segen eines jungen Mannes, der als Anwalt und juristischer Beistand Mitglied im Reichsausschuss war. Das an sich wäre nicht bedeutsam, aber mir ist noch ein weiterer Name aufgefallen, bei dem ich mich gefragt hab, woher ich diesen Namen kenne. Erst kurz vor dem Einschlafen fiel mir ein, wo ich den Namen zum ersten Mal gehört habe, nämlich von dir. Der Name eines geistig zurückgebliebenen Kindes, das für die Tötung mit Luminal vorgesehen war, und, genau wie Emilie, bis Kriegsende durchgehalten hatte.«

»Ich habe keine Ahnung, von wem du sprichst. Komm, sag mir, wen du meinst.«

Catharine lachte. »Tja. Das möchtest du wohl gern wissen. Die Information kostet dich jedoch eine Kleinigkeit.«

»Nenn mir den Preis. Ich zahl dir jede Summe, die ich auftreiben kann.«

»Ihr Männer mit eurer Neugier und Ungeduld.«

»Nun sag schon den Namen!«

»Erst bezahlen.«

Catharine rückte auf der Bettkante weiter zu Martin vor und neigte sich zu seinem bandagierten Kopf. Sie wollte es ihm in Anbetracht seiner Unbeweglichkeit leicht machen und sich die Bezahlung selbst holen. Sie gab ihm einen schüchternen Kuss auf die trockenen Lippen. Er war so zart und flüchtig, dass er in Martins Zustand auch hätte Einbildung sein können, doch er wusste, dass dieser Kuss kein Produkt seiner fiebernden Fantasie war. Er spürte die Lippen noch auf den seinen, bis ihn seine Neugier trieb.

»Also? Wer ist es?«, sagte er lächelnd.

Catharine grinste verschmitzt. »Darauf kommst du nie.«

*

Catharine berührte die gesunde Hand Martins, als sie zu erzählen begann. Es war mehr ein unabsichtliches Streifen seiner rauen Finger, und doch ging von dieser Berührung etwas Magisches aus. Martin war, als würde für die Dauer eines Lidschlags die Zeit stehen bleiben, und er wurde von einer Woge der Erleichterung und der Entspannung erfasst. In dieser einen Berührung fand er so viel Zärtlichkeit und Liebe, wie er sie zuvor noch von keinem Menschen erlebt hatte. Obwohl er diese Frau nicht wirklich kannte, hatte er das Gefühl, sie ewig zu kennen, mit ihr seelenverwandt zu sein. Eine gemeinsame Achse schien sie zu verbinden. Martin begann, etwas Wundersames in dieser Beziehung zu erahnen, und der Begriff Bestimmung flackerte in seinen Gedanken auf.

»Was ist mit dir?«, fragte Catharine lächelnd. »Du siehst mich so merkwürdig an.«

Martin lachte trotz der Schmerzen, die Minuten vorher sein Gehirn in Beschlag genommen hatten. Sie schienen von einer hohen Dosis Endorphinen ihrer Macht beraubt worden zu sein. »Wie sehe ich dich denn an? Ich sehe mit der Augenklappe aus wie Kapitän Hook.«

»Du machtest auf mich den Eindruck, als wenn du ganz weit weg warst.«

Martin wagte einen ersten Vorstoß und das, was er sagte, entsprach der absoluten Wahrheit. Überhaupt hatte er das Bestreben, dieser Frau gegenüber nur bei der Wahrheit bleiben zu wollen. Und nicht nur in Worten, sondern auch in Taten. Er hatte die Gewissheit, dass er hier einen Menschen vor sich hatte, dem man nichts vormachen konnte und auch nicht wollte. In dessen Gegenwart die Maske vom Gesicht abfällt, wie das Herbstlaub vom Wind erfasst wird.

»Ich habe deine schönen Augen bewundert. Dafür reicht mir sogar das eine aus.«

Eine dezente Röte legte sich wie ein feiner Schleier auf Catharines Wangen. »Wie wird es erst sein, wenn du wieder auf beiden Augen sehen kannst?«

»Dann werde ich nie wieder wegsehen wollen.« Martin hörte, wie er diese Worte sprach, und konnte nicht glauben, dass sie seinem Mund entschlüpft waren. Er hatte sie gesagt, ohne nachzudenken, ohne zu kalkulieren, wie sie auf die Frau wirken würden, und hatte doch jede Silbe ernst gemeint.

Eine Weile sahen sie sich an und bemerkten, was zwischen ihnen geschah, ohne erklären zu können, wie es funktionierte. Als für Catharine die Atmosphäre zu energiegeladen wurde, schloss sie für einen Augenblick die Augen und wandte sich von ihm ab. Dieses grandiose Aufleuchten in ihrem Inneren verschlug ihr fast die Sprache, und die Hilflosigkeit im Umgang mit diesen Gefühlen erschreckte sie. Sie fühlte sich wie ein Teenager und hatte Mühe, die körperlichen Reaktionen wie Puls, Herzschlag und Gesichtsröte unter Kontrolle zu bekommen. Hastig griff sie nach ihrer Handtasche und kramte eine Akte hervor.

Stotternd griff sie den Faden auf, den sie Minuten vorher verloren hatte.

»Es gab da in Lüneburg mal ein Kind«, begann sie und gab sich Mühe, den Blick auf die Akte und nicht auf Martin gerichtet zu halten. »Es gab einen Jungen, der kurz vor Kriegsende nach Lüneburg in die Kinderfachabteilung gekommen war.«

Auch Martin fand mit Mühe in die nüchterne Realität zurück.

Ein verklärtes Grinsen wie nach einem sexuell befriedigenden Erlebnis lag auf seinem Gesicht, ohne dass sich Körper vereinigt hätten – nur Seelen.

»Ja, stimmt, du wolltest mir etwas erzählen.« Martin räusperte sich und strich verlegen mit der gesunden Hand die Bettdecke glatt. Er sah sie an.

»Okay. Ich fang noch mal an. Also. 1945 kam ein achtjähriger Junge nach Lüneburg. Er wurde den Eltern entzogen, nachdem er mehrfach auffällig geworden war. Er war streitsüchtig, hatte keinerlei Respekt vor Uniformen, beschimpfte die Nazis, und wäre er nicht ein deutscher arischer Junge gewesen, hätten sie ihn auf der Straße erschossen. Nachdem man ihn eine Weile beobachtet hatte, kam man zu der Ansicht, dass das Verhalten des Jungen nicht korrigierbar sei. Er steckte voller Aggressionen, war gewalttätig gegen jeden, nicht nur gegen die Eltern, und die NS-Ärzte bescheinigten ihm eine besondere Form des angeborenen Schwachsinns. Seine Intelligenz schien unterdurchschnittlich und der Junge wurde zu einer immensen Belastung für seine Eltern. Man sagte ihnen, sie bräuchten sich keine Sorgen zu machen. In der Kinderfachanstalt würde man sich so um ihn kümmern, wie es für den Jungen angemessen wäre. Er würde dort die medizinische Behandlung erfahren, die ihm guttäte und die ihn gesund machen würde. Stattdessen war der Junge ein gefundenes Fressen für die Nazis, im Übrigen auch für diesen Dr. Fürst, dessen Unterschrift ich einige Male in der Akte gefunden habe. Sie wollten ihn auf verschiedene Medikamente und Therapien testen, um herauszufinden, unter welchen Bedingungen er friedlich und ruhig werden würde. Sie hatten ihn sogar für eine Lobotomie vorgesehen.«

»Eine was?«

»Eine Lobotomie war ein chirurgischer Eingriff, bei dem Nervenbahnen durchtrennt wurden. Man machte aus den Menschen gefühlskalte, fantasielose Roboter, die ihrer Persönlichkeit beraubt waren.«

»Ist ja schaurig, was du mir da erzählst. Ich dachte, du baust mich mal ein wenig auf und sagst mir was Nettes.«

»Mach ich auch jetzt.«

Sie berührte seine Hand erneut, als folge sie einem Zwang. »Interessiert dich gar nicht, wer dieser Junge war?«

Martin hob die unverletzte Schulter. »Es war schön, dir einfach nur zuzuhören. Ich mag deine Stimme.« Er grinste und genoss es, Catharine in Verlegenheit gebracht zu haben. Rasch beendete er die bedrückende Stille. »Klar interessiert es mich, ich dachte, irgendwann wirst du es mir schon erzählen.«

Catharine schmunzelte. »Du kommst nicht drauf, oder?«

Martin dachte nach. »Also, wenn du mir schon so eine Story erzählst, dann hat sie mit meinem Fall zu tun, das ist ja klar. Und wenn ich von dir von einem Jungen höre, der gewalttätig und aggressiv war, dann fallen mir meine fürchterlichen Stunden mit Dräger wieder ein. Hat es irgendwas mit Dräger zu tun?«

»Allerdings. Der Junge hieß Wilhelm Dräger. Geboren am 23. April 1937 in Lüneburg …«

»Und lass mich raten. Er überlebte natürlich.«

»Klar, sonst hätte er ja keinen Sohn zeugen können. Ich hab mich mit deinem Freund Werner ein bisschen unterhalten, und er hat für mich ein wenig recherchiert. Einwohnermeldeamt, Standesamt und so weiter.«

»So, so. Das hat Werner für dich gemacht? Das ging aber schnell.«

»Na ja. Ich habe nur den Namen Dräger erwähnen müssen, und schon hatte ich ihn auf meiner Seite.«

»Okay. Was gibt es zu diesem Wilhelm zu berichten?«

»Wilhelm Dräger ist, nachdem man ihn zurück zu seinen Eltern gebracht hatte, weiter zur Schule gegangen und ist mit einem Hauptschulabschluss abgegangen. Er hat eine Lehre als Tischler gemacht und erst ziemlich spät geheiratet. So mit 40. Ein Jahr später kam der erste Sohn zur Welt, und nach weiteren zwölf Monaten wurde Lars geboren. Den Rest kennst du ja. Krebstod des Bruders und Autounfall der Eltern vor drei Jahren.«

Pohlmann hob die linke Hand. »Das heißt, dass Lars Dräger von seinem Vater einen Haufen genetischen Schrott geerbt hatte. Außerdem hat ihn sein Vater in der Kindheit misshandelt. Dräger hat mir seine Narben gezeigt. Der Alte hat sogar eine Zigarette auf seiner Brust ausgedrückt.«

Catharine nickte. »Der Apfel fällt nicht weit vom Stamm.«

»Tja, so sagt man. Okay. Das erklärt einiges. Es entschuldigt trotzdem nichts. Es macht das Geschehene nicht ungeschehen. Es erklärt es vielleicht. Das ist alles.« Martin machte eine Pause und dachte nach. »Aber jetzt weiß ich immer noch nicht, was das mit meiner Suspendierung zu tun hat. Wie hängt das alles miteinander zusammen?«

»Du bist offenbar jemandem zu dicht auf die Pelle gerückt.« Catharine legte Martin die Akte vor. »Der Großvater von deinem Chef Klaus Schöller war seinerzeit dieser junger Anwalt. Er war in seiner Jugend mit Wegleiter, Strocka und Dr. Fürst befreundet. Schöller hatte Beziehungen zu ganz oben und konnte eine Menge Fäden ziehen. Er war derjenige, der in seiner Eigenschaft als Anwalt die juristische Basis gelegt hatte, um die Kinder den Eltern wegzunehmen und sie in die Anstalt einliefern lassen zu können. Es ist also kein Zufall, dass Lars Dräger auf die Kläger angesetzt wurde. Dräger war ein überzeugter Neonazi, Mitglied einer nationalsozialistischen Partei und kannte Hartmut Wegleiter und Dr. Maximilian Fürst von rechten Veranstaltungen. Er verehrte sie regelrecht und war der Meinung, dass er einer großen Sache diene.«

Martin unterbrach Catharine. »Und Fürst senior kannte seinen Vater, den aggressiven und gewaltbereiten Wilhelm, an dem er Tests vorgenommen hatte. Vielleicht hatte er seinem Sohn Maximilian davon erzählt. Dräger ist von Fürst junior oder senior oder irgendwelchen anderen Nazis ausgebildet worden. Er konnte jedes Schloss mühelos knacken und wusste vor allem, wie man Menschen tötet. Als er fit genug für den Job war, ist er von Fürst ins LKH eingeschleust worden, direkt vor die Nase von Professor Keller und Emilie, und um ein Haar wäre der ganze Plan schiefgelaufen, weil Keller Dräger durchschaut hat. Immerhin war er Psychiater. Es soll ein Gutachten existieren, in dem er Dräger für dringend therapiebedürftig erklärt.«

»Und bevor Keller was gegen Dräger unternehmen konnte, musste er sterben.«

»Genau. Und natürlich, weil er als Kläger eh eine Gefahr darstellte.« Martin schüttelte den Kopf in dem Maße, wie es ihm möglich war. »Dieses rechte Gift ist immer noch nicht ausgemerzt. Wann hört das mal auf?«

Catharine sah aus dem Fenster, vor dem es dämmerte. »Scheinbar nicht so schnell, wie es uns lieb wäre. Es durchzieht sogar noch die höchsten Kreise wie ein unzerstörbarer Virus. Wenn sogar der Polizeipräsident darin verwickelt ist.«

Martin stöhnte auf. Das Reden strengte ihn an, und in Anbetracht der vielen Gespräche, die er geführt hatte, empfand er diesen Tag wie einen Arbeitstag, mit dem Unterschied, dass die tollste Frau der Welt auf seiner Bettkante saß.

Er griff nach ihrer Hand. »Am Anfang, als ich den Fall übernahm, hatte ich das Gefühl, von der Verworrenhcit erschlagen zu werden. Noch nie hab ich mich so überfordert gefühlt wie in den letzten zwei Wochen, und wenn ich all das von dir höre und bedenke, hoffe ich nur, dass ich in der Zukunft damit nichts zu tun haben muss. Ich hasse Intrigen und dachte, so was gibt es nur in Sizilien, aber doch nicht hier in unserem good old Germany.«

Martin schaute zu seinem leeren Infusionsbeutel, der gegen einen neuen ausgetauscht werden musste. »Ich weiß nicht, ob das meine Aufgabe sein wird, gegen den Polizeipräsidenten zu ermitteln. Ich glaube kaum, dass man dem was anhängen könnte. In solchen Kreisen schützt jeder jeden wie in einer Freimaurerloge. Ein Netz aus alten und neuen Verschwörungen, auf die ich keinen Bock habe.«

»Du wirst keine Wahl haben, wenn du deinen Job behalten willst. Du musst dich wehren.«

»Ach, weißt du, ich muss gar nichts. Wenn ich den Job verliere, soll das eben so sein. Das ist mir nach all dem, was ich in den letzten Tagen erlebt hab, nicht mehr so wichtig.«

»Was ist dir denn wichtig?«

Martin wartete einen Augenblick und überlegte, ob er die Worte, die er ihr sagen wollte, wagen sollte. Manche Dinge hatten an Bedeutung verloren und andere an Bedeutung gewonnen. Er hatte sich für die Wahrheit entschieden und sah sie mit dem gesunden Auge lächelnd an.

»Du bist mir wichtig.«

Catharine zögerte einen Augenblick, näherte sich seinen Lippen und gab ihm einen weiteren zarten Kuss, nur dass dieser deutlich länger und intensiver ausfiel als der erste.

KAPITEL 65

Hamburg-Norderstedt, 26. November 2010

Mit Werners Zweitwagen, einem VW Golf Automatik, näherte sich Martin gegen 10.20 Uhr dem Gelände des Landeskrankenhauses. In seiner Unentschlossenheit und weil er eh nichts Besseres zu tun hatte, war er viel zu spät von zu Hause aufgebrochen. Der Besucherparkplatz war bis auf den letzten Platz besetzt. Er parkte den Golf mit der Polizeiplakette direkt vor dem Eingang.

Martin trug den einzigen Anzug, den er besaß, und hatte die Jacke lässig über die Schultern gehängt. Der rechte Arm hing noch, knapp zwei Wochen nach der OP, in einer Schlinge und die Hand war eingegipst. Die Grippe hatte sich endlich verflüchtigt, und doch benötigte er hohe Dosen eines Schmerzmittels, um die täglichen Verrichtungen erledigen zu können. Mit demselben mulmigen Gefühl, das er seit jeher hatte, wenn er diese Institution betrat, suchte er den Vorlesungssaal der Klinik, in dem die Feierlichkeiten zu Ehren von Professor Keller stattfinden sollten. Das Programm war in vollem Gange.

Begonnen hatte es mit einer monotonen, allgemein gehaltenen Ansprache des Präsidenten der Ärztekammer von Hamburg. Er bemühte sich vergeblich, die Zuhörer in seinen Bann zu ziehen.

Man lauschte den Klängen eines Miniorchesters, bestehend aus zwei Geigern, einem Pianisten und einem Cellisten. Dieser Beitrag schien die Zuhörer weder zu ermüden, denn zu erheitern.

Martin betrat den Saal und störte die Feierlichkeiten durch

sein unbehändes, einarmiges Eindringen. Die Tür fiel hinter ihm mit einem metallischen Scheppern ins Schloss, das voller Boshaftigkeit von allen Wänden des Saales widerzuhallen schien und ihm die Röte der Peinlichkeit ins Gesicht trieb. Die Hälfte der Anwesenden sah sich nach dem Mann um, der nicht zu den honorigen Gästen zu passen schien. Bärtig, langhaarig und mit blauen und gelben Hämatomen in der linken Gesichtshälfte. Möglicherweise sogar ein Patient der Klinik.

Eine Minute später hatte man ihn vergessen.

Martin wählte einen Stuhl in der letzten Reihe, direkt neben dem Fotografen, der für ihn eigens seine Tasche auf den Boden stellen musste, um ihm Platz zu machen.

Pohlmann schlug das rechte Bein über das linke und sah sich um. Er erkannte den Großteil des Personals, das auf jener Station arbeitete, in der Annegret Kaschewitz und Lars Dräger ihren Dienst verrichtet hatten.

Diese beiden Personen fehlten aus verständlichen Gründen.

Weiter vorn, in der zweiten Reihe, entdeckte Martin Dr. Schillig. Schillig würde ihn mit eisiger Missachtung strafen, falls er ihm gegenüberstehen würde. Er hatte gegen ihn eine Dienstaufsichtsbeschwerde eingeleitet, die auf Schöller seniors Schreibtisch zuoberst lag und nicht zuletzt für seine Suspendierung das Zünglein an der Waage ausgemacht hatte.

Der zweite Redner war der Vorsitzende der *Deutschen Gesellschaft für Psychiatrie, Psychotherapie und Nervenheilkunde*, Prof. Dr. Herbert Weinrich. Der Professor beleuchtete das Leben von Hans Keller und erwähnte vor allem seinen unermüdlichen Einsatz für die Belange jener Menschen, die in einem Lebensbornheim zur Welt gekommen waren und unter seiner Schirmherrschaft Trost, Beistand und Lebenshilfe erhalten hatten. Weinrich ehrte Keller als einen Mann der selbstlosen Tat, der ehrenhaften Hingabe an jene Menschen, die ihm anbefohlen waren. Er nannte ihn ein Vorbild der gesamten Ärzteschaft, der seinesgleichen in dieser Zeit der Profitgier, der Kassenbudgetierung und der überflüssigen Gesundheitsreformen suche.

Es folgte ein Musikstück von Tschaikowsky, das dem ernsten Rahmen der Veranstaltung angemessen war. Es hätte ebenso bei einer Beerdigung gespielt werden können.

Der dritte und letzte Redner war für Martin eine Überraschung. Martin besaß kein Programmheft und hatte den Redner durch die Köpfe hindurch nicht auf seinem Platz in der ersten Reihe entdecken können. Von Ferne sah er ihn aufstehen und erkannte den markanten grauen Kinnbart, der im Licht der Strahler silbrig schimmerte.

Alois Feldmann trat hinter das Pult und stellte sich das Mikro auf seine Körpergröße ein. Er räusperte sich zwei Mal, tippelte von einem Fuß auf den anderen und wurde von einem gespannten und schweigsamen Publikum erwartet.

»Verehrte Damen und Herren, geehrter Herr Professor Weinrich. Ich habe die Ehre, hier heute vor Ihnen sprechen zu dürfen. Die meisten von Ihnen werden mich nicht kennen. Daher möchte ich mich Ihnen gerne vorstellen. Mein Name ist Alois Feldmann. Ich bin – ich war katholischer Geistlicher und habe Herrn Professor Keller vor über drei Jahren kennengelernt. Ich bin vor 70 Jahren in einem Lebensbornheim bei München zur Welt gekommen und mein Vater, den ich trotz fortgeschrittenen Alters erst jetzt kennenlernen werde, ist ein bislang nicht verurteilter Massenmörder.« Feldmann legte eine Sprechpause ein und schluckte den faden Geschmack seines Speichels hinunter.

Er fasste sich wieder und fuhr fort. »Dieser Mann, mein Vater, wurde gestern aufgrund der unermüdlichen Verdienste von Professor Hans Keller, den wir hier heute ehren, und einem ganz besonders mutigen Polizeibeamten verhaftet. Es handelt sich bei den Berichten um den Mann, von dem seit gestern alle Tageszeitungen in Deutschland berichten, den sogenannten Henker von Blankenese: Franz Wegleiter. Selbst wenn die Medien diesen Titel zu Gunsten höherer Auflagen gewählt haben, passt er zu diesem Mann vortrefflich. Neue, brisante Unterlagen aus dem Bundesarchiv von Berlin, die der besagte Kripobeamte ausgegraben hatte, wurden dem Staatsanwalt überreicht, dem damit das letzte Puzzleteilchen in die Hand gegeben wurde, um Franz Wegleiter nach so vielen Jahren überführen zu können. Ich, der ich viele Jahre mit meinem Glauben gehadert habe, darf aufgrund der Verdienste dieser beiden Männer wieder an die Gerechtigkeit glauben. Dennoch ist dieser Franz Wegleiter, dem ich am nächsten Montag Auge in Auge gegenübertreten werde, mein biologischer Vater. Er ist der Mann, der für meine Existenz verantwortlich ist. Er ist mein Vater, obgleich ich ihm diesen Titel als Sohn nicht verleihen möchte. Er war nie für mich da, hat sich nie für mich interessiert und genau genommen mich meiner Identität und meiner Wurzeln beraubt. Jetzt, nach so vielen Jahren, lerne ich ihn kennen und weiß schon jetzt, welche harte Aufgabe auf mich wartet. Wenn ich ihm gegenüberstehe, wird es meine Pflicht sein, ihm zu vergeben, bevor er aus dem Leben scheidet.« Feldmann unterbrach seine Rede und nahm einen Schluck Wasser, das unter dem Pult für ihn bereitstand. Seine Hand zitterte. Obwohl er es gewohnt war, vor Menschen zu sprechen, schien ihn diese Rede über Gebühr anzustrengen. Warum dies so war, sollte das Publikum in den folgenden Minuten erfahren.

»Meine Damen und Herren, Sie fragen sich zu Recht, warum ich Ihnen das erzähle. Es geht doch eigentlich um Professor Hans Keller und nicht um mich.« Feldmann ließ erneut eine kleine Pause entstehen. Es war so still im Auditorium, dass es niemand wagte zu atmen. Vergessen war alle Müdigkeit.

»Heute, meine Damen und Herren, ehren wir das Lebenswerk dieses Mannes, aber es geht auch um die Wahrheit über Professor Hans Keller. Und über Schuld. Genauer gesagt, über die Relativität der Schuld.«

Ein Raunen ging durchs Publikum. Viele wandten sich ihren Nachbarn zu und wechselten einige Worte mit ihnen. Feldmann hob die Hand und brachte die Zuhörer zum Schweigen.

»Ich weiß, man soll die Toten ruhen lassen, das ist richtig.

Ich habe unzählige Beerdigungen abgehalten. Wer sollte das besser wissen als ich? Genauso heißt es, man soll den Toten nichts Schlechtes nachsagen – auch das ist korrekt. Doch ich möchte hier und heute mit den Gerüchten aufräumen, die hinter vorgehaltener Hand seit über zwei Jahren getuschelt werden. Hans Keller war ein aufrichtiger Mann, und ich glaube, er würde wollen, dass Sie das wissen, was ich Ihnen jetzt zu erzählen beabsichtige, bevor die Medien Halbwahrheiten veröffentlichen, die seinem Ruf posthum schaden würden.« Die Veranstalter der Ärztekammer rutschten unruhig auf ihren Stühlen hin und her. Sie befürchteten Offenbarungen, die das Ansehen der Ärzteschaft ankratzen könnten.

Ungeachtet ihrer Befürchtungen, fuhr Feldmann fort. »Meine Damen und Herren, Hans Keller glaubte bis zu seinem Tod, selbst ein Mörder zu sein.« Feldmann ließ die schockierende Nachricht eine Weile sich setzen, wie feiner Schnee, der zu Boden rieselt. »Vor zwei Jahren starb ein Mann mit dem Namen Gerhard Strocka. Strocka war wie Franz Wegleiter ein SS-Mann der übelsten Sorte, ein mehrfacher Mörder, dessen Taten nie nachgewiesen werden konnten. Strocka lebte viele Jahre als scheinbar unbescholtener Bürger unter uns. Der nette alte Herr von nebenan, dem Sie vielleicht die schwere Mülltüte abnehmen würden.« Erneut holte Feldmann Luft und griff sich an die Brust. Nach einem Schluck Wasser erklärte er weiter: »In einer öffentlichen Gerichtsverhandlung dann, bei der Strocka als Zeuge vernommen werden sollte, verhöhnte der bereits 89-jährige Mann die Kläger des Verfahrens. Er bespuckte die Menschen, die in der Presse als Gottes verlorene Kinder bezeichnet wurden. Unter diesen Leuten, die er verbal attackierte, waren zwei Menschen, die er selbst gezeugt hatte. Er machte sich über sie lustig, nannte sie ein missglücktes Experiment, einen Irrtum des Führers und musste schließlich von den Gerichtsdienern aus dem Saal entfernt werden. Angeblich war er alkoholisiert. In der darauffolgenden Nacht wurde Gerhard Strocka in seinem Hotelzimmer erschlagen aufgefunden. Dieser Mann, meine Damen und Herren, Gerhard Strocka, war der leibliche Vater von Professor Hans Keller.«

Wieder ging ein Raunen durch den Saal, und auch Martin saß auf der vordersten Kante seines Stuhles, um kein Wort von Feldmann zu verpassen.

»Hans Keller wurde als Siegfried Strocka in einem Lebensbornheim geboren und hat der ganzen Welt einen Mann präsentiert, der er gar nicht war. Er konnte nicht anders. Er kämpfte sein Leben lang gegen die Gene eines Mörders und wurde schließlich selbst zu einem. Zumindest glaubte er das in den letzten zwei Jahren, bis zu dem Tag, an dem man ihn erschossen hatte. Ja, meine Damen und Herren, es ist wahr. Hans Keller hat sich nicht selbst das Leben genommen, wie man Sie glauben machen wollte. Hans Keller wurde das Opfer des Serienkillers von Hamburg, doch das ist heute nicht mein Thema. Hans lebte die letzten zwei Jahre in dem Glauben, er hätte seinen Vater mit einem Schlag auf den Kopf umgebracht. Er stellte sich nicht der Polizei, weil er seine Schutzbefohlenen nicht im Stich lassen wollte. Er hat nie erfahren, dass ein anderer, der nach ihm kam, die tödliche Tat begangen hatte. Aber in seinen eigenen Augen hielt er sich für einen Mörder, der glaubte, dass er den Genen seines Vaters nicht entkommen konnte.«

Feldmann musste eine Pause einlegen, weil er die Tränen nicht zurückhalten konnte. Er schnäuzte sich die Nase direkt vor dem Mikro. Es klang wie das Tosen des Pazifiks.

»Warum, meine Damen und Herren, ist das heute wichtig?« Feldmann sah in die erstaunten Gesichter des Publikums.

»Weil es heute um Vergebung geht und er Sie, seine Kollegen und Kolleginnen, um Verzeihung bittet. Vergeben Sie ihm dafür, dass er Ihnen gegenüber nicht aufrichtig gewesen ist. Ja, er hat Gerhard Strocka auf den Kopf geschlagen. Er wollte sich für den Hohn und den Spott rächen, den ein mehrfacher Mörder ungestraft der Welt entgegenschleuderte. Er dachte an Selbstjustiz, weil er nicht damit rechnete, dass man Strocka jemals noch überführen würde. Er handelte nicht rational, sondern im Affekt. Er schlich in das Hotelzimmer seines Vaters, und all die Wut, die Verletzung über die Ablehnung, die er durch seinen Vater erfahren hatte, brach sich Bahn. In einer einzigen Sekunde, für die er zwei Jahre seelische Höllenqualen litt, verlor er seine Beherrschung und wurde Mensch. Dieser Mensch, meine Damen und Herren, bittet Sie heute um Vergebung. Jene Vergebung, die ich in wenigen Tagen Franz Wegleiter zusprechen muss.« Feldmann sah zu Boden. »Ich danke Ihnen für Ihre Aufmerksamkeit.«

Mit diesen Worten verließ Alois Feldmann das Rednerpult und stieg mit weichen Knien die Stufen zu seinem Platz hinunter. Er hinterließ eine schockierte und schweigsame Zuhörerschaft. Diese beinahe körperlich spürbare und schmerzhafte Stille wurde, wie es schien, nach geraumer Zeit von einem einzelnen Klatschen unterbrochen. Es war das Klatschen einer zierlichen alten Frau in grell zusammengewürfelter Kleidung aus den Siebzigern. Ihre grauen Haare standen ihr wie nach einem Stromschlag vom Kopf ab, der schwarze Lidstrich unter ihren Augen wie auch die rote Farbe auf ihren Lippen waren übertrieben und unfachmännisch aufgetragen, wie es ein Kind getan hätte.

Nach einer Weile des einsamen Klatschens erhoben sich spontan vier, fünf weitere Personen von ihren Plätzen und stimmten in den Applaus mit ein. Bereits nach zwei Minuten standen über 80 Prozent der Zuhörer und gaben nicht dem Redner Alois Feldmann Standing Ovations, sondern dem Menschen Siegfried Strocka alias Professor Hans Keller, der an diesem Tag sein Outing hatte als jemand, der, obwohl als Therapeut für unzählige Menschen ein Segen, sich selbst nicht hatte retten können.

Nach der Veranstaltung gingen die meisten Besucher mit gemischten Gefühlen nach Hause. Feldmann hatte es geschafft, sie aus ihrer Lethargie aufzuwecken und ihnen schwer verdauliche Kost mit auf den Weg zu geben.

Martin versuchte, möglichst unbehelligt an den Menschenmassen und vor allem an Dr. Schillig vorbeizukommen und zu Feldmann und Emilie Braun zu gelangen. Er war von Feldmanns Rede und Emilies Mut beeindruckt gewesen. Vor allem von Emilies ehrlicher wie spontaner Reaktion, Feldmann Beifall zu spenden.

»Hallo, Alois.«

»Hallo, Martin. Schön, dich zu sehen. Was machen die Wunden?«

»Sie heilen, wenn auch nicht so schnell, wie ich es erhofft habe.«

»Bist halt auch nicht mehr der Jüngste.« Martin lachte.

»Das sagt der Richtige.« Martin ergriff Alois Schulter. Sie duzten sich seit Feldmanns Besuch im Krankenhaus.

»Das hast du gut gemacht. Ich war kurz davor einzuschlafen.« Feldmann nickte. Eigentlich war ihm nicht nach Scherzen zumute. Von den 20 Prozent, die nicht geklatscht hatten, hatte er böse Blicke geerntet.

»Hast du Emmi gesehen?«, fragte Martin und sah sich im Saal nach ihr um.

»Ich glaube, sie ist schon raus. Warum?«

Martin setzte einen geheimnisvollen Blick auf. »Ich möchte ein Versprechen einlösen.«

Feldmann nickte. »Sehen wir uns noch?«

»Bestimmt. Ich muss ab Montag zu einer dreiwöchigen Reha. Komm mich doch mal besuchen. Eine orthopädische Klinik oben an der Ostsee.« Martin nahm einen Stift und einen Zettel und kritzelte eine Telefonnummer darauf. »Hier. Ruf mich einfach an.«

Feldmann winkte ihm hinterher. Martin Pohlmann war auf dem Weg zu jener Station, die er hoffte, zum letzten Mal aufsuchen zu müssen.

*

Pohlmann beschritt diverse Gänge, um vom Vorlesungssaal zu den Stationen zu kommen. Er folgte den Hinweisschildern und bog in einen Flur ein, der zur geschlossenen Abteilung führte. Da sah er sie. Ihre unverkennbar tippelnden, schnellen Schritte, wie eine Geisha in einem zu engem Rock. Als er ihr näher kam, hörte er sie murmeln. Sie war in eine ihrer Geschichten eingetaucht. Er holte sie ein und vergaß, dass niemand Emilie Braun ungestraft anfassen durfte, außer ihr Retter. Beherzt griff er an ihre linke Schulter und hielt ihren zügigen Schritt an. Erschreckt wandte sie sich um und wollte eine der üblichen Reaktionen starten, bis sie ihn sah. Sie blickte in zwei gesunde Augen des Mannes, der sein Leben für sie riskiert hatte. Eine Tatsache, die sie in dem Verlies durchaus wahrgenommen hatte. Sie würde dies niemals vergessen. Sie kannte ihre Peiniger – und sie erkannte ihren Retter.

»Hallo, Herr Kommissar«, erklang erfreut ihre piepsige Stimme.

»Martin. Sagen Sie einfach Martin zu mir, okay?«

Sie nickte. »Wie geht es Ihnen, Herr Martin?«

Er lachte. »Gut. Und Ihnen?«

Emmi stülpte die Lippen und faltete erst die Hände, löste sie und verschränkte sie am Rücken. Sie wusste nicht, wohin mit ihnen. Eine einsame Träne kullerte aus ihrem rechten Auge die faltige Wange hinunter.

»Liza ist gestorben.«

Martin dachte einen Augenblick lang nach. *Wer war noch mal Liza?* Schmerzlich fiel es ihm ein. Die begnadete Sängerin und beste Freundin von Emmi. »Das tut mir sehr leid für Sie.«

»Ist mitten im Lied umgefallen, obwohl es noch nicht zu Ende war. Schade.« Martin überlegte, was Emmi als schade empfand: das nicht vollendete Lied oder den Herztod der Sängerin.

»Emilie?«, sprach Martin sie an und forderte ihre Aufmerksamkeit von ihr ein.

»Haben Sie heute schon was vor?«

Sie grinste. Was sollte sie schon vorhaben? »Um eins ist Essen, und Karl wollte, dass ich noch seinen Rat bei ihm einhole, jetzt, wo ich immer so modische Sachen trage.«

Martin blickte schmunzelnd an Emilie herab und vermutete, es sei keine schlechte Idee, den Rat des Modezaren einzuholen.

Ob allerdings tatsächlich der kleine de Vito der Richtige für diesen Job war … »Also, wenn Sie nichts Besseres zu tun haben, dann würde ich mich freuen, wenn Sie mich zu einem Ausflug begleiten würden.«

Emilie schenkte Martin einen durchdringenden Blick. Sie wollte nicht noch einmal auf leere Versprechungen reinfallen. Der letzte Ausflug hatte ihr ein Verlies bei Wasser und Haferbrei eingebrockt.

»Ich schulde Ihnen noch das Meer.« Emilies Gesicht hellte sich auf. »Möchten Sie es sehen?«

Alles an Emilie Braun schien zu lächeln. Ihre faltigen Lippen, ihre sich kräuselnde Nase und diese weitsichtigen Augen, die schon so unendlich viele Buchseiten in ihr Inneres eingelassen hatten.

»Holen Sie sich einen warmen Mantel und eine Mütze. Es ist kalt draußen. Dann kommen Sie bitte zum Ausgang. Ich möchte Dr. Schillig nicht so gern über den Weg laufen. Und wenn Sie jemand fragt, wohin Sie gehen, sagen Sie einfach, sie möchten einen ausgedehnten Strandspaziergang machen.«

Emilie nickte und tippelte noch schneller als zuvor und konnte es kaum erwarten, ihr Meer zu sehen.

Während der Fahrt mit dem Golf sah Emilie aus dem Fenster und bildete sich ein, mit jedem Kilometer mehr, den sie zurücklegten, den Salzgeruch des Meeres intensiver riechen zu können.

Martin hatte mit der linken Hand den Schalthebel auf D gestellt und lenkte den Wagen einhändig aus der Stadt hinaus. Sie passierten Lübeck auf der A 1 und bogen bei Ratekau auf die L 181 ab. Vorbei an Hemmelsdorf und Kleintimmendorf, bogen sie in die Bergstraße ein, die sie zum Timmendorfer Strand bringen würde.

Er stellte den Wagen bei angenehmen fünf Grad und Sonnenschein auf einem vor der Stadt liegenden Parkplatz ab, und zu seiner Überraschung hakte sich Emilie, als sie losgingen, bei ihm unter. Mit jedem Schritt wuchsen ihre kindliche Neugier und

Vorfreude auf das Meer. Sie schien es tatsächlich zu riechen. Sie blieb stehen, schloss die Augen und hob die gepuderte Nase in die Höhe. Sie schnüffelte wie ein Hund und grinste. Die Erwartung trieb ihr Tränen in die Augen, die den Lidschatten ruinierten. Martin zog ein Papiertaschentuch hervor und wischte ihr den schwarzen senkrechten Strich von den Wangen.

Sie gingen weiter, ließen reetgedeckte Häuser links liegen und wussten sich, als sie in die Strandallee einbogen, nur noch wenige Meter vom Meer entfernt. Der langersehnte Moment war gekommen, als Emilie die Düne durchschritt und ein feines Rauschen vernahm. Emilie Braun oder wie immer sie hieß erblickte mit knapp 71 Jahren das Meer.

KAPITEL 66

Timmendorfer Strand, 26. November 2010

Eine Weile, die nie vergehen wollte, standen sie da. Emilie ließ sich viel Zeit, die Umgebung in sich aufzunehmen. Martin hatte gedacht, sie würde den Strand zum Wasser hinunterrennen. Vielleicht würde sie lachend hüpfen und trotz niedriger Temperaturen den Wunsch haben, die Schuhe auszuziehen, um den Sand zwischen den Zehen kribbeln zu lassen. Nichts dergleichen tat sie. Sie stand eine halbe Stunde nur da und sah von links nach rechts und umgekehrt die Strandlinie bis zum Horizont entlang. Sie brauchte diese Zeit. In ihrem Kopf wurden alle Erzählungen aus ihren Büchern, in denen das Meer eine Rolle gespielt hatte, lebendig. Martin zog sie behutsam weiter, bis sie zu dem Steg der Seebrücke kamen. Hier verklärte sich Emilies Gesicht endgültig zu einem einzigen Lachen. Die Erfüllung ihres Traumes schien sie zu überwältigen, sodass sie darauf mit einem kindlichen Quieken und Gackern reagierte, nach dem sich die Leute umsahen.

Als sie die imposante Brücke betraten, testete Emilie mit einem Fuß, ob die Konstruktion ihr Gewicht halten würde.

Nie zuvor war sie über eine so große Brücke gegangen. Ihr schien, als laufe sie über das Wasser, und in gewisser Weise war das auch so.

Nach einem zweistündigen Marsch am Strand, auf der Promenade und zurück setzten sie sich in ein Lokal, selbstverständlich mit Blick aufs Meer. Sie saßen auf der Terrasse unter einem gasbetriebenen Heizpilz, der behagliches Ambiente vermittelte. Martin bestellte das Tagesgericht, eine Hühnerbrühe vorweg, anschließend Labskaus mit Spiegelei und Gurken.

Bei keinem Bissen ließ Emilie das Meer aus den Augen, als wolle sie jede Sekunde, die sie ohne diesen Anblick verbracht hatte, nachholen.

Gesättigt und glücklich lehnte sie sich zurück.

Martin griff in die große Innentasche seines Wintermantels und zog Emilies Kladde hervor.

»Ich habe alles gelesen.« Er betonte das Wort ›alles‹ wie ein Codewort, das sie sicher verstehen würde.

»Alles?«

»Absolut. Den Brief von Professor Keller an Sie und Ihr Buch.« Martin legte ehrfürchtig die in Leder gebundenen Seiten auf den Tisch. Er strich mit Achtung über das Werk. »Ich finde, es ist verdammt gut geworden. Sie haben Talent, Emilie. Wirklich.«

Emilie sah Martin fragend an. Sie hatte soeben ein Lob bekommen und wusste nicht, wie man darauf reagierte. Sie nahm ihr Buch vom Tisch und drückte es an sich, als würde man ein Kind herzen.

»Ich finde, Sie sollten damit weitermachen.« Martin deutete mit einer Kopfbewegung auf den Schatz, den Emilie fest umklammerte. »Sie schreiben richtig gut. Ehrlich.« Martin bemerkte, wie Emilie errötete. Sie schien die Anerkennung zu genießen. Es hatten sich einige Fragen nach der vollständigen Lektüre des Buches und des Briefes aufgedrängt. Martin glaubte, den Augenblick gefunden zu haben, in dem er sie stellen könne.

»Haben Sie gewusst, dass Gerhard Strocka Ihr Vater war?« Martin hoffte, dass Emilie auf diese Frage nicht mit einem ihrer seltsamen Anfälle reagieren würde. Sie blieb zunächst stumm, wie sie es häufig tat. Martin kannte dieses Spielchen und betrachtete das Spiel der Wellen.

»Ich habe ihn an der Stimme erkannt.«

Martin drehte sich zu ihr um. »Wann?«

»Am ersten Tag des Prozesses vor über zwei Jahren. Alles an ihm hatte sich verändert, sein Aussehen, alles, aber die Stimme klang noch genauso kalt wie damals.«

»Daran können Sie sich erinnern?«

»Ich bin vielleicht ein bisschen verrückt, das mag sein, aber ich habe ein gutes Gedächtnis – ich kann Dinge besser im Kopf behalten als andere Menschen.« Martin nickte und erinnerte sich an die Passagen, die sie ihm frei aus verschiedenen Werken zitiert hatte.

Emmis Blick wurde starr. »Er stand neben meinem Bett, als ich vier war. Er hatte böse Augen und einen Totenkopf auf der Mütze und am Kragen. Er wollte mich nicht haben. Er hasste mich. Er hat gesagt, er will mich nie wieder sehen. Er und der andere Mann sprachen über mich, als wäre ich gar nicht im Zimmer, als gäbe es mich nicht. Ich habe mir seine Stimme gemerkt. Mein ganzes Leben lang.«

»Wie haben Sie reagiert, als Sie erfuhren, dass Hans Keller Ihr Bruder ...«, Martin korrigierte sich, »... Ihr Halbbruder war?«

»Ich habe mich umgebracht. Ich hab es zumindest versucht. Ich wollte ihm nachgehen.« Emilie machte eine Pause, in der sie nachdachte. »Ich habe es gespürt, lange bevor er es mir geschrieben hatte. Ich wusste nicht, was ein Bruder überhaupt ist, aber wenn man das Wort ›Bruder‹ beschreiben soll, dann fällt mir Hans ein.«

Sie schwieg eine Weile und lächelte. »Sie mögen Hildegard sehr, nicht wahr?«

Martin sah sie verdutzt an. »Welche Hildegard?«

»Na, Hildegard aus Lüneburg«, erwiderte sie mit einer Selbstverständlichkeit, dass man sich fragen musste, wer von ihnen beiden verrückt war. Nach einer Weile hakte Martin nach. »Meinen Sie die Frau, mit der Sie sich so lange unterhalten haben? Braune Haare, braune Augen, weicher Pulli.« Emilie nickte mit leuchtenden Augen.

»Genau. Meine Hildegard.« Martin begann zu schwitzen. Ihm fehlten die Worte. Emilie litt doch noch an Wahnvorstellungen.

»Also mir hat sie sich als Catharine vorgestellt.«

»Mir hat sie sich gar nicht vorgestellt«, konterte Emilie. »Sie war da, als ich die Männer auf den Fotos gesehen habe. Sie stand neben mir. Sie ist zu mir zurückgekommen.« Martin erinnerte sich an den Eintrag in Emilies Akte, in dem von einer Hildegard Unger die Rede war, der ersten Krankenschwester in Steinhöring, die in Bremen im Heim Friesland an Tuberkulose gestorben war. Er vermutete, dass Catharine etwa in demselben Alter ist wie damals diese Hildegard und sich vielleicht sogar ähnlich gesehen hatten. In Martins Kopf öffneten sich Schleusentore, und die Dinge wurden klarer als je zuvor: Hildegard Unger war die erste Vertrauensperson, mit der Emilie gesprochen hatte. Obwohl sie erst vier Jahre war, als Frau Unger starb, blieb diese Person in Emilies Gedächtnis unauslöschbar verankert, und als sie Catharine kurz nach ihrem Anfall sah und die Ähnlichkeit in Gestalt und Stimme bemerkte, hielt sie sie für die zurückgekehrte Krankenschwester Hildegard Unger. Das war der Grund, warum sie ihr vier Stunden lang alles aus ihrem Leben erzählte, was in der Zwischenzeit, in den letzten 66 Jahren, passiert war.

Martin nickte und grinste. »Ja, ich mag sie, die Hildegard.«

Emmi lehnte sich zurück. »Ich auch.«

KAPITEL 67

Timmendorf, 19. Dezember 2010

Martin langweilte sich mittlerweile zu Tode, als er in der dritten Woche die Rehabilitationsmaßnahmen in der Curschmann-Klinik in Timmendorf absolvierte. Es ging hauptsächlich um die Mobilisierung seines rechten Armes nach der Schulter-OP und die Beweglichkeit der Finger, die trainiert werden musste. Der Gips war ihm aufgrund der unzähligen Schrauben und Nägel frühzeitig entfernt worden, wobei er sich fragte, welche Folter er als schlimmer empfand, die von Dräger oder die der unbarmherzigen Physiotherapeuten, die ihn täglich bis zu vier Mal antreten ließen.

Der einzige Lichtblick dieses Tages war, dass sich Werner Hartleib für einen Besuch angekündigt hatte. Zwar steckte er noch auf der A 1 in einem schneebedingten Stau. Er würde es schaffen, hoffte Martin.

Gegen elf Uhr traf Werner in der Eingangshalle der Curschmann-Klinik ein und schüttelte den Schnee von der Jacke. Ein großer Weihnachtsbaum, der bis unter die Decke reichte, war in der Eingangshalle aufgebaut worden und empfing jeden Besucher. Das Thermometer zeigte minus drei Grad. Es schien ein harter Winter zu werden, wie das Jahr zuvor.

Sogleich erblickte er Martin, der im Empfangsbereich der Rezeption auf ihn wartete. Freudig begrüßte Werner seinen Freund und überreichte ihm einen großen Nikolaus aus Schokolade. Er betrachtete ihn eingehend. Er hatte einige Kilo abgenommen, war seit vier Wochen erfolgreicher Nichtraucher und sah so erholt aus, wie er es am Flughafen Anfang November bei seiner Ankunft aus Ecuador hätte sein sollen. Er war rasiert, bis auf seinen Schnurrbart, und hatte das Haar um sage und schreibe fünf Zentimeter kürzen lassen. Genau genommen hatte er die Friseurin in der Klinik in seiner Eigenschaft als Polizist bedroht, nur die Spitzen zu schneiden. Seine Haut wies keinerlei Pickel und Unreinheiten mehr auf. Man hatte in einem Allergietest eine spezielle Pfefferart als Auslöser seiner Probleme herausgefunden. Die Sonne hatte keine Schuld gehabt, sondern seine Freundin Mayra.

»Hey, wie geht es dir?«, fragte Werner. »Was machen die Schulter und die Finger?«

Martin hob den rechten Arm wie ein flügellahmer Albatros und versuchte mit den Fingern, auf einer unsichtbaren Klaviatur zu klimpern. »Geht schon ganz gut. Dr. Frankenstein hat mich wieder zusammengesetzt. Ich denke, in ein paar Wochen kann ich mich wieder prügeln.«

»Wollen wir einen Spaziergang machen oder lieber drinnen bleiben? Es hat aufgehört zu schneien.«

»Okay. Lass uns rausgehen. Ich ziehe mich nur eben um. Wartest du hier?« Werner nickte und nahm in einer eleganten Sitzgruppe Platz.

Nach fünf Minuten kam Martin mit Winterstiefeln, einem HSV-Schal und einer fellbesetzten Lederjacke zurück. Auf dem Kopf trug er eine bunte, handgestrickte Pudelmütze. Werner musterte ihn, besonders die Mütze.

»So gehe ich keinen Meter mit dir vor die Tür.«

»Die, mein Lieber, trage ich mit Stolz. Die hat mir Emilie geschenkt, nachdem ich ihr das Meer gezeigt habe.«

»Du meinst, nachdem du sie wieder entführt hast.«

»Stimmt. Ich war mit ihr am Strand, nach der Ehrenfeier von Keller, und als ich sie zurückgebracht habe, hat sie gesagt, ich solle kurz warten. Sie sei gleich wieder da. Zehn Minuten später kam sie mit dieser Mütze zurück. Für den Winter, meinte sie und war so glücklich, dass sie mir etwas Gutes tun konnte. Ich hätte sie zutiefst beleidigt, wenn ich die nicht angenommen hätte. Und jetzt bin ich froh, dass ich sie hab, auch wenn ich damit bescheuert aussehe. Also, lass uns gehen.«

Martin und Werner strebten durch die imposante Drehtür der Orthopädischen Klinik und steuerten die Promenade an. Der Himmel hatte seine letzten Flocken zur Erde geschickt, und nachdem keine Wolken für diesen Job mehr zur Verfügung standen, behauptete sich die Sonne. Der eisige Meereswind ließ die Nasen gefrieren.

»Ich nehme an, du hast heute die Zeitung gelesen.«

Martin nickte und band den Schal um den Hals. »Meinst du, sie werden Erfolg haben?«

»Der Inhalt des Prozesses wird auf mehrere Ebenen verteilt sein. In erster Instanz geht es Alois darum, als Wegleiters Sohn juristisch anerkannt zu werden. Die genetischen Analysen haben das ja eindeutig belegt. Sein richtiger Name ist übrigens Karl. Karl Wegleiter.«

»Wie hat der alte Wegleiter eigentlich reagiert? Er hatte doch abgestritten, außer seinem Sohn Hartmut einen anderen Nachkommen gezeugt zu haben.«

»Tja. Er konnte es nun ja nicht mehr leugnen. Was ihn allerdings berührt hat, war, als Feldmann ihn im Knast besucht hat. Von Feldmann kam kein Wort der Anklage, keine Wut, kein Hass, nichts.« Werner schüttelte den Kopf und beobachtete, dass auf den Eisschollen, die sich am Strand gebildet hatten, die Kristalle darauf wie Millionen kleiner Diamanten in der Sonne glitzerten. Werner dachte nach und sagte: »Das ist für mich eine nicht nachvollziehbare Reaktion. Der alte Wegleiter war völlig perplex, als Alois ihm Vergebung zusprach. Stell dir vor, der alte Knochen hat sogar geheult. Todkrank, ein skrupelloser, mehrfacher Mörder, über 90 und heult wie ein kleiner Junge.« Martin vergrub die Hände in den Taschen. In der Eile hatte er die Handschuhe vergessen.

Werner fuhr fort. »Das Erstaunliche ist, dass es Alois in erster Linie nicht um Geld oder Entschädigung geht, sondern um Anerkennung, um die Bestätigung seiner Identität. Ich kann nicht begreifen, wieso er das macht. Dir hat er erzählt, es reicht ihm zu wissen, dass Gott als Vater ihn liebt, und jetzt das.«

»Er hat mich letzte Woche besucht. Er hat es mir erklärt.«

»Schieß los.«

»Er macht das, damit die ganze Arbeit und Mühe von Keller nicht umsonst gewesen war. Es waren Kellers Recherchen und Unterlagen, die Feldmanns Vater überführt haben, und Alois dachte, er sei es Keller schuldig, dies in seinem Sinne durchzuziehen. Er sagte, das sei seine Art, jemanden nach dem Tod zu ehren. Sein Werk fortzuführen, verstehst du?«

»Na ja. Wie es aussieht, wird er auf seine alten Tage trotzdem noch reich werden. Wegleiter wird keine 100 werden.«

»Und wie ich ihn einschätze, wird Feldmann das Geld nicht behalten wollen. Er hat so etwas angedeutet, als er hier war. Vielleicht 100.000 für seine Reisen oder ein neues Wohnmobil, aber sicher keine Millionen. Es gibt eine Stiftung in Bremen, die sich der Rechte der Lebensbornkinder angenommen hat. Denen möchte er eine stattliche Summe zukommen lassen.«

Werner inhalierte einen tiefen Zug salzhaltiger Meeresbrise. »Hast du schon das Neueste von Emilie gehört? Nein, hast du nicht. Wie auch.«

Pohlmann sah ihn entgeistert an. »Was ist passiert? Sie hat doch nicht etwa versucht …?«

Werner wiegelte ab. »Nein, nein. Keine Sorge. Im Gegenteil. Sie liebt das Leben mehr denn je. Sie hat geerbt.«

»Was hat sie?«, brüllte Martin gegen den Wind an.

»Sie ist offiziell als Hedwig Strocka anerkannt worden. Nachdem du mit deinen Unterlagen aus Berlin, die du ja noch gar nicht kennst, einen solchen Wirbel verursacht hast, hat man zusätzlich einen genetischen Abgleich mit Strocka gemacht und sie eindeutig identifiziert.«

»Stopp mal. Wie hat man das angestellt? Strocka ist seit über zwei Jahren tot.«

»Man hat ihn exhumiert, ganz einfach.« Werner sagte es so, als würde er den Wetterbericht wiedergeben.

»Das ist der Hammer! Ich glaub es nicht. Genehmigungen für Exhumierungen dauern sonst Monate.«

»Wir haben einen guten Richter erwischt, der sofort alles in die Wege geleitet hat. Aber das Beste kommt noch. Gerhard Strocka hatte ein Nummernkonto in der Schweiz, und über die Jährchen hat sich mit Zins und Zinseszins ein ordentliches Sümmchen angesammelt. Nun rate mal, wem das alles zugute kommt.«

»Hans Keller und Emilie, also Hedwig.«

Werner nickte. »Emilie ist Alleinerbin.« Werner schnalzte mit der Zunge. »Das nenn ich ausgleichende Gerechtigkeit. Sie kriegt 2,6 Millionen Euro. Und da sie nicht entmündigt ist, kann sie frei darüber verfügen.«

»Mensch, Werner. Ich werd verrückt. Was soll sie denn damit anstellen? Sie hat keine Ahnung, wie man mit Geld umgeht. Man wird sie bei jeder Gelegenheit übers Ohr hauen.«

Werner grinste verschmitzt. »Das stimmt. Deswegen hat sie dich ja auch als privaten Vermögensverwalter bestimmt.« Martin blieb augenblicklich stehen. Die Möwen kreischten, als sie um seinen Kopf herumflogen, auf der Suche nach Essbarem.

»Mich?«, rief er viel zu laut. »Ich soll ihre Millionen verwalten?«

»Für ein Monatsgehalt von 6.000 Euro kann man das doch mal machen, oder? Ich hab die Papiere dafür im Wagen. Hast du etwa gedacht, ich besuch dich bei dieser Kälte aus reiner Freundschaft?«

Martin und Werner gingen einen halben Kilometer schweigend nebeneinander her. Martin brauchte Zeit, um die Nachricht zu verarbeiten. Ein zusätzliches Jahreseinkommen von 72.000 Euro für Verwaltungstätigkeiten. Nach einer Weile des Grübelns sagte er: »Das ist viel zu viel. Das kann ich nicht annehmen.«

»Wenn du es nicht tätest, würdest du sie beleidigen. Sie hat sich mit der Klinikleitung besprochen.«

»War Dr. Schillig auch dabei?«

»Er soll gekocht haben vor Wut. Er kann dich nicht ausstehen, aber Emilie will es so. An dir hat sie einen Narren gefressen.«

»Wie will sie eigentlich jetzt heißen?«, fragte Martin.

»Immer noch Emilie. Sie will sich nicht mehr umgewöhnen. Sie sagt, was sind schon Namen.«

Beide schwiegen wieder für einige Schritte und genossen den klaren, sonnigen Tag. Ein Ereignis, das in Hamburg und Umgebung nicht oft vorkam.

Martin fielen die Unterlagen aus Berlin, die ihm Frau Kassner zugeschickt hatte, ein. »Was stand eigentlich alles in den Papieren aus Berlin?«

»Unter anderem Korrespondenzen von Franz Wegleiter, in denen er über seine ›Heldentaten‹ berichtet. Er schreibt unverblümt, wie viele Partisanen er liquidieren durfte. Man hat ein grafologisches Gutachten erstellt und es eindeutig Wegleiter zugeordnet. Es gab noch Fotos von ihm und seinen Kameraden in Italien. Dieses eine vor dem Ortsschild in Carrara, das du schon kennst, war auch dabei. Außerdem, und das dürfte der Knaller schlechthin sein, war eine Beurteilung seines Kommandanten dabei, in der er über Wegleiters Aktivitäten Auskunft gibt. Man hatte Wegleiter Anfang '45 aus Italien abgezogen, weil er eben nicht nur Partisanen abgeschlachtet hat, sondern jeden Italiener, der ihn schief angesehen hatte. Er brachte Zivilisten, Frauen und Kinder um, weil ihm ihre kommunistischen Nasen nicht passten. Aus purer Lust am Töten. Der Staatsanwalt wird keine Mühe haben, ihn anzuklagen. Lebendig wird der Alte den Knast sowieso nicht mehr verlassen.«

»Das wird den Opfern auch nicht mehr helfen.«

»Trotzdem ist es wichtig, auch wenn es schon so lange her ist. Es hilft den Angehörigen der Ermordeten. Mord verjährt nie, hast du doch selbst gesagt.« Martin nickte. »Was ist mit dem alten Dr. Fürst, dem arroganten Arsch?«

»Eingebuchtet. Untersuchungshaft. Ich hoffe, der sieht seine schicke Bude in Blankenese nie wieder.«

»Konnte man Maximilian Fürst Anstiftung zum Mord nachweisen? Und Hartmut Wegleiter? Was ist aus der Wahl geworden?«

Werner blieb stehen und kickte mit dem Fuß eine große Muschel über den Sand. »Mensch, du hast ja wohl gar nichts mitgekriegt, oder? Liest du keine Zeitung?«

»Unregelmäßig. Ich schreib mir lieber mit Catharine. Davon hab ich mehr. Ich hab mir gedacht, ich werd's schon noch früh genug erfahren.«

»Fürst und Wegleiter junior sind beide noch auf freiem Fuß. Bei denen ist das Ganze nicht so einfach. Sie sind ziemlich raffiniert vorgegangen und haben mächtige Anwälte. Bei Maximilian Fürst fallen unregelmäßige Abbuchungen in etwa der Höhe auf, die Dräger bekommen haben will. Aber Geld auszugeben, ist ja nicht verboten. Die Beziehung zu Annegret ist auch nicht strafbar. Außerdem leugnet sie, dass sie bei Dräger im Haus war. Wir haben von ihr keine Fingerabdrücke in Drägers Keller gefunden. Sie streitet alles ab und geht sogar wieder ganz normal zur Arbeit. Wir konnten sie nicht länger dabehalten. Ein Anwalt, den Fürst engagiert hat, hat sie rausgehauen.«

»Mist.« Pohlmann trat gegen einen Sandhaufen.

»Was ist mit Hartmut Wegleiter?«

»Leugnet natürlich auch alles. Was hast du erwartet? Dass sie freiwillig die Wahrheit sagen und sich als Mörder oder Anstifter zum Mord outen? Ein Gutes hat es aber doch. Man hat Wegleiter nach den Meldungen in der Presse nahegelegt, den Parteivorsitz abzugeben. Er ist am nächsten Tag von seinem Posten zurückgetreten. Hast du das auch nicht gelesen?«

Martin schüttelte verlegen den Kopf.

»Mensch, musst du verliebt sein.«

Martin ging nicht auf diese Bemerkung ein. Ihm ließen die Gedanken an die noch ausstehende Gerechtigkeit keine Ruhe. »Das ist zu wenig, Werner. Sechs Menschen sind gestorben. Dräger war nur eine Marionette. Die Drahtzieher müssen verknackt werden.«

»Bleib ruhig, Martin. Wir bleiben dran. Wir kriegen sie schon. Denk nicht, dass die Sache erledigt ist. Die Presse ist erst mal damit zufrieden, dass der Mörder gefasst beziehungsweise tot ist, und die Bevölkerung atmet auf. Der Rest dauert eben etwas länger. Die beiden haben gute Verbindungen und viele Freunde. Selbst wenn Dräger noch lebte, müsste das nicht zwangsläufig bedeuten, dass er auch gegen sie ausgesagt hätte. Er hat bei dir in Erwartung des Todes ein Geständnis abgelegt. Na und? Nichts davon hast du schriftlich.«

»Das heißt, alles ist offen.« In Martins Blick war Resignation zu entdecken. »Versprich mir, dass du am Ball bleibst. Lorenz würde auch nicht aufgeben, wenn er noch auf seinem Posten wäre. Apropos. Wie geht es ihm eigentlich?«

Werner drehte sich um und lächelte Martin an. »Gut geht's ihm. Ich soll dich grüßen. Er macht täglich Fortschritte, schmachtet nach Zigaretten, die ihm dieser Dragoner von Schwester aus dem Mund schlägt. Er wird wieder ganz der Alte werden, das steht fest. Wird noch ein paar Monate dauern, aber er schafft es.«

Martin nickte. »Das ist doch mal 'ne gute Nachricht. Bitte grüß ihn auch, wenn du ihn besuchst.«

»Mach ich.«

»Wie läuft die Arbeit unter Schöller zurzeit?«

Werner nickte nachdenklich. »Ganz okay. Er ist ruhiger geworden. Bisweilen sogar verschlossen und wirkt geistesabwesend, als würde er an einer Sache arbeiten, die nicht jeder mitkriegen soll. Na ja. Ich werd aus ihm eh nicht schlau. Er ist ziemlich launisch.«

Werner verschränkte die Arme vor der Brust. Die Jacke, die er trug, wärmte nicht genug. »Eine interessante Sache hab ich aber noch, bevor ich wieder los muss.«

»Erzähl.«

»Du wolltest doch immer wissen, warum Strocka umgebracht worden ist? Ich hab da so meine Theorie.« Nun hatte er Martin neugierig gemacht. Das letzte Puzzleteilchen in dem verworrenen Spiel schien vielleicht gefunden worden zu sein.

»Deine Frau Kassner war ziemlich fleißig. Sie hat alles zu dem Namen Strocka ausgegraben. Ich könnte dir jetzt eine ziemlich lange Geschichte erzählen, aber mir frieren allmählich die Beine ab, daher heute nur die Kurzversion, okay?«

Er hatte Martins volle Aufmerksamkeit.

»Gerhard Strocka war nicht rein arisch! Um es kurz zu machen, seine Großmutter war Jüdin. Wäre herausgekommen, dass seine Tochter eine Erbkrankheit gehabt hatte, hätte man Ahnenforschung angestellt und diesen nicht ganz unbedeutenden Umstand herausgefunden, und dann wäre Strockas Karriere zu Ende gewesen. Das war vermutlich der Grund, warum Emilie damals von Steinhöring umziehen musste. Sie ist nach Lüneburg gekommen, ausgerechnet dorthin, wo sein Freund Richard Fürst seine Doktorarbeit schrieb. Vielleicht hat Fürst die Verbindung von Strocka und Emilie herausbekommen, nur nach dem Krieg war die Angelegenheit nicht mehr von Belang. Trotzdem wurden Wegleiter, Fürst und Strocka nach dem Krieg zu erbitterten Feinden, sodass Wegleiter und Fürst ihr ganzes Leben lang damit rechnen mussten, von Strocka verpfiffen zu werden. Und dann kam dieser Prozess, den Professor Keller angeleiert hatte. Er hatte bei seinen Recherchen, die sich noch im Anfangsstadium befanden, herausgefunden, dass Strocka eventuell als Zeugungshelfer gedient hatte und wollte ihn als Zeugen laden lassen. Strocka lebte mittlerweile im Altenheim und war Alkoholiker. Es stand zu befürchten, dass Strocka im Suff alles, was er über Wegleiter und Fürst wusste, ausplauderte.«

»Deshalb musste er sterben«, beendete Martin den Vortrag Werners. »Dann müssten aber doch Wegleiter und Fürst senior die Auftraggeber des Mordes an Strocka gewesen sein und nicht die Söhne.«

Werner zuckte die Achseln. »Ich schätze, das werden wir nie herausfinden. Dräger ist tot und kann uns nicht mehr sagen, wer ihn dazu beauftragt hat. Die Väter oder die Söhne.«

Martin versank in einem Tal trübsinniger Gedanken. Dräger, Dräger, Dräger. Er hörte immer wieder diesen Namen, den er am liebsten so schnell wie möglich vergessen wollte. Dräger, der Auftragskiller, der ihm verraten hatte, wer ihn angeheuert hatte, aber der es nun nicht mehr vor Gericht bezeugen konnte, und schuld daran war er, Martin Pohlmann. Hätte er ihn nicht umgebracht, wenn auch nicht mit Absicht, könnten jetzt die Drahtzieher verurteilt werden. In diesem Augenblick empfand er seine Suspendierung als verdient. Plötzlich fühlte er sich als alternder Wolf, der seinen Titel ›Bester Bulle des Nordens‹ nicht mehr verdient hatte. Vielleicht war er tatsächlich nicht mehr der

Alte? Hatte ihn der Burn-out zu sehr verändert, um seinem Job noch gewachsen zu sein?

In diesem Moment, bevor er Werner zu seinem Auto begleitete, die Papiere für Emilies Vermögensverwaltung unterschrieb und den Freund verabschiedete, traf er eine Entscheidung, die sein Leben verändern sollte.

EPILOG

14. Mai 2011, Lüneburg

Sechs Monate nach seiner Rückkehr aus Ecuador war für Martin Pohlmann die Welt wieder in Ordnung. Seine rechte Schulter war absolut schmerzfrei, die Finger ließen sich in fließenden Bewegungen für die alltäglichen Verrichtungen gebrauchen – nur der kleine Finger stand grotesk ab dem Gelenk in der Mitte zur Seite, genauso, wie er es bei Dräger gesehen hatte. Eine tägliche Erinnerung an den Schlächter von Hamburg – ein weiterer Titel der Medien.

An diesem sonnigen und warmen Tag hielt er für seine Verlobte, Catharine Bouschet, Überraschungen bereit.

Es begann mit einer verträumten Bootsfahrt auf der Ilmenau, einem Flüsschen, das direkt durch Lüneburg seine verschlungenen Wege suchte. Das Licht brach sich an dem Blätterwerk, unter dem sie hindurchfuhren, in unzähligen grellen Blitzen. Energiegeladen und lebensfroh wollte der Frühling dem Winter, der seinen eisigen Griff erst Anfang April lockerte, Lebewohl sagen. Während Martin ruderte, hielt er Catharine einen imposanten Vortrag über den genauen Ursprungsort dieses Gewässers: Südlich von Uelzen, begann er, entstehe die Ilmenau durch den Zusammenfluss von Gerdau und Stederau, fließe durch Bad Beversen, Bienenbüttel und Lüneburg und münde schließlich in der Nähe von Winsen an der Luhe, nur wenige Kilometer von Alois Feldmanns Haus entfernt, in die Elbe.

Catharine hatte nachsichtig gelächelt, wusste sie doch all diese Details seit ihrer Jugend.

Anschließend führte er sie in ein uriges Restaurant mit dunklem Bier, Schweinebraten von einem Bauern, der seine Tiere mit Vornamen kannte, und dampfenden Heidekartoffeln. Während sie auf das Essen warteten, breitete Martin die Tageszeitung vor sich aus und suchte nach aktuellen Neuigkeiten zu seinem fünf Monate zurückliegenden Fall. Im Wesentlichen gab es nichts Neues zu lesen. Ausführlich hatten die Medien über die Prozesse berichtet. Mit Empörung nahmen die Leser zur Kenntnis, dass Dr. Richard Fürst für den Euthanasiemord an 67 Kindern eine Freiheitsstrafe von nur drei Jahren erhalten hatte. Die Anwälte kündigten Revision gegen dieses Urteil an.

Mit einer Mischung aus Erleichterung und Genugtuung nahm die Bevölkerung das Urteil im Fall Franz Wegleiter auf. Wegleiter hätte in seiner grenzenlosen Arroganz das milde Urteil von einem Jahr auf Bewährung gelassen hingenommen, wäre er nicht am Tag vor der Verkündigung in seiner kargen Zelle einsam verstorben. Friedlich, ohne Schmerzen, hatte sein Herz unverschämterweise aufgehört zu schlagen, bevor die irdische Gerichtsbarkeit den Urteilsspruch über ihn verhängen konnte.

Von seinem Sohn Hartmut Wegleiter hörte und las man Befremdliches in den Medien. Die politische Szene hatte ihn ins Abseits gedrängt, und auch das stattliche Erbe, das er mit Alois Feldmann teilen musste, half nicht, die parteiinternen sechsstelligen Bestechungsversuche Früchte tragen zu lassen. Da über keine von ihm stammenden politischen Thesen berichtet werden konnte, stürzten sich die hungrigen Medien auf den ausufernden Kokainkonsum des ehemaligen Spitzenkandidaten der rechten Partei.

An diesem Tag mit angenehmen Temperaturen fand Martin nichts mehr über Wegleiter junior in der Zeitung. Gern hätte er von seiner Inhaftierung und der bewiesenen Anstiftung zum Mord in sechs Fällen gelesen, auf diese Meldung würde er jedoch noch lange warten müssen.

Interessant war die Nachricht, dass nach zwei hitzigen Prozesstagen die gegnerische Partei das Verfahren gegen Dr. Maximilian Fürst wegen eines Kunstfehlers gewonnen hatte. Bei einer Routineoperation an der Gallenblase hatte Fürst ein spitzes Instrument im Bauchraum vergessen, das dort für das Ableben der Patientin gesorgt hatte. Wo war er nur mit seinen Gedanken gewesen, als jener Eingriff seine volle Aufmerksamkeit verlangte? Bei Annegret vielleicht, die kurz zuvor den Kontakt zu ihm unter wüsten Beschimpfungen abgebrochen hatte, oder bei den aktuellen Vorwürfen der Staatsanwaltschaft, im Fall Ursula Seifert gegen das Betäubungsmittelgesetz verstoßen zu haben? Oder war es der Kaffee am Morgen, der zur Hälfte aus Gin bestand und seine Hand während der OP ruhig halten sollte?

Martin sah mit einem liebevollen Blick über den Rand der Zeitung hinweg zu seiner zauberhaften Verlobten. Seine Zuneigung war zu Liebe geworden, erst recht, nachdem sie ihm eröffnet hatte, dass er bald Vater sein würde. Sie war im dritten Monat schwanger, und für ihn war sie schöner denn je.

»Ich hoffe, du siehst auch im Immobilienteil nach.« Catharine goss sich Mineralwasser in ihr Glas. »Ein zusätzliches Arbeitszimmer und das Kinderzimmer. Küche, Bad, aber nicht über 800 Euro im Monat.« Martin nickte und grinste hinter der Zeitung. Er hatte längst das Traumschloss für sich und seine Familie gefunden, ein Penthouse über den Dächern von Lüneburg. Mit einem Fahrstuhl von der Tiefgarage direkt bis in die Wohnung, davon hatte er schon immer geträumt. Am Abend würde die feierliche Wohnungsbesichtigung mit einem winzigen Schlückchen Champagner für Catharine sein. Es fiel ihm schwer, sich nicht zu verplappern, und so nickte er nur schweigsam hinter der Zeitung.

Nach dem Essen unternahmen sie noch einen Bummel durch die idyllischen Seitenstraßen der Altstadt. Dort würde eine Überraschung auf sie warten, auf die er sich besonders freute.

Martin blieb vor einem Geschäft stehen und musterte sich in der Fensterscheibe. Ein letztes Mal, bevor er der prominenten Dame gegenübertrat, begutachtete er sein Outfit. Die dunkelgrauen Haare, die keine, seinerzeit von der Eitelkeit verordnete, Tönung mehr nötig hatten, waren straff nach hinten gekämmt und in ein Gummiband gezwängt. Zusätzlich zu seinem Schnurrbart hatte er sich einen Bartstreifen unterhalb der Unterlippe wachsen lassen. Er fand, aber diese Ansicht teilte Catharine nicht, er sähe jetzt aus wie Sean Connery im ›Highlander‹ an der Seite von Christopher Lambert, nur eben nicht ganz so gut und nicht ganz so schlank. Martin glättete das Hemd, das sich über dem Bauch spannte. Sie gingen weiter und kamen an einen Buchladen, dessen Auslage liebevoll dekoriert war. Im Fenster hing das Poster eines Buches, dessen Neuerscheinung erst wenige Tage zurücklag und das für einigen Wirbel gesorgt hatte. Ein namhafter Hamburger Verlag war auf dieses außergewöhnliche Werk von einer ebenso außergewöhnlichen Autorin aufmerksam geworden.

Martin und Catharine gingen hinein, ein Glöckchen ertönte. Eine Schlange von neun Personen wand sich durch die engen Reihen des Buchladens. Es duftete nach auf Papier gebannter Fantasie, und die Leser warteten darauf, ein Exemplar signiert zu bekommen.

Martin und Catharine standen geduldig in der Reihe. Zwei Meter von dem Tisch entfernt, hinter dem eine ältere Dame saß und signierte, konnten sie ein Buch von dem bereitstehenden Stapel nehmen. Es trug den Titel ›Hinter verschlossenen Türen‹, war 435 Seiten dick und wurde als bester Newcomer des Jahres gehandelt. Die Autorin hieß Hedwig Strocka, die in einem feinen, etwas eigenwilligen Kostüm hinter dem Tisch saß. Um den Hals war ein farbiges Seidentuch geschlungen. Ihr Haar war professionell gelockt und mit einer zu kräftigen violetten Tönung verjüngt. Dünne Finger hielten einen Stift, und die Augen, die endlich durch eine randlose Brille scharf sehen konnten, verfolgten den entspannten Schriftzug ihres eigenen Namens, den sie auf die leere Seite gleiten ließ. Sie gab das Buch dem Mann vor Martin und wandte sich dem nächsten Besucher zu.

»Was darf ich schreiben?«, fragte die Dame, ohne aufzublicken.

Martin reichte ihr ein Hardcover-Exemplar.

»Für Martin, bitte.«

Hedwig Strocka alias Emilie Braun blickte auf und hatte sogleich Tränen in den 71-jährigen Augen.

Mit Martins Hilfe hatte sie sich in Lüneburg eine Eigentumswohnung gekauft und bekam zwei Mal in der Woche Besuch von einem ambulanten Pflegedienst. Die Medikamente, die sie bekam, waren auf ein Minimum reduziert worden: eine weiße, bittere Pille gegen die Schlaflosigkeit und noch eine, aber nur ganz selten, gegen ein bestimmtes Anfallsleiden bei über ihr zusammenstürzenden Erinnerungen.

Die Buchhandlung, in der sie saß, war zwei Monate zuvor ihre eigene geworden. Sie stammte von einer jungen, bibliophilen Buchhändlerin, die sich finanziell übernommen hatte. Über ihrer Liebe zu Buchstaben hatte sie die Zahlen aus dem Blick verloren. Emilie hatte den Laden für 120.000 Euro erworben und die ehemalige Buchhändlerin als Geschäftsführerin eingestellt. Diese verdiente nun mit ihrem Festgehalt mehr als vorher in ihrer Selbstständigkeit. Emilie war es egal, ob das Geschäft Überschuss erwirtschaftete oder nicht, sie würde es sich leisten können, die nächsten 20 Jahre zuzuschießen, und bot dem Buchgiganten nebenan erfolgreich die Stirn. Er hatte es sich zu leicht vorgestellt, sich diesen Laden mit einem kräftigen Atemzug einverleiben zu können. Er hatte nicht mit der Sturheit von Emilie und ihrer Liebe zu kleinen, netten Buchläden gerechnet.

Täglich besuchte Emilie ihr Geschäft, und was sollte sie anderes dort tun als zu lesen. Es gab einen Ohrensessel mit rot-grün gestreiftem Bezug, in den sie sich setzte und ein Buch nach dem anderen verschlang. Keine Neuerscheinung ging an ihr vorbei. Sie machte sich einen Spaß daraus, hinter der Theke zu stehen und Kunden zu beraten. Sie zitierte frei aus dem jeweiligen Buch, für das sich die Kunden interessierten, und ließ die Besucher staunend mit einem Buch in der Tüte den Laden verlassen.

Sie erblickte Martin und Catharine, die regelmäßig ein Auge auf sie hatten, um festzustellen, dass sie mühelos und in kurzer Zeit nachholte, was Jahrzehnte an ihrem vergitterten Fenster vorübergezogen war.

Sie umarmte Catharine, ihre Hildegard, wie sie sie nannte, jedes Mal, wenn sie sie sah. Möglicherweise nur ein Spaß oder ein Rest ihrer ungefährlichen Fantasievorstellungen. Auch bezüglich des Umarmens verspürte sie Nachholbedarf, doch bei Weitem nicht bei jedem. Martin gab sie die Hand und machte eine angedeutete Umarmung, wie sie es im Fernsehen bei Franzosen gesehen hatte. Wissend lächelte sie ihn an. Ihre geschminkten Lippen wurden von gepuderten Fältchen umspielt, und die Freude am Leben und nicht am Sterben war ihr deutlich anzumerken.

Sie setzte sich, rückte die Brille, an die sie sich noch gewöhnen musste, zurecht und schrieb ihren Freunden eine sehr persönliche Widmung auf das Vorsatzblatt.

Mit dem Buch als Geschenk verließen Martin und Catharine den Laden und winkten ihr einen letzten Gruß zu.

Martins Verlobte hatte sich unter seinem Arm eingehakt, und als sie die Straße überquerten, um den Rückweg anzutreten, klingelte das Handy in seiner Hosentasche. Er klappte es auf und erkannte die Nummer. Es war eine Nummer, die für ihn nicht die Gefahr eines Einsatzes darstellte, nicht mehr, nachdem er sich von Klaus Schöller nach Lüneburg hatte versetzen lassen. Die Suspendierung war aufgehoben worden. Schöller hatte dem Ansinnen Pohlmanns nach einem Ortswechsel gern entsprochen. Er war froh, ihn aus seinem Dunstkreis entfernen zu können.

Martin nahm das Gespräch nach dem dritten Klingeln an.

»Hi, Werner. Alles klar?«

»Ich wünschte, es wär so. Der Nachmittag ist hinüber, und deiner wird es auch gleich sein.«

»Ich wüsste nicht, was mir diesen herrlichen Tag vermiesen könnte.«

»Eine Leiche vielleicht?«

»Nur, wenn es eine Lüneburger Leiche ist, und die gibt es hier ausgesprochen selten, außer denen, die eines natürlichen Todes gestorben sind.«

»Es ist die Leiche eines Hamburgers. Genau genommen, eine Wasserleiche in der Außenalster. Ein Jogger.«

»Tja. Pech für dich, mein Lieber. Klaus hat mich, wie du weißt, nach Lüneburg versetzt, und es konnte mir nichts Besseres passieren. Hab mich noch gar nicht bei ihm dafür bedankt.« Martin blickte in die lächelnden Augen Catharines und gab ihr einen flüchtigen Kuss auf die Wange.

»Genau das ist das Problem. Du wirst ihm nicht mehr danken können.« Martin verengte die Augen unter den buschigen Brauen. Noch hätte er Zeit gehabt, die Stopp-Taste zu drücken. Er könnte einfach weitergehen, seinen Termin beim Friseur wahrnehmen und in das glückliche Gesicht seiner Catharine schauen. Er tat es nicht, weil er wusste, dass Werner im nächsten Moment zurückrufen würde. Stattdessen lauschte er den Worten, die ihm den Tag ruinieren sollten.

»Es ist Klaus Schöller, den wir gefunden haben, und eines ist sicher: Er ist nicht freiwillig baden gegangen.«

Martin klappte das Handy zu und ein Fluch, für den er sich im nächsten Moment bei Catharine entschuldigte, hallte durch die Altstadtgasse.

NACHWORT DES AUTORS

Selten sprechen Texte aus Geschichtsbüchern den Leser emotional an. Bisweilen langweilen sie ihn sogar.

Als ich vor über 35 Jahren von Lebensbornheimen im Geschichtsunterricht hörte, konnte ich nicht viel damit anfangen. Kriegsgeschehnisse waren für mich unendlich weit weg, bis zu dem Zeitpunkt, als ich 2005 zu einem anderen Roman recherchierte und mich dieses Thema ansprang. Es hat fünf Jahre lang in meinem Hinterkopf geschlummert, bis ich mich endlich aufmachte, darüber zu schreiben.

Das Thema Lebensborn wird in der Literatur kontrovers dargestellt. Ich war bemüht, die tatsächlichen Sachverhalte so objektiv wie möglich wiederzugeben.

Natürlich möchte ich in erster Linie mit meinen Büchern Ihnen, dem Leser, spannende Unterhaltung bieten. Darüber hinaus ist es mir ein Bedürfnis, manche Ereignisse und Geschehnisse der Vergangenheit nicht in die Vergessenheit abrutschen zu lassen. Zum einen als Mahnung, dass sich nationalsozialistische Exzesse nicht wiederholen, zum anderen aber als Respektsbekundung den Opfern gegenüber. In diesem Fall Menschen, die in Lebensbornheimen zur Welt kamen, häufig nach dem Krieg mit anderen Namen in Pflegefamilien aufwuchsen und somit ihrer Biografie und ihrer Wurzeln beraubt wurden. Ich hoffe, dass diese Intention den Leser erreicht.

Tatsächlich existierende Orte wurden von mir geringfügig den Bedürfnissen der Geschichte angepasst. Jede Ähnlichkeit mit lebenden oder toten Personen ist rein zufällig und nicht beabsichtigt.

DANKSAGUNG

Ich möchte mich bei all denen bedanken, die mich während der Entstehung dieses Buches unterstützt haben. An erster Stelle möchte ich hier meine Frau Barbara nennen. Sie hält mir während der intensiven Recherche- und Schreibphasen den Rücken frei, liest kritisch das Werk und gibt wertvolle Tipps zur Verbesserung.

Weiterhin danke ich allen anderen Erstlesern, die sich mit Rotstift durch das Buch gehangelt und mich auf Sprach- und Plausibilitätsprobleme hingewiesen haben. Zu nennen sind Volker Berthold, Birgit Theis, Uwe Schäfer, Simone Kerzinger, Manfred Bärenfänger, Heike Wulf, Kai Hennig und René Scheer.

Danke auch an den echten Martin, der mir einige Details seiner Figur und Biografie zur Verfügung gestellt hat.

Danken möchte ich auch meiner Agentin Frau Anna Mechler für die Vermittlung an den Gmeiner-Verlag und die unermüdliche Unterstützung.

Danke auch an meine Lektorin Frau Claudia Senghaas für die Veredelung des Manuskriptes. Sie fand jeden kleinsten Fehler und optimierte den Text mit chirurgischer Präzision.